新版

平家物語（一）

全訳注

杉本圭三郎

講談社学術文庫

まえがき

十二世紀末葉、日本の歴史が古代から中世へと大きく転換した時代に、政界に頭角をあらわして、たちまちに権力の座についた平家は、その権勢を永く維持することができず、古代末期の諸勢力との角逐のなかで、やがて東国に蜂起《ほうき》した源氏勢によって、急速に滅ぼされていった。この疾風怒濤《どとう》の歴史過程を、平家一門の栄華と滅亡を軸に物語った作品が『平家物語』である。

この作品が、原初的に、いつ、どこで、誰《だれ》によって、どのようにして成ったものか、そしてまた最初の形態がどのようなものであったのか、は、今なお謎に包まれている。しかし、その原典成立の当初からか、あるいはかなり後になってのことか、その辺もやはり不明ではあるが、琵琶《びわ》法師の語りものとして、中世日本の広範な層に享受され、その語りを媒介として『平家物語』もますます高度な文学性をそなえる作品に成長していったものであることは確かである。

いま、私たちが繙《ひもと》く、この覚一《かくいち》本『平家物語』は、叙述されている歴史的事件から二世紀ほども後の琵琶法師の語り本である。名手とうたわれた明石《あかし》検校《けんぎょう》覚一ののこした『平家物語』であるだけに、語り本として最も洗練され、すぐれた達成を示しているテキストである。

原典成立以降、題材となった歴史的事件に関連するさまざまな関心や興味は、『平家物語』に多様な変化を与えることになった。すなわち、事件や人物にかかわる伝承説話はさらに収拾、挿入《そうにゅう》され、作品は量的に増大して、読みものとしても形成され、また琵琶法師は流派にわかれて、語りの本文を異にする、など、数多くの異本を生みだしていったのである。

一方、この歴史の渦中に実在した貴族の日記として『玉葉《ぎょくよう》』『山槐記《さんかいき》』などが伝わっており、歴史記録として『百錬抄《ひゃくれんしょう》』や『吾妻鏡《あずまかがみ》』があり、ほぼ同時代人の歴史論としての『愚管抄《ぐかんしょう》』がある。

覚一本『平家物語』は、それ自体、深い感動をよび起す古典であるが、これらの異本に照してその形成の跡をさぐり、歴史記録に対比させて、作品世界を分析していくと、興味は無限にひろがっていくのではないか、と思う。紙幅の許すかぎり、このような作品検討にも進んでみたいものである。

杉本圭三郎

目次

巻第《くわんだい》二

巻第《くわんだい》三

凡例

一、本書は、覚一《かくいち》本の一本である東京大学国語研究室所蔵の『平家物語』(旧高野辰之《たかのたつゆき》氏蔵、高野本あるいは覚一別本と称する)を底本とし、笠間書院刊影印本によって翻刻した。

一、底本は各巻ごとに巻頭に目録をおいているが、本文の章はそれによって明確に区切られているのではなく、ときには改行もなく続いている場合もあって、その本文の上欄に章段名が記入されるといった体裁である。本書は、その記入された章段名によって章を区切り、目次をたてた。巻頭に記された目録の名称と若干異なる場合もある。

一、底本の本文は、翻刻にあたってつぎの方法を講じた。

1、仮名づかいは、歴史的仮名づかいを原則としたが、『平家物語』の語り(平曲)独自と思われるものは、底本のままとした。

2、読みやすいよう、底本の仮名を漢字に、また、漢字を仮名に改めたところがあるが、一々注記はしなかった。

3、旧字体は新字体に、当て字・誤字などは正体に改めた(例えば、具盛→知盛、詔目→昭穆、など)。

4、送り仮名は、活用語尾を補った。

5、促音、撥音は表記されていないので、(ッ)(ン)と小さく括弧して記入した。

6、反復記号、重ね字はなるべく避けたが繙読の妨げにならない程度において「〱」「々」を用いたところもある。
7、ふりがなは底本にあるものを生かしたが、語り系諸本によって適宜につけたものもある。
8、句読点は文脈の理解の必要に応じて、適宜に施した。
9、段落は、叙述の内容に即して区切った。
10、会話、心中思惟は「　」をつけ、会話は改行した。
一、現代語訳は、原文の解釈的な表現も意図したので、語順を変えたり、語を補ったりし、また、現代文としての自立性も考えて、本文の語を省いたりしたところもある。
一、語釈は、語句の文脈のなかでの意味を簡潔に述べることを主とし、考証的な詮索には及ばなかった。
一、解説は、作品としての享受、鑑賞に主眼をおき、史料と対比して、史実と文学の問題を考察し、紙幅の許すかぎり諸本の大きな異同と、その意味するものに言及することを心掛けた。

平家物語（一）

巻第一

祇園精舎《ぎをんしやうじや》

祇園精舎の鐘《かね》の声、諸行無常《しよぎやうむじやう》の響《ひびき》あり。

娑羅双樹《しやらさうじゆ》の花の色、盛者必衰《じやうしやひつすい》の理《ことわり》をあらはす。

おごれる人も久しからず、唯《ただ》春の夜の夢のごとし。たけき者も遂《つひ》にはほろびぬ、偏《ひとへ》に風の前の塵《ちり》に同じ。

遠く異朝《いてう》をとぶらへば、秦《しん》の趙高《てうかう》、漢《かん》の王莽《わうまう》、梁《りやう》の周伊《しうい》、唐《たう》の禄山《ろくさん》、是等《これら》は皆旧主《きうしゆ》先皇《せんくわう》の政《まつりごと》にもしたがはず、楽しみをきはめ、諫《いさめ》をもおもひいれず、天下のみだれむ事をさとらずして、民間《みんかん》の愁《うれ》ふる所をしらざ（ッ）しかば、久しからずして、亡《ばう》じにし者どもなり。

近く本朝をうかがふに、承平《しようへい》の将門《まさかど》、天慶《てんぎやう》の純友《すみとも》、康和《かうわ》の義親《ぎしん》、平治《へいぢ》の信頼《のぶより》、此等《これら》はおごれる心もたけき事も、皆とり〳〵にこそありしかども、まぢかくは六波羅《ろくはら》の入道、前《さきの》太政《だいじやう》大臣《だいじん》平《たひらの》朝臣《あつそん》清盛《きよもり》公《こう》と申しし人のありさま伝《つた》へうけたまはるこそ心も詞《ことば》も及ばれね。

【現代語訳】

祇園精舎《ぎおんしょうじゃ》の鐘の響きは、「諸行無常《しょぎょうむじょう》」の偈《げ》を説き、釈尊《しゃくそん》入滅のとき、いっせいに色を変えた娑羅双樹《さらそうじゅ》の花は、盛んなる者はかならず衰えるというこの世の道理を示している。

権勢をほしいままにする人は、久しくそれを維持できるものではない。ただ、春の夜の夢のように、はかないものである。猛威をほこる者も、ついには亡びてしまう。それは、一陣の風の前におかれた塵《ちり》のようなものである。

遠く異国の例をあげれば、中国の、秦の時代の趙高《ちょうこう》、漢の王莽《おうもう》、梁《りょう》の周伊《しゅうい》、唐《とう》の安禄山《あんろくざん》、これらはみな、もと仕えていた主君・皇帝の統治に背《そむ》き、快楽を求め、人の諫言《かんげん》を顧慮することなく、世の中が乱れることもわきまえず、庶民の憂苦に無関心であったために、その威勢を久しく保てず、滅亡してしまった人々である。

近く我が国の歴史に例をもとめると、承平《しょうへい》年間の平将門《まさかど》、天慶《てんぎょう》の藤原純友《すみとも》、康和《こうわ》の源義《よし》親《ちか》、平治の藤原信頼《のぶより》、これらの人々は、その心の驕慢《きょうまん》なことも、猛威をふるったことも、それぞれ格別であったが、最近では六波羅《ろくはら》の入道、前太政大臣平朝臣清盛公と申した人の振舞を伝え聞くと、想像を絶した有様で、なんと表現すべきか、その言葉も見いだせぬほどである。

【語釈】
祇園精舎《ぎをんしやうじや》　釈尊《しやくそん》在世の時代、須達多《すだつた》という長者が建立、釈尊に寄進した寺院。中部インド、舎衛《しやえ》国にあり、「祇園」は「祇樹給孤独園《ぎじゆぎつこどくおん》」の略、「精舎」は寺の意である。　**諸行無常**《しよぎやうむじやう》　『涅槃経《ねはんぎよう》』にある偈《げ》（仏の徳や教理を讃《たた》える四句から成る詩）「諸行無常　是生滅法　生滅滅已　寂滅為楽」（諸行は無常にして是れ生滅の法なり、生滅滅《めつ》し已《おわり》て、寂滅《じやくめつ》なるを楽と為《な》す）の第一句である。すべて存在するものは時々刻々変化して常住するものはない、という意。祇園精舎の無常堂に頗梨《はり》（ガラス）の鐘があり、その音がこの偈《げ》を説いて、これを聞く病僧は苦悩が除かれ浄土に往生することができたという。『往生要集《おうじようようしゆう》』が引く経典の説話によって、冒頭の一文は構成されている。

娑羅双樹《しやらさうじゆ》　インド原産の常緑高木。四方に二株ずつ双生していたので、双樹という。釈尊が涅槃《ねはん》に入ったとき、その床の四方にあった娑羅の樹が、ことごとく枯れて白色に変ったという。**盛者必**《じやうしやひつ》**衰**《すい》『仁王経《にんのうぎよう》』に説かれている偈《げ》の一句で勢い盛んな者も必ず衰亡するものである、という意。

秦《しん》**の趙高**《てうかう》　秦始皇帝に仕えたが、その崩後二世皇帝を擁立《ようりつ》して権勢をにぎり、三世子嬰《しえい》のとき、処刑された。『史記』秦始皇本紀にある。**漢の王莽**《わうまう》　漢の平帝を殺し孺子嬰《じゆしえい》を立てついで帝位を奪ったが、十八年で亡びた。『漢書』にみえる。**梁**《りやう》**の周伊**《しうい》　朱异《しゆい》（「屋代本」）が正しい。梁の武帝の臣、梁滅亡の因をつくった。『梁書』に伝がある。**唐**《たう》**の禄山**《ろくさん》　唐の玄宗皇帝に仕えたが、反逆して国を乱し、ついには滅びた。『唐書』にある。

承平《しようへい》**の将門**《まさかど》　承平五年（九三五）常陸《ひたち》国で反乱を起し、坂東を席捲《せつけん》した平将門。天慶《てんぎよう》三年（九四〇）鎮圧された。**天慶**《てんぎやう》**の純友**《すみとも》　大宰少弐《だざいのしように》藤原良範《よしのり》の子、天慶二年、西海で乱を起し、同四年（九四一）誅《ちゆう》せられた。**康和**《かうわ》**の義親**《ぎしん》　源義家の子、康和年間（一〇九九～一一〇四）対馬守《つしまのかみ》在任中、乱行があって流刑されたが、従わず、出雲で謀反、平正盛に追討された。**平治**《へいぢ》**の信頼**《のぶより》　平治元年（一一五九）、藤原通憲《みちのり》（信西《しんぜい》）に対抗して源義朝とともに反乱を起した藤原信頼。敗北して斬られた。『平治物語』に詳しい。**六波羅**《ろくはら》　京都、加茂川の東、現在の東山区轆轤《ろくろ》町六波羅蜜寺辺をいう。ここに平清盛は邸を構えていた。

【解説】

この冒頭の一節は、異文があっても（例えば『源平盛衰記』で、「秦の趙高」の上に「夏の寒浞《かんさく》」がおかれたり、「延慶本」では「驕《おご》る心も猛き事も取々《とりどり》にこそ有《あり》けれとも」の後に「遂《つひ》に滅《ほろび》にき、縦《たと》ひ人事は詐《いつは》ると云《いへ》とも天道詐《いつは》りかたき者哉《かな》、王麗《わうれい》なる猶如《なほかくのごとし》此、況《いはむ》や人臣位者争《いかで》か慎《つつし》まさるへき」の一文が入るなど）、多様な変化をとげた平家物語の諸本のほとんどが、巻頭におく、いわば序章にあたる部分である。

仏典に説かれている説話をもとにして、諸行無常、盛者必衰の理をかかげ、この仏教の思想が、『平家物語』の基調であることを示している。しかし、抽象的に仏教的世界観を理念として唱えているのではなく、異朝、本朝の歴史上の人物の事蹟に照して、これを確認しようという姿勢で語っているのである。

おごりを極めた清盛の行為が平家一門を滅びの運命におとし入れ、巻十二、末尾の、平家の嫡流である六代が斬られて「それよりしてこそ、平家の子孫は、ながくたえにけれ」で結ぶまで、平家物語の構想を一貫するのが、「盛者必衰の理」である。

平家の滅びばかりでなく、清盛の権勢に対抗して亡びた後白河法皇の近臣藤原成親《なりちか》に対しても「盛者必衰の理《ことわり》は、目の前にこそ顕《あらは》れけれ」（巻二「小教訓《こげうくん》」）と評している。また平家一門を都から追い落した木曾義仲も、壇浦《だんのうら》の海戦でこれを壊滅させた源義経も、やがて討たれ、あるいは失脚しているのである。

この序章は、盛者必衰の理が貫徹する歴史への旺盛《おうせい》な関心を示して物語の世界へ享受者を導入しようとするものであって、哀調を帯びた表現ではあっても、厭世的な無常観のなかに人を誘《いざな》うものではない。『澄憲《ちょうけん》表白集』『往生講式』などにみられる同趣の句の唱導的機能とは性格を異にする表現である。

祇園精舎《ぎをんしやうじや》（二）

其先祖《そのせんぞ》を尋ぬれば、桓武天皇《くわんむてんわう》第五の皇子《わうじ》、一品式部卿《いつぽんしきぶきやう》葛原親王《かづらはらのしんわう》九代の後胤《こういん》、讃岐守正盛《さぬきのかみまさもり》が孫《そん》、刑部卿忠盛朝臣《ぎやうぶきやうただもりあつそん》の嫡男《ちやくなん》なり。彼《かの》親王の御子《みこ》、高視《たかみ》の王《わう》、無官無位にしてうせ給ひぬ。其御《おん》子、高望《たかもち》の王の時、始めて平《たひら》の姓《しやう》を給は（ッ）て、上総介《かづさのすけ》になり給ひしより、忽《たちまち》に王氏《わうし》を出《い》でて人臣《じんしん》につらなる。其子鎮守府将軍義茂《ちんじゆふのしやうぐんよしもち》、後には国香《くにか》とあらたむ。国香より正盛にいたるまで六代は、諸国の受領《じゆりやう》たりしかども、殿上《てんじやう》の仙籍《せんせき》をばいまだゆるされず。

【現代語訳】

その先祖をさかのぼると、桓武天皇の第五皇子、一品式部卿葛原《いっぽんしきぶきょうかずらはら》親王の九代の子孫にあたる、讃岐守《さぬきのかみ》正盛の孫で、刑部卿忠盛朝臣《ぎょうぶきょうただもりあそん》の嫡男である。

葛原親王の御子、高視《たかみ》の王は、官位のないまま亡くなられた。その御子の高望《たかもち》の王のとき、初めて平という姓を賜わって、上総介《かずさのすけ》になられ、皇族を離れてただちに臣下の身分に降《くだ》られた。その子の鎮守府《ちんじゅふ》将軍義茂は、後に国香《くにか》と名を改めたが、国香から正盛までの六代は、諸国の国守には任じられたが、清涼殿の殿上《てんじょう》の間にのぼることは、まだ許されなかった。

【語釈】

桓武《くわんむ》天皇　光仁天皇の御子。天応元年（七八一）即位。在位二十五年。この間、延暦十三年（七九四）平安遷都《せんと》が行われた。　**第五の皇子**　葛原《かずらはら》親王は『文徳実録《もんとくじつろく》』によれば第三子である。　**一品《いっぽん》**　品《ほん》は親王の位階の区分で、一品から四品まである。　**式部卿《しきぶきやう》**　礼式、文官の人事、大学寮を管轄する式部省の長官。　**後胤《こういん》**　子孫。　**刑部卿《ぎやうぶきやう》**　訴訟の裁判や罪人の処罰を担当する刑部省の長官。

受領《じゆりやう》　任国で業務につく国司。前任者から事務を引継ぎ、官物《かんもつ》を受領する。「ずりやう」とも読む。

殿上《てんじやう》の仙籍《せんせき》　清涼殿の殿上の間に昇殿、伺候することが許されて出仕する者の名札。日給簡《にっきゅうのふだ》という。

【解説】

六波羅の入道、前太政大臣、平朝臣、清盛公、と、律動的な表現で平清盛をクローズアップし、この人物と事績を語ろうとする姿勢を受けて、清盛の先祖とその系譜を辿《たど》ったのである。桓武天皇の皇子から出たので桓武平氏と称されるが、ここに「九代の後胤《こういん》」あるいは「六代」というのは、次のとおりである。

桓武天皇──①葛原親王──②高視王──③高望王──④国香㊀──⑤貞盛㊁──⑥維衡㊂──⑦正度㊃──⑧正衡㊄──⑨正盛㊅──忠盛──清盛。

皇族の出ではあったが、久しく地下《じげ》人の地位でしかなかった。が、忠盛の代になって、宮廷貴族社会に頭角をあらわし、権勢をにぎる端緒《たんしよ》をつかむことになる、という文勢である。

「祇園精舎」の一章は、琵琶《びわ》法師による平家物語の語り、平曲《へいきよく》では「小秘事《ひじ》」の一つとして、特別に扱われている。

殿上闇討《てんじやうのやみうち》

しかるを忠盛備前守《びぜんのかみ》たりし時、鳥羽院《とばのゐん》の御願《ごぐわん》、得長寿院《とくぢやうじゆゐん》を造進《ざうしん》して、三十三間の御《み》堂《だう》をたて、一千一躰《たい》の御仏《みほとけ》をすゑ奉る。供養《くやう》は天承元年三月十三日なり。勧賞《けんじやう》には闕《けつ》国《こく》を給ふべき由《よし》仰せ下されける。境節《をりふし》但馬《たぢまの》国のあきたりけるを給《た》びにけり。上皇《しやうくわう》御《ぎよ》感《かん》のあまりに、内の昇殿をゆるさる。忠盛三十六にて始めて昇殿す。

雲の上人《うへびと》是《これ》を猜《そね》み、同じき年《とし》の十一月廿三日、五節豊明《ごせつとよのあかり》の節会《せちゑ》の夜《よ》、忠盛を闇討にせむとぞ擬《ぎ》せられける。忠盛是《これ》を伝へ聞いて、

「われ右筆《いうひつ》の身にあらず。武勇《ぶよう》の家に生れて、今、不慮の恥にあはむ事、家の為身の為、心うかるべし。せむずるところ、身を全《まつた》うして君に仕ふといふ本文《もん》あり」

とて、兼《か》ねて用意をいたす。参内《さんだい》のはじめより、大きなる鞘巻《さやまき》を用意して、束帯《そくたい》のしたにしどけなげにさし、火のほのぐらき方《かた》にむか（ッ）て、やはら此刀《このかたな》をぬき出《いだ》し、

鬢《びん》にひきあてられけるが、氷な（ン）どの様《やう》にぞみえける。諸人《しよにん》目をすましけり。

其上《そのうへ》忠盛の郎等《らうどう》、もとは一門たりし木工助《もくのすけ》平貞光《さだみつ》の孫《まご》進三郎大夫《しんのさぶらうだいふ》家房《いへふさ》が子、左兵衛《さひやうゑの》尉《じよう》家貞《いへさだ》といふ者ありけり。薄青《うすあを》の狩衣《かりぎぬ》のしたに、萌黄威《もえぎをどし》の腹巻を着、弦袋《つるぶくろ》つけたる太《た》刀《ち》脇《わき》ばさむで、殿上の小庭に畏《かしこま》つてぞ候ひける。貫首《くわんじゆ》以下《いげ》あやしみをなし、

「うつぼ柱よりうち、鈴の綱のへんに、布衣《ほうい》の者の候は何者ぞ、狼藉《らうぜき》なり、罷出《まかりい》でよ」

と、六位をも（ッ）ていはせければ、家貞申しけるは、

「相伝《さうでん》の主《しゆ》、備前守殿《びぜんのかみどの》、今夜闇討にせられ給ふべき由《よし》承り候《さうらふ》あひだ、其《その》ならむ様を見むとてかくて候。えこそ罷出《まかりい》づまじけれ」

とて、畏《かしこま》つて候ひければ、是等をよしなしとや思はれけん、其夜《そのよ》の闇うちなかりけり。


【現代語訳】

ところが、忠盛が備前守《びぜんのかみ》であったとき、鳥羽《とば》上皇の勅願によって得長寿院《とくちようじゆいん》を建立、献上し、三十三間の御堂を建てて、一千一体の御仏像を安置し奉った。その仏事供養は、天承元年三月十三日である。寺院建立の功労に対する褒賞《ほうしよう》として、国守が欠員になっている国を賜るとの仰せがあり、ちょうどそのころ、但馬《たじま》国が欠員であったので、その国守に任じられ

た。上皇は、なおもお悦《よろこ》びのあまり清涼殿の殿上《てんじょう》の間にのぼることをお許しになった。こうして忠盛は三十六歳で、初めて昇殿することになったのである。

旧来《きゅうらい》の殿上人たちは、武門の出である忠盛の昇殿をねたみ、これを阻《はば》もうと、同じ年の十一月二十三日、五節豊明《ごせつとよのあかり》の節会《せちえ》の夜、忠盛を闇討ちにしようと密議した。

忠盛はこの事を人伝《ひとづて》に聞いて、

「私は文官の身ではない。武門の家に生れて、今、思いがけない恥辱をうけるのは、家のためにも、わが身のためにも、遺憾である。結局は、身を安全に保って君に仕える、という古典の文句がある」

と、前もって準備をととのえた。参内《さんだい》するはじめから、大きな鞘巻《さやまき》を用意して、束帯《そくたい》の下に無造作に差し、殿中の灯《あかり》のほの暗い方に向って、しずかにこの刀を抜き、鬢《びん》にひきあてられたが、一瞬、それは氷のように光を放って見えた。殿上人《てんじょうびと》たちは、度胆《どぎも》を抜かれいっせいに眼をこらした。

そのうえ、忠盛の郎等で、もとは平家の一門であった木工助《もくのすけ》平貞光の孫、進三郎大夫《しんのさぶろうだいふ》家房の子に、左兵衛尉《さひょうえのじょう》家貞という者があった。薄青の狩衣《かりぎぬ》の下に、萌黄威《もえぎおどし》の腹巻を着て、弦袋《つるぶくろ》をつけた太刀《たち》を脇にはさみ、殿上の間の前の小庭に威儀《いぎ》を正して待機していた。蔵人頭《くろうどのとう》以下の人々は不審《ふしん》に思って、

「うつぼ柱の内がわ、鈴の綱のあたりに、無紋の狩衣姿でいる者は何者か。無礼である、ただちに退出せよ」

と、六位の蔵人に命じて告げさせると、家貞は、

「先祖代々お仕えしている主君、備前守殿が、今夜、闇討ちにあわれると承りましたので、その成り行きを見届けようと思って、ここに控《ひか》えているのです。けっして退出はいたしません」

と、なおも畏《かしこ》まって控えているので、これらの事から、とうてい企《くわだ》てを果すことはできないと判断されたのであろう、その夜の闇討ちは行われなかった。

【語釈】

御願《ごぐわん》　御願寺の意、天皇の御願により造営された寺。　**得長寿院**《とくぢやうじゆゐん》　京都市左京区聖護《しようご》院の辺に所在したと推定される。『中右記《ちゆうゆうき》』（右大臣中御門《なかみかど》〈藤原〉宗忠《むねただ》の日記）長承元年（一一三二）三月十二日の条に得長寿院の号が定められた経緯《いきさつ》が記されている。　**三十三間の御堂**《みだう》　「間」は柱と柱の間のことで、広さは一定していない。現存の蓮華王院《れんげおういん》三十三間堂はこれにならって後に建立されたものである。　**供養**　仏に香花供御《くご》を奉る法会。新築の仏殿落成の際に行うのが落慶供養《らつけいくよう》、仏像を造ったときの供養を開眼《かいげん》供養という。『中右記』には天承二年（長承元年）三月十三日のこととして記述があり、「長門本」『源平盛衰記』も供養の行われたのは天承二年としている。　**勧賞**《けんじやう》　功労に対する賞として官位の昇進、領地、物品などを与えること。　**闕国**《けつこく》　国守が欠員になっている国。

雲の上人《うへびと》　公卿・殿上人をいう。　**五節豊明**《ごせつとよのあかり》**の節会**《せちゑ》　五節《ごせち》は舞の名称。毎年十一月の第二の丑寅卯《うしとらう》辰《たつ》の四日間、宮中で行われる儀式で、その第四日目に、天皇が新穀を食し、臣下にも賜る宴会が行われ、五節の舞が奏される。長承元年は十一月二十三日がこの日にあたる。底本に十二月とあるのを改めた。

右筆《いうひつ》　文筆をもって仕える文官。　**本文**　典拠となる書物の文句。この出典は不明であるが、『雲州消息』（藤原明衡《あきひら》の著。『明衡往来《めいこうおうらい》』ともいう）に「全レ身奉レ公是臣之忠也」（身を全《まつと》うして公に奉ずる、是《こ》れ臣の忠なり）とある。　**鞘巻**《さやまき》　つばのない短刀。　**束帯**《そくたい》　宮廷出仕に着用する男子の正服。　**しどけなげ**　取りつくろわず、無造作《むぞうさ》に。　**やはら**　静かに。おもむろに。

木《も》**工助**《くのすけ》　建物の造営、木材の調達、木工・土工・鍛冶などの支配を行う木工寮の次官。　**左兵衛尉**《さひやうゑのじよう》　宮中警備にあたる役所、六衛府《りくえふ》の一、左兵衛府の三等官。　**薄青の狩衣**《うすあをのかりぎぬ》　経糸《たて》に白、緯糸《よこ》に青で織った色の狩衣。狩衣はもと狩猟に着用したが、後、常用の略服となった。　**萌黄威**《もえぎをどし》**の腹巻**　黄と青の間色の糸で綴った一種の鎧《よろい》。　**弦袋**《つるぶくろ》　予備の弓弦を巻いて入れておく袋。　**貫首**《くわんじゆ》　蔵人頭《くろうどのとう》。宮廷の行事や太政官との連絡にあたる蔵人所《くろうどどころ》の長官。

うつぼ柱　中が空洞《くうどう》になっている柱。清涼殿の南、神仙門の西にある、雨樋《あまどい》。　**鈴の綱**　殿上の間から蔵人所に引き渡した鈴のついた綱。殿上から蔵人が蔵人所の下役を呼ぶのに用いた。　**布衣**《ほうい》　六位以下の人が着た無紋の狩衣。　**相伝の主**　先祖代々仕えてきた主君。

【解説】

忠盛による得長寿院の造進と、その恩賞としての昇殿は、平家一門の栄華への契機であった。『中《ちゆう》右記《ゆうき》』長承元年三月十三日の条に「国司忠盛遷任の宣旨を下され、又内《うち》の昇殿を聴《ゆる》さる」とあり、同二十二日には「此人の昇殿、猶未曾有《なおみぞう》の事なり」と記されている。この史実にもとづいて、作品は構想されている。武人の昇殿は承徳二年（一〇九八）源義家が院昇殿を許された先例があり、同『中右記』の同年十月二十三日の条にその記事があって「義家朝臣《あそん》は天下第一の武勇の士なり、昇殿を聴《ゆる》さるは世人甘心《かんしん》せざるの気あるか。ただし言うなかれ」と記している。「甘心せざるの気」といい、「未曾有の事」と評する口吻《こうふん》に、武人の昇殿を歓迎しない貴族の心情があらわれている。

闇《やみ》討ちの企ての史実は不明である。冨倉徳次郎氏の『平家物語全注釈』が指摘するように、建仁元年（一二〇一）、節会《せちえ》の夜、保季が人々を語らって蔵人《くろうど》以康を陵轢《りょうれき》しようとした事が『明月記』（藤原定家の日記）同年十一月二十四日の条に記されており、このような事件がありえたことを示している。

歴史的には、寺院造進という一件だけが平家全盛への端緒《たんしょ》であったのではない。その背景には、正盛の代からの反逆者や賊徒の追討にみられる軍事力によって、院政の政治機構に重要な地歩をしめてきたことがある。それは忠盛にうけつがれて、山陽南海の海賊追捕《ついぶ》に大いに武威を発揮した。受領《ずりょう》歴任のうえ、宋との貿易によって富を蓄積し、『宇槐《うかい》記抄』（左大臣藤原頼長の日記の抄録）には「奴《ぬ》僕《ぼく》国に満ち、武威人に軼《す》ぐる」と評された。この財力に物を言わせての寺院造進であった。物語は政治経済史上の平家の勢力拡充には直接ふれず、得長寿院の造進とそれによる昇殿の叙述でその過程を代表させたのである。

闇討ちの陰謀という姑息《こそく》な手段によって旧秩序の安泰を図《はか》ろうとした貴族たちの企ては、忠盛の無言の威圧と、郎等家貞の主従一体となる行動の前に、後退せざるをえなかった。その経過が、あざやかに描きだされている。とくに、「諸人目をすましけり」の一句は、忠盛の行動に対する貴族たちの驚きを的確に表現しえている。

殿上闇討《てんじやうのやみうち》（二）

忠盛御前《ごぜん》の召《めし》に舞はれければ、人々拍子《ひやうし》をかへて、

「伊勢平氏はすがめなりけり」

とぞはやされける。此《この》人々はかけまくもかたじけなく、柏原天皇《かしはばらのてんわう》の御末《おんすゑ》とは申しながら、中比《なかごろ》は都の住《すま》ひもうとく〳〵しく、地下《ぢげ》にのみ振舞《ふるまひ》な（ッ）て、伊勢国に住国ふかかりしかば、其《その》国のうつは物に事よせて、伊勢平氏とぞ申ける。其上《そのうへ》忠盛目のすがまれたりければ、か様《やう》にははやされけり。


いかにすべき様もなくして、御遊《ぎよいう》もいまだ終らざるに、偸《ひそ》かに罷出《まかりい》でらるるとて、横だへさされたりける刀をば、紫宸殿《ししんでん》の御後《ごご》にして、かたへの殿上人の見られける所にて、主殿司《とのもづかさ》を召して、預《あづ》け置《おき》てぞ出《い》でられける。

家貞待ちうけ奉《たてま》（ッ）て、

「さて、いかが候《さうらひ》つる」

と申しければ、かくともいはまほしう思はれけれども、いひつるものならば、殿上までも頓而《やがて》きりのぼらんずる者にてある間、

「別《べち》の事なし」

とぞ答へられける。

五節には、

「白薄様《しろうすやう》、こぜむじの紙、巻上《まきあげ》の筆、鞆絵《ともゑ》かいたる筆の軸《ぢく》」

なんど、さま〳〵面白き事をのみこそ歌ひ舞はるるに、中比太宰権帥《なかごろだざいのごんのそつ》季仲卿《すゑなかのきやう》といふ人ありけり。あまりに色の黒かりければ、みる人黒帥《こくそつ》とぞ申しける。其人いまだ蔵人頭《くら(ン)どのとう》なりし時、五節に舞はれければ、それも拍子《ひやうし》をかへて、

「あな黒々《くろ〳〵》、黒き頭《とう》かな、いかなる人のうるしぬりけむ」

とぞはやされける。

又花山院《くわさんのゐんの》前太政大臣《さきのだいじやうだいじん》忠雅公《ただまさこう》、いまだ十歳と申しし時、父中納言《ちゆうなごん》忠宗卿《ただむねのきやう》におくれ奉(ッ)て、みなし子にておはしけるを、故中御門藤中納言《こなかのみかどのとうぢゆうなごん》家成卿《かせいのきやう》、いまだ播磨守《はりまのかみ》たりし時、聟《むこ》に取つて声花《はなやか》にもてなされければ、それも五節に、

「播磨よねは、とくさかむくの葉か、人のきらをみがくは」

とぞはやされける。

「上古《じやうこ》にはか様《やう》にありしかども事いでこず。末代《まつだい》いかがあらんずらむ、おぼつかなし」

とぞ人申しける。

【現代語訳】

忠盛が御前《ごぜん》に召されて舞を舞われると、殿上人たちは、歌の拍子をかえて、

「伊勢の平氏(瓶子《へいじ》)は眇《すがめ》(酢《す》がめ)であるよ」

とうたいはやされた。この平氏の一門は、おそれ多くも桓武天皇の御子孫とは申しながら、中ごろは都に住むこともほとんどなく、地下人《じげ》として暮らして、伊勢の国に長く居住していたので、その国に産する器物である瓶子《へいじ》にかこつけて「伊勢平氏」と申したのである。そのうえ、忠盛は目がすが目であったので、このようにはやされたのであった。

忠盛はどうにもしようがないので、歌舞管弦の御遊びもまだ終わらないうちに、そっと退出されようとして、腰にさしていた刀を、紫宸殿《ししんでん》の北廂《きたひさし》、賢聖障子《けんじょう》の後方で、同輩の殿上人の見ておられる所で、主殿司《とのもづかさ》を呼び、預け置いて退出された。

家貞は、忠盛を待ちうけ申して、

「さて、いかがでございましたか」

とうかがうと、このような事があったと殿上人たちによる嘲弄《ちょうろう》を告げたいとは思われたが、もし言おうものなら、殿上までもただちに斬り上ろうとするような、権威をものともしない血気盛んな者なので、

「別に変った事はない」

と答えられたのであった。

五節《ごせち》の饗宴には、

「白薄様《しろうすよう》、濃染紙《こぜんじ》の紙、巻上《まきあげ》の筆、巴《ともえ》をえがいた筆の軸《じく》」

などと、さまざまに面白いことを詠《よ》みこんだ歌をうたい、舞われるのが常であるのに、中ごろ、大宰権帥《だざいのごんのそつ》季仲卿という人がいた。あまりに色が黒かったので、見る人は「黒帥《こくそつ》」という

仇名《あだな》で呼んだ。その人がまだ蔵人頭《くろうどのとう》であったとき、五節の宴で舞われると、そのときも歌の拍子を変えて、

「ああ、黒い黒い、まことに黒い頭だ、どんな人が漆《うるし》を塗《ぬ》ったのか」

と、はやされた。

また、花山院《かざんいん》の前の太政大臣忠雅《ただまさ》公がまだ十歳のとき、父の中納言忠宗《ただむね》卿に先立たれて孤児でおられたのを、故中御門《なかみかど》藤中納言家成卿が、そのころ播磨守《はりまのかみ》であったが、娘婿《むこ》に迎えて、はでな暮しぶりをなされたので、それも五節のときに、

「播磨《はりま》の米《よね》は、とくさであろうか、むくの葉であろうか。人を着飾らせて磨きたてているよ」

と、はやしたてられた。

「昔はこのようなことがあったが、何の事件も起らなかった。しかし、末代の今は、どうであろうか。不安なことだ」

と、人々はささやき合われた。

【語釈】

柏原天皇《かしはばらの》 桓武天皇。御陵が山城国紀伊郡柏原にあるのでいう。**地下《ぢげ》** 清涼殿に昇殿することを許されない官人。**其国《その》のうつは物** 伊勢の国に産する焼物。瓶子《へいじ》（徳利）。酢《す》がめに用いたという。伊勢の平氏と瓶子、忠盛の目がすがめであったことと酢がめ、をかけて揶揄《やゆ》した。**紫宸殿《ししんでん》の御後《ごご》** 紫宸殿の賢聖障子の北陰の広廂《ひろびさし》をいう。**かたへ** 朋輩、同輩。

主殿司《とのもづかさ》　殿上の雑用を勤める主殿寮の女官。
白薄様《しろうすやう》　染めてない薄い紙。雁皮《がんぴ》紙の類。なお、この一句をもって歌謡の一曲の名称とした。**こぜむじの紙**　濃染紙、紫色に濃く染めた紙。　**巻上《まきあげ》の筆**　軸を色糸で美しく巻いた筆。　**鞆絵《ともゑ》かいたる筆の軸《ぢく》**　巴の蒔絵《まきゑ》を軸に施した筆。
太宰権帥《だざいのごんのそつ》　大宰帥の権官。大宰帥が長官であるが、帥がおかれないときは代わってその任に当る。
季仲卿《すゑなかのきやう》　中納言藤原経季の子、寛治元年（一〇八七）蔵人頭《くらうどのとう》に任じ、参議《さんぎ》左大弁《さだいべん》、中納言と昇進、康和四年（一一〇二）大宰権帥を兼ねる。
花山院《くわさんのゐん》前《さきの》太政大臣《だいじやうだいじん》忠雅公《ただまさこう》　権中納言忠宗の二男。父忠宗は長承二年（一一三三）四十七歳で没した。家成の女との間に兼雅《かねまさ》ほかの子がある。　**中御門《なかのみかどの》藤中納言《とうぢゆうなごん》家成卿《かせいのきやう》**　参議修理大夫《しゆりのだいぶ》藤原家保の三男、「鹿谷《ししのたに》」の章に登場する成親の父。その家が京都の中御門の北、東洞院の西にあったので中御門を家号とした。
播磨《はりま》よね　播磨国に産する米。播磨守にかけていう。　**とくさ・むくの葉**　いずれも物を磨くのに用いる。　**きら**　綺羅《きら》、あやぎぬとうすもの、美しい衣裳。よそおい飾ること。
上古《じやうこ》　大昔、が本来の意であるが、ここではただ昔といった程度に用いられている。

【解説】

闇討ちは断念せざるをえなかった貴族たちはお手のものの歌舞管弦の席上、即興的な替歌で忠盛をからかった。これには忠盛も対抗の策がなく、ひそかにその場をぬけ出したのであった。安否を気づかって主人を待ちうけた家貞に、「かくともいはまほしう思はれけれども、いひつるものならば、殿上《てんじやう》までも頓而《やがて》きりのぼらんずる者」であるので、自重して、事実を告げなかった。もし、一部始終を語れば、主思いの郎等《ろうどう》家貞は怒りのあまりただちに殿上に斬りのぼるであろう。その結果は、昇殿の栄誉も取消されることになろう。忠盛は思慮ぶかく、貴族たちの挑発から体をかわしたのである。

「延慶本」では「いかに何事か候つると申せは、面目なき事なれは何事もなしとて被出《いでられ》にけり」と表現されている。自分を揶揄《やゆ》する替歌で舞う、という屈辱は「面目なき事」にちがいないが、だから語らなかった、とするのは凡俗に堕した忠盛像のとらえかたである。

忠盛の昇殿とその年の五節豊明《ごせつとよのあかり》の節会《せちえ》は、史実では長承元年（一一三二）のことであり、五節の挿話《そうわ》として語られた二つの話のうちの後の一つ、孤児になった忠雅を家成が婿に迎えたことは、忠雅の父忠宗の死去が長承二年（一一三三）であるので、これを「上古」の例にあげ、「末代」の忠盛の一件と対比させるのは時代の順を無視した叙述である。屋代本にはこの挿話が無いが、それが古態であり本来の姿である。

殿上闇討《てんじやうのやみうち》（三）

案《あん》のごとく五節《ごせつ》はてにしかば、殿上人《てんじやうびと》一同に申されけるは、「夫《それ》雄剣《ゆうけん》を帯して公宴《くえん》に列《れつ》し、兵仗《ひやうぢやう》を給はつて宮中を出入《しゆつにふ》するは、みな是《これ》格式《きやくしき》の礼《れい》をまもる。綸命《りんめい》よしある先規《せんぎ》なり。しかるを忠盛朝臣《ただもりのあつそん》、或《あるい》は相伝《さうでん》の郎従《らうじゆう》と号《がう》して布衣《ほうい》の兵《つはもの》を殿上の小庭に召しをき、或は腰の刀を横《よこ》だへさいて、節会《せちゑ》の座につらなる。

両条希代《りやうでうきたい》いまだきかざる狼藉《らうぜき》なり。事既《すで》に重畳《ちようでふ》せり。罪科尤《ざいくわもつと》ものがれがたし。早く御《み》札《ふだ》をけづ（ッ）て、闕官《けつくわん》 停任《ちやうにん》せらるべき」由、おの〱訴《うつた》へ申されければ、上皇《しやうくわう》大きに驚きおぼしめし忠盛をめして御尋《おんたづ》ねあり。陳《ちん》じ申しけるは、

「まづ郎従小庭《こには》に祗候《しこう》の由、全《まつた》く覚悟《かくご》仕らず。但《ただ》し近日人々あひたくまるる旨《むね》、子《し》細《さい》ある歟《か》の間、年来《ねんらい》の家人《けにん》事をつたへ聞くかによ（ッ）て、其恥《そのはぢ》をたすけむが為に、忠盛に知られずして偸《ひそ》かに参候《さんこう》の条、力及《ちからおよ》ばざる次第《しだい》なり。若《も》しなほ其咎《そのとが》あるべくは、彼身《かのみ》を召し進ずべき歟《か》。次に刀の事、主殿司《とのもづかさ》にあづけおきをは（ン）ぬ。是を召し出《いだ》され、刀の実否《じつぷ》について、咎《とが》の左右《さう》あるべき歟《か》」

と申す。

「此儀尤《もつと》もしかるべし」

とて、其刀を召し出して叡覧《えいらん》あれば、うへは鞘巻《さやまき》の黒くぬりたりけるが、中は木刀に銀薄《ぎんぱく》をぞおしたりける。

「当座の恥辱《ちじよく》をのがれんが為に、刀を帯する由あらはすといへども、後日《ごにち》の訴訟《そしよう》を存《ぞん》知《ぢ》して、木刀を帯しける用意のほどこそ神妙《しんべう》なれ。弓箭《きゆうせん》に携《たづさは》らむ者のはかりことは、尤もかうこそあらまほしけれ。兼ねては又郎従小庭に祗候《しこう》の条、且《か》つうは武士の郎等のならひなり。忠盛が咎にあらず」

とて、還而叡感《かへ(ツ)てえいかん》にあづか（ッ）しうへは、敢《あへ》て罪科《ざいくわ》の沙汰《さた》もなかりけり。

【現代語訳】

案じられたように、五節が終ると、殿上人《てんじょうびと》たちは一せいに忠盛を非難して進言した。

「そもそも刀剣を身に帯びて公《おおやけ》の宴会に列席し、警護の兵を召し連れて宮廷に出入りするのは、みな法令の定めと礼儀を守るべきであり、これは勅命によって定められた、むかしからの由緒ある規則であります。それにもかかわらず、忠盛朝臣《あそん》は、あるいは家代々の郎従であると称して、布衣《ほうい》姿の武士を殿上の小庭に待機させたり、あるいは刀を腰にさして節会《せちえ》の座に出席しました。この二箇条とも、かつてない乱暴な事であり、秩序に反した行為は、すでに重なっています。この罪は、免《まぬか》れるわけには参りません。早く殿上人としての籍を除いて、官職をとりあげるべきです」

と口々に訴え出られたので、上皇はたいへん驚かれて、忠盛を召してお尋ねになった。

忠盛は釈明して、

「まず、郎従が小庭に伺候《しこう》していたことは、私のまったく予知しないことでした。しかし最近人々が謀《はかりごと》をめぐらして私をおとし入れようとする動きがあるとかで、年来の家人がその事を伝え聞くかして、主人の恥を救おうと、忠盛に知られぬよう、ひそかに殿上の小庭に伺候していたのであれば、私の力の及ぶことではありません。それでもなお罪があるということでしたら、その家来を召して差出すべきでしょうか。つぎに、刀の事については、主殿司《とのもづかさ》にすでに預けてあります。これをお召し出しになって、実《まこと》の刀か否か、お調べのうえ罪があるかどうかをお決めになるべきでしょう」

と申し述べた。

「それはもっともなことである」

と、その刀を召し出されて御覧になると、上は鞘巻《さやまき》の黒く塗ったものであるが、中身は木刀に銀箔《ぎんぱく》をはってあった。

「さしあたっての恥辱をまぬかれるために、刀を帯びているように見せかけたが、後に訴えられることを考慮して、木刀を帯した、という用意周到さはまことに感心である。武士たるものの心構えは、まったくこのようでありたいものだ。また、郎従が小庭に伺候していたことは、武士の郎等としての当然の行為である。忠盛の罪ではない」

と、咎《とが》められるどころか、かえって賞賛をうけることになったので、このうえ罪科に処せられるという措置《そち》はなかったのである。

【語釈】
雄剣《ゆうけん》　雄はたたえていう。りっぱな剣。　**兵仗**《ひやうぢやう》　兵と武器。ここでは護衛の随身《ずいじん》のこと。　**格式**《きやくしき》　格は詔勅・官符により臨時に制定される法令、式は諸官省の事務規定。律令《りつりよう》を補って制定されるもの。ここでは法令という程度の意。　**綸命**《りんめい》　天皇の勅命。　**先規**　従来よりの規定。　**希代**《きたい》　世に稀《まれ》なこと。　**御札**《みふだ》　殿上の日給《にっきゅう》の簡《ふだ》。殿上人の姓名を記した木の札。　**闕官**《けつくわん》　**停任**《ちやうにん》　官職を解き、罷《ひ》免《めん》すること。　**覚悟**　前もって知って心がまえをすること。

【解説】

歌舞の席での嘲弄《ちようろう》も、忠盛の忍耐と自重で事に至らず、肩すかしをくった貴族たちは、こんどは法令をもちだして、忠盛を陥《おとしい》れようと図《はか》った。ここに、古代末期の貴族たちの狡猾《こうかつ》な一面があらわされている。この貴族たちの実態は、これから二十数年後の保元・平治の乱を叙述した保元・平治物語において、さらに鋭く暴露されるのである。「夫《それ》雄剣を帯して公宴《くえん》に列し」以下の威儀を正した表現の背後に、腹黒い貴族たちの風貌《ふうぼう》がうかびあがってくるようである。

上皇の問いに釈明する忠盛の詞《ことば》によって、身に帯びて参内し、貴族たちを威圧した刀が調べられ、それが木刀に銀箔をおしたものであることが明らかになったとき、「兼ねて用意をいたす」とはじめに書かれていた、その「用意のほど」が、読者にも知られるのであり、まことに巧みな構成といわなければならない。これはこの一篇の伏線となっており、貴族たちの陰謀が完全に敗退して、上皇の賞賛により、忠盛の地位が確保される事件の経過の中心におかれているのである。

武士の主従関係の緊密さについては、すでに『今昔物語集』にも説話があるが、忠盛の知謀と周到な用意に加えて、この郎等の行動も忠盛を扶《たす》けて、物語の世界で平氏が官界に地歩を築くうえでの一つの役割を果した。

「弓箭《きゆうせん》に携《たづさは》らむ者のはかりこと」といい、「武士の郎等のならひ」という、鳥羽上皇の武士に対する認識の深さも、忠盛の立場を有利にした条件であった。享受者は、上皇の賞賛とともに、忠盛の知謀と深慮による事件の克服に共感するのである。

やがてくる平家一門の全盛時代は、この一篇で作者が力をこめて語った忠盛のような人間像によって、その一頁がひらかれた、というのが物語の作品構想におけるこの章の位置である。

鱸《すずき》

其子どもは、諸衛《しよゑ》の佐《すけ》になる。昇殿せしに、殿上《てんじやう》のまじはりを人きらふに及ばず。其比《そのころ》忠盛、備前《びぜんの》国より都へのぼりたりけるに、鳥羽院、

「明石浦《あかしのうら》はいかに」

と御尋ねありければ、

　有明《ありあけ》の月も明石《あかし》のうら風に浪《なみ》ばかりこそ寄《よ》るとみえしか

と申したりければ、御感ありけり。此歌は、金葉集《きんえふしふ》にぞ入れられける。

　忠盛又仙洞《せんとう》に最愛の女房《にようばう》をも（ッ）て、かよはれけるが、ある時、其女房の局《つぼね》に、つまに月出《いだ》したる扇を忘れて出でられたりければ、かたへの女房たち、

「是はいづくよりの月影ぞや、出所《いでどころ》おぼつかなし」

な（ン）ど、わらひあはれければ、彼《かの》女房、

　雲井《くもゐ》よりただもりきたる月なればおぼろけにてはいはじとぞ思ふ

とよみたりければ、いとどあさからずぞ思はれける。薩摩守忠度《さつまのかみただのり》の母是《これ》なり。似《に》るを友とかやの風情《ふぜい》に、忠盛もすいたりければ、彼《かの》女房も優《いう》なりけり。

【現代語訳】

忠盛の子供は諸衛の次官となった。そのうえ、昇殿を許されたが、もはや貴族たちは殿《てん》上人《じょうびと》としての交わりを嫌《きら》うことはできなかった。

そのころ、忠盛は備前国から上京することがあったが、鳥羽院が、

「明石の浦の風情《ふぜい》はどうか」

とお尋ねになったので、忠盛は、

有明の月も明石のうら風に浪《なみ》ばかりこそ寄るとみえしか

（有明の月も明るい明石の浦では、海辺を吹きわたる風によせる浪ばかりが夜の情景にみえたことでした）

と歌でお答えしたところ、鳥羽院はたいへん御感心なさった。この歌は『金葉集《きんようしゅう》』に入れられた。

忠盛はまた、院の御所に深く愛している女房がいて、通《かよ》っておられたが、あるときその女房の部屋に、端に月が描かれている扇を忘れて帰られたことがあった。同輩の女房たちが、

「これはどこからでた月でしょうか。出所がわからず気にかかることです」

などと笑い合われたので、その女房は、

雲井《くもゐ》よりただもりきたる月なればおぼろけにてはいはじとぞ思ふ

（雲間からただ漏れてきた月なので、なみたいていのことではその出所は言うまいと思

います）

と詠んだので、後にこれを聞いた忠盛は、なおいっそうこの女房を愛されたのであった。薩《さつ》摩守《まのかみ》忠度《ただのり》の母がこの女房である。似たもの同士が友となるとかいうように、忠盛も風流の道を好んだが、その女房も歌道に優《すぐ》れていたのであった。

【語釈】

諸衛《しょゑ》の佐《すけ》　諸衛は御所の警備にあたる六衛府《りくゑふ》（左右近衛《このえ》、左右衛門《えもん》、左右兵衛《ひょうえ》）で、佐《すけ》は、衛門府、兵衛府の次官。　**有明の、の歌**　月が明るいことと月の名所の明石をかけ、浪が寄る、と夜とをかけている。　**金葉集《きんえふしふ》**　白河院の院宣により源俊頼《としより》が撰んだ第五番目の勅撰集。天治元年（一一二四）から大治《だいじ》元年（一一二六）の間に成立。忠盛のこの歌は、「月のあかかりける比《ころ》明石にまかりて月を見て上りたりけるに、都の人々月はいかにと尋ねければ、よめる」という詞書《ことばがき》がある。
仙洞《せんとう》　上皇の御所。　**つま**　端《はし》のこと。　**いづくよりの月影**　忠盛のものと知りながら、扇の持主を不審だと戯《たわむ》れていう言葉。　**雲井《くもゐ》より、の歌**　雲井は、雲間の意と皇居をかける、ただもりきたる、はただ漏れてくる、の意と忠盛来《きた》るをかける。「いはじとぞ思ふ」と詠みながら、忠盛の名を示している。　**似るを友とかやの風情**　諺《ことわざ》にいう、似た者夫婦、といった意。

【解説】

「鱸《すずき》」という章段の題名は、この章の後段の内容から附されたもので、章の全体にわたるものではない。章段は「屋代本」のように、本来のかたちの平家物語にはなく流布の過程で区切られたものであり、諸本の間に相違があって、その題名も異なる場合がある。「八坂本」（国民文庫）ではこの章は「清盛昇進の沙汰」と題されており、鱸《すずき》の記事は載っていない。

この一段は、忠盛とその愛人である女房の和歌の道に秀《ひい》でていたことを語る挿話《そうわ》である。はじめに、忠盛の子らが諸衛《しよえ》の佐《すけ》になり、昇殿したが、「殿上のまじはりを人きらふに及ばず」と記して、平家の権勢が拡大されて貴族と対等の地位にきていることを示している。そのうえで、「殿上の闇討」で表現された武人としての資質に加えて、歌人としても優れていたことを、同じく鳥羽院に認められた、として文武二道にわたる理想像としての忠盛を語っている。『金葉集』の詞書が実際の作歌事情を示すものと思われ、「源平闘諍録」は、鳥羽院ではなく、「人々多く集《あつまり》て、明石の浦の月はいかに」と忠盛に問うたとしている。またこの詠歌は年代的には昇殿以前のものであるから、歌詞に若干の異同があるが「四部合戦状本」は昇殿の事件の前にこの記事をおいている。しかし、平家物語の文学としての構成からいえば、語りもの系の覚一本のような叙述が、忠盛像を際立たせて効果的である。

忠盛の最愛の女房も歌才に恵まれており、それ故、いっそう愛情も深くなったという挿話《そうわ》に続いて、「薩摩守《さつまのかみ》忠度の母是《これ》なり」と記している。巻第七「忠度都落《みやこおち》」、巻第九「忠度最期《さいご》」で語られる「武芸にも歌道にも達者」な人、薩摩守忠度の母は、事実はともあれ、平家物語の世界では、この女房でなければならないのである。

「延慶本」などでは、この挿話は清盛の死の叙述の後に付加された説話の一つ、その出生を語る祇《ぎ》園女御《おんにようご》の話のなかに記され、詠歌の事情もまったく異なった叙述となっており、「雲井より」の歌は「雲間より」と歌詞も変ったうえ、忠盛の作となっている。

鱸《すずき》（二）

かくて忠盛、刑部卿《ぎやうぶきやう》にな（ッ）て、仁平《にんぺい》三年正月十五日、歳《とし》五十八にてうせにき。清盛嫡男《ちやくなん》たるによ（ッ）て、其跡をつぐ。

保元《ほうげん》元年七月に、宇治《うぢ》の左府《さふ》代を乱り給ひし時、安芸守《あきのかみ》とて御方《みかた》にて勲功《くんこう》ありしかば、播磨守《はりまのかみ》にうつ（ッ）て、同《おなじき》三年大宰大弐《だざいのだいに》になる。次に平治《へいぢ》元年十二月、信頼卿《のぶよりのきやう》が謀叛《むほん》の時、御方《みかた》にて賊徒をうちたひらげ、

「勲功一つにあらず、恩賞是《これ》重かるべし」

とて、次の年正三位《じやうざんみ》に叙せられ、うちつづき宰相《さいしやう》、衛府督《ゑふのかみ》、検非違使別当《けんびゐしのべつたう》、中納言《ちゆうなごん》、大納言《だいなごん》に経《へ》あが（ッ）て、剰《あまつさ》へ丞相《しようじやう》の位にいたり、左右《さう》を経ずして内大臣より太政《だいじやう》大臣従一位《じゆいちゐ》にあがる。大将《だいしやう》にあらねども、兵仗《ひやうぢやう》を給はつて随身《ずいじん》を召し具す。牛車輦《ぎつしやれん》車《じや》の宣旨《せんじ》を蒙《かうぶ》つて、乗りながら宮中《きゆうちゆう》を出入す。偏《ひとへ》に執政《しつせい》の臣のごとし。

「太政大臣は、一人《いちじん》に師範《しはん》として、四海に儀《ぎ》けいせり。国を治め道を論じ、陰陽《いんやう》をやはらげをさむ。其人《そのひと》にあらずは則《すなは》ちかけよ」

といへり。されば即闕《そくけつ》の官とも名付けたり。其人ならではけがすべき官ならねども、一天四海を掌《たなごころ》の内ににぎられしうへは、子細《しさい》に及ばず。

【現代語訳】

こうして忠盛は刑部卿《ぎょうぶのきょう》に任じられ、仁平《にんぺい》三年正月十五日、五十八歳で亡くなった。清盛は嫡男《ちゃくなん》なので、その跡を継いだ。

保元元年七月、宇治の左大臣頼長が反乱を起されたとき、安芸守《あきのかみ》であった清盛は後白河天皇の御方として勲功をたてたので、播磨守《はりまのかみ》に転任し、同じ保元三年には大宰大弐《だざいのだいに》になった。ついで、平治元年十二月、信頼卿の謀反のときも、天皇の御方で賊軍を討ち平らげた。

「功績は一度だけではない。恩賞は厚くなされるべきである」

というので、翌年、正三位に叙せられ、ひきつづき、参議、衛府《えふ》の督《かみ》、検非違使《けびいし》の別当、中納言《ちゅうなごん》、大納言と昇進し、そのうえ大臣の位にのぼり、しかも左右の大臣を経ずに、内大臣からただちに太政大臣従一位に進んだ。近衛大将ではなかったが、兵仗《ひょうじょう》宣下《せんげ》を賜わって護衛の兵を召し連れ、牛車輦車《ぎっしゃれんしゃ》の宣旨《せんじ》をいただいて、乗車のままで宮中に出入りした。まったく摂政関白の地位にある重臣と同様である。

「太政大臣は、天子の師範として、天下の模範となるべき者である。国を治め、道義を明らかにし、天地万物を調和させることのできる人物である。その資格にかなう人がなければ、すなわち、欠員のままにせよ」

といわれている。それで、「則闕《そっけつ》の官」とも名づけられているのである。適任者でなければ任ずべき官職ではないが、清盛が天下の権を掌中に握られた以上は、とやかく批判するわけにはいかないのである。

【語釈】

宇治《うぢ》の左府《さふ》　左大臣藤原頼長《よりなが》。宇治に別荘があった。保元元年、皇位継承問題で不満を抱いていた崇徳《すとく》上皇と、氏長者の座をめぐり兄忠通と対立していた頼長が、源為義、平忠正らをたのんで反乱を起したが、たちまち敗北し、頼長は都を落ちのびようとしてその途中、流れ矢にあたり死亡した。　**大宰大弐《だざいのだいに》**　九州を統治し、辺境警備と外交にあたる大宰府の次官。　**宰相《さいしやう》**　参議の唐名。朝政に参議する、大臣、納言につぐ重職。　**衛府督《ゑふのかみ》**　皇居警備の任に当る役所の長官。　**検非違使別《けんびゐしのべつ》当《たう》**　京都の警察・裁判をつかさどる検非違使庁の長官。　**丞相《しようじやう》**　大臣の唐名。　**中納言《ちゆうなごん》**　太政官の次官。　**大納言《だいなごん》**　太政官の次官、天皇に近侍して政治に参与する。　**左右《さう》**　左大臣、右大臣。　**内大臣**　左大臣、右大臣の出仕しないとき、代って政務儀式をつかさどった。　**太政大臣**　最高の官で、とくに職掌はなく、最も重んじられた。　**大将《だいしやう》**　禁中の警衛、行幸の供奉《ぐぶ》にあたる近衛府の長官。　**随身《ずいじん》**　位の高い貴族の護衛のため武装して随従する衛府《えふ》の兵。　**牛車《ぎつしや》輦車《れんじや》の宣旨《せんじ》**　大内裏《だいだいり》の十二門を牛車に乗ったまま出入することを許される宣旨と、人の手でひく車に乗りながら宮中に出入することを許される宣旨。　**執政《しつせい》の臣**　政務を執る臣、の意で、摂政関白の唐名。　**一人《いちじん》**　天皇。　**儀《ぎ》けい**　儀形《けい》。師範と同義。　**陰陽《いんやう》をやはらげをさむ**　万物の根源をなす、相反する陰陽の二気をやわらげ、自然の運行をととのえて、天下が平和となる意。

【解説】

忠盛の跡を継いだ清盛は、保元・平治の両乱に勝利をおさめたことを契機として、父忠盛がひらいた官界への進路を一挙に昇りつめていった。その躍進ぶりが、たたみかけるような調子で、力強く語られている。「心も詞《ことば》も及ばれね」と冒頭で述べた「清盛公と申し人のありさま」は、権力を握ってからの専横ぶりをいうばかりではなく、この異例の昇進も対象としていたのである。

この清盛の昇進ぶりを、史実に照すと、つぎのようになる。


保元元年（一一五六）播磨守、『兵範記《へいはんき》』七月十一日条。

保元三年（一一五八）大宰大弐《だざいのだいに》、『兵範記』八月十日除目《じもく》の条。『山槐記《さんかいき》』同日除書の条。

永暦元年（一一六〇）正三位、『公卿補任《くぎょうぶにん》』

　同年　参議、『山槐記』『公卿補任』八月十一日。

　同年　右衛門督《うえもんのかみ》、『山槐記』『公卿補任』九月二日。

永暦二年（一一六一）検非違使別当、『公卿補任』正月二十三日。

応保元年（一一六一）権中納言、『公卿補任』九月十三日。

永万元年（一一六五）権大納言、『公卿補任』八月十七日。

仁安元年（一一六六）内大臣、『公卿補任』十一月十一日。

仁安二年（一一六七）太政大臣従一位、『公卿補任』『山槐記』『玉葉《ぎょくよう》』二月十一日。『玉葉』は、

「今日任大臣、太政大臣清盛、元内大臣、賜二兵仗一、府生已下、如二執政臣一。蒙二輦車宣一、叙二一位一」（今日任大臣。太政大臣清盛元内大臣、兵仗《ひょうじょう》府生《ふしょう》以下を賜わる。執政の臣の如し。輦車《れんしゃ》宣旨を蒙《こうむ》り一位に叙せらる）と記している。

鱸《すずき》（三）

平家かやうに繁昌《はんじやう》せられけるも、熊野権現《くまののごんげん》の御利生《ごりしやう》とぞきこえし。其故《そのゆゑ》は、古《いにしへ》清盛公《もりこう》、いまた安芸《あき》守たりし時、伊勢《いせ》の海より船にて熊野へまゐられけるに、大きなる鱸《すずき》の、船に躍《をど》り入《い》りたりけるを、先達《せんだつ》申しけるは、

「是《これ》は権現の御利生《りしやう》なり。いそぎ参るべし」

と申しければ、清盛宣《のたま》ひけるは、

「昔周《しう》の武王《ぶわう》の船にこそ、白魚《はくぎよ》は躍《をど》り入りたりけるなれ。是吉事《きちじ》なり」

とて、さばかり十戒《じつかい》をたもち、精進潔斎《しやうじんけつさい》の道なれども、調味《てうみ》して、家子《いへのこ》侍共に食はせられけり。其故にや、吉事のみうちつづいて、太政大臣まできはめ給へり。子孫の官《くわん》途《ど》も、竜《りよう》の雲に昇るよりは、猶《なほ》すみやかなり。九代の先蹤《せんじよう》をこえ給ふこそ目出たけれ。

【現代語訳】

平家がこのように繁栄を極められたのは、熊野権現の御利益《ごりやく》によるということである。そのわけは、昔、清盛公がまだ安芸守《あきのかみ》であったころ、伊勢の海から船で熊野に参詣《さんけい》されたことがあった。その時、大きな鱸《すずき》が船の中に躍り込んできたのを、先導する修験者の申すことには、

「これは熊野権現の御利益です。いそいで召し上りなさい」

というので、清盛は、

「昔、周の武王の船に、白魚の躍り込んだ故事《こじ》がある。これは吉事である」

といって、神社詣《もう》でのためにきびしく十戒を守り、精進潔斎を保ってきた道中であったけれども、これを料理して、家の子、侍たちに食べさせられた。そのためか、吉事ばかりが続いて、ついに太政大臣にまで昇進されたのである。子孫の官職も、竜が雲にのぼるよりも速《すみ》やかに進んでいった。こうして、九代にわたる祖先の先例を越えられたのは、めでたいことであった。

【語釈】
熊野権現《くまのごんげん》 和歌山県の熊野三所権現のこと。本宮、新宮、那智の三所権現で、熊野三山ともいう。
御利生《りしやう》 神仏の加護。ご利益《りやく》。 **先達《せんだつ》** 参詣の先導をする修行を積んだ修験者。 **周《しう》の武《ぶ》王《わう》** 周の武王が殷《いん》の紂王《ちゆうおう》を討ったときの故事。『史記』周本紀《ほんぎ》に記されている。
十戒《じつかい》 仏教で説く戒律で、殺生、偸盗《ちゆうとう》、邪婬《じやいん》、妄語《もうご》、両舌《りやうぜつ》、悪口《あつく》、綺語《きご》、貪欲《とんよく》、瞋恚《しんい》、邪見《じやけん》の十悪を禁制すること。この十項は経典によって多少異なる。 **精進潔斎《しやうじんけつさい》** 仏道に励み、肉食を断《た》って、身を清めること。 **調味《てうみ》** 料理。 **家子《いへのこ》** 一族の武士。 **官途《くわんど》** 官職昇進の道。

【解説】

この時代に隆盛を極めていた熊野信仰を、平家一門の興隆と関連させた挿話《そうわ》である。清盛の詞《ことば》として、武王の故事が述べられているが、佐々木八郎『平家物語評講』が指摘するように、鱸《すずき》が船に躍《おど》り込んだ一件は、『史記』のこの故事から案を得たものであろう。「百二十句本」、「流布本」では、清盛の言ではなく、先達《せんだつ》の申す詞《ことば》のなかで武王のことが述べられている。

「屋代本」や「八坂本」では、この挿話の記載はなく、語り系では物語の変容の過程で付加されてきたものと思われる。

平家物語と熊野が深い関連をもっていることは、後の巻第二で語られる鬼界《きかい》が島の流人、丹波少将や康頼入道の熊野信仰や、巻第十の維盛《これもり》の熊野参詣、など、物語の中心にある事件と人物にかかわっていることからも知られる。

巻第七で、木曾義仲の進撃によって都を落ちてゆく平家の勢の、主だった人々を前に訓示する宗盛の詞に、「積善《しやくぜん》の余慶《よけい》家につき、積悪《せきあく》の余殃《よあう》身に及ぶゆゑに、神明にもはなたれ奉り、……」とある。滅びの運命があらわになったとき、神々の加護からも見放されるのであるが、これから栄華への道をひたすらのぼりつめていこうとする時代の平家一門には、その背後に神仏の冥護《みやうご》が働いていた。中世の人々は、そのような現実のかなたからの力を感得し、信じていたのである。

禿髪《かぶろ》

かくて清盛公、仁安《にんあん》三年十一月十一日、年五十一にて、病《やまひ》にをかされ、存命《ぞんめい》の為に忽《たちま》ちに出家入道す。法名は浄海《じやうかい》とこそなのられけれ。其しるしにや、宿病《しゆくびやう》たちどころにいえて、天命を全《まつた》うす。

人のしたがひつく事、吹く風の草木《さうもく》をなびかすがごとし。世のあまねく仰《あふ》げる事、ふる雨の国土をうるほすに同じ。六波羅殿《ろくはらどの》の御一家《ごいつけ》の君達《きんだち》といひて（ン）しかば、花《くわ》

族《ぞく》も英雄《えいよう》も、面《おもて》をむかへ、肩をならぶる人なし。されば入道相国《にふだうしやうこく》のこじうと、平大納言時忠卿《へいだいなごんときただのきやう》の宣《のたま》ひけるは、

「此一門にあらざらむ人は、皆人非人《にんぴにん》なるべし」

とぞ宣《のたま》ひける。かかりしかば、いかなる人も相構《あひかま》へて、其ゆかりに、むすぼほれむとぞしける。衣文《えもん》のかきやう、烏帽子《えぼし》のためやうよりはじめて、何事も六波羅様《ろくはらやう》といひて（ン）げれば、一天四海《いってんしかい》の人、皆是《これ》をまなぶ。

【現代語訳】

こうして清盛公は、仁安《にんあん》三年十一月十一日、年五十一で病気にかかり、生命の危険をまぬかれるためにただちに出家入道した。法名は浄海《じょうかい》と名のられた。その効験《こうけん》か、重い病気もたちまち回復して、天寿《てんじゅ》を全《まっと》うすることができた。人の服属《ふくぞく》する様は、吹く風が草木をなびかせるようであった。世の人の仰ぎ敬う様子は、降る雨が国土をうるおすのと同じである。六波羅殿《ろくはらどの》の御一家の公達《きんだち》とさえいえば、高官にのぼることのできる名門の貴族でも、面と向いあい、肩をならべることのできる者はない有様であった。そこで、入道相国《しょうこく》の小舅《こじゅうと》にあたる平大納言時忠《ときただ》卿は、

「この平家一門に属さない人は、みな、人非人《にんぴにん》である」

とまで言われた。このような状態なので、どのような人も、なんとかして平家の縁者になろ

うとつとめたのであった。衣紋《えもん》のとりかた、烏帽子《えぼし》の折りぐあいをはじめとして、何事につけて、六波羅様《ろくはらよう》といえば、天下の人々はみな、これをまねたのである。

【語釈】

存命《ぞんめい》　命を保ち生きながらえること。病気平癒《へいゆ》のため仏門にはいる例は当時多かった。剃髪受戒《ていはつじゅかい》の功徳《くどく》によって重病も治り、一命をとりとめると信じられていた。

花族《くわぞく》・英雄《えいよう》　ともに摂家《せっけ》につぐ貴族の名門で、大臣、大将を兼ね太政大臣にまで進むことのできる家柄。

こじうと　夫、または妻の兄弟。時忠は清盛の妻時子の兄である。

人非人《にんぴにん》　仏教で人間ではないが、人の形をして仏の説法を聴いたという八部の鬼衆をいう。人のかたちをしてはいるが人でない、の意。

衣文《えもん》のかきやう　装束を着用するときの折り目のつけかた。

烏帽子《えぼし》のためやう　烏帽子の折り方。

【解説】

一世を風靡《ふうび》する平家一門の権勢の強大さが簡潔に叙述されている。清盛のこのときの病状については、『玉葉《ぎょくよう》』の、仁安三年（一一六八）二月九日の条から三月十三日の条にいたる間に記述されており、二月十一日の条に「前大相国申時許出家云々、所悩重故歟」（前の大相国《だいしょうこく》、申《さる》の時ばかり、出家云々《うんぬん》。所悩《しょのう》重き故か）、とある。生命が気遣われるほどの重病であったことが記されており、この記の筆者九条兼実《かねざね》の清盛に対する態度が、後の清盛死去のときの激しい熱病を記したころとたいへん違って、危急を案じていることが注目される。「世のあまねく仰げる事」と本文にいうように、清盛の行動が横暴の誹《そしり》をうけるところには、まだきていない段階のことで、『玉葉』も二月十七日の条に「彼人夭亡之後、天下可レ乱」（彼の人夭亡《ようぼう》の後、天下乱るべし）と、清盛の統率力を評価しているのである。

ところが、時忠の豪語《ごうご》になると、権勢を誇る驕慢《きようまん》な態度があらわとなり、やがて、貴族社会内部の抗争へと、物語は進展することになるが、つぎの段落では、権勢維持のために清盛のとった手段が語られるのである。

禿髪《かぶろ》（二）

又いかなる賢王賢主《けんわうけんじゆ》の御政《おんまつりごと》も、摂政関白《せつしやうくわんぱく》の御成敗《ごせいばい》も、世にあまされたるいたづら者な（ン）どの、人の聞かぬ所にて、なにとなうそしり傾《かたむ》け申す事は常の習《ならひ》なれども、此禅門《このぜんもん》世ざかりのほどは、聊《いささ》かいるかせにも申す者なし。其故《そのゆゑ》は、入道相国《しやうこく》のはかりことに、十四五六の童部《わらんべ》を、三百人そろへて、髪をかぶろにきりまはし、赤き直垂《ひたたれ》を着せて、召しつかはれけるが、京中にみち〳〵て、往反《わうへん》しけり。おのづから平家の事あしざまに申す者あれば、一人聞き出《いだ》さぬほどこそありけれ、余党《よたう》に触《ふ》れ廻《めぐら》して、其家に乱入し、資財雑具《しざいざふぐ》を追捕《ついふく》し、其奴《そのやつ》を搦《から》めと（ッ）て、六波羅へゐて参る。されば目に見、心に知るといへど、詞《ことば》にあらはれて申す者なし。六波羅殿の禿《かぶろ》といひて（ン）しかば、道を過ぐる馬車《むまくるま》もよぎてぞとほりける。禁門を出入すといへども、姓名《しやうみやう》を尋ねらるるに及ばず、京師《けいし》の長吏《ちやうり》、これが為《ため》に目を側《そば》むとみえたり。

【現代語訳】

また、どのような賢王と讃《たた》えられる帝王の政治や、摂政関白の政務の処理であっても、世間の秩序からはみでた無頼《ぶらい》者などが、人の聞いていないところでなんということもなく悪口を言い批難するのはよくあることであるが、この清盛の全盛時代には、平家に対して少しでも悪《あ》しざまに言う者はいなかった。

そのわけは、入道相国の策略として、十四から十五、六歳の子供を三百人集めて、髪を短く切りそろえ、赤い直垂《ひたたれ》を着せて、召し使われていたが、それが京のなかに満ちあふれるように往《ゆ》き来《き》していた。そして、たまたま平家の事を批判する者でもいて、一人でも聞きつけると、仲間の者に告げ知らせて、その家におしかけ、乱入して、家財道具を没収し、その人物を捕えて、六波羅へ引っ立てていった。こういうことになるので、平家一門の専横ぶりを目で見、心にいきどおることがあっても、口に出して言うものはなかったのである。六波羅《ろくはら》殿《どの》の禿《かぶろ》とさえいえば、道を行く馬や車もよけて通る有様であった。皇居の門を出入りするときも姓名を尋ねられることもなく、都の役人たちは、この禿《かぶろ》の行動を見て見ぬふりをしたのであった。

【語釈】

成敗《せいばい》　事件を処理すること。　**かぶろ**　髪を短く切って、結ばずに垂らした型。

直垂《ひたたれ》　上半身衣で、袴《はかま》とあわせて用いる。　**禁門を出入すといへども**　以下、『白氏文集《はくしもんじゆう》』の「長恨《ちょうごん》歌伝《かでん》」の一節「出㆓入禁門㆒不㆑問、京師長吏為㆑之側㆑目。」(禁門を出入すれども問われず、京師《けいし》の長《ちょう》吏《り》これが為に目を側《そば》む)によって書かれている。

【解説】　権力の座にいたる経路よりも、それをいかに永続させるか、という、維持の問題の方が専制的支配者にとっては重大である。『平家物語』は、そのはじめの部分で清盛によって確立した平家一門の権力をめぐる対立、抗争をとおして作品世界が展開することになるが、ここで、その発端ともいうべき、清盛が掌中におさめた実権をいかに持続させようとしたか、が語られている。清盛の権力に対する執着のほどが知れるというものであるが、批判の声を封じる、というやり方は、すでにその弱さを示すものでもある。

赤い直垂《ひたたれ》を着て髪を禿《かぶろ》に切った童、という姿では、密偵《みってい》の役に立つわけはない。それが三百人も京中に満ち満ちて往来した、というのは、清盛の権勢の誇示といった役割を演じたものであろう。一種の示威運動とみられる。悪口、非難は事前に威圧しようという、清盛の性格を示す手段である。「長恨歌伝《ちょうごんかでん》」による構文は、後にもみられるが、『白氏文集《はくしもんじゆう》』は、『平家物語』にも深く影をおとしているのである。

吾身栄花《わがみのえいぐわ》

吾身の栄花《えいぐわ》を極《きは》むるのみならす、一門共に繁昌《はんじやう》して、嫡子重盛《ちやくしげもり》、内大臣の左大将《さだいしやう》、次男宗盛《むねもり》、中納言の右大将、三男知盛《とももり》、三位《さんみ》中将、嫡孫維盛《ちやくそんこれもり》、四位《しゐ》少将、すべて一門の公卿《くぎやう》十六人、殿上人《てんじやうびと》卅余人、諸国の受領《じゆりやう》、衛府《ゑふ》、諸司、都合六十余人なり。世には又人なくぞ見えられける。

昔奈良《なら》の御門《みかど》の御時《おんとき》、神亀《じんき》五年、朝家《てうか》に中衛《ちゆうゑ》の大将《だいしやう》をはじめおかれ、大同四《だいどうし》年《ねん》に、中衛を近衛《こんゑ》と改められしよりこのかた、兄弟左右に相並ぶ事、纔《わづ》かに三四箇度なり。文徳天皇《もんとくてんわう》の御時は、左に良房《よしふさ》、右大臣の左大将、右に良相《よしあふ》、大納言の右大将、是は閑《かん》院《ゐん》の左大臣、冬嗣《ふゆつぎ》の御子なり。朱雀院《しゆしやくゐん》の御宇《ぎよう》には、左に実頼《さねより》、小野宮殿《をののみやどの》、右に師資《もろすけ》、九条殿《くでうどの》、貞仁《ていじん》公の御子なり。後冷泉院《ごれいぜいゐん》の御時は、左に教通《のりみち》、大二条殿、右に頼宗《よりむね》、堀《ほり》河殿《かはどの》、御堂《みだう》の関白の御子なり。二条院の御宇《ぎよう》には、左に基房《もとふさ》、松殿《まつどの》、右に兼実《かねざね》、月輪《つきのわ》殿《どの》、法性寺殿《ほふしやうじどの》の御子なり。是皆摂禄《これみなせふろく》の臣の御子息《ごしそく》、凡人《はんじん》にとりては、其例なし。殿上《てんじやう》の交《まじはり》をだにきらはれし人の子孫にて、禁色雑袍《きんじきざつぱう》をゆり、綾羅錦繍《りようらきんしう》を身にまとひ、大臣の大将にな（ッ）て、兄弟左右に相並ぶ事、末代とはいひながら、不思議なりし事どもなり。

【現代語訳】

清盛が一人、栄達を極めたばかりでなく、平家の一門がともにみな繁栄して、嫡子重盛は内大臣で左大将、次男宗盛《むねもり》は中納言で右大将、三男知盛《とももり》は三位中将、嫡孫維盛《これもり》は四位少将となり、総じて一門の公卿《くぎょう》は十六人、殿上人は三十余人、諸国の受領《ずりょう》や衛府《えふ》、諸官省の役人はあわせて六十余人に達した。官界には平家を除いては人がないような有様であった。

昔、聖武天皇の御代の神亀《じんき》五年に、朝廷にはじめて中衛の大将がおかれ、大同四年に、中衛を近衛と改められてから、今にいたるまで、兄弟が左右の大将にならぶことは、わずか三、四度の例があるだけである。文徳《もんとく》天皇の御時に、左に良房が右大臣で左大将、右に良相《よしすけ》が大納言《だいなごん》で右大将とならび、ともに閑院《かんいん》の左大臣冬嗣《ふゆつぐ》の御子であった。朱雀《すざく》天皇の御代には、左大将に実頼小野宮殿《さねよりおののみやどの》、右大将に師資《もろすけ》九条殿がいずれも貞信公《ていしんこう》の御子である。後冷泉《れいぜい》天皇の御代では、左に教通《のりみち》大二条殿、右に頼宗《よりむね》堀河殿がならび、ともに御堂《みどう》関白道長の御子である。二条天皇の御代には、左に基房松殿、右に兼実月輪殿《かねざねつきのわ》がおられ、これは法性寺《ほうしょうじ》殿忠通《ただみち》の御子である。これらはみな摂政家のご子息であって、そのほかの家柄の場合には例のないことである。殿上人としての交わりでさえ嫌《きら》われた人の子孫で、禁色《きんじき》や、束帯《そくたい》以外の服装で宮廷に出入りすることを許され、華美な衣服を身につけ、大臣で大将を兼ねる地位について兄弟ともに左右の大将にならぶ、ということは、末の世とはいいながら、予想もできなかった事であった。

【語釈】

諸司 もろもろの役所。 **奈良の御門《みかど》** 聖武《しょうむ》天皇。奈良、平城京を都とされた。 **中衛《ちゅうゑ》** 『続日本紀《しょくにほんぎ》』神亀《じんき》五年八月甲午《こうご》の条に、「中衛府を置く」、とあり、その職掌は「大内にあつて以て周衛に備ふ」と記されている。　**大同四年**　『日本紀略』大同二年（八〇七）の記述に中衛府を右近衛《うこんえ》に改めたことがみえ、『源平盛衰記』は「大同二年四月、近衛府を改めて左近府とし、中衛府を以て右近府とせしより以来」とある。　**文徳天皇《もんとくてんわう》**　仁明天皇の御子、嘉祥三年（八五〇）即位、天安二年（八五八）崩御。　**良房《よしふさ》**　藤原冬嗣二男。承和十五年（八四八）右大臣、仁寿四年（八五四）左大将兼任。　**良相《よしあふ》**　冬嗣五男。仁寿四年、権《ごん》大納言、同年右大将兼任。　**閑院《かんゐん》の左大臣、冬嗣《ふゆつぎ》**　右大臣藤原内麻呂《うちまろ》の子。天長二年（八二五）左大臣。その邸宅が二条の南、西洞院《にしのとういん》の西にあり、閑院《かんいん》と呼んだ。　**朱雀院《しゆしやくゐん》の御宇《ぎよう》**　醍醐《だいご》天皇の御子。延長八年（九三〇）即位、天慶《てんぎよう》九年（九四六）譲位《じようい》。御宇は天皇が天下を治めた御代。　**実頼《さねより》、小野宮殿《をののみやどの》**　藤原忠平《ただひら》長男。天慶八年（九四五）右大将から左大将に転任。小野宮殿は実頼の家の名。大炊御門《おおいのみかど》の南、烏丸の西にあった小野宮惟喬《これたか》親王の邸を伝領したのでいう。　**師資《もろすけ》、九条殿《くでうどの》**　忠平二男。実頼が左大将に転じた時、その後任として右大将となる。九条殿は家の名。九条坊門の南、町尻の東にあった。　**貞仁公《ていじんこう》**　貞信公が正しく、「延慶本」「長門本」は「小一条関白太政大臣貞信公」と記している。藤原基経の子、忠平の諡《おくりな》。　**後冷泉院《ごれいぜいゐん》**　後朱雀《すざく》天皇の御子。寛徳二年（一〇四五）即位、治暦四年（一〇六八）崩御。　**教通《のりみち》、大二条殿**　御堂関白《みどうかんぱく》道長の五男。寛仁元年（一〇一七）左大将、康平五年（一〇六二）辞任。その家が二条の南、東洞院の東にあり、師通を「後二条殿」というのに対して「大二条殿」といった。　**頼宗《よりむね》、堀河殿**　道長の二男。寛徳二年（一〇四五）右大将、康平七年（一〇六四）辞任。邸が二条南、堀川東にあり、「堀河殿」と号した。　**御堂《みだう》の関白**　藤原道長。寛仁三年（一〇一九）出家入道し、法成寺を建立《こんりゆう》、御堂入道と号した。長和五年（一〇一六）摂政となったが、同六年頼通《よりみち》に譲った。関白の詔《しよう》を受けたことはないが、世に御堂関白《みどうかんぱく》と呼んだ。　**二条院**　後白河天皇の御子。保元三年（一一五八）即位、永万元年（一一六五）譲位、同年崩御。　**基房《もとふさ》、松殿《まつどの》**　藤原忠通《ただみち》の二男。平治二年（一一六〇）左大将、永万二年（一一六六）辞任。松殿は家の名。中御門《なかみかど》の南、烏丸の東に邸があった。　**兼実《かねざね》、月輪殿《つきのわどの》**　忠通の三男。九条兼実。その日記『玉葉《ぎよくよう》』は、この時代の重要な史料である。永暦二年（一一六一）右大将。月輪殿は兼実の山荘の名。京都泉涌寺《せんゆうじ》から東福寺《とうふくじ》東方の辺にあったという。

法性寺殿《ほふしやうじどの》　藤原忠通、応保二年（一一六二）法性寺の別荘に出家したのでいう。　**摂禄《せふろく》**　摂政関白の唐名。禄は「籙」が正字。摂禄の臣は、摂政関白の地位につける家柄。　**凡人《はんじん》**　摂家以下の家柄。　**禁色《きんじき》**　位階によって定められた服色以外の着用を禁じられること。　**雑袍《ざつぱう》**　衣冠および直衣《のうし》など、束帯《そくたい》以外の衣服。　**ゆり**　上二段活用の動詞「ゆる」の連用形、許され。　**綾羅錦繡《りようらきんしう》**　綾は模様を織った絹、羅は薄織の絹、繡は縫い取りをしたもの、で、美麗な衣服をいう。

【解説】

清盛を中心に、平家の一門が官界に重職を占め、その権勢はすでに並ぶもののないことを、歴史の過去の例をふりかえって記述している。「殿上《てんじやう》の交《まじはり》をだにきらはれし人の子孫にて」と、忠盛の時代を回顧しながら、その急速な上昇ぶりを驚嘆するのである。

この叙述ばかりでなく、『平家物語』にはしばしば先例、先蹤《せんしよう》がひきあいにだされる。歴史的な大転換の時代におこる、価値判断の尺度の容易にみいだしがたい事実や事件の叙述には、まず頼りになるのは過去の例如何《いかん》ということである。貴族文化の学識を基礎としていることは、この時代に文筆に携わる者の当然の教養であり、その眼で歴史の新しい進展を見、その意義をとらえようとするとき、評価の基準は過去の事例に求められることになる。そこで、先例・先蹤を尋ね、それに照して、当面の事態にのぞもうとするのである。しかし、こうして叙述された結果は、過去の例に対比されることによって、より鮮明な様相を示すことになり、変革の時代に固有の現象として印象を際《きわ》立《だ》たせる効果をあげることになる。作者もまた退嬰《たいえい》的に新しい事態を避けるのでなく、むしろ積極的にこれととりくみ追求する姿勢を堅持して、物語の叙述をすすめていくのである。

吾身栄花《わがみのえいぐわ》（二）

其外《そのほか》、御娘《おんむすめ》八人おはしき。皆とりぐ〵に幸《さいは》ひ給へり。一人《いちにん》は、桜町《さくらまち》の中納言成範《しげのりの》卿《きやう》の北の方《かた》にておはすべかりしが、八歳の時、約束計《ばかり》にて、平治《へいぢ》の乱《みだれ》以後、ひきちがへられ、花山院《くわさんのゐん》の左大臣殿の御台盤所《みだいはんどころ》にならせ給ひて、君達《きんだち》あまたましましけり。

抑《そもそも》此《この》成範卿を、桜町の中納言と申しける事は、すぐれて心数奇《すき》給へる人にて、常は吉野山を恋ひ、町《ちやう》に桜を植ゑならべ、其内《そのうち》に屋《や》を立てて、住み給ひしかば、来る年の春ごとに、見る人、桜町とぞ申ける。桜は咲いて七箇《しちか》日《にち》に散るを、余波《なごり》を惜しみ、天照御神《あまてるおほんかみ》に祈り申されければ、三七日まで余波《なごり》ありけり。君も賢王《けんわう》にてましませは、神《しん》も神徳《しんとく》を輝《かかやか》し、花も心ありければ、廿日《はつか》の齢《よはひ》をたもちけり。

一人《いちにん》は后に立たせ給ふ。皇子《わうじ》御誕生ありて、皇太子に立ち、位につかせ給ひしかば、院号《ゐんがう》かうぶらせ給ひて、建礼門院《けんれいもんゐん》とぞ申しける。入道相国《しやうこく》の御娘なるうへ、天下の国母《こくも》にてましましければ、とかう申すに及ばず。

一人は、六条の摂政殿の北《きた》の政所《まんどころ》にならせ給ふ。高倉院《たかくらのゐん》、御在位の時、御母代《おんははじろ》とて、准三后《じゆんさんごう》の宣旨《せんじ》をかうぶり、白河殿《しらかはどの》とて重き人にてましましけり。

一人は普賢寺殿《ふげんじどの》の北の政所にならせ給ふ。一人は冷泉大納言隆房卿《れいぜいのだいなごんりゆうはうのきやう》の北の方《かた》、一人は七条修理大夫信隆卿《しつでうのしゆりのだいぶのぶたかのきやう》に相具《あひぐ》し給へり。又、安芸国厳島《あきのくにいつくしま》の内侍《ないし》が腹に一人おはせしは、後白河の法皇へ参らせ給ひて、女御《にようご》のやうにてぞましましける。其外《そのほか》、九条院《くでうのゐん》の雑仕《ざふし》、常葉《ときは》が腹に一人、是《これ》は花山院殿《くわさんのゐんどの》に、上臈女房《じやうらふにようばう》にて、廊《らう》の御方《おんかた》とぞ申しける。


【現代語訳】


清盛には、男子のほかに八人の御娘がおられ、みな、それぞれに幸福な生活をおくられた。一人は桜町の中納言成範《しげのり》卿の北の方《かた》になられるはずであったが、八歳の年に婚約をされただけで、平治の乱以後、事情が変って、花山院《かざんいん》の左大臣殿の奥方となられ、多くの若君をもうけられた。

ところで、この成範卿を、桜町の中納言と申すわけは、たいへん風流を好む心をもっておられる人で、常に吉野山の桜を愛し、邸内の一画に桜を植えならべ、その内に家屋を建てて住まれたので、毎年の春ごとにその桜を見る人々が、桜町と申したのである。桜は咲いて七日で散るのを、名残りを惜しんで、散らないようにと天照大神にお祈り申されたので、二十一日間も花を保ったのであった。君も賢王であられたので、神も神徳を顕《あら》わされ、花にも心があって、二十日の寿命をたもったのである。

一人は后《きさき》にお立ちになった。皇子がご誕生になって、皇太子に立たれ、即位されたので、院号をいただいて、建礼門院《けんれいもんいん》と申した。入道相国《しょうこく》の御娘であるうえ、天下の国母《こくぼ》であられるので、あれこれと申すまでもない。

一人は六条の摂政殿の北の政所《まんどころ》になられた。高倉院が御在位の時、御母がわりとして、准《じゅん》三后《さんごう》の宣旨を賜り、白河殿といわれて重んじられた方である。一人は普賢寺《ふげんじ》殿の北の政所になられた。一人は冷泉大納言《れいぜいだいなごん》隆房卿の北の方に、一人は七条修理大夫《しゅりだいぶ》信隆卿に連れ添われた。また、安芸国厳島《あきのくにいつくしま》の内侍《ないし》の腹に一人おられた娘は、後白河法皇のもとに参られて、女御《にょうご》のように遇せられた。そのほか、九条院の雑仕、常葉《ときわ》の腹の一人は、花山院殿の上臈《じょうろう》女房となり、廊《ろう》の御方と申した。

【語釈】

桜町《さくらまち》の中納言成範卿《しげのりのきやう》　少納言藤原通憲《みちのり》の子。安元二年（一一七六）権《ごん》中納言、寿永二年（一一八三）中納言、文治三年（一一八七）薨《こう》ず。平治の乱で下野《しもつけ》国に配流《はいる》され、翌年還任した。　**花山院《くわさんのゐん》の左大臣殿**　藤原兼雅《かねまさ》。花山院忠雅《ただまさ》の子。　**御台盤所《みだいはんどころ》**　貴人の妻の称。　**数奇《すき》**　風流を好むこと。　**町**　邸宅内の一区画。　**后《きさき》**　高倉天皇の中宮で、徳子。皇子は後の安徳天皇。　**国母《こくも》**　天皇の母。　**六条の摂政殿**　藤原基実《もとざね》。忠通の長男。永万元年（一一六五）摂政となる。　**北の政所《まんどころ》**　北の方《かた》ともいい、摂関大臣の妻室の称。　**御母代**《おんははじろ》　生母に代って後見する、御養母。　**准三后**《じゆんさんごう》**の宣旨**《せんじ》　親王・内親王・女御・外祖諸臣を特に優遇して、三后（太皇太后・皇太后・皇后）に準ずる宣旨を下され、三后に等しい年給を与えられる。
普賢寺殿《ふげんじ》　藤原基実《もとざね》の子、基通。摂政関白となり、承元二年（一二〇八）十月出家、山城国《やましろ》綴喜《つづき》郡普賢寺《ふげんじ》に住んだ。　**冷泉大納言隆房卿**《れいぜいのだいなごんりゆうはうのきやう》　藤原隆季の子。元久元年（一二〇四）三月権《ごん》大納言に任じられた。その家が冷泉万里小路《までのこうじ》にあったので冷泉大納言と呼ばれた。　**七条修理大夫信隆卿**《しつでうのしゆりのだいぶのぶたかのきやう》　藤原信輔の子。承安元年（一一七一）十二月修理大夫に任じられ、その家が七条坊城にあったので、七条修理大夫と呼ばれる。修理大夫は、内裏《だいり》の修理造営をつかさどる修理職《しゆりしき》の長官。　**内侍**《ないし》　厳島《いつくしま》神社に奉仕する巫女《みこ》。　**女御**《にようご》　天皇の寝所に侍《じ》する女官で、中宮《ちゆうぐう》の下、更衣《こうい》の上の位。　**九条院**　皇太后藤原呈子。太政大臣伊通《これみち》の女《むすめ》、仁安三年（一一六八）院号を賜わり九条院という。　**雑仕**《ざふし》　雑役を勤める身分の低い女官。　**常葉**《ときは》　源義朝の妾《しよう》で義経らを生んだが、平治の乱で義朝の死後、清盛の寵《ちよう》をうけた。　**花山院**《くわさんのゐん》　左大臣藤原兼雅《かねまさ》。忠雅《ただまさ》の一男。　**上﨟女房**《じやうらふにようばう》　身分の高い女房。

【解説】

清盛の男子たちが官界の要職を占めたのに対し、女子はそれぞれ貴族社会の伝統的な権威をもつ家柄に嫁《か》して、一門の繁栄をささえた。とくに高倉天皇の中宮となった平徳子、後の建礼門院《けんれいもんいん》が、皇子を生んで、平家の権勢が頂点に達したことは、巻第三の「御産」の章に叙述されている。「皆とりぐ〳〵に幸《さいは》ひ給へり」というが、その実は一門の栄華をはかる政略結婚の面が強かったものと考えられる。『平家物語』には記されていないが、『玉葉』治承五年正月十三日の条によれば、高倉上皇崩御の後に建礼門院を後白河法皇の宮に納《い》れようという策があり、清盛も承諾したが、建礼門院はつよくこれを拒み出家をねがったという。当時の女性のおかれた地位を語る一件である。しかし、一般通念でいえば、身分あり地位ある人の妻室となることは、女性の幸《さいわ》いであったのである。

平家一門の栄華を語るこの一章に、これとかかわりのない桜町中納言成範《しげのり》の挿話《そうわ》が挿入されている。物語の進行のなかで、当面の事件から離れて、そのなかの人物や事物にかかわる説話に叙述が逸脱していく場合の多いことが『平家物語』の表現形式の特徴の一つであり、遊離的な説話が付加されたり、削除されたり、挿入の位置を変えたりする現象が諸本形成の過程にみられるのである。

成範《しげのり》の父は平治の乱で処刑された後白河院の近臣藤原通憲《みちのり》（信西《しんぜい》）であり、弟に安居院《あぐい》流唱導の祖、澄憲《ちょうけん》がいる。巻第六「小督《こごう》」の章で語られている高倉天皇の悲恋の人、小督の父でもある。後世の当道の書『平家勘文録《かんもんろく》』には、『平家物語』の作者の一人にあげているが根拠は不明である。ここにその挿話が入れられたのは、桜を愛する風流譚《たん》としての説話的興味によるものであろう。

吾身栄花《わがみのえいぐわ》（三）

日本秋津島《につぽんあきつしま》は、纔《わづ》かに六十六箇国《かこく》、平家知行《ちぎやう》の国、卅余箇国、既《すで》に半国《はんごく》にこえたり。其外庄園田畠《しやうゑんでんばく》、いくらといふ数を知らず。綺羅《きら》充満して、堂上《たうしやう》花の如し。軒騎群集《けんきくんじゆ》して、門前市《いち》をなす。楊州《やうしう》の金《こがね》、荊州《けいしう》の珠《たま》、呉郡《ごきん》の綾《あや》、蜀江《しよくかう》の錦《にしき》、七珍万宝《しつちんまんぽう》、一つとして闕《か》けたる事なし。歌堂舞閣《かたうぶかく》の基《もとゐ》、魚竜爵馬《ぎよりようしやくば》の翫《もてあそび》もの、恐らくは帝闕《ていけつ》も仙洞《せんとう》も是《これ》には過ぎじとぞみえし。

【現代語訳】

秋津島《あきつしま》、とよばれるこの日本は、わずかに六十六ヵ国であるが、平家の支配する国はそのうち三十余ヵ国で、すでに半ばを越えている。そのほか、平家の領有《りようゆう》する荘園《しようえん》や田畠は数知れぬほどである。美しく着飾った人々が満ちあふれて、殿中は花の咲きこぼれるようである。平家の邸宅の門前には来訪の車馬が群がるように集って、さながら市《いち》がひらかれている観がある。楊州《ようしゆう》の金《こがね》、荊州《けいしゆう》の珠《たま》、呉郡《ごきん》の綾《あや》、蜀江《しよつこう》の錦《にしき》、など、あらゆる財宝が集り積って、何ひとつ欠けているものはない。歌舞を奏する御殿の礎《いしずえ》といい、魚竜《ぎよりよう》爵馬《しやくば》の遊芸にいたるまで、おそらくは、内裏《だいり》や院の御所でも、平家一門のこの繁栄ぶり以上ではあるまいと思われた。

【語釈】

秋津島《あきつしま》　日本の古称。　**知行**《ちぎやう》**の国**　領有し支配する国。　**庄園**《しやうゑん》　権門寺社の私有地。　**綺羅**《きら》　綾《あや》と薄物《うすもの》。美しい衣服のこと。　**軒騎**《けんき》　車と馬。　**楊州**《やうしう》　中国の江蘇《こうそ》浙江《せつこう》地方。　**荊州**《けいしう》　中国の湖南湖北地方。　**呉郡**《ごきん》　中国の江蘇地方。　**蜀江**《しよくかう》　中国の四川《しせん》省。　**歌堂舞閣**《かたうぶかく》　歌舞を奏する殿堂。　**魚**《ぎよ》**竜爵馬**《りようしやくば》　中国古代の演芸、遊戯。　**帝闕**《ていけつ》　宮廷。　**仙洞**《せんとう》　上皇の御所。

【解説】

平家一門は政界において高位高官を占めたばかりでなく、広大な国土を領有して、その栄華は頂点に達した。この繁栄ぶりを『顔氏家訓《がんしかくん》』『本朝文粋《ほんちようもんずい》』『文選《もんぜん》』など内外の典籍の句を巧みにとりいれて構成した律動的な文で表現している。『平家物語』の文章は変化に富んでおり、俗語をまじえた平易な語りの口調で進展しているところも多いが、この部分のように漢語をつらねた部分もあり、あるいは仏典の語彙《ごい》の頻出《ひんしゆつ》する叙述があって、変幻自在な表現力が駆使されている。このような部分は典拠をもつ句が多く、その出典の考証も、『平家物語』研究の一分野をなしている。

祇《ぎ》　王《わう》

入道相国《しやうこく》、一天四海を、たなごころのうちににぎり給ひしあひだ、世のそしりをもはばからず、人の嘲《あざけり》をもかへりみず、不思議の事をのみし給へり。たとへば其比《そのころ》、都に聞えたる白拍子《しらびやうし》の上手《じやうず》、祇王《ぎわう》、祇女《ぎによ》とておとといあり。とぢといふ白拍子が娘なり。姉の祇王を、入道相国最《さい》愛せられければ、是によつて、妹の祇女をも、世の人もてなす事なのめならず。母とぢにもよき家つくつてとらせ、毎月《まいぐわつ》に百石《こく》百貫《くわん》をおくられければ、家内富貴《けないふつき》して、たのしい事なのめならず。

抑《そもそも》我朝に、白拍子のはじまりける事は、むかし鳥羽院《とばのゐん》の御宇《ぎよう》に、島《しま》の千歳《せんざい》、和歌《わか》の前《まひ》とて、これら二人が舞ひいだしたりけるなり。はじめは水干《すいかん》に、立烏帽子《たてえぼし》、白鞘《しろさや》巻《まき》をさいて舞ひければ、男舞《をとこまひ》とぞ申ける。しかるを中比《なかごろ》より、烏帽子、刀をのけられて、水干ばかりを用いたり。さてこそ白拍子とは名付けけれ。

京中の白拍子ども、祇王が幸《さいはひ》のめでたいやうを聞いて、うらやむ者もあり、そねむ者もありけり。うらやむ者共は、「あなめでたの祇《ぎ》王御前《わうごぜん》の幸《さいはひ》や。同じ遊女《あそびめ》とならば、誰《たれ》もみな、あのやうでこそありたけれ。いかさま是《これ》は、祇《ぎ》といふ文字《もじ》を名について、かくはめでたきやらむ。いざ我等《われら》もついてみむ」とて、或は祇一とつき、祇二とつき、或は祇福《ぎふく》、祇徳《ぎとく》な（ン）どいふ者もありけり。そねむ者どもは、「なんでう名により、文字にはよるべき。幸《さいはひ》はただ前世《ぜんぜ》の生れつきでこそあんなれ」とて、つかぬ者も多かりけり。

【現代語訳】

入道相国《しょうこく》は天下の権を掌中に握られたので、世の非難ももののともせず、人の嘲《あざけり》も省みず、かって気ままな振舞いばかりなさった。たとえば、そのころ、都で評判の高い白拍子《しらびょうし》の名手に、祇王、祇女という姉妹がいた。とじという白拍子の娘である。姉の祇王を入道相国が寵愛《ちょうあい》されたので、そのために、妹の祇女も、世の人はひとかたならずもてはやした。清盛は母とじにもりっぱな家を造って与え、毎月百石の米と百貫の金銭を贈られたので、この一家は富み栄えて、このうえもなく楽しい日々を送っていた。

そもそもわが国で白拍子とよぶ芸能がはじまったのは、昔、鳥羽院の御代に、島《しま》の千歳《せんざい》、和歌の前という二人が舞いだしたのが起りである。はじめは水干《すいかん》を身につけ、立烏帽子《たてえぼし》をかぶり、白鞘巻《しろさやまき》をさして舞ったので、男舞とよんでいた。ところが中ごろから、烏帽子、刀を除《の》けて、水干だけを用いるようになった。そこで白拍子と名づけられたのである。

京中の白拍子たちは、祇王が幸運にめぐりあったためでたい有様を聞いて、うらやむ者もあれば、ねたむ者もあった。うらやむ者たちは、

「なんとすばらしい祇王御前《ごぜん》の幸《しあわ》せぶりでしょう。同じ遊び女《め》の身ならば、誰《だれ》もみな、あのようになりたいものです。これはきっと、祇という文字を名にもつから、あれほどめでたい身の上になれたのでしょう。さあ、私たちもつけてみましょう」

といって、ある者は祇一とつけ、また、祇二とつけ、あるいは祇福、祇徳、などと名のる者もあった。ねたむ者たちは、

「どうして名や文字によることがあろうか。幸運はただ前世からの生れつきで定まることなのに」

といって、祇の字を名につけない者も多かった。

【語釈】

白拍子《しらびやうし》　平安時代末期、院政期から流行した歌舞を演ずる芸能人。本来は歌舞の拍子の名。**おとといい**　兄弟、あるいは姉妹。**百石百貫《こくくわん》**　米百石、銭《ぜに》百貫。一貫は千文。**なのめならず**　一方《ひとかた》で

ない、並みでない。**水干《すいかん》** 狩衣《かりぎぬ》を簡略にした衣服で、上前《うわまえ》の襟《えり》の先に紐《ひも》があり、背の襟の中央にある紐と結んで襟を合せ、胸と袖と両肩下の縫目に菊綴《とじ》という房《ふさ》をつける。裾《すそ》は袴《はかま》の中に入れて着用する。糊《のり》を用いず水張りで干した絹で作った。**立烏帽子《たてえぼし》** 折烏帽子に対し、強《こわ》く張って立てる、本来の烏帽子。**白《しろ》鞘巻《さやまき》** 柄《つか》または鞘の金具が銀《しろがね》で作られた鞘巻。
幸《さいはひ》のめでたいやう 祇王が清盛の寵愛《ちようあい》をうけて一家も豊かになったことを指している。**あのやうでこそ** で、は「にて」の転。平安中期ごろから用いられ中世以降多用されるようになった。**いかさま** きっと。たしかに。**名について** ついて、は「つきて」のイ音便。**なんでう** どうして。**あんなれ** あるなれの撥音便。

【解説】 平家物語の世界に彩《いろどり》をそえる、妓王物語の発端である。この一章は、独立した一篇の物語としても享受されうる佳篇である。覚一本系ではこの一章を欠くテキストがあり、「屋代本」では作品構成を離れて、巻末におかれた抜書の一つにおさめられている。諸本間でもその挿入《そうにゆう》の位置に異同があって、平家物語の原初の形態にはなく、後に加わってきた説話であることを推測させる一篇である。

「源平闘諍録」「四部合戦状本」「長門本」にはこの一章を載せず、『源平盛衰記』では巻第十七、覚一本の巻第五「都遷《みやこうつり》」にあたる記事のつぎにおかれている。語り系の「百二十句本」、「米沢図書館蔵本」（朝日新聞社刊「日本古典全書」所収）では「清水炎上《きよみづえんしやう》」の章（覚一本では「東宮立」の章段名）にあたる末尾の「入道相国天下の大小事をのたまひ合はせられければ、時の人平関白とぞ申しける」の文について、この章段が入っている。高倉天皇の即位を述べて「此の君の位につかせ給ひぬるは、いよいよ平家の栄花とぞ見えし」と叙述した後をうけての展開であるから、作品構成からみれば、この方が妥当な挿入《そうにゅう》といえよう。

権力の座をのぼりつめた清盛の、横暴な振舞いを示す例話として語りだされているが、内容は祇王、仏《ほとけ》という白拍子の遁世《とんせい》・往生譚《たん》である。しかも、白拍子といった階層の人々の境涯にも盛衰の理がつらぬいているのである。白拍子の起源を語る記事は、『徒然草』も伝えている。「通憲《みちのり》入道、舞の手の中に興ある事どもをえらびて、いその禅師といひける女に教へてまはせけり。白き水干《すいかん》に、さうまきをさゝせ、烏帽子《えぼし》をひき入れたりければ、をとこまひとぞいひける。禅師がむすめ、しづかと云ひける、此の芸をつげり。是《こ》れ白拍子の根元也《こんげんなり》」（二二五段）。舞の装束の説明や男舞と呼ばれたことは共通しているが、舞女の名を異にしている。だいたい芸能の始源に特定の個人を結びつけるのは、伝承ではあっても、正確な事実である保証はない。

祇王の境遇を、うらやみ、また、そねむ人々の叙述はいささか滑稽《こっけい》であるが、これは語りもの固有の表現であって、「延慶本」では「是《これ》を見聞《みきく》人うらやますと云《いふ》事無し」とあるだけである。

祇《ぎ》　王《わう》（二）

かくて三年《みとせ》と申すに、また都に聞えたる白拍子《しらびやうし》の上手《じやうず》、一人出来《いちにんいでき》たり。加賀国の者なり。名をは仏《ほとけ》とぞ申しける。年十六とぞ聞えし。

「昔よりおほくの白拍子ありしが、かかる舞はいまだ見ず」

とて、京中の上下、もてなす事なのめならず。

仏御前《ほとけごぜん》申しけるは、

「我天下に聞えたれども、当時さしもめでたう栄えさせ給ふ、平家太政の入道殿《だいじやう》へ、召されぬ事こそ本意《ほい》なけれ。あそび者のならひ、なにか苦しかるべき。推参《すいさん》して見む」

とて、ある時、西八条《にしはつでう》へぞ参りたる。人参つて、

「当時都に聞え候《さうらふ》仏御前《ほとけごぜん》こそ、参つて候へ」

と申しければ、入道、

「なんでう、さやうのあそび者は、人の召《めし》にしたがふてこそ参れ、左右《さう》なう推参するやうやある。その上、祇王があらん所へは、神ともいへ仏ともいへ、かなふまじきぞ。とう〳〵罷出《まかりい》でよ」

とぞ宣《のたま》ひける。

仏御前は、すげなういはれたてまつつて、既《すで》に出《い》でんとしけるを、祇王、入道殿に申しけるは、

「あそび者の推参は、常のならひでこそさぶらへ。その上、年もいまだ幼《をさ》なうさぶらふなるが、適々《たまたま》思ひたつて参りてさぶらふを、すげなう仰せられてかへさせ給はん事

こそ、不便《ふびん》なれ。いかばかりはづかしうかたはらいたくもさぶらふらむ。わがたてし道なれば、人の上ともおぼえず。たとひ舞を御覧じ、歌をきこしめさずとも、御対面《ごたいめん》ばかりさぶらうて、かへさせ給ひたらば、ありがたき御情《おんなさけ》でこそさぶらはんずれ。唯《ただ》理《り》をまげて、召しかへして御対面さぶらへ」

と申しければ、入道、

「いで〳〵わごぜがあまりにいふ事なれば、見参《げんざん》してかへさむ」

とて、使《つかひ》を立てて召されけり。仏御前は、すげなういはれたてまつつて、車にのつて、既《すで》に出《い》でんとしけるが、召されて帰り参りたり。

【現代語訳】

こうして三年を経たとき、また都に人気の高い白拍子の名手が一人現われた。加賀国の出身で、名を仏《ほとけ》といった。年は十六ということである。

「昔から多くの白拍子はいたが、このように上手な舞は、まだ見たことがない」

と、京じゅうの人々は、身分の高下を問わず、並たいていでないもてはやしようであった。

仏御前の言うことには、

「私は天下の評判を得たけれども、いま権勢を誇っておられる平家太政の入道殿に召されないのは、なんとも残念なことだ。こちらから参上するのは、遊び者のならわし、なんの不都合なことがあろうか。押して参上してみよう」

と、ある時、西八条の清盛の邸に参上した。

　取次の人が清盛の前に参って、

「このごろ都で評判の高い仏御前《ほとけごぜん》が参りました」

と申し上げると、入道は、

「何を言うか。そのような遊び女は、人の召しに従って参るものだ。なんのためらいもなく押して参上することがあってよいものか。そのうえ、祇王のいる所には、神であろうが仏であろうが、参ることは許されぬぞ。ただちに退出しなさい」

と仰せられた。仏御前は入道につれなく拒《こば》まれて、すでに出て行こうとしていたが、祇王が、入道殿にとりなして言うことには、

「遊女の推参は、常々のならわしです。そのうえ、年もまだ若い身空《みそら》で、たまたま思いたって参りましたものを、つれなくおっしゃって帰らせなさるのは、気の毒です。私としてもどれほどか気がひけ、心がとがめられることでしょう。私自身携《たずさ》わっている芸の道ですから、他人事とも思えません。たとえ舞を御覧にならず、歌をお聞きにならなくても、せめて御対面だけでもお許しになって、お帰しなさるなら、このうえないお情けと存じます。ただ道理をまげて、召し返して御対面ください」

と申し上げたので、入道は、

「さて、それではお前がそれほど言うのであれば、対面してから帰そう」

といって、使いをやって仏御前《ほとけごぜん》をお召しになった。仏御前はつれなく言われて、車に乗り邸を出ようとしたところであったが、召しもどされて、帰ってきた。

【語釈】

推参《すいさん》　押して参上すること。招かれないのに訪問すること。**西八条《にしはちでう》**　清盛の別邸。京の八条坊門の南、大宮の西にあった。**左右《さう》なう**　ためらいもなく、平気で、むぞうさに。なう、は、なくの音便。

すげなう　つめたく、つれなく。**かたはらいたし**　気がとがめる、他人事ながら苦痛である。

わごぜ　女性を親しく呼ぶ二人称代名詞。お前、あなた。

【解説】

新人の登場によって絶えず更新されていくのが芸能の世界であるが、仏御前《ほとけごぜん》の出現も都で新しい人気を呼んで、その評判は彼女の自信を深めた。一世の権力者清盛の賞翫《しょうがん》を得たい、という希望は芸能人にとって当然の要求である。同じ白拍子祇王がすでに清盛の寵愛《ちょうあい》を受けていることは承知のうえで、あえて自分の芸を清盛に示そうと、その邸《やしき》に赴くところに、積極的で行動型の仏御前の性格が表わされている。

仏の推参を拒む清盛も、毅然《きぜん》とした気性を示しており、「祇王があらん所へは、神ともいへ仏ともいへ、かなふまじきぞ」と言い切るところに、祇王への愛が読みとれるのであるが、移り気で、人の心情を意に介しないところは、祇王から仏へ、手のひらをかえすように心を変えてしまう後の叙述で明らかになる。

この段で注目すべきは、祇王の態度であろう。自分の地位の安泰を図るならば、このライバルの出現に、清盛の心が傾いたとしても阻《はば》もうとするのが人情の常である。にもかかわらず、追いかえされる仏に同情して、せめて会うだけでも、仏を迎え入れるよう、清盛に懇願するのである。あるいは清盛の愛に自信あってのことかもしれない。自分の地位が奪われるという警戒心などまったく持つ必要のない相手だったのかもしれない。しかし、「わがたてし道なれば、人の上ともおぼえず」の詞《ことば》は重要であって、身分の低い芸能人としての連帯感が、仏に対する同情となっているのである。

祇《ぎ》王《わう》（三）

入道出《い》であひ対面して、

「今日《けふ》の見参《けんざん》は、あるまじかりつるものを、祇王がなにと思ふやらん、余りに申しすむる間、か様《やう》に見参しつ。見参するほどにては、いかでか声をも聞かであるべき。今様《いまやう》一つうたへかし」

と宣《のたま》へば、仏御前《ほとけごぜん》、

「承《うけたまは》りさぶらふ」

とて、今様一つぞ歌うたる。

君をはじめてみる折は　千代《ちよ》も経《へ》ぬべし姫小松《ひめこまつ》
御前《おまへ》の池なる亀岡《かめをか》に　鶴《つる》こそむれゐてあそぶめれ

と、おし返しおし返し、三返歌ひすましたりければ、見聞《けんもん》の人人、みな耳目《じぼく》をおどろかす。

入道もおもしろげに思ひ給ひて、

「わごぜは今様は上手でありけるよ。この定《ぢやう》では、舞もさだめてよかるらむ。一番見ばや。鼓打《つづみうち》召せ」

とて召されけり。うたせて一番舞うたりけり。

仏御前は、かみすがたよりはじめて、みめかたち美しく、声よく節《ふし》も上手でありければ、なじかは舞も損ずべき。心もおよばず舞ひすましたりければ、入道相国《しやうこく》舞にめで給ひて、仏に心をうつされけり。仏御前、

「こはされば何事さぶらふぞや。もとよりわらはは推参の者にて、出《いだ》され参らせさぶらひしを、祇王御前の申状《まうしじやう》によつてこそ、召しかへされてもさぶらふに、かやうに召しおかれなば、祇王御前の思ひ給はん心のうちはづかしうさぶらふ。はや〳〵暇《いとま》をたうで、出《いだ》させおはしませ」

と申しければ、入道、

「すべてその儀あるまじ。但《ただ》し祇王があるをはばかるか。その儀ならば、祇王をこそ出《いだ》さめ」

とぞ宣ひける。仏御前、

「それ又、いかでかさる御事さぶらふべき。諸共《もろとも》にめしおかれんだにも、心うくさぶらふべきに、まして祇王御前を出させ給ひて、わらはを一人召しおかれなば、祇王御前の心のうち、はづかしうさぶらふべし。おのづから後まで忘れぬ御事ならば、召されて又は参るとも、今日は暇《いとま》をたまはらむ」

とぞ申しける。入道、

「なんでう、其《その》儀あるまじ。祇王とう〳〵罷出《まかりい》でよ」

と、お使《つかひ》かさねて三度までこそたてられけれ。


【現代語訳】

入道は、対面の座に出て、

「今日は会うつもりはなかったが、祇王が何を思ってか、あまりにすすめるので、会うことにしたのだ。会ったからには、声を聞かないではおられまい。今様を一つうたいなさい」

と言われると、仏御前は、

「承知しました」

とこたえて、今様を一つ、歌った。

君にはじめてお会いして、姫小松のこの私は千年も命が延びることでしょう。

御前の庭の池にある島、亀岡に、めでたい鶴が群がり遊んでいるようです。

と、くりかえしくりかえし、三度うたいあげたので、見聞していた人々は、すっかり感じ入ってしまった。入道も興味ぶかく思われて、

「お前は、たいへん今様が上手であった。この分なら、舞もきっとすばらしいであろう。一番見たいものだ。鼓打《つづみう》ちを呼べ」

といって、鼓打ちを召され、鼓を打たせて、仏御前は舞を一番舞った。

仏御前は髪かたちをはじめとして、容貌《ようぼう》が美しく、声がよくて節《ふし》まわしも上手であったので、どうして舞を仕損《しそん》じることがあろうか。想像を越えて見事に舞いおさめたので、入道相国《しようこく》は舞に感心なさって、仏に心を移された。仏御前は、

「これはなんとしたことでしょうか。もともと私は、お召しでもないのにやってきた身で、追い返されましたのを、祇王御前のおとりなしで呼び戻《もど》されましたのに、このように召しおかれることになれば、祇王御前がどのようにお思いになるか、その御心のてまえ恥かしいことです。早くお暇《いとま》下さって、退出させて下さい」

と申したところ、入道は、

「まったくそのようなことは認められない。ただし、祇王がいるので遠慮しているのか。それならば、祇王の方をここから出そう」

と言われた。仏御前は、

「それはまた、どうしてそのような事があってよいでしょうか。いっしょに召しおかれることでさえ、心苦しいことですのに、まして祇王御前をお出しになって、私一人を召し置かれ

ることになるなら、祇王御前のお心に対して、気恥かしいことです。もし、後々まで私をお忘れにならない事であれば、召されてまた参ることがありましょうが、今日はお暇《いとま》をいただきたいのです」

と言った。入道は、

「どうしてもそれはいけない。祇王にただちに退出を命じなさい」

と、お使いを重ねて三度まで出された。

【語釈】

今様《いまやう》 当世流行の歌の意で、平安時代後期に流行、七五、あるいは八六の句をつらねた四句形式が基本である。後白河法皇撰『梁塵秘抄《りようじんひしよう》』に多く集められている。**この定《ぢやう》** この様子、この分。**なじかは** なにゆえ、どうして。**申状《まうしじやう》** とりなし。**儀** こと、ことがら。

【解説】

祇王のとりなしで会ったものの、歌を聞き舞を見るに及んで、清盛の寵愛《ちようあい》はたちまち仏のうえに移ってしまった。しかも、こんどは祇王を追放しよう、という。この急変は、心理のディテールを追求する物語や小説の叙述の方法とは異なって、太い単線で描かれている。耳からの享受を容易にする語りものの手法である。直情《ちよくじよう》径行《けいこう》といわれる『平家物語』の清盛の性格の一面が示されている。

仏御前《ほとけごぜん》は、義理を忘れる人物ではない。祇王のとりなしで念願がかなえられたので、清盛の寵愛をうけいれるわけにはいかないのである。もともと、祇王にとってかわって清盛の寵愛をわがものにしよう、などとは望んでいない。祇王に挑戦しようとする気概はあったであろうが、事の成り行きは、仏にとっても意外であった。清盛の我がままを切《せつ》に制止しようとするが、いったん言いだしたら、後にひかないのが清盛の気性である。ここで祇王の運命は急転してしまう。

「仏に心をうつされけり」とある部分を、「延慶本」は、「入道いつしかついたちて未《いま》だ舞もはてぬさきに仏かこしに抱き付《つき》て帳台へ入れ給けるこそけしからね」と叙し、『源平盛衰記』は「入道自《みづから》横懐《よこだき》に抱《いだき》て、帳台の内へ入給ふ」と述べている。清盛の好色的な面を強調した露骨な表現であるが、当時の白拍子の賞翫《しょうがん》には、このような面もあったと思われる。

祇《ぎ》王《わう》(四)

祇《ぎ》王《わう》もとより思ひまうけたる道なれども、さすがに昨日今日《きのふけふ》とは思ひよらず。いそぎ出《い》づべき由、しきりに宣《のたま》ふあひだ、掃《は》き拭《のご》ひ塵拾《ちりひろ》はせ、見苦しき物どもとりしたためて、出づべきにこそさだまりけれ。

一樹《じゅ》のかげに宿《やど》りあひ、同じ流《ながれ》をむすぶだに、別《わかれ》はかなしきならひぞかし、まして此《この》三年《とせ》が間、住みなれし所なれば、名残《なごり》も惜しうかなしくて、かひなき涙ぞこぼれける。さてもあるべき事ならねば、祇王すでに今はかうとて出けるが、なからん跡《あと》の忘れがたみにもとや思ひけむ、障子に泣く泣く、一首《しゅ》の歌をぞ書きつけける。

萌《も》え出《い》づるも枯《か》るるも同じ野辺《のべ》の草いづれか秋にあはではつべき

さて車に乗つて宿所に帰り、障子のうちに倒れふし、唯《ただ》泣くより外《ほか》の事ぞなき。母や妹是《これ》をみて、「いかにやいかに」と問ひけれども、とかうの返事にも及ばず。供《ぐ》したる女に尋ねてぞ、さる事ありとも知りてんげれ。

さるほどに毎月におくられたりける、百石《こく》百貫《くわん》をも今はとどめられて、仏御前が所縁《ゆかり》の者共ぞ、始《はじめ》て楽《たの》しみ栄えける。京中の上下、「祇王こそ入道殿より暇《いとま》給はつて出《い》でたんなれ。いざ見参してあそばむ」とて、或は文《ふみ》をつかはす人もあり、或は使《つかひ》をたつる者もあり。祇王さればとて、今更《いまさら》人に対面してあそびたはぶるべきにもあらねば、文《ふみ》をとりいるる事もなく、まして使にあひしらふまでもなかりけり。これにつけてもかなしくて、いとど涙にのみぞ沈みにける。

【現代語訳】

祇王は、このようになることを、もともと覚悟はしていたが、それでも昨日今日の事とは思いもよらなかった。清盛の邸《やしき》をすぐに出るようにと、しきりに言われるので、部屋を掃《は》き拭《ふ》いたりさせ、見苦しいものなどとり片づけて、いよいよ出て行くことになった。一本の樹《き》のかげにともに宿を求め、同じ川の流れをすくって飲むといった、旅中のかりの出逢いでさえ、別れとなれば悲しいものである。ましてこの三年の間、住みなれた所なので、名残りも惜しく、悲しみがこみあげて、いたずらに涙がこぼれるばかりであった。このままでいるわけにもいかないので、祇王は、今はこれまで、と立ち出《い》でたが、自分が去った跡の忘れがたみに、とでも思ったのか、襖《ふすま》に泣く泣く一首の歌を書きつけた。

萌え出《い》づるも枯るるも同じ野辺の草いづれか秋にあはではつべき

（春に芽をふく草も、枯れていく草も、もともと同じ野辺に生いたつ草で、いずれは秋にあって枯れ凋《しぼ》むものです）

そして車に乗りわが家に帰ると、襖《ふすま》の内に倒れ伏して、ただ泣くばかりであった。母や妹はこれを見て、「どうしたの、何があったの」と尋ねたけれども、なんの返事もできない。供の女に尋ねて、はじめて、この事情を知ったのであった。

それからは、毎月贈られていた米百石、銭百貫も、今はさしとめられて、一方、仏御前の縁者の者たちが、はじめて楽しみ栄えることになった。

京じゅうの上下の人々は、「祇王は入道殿から暇《いとま》をいただいて邸を出たそうだ。さあ、祇王をたずねて遊ぼう」といって、ある者は手紙をとどけ、またある者は使いを出した。しかし、祇王は、こうなったからといって、今更《いまさら》人に対面して遊びたわむれようという気持にもなれないので、手紙をとり入れる事もなく、まして使いに会って応対するまでもなかった。こんな事があるにつけても悲しみがまさって、ひとしお涙に沈むばかりであった。

【語釈】

思ひまうけたる道　予想し、覚悟していた運命。**昨日今日《きのふけふ》とは**　『伊勢物語』の「つひにゆく道とはかねて聞きしかど昨日今日とは思はざりしを」の歌による。

一樹《じゆ》のかげに　『説法明眼論《せつぽうみようげんろん》』に「或処㆓一村㆒、宿㆓一樹下㆒、汲㆓一河流㆒、一夜同宿、」（或は一村に処《お》り、一樹の下に宿り、一河《いちが》の流れを汲《く》む、一夜の同宿）とある句による。見ず知らずの人のかりの出会いでも、の意。　**障子《しやうじ》**　屋内の間《ま》と間との隔てに立てる。いまの襖《ふすま》にあたる。　**萌え出《い》づるも、の歌**　枯るる、は、離《か》るる、すなわち清盛に捨てられるの意をふくめ、秋、は、飽《あ》き、をかけた。「萌え出づる」を仏《ほとけ》、「枯るる」を祇王にたとえ、寵愛《ちようあい》をうける身となったところで、いずれは清盛に飽きられないことがあろうか、の意を託《たく》している。　**とかう**　とかくの音便、なにやかや、かれこれ。　**知りてんげれ**　「知りてけれ」の転訛《てんか》。係助詞「ぞ」の結びとして「知りてんげる」とあるべきところ。　**あひしらふ**　相手にする、応対する。

【解説】

一転して逆境に陥った祇王の悲嘆が語られている。明暗の対照が鮮明に印象づけられるのも、語りものの手法の特徴である。

権力者の寵愛《ちようあい》など、気まぐれで、はかないものだ、という自覚もあったろうし、女の身の衰えをわきまえる心ももっていたろう。「もとより思ひまうけたる道」ではあったのだが、清盛の心の急変は、やはり衝撃だった。仏《ほとけ》がこの事態をどううけとったか、その真情を理解するてだてのない祇王は、いささか恨《うら》みの心を抱いて、一首の歌を書きつけて、去った。これが後に、仏の決断の契機のひとつになるのである。

祇《ぎ》王《わう》（五）

かくて今年も暮れぬ。あくる春の比《ころ》、入道相国《しやうこく》、祇王《ぎわう》がもとへ使者を立てて、

「いかに其後何事かある。仏御前《ほとけごぜん》が余りにつれづれげに見ゆるに、参つて今様《いまやう》をもうたひ、舞な（ン）どをも舞うて、仏なぐさめよ」

とぞ宣《のたま》ひける。祇王とかうの御返事にも及ばず。入道、

「など祇王は返事はせぬぞ。参るまじいか。参るまじくはそのやうを申せ。浄海《じやうかい》もはからふむねあり」

とぞ宣《のたま》ひける。母とぢ是《これ》を聞くにかなしくて、いかなるべしともおぼえず。泣く〳〵教訓しけるは、

「いかに祇王御前、ともかうも御返事を申せかし。左様《さやう》にしかられ参らせんよりは」

といへば、祇王、

「参らんと思ふ道ならばこそ、やがて参るとも申さめ、参らざらむもの故に、何と御返事を申すべしともおぼえず。此度《このたび》召さんに参らずは、はからふむねありと仰せらるるは、都の外《ほか》へ出さるるか、さらずは命《いのち》を召さるるか、是《これ》二つにはよも過ぎじ。たとひ都を出《いだ》さるるとも、歎《なげ》くべき道にあらず。たとひ命を召さるるとも、惜しかるべき又我身《わがみ》かは。一度《ひとたび》うき者に思はれまいらせて、二たび面《おもて》をむかふべきにもあらず」

とて、なほ御返事をも申さざりけるを、母とぢ重ねて教訓しけるは、

「天《あめ》が下にすまん程は、ともかうも入道殿の仰せをば背《そむ》くまじき事にてあるぞとよ。

男女の縁宿世《えんしゆくせ》、今にはじめぬ事ぞかし。千年万年とちぎれども、やがてはなるる中もあり。白地《あからさま》とは思へども、存生果《ながらへは》つる事もあり。世に定《さだめ》なきものは男女《をとこをんな》のならひなり。それにわごぜは此三年《このみとせ》まで思はれまいらせたれば、ありがたき御情《おんなさけ》でこそあれ。召さんに参らねばとて、命をうしなはるるまではよもあらじ。唯《ただ》都の外へぞ出《いだ》されんずらん。縦《たと》ひ都を出さるとも、わごぜたちは年若《わか》ければ、いかならん岩木《いはき》のはざまにても、すごさん事やすかるべし。年老い衰へたる母、都の外へぞ出されんずらむ、ならはぬひなの住《すま》ひこそ、かねて思ふもかなしけれ。唯《ただ》われを都のうちにて、住み果てさせよ。それぞ今生後生《こんじやうごしやう》の孝養《けうやう》と思はむずる」

といへば、祇王うしと思ひし道なれども、親の命をそむかじと、泣く〳〵又出《いで》立ちける、心のうちこそむざんなれ。


【現代語訳】


こうしてこの年も暮れた。翌年の春のころに、入道相国《しようこく》は、祇王《ぎおう》のもとに使者をたてて、

「その後どうしているか。変りはないか。仏御前《ほとけごぜん》があまりに所在なく物さびしそうに見えるので、こちらに参って、今様を歌い、舞なども舞って、仏を慰めなさい」

と言われた。あまりのことに、祇王はなんとも御返事のしようがない。入道は、

「どうして祇王は返事をよこさないのか。参らぬというのか。参らないのなら、そのように

言いなさい。浄海《じょうかい》にも考えがある」

と告げてこられた。母のとじは、これを聞いて悲しみ、どうしてよいかもわからなかったが、泣く泣く教えさとして、

「祇王御前よ、ともかくも御返事を申しなさい。このようにお叱《しか》りを受けるよりは」

と言うと、祇王は、

「参上しようと思うなら、すぐにも参ると申しましょうが、参らないつもりですから、なんと御返事してよいかわかりません。『こんど召して参らぬのなら、考えがある』と仰せられるのは、都の外へ追い出されるか、でなければ、命を召されるか、この二つ以上の事ではないでしょう。たとえ都を追放されても、嘆くべき事ではありません。また、命を召されたところで、惜しい我が身でしょうか。一度厭《いと》われた身で、ふたたび対面する気にはなれません」

といって、なおも御返事をしなかったが、母とじは重ねてさとして、

「この国の内に住むからには、どうあろうと入道殿の仰せをそむくわけにはいかないのですよ。男女の縁とか宿世といったものは、前世からの因縁によるもので、今に始まった事ではないのです。千年も万年もと契った夫婦でも、まもなく別れる仲もあり、かりそめのことと思いながら、生涯連れ添う事もあるように、この世で定めのないものは、男女の仲なのです。それにお前はこの三年の間、入道殿の寵愛《ちょうあい》をお受けしたのだから、それだけでも、めったにない御情《おんなさ》けというものです。お召しになるのに参らないからといって、まさか命を失わ

れるまでのことは、ないでしょう。ただ、都の外へ追い出されることになるかもしれない。たとえ都を追放されても、お前たちは年も若いのだから、どんなに住みにくいところでも、暮らしていけるでしょう。年老い、体も衰えたこの母も、都の外へ出されるであろうが、住みなれぬ田舎《いなか》暮しは、予想するだけでも悲しいことです。ただ、私の一生を都のなかですごさせなさい。それがこの世の孝行であり、来世の供養だと思うのです」と切《せつ》に言うので、祇王は、耐えがたいこととは思っているが、親の命じることには背《そむ》くまいと、泣く泣く清盛のもとへと出かけて行った。その心中はなんとも痛ましいことである。

【語釈】

いかに　相手によびかける時に使う語、どうだ、なんと。**はからふむね**　処置する方法、とるべき手段。**ともかうも**　ともかくもの音便。いずれにせよ。**男女の縁宿世《えんしゆくせ》**　男女の縁は前世から定まった因縁であること。**白地《あからさま》**　ちょっとの間、かりそめ。『類聚名義抄《るいじゆみようぎしよう》』に白地を「アカラサマ」と訓《くん》じている。**いかならん岩木のはざま**　どのような岩や木の間。住みにくい辺鄙《へんぴ》な地をさしている。**ひな**　都から離れた遠い地方、いなか。**今生後生《こんじやうごしやう》**　この世、現世と、後の世、来世。**孝養《けうやう》**　孝行と追善供養。**むざん**　気の毒で、かわいそうなこと。痛ましい。

【解説】

悲境にある祇王に、さらに追討《おいう》ちをかけるような、人の心情を無視した清盛の要請である。この屈辱に耐えられない祇王は、諾否《だくひ》の返事もできなかった。ささやかな抵抗として、この返事を拒否したのであろう。権力にものをいわせて、清盛は返答を強要する。これに対しても、祇王は精いっぱい、拒絶しようとするが、母に説得される。母の慨嘆には、己《おのれ》をまげざるをえない。「今生後生の孝養」と説かれて、耐えがたいところを忍んで、祇王は西八条の清盛の別邸へ赴くのである。

祇《ぎ》王《わう》（六）

独《ひと》り参らむは、余りに物うしとて、妹の祇女《ぎにょ》をも相具《あひぐ》しけり。其外白拍子《そのほかしらびやうし》二人《にん》、そうじて四人《しにん》、一つ車にとりのつて、西八条へぞ参りたる。さき〴〵召されける所へは入《い》れられず、遥《はる》かにさがりたる所に、座敷しつらうておかれたり。祇王、「こはされば何事さぶらふぞや。わが身にあやまつ事はなけれども、すてられ奉るだにあるに、座敷をさへさげらるることの心うさよ。いかにせむ」と思ふに、知らせじとおさふる袖《そで》のひまよりも、あまりて涙ぞこぼれける。

仏御前是《これ》を見て、あまりにあはれに思ひければ、「あれはいかに、日比《ひごろ》召されぬ所でもさぶらはばこそ、是へ召されさぶらへかし。さらずはわらはに暇《いとま》をたべ。出《い》でて見参《げんざん》せん」

と申しければ、入道、

「すべてその儀あるまじ」

と宣《のたま》ふ間、力およばで出でざりけり。

其後入道、祇王が心のうちをば知り給はず、

「いかに其後何事かある。さては仏御前があまりにつれ〴〵げに見ゆるに、今様一つ歌へかし」

と宣《のたま》へば、祇王参る程では、ともかうも入道殿の仰せをば背《そむ》くまじと思ひければ、落《おつ》る涙をおさへて、今様一つぞ歌うたる。

仏《ほとけ》も昔は凡夫《ぼんぶ》なり　我等も終《つひ》には仏なり
いづれも仏性《ぶつしやう》具《ぐ》せる身を　へだつるのみこそかなしけれ

と、泣く〳〵二返歌うたりければ、其《その》座にいくらもなみゐ給へる平家一門の公卿《くぎやう》、殿《てん》上人《じやうびと》、諸大夫《しよだいぶ》、侍《さぶらひ》に至るまで、皆感涙《かんるい》をぞながされける。入道もおもしろげに思ひ給ひて、

「時にとつては神妙《しんべう》に申したり。さては舞も見たけれども、今日はまぎるる事いできたり。此後《こののち》は召さずとも、常に参つて、今様をも歌ひ舞な（ン）どをも舞うて、仏なぐさめよ」

とぞ宣ひける。祇王とかうの御返事にも及ばず、涙をおさへて出《い》でにけり。

【現代語訳】

一人で参るのも、あまりにもつらいことなので、祇王は、妹の祇女《ぎによ》も連れて行った。そのほか二人の白拍子と、あわせて四人で、一つの車に乗り、西八条の邸へ参上した。しかし、

以前召されていた部屋には通されず、はるかに下《しも》の所へ、座席を設けて入れられた。祇王は、

「これはまた、なんということであろうか。自分の方に過失があったわけでもないのに、入道殿に捨てられたのさえ、あまりのことなのに、座敷までも下げられるとは、無念なことだ。どうしたらよかろう」と思うと、悲しみがこみあげて、人に知られまいと顔におしあてる袖《そで》の間から、涙があふれ落ちるのだった。

仏御前はこれを見て、あまりにも哀れに思ったので、

「これはなんとしたことでしょうか。日ごろお召しにならなかった所ならともかく、いつもお召しになっておられたのですから、こちらへお呼びになって下さい。それをお許しないのなら、私にお暇《ひま》を下さい。祇王のもとに出て行って会いましょう」

と申したが、入道は、

「そのことはいっさい、無用である」

と言われるので、どうにもならず、出て行けなかった。その後、入道は、祇王の心中も察せずに、

「どうだ、祇王、その後変りはないか。さて、仏御前があまりに所在ない様子なので、今様をひとつ歌いなさい」

と言われた。祇王は、参上したうえは、ともかくも入道殿の仰せを背《そむ》くまいと思ったので、落ちる涙をおさえながら、今様を一つ歌った。

仏も昔は凡人であった。我らもついには仏になる身である。いずれも仏性《ぶつしよう》をそなえている身でありながら、いまは隔てられているのが悲しいことだ。

と、泣く泣く二遍うたったので、その座に並んでおられた平家一門の多くの公卿《くぎよう》や殿上《てんじよう》人《びと》、諸大夫《だいぶ》から侍《さむらい》にいたるまで、みな、感動の涙を流された。入道も興味ぶかく思われて、

「この場に臨《のぞ》んで、たいへん殊勝に歌ったことだ。このうえは舞も見たいのだが、今日はほかに用事ができた。今後は召さなくても、いつも参って、今様をうたい、舞なども舞って、仏を慰めなさい」

と言われた。祇王はなんとも御返事のしようがなく、涙を抑えて退出した。

【語釈】

物うし 気が進まない、つらい、苦しい。 **座敷** 板張りの部屋に、すわるための座を敷いた場所。 **しつらふ** 設備する。構え作る。 **こはされば** 意外な事に驚いて発する語。 **凡夫**《ぼんぶ》 仏教で、悟りをひらいた聖人に対し一般の人をいう。

仏性《ぶつしやう》 仏となることのできる本性。 **へだつるのみこそかなしけれ** 仏と凡夫の隔てに、仏御前と自分に対する清盛の分け隔ての意を寓《ぐう》した。『梁塵秘抄《りようじんひしよう》』には、「仏も昔は人なりき、我等も終《つひ》には仏なり、三身仏性具せる身と、知らざりけるこそあはれなれ」とある。

公卿《くぎやう》 公は太政大臣および左右大臣、卿は大中納言、参議および三位以上。 **殿上人**《てんじやうびと》 四位・五位

の者の一部および六位の蔵人で昇殿を許された者。**諸大夫《しょだいぶ》**　摂関家や諸大臣家の家司《けいし》として仕える四位五位の家柄の者。**侍《さぶらひ》**　親王・摂家・大臣家などに仕える家人。**時にとつて**　その時にあたつて、その場にあたつて。**神妙《しんべう》**　殊勝、けなげ。**まぎるる事**　ほかにさし障りがある事、他に心をひかれる事。

【解説】

座席さえ格下げする、という仕打ちに、祇王はますます悲憤にくれる。清盛は、その「祇王が心のうちをば知り給はず」と叙述されているように、何もかもが、自分の意志のままに動かせるとしか考えない人物として描かれているのである。仏御前の同情は知らず、祇王は、歌わせられた今様の歌詞に、ふたたびわが身の境涯の悲しみをこめてうたう。もともと哀調を帯びた今様であるが、ひとしお切実な感銘を聞きいる人々に与えたのであろう。

祇《ぎ》　王《わう》（七）

「親の命《めい》をそむかじと、つらき道におもむいて、二たびうきめを見つることの心うさよ。かくて此世にあるならば、またうきめを見むずらん。今はただ身を投げんと思ふなり」

といへば、妹の祇《ぎ》女《によ》も、

「姉身を投げば、われもともに身を投げん」

といふ。母とぢ是《これ》を聞くに悲しくて、いかなるべしともおぼえず。泣く〳〵又教訓しけるは、

「まことにわごぜのうらむるも理《ことわり》なり。さやうの事あるべしとも知らずして、教訓して参らせつる事の心うさよ。但《ただ》し、わごぜ身を投げば、妹もともに身を投げんといふ。二人の娘共におくれなん後、年老い衰へたる母、命《いのち》生きてもなににかはせむなれば、我もともに身を投げむと思ふなり。いまだ死期《しご》も来《きた》らぬ親に、身を投げさせん事、五逆罪《ごぎやくざい》にやあらんずらむ。此世はかりの宿《やどり》なり。恥ぢても恥ぢでも何ならず。ただながき世の闇《やみ》こそ心うけれ。今生でこそあらめ、後生でだに悪道《あくだう》へおもむかんずる事のかなしさよ」

と、さめ〴〵とかきくどきければ、祇王涙をおさへて、

「げにもさやうにさぶらはば、五逆罪うたがひなし。さらば自害は思ひとどまりさぶらひぬ。かくて都にあるならば、又うきめをもみむずらん。今はただ都の外《ほか》へ出《い》でん」

とて、祇王廿一にて尼《あま》になり、嵯峨《さが》の奥なる山里に、柴《しば》の庵《いほり》をひきむすび、念仏してこそゐたりけれ。妹の祇女も、

「姉身を投げば、我も共に身を投げんとこそ契《ちぎ》りしか、まして世を厭《いと》はむに、誰《たれ》かはおとるべき」

とて、十九にて様《さま》をかへ、姉と一所《いっしょ》に籠《こも》り居て、後世《ごせ》をねがふぞあはれなる。母とぢ是を見て、

「若き娘どもだに様をかふる世の中に、年老い衰へたる母、白髪《しらが》をつけてもなににかはせむ」

とて、四十五にて髪をそり、二人の娘諸共《もろとも》に、一向専修《いっかうせんじゅ》に念仏して、ひとへに後世をぞねがひける。

【現代語訳】

「親の言葉にそむくまいと、つらいお召しに応じて行って、ふたたび恥辱をうけたことが悲しい。こうしてこの世に生きていれば、また、苦しめられるだろう。今はただ、身を投げようと思うのです」

と言うと、妹の祇女も、

「姉が身投げなさるなら、私もともに身を投げます」

という。母とじはこれを聞いて、悲しみ、どうしてよいか、思案にくれた。涙ながらに、また教えさとして、言うことに、

「まことに、お前が恨むのも、もっともなことです。そんな事があろうとも知らずに、教訓して、参上させたのが心苦しい。しかしお前が身投げをすれば、妹もいっしょに身を投げよ

うと言う。二人の娘を失った後に、年老い衰えた母が生きながらえてもしかたないことだから、私もともに身を投げようと思います。でも、まだ死期も来ていない親に、身投げをさせるという事は、五逆罪にあたるであろう。この世は仮りの宿のようなもの、恥かしい目にあおうが、あうまいが、どうということはない。ただあの世で往生できず地獄の闇《やみ》にながくさまようのがつらいことです。この世ではともかく、来世でさえ、五逆罪を犯したお前が悪道に堕《お》ちるであろうことが悲しいのです」

と、さめざめと泣きながら口説《くど》いたので、祇王は涙をこらえて、

「まことに、そういうことでしたら、五逆罪にあたることは、相違ないでしょう。それでは自害は思いとどめます。しかし、こうして都に居つづけると、またつらい目にあうでしょう。今は、ただ、都の外に出て行きましょう」

といって、二十一歳の祇王は、尼になり、嵯峨《さが》の奥の山里に、そまつな庵《いおり》をむすんで、念仏三昧《ざんまい》の生活をおくることになった。妹の祇女も、

「姉が身を投げるなら、私もいっしょに身投げをしようと約束したのですもの、ましてや世を厭《いと》い遁《のが》れるのに、だれが遅れをとりましょうか」

と、十九歳で髪を切って姿をかえ、姉といっしょに庵《いおり》にこもって、後世《ごせ》の往生を願うことになったのは、哀れである。母とじはこれを見て、

「若い娘たちでさえ尼になるこの世に、年も老い衰えた母が、白髪をつけたままでいてもしようがない」

と、四十五歳で髪をそって、二人の娘といっしょに、ただひたすらに念仏して、一途《いちず》に後世の救いをねがうのであった。

【語釈】

死期《しご》　臨終の時、寿命の終る時。**五逆罪**《ごぎゃくざい》　仏教で説く五つの罪悪。父を殺す、母を殺す、阿羅漢《あらかん》を殺す、仏身から血を出す、和合僧（仏道を修行する僧侶の団体）を破る。最も重い罪で、これを犯す者は八大地獄のうち最も恐ろしい無間《むけん》地獄に堕《お》ちる、とされた。**恥ぢても恥ぢでも**　恥かしい目をみようと、みまいと。「で」は「ずて」（打消の助動詞「ず」に接続助詞「て」の付いたもの）の約。打消の意を表わす。**何ならず**　なんという事はない。たいした問題ではない。**ながき世の闇**《やみ》　死後にうける苦悩。**悪道**《あくだう》　死者が悪業のために堕《お》ちる地獄道・餓鬼《がき》道・畜生道をいう。**後世**《ごせ》**をねがふ**　死後生れかわる世の安楽をねがう、極楽浄土への往生をねがう。**一向専修**《いっかうせんじゅ》　余念なく念仏の行《ぎょう》を専一におこなう。

【解説】

権力者の横暴に抗して、死を決意した祇王であったが、ふたたび母の、こんどは仏教の教えによっての説得に、その意志をまげざるを得なくなる。自我とプライドをもった女性、祇王の行動は二重に桎梏《しっこく》にはばまれるのである。しかし、こんどは、さきに「今生後生の孝養」と説かれて、従わざるをえなかった「親の命《めい》」も、尼になって「都の外」に出ることを拒めなかった。祇王の言に従って、母もともに、都を離れ、「嵯峨《さが》の奥なる山里」に遁世《とんせい》し、念仏にあけくれる生活に入るのである。

祇《ぎ》王《わう》（八）

かくて春過ぎ夏闌《た》けぬ。秋の初風《はつかぜ》吹きぬれば、星合《ほしあひ》の空をながめつつ、天《あま》のとわたる梶《かぢ》の葉に、思ふ事書く比《ころ》なれや。

夕日のかげの、西の山の端《は》にかくるるを見ても、「日の入り給ふ所は、西方浄土《さいはうじやうど》にてあんなり。いつかわれらもかしこに生れて、物を思はですぐさむずらん」と、かかるにつけても過《すぎ》にしかたのうき事共《ども》、思ひつづけて、唯《ただ》つきせぬ物は涙なり。たそかれ時も過ぬれば、竹の編戸を閉ぢふさぎ、灯《ともしび》かすかにかきたてて、親子三人念仏してゐたる処《ところ》に、竹の編戸をほと〳〵とうちたたく者出《い》で来たり。其時尼ども肝を消し、

「あはれ是はいふかひなき我等が、念仏して居たるを妨げんとて、魔縁《まえん》の来たるにてぞあるらむ。昼だにも人もとひこぬ山里の、柴《しば》の庵《いほり》の内なれば、夜ふけて誰かは尋ぬべき。わづかの竹の編戸なれば、あけずともおしやぶらん事やすかるべし。なか〳〵ただあけていれんと思ふなり。それに情《なさけ》をかけずして、命をうしなふものならば、年《とし》比《ごろ》頼みたてまつる弥陀《みだ》の本願を強く信じて、隙《ひま》なく名号《みやうがう》をとなへ奉るべし。声を尋ねてむかへ給ふなる、聖主《しやうじゆ》の来迎《らいかう》にてましませば、などか引摂《いんぜふ》なかるべき。相かまへ

て、念仏おこたり給ふな」
と、たがひに心をいましめて、竹の編戸をあけたれば、魔縁にてはなかりけり、仏御前ぞ出で来る。

【現代語訳】
こうして春も過ぎ、夏も盛りをこした。初秋の風が吹きそめて、牽牛《けんぎゅう》・織女《しょくじょ》の二星が逢《あ》うという星空を眺《なが》めながら、梶《かじ》の葉に願い事を書く七夕《たなばた》のころとなった。夕日が西の山の端にかくれていくのを見ても、「日の沈んでいかれるところは西方極楽浄土なのだ。いつかは我々もそこに生れて、憂《う》いつらい思いもなく過したいもの」と、思うにつけても、過ぎ去った日々の苦しさ、つらさが思い出されて、ただ涙が、とめどなくあふれるのだった。

夕暮れ時も過ぎたので、竹の編戸を閉《と》ざし、かすかに燈火をともして、親子三人で念仏を唱えているところに、竹の編戸をほとほとと、たたく者がある。尼たちは驚き恐れて、「ああ、これはふがいない私たちが、念仏しているのを妨げようとして、魔物が来たのであろう。昼でさえ人も訪れてこない山里の、そまつな庵《いおり》の内、この夜ふけに、ほかに誰《だれ》が尋ねて来ようか。ささやかな竹の編戸だから、開《あ》けなくても押し破るのは容易なこと。かえってこちらで開けて、入れようと思います。それでも情《なさ》けをかけてくれず、命をとろうというのなら、年来お頼み申している弥陀《みだ》の本願を固く信じて、一刻の隙《ひま》もなく南無阿弥陀仏《なむあみだぶつ》の名号をお唱えしよう。その声を尋ねて迎えにきて下さる仏の来迎ですから、どうして浄土へお導き下さらないことがあろうか。しっかりと心をいれて、念仏を怠りなさるな」と、互いに心を戒めあって、竹の編戸をあけてみると、魔物ではなかった。仏御前《ほとけごぜん》が現われた。

【語釈】

星合《ほしあひ》　牽牛《けんぎゅう》・織女《しょくじょ》の二星が年に一度、七夕の夜、会うこと。**天《あま》のとわたる梶《かぢ》の葉**　天のと、は天の川の瀬戸。わたる、は漕ぎわたる、で、梶は船の楫《かじ》と掛詞《かけことば》になっている。七夕には梶の葉に歌などを書き織女星に供えた。『後拾遺和歌集《ごしゅういわかしゅう》』所収の歌に「天の河とわたる舟のかぢの葉に思ふことをも書きつくるかな」とある。**西方浄土《さいはうじやうど》**　極楽浄土。『阿弥陀経《あみだきょう》』に「是《これ》より西方十万億の仏土を過ぎて世界有り、名づけて、極楽と曰《い》ふ」とある。

たそかれ時　夕暮れ時。**かきたてて**　燈心をかいて、火を強くする。**ほと〱**　戸などをたたく音をあらわした擬音語。**いふかひなき**　とるに足りない。**魔縁《まえん》**　仏道修行をさまたげる悪魔、魔もの。**なかなか**　かえって。**情をかけずして**　無情にも。**弥陀《みだ》の本願**　阿弥陀仏が衆生を救うためにたてた四十八願。とくにその第十八願は、極楽往生を願って十度念仏したものを、往生させることを誓願したもの。**名号《みやうがう》**　南無阿弥陀仏《なむあみだぶつ》の六字。**聖主《しやうじゆ》**　阿弥陀仏のこと。正しくは聖衆とあるべきで、念仏行者が臨終のときに阿弥陀如来が観音・勢至《せいし》等の諸菩薩《ぼさつ》とともに行者を極楽浄土へ迎えることを、聖衆の来迎《らいごう》という。**引摂《いんぜふ》**　極楽浄土へ迎えとること。**相かまへて**　けっして。じゅうぶん気をつけて。

【解説】

語り本の『平家物語』には、劇的な構成をもった章段が多くあるが、祇王の一章もすぐれて劇的な場面転換をもって構成されている。とくに、この一段はそのなかでも山場をなす部分である。抒情的・詠唱的な七五調の美文で、まず季節を描き、日没と仏教的な想念を重ねあわせて悲哀感を漂わせる。もの寂しい庵《いおり》の状景を叙したところへ、何者かの訪れを告げ、緊張感をもりあげる。念仏の行《ぎょう》を妨げる魔ものの出現か、と不安におののき、覚悟して、扉をひらくと、まったく予想もしなかった仏御前《ほとけごぜん》の姿があらわれる。この転換は、まことにあざやかな手法である。

「かくて春過ぎ夏闌《た》けぬ」のきわめて抒情的な七五調の表現は、「延慶本」にはなく、「既《すで》に三月許《ばかり》に成《なり》けるに、ある夜々半はかりに庵《いほり》のとほそをほと〳〵と叩《たた》く者ありけり」と叙述され、情緒的な余韻をもたない叙事的文体でしるされている。語りの詠嘆性が、語り本にこのような表現をもたらしたのであろう。また『源平盛衰記』では、祇王らの失踪《しっそう》を聞いてから嵯峨野へ尋ねていくまでの仏の行動を叙述したうえでこの場面になるので、劇的緊張のもりあがりがなく、平板な叙述になっている。

祇《ぎ》　王《わう》（九）

祇王、

「あれはいかに、仏御前と見奉るは。夢かやうつつか」

といひければ、仏御前涙をおさへて、

「か様の事申せば、事新しうさぶらへども、申さずは又思ひ知らぬ身ともなりぬべければ、はじめよりして申すなり。もとよりわらはは推参の者にて出《いだ》されまいらせさぶらひしを、祇王御前の申状《まうしじやう》によってこそ、召しかへされてもさぶらふに、女のはかなきこと、わが身を心にまかせずして、おしとどめられまいらせし事、心うこそさぶらひしか。いつぞや又召されまいらせて、今様うたひ給ひしにも、思ひ知られてこそさぶらへ。いつかわが身のうへならんと思ひしかば、嬉《うれ》しとはさらに思はず。障子に又、『いづれか秋にあはではつべき』と書き置き給ひし筆の跡、げにもと思ひさぶらひしぞや。其後は在所《ざいしよ》をいづくとも知りまいらせざりつるに、かやうに様《さま》をかへて、一所《ひとところ》にと承つて後《のち》は、あまりに浦山《うらやま》しくて、常は暇《いとま》を申ししかども、入道殿さらに御用《おんもち》いましまさず。つく〴〵物を案ずるに、娑婆《しやば》の栄花は夢の夢、楽しみ栄えて何かせむ。人身《にんじん》は請《う》けがたく、仏教にはあひがたし。此度《このたび》ないりに沈みなば、多生曠劫《たしやうくわうごふ》をばへだつとも、うかびあがらん事かたし。年のわかきをたのむべきにあらず。老少不定《せうふぢやう》のさかひなり。出《い》づる息の入《い》るをもまつべからず。かげろふいなづまよりなほはかなし。一旦《いつたん》の楽しみにほこつて、後生を知らざらん事のかなしさに、けさまぎれ出《い》でてかくなつてこそ参りたれ」

とて、かづきたる衣《きぬ》をうちのけたるを見れば、尼になつてぞ出《い》で来たる。

【現代語訳】

祇王《ぎおう》は、

「これは、どうしたのです、仏御前と見受けますが、夢でしょうか、現《うつつ》でしょうか」

と言うと、仏御前《ほとけごぜん》は涙をおさえて、

「このようなことを申しますと、今更めいた言い分《ぶん》になりますが、申し上げなければ非人情な者となってしまいますので、事のはじめから申すのです。もともと私は、お召しでもないのを、おして参った者で、追い出されましたのを、祇王御前のおとりなしで呼び戻《もど》され参上しましたのに、女のはかなさには、わが身を思うにまかせることができず、わが意に反して入道殿のもとにとどめられましたことは、なんとも心苦しい限りでした。いつぞやは又、あなたが召し出されて、今様をお歌いになった折も、つくづくと身につまされる思いをしたことでした。いつかはわが身のうえにくることであろう、と思われて、うれしいなどとは、まったく思いません。また、襖《ふすま》に『いづれか秋にあはではつべき』と書き置かれた筆の跡をみて、まことに、と思ったことでした。そののちは、お住居《すまい》をどこことも存じませんでしたが、このように出家して、御いっしょに仏の道にはげんでおられるとお聞きしてからは、あまりに羨《うらや》ましくて、常々お暇《いとま》を願っておりましたが、入道殿は一向《いっこう》お許し下さいません。つくづく考えますと、現世での栄華は夢のなかで見る夢のようなもの、楽しみ栄えたからといって、何になるでしょう。人間として生れることはまれであり、仏教との出合いもむつかしいことです。この度、地獄に沈むようなことになれば、幾度《いくたび》生れかわり、どんなに長い年月を過そうとも、浮び上って極楽浄土に往生することは困難です。年の若さは頼りになりません。老いた者も若い者も、どちらが先に死んでいくか、定まりないのがこの世です。一呼吸の間も、死は待ってくれません。かげろうや稲妻《いなずま》よりもなおはかないものです。一時の楽しみにいい気になって、死後の世界を省みないでいることが悲しくて、今朝、入道殿の邸をしのび出て、このような姿になって参りました」

といって、かぶっていた衣をとりのけたのを見ると、尼になっていたのであった。

【語釈】

申状《まうしじやう》 陳状。本来は上位者への上申《じょうしん》の文書のことであるが、ここでは、とりなし、の意。底本「申やう」とあって、傍に「状ィ」と記入している。 **心うう** つらい、なさけない。「心うく」の音便。 **在所**《ざいしょ》 住んでいる所。 **娑婆**《しやば》 人間の世界、現世。 **人身**《にんじん》**は請**《う》**けがたく、仏教にはあひがたし** 『六道講式』にある「人身難レ受、仏法難レ遇」（人身は受け難く、仏法は遇《あ》い難し）の句による。人間界に生れることもむつかしく、さらに仏教にあう機会も容易でないということ。 **ないり** 泥梨《ないり》。地獄、奈落。悪業を犯した者が堕《お》ち、責め苦をうけるところ。 **多生曠劫**《たしやうくわうごふ》 六道を何度も輪《りん》廻転生《ねてんしょう》する、ながい時間の経過。 **老少不定**《らうせうふぢやう》 死期は老少の順によらず、予知できないこと。 **かづきたる衣**《きぬ》 かぶっていた衣。衣を頭上から被るのを「衣《きぬ》かづき」といい中流以上の女子の外出のときの風俗であった。

【解説】

驚く祇王《ぎおう》に、仏御前《ほとけごぜん》は清盛のもとを出奔《しゅつぽん》してきた事情を切々《せつせつ》と語る。祇王が放逐され、そのとりなしで逆に寵《ちょう》をうける身となった後ろめたさが、まず棘《とげ》となってわが心にささっている。と同時に、わが身もまたやがては捨てられるであろうと自覚する。祇王の書きのこした歌の一節が、心にふかく響いてくる。

「つく〴〵物を案ずるに」と、仏教の思想、無常観を反芻《はんすう》し、行動を決断した。もともと仏御前は、祇王に対抗し、その座を奪おうという野心があったのではなく、芸を最高の権力者に認めさせようという矜持《きようじ》からでた行為が、意外な結果となったのであった。その責任を感じていた様子は、これまでの仏御前の叙述にみられたところである。仏御前の遁世《とんせい》は、その内的な動機による実践であり、意志的な女性として造型されているといえよう。戸に立ったときから尼姿をみせるのでなく、この述懐ののちに、衣をとったら、尼となっていた、という叙述にも、劇的効果が認められる。

祇《ぎ》王《わう》(十)

「かやうに様をかへて参りたれば、日比《ひごろ》の科《とが》をばゆるし給へ。ゆるさんと仰せられば、諸共《もろとも》に念仏して、一つ蓮《はちす》の身とならん。それになほ心ゆかずは、是よりいづちへもまよひゆき、いかならん苔《こけ》のむしろ、松が根にも倒《たふ》れふし、命のあらんかぎり念仏して、往生《わうじやう》の素懐《そくわい》をとげんと思ふなり」

と、さめ〴〵とかきくどきければ、祇王涙をおさへて、

「誠にわごぜの是ほどに思ひ給ひけるとは、夢にだに知らず。うき世の中のさがなれば、身のうきとこそ思ふべきに、ともすればわごぜの事のみうらめしくて、往生の素

懐をとげん事かなふべしともおぼえず。今生《こんじやう》も後生《ごしやう》も、なまじひにし損じたる心地《ここち》にてありつるに、かやうに様をかへておはしたれば、日比《ひごろ》のとがは露塵《つゆちり》ほどものこらず。今は往生うたがひなし。此度《このたび》素懐をとげんこそ、何よりも又うれしけれ。我等が尼になりしをこそ、世にためしなき事のやうに人もいひ、我身《わがみ》にも又思ひしか、様《さま》をかふるも理《ことわり》なり。今わごぜの出家にくらぶれば、事の数《かず》にもあらざりけり。わごぜは恨《うらみ》もなし、歎《なげき》もなし。今年は纔《わづ》かに十七にこそなる人の、かやうに穢土《ゑど》を厭《いと》ひ、浄土をねがはんと、ふかく思ひいれ給ふこそ、まことの大道心《だいだうしん》とはおぼえたれ。うれしかりける善知識《ぜんちしき》かな。いざもろともにねがはん」

とて、四人一所《しにんいつしよ》にこもりゐて、朝夕仏前に花香《はなかう》をそなへ、余念なくねがひければ、遅《ち》速《そく》こそありけれ、四人の尼ども、皆往生の素懐をとげけるとぞ聞えし。されば後白河の法皇の長講堂《ちやうごうだう》の過去帳にも、「祇王、祇女、仏、とぢらが尊霊《そんりやう》」と、四人一所《しにんいつしよ》に入れられけり。あはれなりし事どもなり。

【現代語訳】

「このように、尼となって参りましたので、これまでの罪は、お許し下さい。許そうとおっしゃって下さるなら、ごいっしょに念仏に励んで、極楽浄土の一つ蓮《はちす》の上に往生いたしましょう。それでもなお納得していただけないのなら、これからどこへなりともさまよって行き、どのような苔《こけ》の上にでも松の根もとにでも倒れふして、命のあるかぎり念仏し、往生の願いをとげようと思います」

と、涙ながらに訴えると、祇王も涙をおさえて、

「ほんとうに、あなたがこれほどまでに思っておられるとは、夢にも知りませんでした。憂い、つらいこの世の常として、わが身の不幸なめぐりあわせだと思いあきらめるべきことでしょうに、ともするとあなたのことばかり恨めしくなって、往生の願いがかなえられるとも思われませんでした。この世でも、来世でも、いい加減《かげん》で中途半ぱになってしまった気持でおりましたが、このように姿を変えて来られたので、日ごろの恨みはすっかり消えさりました。今はうたがいなく往生できるでしょう。こんどは常日ごろの望みのかなえられることが、このうえもなくうれしいことです。私たちが尼になったことを、世間では例のない事のように言い、また私自身もそう思っていましたが、出家にも当然の理由はありました。しかし、いまのあなたの出家にくらべれば、それはとるにたらぬことでした。あなたには、恨みもなければ嘆きもありません。それに、今年はわずか十七歳のお年《とし》で、このように現世を厭《いと》い、極楽浄土への往生を願おうと、心に深くお思いになられることこそ、真の大道心であると思います。あなたはこのうえもなくうれしい仏の道への導き手です。さあ、ごいっしょに、往生をねがいましょう」

と、四人いっしょに庵《いおり》にこもって、朝に夕に、仏前に花、香をそなえ、一心に浄土への往生をねがって、念仏に専心したので、遅い、速いのちがいはあったが、四人の尼たちは、みな

往生の本望をとげたということである。それで後白河法皇の建立《こんりゆう》された長講堂の過去帳にも「祇王、祇女、仏、とぢらの尊霊」と、四人が同じ所に記されている。まことに哀れぶかい事であった。

【語釈】

科《とが》　罪になる行為。　**一つ蓮**《はちす》**の身**　極楽に往生するものは、七宝池中の蓮華《れんげ》の内に生まる、と仏典で説かれている。ともに往生して同じ蓮の上に生まれること。　**それになほ心ゆかずは**　それでもなお気がすまないなら。「心ゆく」は、納得する、満足する。　**苔**《こけ》**のむしろ**　一面に生えている苔を敷物にたとえていう。　**素懐**《そくわい》　平素の念願。

さが　どうにもならない性質、運命、ならわし。　**身のうき**　わが身の不運。　**なまじひにし損じたる心地**《ここち》　現世においても幸を得られず、来世の往生もかなわずで、なまじっか中途半ぱでやりそこなった気持。　**穢土**《えど》　浄土に対し、けがれた現世。　**大道心**《だいだうしん》　「道心」は仏道を求める心。　**善知識**《ぜんちしき》　人を仏道に導き入れるなかだちになる人。

後白河の法皇　鳥羽天皇第四皇子。大治二年（一一二七）生、建久三年（一一九二）崩御。久寿《きゆうじゆ》二年（一一五五）即位、保元三年（一一五八）二条天皇に譲位、以後三十四年間、院政を行う。嘉応元年（一一六九）出家。

長講堂《ちやうこうだう》　後白河法皇の六条内裡の内に建てられた持仏堂《じぶつどう》で、法華長講弥陀三昧堂《みださんまいどう》の略。『法華経《ほけきよう》』を長日にわたって講読する堂。いま、京都下京区富小路五条下ル、にある。　**過去帳**　寺院で死者の法名や忌日を記した帳簿。現存する長講堂の過去帳は後世の筆写であるが、この四人の名がしるされている。　**尊霊**《そんりやう》　死者の霊の敬称。

【解説】

仏御前の述懐と遁世《とんせい》の決意を聞いて、祇王は、はじめてその真意を知り、心の平安と念仏の専心を妨げていた怨恨《えんこん》は氷解するのである。自分の出家は世を呪い人を恨む動機があってのことだが、仏の出家は、そのような契機を離れて、純粋に精神的なものであるとして称賛し、これを導きてとして念仏の行に励み、ついにみな往生の本望を達したという、一篇の往生譚《たん》は、ここに終るのである。

現実の世での幸福をどこまでも追求するのではなく、死後の宗教的な救いによって、すべてが解決されているからといって、この一篇の意義を没却することはできない。これはあくまでも中世の物語なのである。しかも、祇王も仏も、結局は権力者の意のままにならず、これに抗して、自分の意志を貫いたのである。行動性は、生死をかけて戦う武士ばかりでなく、かたちは異なるが、このような女性たちにも見いだせる『平家物語』の人物の特徴でもある。

この一篇は、すでにふれたように『平家物語』原本の成立ののち、諸本が形成される過程で加えられてきたものであり、覚一本も本来はこれを欠いていたとみられる。政治的社会の中枢に起った歴史的事件の展開が『平家物語』の主軸であり、その点からすれば、この物語は傍流の位置にあることは確かである。しかし、木に竹を接《つ》いだような接続ではなく、『平家物語』の思想的な側面の一方に深くかかわっており、人物造型の面でも、清盛の性格の一面をとらえて、本筋に語られる人間像と統合しうる形象をもっている。この一章の挿入《そうにゅう》は『平家物語』の文学性をより豊かなものにしているのである。

二代后《にだいのきさき》

昔より今に至るまで、源平両氏、朝家《てうか》に召しつかはれて、王化《わうくわ》にしたがはず、おのづから朝権《てうけん》をかろむずる者には、互《たがひ》にいましめをくはへしかば、代《よ》の乱《みだれ》もなかりしに、保元《ほうげん》に為義《ためよし》きられ、平治《へいじ》に義朝誅《よしともちゆう》せられて後は、すゑ〴〵の源氏ども、或《あるい》は流され、或はうしなはれ、今は平家の一類《るい》のみ繁昌《はんじやう》して、頭《かしら》をさし出《いだ》す者なし。いかならん末の代までも、何事かあらむとぞみえし。

されども鳥羽院御晏駕《とばのゐんごあんか》の後は、兵革《ひやうがく》うちつづき、死罪流刑《しざいるけい》、闕官停任《けつくわんちやうにん》常におこなはれて、海内《かいだい》もしづかならず、世間もいまだ落居《らくきよ》せず。就中《なかんづく》に、永暦応保《えいりやくおうほう》の比《ころ》よりして院《ゐん》の近習者《きんじゆしや》をば、内《うち》より御いましめあり、内の近習者《きんじゆしや》をば院よりいましめらるる間、上下おそれをののいて、やすい心もなし。ただ深淵《しんえん》にのぞむで、薄氷《はくひよう》をふむに同じ。主上《しゆしやう》、上皇《しやうくわう》、父子《ふし》の御あひだには、何事の御へだてかあるべきなれども、思《おもひ》の外《ほか》の事どもありけり。是も世澆季《げうき》に及んで、人梟悪《けうあく》をさきとする故なり。主上、院の仰せを常に申しかへさせおはしましける中にも、人耳目《じぼく》を驚かし、世も（ッ）て大きにかたぶけ申す事ありけり。

【現代語訳】

昔から今にいたるまで、源平両氏が朝廷に召しつかわれて、天子の政治に服従せず、朝廷の権威をないがしろにする者がでてくれば、互いに制裁を加えてきたので、世の乱れることもなかったが、保元《ほうげん》の乱で源為義が斬られ、平治《へいじ》の乱には源義朝が殺されてからは、源氏の一族は、あるいは流され、あるいは討たれて、今は平家の一門ばかりが繁栄を極め、ほかに頭をもたげる者はない。いつの世になろうとも、何事も起るまいと思われた。

鳥羽院が崩御された後は、保元・平治と戦乱がつづいて起り、死刑・流刑・闕官・停任がつねに行われて、国内も不穏であり、世間も落ちつかない状態である。とくに、永暦《えいりゃく》・応保《おうほう》のころから、後白河院の近臣に対して二条天皇の方から御戒めがあり、また二条天皇に仕える近習の者を、後白河院が戒められるといったことがあって、上下を問わず、みな恐れおののき、動揺していた。あたかも深い淵にのぞんで薄氷を踏むような思いがあった。主上と上皇は父子の御間柄で、何の隔てもあるべきではないのであるが、思いのほかの対立があったのである。これも世が末になって、人が悪事に競奔《きょうほん》するからである。天皇は院の仰せに常に反対されておられたが、なかでもとくに人々を驚かせ、世間があげて非難申した事があった。

【語釈】

王化《わうくわ》　君主の徳にもとづく施政。　**朝権《てうけん》**　朝廷の権威。　**為義《ためよし》**　源義親《よしちか》の子。保元《ほうげん》の乱に崇徳《すとく》上皇方について敗《やぶ》れ、嫡男義朝《よしとも》の手により処刑された。　**義朝《よしとも》**　源為義の嫡男。保元の乱では後白河天皇方にあって父為義と対立、平治の乱で平清盛に対抗して敗れ、東国へ落ちる途上、長田忠致に討たれた。

されども 逆接の接続詞がここに入るのは文脈上不当である。「屋代本」にはなく、前文は「吾身栄花」にあたる部分に続け、「鳥羽院ノ御晏駕《ごあんか》ノ後ハ」から段落をたてている。 **鳥羽院** 堀河天皇第一皇子。康和五年（一一〇三）生、保元元年（一一五六）七月二日崩御、嘉承二年（一一〇七）即位、保安《ほうあん》四年（一一二三）第一皇子崇徳に譲位。大治四年（一一二九）白河院崩御の後、院政を執行された。

御晏駕《ごあんか》 天子の崩御をいう。 **兵革《ひやうがく》** 兵は武器、革は甲冑《かつちゆう》、戦乱のこと。 **落居《らくきよ》** おちつくこと。

永暦応保《えいりやくおうほう》 二条天皇の御代の年号、一一六〇年から一一六三年までにあたる。 **近習者《きんじゆしや》** 主君の側近に奉仕する臣。 **深淵《しんえん》にのぞむで、薄氷《はくひよう》をふむ** 『詩経』に「戦々兢々《せんせんきようきよう》として深淵に臨《のぞ》むがごとく、薄氷を履《ふ》むがごとし」とあり、ふかく恐れるさまをいう。 **澆季《げうき》** 澆は薄、季は末の意で、人情の薄くなった末の世のこと。 **梟悪《けうあく》** 猛《たけ》く悪いこと。

【解説】

「昔より今に至るまで」から「何事かあらむとぞみえし」までは「吾身栄花」の章にふくまれる平家一門の繁栄を語る一文であるべきで、「延慶本」でも、そこできれて祇王の記事が入るかたちになっている。「二代后《にだいのきさき》」の章は「鳥羽院御晏駕《ごあんか》の後は」からはじまるのが正当である。この章では平家一門の叙述から離れて、当時の宮廷世界の内情が追求される。平家が権勢への道をすすんでいくころの時代環境の叙述へと、物語の視野が拡大されているのである。永暦応保のころの院と内との軋《あつ》轢《れき》は『百錬抄《ひやくれんしよう》』の記事や『愚管抄《ぐかんしよう》』の叙述から知ることができる。すなわち、応保元年九月には、院の近臣であった平頼盛、平時忠、藤原信隆、藤原成親らが解官され、また同二年六月には源資賢、同通家、平時昌、藤原範忠《のりただ》が流罪に処せられている。

一方、院の方では、二条天皇近侍の藤原経宗、藤原惟方らを永暦元年三月、流刑にし、応保二年五月には藤原重家を解官している。これらの事実をふまえて、院と内との対立として叙述しているのであるが、このようなとき起った常軌《じょうき》を逸《いっ》するできごととして、二代后《にだいのきさき》の一件が語られるのである。

二代后《にだいのきさき》（二）

故近衛院《ここんゑのゐん》の后《きさき》、太皇太后宮《たいくわうたいこうくう》と申ししは、大炊御門《おほひのみかど》の右大臣公能公《きんよしこう》の御娘《おんむすめ》なり。先帝《せんてい》におくれ奉らせ給ひて後は、九重《ここのへ》の外《ほか》、近衛河原《このゑかはら》の御所にぞうつり住ませ給ひける。さきの后宮《きさいのみや》にて、幽《かす》かなる御有様にてわたらせ給ひしが、永暦《えいりやく》のころほひは、御年廿二三にもやならせ給ひけむ、御さかりもすこし過ぎさせおはしますほどなり。しかれども、天下第一の美人のきこえましまし〳〵ければ、主上《しゆしやう》色にのみそめる御心《おんこころ》にて、偸《ひそ》かに高力士《かうりよくし》に詔《ぜう》して、外宮《ぐわいきゆう》にひき求めしむるに及んで、此大宮へ御艶書《ごえんしよ》あり。大宮敢《あ》へてきこしめしもいれず。さればひたすら早穂《はや》にあらはれて、后御入内《きさきごじゆだい》あるべき由、右大臣家に宣旨《せんじ》を下さる。此事天下においてことなる勝事《しようし》なれば、公卿僉議《くぎやうせんぎ》あり、各《おのおの》意見をいふ。

「先づ異朝の先蹤《せんじよう》をとぶらふに、震旦《しんだん》の則天皇后《そくてんくわうごう》は、唐《たう》の太宗《たいそう》の后《きさき》、高宗皇帝《かうそうくわうてい》の継母《けいぼ》なり。太宗崩御《ほうぎよ》の後、高宗の后にたち給へる事あり。是は異朝の先規《せんき》たるうへ、別段の事なり。しかれども吾朝には神武天皇より以降《このかた》、人皇《にんわう》七十余代に及ぶまで、いまだ二代の后にたたせ給へる例をきかず」

と、諸卿《しよきやう》一同に申されけり。上皇もしかるべからざる由、こしらへ申させ給へば、主《しゆ》上《しやう》仰せなりけるは、

「天子に父母《ぶも》なし。吾十善《われじふぜん》の戒功《かいこう》によ（ッ）て万乗《ばんじよう》の宝位《ほうゐ》をたもつ。是程《これほど》の事、などか叡慮《えいりよ》に任せざるべき」

とて、やがて御入内《じゆだい》の日、宣下《せんげ》せられける上は、力及ばせ給はず。


【現代語訳】

故近衛院の后《きさき》で、そのころ太皇太后宮《たいこうたいこうぐう》と申された方は、大炊御門《おおいのみかど》の右大臣公能《きんよし》公の御娘である。先帝、近衛天皇がなくなられた後は、宮廷を出て、近衛《このえ》河原の御所に移り住んでおられた。前の皇后宮として、目立たないよう、静かにお暮しになっておられたが、永暦の頃《ころ》は、御年も二十二、三になっておられたろうか、女の盛りも少し過ぎていらっしゃる年ごろであった。しかし、天下第一の美人という評判が高かったので、主上は色好みの御心で、ひ

そかに、かの玄宗皇帝が高力士《こうりよくし》に命じて美女を外宮《がいきゅう》に求めさせたように、側近を使者として宮廷の外に美人をたずねさせ、この大宮のところへ艶書《えんしょ》をお送りになった。大宮はまったく受け入れなさらない。そこで主上は、ただいちずにこの思いを公《おおやけ》のことにして、后《きさき》としてご入内《じゅだい》なさるようにと、右大臣家に宣旨《せんじ》を下された。このことは天下に異例の重大事なので、公卿《くぎょう》の会議で論議され、それぞれ意見が述べられた。

「まず、異国の先例を尋ねると、中国の則天《そくてん》皇后は、唐の太宗の后《きさき》で、高宗《こうそう》皇帝の継母にあたるが、太宗がなくなった後、高宗の后に立たれた事がある。これは異国の先例であるうえ、特別な事例である。しかし、わが国では、神武天皇以来、人皇七十余代に及ぶ今日まで、まだ二代の后にたたれたという例を聞いたことがない」

と、公卿《くぎょう》たちは一同に申された。後白河上皇も、そのようなことはよろしくないと戒《いまし》められたが、主上が仰せられるには、

「天子に父母はないといわれる。自分は十善の戒をまもった功徳によって、いま天皇の位についているのである。これくらいの事が、どうしてわが意のままにならぬということがあろうか」

といって、ただちに御入内《ごじゅだい》の日を定め、宣下《せんげ》せられたので、このうえは上皇のお力も及ばぬこととなった。

【語釈】

近衛院《こんゑのゐん》　鳥羽天皇第八皇子。保延五年（一一三九）生、久寿二年（一一五五）崩御。永治元年（一

一四一）三歳で即位。

太皇太后宮《たいくわうたいこうくう》　先々代の天皇の皇后を太皇太后といい太皇太后宮はその尊称。ここは藤原多子《たし》《まさるこ》をいう。右大臣藤原公能《きんよし》の三女、保延六年（一一四〇）生、建仁元年（一二〇一）崩。久安六年（一一五〇）十一歳で近衛天皇に入内。保元元年（一一五六）皇太后宮、保元三年（一一五八）太皇太后宮となる。永暦元年（一一六〇）二十一歳で二条天皇にふたたび入内、永万元年（一一六五）二十六歳のとき二条天皇崩御。徳大寺実定は一歳年長の兄である。巻第五「月見」の章にふたたび登場する。

九重《ここのへ》　宮中、皇居。　**近衛河原**《このゑかはら》　鷹司《たかつかさ》の下、近衛東河原。今の上京区近衛殿北口町のあたり。　**色にのみそめる御心**《おんこころ》　女色に耽溺《たんでき》なさる御心。　**高力士**《かうりよくし》**に詔**《ぜう》**して**　『長恨歌伝』にある、玄宗皇帝が侍臣高力士に命じて楊貴妃《ようきひ》を得たことに拠る表現。　**大宮**　皇太后宮、太皇太后宮の別称。　**穂にあらはれて**　表向きのこととなって。

入内《じゆだい》　皇后、中宮、女御《にようご》などが正式の儀式をととのえて内裏に入ること。　**宣旨**《せんじ》　天皇の命令を述べ伝える公文書。　**勝事**《しようし》　大事件。　**公卿僉議**《くぎやうせんぎ》　殿上《てんじやう》において行われる公卿の評議。　**震旦**《しんだん》　中国のこと。　**則天皇后**《そくてんくわうごう》　太宗の才人（女官）に選ばれた美人。太宗亡きあと比丘尼《びくに》となったが、高宗に召されてふたたび宮に入った。『唐書』に本紀がある。

唐の太宗《たいそう》　高祖の子、諱《いみな》は世民。『唐書』に本紀がある。　**高宗**　太宗の子。諱は治、字《あざな》は為善。

先規　前例。　**こしらへ**　なだめとりなすこと。　**天子に父母なし**　典拠は不明。『源平盛衰記』に「延喜聖主の、天子に父母なしとて、寛平法皇の仰せを背かせ給ひけるをば」とある。

十善《じふぜん》**の戒功**《かいこう》　十善は、不殺生、不偸盗《ふちゆうとう》、不《ふ》邪婬《じやいん》、不妄語《もうご》、不両舌《りようぜつ》、不《ふ》悪口《あつく》、不綺語《きご》、不《ふ》貪欲《とんよく》、不瞋《しん》恚《い》、不邪見などの戒《かい》を保つこと。その功徳として、天子に生れるという。**万乗《ばんじょう》の宝位《ほうゐ》**　天皇の位。周代に車戦が行われたころ天子は兵車万乗を出す規定があったのでいう。乗は車を数える単位の称。**叡慮《えいりょ》**　天子の御判断、お心。**宣下《せんげ》**　宣旨を下すこと。

【解説】当時十八歳の二条天皇は、三十四歳の後白河院の院政に対抗する気概をもっていたことは、前の段落で知られるが、女性への執心も強く、美人ときけば、相手の意志も顧慮することなく、天子の権力をもって迎えとろうとする行為にでるのである。前例のないこととする公卿《くぎょう》の反対も、上皇のいさめも聞きいれず、「宣旨《せんじ》」をもって大宮を強引《ごういん》に所望するところに、また一人の女性の悲劇がはじまるのである。

二代后《にだいのきさき》（三）

大宮かくときこしめされけるより、御涙にしづませおはします。先帝《せんてい》におくれ参らせにし久寿《きうじゅ》の秋のはじめ、同じ野原《のばら》の露とも消え、家をも出《い》で世をものがれたりせば、今かかるうき耳をば聞かざらましとぞ、御歎《おんなげき》ありける。父の大臣《おとど》こしらへ申させ給ひけるは、

「『世にしたがはざるをも（ッ）て狂人とす』とみえたり。既《すで》に詔命《ぜうめい》を下さる。子細を申すに所なし。ただすみやかに参らせ給ふべきなり。もし皇子御誕生ありて、君も

国母《こくも》といはれ、愚老《ぐらう》も外祖《ぐわいそ》とあふがるべき瑞相《ずいさう》にてもや候《さうらふ》らむ。是偏《ひとへ》に愚老をたすけさせおはします、御孝行《ごかうかう》の御いたりなるべし」

と申させ給へども、御返事もなかりけり。大宮その比《ころ》なにとなき御手習《おんてならひ》の次《ついで》に、

　うきふしに沈みもやらでかは竹の世にためしなき名をやながさん

世にはいかにしてもれけるやらむ、哀れにやさしきためしにぞ人々申しあへりける。

【現代語訳】

大宮はこのことをお聞きになってからは、涙にくれておられる。「先帝に先立たれた久寿《きゆうじゆ》二年の秋のはじめに、ともに死に、あるいは出家してこの世を遁《のが》れていたなら、いま、このようにつらいことを耳にしなかったであろうに」と、お嘆きになった。父の右大臣がいさめて言われるには、

「『世に従わない者を、愚者とする』といわれています。すでに勅命が下された以上は、とやかく申す余地はないのです。ただ、すみやかに参内《さんだい》すべきです。もし皇子がご誕生になって、あなたも国母《こくぼ》と言われ、私も外祖父として仰がれるようになる目出たい前兆であるかもしれません。これは、まったく年老いた私を助けられる最上の孝行でしょう」

と申されたけれども、大宮はなんとも御返事になれなかった。そのころ、とりとめない御手習のついでに、大宮は、

うきふしに沈みもやらでかは竹の世にためしなき名をやながさん
（先帝に死別した悲しい折にともに世を去らず生きながらえて、いま世に例のない二代の后という憂き名を残すことよ）

と詠まれた。この歌が、どのようにして世間に洩《も》れ伝わったのであろうか。哀れに感慨ぶかいこととして、人々は話しあったことであった。

【語釈】

久寿《きゅうじゅ》の秋のはじめ　近衛天皇の崩御は久寿二年（一一五五）七月二十三日、ときに天皇は十七歳、后多子《きさきたし》は十六歳であった。　**うき耳をば聞かざらまし**　つらい話を聞くことはなかったであろうに。　**世にしたがはざるをも（ッ）て狂人とす**　出典は不明であるが、『方丈記』に「世ニシタカヘハ身クルシ、シタカハネハ狂セルニニタリ」とあり、『沙石集《しゃせきしゅう》』には、行基菩薩《ぎょうきぼさつ》の遺戒として「俗にそむけば狂人のごとし」とある。

詔命《ぜうめい》　天皇の命令。　**子細を申すに所なし**　あれこれ申してお断《ことわ》りするわけにはいかない。　**国母《こくも》**　天皇の母。　**愚老**　老人の謙称。　**外祖**　外祖父。天皇の母方の祖父。　**瑞相《ずいさう》**　めでたいことの起る前兆。　**うきふしに、の歌**　うきは憂きと浮きをかけ、浮き・沈み・川・流す、および、ふし・竹・世（節《よ》）は縁語。かは竹は川べに生えた竹、「かは竹の」までが、世（節《よ》）を起す序詞になっている。

【解説】

二条天皇の要請に悲嘆にくれる大宮を、父は、勅命を背《そむ》けず、と説得し、さらに「御孝行の御いたり」と言って、一家の繁栄のためにも従うよう求める。女性のおかれたのっぴきならぬ状況がここでも語られている。大宮は無言の抵抗をするが、拒みとおすことはできず、一首の歌にその心境を託するのである。

二代后《にだいのきさき》（四）

既に御入内《じゆだい》の日になりしかば、父の大臣《おとど》、供奉《ぐぶ》の上達部《かんだちめ》、出車《しゆつしや》の儀式な（ン）ど、心ことにだしたてまいらせ給ひけり。大宮物うき御いでたちなれば、とみにも奉らず。はるかに夜もふけ、さ夜もなかばにな（ッ）て後、御車《おんくるま》にたすけ乗せられ給ひけり。御入内の後は、麗景殿《れいけいでん》にぞましましける。ひたすら朝政《あさまつりごと》をすすめ申させ給ふ御有様なり。かの紫宸殿《ししんでん》の皇居には、賢聖《げんじやう》の障子をたてられたり。伊尹《いゐん》、鄭伍倫《ていごりん》、虞世《ぐせい》南《なん》、太公望《たいこうばう》、甪里先生《ろくりせんせい》、李勣《りせき》、司馬《しば》。手なが足なが、馬形《むまがた》の障子、鬼の間、李将軍のすがたをさながらうつせる障子もあり。尾張守《をはりのかみ》小野道風《をののたうふう》が七廻《しちくわい》賢聖《げんじやう》の障子と書けるも、理《ことわり》とぞみえし。かの清涼殿《せいりやうでん》の画図《ぐわと》の御障子《みしやうじ》には、むかし金岡《かなをか》がかきたりし、遠《ゑん》山《ざん》の有明《ありあけ》の月もありとかや。故院《こゐん》のいまだ幼主《ようしゆ》にてましましけるそのかみ、なにとなき御手まさぐりの次《ついで》に、かきくもらかさせ給ひしが、ありしながらにすこしもたがはぬを御覧じて、先帝のむかしもや御恋しくおぼしめされけむ、

思ひきやうき身ながらにめぐりきておなじ雲井《くもゐ》の月を見むとは

其間《そのあいだ》の御なからへ、いひ知らず哀れにやさしかりし御事なり。

【現代語訳】

はやくも御入内《じゅだい》の日がきて、父の右大臣は、お供をする公卿《くぎょう》や、出《いだ》し車の儀式のことなど、とくに心をつくしてととのえ、お送りになる。しかし、大宮は心の進まぬ御出《い》で立ちなので、御車にすぐにもお乗りにならない。すっかり夜も更《ふ》け、夜半になってから、ようやく、人にささえられてお乗りになった。御入内の後は、麗景殿《れいけいでん》に住まわれ、主上にひたすら政務に励まれるよう、おすすめになった御様子である。かの皇居の紫宸殿《ししんでん》には、賢聖《げんじょう》の障子がたてられており、伊尹《いいん》、鄭伍倫《ていごりん》、虞世南《ぐせいなん》、太公望《たいこうぼう》、用里《ろくり》先生《せんせい》、李勣《りせき》、司馬《しば》、などの姿が描かれている。また清涼殿《せいりょうでん》には、手長足長を描いた障子や馬形の障子があり、鬼の間には、白《はく》沢《た》王の鬼を斬る絵、陣の座には、李将軍の姿をよく写しとった障子がある。尾張守《おわりのかみ》小野《おのの》道風《とうふう》が「七廻《しちくわい》賢聖《げんじやう》の障子を書く」と書いたのも、もっともなことである。あの清涼殿の画図の御障子には、むかし画家巨勢《こせの》金岡《かなおか》が描いた、遠山の有明《ありあけ》の月もあるということである。故近衛院がまだ幼君でおられたころ、なんとなくお手慰みをなさっていたおり、その月を墨でよごしてくもらせなさったが、そのまま少しも変っていないのをご覧になって、先帝のおられた昔を恋しくお思いになったのであろうか、

思ひきやうき身ながらにめぐりきておなじ雲井の月を見むとは

（つらい悲しい身の上でふたたび宮中に上って、むかしと同じ雲間の月をみようとは、

思いもよらぬことよ）

近衛院と大宮の御仲の睦《むつま》じかったことがしのばれ、なんとも哀れに優しい御事であった。

と詠《よ》まれた。

【語釈】

御入内《じゆだい》の日　永暦元年一月二十六日。　**上達部《かんだちめ》**　公卿《くぎよう》の別称。　**出車《しゆつしや》の儀式**　「いだしぐるま」の儀式。儀式のとき、女房の衣の袖口《そでぐち》や裳《も》の端などを車の簾《すだれ》の外に出し、美しく飾った牛車《ぎつしや》を出す。

麗景殿《れいけいでん》　内裏の御殿の一つで、宣耀殿《せんようでん》の南、弘徽殿《こきでん》の東にあり、皇后、中宮、女御《にようご》が居住せられた。　**朝政《あさまつりごと》**　天子が早朝政務を行われること。

賢聖《げんじやう》の障子　紫宸《ししん》殿の母屋《もや》と北廂《きたびさし》の間にある襖《ふすま》障子で、中国の名臣三十二人の像が描かれている。以下、描かれた人物を列挙している。　**伊尹《いゐん》**　殷《いん》の湯王《とうおう》の師。　**鄭伍倫《ていごりん》**　正しくは第《てい》五倫。後漢の武帝以下三代に仕えた。　**虞世南《ぐせいなん》**　唐の太宗の臣。　**太公望《たいこうぼう》**　周の文王の師。武王・成王にも仕えた。　**甪里先生《ろくりせんせい》**　秦の世に遁世《とんせい》した。商山四皓《しようざんしこう》の一人。賢聖《げんじよう》障子には描かれていない。　**李勣《りせき》**　唐太宗に仕えて功があった。　**司馬《しば》**　不明。「屋代本」は「思摩」とする。

手なが足なが　清涼殿広廂《ひろびさし》北にある衝立《ついた》障子。荒海《あらうみの》障子ともいう。手の非常に長い想像上の人物と足の長い動物が描かれている。　**馬形の障子**　清涼殿西渡殿《わたどの》、台盤所《だいばんどころ》、中間の台盤の南に立ててある衝立《ついた》て障子。　**鬼の間**　清涼殿西廂《にしびさし》南の間。南の壁に、白沢王《はくたおう》の鬼を切る絵が描いてあるのでいう。　**李将軍**　漢武帝に仕えた将軍。虎と誤って石を射貫いた話を描いた障子は陣の座（節会《せちえ》その他の公事《くじ》のとき公卿《くぎよう》が列座する席）にあった。

尾張守小野道風《をはりのかみをののたうふう》　小野妹子《いもこ》六代の孫。書道の名手で、三蹟の一人、醍醐・朱雀《すざく》・村上天皇の三代に仕えた。尾張守《おわりのかみ》に任じられたことは不明。　**七廻《しちくわい》賢聖《げんじやう》の障子**　「小野道風の中文《もうしぶみ》」に「然して紫震殿の皇居に七廻賢聖の障子を書く」（『本朝文粋』）とあり、賢聖の障子の銘を七度書き改めたのをいう。　**金岡**　巨勢金岡《こせのかなおか》。清和天皇から醍醐天皇にいたる五代に仕えた当時の代表的画家。

【解説】

悲境におかれた大宮であるが、その状況の葛藤《かつとう》を劇的に叙述するのではなく、抒情的、詠嘆的な哀話として、物語られている。主上の、愛に溺《おぼ》れる生活を避けるかのように「ひたすら朝政《あさまつりごと》をすすめ申させ給ふ」ところに、大宮の態度がうかがわれる。

「賢聖《げんじやう》の障子」に描かれた人物を列挙する途中から、叙述に錯乱がおこっているようである。「手なが足なが」「馬形の障子」は清涼殿にあるので、連続した列記では事実に反するし、「鬼の間」は室名で、障子の羅列《られつ》にはさむのは文脈にあわない。「尾張守《をはりのかみ》小野道風が（中略）理《ことわり》とぞみえし」の一文も唐突で、前文と意が通じない。「延慶本」では「朝政を進め申させ給ふ清涼殿の画図《ぐわと》の御障子に月をかきたる所あり、近衛院未《いま》た幼年帝にて渡らせ給ひける当初」とつづいて、障子の類のこまかな叙述はない。もと簡潔な叙述であったのを、語りの効果をねらって改変していく途中、不充分なまま定着してしまった本文ではないか、と思われる。整頓しないと意の通じない一文である。

額打論《がくうちろん》

さる程に、永万《えいまん》元年の春の比《ころ》より、主上《しゆしやう》御不予《ごふよ》の御事と聞えさせ給ひしが、夏のはじめになりしかば、事の外《ほか》に重《おも》らせ給ふ。是によ（ッ）て、大蔵大輔《おほくらのたいふ》伊《い》吉兼盛《きのかねもり》が娘の腹に、今上一宮《こんじやういちのみや》の二歳にならせ給ふがましましけるを、太子に立て参らせ給ふべしと聞えしほどに、同《おなじき》六月廿五日、俄《にはか》に親王の宣旨《せんじ》下されて、やがて其夜受禅《じゆぜん》ありしかば、天下なにとなうあわてたる様なり。

其時の有職《いうしよく》の人々申しあはれけるは、本朝《ほんてう》に童帝《とうたい》の例を尋ぬれば、清和天皇九歳にして、文徳天皇の御禅《おんゆづり》を受けさせ給ふ。是は、彼周公旦《かのしうこうたん》の、成王《せいわう》にかはり、南面《なんめん》にして一日万機《いちじつばんき》の政《まつりごと》を治め給ひしに准《なぞら》へて、外祖忠仁公《ぐわいそちゆうじんこう》、幼主《ゆうしゆ》を扶持《ふち》し給へり。是ぞ摂政のはじめなる。鳥羽院《とばのゐん》五歳、近衛院《こんゑのゐん》三歳にて、践祚《せんそ》あり。かれをこそ、いつしかなりと申ししに、是は二歳にならせ給ふ。先例なし。物さわがしともおろかなり。

【現代語訳】

永万元年春のころから、主上は御病気になられたという風聞があったが、夏のはじめになって、思いのほかの重態になられた。そこで大蔵大輔《おおくらのたいふ》伊《い》吉兼盛《きのかねもり》の娘の腹で、二条天皇の二歳になられる第一皇子がおられたのを、皇太子にお立て申すべきだという噂《うわさ》があったが、同年の六月二十五日に、にわかに親王の宣旨が下されて、ただちにその夜天皇の位につかれたので、世間はなんとなくとまどっているような様子であった。

宮廷の故実に詳《くわ》しい人々が言われるには、わが国で幼い天皇の即位の例を尋ねると、清和天皇は九歳で、文徳《もんとく》天皇から皇位を譲り受けられた。この時は、かの周公旦《しゅうこうたん》が成王に代って政権につき、万般の政務を遂行された例にならって、外祖父の忠仁《ちゅうじん》公が幼少の主上を補佐された。これが摂政の始めである。鳥羽院は五歳、近衛院は三歳で皇位を継承された。それでさえ早すぎるといわれたのに、これは二歳になられたばかりである。先例がない。性急なことだといったところで言いつくせるものではない、ということであった。

【語釈】

不予《ふよ》　天皇の病気。　**大蔵大輔伊吉兼盛《おほくらのたいふいきのかねもり》**　大蔵省の次官。『皇胤紹運録《こういんしょううんろく》』には伊岐善盛とある。六条天皇母は『百錬抄《ひやくれんしよう》』では「藤原義盛女」、『愚管抄《ぐかんしよう》』では「伊岐宗遠女子」としている。　**一宮《いちのみや》**　正しくは二宮。　**親王の宣旨《せんじ》**　親王と称することを許される宣旨。　**受禅《じゆぜん》**　皇位を譲り受けること。

有職《いうしよく》の人　宮中の儀礼・行事・風俗習慣に詳《くわ》しい人。　**周公旦《しうこうたん》**　周武帝の弟。武帝の死後、その子成王が幼弱であったので、代って政務をとった。　**南面《なんめん》**　天子の位に即《つ》き国を治めること。　**一日《いちじつ》**

万機《ばんき》の政《まつりごと》　万事にわたる政治。　**忠仁公《ちゆうじんこう》**　太政大臣藤原良房の諡《おくりな》。その娘明子は清和天皇の母。

践祚《せんそ》　天皇即位のこと。　**いつしか**　早すぎるさま。　**物さわがし**　性急である。　**おろかなり**　言い足りない。

【解説】

二条天皇の病による譲位と、わずか二歳の六条天皇の即位、そして童帝の例が叙述されているが、この永万年間から、年月日を追って事件を記す年代記的形式が顕著になってくる。これまでも年代に順《したが》って叙述はすすめられてきてはいるが、天承二年の忠盛昇殿から永暦応保の院・内の対立まで、三十余年の経過のなかでの、平家一門の権勢の伸長が重点的に扱われていた。状況は大きく展望されてきたのであるが、このあたりから、事件の進展を叙述する時間的な密度が高くなってくる。状況の推移のテンポが速くなったのである。

額打論《がくうちろん》（二）

さる程に、同《おなじき》七月廿七日、上皇《しやうくわう》つひに崩御なりぬ。御歳《とし》廿三、つぼめる花の散れるがごとし。玉の簾《すだれ》、錦《にしき》の帳《ちやう》のうち、皆御涙にむせばせ給ふ。やがて其夜香隆寺《かうりゆうじ》のうしとら、蓮台野《れんだいの》の奥、船岡山《ふなをかやま》にをさめ奉る。御葬送《ごさうそう》の時、延暦《えんりやく》、興福《こうぶく》両寺の大衆《だいしゆ》、額《がく》うち論と云ふ事しいだして、互に狼藉《らうぜき》に及ぶ。一天の君、崩御な（ッ）て後、御墓所《ごむしよ》へわたし奉る時の作法は、南北二京の大衆、こと〴〵く供奉《ぐぶ》して、御墓所《みはかどころ》のめぐりに、わが寺々の額《がく》をうつ事あり。まづ聖武天皇《しやうむてんわう》の御願《ごぐわん》、あらそふべき寺なければ、東大寺の額をうつ。次に淡海《たんかい》公の御願とて、興福寺の額をうつ。北京《ほつきやう》には興福寺にむかへて、延暦寺《えんりやくじ》の額をうつ。次に天武天皇の御願、教待和尚《けうだいくわしやう》、智証大師《ちしようだいし》の草創《さうさう》とて、園《をん》城寺《じやうじ》の額をうつ。しかるを山門の大衆、いかが思ひけん、先例を背《そむ》いて、東大寺の次、興福寺のうへに、延暦寺の額をうつあひだ、南都《なんと》の大衆《だいしゆ》、とやせまし、かうやせましと僉議《せんぎ》するところに、興福寺の西金堂衆《さいこんだうじゆ》、観音房《くわんおんばう》、勢至房《せいしばう》とてきこえたる大悪《だいあく》僧《そう》、二人《ににん》ありけり。観音房は黒糸威《くろいとをどし》の腹巻に、しら柄《え》の長刀《なぎなた》、くきみじかにとり、勢至房は、萌黄威《もえぎをどし》の腹巻に、黒漆《こくしつ》の大太刀《おほだち》も（ッ）て、二人《ににん》つ（ッ）と走《はし》り出《い》で、延暦寺の額をき（ッ）ておとし、散々《さんざん》にうちわり、「うれしや水、なるは滝の水、日はてるともたえずとうたへ」とはやしつつ、南都の衆徒の中へぞ入《い》りにける。

【現代語訳】

そのうちに、同年七月二十七日、上皇はついに崩御になった。御年は二十三、つぼみの花が散ったようである。玉の簾《すだれ》や、錦の几帳《きちょう》の内におられる皇妃《こうひ》の方々は、みな御涙にむせばせられる。その夜ただちに香隆寺《こうりゅうじ》の東北、蓮台野《れんだいの》の奥の、船岡山に御遺体を葬り奉った。御葬送のとき、延暦《えんりゃく》・興福の両寺の衆徒が、額打論という事件をひき起して、たがいに乱暴をはたらく騒動がはじまった。天皇がお亡くなりになって後、御墓所へお移しする時の作法として、奈良・京都の衆徒がすべてお供をして、御陵墓の周囲に、それぞれ自分の寺の額をかける事がある。まず聖武天皇の御願寺で、先を争う寺はないので、東大寺の額をかける。ついで淡海公《たんかいこう》の御願寺ということで、興福寺の額をかける。京都の方では、興福寺に対して、延暦寺の額をかける。つぎに天武天皇の御願寺で、教待《きょうたい》和尚《かしょう》、智証大師《ちしょうだいし》の草創になるというので、園城寺《おんじょうじ》の額をかける。ところが、延暦寺の衆徒たちは、何を思ったのか、先例を破って、東大寺のつぎ、興福寺の前に、延暦寺の額をかけたので、奈良の衆徒たちは憤慨して、どう対処するか、あれこれ論議するところに、興福寺の西金堂衆《さいこんどうしゅ》に、観音房《かんのんぼう》、勢至房《せいしぼう》という評判の大悪僧が二人いた。観音房は、黒糸威《おどし》の腹巻をつけ、白柄《え》の長刀《なぎなた》の柄を短かめに握り、勢至房は、萌黄威《もえぎおどし》の腹巻に、黒い漆塗《うるしぬ》りの大太刀を持って、前面に二人つっと走り出て、延暦寺の額を切り落し、めちゃめちゃにたたき割って、「うれしや水、なるは滝の水、日はてるともたえずとうたへ」とはやしながらひきあげ、興福寺の衆徒たちのなかへ入っていった。

【語釈】

玉の簾《すだれ》、錦《にしき》の帳《ちやう》のうち 宮中・後宮《こうきゆう》を形容していう。**香隆寺《かうりゆうじ》** 京都市北区平野八丁柳町あたりにあった寺。教日の創建。のち廃絶した。**うしとら** 東北。**蓮台野《れんだいの》** 京都市北区紫野上品蓮台寺付近。**船岡山《ふなをかやま》** 京都市北区にあり、大徳寺の南。**延暦寺** 比叡山にあり、天台宗総本山。最澄《さいちよう》により延暦七年（七八八）創建された。桓武天皇の勅願寺。**興福寺** 奈良にある法相宗《ほつそうしゆう》の寺院。はじめ藤原鎌足が山科《やましな》に建て、山階《やましな》寺といったが、その子不比《ふひ》等《と》が和銅三年（七一〇）、奈良に移した。藤原氏の氏寺《うじでら》。**大衆《だいしゆ》** 衆徒。多くの僧徒。**南北二京** 南は奈良、東大寺・興福寺があり、北は京都、延暦寺がある。

東大寺 聖武《しようむ》天皇の勅願により、天平十五年（七四三）に創建された、華厳《けごん》宗の大本山。**淡海公《たんかい》** 藤原不比《ふひ》等《と》の諡《おくりな》。**教待和尚《けうだいくわしやう》** 近江《おうみ》国滋賀郡の人で、園城寺《おんじようじ》を開いて、智証大師に譲ったという。『本朝神仙伝』に記された、神仙的人物。**智証大師《ちしようだいし》** 円珍の諡号。延暦寺五代の天台座主で、貞観《じようがん》十年（八六八）園城寺を賜わった。**園城寺《をんじやうじ》** 滋賀県大津市にあり、天台宗寺門派の総本山。三井《みい》寺《でら》ともいう。天武天皇の代、弘文《こうぶん》天皇の皇子大友の与多王の創建。**山門** 延暦・園城の両寺が、慈覚、智証二大師のときから門派を分ち、園城寺は寺門、比叡山延暦寺は山門といった。**南都** ここは興福寺をさす。**西金堂衆《さいこんだうじゆ》** 西金堂の堂衆。金堂は仏殿で、興福寺には中金堂、東金堂、西金堂の三つがあった。**大悪僧**《だいあくそう》　勇猛な僧。**黒糸威**《くろいとをどし》　黒い糸で鎧《よろい》の札《さね》を綴《つづ》ったもの。**腹巻**　略式の鎧《よろい》。**しら柄**　白木《しらき》の柄《え》。**くきみじかにとり**　柄《え》を短く握ること。**萌黄威**《もえぎをどし》　萌黄色（青と黄の間色）の糸で札《さね》を綴《つづ》ったもの。**黒漆の大太刀**《こくしつ》　柄《つか》・鞘《さや》を黒漆《うるし》で塗り、金具は赤銅《しゃくどう》でつくってある大太刀。**うれしや水**　延年舞《えんねんまい》の歌詞。『梁塵秘抄《りょうじんひしょう》』に「滝は多かれど、うれしやとぞ思ふ、鳴る滝の水、日は照るともたへでとふたへ、やれことつとう」とあり、能『翁《おきな》』の詞章にもある。

【解説】

天皇崩御の葬送の時に起ったこの事件は、古代末期の闘諍《とうじょう》の世の到来を告げる象徴的なできごとであった。厳粛《げんしゅく》に行われるべき国家的な儀式の秩序を踏みにじる活力が、寺院の勢力のなかから迸《ほとばし》り出ている。不祥《ふしょう》事でありながら、力動感をもって迫ってくる叙述である。衆団のなかからおどりでて、きびきびと行動し、また衆団のなかへ入っていく観音房《かんのんぼう》、勢至房《せいしぼう》の姿は、軍記物語の世界に固有の人間像であり、陸続《りくぞく》と登場してくる、このような人物によって物語の世界はおし進められていくのである。

保元・平治の乱前後から「天下日本国ノ運ノツキハテテ、大乱ノイデキテヒシト武者ノ世ニナリニシ也」と『愚管抄《ぐかんしょう》』が述べるような乱世となり、この時代背景のなかで平氏一門は政界の中枢を掌握《しょうあく》していくのであるが、同時代に、広大な荘園を領有し、その経済的基盤の上に独立王国のような権勢をもった大寺院の間にも、絶えず対立・抗争がくりかえされていた。その一端が、この「額《がく》打論《うちろん》」と、つづく「清水寺《きよみづでら》炎上」に語られているのである。

これも史実にもとづく叙述で、『歴代皇紀』は永万元年（一一六五）の条に「八月七日（物語は崩御の七月二十七日夜のこととしている）二条院葬送夜、延暦寺興福寺額打論事出来」と記し、『百錬《ひやくれん》抄《しよう》』には、八月九日の項に「延暦寺僧下洛。焼二払清水寺一。是二条院御葬礼夜、諸寺念仏群参之時、興福寺僧打二破延暦寺額板一之故云々」（延暦寺の僧下洛《げらく》し清水寺《きよみずでら》を焼き払う。是《これ》二条院御葬礼の夜、諸寺の念仏群参の時、興福寺の僧延暦寺の額板《がくいた》を打ち破りし故云々《うんぬん》）としるされている。

清水寺炎上《きよみづでらえんしやう》

山門の大衆狼藉《だいしゆらうぜき》をいたさば、手むかへすべき処《ところ》に、心ぶかうねらふ方《かた》もやありけん、一詞《ひとことば》もいださず。御門《みかど》かくれさせ給ひては、心なき草木までも愁《うれ》へたる色にてこそあるべきに、此《この》騒動のあさましさに、高きも賤《いや》しきも肝魂《きもたましひ》をうしな（ッ）て、四方へ皆退散す。同《おなじき》廿九日の午剋《むまのこく》ばかり、山門の大衆《だいしゆ》、おびたたしう下洛《げらく》すと聞えしかば、武士、検非違使《けんびゐし》、西坂本《にしざかもと》に馳《は》せ向つて防ぎけれども、事ともせず、おしやぶ（ッ）て乱入す。何者の申し出《いだ》したりけるやらむ、「一院《いちゐん》、山門の大衆に仰《おほ》せて、平家を追討《ついたう》せらるべし」と聞えしほどに、軍兵《ぐんびやう》内裏に参じて、四方の陣頭《ぢんとう》を警固す。平氏の一類皆六波羅へ馳《は》せ集る。一院もいそき六波羅へ御幸《ごかう》なる。清盛公其比《そのころ》いまだ大納言にておはしけるが、大きに恐れさわがれけり。小松殿、「なにによ（ッ）てか、唯今《ただいま》さる事あるべき」

と、しづめられけれども、上下ののしりさわぐ事、おびたたし。

山門の大衆、六波羅へはよせずして、すぞろなる清水寺《せいすいじ》におしよせて、仏閣僧坊一宇《ぶつかくそうばういちう》ものこさず、焼きはらふ。是はさんぬる御葬送の夜の、会稽《くわいけい》の恥を雪《きよ》めんが為とぞ聞えし。清水寺《せいすいじ》は興福寺の末寺なるによ（ッ）てなり。清水寺焼けたりける朝《あした》、「や、観音火坑《くわきやうへんじやうち》変成池はいかに」と札《ふだ》に書いて、大門の前にたてたりければ、次の日又「歴劫《りやくこふ》不思議力及ばず」と、返《かへ》しの札をぞう（ッ）たりける。

【現代語訳】

山門の衆徒がこの報復に乱暴をするなら、興福寺の側は反撃をするところであったが、深く思慮をめぐらすことがあってか、一言の対応もなかった。天皇崩御のおりには、心なき草木までも、愁《うれ》え悲しむべきであるのに、この騒動のあさましさに、身分の高い者も賤《いや》しい者もおののき狼狽《ろうばい》して、四方に散ってしまった。同じ七月の二十九日の正午のころ、延暦寺《えんりやくじ》の衆徒が、大挙して京都におりてくるという情報が伝わったので、武士、検非違使が西坂本に馳《は》せ向って防いだが、衆徒はこれをものともせず、押し破って都に乱入した。何者が言いだしたのか、「後白河院が、延暦寺の衆徒にお命じになって、平家を追討なさるということだ」という噂《うわさ》がたったので、軍兵が内裏に結集して、四方の門を警固した。平家の一族はみな、六波羅《ろくはら》にかけ集った。後白河院も、急いで六波羅に御幸なさる。清盛公は当時まだ大納《だいな》

言《ごん》でおられたが、この風聞に大いにおどろき動揺された。小松殿は、

「どうしてか、今、そのような事がありましょうか」

と、鎮められたが、一門の上下の者は一向《いっこう》におさまらず、騒ぎたてていた。

山門の大衆は六波羅へは押し寄せることなく、かかわりのない清水寺《きよみずでら》におしかけて、仏殿や僧坊を一つのこさず焼き払ってしまった。これは去る御葬送の夜うけた恥辱をはらそうという、報復の行動だということであった。清水寺は興福寺の末寺であったからである。清水寺が焼き払われた翌朝、大門の前に「や、観音火坑変成池《くわきやうへんじやうち》はいかに」(観音を信仰すれば火の坑《あな》も池と変って火災の難をまぬかれるというが、これはどうしたことか)と書いた札《ふだ》が立てられたが、その次の日には、「歴劫《りやくこふ》不思議力及ばず」(観音の利益《りやく》は永遠の不思議で人知の及ぶところではないから、今度の焼亡は人力によっては如何《いかん》ともしがたい)と返答の札が打ちつけられた。

【語釈】

検非違使《けんびゐし》　検非違使庁《けびいしちょう》の官人。京中の非法・非違《ひい》を検察し、追捕《ついぶ》・断罪・聴訟を掌《つかさど》った。「けびいし」ともいう。　**西坂本**　比叡山の西、京都市左京区修学院《しゅうがくいん》大原の辺。東麓《とうろく》の坂本に対する。　**一《いち》院《ゐん》**　後白河上皇。上皇が二人以上おられるとき、第一の方を一院とよぶ。　**大納言**　清盛は永万元年(一一六五)八月十七日権《ごん》大納言に任じられ、翌年十一月内大臣になっている。　**小松殿**　清盛嫡男重盛。京都市東山区小松谷にその邸宅があった。

すずろなる　「すずろ」と同じ。かかわりのない、理由もない。　**会稽《くわいけい》の恥**　中国、春秋時代に越《えつ》王

勾践《こうせん》が、呉《ご》王夫差《ふさ》と会稽山《かいけいさん》で戦って敗れたが、後年、夫差を破った故事からいう。**や、観音火坑《くわきやう》変成池《へんじやうち》はいかに**　や、は相手によびかけ注意を喚起する語。『法華経《ほけきよう》』普門品《ふもんぼん》に「念二彼観音力一火坑変成レ池」（かの観音の力を念ぜば、火坑《かきよう》変じて池と成らん）とあるのに拠る。**歴劫《りやくこふ》不思議力及ばず**　『法華経』普門品に「弘誓深如レ海、歴レ劫不二思議一」（弘《ぐ》誓《ぜい》深きこと海の如し、劫《こう》を歴《ふ》とも思議《しぎ》せじ）とあるのに拠る。

【解説】

葬送の夜の事件は一応おさまったが、古代国家の権威も地に落ちた椿事《ちんじ》に「肝魂《きもたましひ》をうしな（ッ）て、四方へ皆退散」した貴族たちの驚愕《きようがく》のさまは、くわしい叙述がなくても、想像し得よう。

事件は決着したのではなく、報復はその夜のうちに企てられたのであろう。翌々日、比叡山延暦寺の大衆は、大挙して都へおり、興福寺の末寺《まつじ》、清水寺《きよみずでら》を焼き払った。『百錬抄』は八月九日のこととしている。寺院間の紛争が、ただちに当時の政界の諸勢力の力関係に刺激を与えたことは考えられるところで、山門の大衆の下洛《げらく》を、院の平家に対する追討とした風評は、史実はともかく、背景にすでに対立の気運が兆《きざ》していたこととしての表現でもあろう。「平家」の「物語」としては、ここにこのような噂《うわさ》と、それに対する清盛・重盛の対応を叙述したことは、ひとつの緊張感をもたらす効果があった。物語は客観的に諸勢力の角逐《かくちく》を叙述しているのではなく、平家一門の動向がその軸にすえられていることを示しているのである。

清水寺の焼跡に立てられたという立札《たてふだ》は、坊間《ぼうかん》の機知的な批評心をあらわして、興味ぶかい落書《らくしよ》である。

清水寺炎上《きよみづでらえんしやう》（二）

衆徒《しゆと》かへりのぼりにければ、一院《いちゐん》六波羅より還御《くわんぎよ》なる。重盛卿計《きやうばかり》ぞ御供には参られける。父の卿は参られず。猶《なほ》用心の為歟《か》とぞ聞えし。重盛卿御送りよりかへられたりければ、父の大納言宣《のたま》ひけるは、

「さても一院の御幸《ごかう》こそ、大きに恐《おそれ》おぼゆれ。かねても思食《おぼしめ》しより仰せらるる旨《むね》のあればこそ、かうはきこゆらめ。それにもうちとけ給ふまじ」

と宣《のたま》へば、重盛卿申されける、

「此事ゆめ〳〵御けしきにも御詞《ことば》にも出《いだ》させ給ふべからず。人に心づけがほに、なかなかあしき御事なり。それにつけても、叡慮《えいりよ》に背《そむ》き給はで、人の為に御情をほどこさせましまさば、神明三宝《しんめいさんぼう》加護あるべし。さらむにと（ッ）ては、御身の恐候《さうらふ》まじ」

とて、たたれければ、

「重盛卿はゆゆしく、大様《おほやう》なるものかな」

とぞ、父の卿ものたまひける。

一院還御の後、御前にうとからぬ近習者達《きんじゆしやたち》、あまた候《さうら》はれけるに、

「さても不思議の事を申し出《いだ》したるものかな。露《つゆ》もおぼしめしよらぬものを」

と仰せければ、院中のきり者に、西光法師《さいくわう》といふものあり。境節《をりふし》御前ちかう候ひけるが、

「『天に口なし、人《にん》をも（ッ）ていはせよ』と申す。平家以《もつ》ての外《ほか》に過分に候ふあひだ、天の御ぱからひにや」

とぞ申しける。人々、

「此事よしなし。壁に耳あり、おそろし〳〵」

とぞ申しあはれける。

【現代語訳】

延暦寺《えんりやくじ》の衆徒が、ひきあげていったので、後白河院は六波羅《ろくはら》から御所に帰られた。重盛卿だけがそのお供に参られた。父の清盛卿は行かれなかった。これはなお警戒しているからか、という評判であった。重盛卿が後白河院をお送りして、帰られたので、父の大納言《だいなごん》清盛が言われるには、

「さて、後白河院がわが邸に御幸《ごこう》になったのは、たいへん畏《おそ》れ多いことではあるが、かねてから、わが一門に対してお考えになって、口に出されているところがあるからこそ、このような風評がたつのであろう。そなたも心を許してはならない」

と言われると、重盛卿は、

「このようなことはけっして御態度にも、御詞《ことば》にも出されてはいけません。人に気づかせることになって、かえって悪い結果を生むでしょう。それにつけても、上皇のお心に逆らわないで、人のために御情けをお施しになれば、かならず神仏の御加護があるでしょう。そうなれば、父上の御心配は御無用になりましょう」

と言って、席を立たれたので、

「重盛卿はなんとも度量の大きな人物だな」

と、父の清盛卿は言われた。

後白河院は御所に帰られて後、御前に常にお側《そば》近く仕えている近臣たちが大ぜいおられるところで、

「それにしても不思議な風評を言いだしたものだな、まったく思ってもみない事であるのに」

と仰せられると、院の寵臣《ちょうしん》で辣腕《らつわん》家の、西光法師という者がいたが、ちょうどその時御前近く伺候していて、

「『天に口なし、人をもって言わせよ』と申します。平家があまりにも身分不相応に振舞っていますので、天の御警告なのでしょう」

と申した。人々はこれを聞いて、

「これはとほうもない事をいう。壁に耳ありというが、いつ平家に洩《も》れるかしれぬ。恐ろしいことだ」

と言いあった。

【語釈】

心づけがほ　人に気をつけさせる、人の注意をひく、様子。　**神明三宝《しんめいさんぼう》**　神明は神、三宝は仏教における仏・法・僧をいい、神仏のこと。　**大様《おほやう》**　おおらかで細かなことにこだわらぬこと。　**うとからぬ近習者《きんじゆしや》**　親しく仕えている近臣。　**院中のきり者**　院の御所の実力者。　君寵《くんちよう》あって権勢をほしいままにしている者。　**西光《さいくわう》法師**　藤原家成の五男、師光《もろみつ》の法名。藤原通憲《みちのり》（信西《しんぜい》）に仕え、平治の乱で信西の死後出家、後白河院に仕えて寵臣となった。　**天に口なし、人《にん》をも（ッ）ていはせよ**　『文徳実録《もんとくじつろく》』嘉祥三年（八五〇）五月の条に「生民の訛言《くわげん》、天其の口を仮る」とあり、『五常内義抄』に「天ニ口ナシ、人ヲモテイハセヨト云《いへ》リ」とある。天はものを言わないが、人の口をかりて言わせる、ということ。　**過分**　身分不相応なこと。　**よしなし**　益がない、よくない。　**壁に耳あり**　密談などのもれやすい意の諺。

【解説】

清盛とその嫡男重盛との性格の対比が、すでにここで後白河院に対する態度の差異で表現されている。後白河院との対立を通して清盛の人間像は鮮明に造型されることになるが、その端緒がここに示されているのである。また、重盛も、父清盛の行動を牽制《けんせい》することで『平家物語』の理想像としての存在を明らかにしてくるのであるが、この場面は、後に展開する両者の関係を予告するもの、といえよう。一方、「院中のきり者」西光《さいこう》の言葉も、平氏一門に最も鋭く対抗した院の近臣としての憎悪を吐露したもので、後白河院は、平家追討の噂《うわさ》のなかで清盛の邸に御幸するのであるから、まだ対立関係には至っていないにしても、その近臣の間には、平家に対する反感がわだかまっていたことを、西光の言は語っている。後に平家打倒の企てをめぐらす中心人物の一人として行動する西光の気質の一端が、この言から察せられる。

東宮立《とうぐうだち》

さる程に其年は諒闇《りやうあん》なりければ、御禊《ごけい》、大嘗会《だいじやうゑ》もおこなはれず。同十二月廿四日建《けん》春門院《しゆんもんゐん》、其比《そのころ》はいまだ東の御方《おんかた》と申しける御腹に、一院の宮まし〳〵けるが、親王の宣旨《せんじ》下され給ふ。

あくれば改元《かいげん》あ(ッ)て、仁安と号す。同年《おなじきとし》の十月八日《やうかのひ》、去年親王の宣旨蒙《かうぶ》らせ給ひし皇子、東三条《とうさんでう》にて、春宮《とうぐう》に立たせ給ふ。春宮《とうぐう》は御伯父《おんをぢ》六歳、主上は御甥《おんをひ》三歳、昭穆《ぜうもく》にあひかなはず。但《ただ》し寛和《くわんわ》二年に一条院七歳にて御即位、三条院十一歳にて春宮《とうぐう》にたたせ給ふ。先例なきにあらず。

主上は二歳にて御禅《ゆづり》をうけさせ給ひ、纔《わづ》かに五歳と申す二月十九日、東宮践祚《せんそ》ありしかば、位をすべらせ給ひて、新院とぞ申しける。いまだ御元服《ごげんぶく》もなくして、太上《だいじやう》天《てん》皇《わう》の尊号《そんがう》あり。漢家《かんか》、本朝《ほんてう》、是やはじめならむ。

仁安三年三月廿日《はつかのひ》、新帝大極殿《だいごくでん》にして御即位あり。此君の位につかせ給ひぬるは、いよ〳〵平家の栄花とぞみえし。御母儀《おんぼぎ》、建春門院《けんしゆんもんゐん》と申すは、平家の一門にてましますうへ、とりわき入道相国《しやうこく》の北の方《かた》、二位殿《どの》の御妹なり。又平《へい》大納言時忠卿と申すも、女院の御兄《おんせうと》なれば、内の御外戚《ごぐわいせき》なり。内外《ないげ》につけたる執権の臣とぞみえし。叙位、除目《ぢもく》と申すも、偏《ひとへ》に此時忠卿のままなり。楊貴妃《やうきひ》が幸《さいは》ひし時、楊国忠《やうこくちゆう》が栄えしが如し。世のおぼえ、時のきら、めでたかりき。入道相国、天下の大小事を宣《のたま》ひあはせられければ、時の人、平関白《へいくわんぱく》とぞ申しける。

【現代語訳】

さて、その年は諒闇《りようあん》なので、御禊《ごけい》・大嘗会《だいじようえ》も行われなかった。同年十二月二十四日、建春門院、そのころはまだ東の御方と申していた方の御腹に生れた、後白河院の皇子がおられたが、この皇子に、親王の宣旨が下された。

年が明けると、年号が改められて、仁安と号した。同年の十月八日、去年親王の宣旨をお受けになった皇子が、東三条の御所で、東宮に立たれた。東宮は天皇の御伯父で六歳、天皇は東宮の御甥《おい》で三歳、これは長幼の順序にあわぬことである。しかし、寛和二年に、一条院は七歳で御即位になり、三条院は十一歳で東宮に立たれたことがあり、先例がないわけではない。

六条天皇は二歳で皇位をお受けになり、わずかに五歳になられた二月十九日に、東宮が皇位を継がれたので、位を退《しりぞ》かれて、新院と申された。まだ御元服もなさらずに、太上天皇の尊号をお受けになった。中国においても、我が国においても、これははじめてのことであろう。

仁安三年三月二十日、新帝は大極殿《だいごくでん》において即位された。この君が天皇の位におつきになった事は、平家にとって、ますます繁栄をきわめることになるとみられた。御母の建春門院は、平家一門でおられるうえ、とくに入道相国《しょうこく》の北の方である二位殿の御妹である。また平大納言時忠卿も、この建春門院の御兄であるから、天皇の御外戚《がいせき》である。宮廷の皇族とも、清盛とも深い関係をもつ権勢に誇る臣とみられた。叙位、除目《じもく》もすべてこの時忠卿の意のままであった。かの楊貴妃《ようきひ》が玄宗皇帝に寵愛《ちょうあい》されていたとき、その縁で楊国忠《ようこくちゅう》が栄えていたのと同様である。世の評判といい、当時の繁栄といい、めざましいものであった。入道相国は、天下の事は大小となくすべて相談されたので、当時の人々はみな、平関白《へいかんぱく》と呼んだのである。

【語釈】

諒闇《りやうあん》　天皇・皇后が崩御して新帝が喪に服している期間。　**御禊《ごけい》**　大嘗会《だいじょうえ》の前、十月下旬に天皇が川で穢《けが》れを浄められる儀式。　**大嘗会《だいじやうゑ》**　天皇が即位後初めての新穀を天神地祇《ち ぎ》に供えて祭り、親しく食され臣下にも賜わる儀式で一代一度の大礼。　**建春門院《けんしゆんもんゐん》**　後白河天皇の女御《にょうご》、平滋子。平時信の娘。仁安二年（一一六七）正月女御《にようご》、同三年皇太后、嘉応元年（一一六九）四月門院号。　**一院の宮**　後白河天皇第三皇子憲仁、後の高倉天皇。　**改元**　年号を改めること。永万二年（一一六六）八月二十七日、仁安と改元された。　**東三条**　三条北、東洞院《ひがしのとういん》西、烏丸にあった御所。　**御伯父《おんをぢ》**　主上（六条天皇）は二条天皇皇子、東宮（高倉天皇）は二条天皇の弟であるから、正しくは御叔父《おじ》である。

昭穆《ぜうもく》にあひかなはず　長幼の順序が乱れたということ。中国で宗廟《そうびょう》に祭る霊位の席次に、太祖は中央南面、ついで向って右に第一位、左に第二位というように交互に排列、右を昭、左を穆といった。転じて父は昭、子は穆、父子の順序のことにいう。

二月十九日　仁安三年（一一六八）二月十九日。　**太上天皇**　譲位後の天皇の尊号。

大極殿《だいごくでん》　大内裏の八省院（朝堂院）の北部、中央にあった正殿。中央に高御座《たかみくら》があり、天皇が政務をとり、新年、即位の儀式が行われた。　**内外《ないげ》につけたる**　皇室とも、宮中外の臣清盛とも縁の深い。　**執権の臣**　権勢ある臣。　**叙位**　天皇自ら五位以上の位階を賜わる儀式で、毎年正月五日に行われた。　**除目《ぢもく》**　大臣以外の諸官を任命する儀式。　**きら**　盛んな威勢。

【解説】

建春門院を母とする後白河院の第三皇子、のちの高倉天皇の、親王宣下から立太子、践祚《せんそ》即位までが叙されている。

永万元年（一一六五）十二月二十四日（『百錬抄』廿五日）親王宣下
永万二年　改元（八月廿七日）仁安元年
仁安元年　十月八日（『百錬抄』十日）立太子
仁安三年（一一六八）二月十九日　東宮践祚
同　　三月廿日　即位

こうして、平家一門と血縁関係にある建春門院の生んだ皇子が皇位についたことによって、平家の権勢はいっそうゆるぎないものとなり、皇室とも、また平家一門の中心にある清盛とも姻戚関係にある時忠の権力は絶大なものがあったことが叙《の》べられている。

殿下乗合《てんがののりあひ》

さる程に、嘉応《かおう》元年七月十六日、一院《いちゐん》御《ご》出家《しゆつけ》あり。御出家の後《のち》も、万機《ばんき》の政《まつりごと》をきこしめされしあひだ、院内わく方《かた》なし。院中にちかく召しつかはるる公卿殿上人《くぎやうてんじやうびと》、上《じやう》下《げ》の北面《ほくめん》にいたるまで、官位、俸禄《ほうろく》皆身にあまる計《ばかり》なり。されども人の心のならひなれば、猶《なほ》あきだらで、「あ（ッ）ぱれ其人のほろびたらば、其国《そのくに》はあきなむ。其人うせたらば、其官《そのくわん》にはなりなむ」な（ン）ど、うとからぬどちは、寄りあひ寄りあひささやきあへり。法皇も内内仰《ないないおほ》せなりけるは、「昔より代々《だいだい》の朝敵《てうてき》をたひらぐる者、おほしといへども、いまだか様《やう》の事なし。貞《さだ》盛《もり》、秀郷《ひでさと》が将門《まさかど》をうち、頼義《らいぎ》が貞任《さだたふ》、宗任《むねたふ》をほろぼし、義家《ぎか》が武衡《たけひら》、家衡《いへひら》をせめたりしも、勧賞《けんじやう》おこなはれし事、受領《じゆりやう》には過ぎざりき。清盛がかく心のままにふるまふこそ、しかるべからね。是《これ》も世末にな（ッ）て、王法《わうぼふ》のつきぬる故なり」と仰せなりけれども、ついでなければ御いましめもなし。

【現代語訳】

さて、嘉応元年七月十六日に、後白河院は出家された。御出家の後も、政務は万事にわたってとりになっていたので、院も内裏も区別がつかなかった。院中で側近として召し使われている公卿《くぎよう》殿上人や、上北面《じようほくめん》、下《げ》北面の武士にいたるまで、官位も俸給もみな、身にあまるほどであった。しかしながら、人の心の常として、それでもまだ満足せず、「ああ、あの人が滅びたならば、その国の国守の地位があくであろう。この人が亡くなれば、その官につくことができよう」などと、親しい間柄の仲間同士は、寄り合ってはささやくのであった。

後白河法皇も、内々、

「昔から代々の朝敵を平定した者は多いとはいえ、いまだかつてこの平家のように権勢をふるった例はない。平貞盛《さだもり》や藤原秀郷《ひでさと》が将門《まさかど》を討ち、源頼義《よりよし》が安倍《あべ》貞任《さだとう》・宗任《むねとう》を滅ぼし、また、源義家《よしいえ》が清原武衡《きよはらたけひら》・家衡《いえひら》を攻めとった時も、勧賞《けんじよう》が行われたが、それは国司の任命以上にはでなかった。清盛がこのように、心のままに振舞うのは、もってのほかである。これも世が末になって、王法が尽きたからである」

と言われたが、よい機会がなくて、戒められることもなかった。

【語釈】

嘉応元年七月十六日　一一六九年。『玉葉』『百錬抄』は六月十七日。御年四十三、御戒師は前大僧正覚忠、御法名は行真、と『百錬抄』に記している。**院内わく方《かた》なし**　法皇が政務を執られるので、院庁も内裏も区別がない。**北面《ほくめん》**　院の御所を警護する武士。御所の北面にその詰所があった。上《じょう》北面（四、五位）、下《げ》北面（六位）がある。

あ（ッ）ぱれ　あはれの促音化。ここでは、ああ、どうかといった願望をこめた意。　**うとからぬどち**　親密な仲間。　**貞盛《さだもり》**　平国香《くにか》の長男、天慶三年（九四〇）平将門を討ち、従五位上に叙せられ、鎮守府将軍に任じられた。　**秀郷《ひでさと》**　藤原魚名《うおな》の子孫、下野大掾《しもつけだいじょう》村雄の子。貞盛とともに将門を討って、従四位下《じゅしいのげ》に叙せられ、下野守に任ぜられた。後に俵藤太《たわらとうだ》とよばれる。

頼義《らいぎ》　源頼信の長男、前九年役（一〇五一〜六二）に安倍氏を討伐。伊予・河内守歴任。従四位下、鎮守府将軍に補せられた。　**貞任《さだたふ》、宗任《むねたふ》**　ともに陸奥の豪族、安倍頼時の子。父とともに反乱を起し、頼義に平定された。『陸奥話記《むつわき》』に詳《くわ》しい。

義家《ぎか》　源頼義の長男。前九年の役の功により出《で》羽守《わのかみ》に任ぜられ、後陸奥守兼鎮守府将軍となり、後三年の役（一〇八三〜八七）に清原氏を平定、東国に源氏の基盤をつくった。八幡太郎と号した。

武衡《たけひら》、家衡《いへひら》　出羽の俘囚《ふしゆう》の長清原武則の子、および孫。一族の内紛から起った後三年の役の中心人物。　**王法《わうぼふ》**　仏教で国王の法令、政治をいう語。

【解説】

この章から、平家の権勢に対抗する旧来の貴族層の動きが、具体化してくる。院庁に仕える貴族たちのささやきや、後白河院の清盛に対する批判は、やがて起る鹿《しし》の谷の事件への導火線となっている。政界における対立は、つねに利権をめぐる争いから生じるものであるが、ここでは、平家に対する不満が醸成されつつある院の庁の状況が表現されているのである。後白河院の仰せとして語られていることには、将門の乱から、前九年、後三年の役と武家の台頭の歴史のなかで清盛を位置づけようとする歴史把握がみられる。

殿下乗合《てんがののりあひ》（二）

平家も又、別《べつ》して朝家《てうか》を恨み奉る事もなかりしほどに、世の乱れそめける根本《こんぽん》は、去《い》んじ嘉応《かおう》二年十月十六日、小松殿の次男、新三位中将資盛卿《しんざんみのちゆうじやうすけもりのきやう》、其時はいまだ越《ゑち》前守《ぜんのかみ》とて十三になられけるが、雪ははだれにふ（ッ）たりけり、枯野《かれの》のけしき、誠《まこと》に面白かりければ、若き侍ども卅騎ばかり召し具して、蓮台野《れんだいの》や紫野《むらさきの》、右近馬場にうち出《い》でて、鷹《たか》どもあまたすゑさせ、うづら雲雀《ひばり》を、お（ッ）たてお（ッ）たて、終日《ひめもそ》にかり暮し、薄暮《はくぼ》に及んで六波羅へこそ帰られけれ。其時《そのとき》の御摂禄《ごせふろく》は、松殿《まつどの》にてましましけるが、中御門《なかのみかど》、東洞院《ひがしのとうゐん》の御所より御参内《さんだい》ありけり。郁芳門《いうはうもん》より入御《じゆぎよ》あるべきにて、東洞院《ひがしのとうゐん》を南へ、大炊御門《おほひのみかど》を西へ御出《ぎよしゆつ》なる。資盛朝臣《すけもりのあそん》、大炊御門猪熊《ゐのくま》にて、殿《てん》下《が》の御出《ぎよしゆつ》に、はなづきに参りあふ。御供の人々、

「何者ぞ、狼藉《らうぜき》なり。御出《ぎよしゆつ》のなるに、乗物よりおり候へ、おり候へ」

といらでけれども、余りにほこりいさみ、世を世ともせざりけるうへ、召し具したる侍《さぶらひ》ども、皆廿より内の若者どもなり、礼儀《れいぎ》骨法《こつぱふ》弁へたる者一人《いちにん》もなし。殿下《てんが》の御出ともいはず、一切下馬《せつげば》の礼儀にも及ばず、かけやぶ（ッ）てとほらむとするあひだ、くらさは闇《くら》し、つや〳〵入道の孫とも知らず、又少々は知つたれども、そら知らずし

て、資盛朝臣をはじめとして、侍ども皆馬よりと（ッ）て引きおとし、頗《すこぶ》る恥辱に及びけり。

資盛朝臣、はふ〳〵六波羅へおはして、祖父《おほぢ》の相国禅門《しやうこくぜんもん》に、此由う（ッ）たへ申されければ、入道大きにいか（ッ）て、

「たとひ殿下《てんが》なりとも、浄海があたりをばはばかり給ふべきに、をさなき者に左右《さう》なく恥辱をあたへられけるこそ、遺恨の次第なれ。かかる事よりして人にはあざむかるるぞ。此事思ひ知らせ奉らでは、えこそあるまじけれ。殿下《てんが》を恨み奉らばや」

と宣《のたま》へば、重盛卿《しげもりのきやう》申されけるは、

「是《これ》は少しも苦しう候まじ。頼政《よりまさ》、光基《みつもと》な（ン）ど申す源氏共にあざむかれて候はんには、誠に一門の恥辱でも候べし。重盛が子どもとて候はんずる者の、殿の御出《ぎよしゆつ》に参りあひて、乗物よりおり候はぬこそ、尾籠《びろう》に候へ」

とて、其時事にあうたる侍ども、召し寄せ、

「自今《じこん》以後も、汝等《なんぢら》、能《よ》く〳〵心得《う》べし。あやま（ッ）て殿下《てんが》へ無礼《ぶれい》の由を申さばやとこそ思へ」

とて、帰られけり。

【現代語訳】

平家の側《がわ》でも、とくに朝廷をお恨みするような事はなかったのであるが、やがて世の乱れはじめる根本となった事件が起った。去る嘉応二年十月十六日のこと、小松殿の次男、新三位中将資盛卿、当時はまだ越前守《えちぜんのかみ》で、十三歳になられたが、まだらに雪の降った枯野の景色がたいへん趣深かったので、若い侍たちを三十騎ほど召し連れて、蓮台野《れんだいの》や紫野《むらさきの》、右近馬場にでかけ、鷹狩《たかが》りを催された。たくさんの鷹をつかって、うずら、雲雀《ひばり》を追い立て、追い立て、一日じゅう狩りくらして、夕暮になって六波羅《ろくはら》へ帰って行かれた。当時の摂政は松殿、藤原基房《もとふさ》であられたが、中御門《なかみかど》、東洞院《ひがしのとういん》の御所から、ちょうどその時分に、参内なさった。郁芳門《ゆうほうもん》から内裏に入られるということで、東洞院を南へ、大炊御門《おおいのみかど》を西へお出《い》でになった。資盛朝臣は、大炊御門猪熊《いのくま》で、この松殿の行列とばったりと出会ったのである。御供の人々が、

「何者か。無礼だ。摂政殿下のお通りである。馬から下りなさい」

と叱咤《しった》したが、資盛は一門の威勢をかさに、あまりに誇り勇んで、世間をわがもの顔にふるまっているうえ、召し連れていた侍たちも、みな二十歳にもならぬ若者ばかりで、礼儀作法をわきまえている者は一人としていない。殿下の御出《ぎょしゅつ》もなんのその、下馬《げば》の礼もいっさいとらず、かけ破って通ろうとしたので、すでにあたりは暗くなってはいたし、入道相国の孫とは少しも知らず、また少しは知っていた者もいたが、わざと知らないふりをして、資盛朝臣をはじめ、侍たちをみな馬から引き落し、さんざんな目にあわせて、恥をかかせた。資盛朝臣はほうほうの体《てい》で六波羅に来られて、祖父の入道相国《しょうこく》に、この事情を訴えられたので、入

道はたいへん怒って、

「たとえ殿下であろうと、浄海の身内の者に対しては恐れつつしむべきであるのに、幼い者に、なんの遠慮もなく恥辱を与えられたのは遺恨な事である。このような事から、人に侮《あなど》られることになるのだ。この事については、殿下に思い知らせないでは、おさまらない。殿下をお恨み申したいものだ」

と言われると、重盛卿は、

「これは少しも苦慮することではありません。頼政、光基などという源氏どもに侮られたのでもあれば、まことに一門の恥辱でもありましょう。重盛の子ともあろう者が、殿下のお通りに出会って、乗物から下りなかったことこそ、失礼です」

と言い、そのときこの事件に関係した侍たちを呼び寄せ、

「これから後も、お前たちはよくよく心得なさい。あやまって殿下に無礼をしたことを、お詫び申そうと思うのだ」

といって、帰られた。

【語釈】

嘉応二年十月十六日　『玉葉』によれば、七月三日。**新三位中将資盛卿**　平重盛次男。養和元年（一一八一）右近権中将《うこんのごんの》、寿永二年（一一八三）従三位。三位中将が二人あるとき、前任者は「本」、新任者は「新」を称した。**はだれ**　まだら。**蓮台野《れんだいの》・紫野《むらさきの》**　京都市北区にあった原野。ともに洛北七野の一に数えられていた。

右近馬場　今の京都市上京区北野神社の東南にあった。右近衛府所属の馬術訓練場。　**すゑさせ**　鷹《たか》狩りの際、鷹をひじにとまらせること。させは使役。　**終日**《ひめもそ》　「ひめもそ」は底本の読み。『名義抄』は「尽日、ヒメモスニ」。　**御摂禄**《ごせふろく》　摂政。　**松殿**　藤原基房。永万二年（一一六六）七月二十七日摂政、承安二年（一一七二）十二月二十七日関白。

郁芳門《いうはうもん》　大内裏《だいだいり》の外郭東側最南の門。　**殿下**　もと三后皇太子の尊称であったが、摂関にも用いるようになった。　**はなづき**　出会いがしら。ばったりであうこと。　**いらで**　「いらつ（苛つ）」の連用形。せかす。催促する。　**骨法**《こつぱふ》　作法。　**そら知らずして**　知らぬふりをして。　**はふく**　かろうじて、やっとのことで。　**禅門**《ぜんもん》　在俗のままで剃髪《ていはつ》し仏門に入った男子。入道と同じ。　**浄海があたり**　清盛の近親の者、身内。

左右《さう》**なく**　ためらうことなく、遠慮もなく。　**あざむかるる**　軽べつされる、侮《あなど》られる。　**恨み奉らばや**　「恨む」は、うらみをはらす、しかえしをする、の意。　**頼政**《よりまさ》　源仲政の嫡男。治承四年（一一八〇）以仁《もちひと》王を擁し反平家の挙兵をし敗死。　**光基**《みつもと》　源光信の子。美濃《みの》、土岐《とき》氏を称した。頼政とともに頼光の子孫。　**尾籠**《びろう》　不作法。無礼。

【解説】

院の庁との対立が事件を起す前に、平家と摂関家との間に、ひとつの紛争がもちあがった。『平家物語』の作者は、これを「世の乱れそめける根本」と位置づけている。鷹《たか》狩りの帰りの資盛が、参内途上の摂政基房に行き会い、下馬の礼をとらなかったために、供の者に恥辱を与えられたという一件である。「世の乱れそめける根本」というのは、この後の清盛による復讐《ふくしゆう》をさしているのである。資盛から報告を受けた清盛は、激怒して報復の意志をあらわすが、重盛は、非は資盛にあることを述べて、供の侍たちを戒める。ここにもその人物の相違を対比させている。基房《もとふさ》の弟九条兼実《かねざね》の『玉葉《ぎょくよう》』は、この一件の展開を日を追って記しているが、その記事を物語と対照させると、史実と文学が、いかにかかわっているか、という問題となる。

『玉葉』は、七月三日の出来事として、その日の条に、「今日、法勝寺《ほっしょうじ》御八講《はっこう》の初め也。御幸《ごかう》有り。摂政法勝寺に参らるるの間《かん》、途中に於《おい》て越前守《ゑちぜんのかみ》資盛重盛卿嫡男女車に乗り相逢ふ。而して摂政の舎人《とねり》居飼《ゐがひ》等彼の車を打破り、事恥辱に及ぶと云々《うんぬん》。摂政家に帰《かへ》りての後、右少弁兼光を以て使となし、舎人居飼等を相具《あひぐ》し、重盛卿の許《もと》に遣はす。法に任《まか》せて勘当せらるべしと云々。亜相《あしやう》（重盛）返上すと云々」と記されている。摂政基房は参内ではなく御八講《はっこう》の行われる法勝寺《ほっしょうじ》に参る途上であり、資盛も女車に乗って行会ったのであるから、狩りの帰りではない。摂政の方から重盛のもとに謝罪の使者を出し張本人の処罰を託したが、重盛は受付けなかった、という。重盛は、その程度のことでは、おさまることができなかった模様である。そして、後の報復事件となるのである。物語の叙述とは、事件の発端からして大きなひらきがある。

殿下乗合《てんがののりあひ》（三）

其後入道相国、小松殿には仰せられもあはせず、片田舎《かたゐなか》の侍《さぶらひ》どもの、こはらかにて、入道殿の仰せより外《ほか》は、又おそろしき事なしと思ふ者ども、難波《なんば》、瀬尾《せのを》をはじめとして、都合六十余人召し寄せ、

「来る廿一日、主上《しゆしやう》御元服の御さだめの為に、殿下《てんが》御出《ぎよしゆつ》あるべかむなり。いづくにても待ちうけ奉り、前駆御随身《ぜんくみずいじん》どもがもとどりき（ッ）て、資盛が恥すすげ」とぞ宣《のたま》ひける。

殿下《てんが》是《これ》をば夢にもしろしめさず、主上明年《みやうねん》御元服、御加冠《ごかくわん》、拝官の御さだめの為に、御直廬《ごちよくろ》に暫く御座あるべきにて、常の御出《ぎよしゆつ》よりもひきつくろはせ給ひ、今度は待賢門《けんもん》より入御《じゆぎよ》あるべきにて、中御門《なかのみかど》を西へ御出なる。猪熊《ゐのくま》堀河の辺に、六波羅《ろくはら》の兵《たい》ども、ひた甲《かぶと》三百余騎、待ちうけ奉り、殿下を中にとり籠《こ》め参らせて、前後より一度に時をど（ッ）とぞつくりける。前駆御随身《みずいじん》どもが今日をはれとしやうぞいたるを、あそこに追つかけ、爰《ここ》に追つつめ、馬よりと（ッ）て引きおとし、散々《さんざん》に陵礫《れうりやく》して、一々にもとどりをきる。随身十人がうち、右の府生武基《ふしやうたけもと》がもとどりもきられにけり。其中《そのなか》に藤蔵人大夫隆教《とうくらんどのたいふたかのり》がもとどりをきるとて、「是《これ》は汝《なんぢ》がもとどりと思ふべからず、主《しう》のもとどりと思ふべし」と、いひふくめてき（ッ）て（ン）げり。其後は御車の内へも、弓のはずつきいれな（ン）どして、すだれかなぐりおとし、御牛《おうし》の鞦《しりがい》、胸懸《むながけ》きりはなち、かく散々にしちらして、悦《よろこび》の時をつくり、六波羅へこそ参りけれ。入道、「神妙《しんべう》なり」とぞ宣《のたま》ひける。

御車ぞひには、因幡《いなば》のさい使《つかひ》、鳥羽の国久丸《くにひさまる》と云ふ男《をのこ》、下﨟《げらふ》なれどもなさけある者にて、泣く〳〵御車仕《つかま》（ッ）て、中御門《なかのみかど》の御所へ還御《くわんぎよ》なし奉る。束帯《そくたい》の御袖《そで》にて、御涙をおさへつつ、還御の儀式あさましさ、申すもなか〳〵おろかなり。大織冠《たいしよくくわん》、淡海公《たんかいこう》の御事は、あげて申すに及ばず、忠仁公《ちゆうじんこう》、昭宣公《せうぜんこう》より以降《このかた》、摂政関白のかかる御目にあはせ給ふ事、いまだ承り及ばず。これこそ平家の悪行《あくぎやう》のはじめなれ。

【現代語訳】

その後、入道相国は、小松殿にはなんの相談もなさらず、片田舎出の侍で、武骨な、入道殿の命令以外には世に恐しいものはないと思っている剛の者ども、難波《なんば》、瀬尾《せのお》といった人をはじめとして、あわせて六十余人を召し集めて、

「来る二十一日、天皇御元服の儀式の打合せのために、殿下が参内されるはずである。どこでもよい、お待ちうけ申して、その行列の前駆《ぜんく》・御随身《ずいじん》どもの髻《もとどり》を切って、資盛の恥をすすげ」

と命ぜられた。

殿下はこのような計略があるとは、夢にもお知りにならず、明年の天皇御元服《げんぶく》、御加冠《かかん》、拝官の御打合せのために、しばらく宮中の宿所で御当直なさる予定で、常の参内よりも改まった御よそおいで、この度は待賢門《たいけん》から内裏にお入りになろうと、中御門《なかのみかど》を西へおでましになった。六波羅《ろくはら》の武士たちは、猪熊《いのくま》堀河のあたりで、すべて甲冑《かっちゅう》で武装した三百余騎で待ち受け申し、殿下を中にとり囲《かこ》んで、前後から一度に、どっと鬨《とき》の声をあげた。今日を晴《はれ》と着飾ってきた前駆御随身たちを、あそこに追いかけ、ここに追いつめ、馬からひきずり落し、

さんざんに踏みにじって、一人一人の髻《もとどり》を切り放った。随身十人のうち、右近衛《うこんえ》の府生《ふしょう》武基も、髻を切られてしまった。なかでも、藤蔵人大夫隆教《とうくろうどのだいぶたかのり》の髻を切るとき、武士たちは、「これはお前の髻とは思うな、お前の主人の髻と思え」と、言いふくめて切ったのであった。その後は、さらに御車の内へも、弓の弭《はず》を突き入れなどして、簾《すだれ》を引き落し、御牛の鞦《しりがい》、胸懸《むながけ》を切り放し、さんざんに乱暴したうえ、勝鬨《かちどき》をあげて、六波羅へ引きあげてきた。入道は、「よくやった、感心だ」と言われた。

殿下の御車添いに、因幡《いなば》の先使、鳥羽の国久丸という男がいたが、低い身分ではあったが心ある者で、泣く泣く御車につき従って、中御門《なかのみかど》の御所へお帰し申しあげた。殿下は束帯《そくたい》の袖《そで》で御涙を抑えながら、お帰りになったが、その御有様のみじめさは、なんとも申しようがない。大織冠《だいしょつかん》藤原鎌足、淡海公《たんかいこう》藤原不比等《ふひと》の御事は申すまでもなく、忠仁公《ちゅうじんこう》藤原良房、昭宣《しょうぜん》公藤原基経《もとつね》からこのかた、摂政関白がこのような目に会われたことは、いまだかつて聞いたことがない。これこそ、平家の悪行のはじめである。

【語釈】

難波《なんば》　難波次郎経遠《つねとお》。備前《びぜん》国の土豪、清盛に近侍《きんじ》した。　**瀬尾**《せのを》　瀬尾太郎兼康《かねやす》。備中《びっちゅう》国の住人、保《ほう》元《げん》の乱以来清盛に近侍。　**前駆**《ぜんく》　騎馬で高貴な人の行列を先導する者。　**随身**《ずいじん》　貴人が外出の際、勅命によって武器を帯して随従した内舎人《うどねり》や衛府《えふ》の役人。摂関の随身は十人。　**御加冠**《ごかくわん》　天皇元服の際、冠をかぶらせる役の人。

拝官　任官。元服の式の後群臣に宴を賜い、官位を進められること。　**直廬**《ちょくろ》　宮中における摂政・

関白の休息所。　**ひた甲《かぶと》**　全員が甲冑《かっちゅう》で武装していること。　**しやうぞいたる**　装束をつける。「しやうぞきたる」の音便。　**陵礫《れうりやく》**　踏みにじること。正しくは陵轢、輘轢。　**右の府生《ふしやう》**　右近衛《うこんえ》の府生、府生は六衛府《りくえふ》・検非違使庁の四等官の下にある役。

藤蔵人大夫隆教《とうくらんどのたいふたかのり》　藤原隆教。蔵人《くろうど》の五位で、六位蔵人が六年勤務ののち五位に叙され、殿上を退いた者。　**はず**　弓の両端の弦《つる》をかけるところ。　**鞦《しりがい》**　牛・馬の尻にかけて、車の轅《ながえ》や鞍橋《くらぼね》を固定させる緒《お》。　**胸懸《むながけ》**　鞅《むながい》、馬の胸から鞍橋《くらぼね》にかけわたす緒。　**御車ぞひ**　牛車《ぎっしゃ》の左右に付き添う舎人《とねり》。

さい使《つかひ》　先使。新任の国司が任国に赴任するに先だって、その国の在庁官人に訓示を伝える使い。

申すもなか〱おろかなり　なかなか、は却《かえ》って。言葉に出して言ったところで、かえって、不充分になる。なんとも言いようがない、の常套《じょうとう》表現。　**大織冠《たいしよくくわん》**　藤原鎌足。孝徳天皇の大化三年（六四七）に制定された七色十三階の冠の第一の冠であるが、天智天皇八年（六六九）藤原鎌足に授けられたこと以外に例がない。　**昭宣公《せうぜんこう》**　藤原基経《もとつね》の諡《おくりな》。良房の養子、人臣最初の関白となった。

【解説】

清盛の命令による、激しい復讐《ふくしゅう》行動が描かれている。直属の武士を三百余騎、というのは誇張であろうが、ともかく武士をただちに召集し行動させるところに、物語のなかでの清盛の武家の棟梁《とうりょう》としての面が浮彫りにされている。

摂政関白がこのような暴行をうけたことは史上例がないとし、「これこそ平家の悪行のはじめ」とする作者は、権勢の頂点をきわめた清盛の専横《せんおう》が、平家一門を滅亡の運命に陥《おとしい》れたのであるととらえ、その清盛の行為を「悪行」とよんでいるのである。この観点から、史実が大きく改変され、事実に反して、清盛の「悪行」を強調する虚構がかまえられることになる。『玉葉』の記述はさらに、七月五日、「人々云ふ、乗逢《のりあひ》の事、大納言（重盛）殊に欝《うつ》すと云々《うんぬん》。仍《よつ》て摂政、上﨟《じやうらふ》随身《ずいじん》幷《ならび》に前駆七人を勘当す。但《ただ》し随身は厩《うまや》の政所《まんどころ》等に下さると云々。又舎人《とねり》、居飼《ゐがひ》は検非違使《けびゐし》に給ふと云々」とあって、重盛の怒りを聞いた摂政は、随身、前駆らを自分の方で処断したことが記されている。そして、同月十六日には、「或人云ふ。昨日摂政、法成寺に参らんと欲せらる。而して二条京極の辺に武士群集し殿下の御出を伺《うかが》ふと云々。是前駆等を搦《から》む可きの支度と云々。仍《よつ》て殿より人を遣《つかは》して見せらるるの処、已《すで》に其の実《じつ》有り。仍《よつ》て御出は止められ了《をは》んぬと云々。末代の濫吹《らんすい》、言語に及ばず。悲しい哉《かな》。乱世に生まれて此《か》くの如きの事を見聞す。宿業懺《ざん》すべし懺すべし。是則《これすなは》ち乗逢《のりあひ》の意趣と云々」とあり、摂政は武士の待機を恐れて、外出を止められたことをしるし、慨嘆しているのである。それから三ヵ月余を経た、十月二十一日に、兼実は「御元服の議定《ぎぢやう》有るべきに依って、申《さる》の刻《こく》、束帯《そくたい》を着《ちやく》し、大内に参」ったのであるが、「或人云ふ。摂政参り給ふの間、途中に於《おい》て事有つて皈《かへ》り給ひ了《をは》んぬと云々。余《よ》驚いて人を遣はして之を見しむるの処、事已《すで》に実《じつ》なり。摂政参り給ふの間、大炊《おほひ》御《み》門《かど》堀河の辺に於《おい》て、武勇の者数多《あまた》出来《しゆつらい》、前駆等悉《ことごと》く馬より引き落され了《をは》んぬと云々《うんぬん》。神心《じんしん》覚えず。是非弁《わきま》へず。此間《このかん》、其の説甚《はなは》だ多し。摂政殿参られず。今日の議定《ぎぢやう》延引の由、光雅来り示す」という事態であった。この日の記にも「只恨む、五濁《ごぢよく》の世に生まれしことを。悲しい哉《かな》、悲しい哉」と、悲痛な心情を述べている。翌二十二日の条には「昨日の事、巷説《かうせつ》種々。但《ただ》し前駆五人の中、四人に於《おい》ては本鳥《もとどり》を切られ了《をは》んぬ。又随身《ずいじん》一人、同じく前駆五六計《ばか》り、今に大路に在りと。見る者の談ずる所なり。前駆五人高佐、高範、家輔、通定、六位一人は名を知らず此の中、通定一人は髻《もとどり》を失はずと云々。猶《なほ》武勇の家、他に異なる歟《か》。夢の如く幻の如し」と被害の模様が記されている。物語が、史実で七月三日の資盛陵轢《りようりやく》の一件を十月十六日としたのは、数日の後にその復讐《ふくしゆう》が行われたとする叙述の集中化による作品効果のためであろう。この事件の具体的な状況はほぼ事実をふまえて、語られている。この襲撃が、『玉葉《ぎよくよう》』では重盛によるものと明記されてはいないが、記された経過によって、それと察することはできる。摂政基房、『玉葉』の筆者兼実の弟である慈円は、『愚管抄《ぐかんしよう》』に「この小松内府はいみじく心うるはしくて、父入道が謀反心あると見て、とく死なばやなどいふと聞えしに、いかにしたりけるにか、父入道が教へにはあらで、不可思議の事を一つしたりしなり。子にて資盛とてありしをば、基家中納言、聟《むこ》にしてありし。さて持明院《ぢみやうゐん》の三位中将とぞ申しし、それがむげに若かりし時、松殿の摂籙《せふろく》の臣にて御出ありけるに、忍びたる歩きをして、あしく行き合ひて、うたれて車の簾《すだれ》切られなどしたる事の有《あり》しを、深くねたく思ひて、関白、嘉応二年十月二十一日高倉院御元服の定めに参内する道にて、武士等をまうけて先駆のもとどりを切りてしなり。これによりて御元服定め延びにき。さる不思議有しかど、世に沙汰《さた》も無し。次の日より又松殿も出仕うちしてあられけり。この不思議この後の事どもの始めにてありけるにこそ」(巻五)と述べて、重盛の行為であることを明らかにしている。「世の乱れそめける根本」で、「平家の悪行のはじめ」と概括する平家物語の態度は、『玉葉』にみる兼実の慨嘆や、『愚管抄』の「この後の事どもの始め」と受けとめる慈円《じえん》の立場と、軌を一にするものといえよう。

殿下乗合《てんがののりあひ》(四)

小松殿こそ大きにさわがれけれ。ゆきむかひたる侍《さぶらひ》ども、皆勘当《かんだう》せらる。

「たとひ入道いかなる不思議を下知《げぢ》し給ふとも、など重盛に夢をばみせざりけるぞ。凡《およ》そは資盛奇怪《きッくわい》なり。栴檀《せんだん》は二葉《ふたば》よりかうばしとこそ見えたれ。既《すで》に十二三にならむずる者が、今は礼儀を存知《ぞんぢ》してこそふるまふべきに、か様に尾籠《びろう》を現じて入道の悪名《あくみやう》をたつ。不孝のいたり、汝独《なんぢひと》りにあり」

とて、暫く伊勢国《いせのくに》におひ下さる。されば此大将をば、君も臣も、御感《ぎよかん》ありけるとぞきこえし。


【現代語訳】


小松殿はこの一件を知ってたいへん驚かれて、事件に加わった侍たちを、皆、譴責《けんせき》された。

「たとえ入道が、どのような常軌を逸した命令を下されようと、どうして重盛に夢の知らせなりと見せなかったのであろうか。だいたい資盛がふとどきだ。栴檀《せんだん》は双葉より芳《かんば》しというが、すでに十二、三にもなろうという者が、礼儀をわきまえて行動すべきであるのに、このような無礼なふるまいで入道の評判を悪くした。不孝の極みというものだ。罪はお前一人にある」

といって、資盛を、しばらく伊勢国に追い下された。この慎《つつし》み深い態度に、この左大将重盛公を、君臣ともに賞賛されたということである。

【語釈】勘当《かんだう》　法律用語で、罪を勘《かん》え法に当てるという意であるが、ここでは譴責《けんせき》すること。**不思議**　不法なこと。**下知**《げぢ》　命令。**梅檀《せんだん》は二葉《ふたば》よりかうばし**　すぐれた人物は幼少のころからその兆《きざし》をあらわすという意の諺。梅檀の木は芽生えの時からその葉に香気があることからいう。

【解説】史実とはまったく逆に、この事件を憂慮し、身内を処断する、王朝的秩序に忠実な、理想的人物に重盛を造型している。『平家物語』における重盛の役割を遂行させるためには、このような道義観のつよい人物でなければならないのである。清盛と重盛、この父子の性格を両極において、物語の論理は進展していく。

鹿《しし》の谷《たに》

是《これ》によ（ッ）て、主上《しゆしやう》御元服の御さだめ、其日《そのひ》はのびさせ給ひぬ。同《おなじき》廿五日、院の殿上にてぞ御元服のさだめはありける。摂政殿、さてもわたらせ給ふべきならねば、同十二月九日《ここのかのひ》、兼宣旨《かねてせんじ》をかうぶり、十四日《じふしにち》、太政大臣《だいじやうだいじん》にあがらせ給ふ。やがて同十七日、慶《よろこびまうし》申ありしかども、世の中は猶《なほ》にがくしうぞみえし。さるほどに今年《ことし》も暮れぬ。あくれば嘉応《かおう》三年正月五日《いつかのひ》、主上御元服あ（ッ）て、同十三日、朝覲《てうきん》の行幸ありけり。法皇、女院《にようゐん》待ちうけ参らっさせ給ひて、叙爵《じよしやく》の御《おん》粧《よそほひ》、いかばかりらうたくおぼしめされけん。入道相国《しやうこく》の御娘、女御《にようご》に参らせ給ひけり。御年《おんとし》十五歳《さい》、法皇御猶子《いうし》の儀《ぎ》なり。

【現代語訳】

この事件のために、高倉天皇御元服の打ち合わせの会議は、その日は延期となったが、同月二十五日、院の殿上《てんじよう》の間《ま》で行われた。摂政殿に対しては、その労をねぎらうためにそのままでおかれるわけにはいかないので、同じ年の十二月九日、前もって宣旨《せんじ》が下され、十四日に、太政大臣に昇進なさった。ついで十七日、任官の返礼と披露の宴が催されたが、世間は、なにか不穏で落ち着きがなかった。

こうして、この年も暮れた。明けて、嘉応三年正月五日、天皇は元服の儀式をあげられ、同十三日、院の御所へ御報告の行幸をなさった。後白河法皇、建春門院は待ち受けられて御対面になったが、天皇の初冠《ういこうぶり》のお姿をどれほど可愛いとお思いになったことであろう。入道相国の御娘、徳子が、女御《にょうご》として入内《じゅだい》せられた。御年は十五歳、後白河法皇の御養子という資格である。

【語釈】

さてもわたらせ給ふべきならねば　そのままでおられるわけにはいかないので。慰労のため現官職のままにしておけないこと。　**兼宣旨**《かねてせんじ》　「けんせんじ」。大臣に任ぜられる人に、前もって任ずる予定の日を示される宣旨。　**慶申**《よろこびまうし》　官位昇進、任官のお礼を言上すること。　**にが〳〵しう**　きわめて不愉快であること。不安定で落ち着かないこと。
嘉応《かおう》三年正月五日　一一七一年。『玉葉』三日、「此の日、天皇御元服の事有り御年十一」。**朝観《てうきん》の行幸**　天皇が年の始、あるいは即位、元服の後に上皇、皇太后の御所に行幸になること。**参らつさせ**　「参らせさせ」の促音便。**叙爵《じよしやく》**　爵位を授けられること。しかし、流布本に「初冠」とあるのがよい。元服して初めて冠をつけること。**御猶子《ごいうし》**　養子。

【解説】
高倉天皇の元服という宮中の行事が、月日を追う年代記形式で叙述される。摂政の太政大臣昇進など、慶賀すべきことがあっても「世の中は猶《なほ》にが〳〵しうぞみえし」と、泰平無事な安定感を失っている世情にふれているが、やがて起る新しい事件の暗示でもあろう。

鹿《ししの》谷《たに》（二）

其比《そのころ》妙音院《めうおんゐん》の太政《だいじやう》のおほいとの、其時は未《いま》だ内大臣の左大将にてましましけるが、大将を辞《じ》し申させ給ふことありけり。時に徳大寺《とくだいじ》の大納言実定卿《しつていのきやう》、其仁《そのじん》にあたり給ふ由きこゆ。又花山院《くわさんのゐん》の中納言兼雅卿《ちうなごんかねまさのきやう》も所望あり。其外《そのほか》故中御門《なかのみかど》の藤中納言家成《かせい》卿の三男新大納言成親《なりちか》卿も、ひらに申されけり。院の御気色《きしよく》よかりければ、さま〴〵の祈をぞはじめられける。八幡《やはた》に、百人の僧をこめて、信読《しんどく》の大般若《だいはんにや》を七日よませられける最中に、甲良《かうら》の大明神の御前なる橘《たちばな》の木に、男山の方《かた》より山鳩《やまばと》三つ飛び来

(ッ)て、くひあひてぞ死ににける。「鳩は八幡大菩薩《はちまんだいぼさつ》の第一の仕者《ししや》なり。宮寺《みやてら》にかかる不思議なし」とて、時の検校《けんげう》、匡清法印《きやうせいほふいん》、此由《このよし》内裏へ奏聞す。神祇官《じんぎくわん》にして御占《みうら》あり。「天下《てんが》のさわぎ」とうらなひ申す。「但《ただ》し君の御つつしみにあらず、臣下の御つつしみ」とぞ申しける。新大納言是《これ》におそれをもいたされず、昼は人目のしげければ、夜な〳〵歩行《ほかう》にて、中御門烏丸《なかのみかどからすまる》の宿所《しゆくしよ》より賀茂の上《かみ》の社《やしろ》へ、七夜つづけて参られけり。七夜に満ずる夜、宿所に下向《げかう》して、苦しさにうちふし、ち(ッ)とまどろみ給へる夢に、賀茂の上《かみ》の社へ参りたるとおぼしくて、御宝殿《ごほうでん》の御戸《みと》おしひらき、ゆゆしくけだかげなる御声にて、

さくら花賀茂の河風うらむなよ散るをばえこそとどめざりけれ

新大納言、猶《なほ》おそれをもいたされず、賀茂の上《かみ》の社にある聖《ひじり》をこめて、御宝殿の御うしろなる杉の洞《ほら》に壇《だん》をたてて拏吉尼《だぎに》の法を百日おこなはせられけるほどに、彼大椙《かのおほすぎ》に雷《いかづち》おちかかり、雷火緩《らいくわおびただ》しうもえあが(ッ)て、宮中既《すで》にあやふくみえけるを、宮人《みやうど》どもおほく走りあつま(ッ)て、是《これ》をうち消《け》つ。さて彼外法《かのげほふ》おこなひける聖《ひじり》を追出《しゆつ》せむとしければ、「われ当社に百日参籠《さんろう》の大願あり。今日は七十五日になる。ま(ッ)たくいづまじ」とて、はたらかず。此由《このよし》を社家《しやけ》より内裏へ奏聞《そうもん》しければ、「唯《ただ》法にまかせて追出《ついしゆつ》せ

よ」と宣旨を下さる。其時神人《じんにん》しら杖《づゑ》をも（ッ）て彼聖《かのひじり》がうなじをしらげ、一条の大路より南へおひだして（ン）げり。神は非礼を享《う》け給はずと申すに、此《この》大納言非分の大将を祈り申されければにや、かかる不思議もいできにけり。

【現代語訳】

そのころ、妙音院の太政《だじょう》大臣師長公、当時は内大臣左大将でおられたが、大将を辞任なさることがあった。そのとき、徳大寺大納言《だいなごん》実定卿《じつていきょう》が、その後任になられるといわれていた。また、花山院《かざんいん》中納言兼雅卿も後任を希望されていた。そのほか、故中御門《なかみかど》藤《とうの》中納言家成卿の三男、新大納言成親卿も切実に要望された。成親は後白河法皇の寵臣《ちょうしん》であったので、期待も大きく、かなえられるようにと、さまざまの祈禱《きとう》をはじめられた。石清水《いわしみず》八幡宮《はちまんぐう》に百人の僧をこもらせて、大般若経《だいはんにゃきょう》を七日間、全巻読ませられていた最中に、甲良《こうら》大明神の御前にある橘《たちばな》の木に、男山《おとこやま》の方から三羽の山鳩《やまばと》が飛んできて、互いに食いあって死んでしまった。

「鳩は八幡大菩薩《ぼさつ》の第一の使者である。宮寺でこのような異変が起るわけはない」と、その時の検校《けんぎょう》であった匡清法印《きょうせいほういん》が、この事を内裏へ申し上げた。宮中では、神祇官で御《み》占《うら》が行われ、「天下に騒動の起る前兆」との占いがでた。「ただし天子の御慎みではなく、臣下の御慎みである」ということであった。しかし、新大納言はこれに恐れも抱《いだ》かれず、昼は人目が多いので、毎夜、徒歩で中御門《なかみかど》烏丸の邸から、こんどは上賀茂《かみかも》の社《やしろ》へ、七夜続けて参《さん》詣《けい》された。満願の七夜目を終って邸《やしき》に帰り、疲れで打ち臥《ふ》し、うとうとと眠られると、夢

で、上賀茂神社に参詣しているらしく、御宝殿の御戸をおしひらき、神々《こうごう》しく気高い御声で、

さくら花賀茂の河風うらむなよ散るをばえこそとどめざりけれ

（桜花よ、賀茂の河風を恨むなよ、なんとしても花の散るのをとどめることはできないのだ）

との、お告げがあった。

新大納言は、それにもなお恐れず、上賀茂の社にある聖《ひじり》をこもらせ、神殿の後の杉の大木にある洞《ほら》に壇をたてて、拏吉尼《だぎに》の法を百日行わせられたところ、この大杉に落雷があって、雷火に燃えあがり、神社もすでに危く燃え移ろうとしたのを、神官たちが大ぜいかけ集って、これを消しとめた。そして、この邪道の法を行なった聖を追い出そうとすると、「我はこの社《やしろ》に百日参籠《さんろう》の大願があるのだ。今日は七十五日、これを果すまではけっして出ないぞ」

といって、まったく動こうとしない。この事を神社から内裏へ奏上すると、「ただ規則に従って追い出しなさい」という宣旨《せんじ》が下《くだ》された。そこで神人は、白杖《しらつえ》でこの聖の頭を打ち、一条大路から南へ追いたててしまった。「神は非礼をうけず」というが、この大納言は、身分不相応な大将を祈られたからであろうか、このような不祥事が起ったのである。

【語釈】

妙音院《めうおんゐん》の太政《だいじやう》のおほいとの　宇治左大臣藤原頼長の二男師長。**仁《じん》**　人物。**八幡《やはた》**　石清水《いわしみず》八幡

宮。京都府八幡《やわた》市、男山《おとこやま》山頂にある。 **信読《しんどく》** 真読。経典を省略なしに全部読むこと。 **甲良《かうら》の大明神** 石清水八幡宮の摂社《せつしや》の一。 **宮寺《みやてら》** 神仏習合して祭った神社。神宮寺。 **検校《けんげう》** 寺社の事務を監督する役。
匡清《きやうせい》法印 永暦元年（一一六〇）法印・別当となり、文治三年（一一八七）没、永年石清水の祠官であった。正しくは「慶清」。法印は僧位の最高。 **神祇官《じんぎくわん》** 祭祀・大嘗《だいじよう》・鎮魂・卜占《ぼくせん》などをつかさどる官庁。 **御占《みうら》** 亀卜《きぼく》。亀甲《きつかう》を焼き、その裂け方で吉凶を判断する。 **御つつしみ** 謹慎し物忌《ものいみ》をすること。
さくら花、の歌 成親の願のかなえられないことを、桜花の散るのをとどめることができないことになぞらえた。 **拏吉尼《だぎに》の法** 夜叉《やしや》鬼の一種である吒幾爾天《だきにてん》の力をかりて諸願成就を祈る法。 **外法《げほふ》** 外道の邪法。 **神人《じんにん》** 神社に所属、雑役に従う下級神職。 **しら杖《づゑ》** 防備に用いる白木の警杖《けいじやう》。 **しらげ** 打つこと。 **神は非礼を享《う》け給はず** 神は身がってな願を御受納されないという格言。『論語集解義疏《ぎしよ》』に「神不レ享二非礼一」（神は非礼をうけず）とある。

【解説】

官職の昇格、昇進の願望は、貴族たちにとっては執念的なものであり、これをめぐっておこる悲喜劇は、貴族社会の常でもあった。左大将の後任という地位を異常なまでの執着ぶりで求め、異常な行動をとる成親像は、これを誇張し、典型化したもので、やがてこれが平家のためにかなえられないとき、怨恨に転化し、反平家の陰謀に走ることになるのである。『玉葉《ぎよくよう》』は、安元三年（一一七七）正月二十五日の条に、「去夜俄《には》かに内大臣、大将の辞状を上《たてまつ》らる」と記しており、師長の左大将辞任は二十四日のことと知られる。高倉天皇元服の年から、六年が経過していることになる。

ここで年代記的形式をはずしているのは、成親の祈願が説話的であり、鹿谷《ししのたに》の密議という外部には容易に洩れず、年月日の確認が困難な事件につながる出来事だからであろう。

鹿《ししの》谷《たに》（二）

其比《そのころ》の叙位《じよゐ》、除目《ぢもく》と申すは、院内の御ぱからひにもあらず、摂政関白の御成敗《ごせいばい》にも及ばず、唯一向《ただいつかう》平家のままにてありしかば、徳大寺、花山院《くわさんのゐん》もなり給はず、入道相《しやう》国《こく》の嫡男《ちやくなん》小松殿、大納言の右大将にておはしけるが、左にうつりて、次男宗盛《むねもり》、中納言にておはせしが数輩《すはい》の上﨟《じやうらふ》を超越して右にくははられけるこそ申す計《はかり》もなかりしか。中にも徳大寺殿は一の大納言にて、花族英雄《くわそくえいよう》、才学雄長、家嫡《けちやく》にてましましけるが、加階こえられ給ひけるこそ遺恨なれ。「さだめて御出家な（ン）どやあらむずらむ」と人々内々《ないく〵》は申しあへりしかども、暫く世のならむ様をも見むとて、大納言を辞し申して、籠居《ろうきよ》とぞきこえし。

新大納言成親卿《なりちかのきやう》宣《のたま》ひけるは、

「徳大寺、花山院に超《こ》えられたらむはいかがせむ、平家の次男に超えらるるこそやすからね。是《これ》も万《よろづ》思ふさまなるがいたす所なり。いかにもして平家をほろぼし、本望をとげむ」

と宣《のたま》ひけるこそおそろしけれ。父の卿は中納言までこそいたられしか、其末子《ばつし》にて、位正二位官大納言にあがり、大国あまた給は（ッ）て、子息所従《しそくしよじゆう》、朝恩《てうおん》にほこれり。何の不足にかかる心つかれけん、是偏《これひとへ》に天魔の所為《しよゐ》とぞみえし。平治にも越後《ゑちご》中将とて、信頼卿《のぶよりのきやう》に同心のあひだ、既に誅《ちゆう》せらるべかりしを、小松殿やう〱に申して、頸《くび》をつぎ給へり。しかるに其《その》恩を忘れて、外人《ぐわいじん》もなき所に、兵具《ひやうぐ》をととのへ、軍兵《ぐんびやう》をかたらひおき、其営《そのいとなみ》の外《ほか》は他事《たじ》なし。

【現代語訳】

そのころの叙位、除目《じもく》は、上皇や天皇の御はからいでもなく、摂政関白のご裁定の及ぶところでもなかった。まったく平家の専断によっていたので、左大将の後任には、徳大寺《とくだいじ》も花《か》山院《ざんいん》もなられず、入道相国の長男小松殿が大納言《だいなごん》の右大将でおられたのを左にうつし、中納言の次男宗盛《むねもり》が、数人の上位の貴族を越えて、右大将となったが、これはもっての外の措置《そち》であった。とりわけ徳大寺殿は、大納言の首位にあって、摂家につぐ家柄であり、学識も高く、嫡男でもあられたので、宗盛に官位の昇進を越されたのは、無念なことであった。「きっと御出家などなさるであろう」と人々は内々噂《うわさ》しあっていたが、徳大寺殿は、しばらく官界の動きを見よう、と大納言を辞任され、籠居《ろうきよ》されるということであった。

新大納言成親《なりちか》卿は、

「徳大寺や花山院に越えられるというのであれば、いたしかたないが、平家の次男に越されたのは何としても穏やかでない。これも平家が万事思いのままに振舞っている事からきたものである。なんとかして平家をほろぼし、本望をとげよう」と、恐るべきことを言われた。父の家成卿は中納言までしか昇られなかったが、その末子で、位は正二位、官は大納言まであがり、大国を多くいただいて、子息や従者も、法皇の恩顧に誇っているというのに、なんの不足があってこのような心を起されたのか、これはまったく天魔のなす仕業《しわざ》と思われた。平治の乱の時も、越後守《えちごのかみ》で右大将の任にあって藤原信頼卿に味方し、危うく処刑されるところであったのを、小松殿のとりなしで、なんとか首をつないだのである。それにもかかわらず、その恩を忘れて、他の人のいない場所に武器を準備し、軍兵を内密に集め、平家をほろぼす企てをすすめることに専心したのであった。

【語釈】

才学雄長　学識にすぐれていること。**加階**　官位の昇進。**籠居《ろうきよ》**　家に引きこもって世間との交渉を断つこと。**小松殿やう〳〵に申して**　重盛の妻は成親の妹、重盛の長男維盛《これもり》の妻も成親《なりちか》の二女で、血縁関係が深く、そのために、重盛は成親を擁護した。**外人《ぐわいじん》**　関係のない人。『名義抄』「ウトキ人」。

【解説】

「東宮立《とうぐうだち》」「殿下乗合《てんがののりあひ》」の章に叙述されていた叙位・除目《じもく》や、官位官職における平家の専権に対する貴族の忿懣《ふんまん》が、具体的な行動をとってあらわれるのが、この章であるが、徳大寺実定と成親の対処のしかたが対比されて描かれる。これは巻第二の「徳大寺之沙汰《とくだいじのさた》」でさらに展開することになる。実定の大納言辞任は、永万元年（一一六五）八月十七日のことで、安元三年（一一七七）三月五日には還任しているので、大納言辞任をこの一件とかかわらせるのは事実にあわないが、物語のうえでは、宗盛の右大将拝任の波紋として、劇的構成の一環にくみこまれているのである。一方、成親の方は、驕慢《きようまん》な人として、反平家の運動の中心人物に据えられる。

鹿谷《ししのたに》（四）

東山《ひがしやま》の麓《ふもと》、鹿《しし》の谷《たに》と云ふ所は、うしろは三井寺《みゐでら》につづいて、ゆゆしき城郭《じやうくわく》にてぞありける。俊寛僧都《しゆんくわんそうづ》の山庄《さんざう》あり。かれに常は寄りあひ寄りあひ、平家ほろぼさむずるはかりことをぞ廻《めぐ》しける。或時法皇も御幸《ごかう》なる。故少納言入道信西《こせうなごんにふだうしんせい》が子息、静憲法印《じやうけんほふいん》御供仕《おんともつかまつ》る。其夜の酒宴に、此由を静憲法印に仰せあはせられければ、

「あなあさまし。人あまた承り候ひぬ。唯今もれきこえて、天下の大事に及び候ひなんず」

と、大きにさはぎ申しければ、新大納言けしきかはりて、さ（ッ）とたたれけるが、御前《ごぜん》に候ひける瓶子《へいじ》を、狩衣《かりぎぬ》の袖にかけて、引倒されたりけるを、法皇、

「あれはいかに」

と仰せければ、大納言立帰って、

「平氏《へいじ》たはれ候ひぬ」

とぞ申されける。法皇ゑつぼにいらせおはしまして、

「者ども参（ッ）て猿楽《さるがく》仕《つかまつ》れ」

と仰せければ、平判官《へいはんぐわん》康頼《やすより》、参りて、

「ああ、あまりに平氏《へいじ》のおほう候に、もて酔《ゑ》ひて候」

と申す。俊寛僧都《そうづ》、

「さてそれをばいかが仕らむずる」

と申されければ、西光《さいくわう》法師、

「頸《くび》をとるにしかじ」

とて、瓶子《へいじ》のくびをと（ッ）てぞ入りにける。静憲法印、あまりのあさましさに、つやつや物も申されず。返す〴〵もおそろしかりし事どもなり。与力《よりき》の輩《ともがら》誰々《たれたれ》ぞ。近《あふ》江中将《みのちゆうじやう》入道蓮浄《にふだうれんじやう》俗名《ぞくみやう》成正《なりまさ》、法勝寺《ほつしようじ》執行《しゆぎやう》俊寛僧都《しゆんくわんそうづ》、山城守基兼《やましろのかみもとかね》、式部大輔《しきぶのたいふ》雅《まさ》綱《つな》、平判官康頼《へいはんぐわんやすより》、宗判官信房《そうはうぐわんのぶふさ》、新平判官資行《しんぺいはうぐわんすけゆき》、摂津《つの》国源氏多田蔵人行綱《くにのげんじただのくらんどゆきつな》を始として、北面《ほくめん》の輩《ともがら》おほく与力《よりき》したりけり。

【現代語訳】

東山の麓《ふもと》の、鹿《しし》の谷という所は、後ろは三井寺《みいでら》につづいて、堅固な城郭《じょうかく》の地であった。ここに、俊寛僧都《しゅんかんそうず》の山荘があった。成親《なりちか》らはこの山荘に常に会合して、平家を滅ぼす謀をめぐらしたのであった。あるとき、法皇もこの場に臨まれた。故少納言入道信西《しんぜい》の子息の、静憲《じょうけん》法印がお供に従った。その夜、密議のあとの酒宴に、法皇が、平家打倒の陰謀を静憲法印にお話しになると、静憲はおどろいて、

「これはとんでもないこと。人が大ぜい聞き耳《ききみみ》をたてています。今にも洩《も》れ聞えて、天下の一大事になりましょう」

と、狼狽《ろうばい》して言われたので、新大納言は顔色を変えていきなり立上られたが、御前にあった瓶子《へいじ》を、狩衣《かりぎぬ》の袖《そで》にひっかけて倒された。法皇が、

「これはどうしたか」

と言われると、大納言は、座にもどられて、

「平氏《へいじ》が倒れました」

とこたえられた。法皇は、ご満足げに笑《え》みをたたえられて、

「皆の者、参って猿楽《さるがく》を演じなさい」

と仰せられた。平判官康頼《へいほうがんやすより》が参って、

「ああ、あまりに平氏が多いので、すっかり酔ってしまいました」

と言うと、俊寛《しゅんかん》僧都が、

「さて、それをいかがいたしましょう」

と言う。西光《さいこう》法師が、

「頸《くび》をとるのがよろしい」

と言って、瓶子《へいじ》の首をとって、席に入られた。静憲法印はあまりの仕種《しぐさ》にあきれて、なんとも、言うべき詞《ことば》がなかった。まことに、恐るべき出来事であった。この陰謀に加担した人は誰《だれ》々かというと、近江中将入道蓮浄《れんじよう》、俗名は成正《なりまさ》、法勝寺執行《ほつしようじしゆぎよう》俊寛僧都、山城守基兼《やましろのかみもとかね》、式《しき》部大輔雅綱《ぶのたゆうまさつな》、平判官康頼、宗判官信房《そうほうがんのぶふさ》、新平判官資行《すけゆき》、摂津国《つのくに》源氏多田蔵人行綱《ただのくろうどゆきつな》をはじめとして、北面《ほくめん》の武士たちが大ぜいこの企てに参加したのである。

【語釈】

鹿《しし》の谷《たに》　京都市左京区鹿ケ谷町付近。　**ゆゆしき城墎《じやうくわく》**　ここでは堅固な城塞を築くにふさわしい要害の意。

信西《しんせい》　藤原実兼の長男通憲《みちのり》の法号。後白河天皇近臣で碩学《せきがく》をもって知られ、『本朝世紀』『法曹類林《ほうそうるいりん》』などの著がある。保元の乱に勝利した後、藤原信頼と対立、平治の乱に処刑された。

静憲法印《じやうけんほふいん》　信西《しんぜい》の六男。後白河法皇の側近。『愚管抄』では、鹿《しし》の谷の山荘は静憲のものとしている。

ゑつぼ　顔かたちをくずして笑うこと。　**猿楽《さるがく》**　即興的に滑稽《こつけい》な詞《ことば》のやりとりや所作をして人を笑わせること。　**成正《なりまさ》**　右大臣源顕房の孫、陸奥守《むつのかみ》信雅の子。成雅。左近衛《さこんえ》権《ごん》中将。保元《ほうげん》の乱に連座、出家して、越後に配流されたことがある。

法勝寺《ほつしようじ》　執行《しゆぎやう》　俊《しゆん》　寛僧都《くわんそうづ》　法勝寺は京都市左京区にあった寺院。承暦元年（一〇七七）白河院勅願寺として建立《こんりゆう》された。六勝寺の第一。執行、は寺の事務を総轄《そうかつ》する役僧。俊寛は、権大納言《ごんだいなごん》源雅俊の孫、法印権大僧都寛雅の子。僧都は僧正に次ぐ僧官。

基兼《もとかね》　『玉葉』安元三年六月四日の条に、清盛に逮捕された六名の記述のなかに、「山城守中原基兼」とみえる。　**雅綱**《まさつな》　「四部合戦状本」「源平闘諍録」「延慶本」は「式部大夫章綱」とし、『玉葉』安元三年六月六日条にも「章綱」とあって、院の近臣で逮捕ののち放免されたが、また召し取り禁固したよし、みえる。

平判官康頼《へいはんぐわんやすより》　信濃権守《しなのごんのかみ》中原頼季の子。院の北面《ほくめん》に仕え、六位。承安四年（一一七四）正月、検非違《けびい》使尉《しのじよう》となる。判官は検非違使尉の別称、四等官中の第三位。　**信房**《のぶふさ》　検非違使左衛門《さえもん》尉惟宗信房。宗は惟宗の略。　**資行**《すけゆき》　『玉葉』に「検非違使左衛門尉平佐行」とある。　**多田蔵人行綱**《ただのくらんどゆきつな》　源満仲七代の子孫、摂津守頼盛の子。伯耆守《ほうきのかみ》、蔵人《くろうど》に補せられた。摂津国多田庄に居住した。

【解説】

鹿の谷の謀議については、『愚管抄《ぐかんしよう》』にも「又法勝寺執行俊寛と云ふ者僧都になし賜《たう》びなどして有りけるが、あまりに平家の世のままなるを羨《うらや》むか悪《にく》むか、叡慮をいかに見けるにかして、東山辺に鹿《しし》の谷と云ふ所に、静賢《じやうけん》法印とて、法勝寺の前の執行信西が子の法師ありけるは、蓮華《れんげ》王院の執行にて深く召しつかひける、万《よろづ》の事思ひ知りて引入りつつ、まことの人にてありければ、これらを又院も平相国《へいしやうこく》も用ゐて、物など云ひ合せけるが、いささか山庄を造りたりける所へ御幸のなり〳〵しける。この閑所にて御幸の次《ついで》に成親・西光・俊寛などあつまりて、やう〳〵の議を為《し》けると云ふ事の聞えける」（巻五）と叙述されている。具体的にその論議がどのようにすすめられたかは、『平家物語』も『愚管抄』も立ち入りようがない。政治的なかけひきや策略、謀議といった事実の内容は物語の趣向にくみいれがたいものである。行動として表《おもて》に現れたものを語ることで、謀議のもつ意味とその状況は明確になる。密議のあとの酒宴のさまの叙述は、よくこれを示している。「今様」に熱狂し、『梁塵秘抄《りようじんひしよう》』を編纂した後白河法皇、「猿楽狂《さるがく》い」と『愚管抄』もいう康頼、新大納言成親や西光法師といった面々の風貌《ふうぼう》がうかびあがってくる場面である。実力もともなわず、虚勢を張る者を、嘲笑《ちようしよう》するような表現でもある。

俊寛沙汰《しゆんくわんのさた》　鵜川軍《うかはいくさ》

此《この》法勝寺の執行と申すは、京極《きやうごく》の源大納言《げんだいなごん》雅俊卿《がしゆんのきやう》の孫、木寺《きでら》の法印寛雅《くわんが》には子なりけり。祖父大納言、させる弓箭《ゆみや》をとる家にはあらねども、余りに腹《はら》あしき人にて、三条坊門《ばうもん》京極の宿所のまへをは、人をもやすく通さず、常は中門《ちゆうもん》にたたずみ、歯をくひしばり、いか（ッ）てぞおはしける。かかる人の孫なればにや、此《この》俊寛も僧なれども、心もたけくおごれる人にて、よしなき謀反《むほん》にもくみしけるにこそ。

新大納言成親卿は、多田蔵人行綱《ただのくらうどゆきつな》をようで、「御辺《ごへん》をば、一方《ばう》の大将に憑《たの》むなり。此事しおほせつるものならば、国をも庄《しやう》をも所望によるべし。先づ弓袋《ゆぶくろ》の料《れう》に」とて、白布五十端《たん》、送られたり。

【現代語訳】

この法勝寺《ほっしょうじ》の執行俊寛は、京極《きょうごく》の源大納言雅俊卿の孫で、木寺《きでら》の法印寛雅《かんが》の子である。祖父の大納言は、本来、武門の家柄の出ではなかったが、あまりに怒りやすい短気な人物で、三条坊門京極《きょうごく》にある邸の前を、容易に人も通さなかった。常《つね》に中門に立ちふさがって、歯をくいしばるような形相《ぎょうそう》で、いきり立っておられた。このような人の孫だからか、この俊寛も僧ではあるが、気性は荒く、傲慢《ごうまん》な人なので、このような無益な謀反に加担したのであろう。

新大納言成親は、多田蔵人《ただのくろうど》行綱を呼んで、

「あなたを、一方の大将として頼みにしているのだ。この事が成功したなら、国でも荘園でも望みどおりに与えよう。まずはさしあたっての弓袋《ゆぶくろ》の料に」

と言って、白布を五十反、お贈りになった。

【語釈】

源大納言雅俊卿《げんだいなごんがしゆんのきやう》　右大臣源顕房の子、天永二年（一一一一）権《ごん》大納言。京極に邸があった。**木寺《きでら》の法印寛雅《くわんが》**　木寺は仁和寺《にんなじ》の院家。『尊卑分脈《そんぴぶんみやく》』寛雅の注、「法勝寺上座、法印権大僧都《ごんのだいそうづ》、木寺法印と号す」。**中門《ちゅうもん》**　寝殿造《しんでんづくり》の邸で東西の門の内にあり寝殿南庭に通ずる門。**御辺《ごへん》**　あなた、貴殿。**弓袋《ゆぶくろ》の料《れう》**　弓をいれる袋の材料。

【解説】

鹿の谷の平家打倒の計画はやがて発覚し、そののち巻第二、巻第三で、成親、俊寛の悲劇として語られるが、ここでは、まず俊寛を、その祖父の性格をうけついだ傲慢《ごうまん》さが、この無謀な企てに参加させた、と語り、また、成親がすぐに裏切られることになる多田蔵人《ただのくろうど》行綱を期待し、恩賞の約束をしたことを述べている。

俊寛沙汰《しゆんくわんのさた》　鵜川軍《うかはいくさ》（二）

安元《あんげん》三年三月五日《いつかのひ》、妙音院殿《どの》、太政《だいじやう》大臣に転じ給へるかはりに、大納言定房卿をこえて、小松殿、内大臣になり給ふ。大臣の大将めでたかりき。やがて大饗《だいきやう》おこなはる。尊者《そんじや》には大炊御門《おほひのみかど》右大臣経宗《つねむね》公とぞきこえし。一の上《かみ》こそ先途《せんど》なれども、父宇治の悪左府《あくさふ》の御例《ごれい》其《その》憚《はばかり》あり。

【現代語訳】

安元三年三月五日、妙音院殿、内大臣師長《もろなが》が太政大臣に移られたので、その代りに、小松殿が、大納言定房卿を越えて、内大臣になられた。大臣兼大将とは、めでたいことである。ただちに披露《ひろう》の宴が行われたが、主賓は、大炊御門《おおいのみかど》右大臣経宗《つねむね》公であるということであった。妙音院殿は左大臣が限度の家柄であったが、父の宇治の悪左府頼長公が左大臣で保元《ほうげん》の乱の主謀となり、その身を滅ぼされた先例をはばかられて、左大臣にならず、太政大臣になられたのである。

【語釈】大饗《だいきやう》　年中行事として正月に行われていた公家の大きな饗宴であるが、摂関、大臣の新任の時にも行われた。　尊者《そんじや》　大臣の饗宴に招待される第一の客として上座にすわる人。　一の上《かみ》　左大臣の異称。　先途《せんど》　家柄に応じて進むことのできる官位・官職の極限。　御例《ごれい》　左大臣のとき父頼長は保元の乱を起し、世を乱して自滅した例をいう。

【解説】政界における官職の移動の年代記的記事が挿入《そうにゆう》されている、というだけの叙述ではない。一方で成親らの平氏打倒の謀略がめぐらされているときにも、なお、平家一門の官位官職の昇格がつづいていることを、単なる記録的表現にみえる記述のなかにも示して、物語をすすめているのである。

俊寛《しゆんくわん》沙汰《のさた》　鵜川軍《うかはいくさ》（三）

北面《ほくめん》は上古にはなかりけり。白河院の御時、はじめおかれてより以降《このかた》、衛府《ゑふ》どもあまた候ひけり。為俊《ためとし》、盛重《もりしげ》、童《わらは》より千手丸《せんじゆまる》、今犬丸《いまいぬまる》とて、是等は左右《さう》なききり者にてぞありける。鳥羽院の御時も、季教《すゑのり》、季頼《すゑより》父子共に、朝家《てうか》にめしつかはれ、伝奏《てんそう》する折もありな（ン）どきこえしかとも、皆身のほどをばふるまうてこそありしに、此御《このおん》時《とき》の北面の輩《ともがら》は、以ての外に過分にて、公卿殿上人《くぎやうてんじやうびと》をも者ともせず、礼儀礼節もなし。下北面《げほくめん》より上北面《じやうほくめん》にあがり、上北面より殿上のまじはりをゆるさるる者もあり。かくのみおこなはるるあひだ、おごれる心どもも出できて、よしなき謀反《むほん》にもくみしけるにこそ。

中にも故少納言信西がもとに召しつかひける師光《もろみつ》、成景《なりかげ》といふ者あり。師光は阿波《あは》国の在庁《ざいちやう》、成景は京の者、熟根《じゆつこん》いやしき下﨟《げらふ》なり。健児童《こんでいわらは》、もしは恪勤者《かくごんしや》な（ン）どにて召しつかはれけるが、さかぐ\しかりしによ（ッ）て、師光は左衛門尉《さゑもんのじよう》、成景は右衛門尉《うゑもんのじよう》とて、二人一度に、靫負尉《ゆぎへのじよう》になりぬ。信西事にあひし時、二人共に出家して、左衛門入道西光《さいくわう》、右衛門入道西敬《さいけい》とて、是等は出家の後《のち》も院の御倉預《みくらあづかり》にてぞありける。

【現代語訳】

北面《ほくめん》の武士は、昔はなかった。白河上皇の御代にはじめて設けられて以来、六衛府《りくえふ》の者が多くここに仕えることになった。為俊、盛重は、童のときから千手丸《せんじゆまる》、今犬丸といって伺候《しこう》してきたが、これらは白河上皇の北面のなかでも並ぶもののない寵臣《ちようしん》として権勢をもっていた。鳥羽上皇の御代にも、季教《すえのり》、季頼《すえより》の父子がともに朝廷に召し使われて、伝奏の任にあたる折もあったということであるが、皆、身分相応にふるまっていたのに、後白河上皇の御代になってからは、北面の者たちは分際をこえて威勢をふるうようになり、公卿殿上人《くぎようてんじようびと》をものともせず、礼儀礼節もわきまえなくなった。下《げ》北面《ほくめん》から上《じょう》北面に上がり、さらに上北面から殿上人に昇進することを許される者もでた。このように待遇されているうちに、増長して驕慢《きょうまん》な心をもつようになったので、平家打倒という、できもしない謀反の企にも加わったのであろう。

なかでも、故少納言信西のところで召し使っていた師光《もろみつ》、成景《なりかげ》という者があった。師光は阿波《あわ》の国の国府の官吏、成景は京の者で、ともに素姓《すじょう》の卑しい下級の者である。健児童《こんでいわらわ》、あるいは恪勤者《かくごんしゃ》などとして召し使われていたが、小才《こさい》がきいたので、とりたてられて、師光は左衛門尉《さえもんのじょう》、成景は右衛門尉として、二人一度に衛門府《えもんふ》の三等官になった。信西が平治の乱で刑死したとき、二人はともに出家して、左衛門入道西光、右衛門入道西敬と名のり、出家の後も後白河上皇に仕えて、院の御倉預《みくらあずかり》の役にあった。

【語釈】

白河院 後三条天皇第一皇子。延久四年（一〇七二）即位、応徳三年（一〇八六）譲位後、上皇として院政を開始した。**為俊《ためとし》** 出雲守《いずものかみ》章俊の子、童名を千手丸といったことは『中右記《ちゅうゆうき》』『続古事談』にみえる。**盛重《もりしげ》** 筑前守《ちくぜんのかみ》国仲の子。童名今犬丸は『続古事談』にみえる。『尊卑分脈』は、為俊を今犬丸、盛重を千寿丸、ともに白河院御寵童《ちょうどう》としている。**季教《すゑのり》** 季範。「屋代本」「延慶本」が正しい。右大臣源能有の子孫、大夫判官《はんがん》康季の子、鳥羽院北面近習《きんじゅ》。季頼は崇徳《すとく》院の北面近習。**伝奏《てんそう》** 親王家摂家、武家、社寺からの奏請を天皇、または上皇に取りつぎ、言上《ごんじょう》する役。**師光《もろみつ》** 藤原家成の養子、信西の乳母子《めのとご》。**成景《なりかげ》** 盛重の子。**在庁**

在庁の官人の略。国司の命をうけ国府で行政の実務をとった下級官。**熟根《じゆつこん》いやしき下﨟《げらふ》**　『源平盛衰記』は「種根田舎人」「流布本」は「宿根」とする。素姓《すじやう》の卑しい身分低い者。**健児童《こんでいわらは》**　兵部省に属し、地方の官署守備にあたる兵士。**恪勤者《かくごんしや》**　親王、摂関、大臣家などに仕え雑役に従う侍。**さかぐし**　賢い。**靫負尉《ゆぎへのじよう》**　衛門府《えもんふ》の三等官、衛門尉の異称。**御倉預《みくらあづかり》**　倉庫管理の役。

【解説】
白河・鳥羽上皇時代に対比させて、当代の北面の気風を批判し、反平氏の謀反にくみした事情を推測する。そして、その中の一員であった西光の一族がひき起した、もう一つの事件を叙述することになる。院の庁と平家一門の対立から、こんどは時期を同じくして起った院の庁と山門との事件へと、物語の中心を転じていく、つなぎにあたる部分である。

俊寛沙汰《しゆんくわんのさた》　鵜川軍《うかはいくさ》（四）

彼《かの》西光の子に、師高《もろたか》と云ふ者あり。是《これ》もきり者にて、検非違使五位尉《けんびゐしごゐのじよう》に経《へ》あが（ッ）て、安元元年十二月廿九日、追儺《ついな》の除目《ぢもく》に加賀守《かがのかみ》にぞなされける。国務をおこなふ間、非法非例を張行《ちやうぎやう》し、神社仏寺、権門勢家《けんもんせいか》の庄領《しやうりやう》を没倒《もつたう》し、散々《さんざん》の事どもにてぞありける。縦《たと》ひ召公《せうこう》があとをへだつといふとも、穏便《をんびん》の政《まつりごと》をおこなふべかりしが、かく心のままにふるまひしほどに、同《おなじき》二年夏の比《ころ》、国司師高の弟、近藤判官師経、加賀の目代《もくだい》に補せらる。目代下着《げちやく》のはじめ、国府《こふ》のへんに鵜河《うかは》と云ふ山寺あり。寺僧どもが境節《をりふし》湯をわかいてあびけるを、乱入しておひあげ、わが身あび、雑人《ざふにん》どもおろし、馬あらはせな（ン）どしけり。寺僧いかりをなして、

「昔より此所は、国方《くにがた》の者入部《にふぶ》する事なし。すみやかに先例に任せて、入部の押妨《あふはう》をとどめよ」

とぞ申しける。

「先先《ぜんぜん》の目代は不覚でこそいやしまれたれ。当目代はすべて其議あるまじ。唯《ただ》法に任せよ」

と云ふ程こそありけれ、寺僧どもは国方の者を追出《ついしゆつ》せむとす、国方の者どもは次《ついで》をも（ッ）て乱入せんとす。うちあひはりあひしけるほどに、目代師経が秘蔵しける馬の足をぞうち折りける。其後は互に弓箭兵仗《きゆうせんひやうぢやう》を帯して、射あひきりあひ、数剋《すこく》たたかふ。目代かなはじとや思ひけむ、夜《よ》に入《い》（ッ）て引退く。


【現代語訳】

この西光の子に、師高《もろたか》という者がいた。これも権臣で、昇進して検非違使《けびいし》五位尉《じよう》となり、安元元年十二月二十九日、追儺《ついな》の除目《じもく》には加賀守《かがのかみ》に任じられた。国務にあたっては、非法非礼を容赦なく行い、神社寺院や権門勢家の荘園領地を没収するなど、まったく苛酷な政策を

おしすすめた。たとえ召公の善政には遠く及ばないにしても、穏やかに政治を行うべきであるのに、このように心のままにふるまっているうちに、同二年の夏のころ、国司師高の弟、近藤判官師経が加賀国の目代《もくだい》に任じられた。師経が目代として加賀の国に着任して早々、国府の近辺にある鵜河《うかわ》という山寺で、寺僧たちが、ちょうど湯をわかして浴びていたとき、そこに乱入して追い払い、自分が入浴し、従者たちを馬から下して、馬を洗わせたりした。寺僧は怒って、

「昔からこの地は、国府の役人の立ち入りは禁じられたところである。ただちに先例に従って、乱暴をやめ、退出しなさい」

と告げたが、

「いままでの目代は意気地がないから軽視されたのだ。こんどはそうはいかぬぞ。ただ、国の法に従って行動するまでだ」

と目代が言うやいなや、僧たちは国府方《こくふがた》の者を追い出そうとする、国府方の者は、この時とばかり乱入しようとする。打ち合い揉《も》みあいしているうちに、目代師経が秘蔵していた馬の足を打ち折ってしまった。その後は、双方とも武装して、射あい、斬りあって数時間にわたって戦った。目代はかなわぬと思ったのか、夜になってその場を引きあげていった。

【語釈】

追儺《ついな》　大晦日《みそか》に宮中で行われた一年じゅうの悪鬼を追い払う行事。そののち小規模の除目《じもく》が行われた。

召公《せうこう》　周の文王の庶子《しょし》、武王の異母弟。郷村を巡行、庶民の訴えを公正にきき、善政をしい

た。目代《もくだい》　国司が任国の政務を代行させるために任じた代官。国府《こふ》　国司の役所がおかれた所。　鵜河《うかは》　いまの石川県小松市鵜川町、遊泉寺町。国府は同市古府町にあった。　入部《にふぶ》　国司、領主などが任国や領地に入ること。　押妨《あふはう》　押し入り乱暴すること。不覚《ふかく》　思慮がゆきとどかないこと。

【解説】

事件の発端は、些細で偶然な目代《もくだい》の寺僧に対する狼藉《ろうぜき》であるが、その底流には政治史上の大きな問題があった。物語は政治的な対立の根源をとらえる意図をもってはいないが、加賀守師高《かがのかみもろたか》が「神社仏寺、権門勢家の庄《しやう》領《りやう》を没倒《もつたう》し」と述べているところには、この事件の本質の一端をうかがうことができる。院政の政治的目標のひとつが荘園拡大の抑止であり、不輸不入の権利をもつ広大な荘園を所有した寺院との対立は不可避的であった。国司、目代が院政の意志を体して実践するほど、その対立は尖鋭になる。そのひとつの表れが、目代師経《もろつね》の狼藉《ろうぜき》事件を契機として、院庁と山門の抗争へと発展したものであろう。

俊寛《しゆんくわん》沙汰《のさた》　鵜川軍《うかはいくさ》（五）

其後当国の在庁ども催《もよほ》しあつめ、其勢《そのせい》一千余騎、鵜河におしよせて、坊舎一宇《ばうしやいちう》も残さず焼きはらふ。鵜河と云ふは、白山《はくさん》の末寺《まつじ》なり。此事う（ッ）たへんとて、すすむ老僧誰々ぞ。智釈《ちしやく》、学明《がくめい》、宝台坊《ほうだいばう》、正智《しやうち》、学音《がくおん》、土佐阿闍梨《とさのあじやり》ぞすすみける。白山三社八院《しらやまさんじやはちゐん》の大衆《だいしゆ》、ことぐく起りあひ、都合其勢《そのせい》二千余人、同七月九日の暮方《くれがた》に、目代《もくだい》師経が館《たち》ちかうこそおし寄せたれ。今日《けふ》は日暮れぬ、あすのいくさとさだめて、其日は寄せでゆらへたり。露ふきむすぶ秋風は、射向《いむけ》の袖《そで》を翻《ひるがへ》し、雲井《くもゐ》をてらすいなづまは、甲《かぶと》の星をかかやかす。目代かなはじとや思ひけん。夜にげにして、京へのぼる。あくる卯《う》の剋《こく》におし寄せて、時をど（ッ）とつくる。城のうちにはおともせず、人をいれてみせければ、「皆落ちて候」と申す。大衆力及ばで、引退く。さらば山門へう（ッ）たへんとて、白山中宮《はくさんちうぐう》の神輿《しんよ》を賁《かざ》り奉り、比叡山へふりあげ奉る。同八月十二日の午《むま》の刻計《ばかり》、白山の神輿《しんよ》、既に比叡山東坂本につかせ給ふと云ふ程こそありけれ、北国《ほつこく》の方《かた》より、雷《らい》緩《おびただ》しく鳴（ッ）て、都をさしてなりのぼる。白雪《はくせつ》くだりて地をうづみ、山上洛中おしなべて、常葉《ときは》の山の梢《こずゑ》まで、皆白妙《しろたへ》になりにけり。

【現代語訳】

そののち、加賀国の国府の官人を召集して、総勢一千余騎で鵜川に押し寄せ、寺の僧坊をひとつのこさず、焼き払ってしまった。鵜川というのは、白山《はくさん》の末寺《まつじ》である。そこで、白山に、この目代の乱暴を訴えようと進み出た老僧は誰々《だれだれ》であろうか。智釈《ちしやく》、学明《がくめい》、宝台坊《ほうだいぼう》、正《しよう》智《ち》、学音《がくおん》、土佐阿闍梨《とさのあじやり》が赴《おもむ》いた。そこで、白山《はくさん》三社八院の衆徒がことごとく立ちあがり、あわせてその勢《せい》二千余人で、同年七月九日の夕方、目代師経《もろつね》の館《やかた》近くに押し寄せた。今日は日が暮れた、合戦は明日、と定めて、その日は攻めずにとどまった。露をむすんで吹く秋風は、射向《いむけ》の袖《そで》をひるがえし、雲間を照らす稲妻《いなずま》は、甲《かぶと》の星を輝かせる。目代はかなわないと思ったのであろう、夜の間に、京に逃げ帰ってしまった。

翌朝、六時、僧徒の大軍は、目代の館に攻め寄せて、どっと鬨《とき》の声をあげた。城の内は静まりかえって、物音もない。人を入れて様子を見させると、「みな逃げてしまいました」と言う。大衆はやむなく、引きあげた。それでは山門に訴えよう、というので、白山中宮《はくさんちゅうぐう》の神《み》輿《こし》を飾り奉り、比叡山に向って進んでいった。同年八月十二日の正午ごろ、白山の神輿が、すでに比叡山の東坂本に到着されたというとき、北国の方から、都をさして、すさまじく雷が鳴りとどろいてきた。にわかに白雪が降って大地を埋め、山上も都も、山の常緑樹の梢《こずえ》まで、すっかり白一色となってしまったのである。

【語釈】

白山《はくさん》　加賀（石川県）と飛騨《ひだ》（岐阜県）にまたがる霊山で、主峰御前峰に禅定《ぜんじょう》本宮という白山神社の本社がある。三社は、別宮、佐羅《さら》、中宮、八院は中宮末寺の隆明寺《りゅうめいじ》、涌泉寺《ゆうせんじ》、長寛寺《ちょうかんじ》、善興寺《ぜんこうじ》、昌隆寺《しょうりゅうじ》、護国寺、松谷寺《しょうこくじ》、蓮華寺《れんげじ》。　**射向**《いむけ》**の袖**《そで》　鎧《よろい》の左の袖。　**甲**《かぶと》**の星**　甲の鉢に打ってある鋲《びょう》の尖端。　**神輿**《しんよ》　神体、あるいは御霊代《みたましろ》が乗る輿《こし》。

【解説】

一方は国府の勢力を、一方は地方の寺社の僧兵を、総動員して対決することになるが、国府の力は、白山《はくさん》の実力に敵対しうるものではなかった。一戦も交えることなく、目代《もくだい》は都に逃げのぼり、さらに寺社は山門の力をたのみ神輿《みこし》をかざして訴えにでる。その行動には天も呼応して、異変を起した、と叙述するところに、神威のおそろしさを強調する思想が表れている。

願《ぐわん》立《だて》

神輿《しんよ》をば客人《まらうど》の宮へいれ奉る。客人と申すは、白山妙理権現《はくさんめうりごんげん》にておはします。申せば父子《ふし》の御中《おんなか》なり。先づ沙汰《さた》の成否《じやうふ》は知らず、生前《しやうぜん》の御悦《おんよろこび》、只《ただ》此事にあり。浦島が子の、七世の孫にあへりしにも過ぎ、胎内《たいない》の者の、霊山《りやうぜん》の父を見しにもこえたり。三千の衆徒、踵《くびす》を継ぎ、七社の神人《じんにん》、袖《そで》をつらね、時々剋々《じじこくこく》の法施《ほつせ》、祈念、言語道断《ごんごだうだん》の事どもなり。

【現代語訳】

比叡山では、神輿《しんよ》を、山王七社の一つ、客人《まろうど》の宮へお入れした。客人の宮というのは、白山妙理権現《みようりごんげん》をおうつしした社《やしろ》で、白山中宮とは父子の御仲である。この訴訟が成功するか否かはわからないが、生前父子であられたこの二神のお悦《よろこ》びは、ただこの御対面の事であった。それは、浦島の子が、七世の子孫に会えた悦びにも過ぎ、釈迦出家のとき母の胎内にいた子が、霊鷲山《りょうじゅせん》にいる父釈尊《しゃくそん》に会った悦びにもまさるものである。比叡山の三千の衆徒は続々と参集し、山王七社の神人たちも袖《そで》をつらねて集合して、時々刻々と読経《どきょう》し祈念するさまは、まことに壮観このうえもない事であった。

【語釈】

客人《まらうど》の宮　山王七社の一、本地十一面観音、白山妙理権現《はくさんみょうりごんげん》と同体の神をまつる。　**父子の御中**　中宮は本宮白山妙理権現の児宮、御子神と認められていたので、客人の宮と中宮を父子の間柄といった。　**沙汰《さた》の成否《じゃうふ》**　訴訟の結果、成功するか否か。　**浦島が子**　仙宮に赴き長年月の後郷里に帰ったという伝説的人物。『浦島子伝』に「尋ねて七世の孫に値《あ》はず」とある。　**胎内《たいない》の者**　釈尊《しゃくそん》の子羅《ら》睺羅《ごら》のこと。母の胎内にあるうちに、釈迦は出家したため、父を知らなかったが、後、霊鷲山《りょうじゅせん》において父釈尊《しゃくそん》に会ったことをいう。　**七社**　比叡山東山麓《さんろく》、坂本に、延暦寺の鎮守神として祀られた日吉《ひえ》神社の別称、山王の上七社。大宮、二宮、八王子、聖真子、十禅師、三宮、客人をいう。　**法《ほっ》施《せ》**　神仏に対し経を読み、法文をとなえること。　**言語道断**　口では言い表わせないこと。

【解説】

父子、という人間関係の事実が、神仏の世界にあることをいうばかりでなく、その対面の悦《よろこ》びを強調するところに、神仏の信仰の深さが表わされている。祈禱《きとう》や、呪咀《じゅそ》が効力をあらわすのも、この信仰と崇敬が歴史的には現実のものとしてあったからである。

願《ぐわん》立《だて》（二）

山門《さんもん》の大衆《だいしゆ》、国司加賀守師高《かがのかみもろたか》を流罪《るざい》に処せられ、目代《もくだい》近藤判官師経《はんぐわんもろつね》を禁獄せらるべき由《よし》、奏聞《そうもん》すといへども、御裁断《ごさいだん》おそかりければ、さも然るべき公卿殿上人《くぎやうてんじやうびと》は、

「あはれとく御裁許《ごさいきよ》あるべきものを。昔より山門の訴訟は他に異《こと》なり。大蔵卿《おほくらのきやう》為房《ためふさ》、太宰権帥季仲《だざいのごんのそつすゑなか》は、さしも朝家《てうか》の重臣《ちようしん》なりしかども、山門の訴訟によ（ッ）て、流罪せられにき。況《いはん》や師高などは、事の数にやはあるべきに、子細《しさい》にや及ぶべき」

と、申しあはれけれども、大臣《たいしん》は禄《ろく》を重んじて諫《いさ》めず、小臣は罪に恐れて申さずと云ふ事なれば、おの〳〵口をとぢ給へり。

「賀茂河の水、双六《すごろく》の賽《さい》、山法師。是《これ》ぞわが心にかなはぬもの」

と、白河院も仰せなりけるとかや。鳥羽院の御時、越前《ゑちぜん》の平泉寺《へいせんじ》を山門へつけられけるには、当山《たうさん》を御帰依《ごきえ》あさからざるによ（ッ）て、「非をも（ッ）て理とす」とこそ宣下《せんげ》せられて、院宣をば下されけれ。江帥匡房卿《がうぞつきやうばうのきやう》の申されし様に、

「神輿を陣頭《ぢんとう》へふり奉（ッ）て、う（ッ）たへ申さんには、君はいかが御ぱからひ候べき」

と申されければ、

「げにも山門の訴訟はもだしがたし」

とぞ仰せける。

【現代語訳】

山門の大衆は、国司加賀守師高《もろたか》を流罪《るざい》に処し、目代近藤判官師経《もろつね》を獄中に拘禁《こうきん》するよう、朝廷に奏上したが、御裁決が延引したので、重職にある公卿《くぎょう》、殿上人《てんじょうびと》は、

「なんとか早く御裁許なさるべきである。昔から山門の訴訟は特別の大事で、大蔵卿《おおくらのきょう》為房《ためふさ》や、大宰権帥《だざいのごんのそつ》季仲《すえなか》は、とくに朝廷の重臣であったにもかかわらず、山門の訴訟によって流罪に処せられた。ましてや、師高などは物の数でもないのに、あれこれ考慮するまでもあるまい」

と言い合われたが、大臣《たいしん》はわが俸禄を大事にして、諫めることを避け、小臣《しょうしん》は処罰されることを警戒して口を出さないといわれるように、それぞれ口をとじて、なにも言われなかった。

「賀茂川の水と、双六《すごろく》の賽《さい》、山法師。これが自分の思いのままにならないもの」

と、白河院も、仰せられたということである。鳥羽院の御代に、越前《えちぜん》国の平泉寺を山門の末《まつ》寺《じ》とされたときには、この比叡山を深く信仰なさっていたので、「道理にあわないことだが、正しいこととして認めよう」と宣下《せんげ》されて、院宣を下されたのであった。大宰権帥《だざいのごんのそつ》大《おお》江匡房卿《えのまさふさきょう》が、かつて、

「神輿《みこし》を陣頭に振って内裏におしかけ、訴えてきたときは、君はいかが御処置なさいますか」

と申されたとき、白河上皇は、

「まことに、山門の訴訟は、顧慮しないわけにはいかぬ」

と言われたということである。

【語釈】

御裁断《ごさいだん》　理非・善悪を判定し裁決すること。　**大蔵卿《おほくらのきやう》為房《ためふさ》**　大蔵省の長官、藤原隆方の子、『百錬抄《ひやくれんしよう》』寛治六年（一〇九二）九月二十八日の項に、左少弁《さしようべん》為房が山門の訴えにより阿波権守《あわごんのかみ》に左遷されたことが記されている。　**季仲《すゑなか》**　「殿上闇討《てんじやうのやみうち》」に既出。『百錬抄』長治二年（一一〇五）十二月二十九日に、周防国《すおうのくに》に配流とある。

子細にや及ぶべき　こまかく事情をせんさくするまでもない。　**大臣《たいしん》は禄《ろく》を重んじて諫《いさ》めず、小臣は罪に恐れて申さず**　『本朝文粋《ほんちようもんずい》』巻二、慶滋保胤《よししげのやすたね》の「令レ上二封事一詔」に「晋平公問二叔向一曰、国之患孰為レ大、対曰、大臣重レ禄不レ諫、小臣畏レ罪不レ言、下情不二上通一、此患之大者也」（「封事を上《たてまつ》らしむる詔」「晋《しん》の平公叔向《しゆくこう》に問うて曰《いわ》く、国の患《わざわい》いずれか大となす。対《こた》えて曰く、大臣禄を重んじて諫めず、小臣は罪を畏《おそ》れて言わず、下情上通せず。これ患《わざわい》の大なるものなり」）による。

山門へつけられける　『百錬抄』久安三年（一一四七）五月四日越前の白山を延暦寺の末寺とする旨の記事がある。平泉寺は白山の別当寺である。

江帥匡房卿《がうぞつきやうばうのきやう》　江は大江、帥は大宰権帥《だざいごんのそつ》。大江成衡の子、『本朝神仙伝』『続本朝往生伝』『江家次第《ごうけしだい》』の著があり、日記に『江記《ごうき》』、談話の筆録に『江談抄《ごうだんしよう》』がある。『源平盛衰記』に「堀川院御《ぎよ》宇《う》、寛治四年に大蔵卿為房を哀《あはれ》みささへさせ給《たまひ》けるに、江中納言匡房被《まうされ》レ申けるは」とあって、為房左遷の際の言としている。

もだしがたし　そのまま捨て置くわけにいかない、放っておけない。

【解説】 宗教的権威と強大な僧兵を擁する比叡山は、古代末期の一大勢力であり、政治的社会においても猛威をふるっていたことは数々の史料にのこされている歴史的事実である。延暦寺の僧綱《そうごう》らが越前白山《はくさん》の領有を要請した久安三年（一一四七）四月には鳥羽法皇は兵をもって僧徒に備えているが、この年の六月には、清盛の従者が祇園《ぎおん》の神人《じんにん》と事を構えたとき、僧徒は入京して忠盛・清盛の流罪を強訴《ごうそ》しているのも、その一つである。院庁の権力をもってしても、山門の抑制は容易でなかった。その事情が、「賀茂河の水、双六《すごろく》の賽《さい》、山法師。是《これ》ぞわが心にかなはぬもの」という白河院の詞《ことば》によって、端的に示されている。

願《ぐわん》立《だて》（三）

去《い》んじ嘉保《かほう》二年三月二日《ふつかのひ》、美濃守《みののかみ》源《みなもとの》義綱《よしつなの》朝臣《あ(ッ)そん》、当国新立《しんりふ》の庄《しやう》を倒すあひだ、山の久住者《くぢゆうしや》、円応《ゑんおう》を殺害《せつがい》す。是によ（ッ）て日吉《ひよし》の社司《しやし》、延暦寺の寺官、都合卅余人申文《まうしぶみ》をささげて、陣頭《ぢんどう》へ参じけるを、後二条関白殿、大和源氏《やまとげんじ》中務《なかつかさの》権少輔《ごんのせう》頼春《よりはる》に仰せてふせがせらる。頼春が郎等《らうどう》、箭《や》をはなつ。やにはに射ころさるる者八人、疵《きず》を蒙《かうぶ》る者十余人、社司《しやし》、諸司《しよし》、四方へちりぬ。山門の上綱《じやうかう》等、子細を奏聞の為に、下洛《げらく》すときこえしかば、武士、検非違使《けんびゐし》、西坂本に馳《は》せ向（ッ）て、皆お（ッ）かへす。

【現代語訳】

去る嘉保二年三月二日、美濃守《みののかみ》源義綱《よしつな》朝臣が、美濃国に新らしく設けられた荘園を没収した時、比叡山に長く住んでいた僧円応を殺害することがあった。この事から、日吉《ひよし》神社の社司や、延暦寺の寺官、すべて三十余人が義綱処罰の訴状をかかげて、内裏の門におしかけてきた。後二条関白殿は、大和源氏《やまとげんじ》の中務《なかつかさの》権少輔《ごんのしよう》頼春《よりはる》に命じられて、これを防がせた。頼春の郎等《ろうどう》は、矢を放ち、その場で八人が射殺され、十余人が傷を受けて、社司、寺官らは、四方に逃げ散ってしまった。その後、山門の僧の責任者らが、この事情を奏上するために、都に下りてくる、というので、武士、検非違使《けびいし》が西坂本に馳せ向い、その勢《ぜい》をみな追い返してしまった。

【語釈】

義綱《よしつな》　源頼義の子、義家の弟。　**山の久住者**《くぢゆうしや》　比叡山に仏道修行の為長く山籠《ごも》りした者。
申文《まうしぶみ》　本来は任官・叙位などを朝廷に申請する文書であるが、ここは訴状の意。　**陣頭**《ぢんどう》　宮中護衛の役人の詰所。内裏の諸門のこともいう。　**後二条関白殿**　藤原頼通の孫、師実《もろざね》の子、師通。嘉保元年（一〇九四）三月九日から康和元年（一〇九九）六月二十八日、死去まで関白。二条東洞院に邸があり、二条関白教通《のりみち》に対して、後二条関白という。　**大和源氏**《やまとげんじ》　大和国に居住した、源頼光の弟、大和守頼親の子孫をいう。　**中務《なかつかさ》権少輔《ごんのせう》頼春《よりはる》**　中務丞《じよう》頼治《よりはる》が正しい。頼親の孫頼俊の子。中務権少《しよう》輔は、禁中の事を掌《つかさど》る中務省の次官。　**上綱《じやうかう》**　寺内を統領し衆徒を管轄する三綱（上座、寺主、都維那《ついな》）中の上座の役僧。

【解説】

山門に対する強硬策が、どのような結果を招いたかを語って、畏怖《いふ》すべき山王の霊威を伝える挿《そう》話《わ》の導入部である。『中右記《ちゆうゆうき》』嘉保二年（一〇九五）十月二十三日、二十四日の条にこの一件の記述がある。

それによると、叡山の下僧が美濃《みの》国に下向し、その庄園を非道をもって沙汰したので、国司義綱が非理の事によって奏聞《そうもん》し、そこで延暦寺に問いただされたが、本寺ではその実状を知らなかったので、追討の宣旨が下され、義綱が追捕《ついぶ》しようとしたところ、悪僧との合戦となり、その渦中《かちゆう》に、円応が殺害されたのである。大衆らは義綱流罪の奏状を進めたが、宣旨《せんじ》によって追捕の間に円応が流れ矢のために射殺されたので、義綱には過怠《かたい》はなく裁許あるべきではないと仰せ下された。にもかかわらず、大衆はなお処分を求めてこの騒動が起った、としている。ここでは後二条関白師通の関与にふれてはいないが、『愚管抄』は「堀川院の御時、山の大衆訴へして、日吉の御輿を振り下しけり。返へす〴〵奇怪なりとて、後二条殿沙汰《さた》して射散らして、神輿《しんよ》に矢たてなどしてありけり。友実といふ禰宜《ねぎ》疵《きず》をかうむりなんどしたりければ、その祟《たた》りにて、後二条殿とくうせられにけり」と述べている。

願立《ぐわんだて》（四）

山門には、御裁断遅々《ちち》のあひだ、七社の神輿《しんよ》を、根本中堂《こんぽん》にふりあげ奉り、其御前にて、信読《しんどく》の大般若《だいはんにや》を七日ようで、関白殿を呪咀《じゆそ》し奉る。結願《けちぐわん》の導師には仲胤《ちゆういん》法印《ほふいん》、其比《そのころ》はいまだ仲胤供奉《ぐぶ》と申ししが、高座にのぼりかねうちならし、表白《へうびやく》の詞《ことば》にいはく、

「我等なたねの二葉《ふたば》より、おほしたて給ふ神たち、後二条の関白殿に、鏑箭《かぶらや》一つはなちあて給へ。大八王子権現《ごんげん》」

と、たからかにぞ祈誓したりける。やがて其夜《その》不思議の事あり。八王子の御殿より、鏑箭《かぶらや》の声いでて、王城をさして、な（ッ）てゆくとぞ、人の夢にはみたりける。其朝《そのあした》関白殿の御所《ごしよ》の御格子《みかうし》をあげけるに、唯今《ただいま》山よりと（ッ）てきたるやうに、露にぬれたる樒《しきみ》一枝た（ッ）たりけるこそおそろしけれ。やがて山王の御とがめとて、後二条の関白殿、重き御病をうけさせ給ひしかば、母うへ大殿の北の政所《まんどころ》、大きになげかせ給ひつつ、御様《おんさま》をやつし、いやしき下臈《げらふ》のまねをして、日吉社に御参籠《ごさんろう》あ（ッ）て、七日七夜《ななよ》が間、祈り申させ給ひけり。あらはれての御祈には、百番の芝田楽《しばでんがく》、百番の一《ひと》つ物、競馬、流鏑馬《やぶさめ》、相撲《すまう》おの〳〵百番、百座の仁王講《にんわうこう》、百座の薬師講、一擲手《いつちやくしゆ》

半《はん》の薬師百体、等身の薬師一体、並びに釈迦阿弥陀《あみだ》の像、おのおの造立《ざうりふ》供養せられけり。又御心中に三つの御立願あり。御心のうちの事なれば、人いかでか知り奉るべき。それに不思議なりし事は、七日に満ずる夜、八王子の御社にいくらもありける参《まゐり》人《うど》共の中に、陸奥《みちのく》よりはる〴〵とのぼりたりける童神子《わらはみこ》、夜半計《ばかり》にはかにたえ入りにけり。はるかにかき出して祈りければ、程なくいきいでて、やがて立（ッ）て舞ひかなづ。人奇特《きどく》の思をなして、是《これ》をみる。半時《はんじ》ばかり舞うて後、山王おりさせ給ひて、やう〳〵の御託宣こそおそろしけれ。

【現代語訳】

山門では、義綱処分の訴の御裁決が遅々《ちち》としてすすまないので、日吉七社の神輿《みこし》を、根本《こんぽん》中堂に振り上げ奉って、その御前で『大般若経《だいはんにゃきょう》』全巻を七日にわたって読みあげ、後二条関白殿を呪咀《じゅそ》し奉った。その法会《ほうえ》の最終日の導師は、当時は仲胤供奉《ちゅういんぐぶ》と申した仲胤法印であったが、高座にのぼって、鉦《かね》を打ち鳴らし、表白《ひょうびゃく》を読みあげた。

「我らが幼少のときから、お仕え奉っている神々よ。後二条関白殿に、鏑矢《かぶらや》一本射当て給え。大八王子権現」

と、声高らかに、祈誓された。すると、ただちにその夜、不思議な事が起った。八王子の御殿から鏑矢《かぶらや》の音がして、皇居をめざして鳴って行く、と、人々が夢に見たのである。その翌朝、関白殿の御所の御格子《みこうし》をあげたところ、つい今しがた山からとってきたばかりのように露にぬれた樒《しきみ》が一枝、立っていたが、まことに奇怪なことであった。ひき続いて山王のお咎《とが》めだということで、後二条の関白殿が重い病気になられたので、母上である大殿《おおとの》の北の政所《まんどころ》は、たいそうお嘆きになり、お姿をやつし卑しい下層の者のなりをして、日吉神社に御参籠《さんろう》になり、七日七夜の間祈願をこめられた。かたちに表わしての御祈りとしては、百番の芝田《しばでん》楽《がく》、百番の一つ物、競馬、流鏑馬《やぶさめ》、相撲をそれぞれ百番、百座の仁王講《にんのうこう》、百座の薬師講《やくしこう》、一《いっ》搩手半《ちやくしゆはん》の薬師百体、等身の薬師一体、並びに釈迦《しやか》、阿弥陀《あみだ》の像をそれぞれ造立《ぞうりゆう》供養なさった。また、御心中には三つの願を立てられた。しかし、御心の内のことなので、他の人の知りうる御事ではなかった。ところが、不思議なことに、満願の七日の夜、八王子の御社に大ぜいいた参籠《さんろう》の人々のなかで、陸奥《むつ》の国からはるばるとのぼってきていた童巫子《わらわみこ》が、真夜中ごろになってにわかに気を失ってしまった。はるかに離れた所にかつぎ出して、祈禱《きとう》したところ、まもなく息を吹き返して、すぐ立ちあがり、舞いはじめた。人々は、奇異なことと思いながら、これを見ていると、半時ばかり舞った後、山王がこの巫女《みこ》にのりうつられて、さまざまの恐ろしい御託宣があった。

【語釈】

結願《けちぐわん》の導師　法会《ほうえ》の最後の日に願いを結納する作法によって啓白《けいびやく》など主な行事を勤める者。**仲胤《ちゆういん》**

法印《ほふいん》　権《ごん》中納言藤原季仲の子。『本朝世紀』『兵範記』に説法の名人であることが記されている。

供奉《ぐぶ》　内供奉《ないぐぶ》の略。宮中の内道場に奉仕し、仏法行事をつとめた僧。諸国から知徳兼備の僧十人を選んで任じた。

表白《へうびやく》　法会や修法《ずほう》のはじめに、その主旨を仏に申し上げる、その文。

おほしたて　育てあげる。**鏑箭《かぶらや》**　角《つの》または木で、中を空洞《くうどう》にし数個の穴をあけて球状に作ったものを鏑といい、これを先端につけ、その先に雁股《かりまた》の鏃《やじり》をつけた矢。飛ぶときに高く音が響くようにしたもの。**大八王子権現《ごんげん》**　山王七社の一。大は崇《あが》めていった。**格子《かうし》**　細い角材を一定の間をあけて縦横に組んだ戸。柱と柱の間に上下二枚を取りつけ、上を外方に釣り上げる。**大殿《おほとの》の北の政所《まんどころ》**　師通の父師実《もろざね》の妻従一位《じゆいちい》麗子。右大臣源師房の娘。大殿は摂政関白の父を呼ぶ称、北の政所《まんどころ》は、摂政関白の妻の敬称。**芝田楽《しばでんがく》**　芝の上で行う田楽。田楽は、もと田植のとき、笛鼓《ふえつづみ》を鳴らして踊った民間芸能。**一つ物《ひと》**　祭礼の渡し物として馬に乗せて出した一様の姿をした造り物。**流鏑馬《やぶさめ》**　走りながら馬上で、鏑矢《かぶらや》で的《まと》を射る射技。**百座の仁王《にんわう》講《こう》**　百の高座を設けて『仁王護国般若経《にんのうごこくはんにや》』を講誦する法会。**百座の薬師講**　『薬師経』を百座を設けて講読すること。**一摞《いつちやくしゆはん》　手半**　手の親指と中指をひろげた長さを一摞手といい、仏像を造るときの尺度の語である。**等身**　身長五尺の仏像をいう。**童神子《わらはみこ》**　年少の巫女《みこ》、神前で歌舞を奏し、神意をうかがって神託を告げる者。**おりさせ給ひ**　巫女に神がかりしてのり移ること。

【解説】

呪咀《じゆそ》や祈禱《きとう》、夢の予兆、怪奇な現象、巫女の神がかりや、神の託宣、といった神々の霊威とかかわる叙述は、物語の趣向として構えられただけのものではなく、中世人が現実の体験としてもった神霊の世界とのかかわりの実態でもあった。中世人にとっては現実感をもって享受されたであろう、このような叙述をとおして、中世の時代の精神生活の一面をまのあたりにみることができるのである。

願《ぐわん》立《だて》（五）

「衆生等《しゆじやうら》慥《たし》かに承《うけたまは》れ。大殿の北の政所《まんどころ》、今日七日わが御前に籠《こも》らせ給ひたり。御立《ごりふ》願《ぐわん》三つあり。一つには今度殿下の寿命をたすけてたべ。さも候はば、下殿《したどの》に候もろ〳〵のかたは人にまじは（ッ）て、一千日が間、朝夕みやづかひ申さんとなり。大殿の北の政所にて、世を世ともおぼしめさですごさせ給ふ御心に、子を思ふ道にまよひぬれば、いぶせき事も忘られて、あさましげなるかたは人《うど》にまじは（ッ）て、一千日が間、朝夕みやづかひ申さむと仰《おほ》せらるるこそ、誠に哀れにおぼしめせ。二つには大宮の波止土濃《はしどの》より、八王子の御社まで、廻廊《くわいらう》つく（ッ）て参らせむとなり。三千人の大衆《だいしゆ》、ふるにもてるにも社参の時、いたはしうおぼゆるに、廻廊つくられたらば、いかにめでたからむ。三つには、今度殿下の寿命をたすけさせ給はば、八王子の御社にて、法華問答講《ほつけもんだふこう》、毎日退転なく、おこなはすべしとなり。いづれもおろかならねども、かみ二つはさなくともありなむ、毎日法華問答講は、誠にあらまほしうこそおぼしめせ。但《ただ》し今度の訴訟は、無下《むげ》にやすかりぬべき事にてありつるを、御裁許なくして、神人宮仕《じんにんみやじ》射ころされ、疵《きず》を蒙《かうぶ》り、泣く〳〵参（ッ）て訴へ申す事の余りに心うくて、いかならむ世までも忘るべしともおぼえず。其上かれらにあたる所の箭《や》は、しかしながら、和光垂跡《わくわうすいしやく》の御膚《おんはだへ》にた（ッ）たるなり。まことそらことは是《これ》をみよ」とて、肩ぬいだるをみれば、左の脇の下、大きなるかはらけの口ばかりうげのいてぞみえたりける。

「是《これ》が余りに心うければ、いかに申すとも、始終《しじゆう》の事はかなふまじ。法花《ほつけ》問答講、一《いち》定《ぢやう》あるべくは、三年《みとせ》が命をのべて奉らむ。それを不足におぼしめさば、力及ばず」とて、山王あがらせ給ひけり。母うへは御立願《ごりふぐわん》の事、人にもかたらせ給はねば、誰《たれ》もらしつらむとすこしもうたがふ方もましまさず。御心の内の事共《ども》を、ありのままに御託宣ありければ、心肝《しんかん》にそうてことにた（ッ）とくおぼしめし、泣く〳〵申させ給ひけるは、

「縦《たと》ひ一日《ひとひ》かた時にてさぶらふとも、ありがたうこそさぶらふべきに、まして三年が命をのべて給はらむ事、しかるべうさぶらふ」

とて、泣く〳〵御下向《げかう》あり。いそぎ都へいらせ給ひて、殿下の御領紀伊国《ごりやうきのくに》に田中庄《たなかのしやう》と云ふ所を、八王子の御社へ寄進せらる。それよりして、法花問答講、今の世にいたるまで、毎日退転なしとぞ承る。

【現代語訳】

「人々皆、よく聞け。大殿の北の政所《まんどころ》が、今日で七日間、わが御前にお籠《こも》りになり、三つの

願を立てられた。その一つは、今度殿下の寿命をお助け下さるならば、下殿《したどの》にいる多くの健常でない者たちにまじって、一千日の間朝夕、御奉仕するということである。大殿の北の政所という身分にあって、この世を思いのままに過してこられた御心に、子を思うあまり、健常でない者たちにまじって、一千日の間、朝夕社に奉仕しようと言われるのは、どうしたことかと思う。二つには、大宮の前の橋殿《はしどの》にまつった波止土濃《はしどの》明神から、八王子の御社まで、回廊《かいろう》を造って献納しようというのである。三千人の衆徒が社参のとき、雨が降るにつけ、日が照るにつけ、気の毒なことと思っていたが、回廊《かいろう》が造られれば、たいへん結構なことである。三つには、今度殿下のお命を助けて下さるならば、八王子の御社で毎日退転なく法華《ほっけ》問答講を行わせよう、というのである。これら三つの願は、いずれも重要なものではあるが、上の二つはともかくとして、毎日の法華問答講は、まことに望ましいことと思うのである。しかしながら、今度の訴訟は、簡単なことであるはずなのに、御裁許もなく、しかも神人《じんにん》宮仕《じ》らが射殺されたり、傷を受けたりして泣く泣く参って訴えたので、この心の痛みはいつの世になっても、忘れられるとは思われないのである。そのうえ、彼らにあたった矢は、そのまま山王の御神体に立ったのである。まことか、うそかは、これを見よ」と、肩の衣を脱《ぬ》いだのをみると、左の脇の下に、大きな土器《かわらけ》の口ほども肉がえぐられているのが見えた。

「これがあまりにも心憂いので、どのように祈ろうとも、寿命を全《まっと》うさせることは叶えられない。法華問答講をかならず行うならば、三年の間命を延ばしてさしあげよう。それで不満だというなら、いたしかたない」

といって、山王は巫女《みこ》から離れ、上《あが》っていかれた。後二条関白殿の母上は、御立願《ごりゆうがん》のことは人にも語らなかったので、だれが洩《も》らしたのかという疑いは少しももたれず、御心の内の事どおりの御託宣があったので、深く心に感じて尊くお思いになり、涙ながらに申し上げた。

「たとえ一日片時であっても有難いことですのに、まして三年の間命を延ばしてくださるのはうれしいことです」

といって、泣く泣く御下向《げこう》なさったのである。急いで都に帰られてから、殿下の御領地である紀伊国《きのくに》の田中庄というところを、八王子の御社に寄進なさった。その時以来、今の世まで、法華問答講が八王子の社において毎日休みなく行われているという話である。

【語釈】

下殿《したどの》　参籠《さんろう》の人々が居るところ。　**子を思ふ道**　『後撰集《ごせんしゆう》』雑・藤原兼輔《かねすけ》「人のおやの心はやみにあらねども子をおもふ道にまどひぬるかな」による。　**いぶせき事**　うっとうしいこと、不快なこと。　**おぼしめせ**　お思いになる。巫女《みこ》にのりうつった山王の自称敬語。　**大宮の波止土濃**《はしどの》　七社の第一である大比叡《ひえ》明神の前の渓流にかけた橋殿に祀られた波止土濃明神。「龍谷大学本」（古典大系）は「大宮の橋づめ」とする。

法華問答講　法華経の論議問答を行う講説。　**退転**　休み怠る、中絶する。　**宮仕**《みやじ》　髪をそって神に仕え、雑用にあたる下級の社僧。　**しかしながら**　そうあるまま、そのまま、要するに。　**和光**《わくわう》　**垂跡の御膚**《すいしやくおんはだへ》　御神体のこと。和光は、仏が威徳の光を和《やわら》げ、煩悩《ぼんのう》の塵《ちり》に交わって、種々の身を現わも山王権現は、もと仏で、この世に神として現れたので、和光垂跡といった。

すこと、垂跡は仏菩薩《ぶつぼさつ》を本地《ほんじ》として、衆生済度のために種々の身を示現《じげん》すること。山王権現は、もと仏で、この世に神として現れたので、和光垂跡といった。**始終《しじゆう》の事**　天寿を全《まつと》うすること。**願のすべて**。**うげのく**　穴があく、肉がえぐられ、穴になっているさま。**あがらせ給ひけり**　巫女《みこ》にのりうつって降臨していた神が帰っていかれたこと。**一定《いちぢやう》**　たしかに、かならず。**心肝《しんかん》にそうて**　心に深く思い当って。**しかるべうさぶらふ**　しかあるべくの音便、そうあってほしいと存じますの意。

【解説】
「御心のうちの事なれば、人いかでか知り奉るべき」と述べた「御立願」を巫女《みこ》に神がかりした山王権現は一つ一つ明らかにし、それに答えていくのであるが、「神人宮仕射《じんにんみやじ》ころされ、疵《きず》を蒙《かうぶ》」った事件の痛恨は、法華問答講の契約をもってしても、立願のすべてを許容せず、「三年が命をのべ」るという託宣となった。後二条関白の死が、この事件の直後ではなく、この年をふくめて三年目（史実では五年目）であることにあわせた説話的虚構によって、この神託が成りたっており、現実の信仰のうえに、このような作為も働いて、作品としての場面が構想されているのである。同時にまたここでは、法華問答講の行われている由来を語ろうとする、事物の起源説話の要素もふくみもっている。

願《ぐわん》立《だて》（六）

かかりし程に、後二条関白殿《ごにでうのくわんぱくどの》、御病かろませ給ひて、もとのごとくにならせ給ふ。上下悦《よろこ》びあはれしほどに、三年《みとせ》の過ぐるは夢なれや、永長《えいちやう》二年になりにけり。六月廿一日、又後二条関白殿、御《おん》ぐしのきはに、悪《あ》しき御瘡《かさ》いでさせ給ひて、うちふさせ給ひしが、同廿七日御年卅八にて、遂にかくれさせ給ひぬ。御心のたけさ、理のつよさ、さしもゆゆしき人にてましましけれども、まめやかに事の急になりしかば、御命を惜しませ給ひけるなり。誠に惜しかるべし。四十にだにもみたせ給はで、大殿に先立ち参らせ給ふこそ悲しけれ。必ずしも父を先立つべしと云ふ事はなけれども、生死のおきてにしたがふならひ、万徳円満《まんどくゑんまん》の世尊《せそん》、十地究竟《じふぢくきやう》の大士《だいじ》たちも、力及び給はぬ事どもなり。慈悲具足《じひぐそく》の山王、利物《りもつ》の方便にてましませば、御とがめなかるべしとも覚えず。

【現代語訳】

そのうちに、後二条関白殿の御病も回復にむかわれ、もとのように健康になられた。上下の人々も、悦《よろこ》び合われたが、三年の過ぎ去るのは夢のようで、早くも永長二年（一〇九七）となった。その六月二十一日、またも後二条関白殿は、御髪の生えぎわに、悪性の腫《はれ》ものがおできになり、病床に臥されたが、同月二十七日に、御年三十八で、ついにお亡くなりになった。御気性の激しさ、理性の強さなど常人をこえた人柄の方であったが、御病気がまさに重態となられては、さすがに御命を惜しまれたのであるが、まことに残念なことであった。四十の歳にもなられず、大殿にも先立って亡くなったのは、悲しいことである。かならず父が子より先に死ぬという事はないけれども、生あるものは必ず死ぬという掟《おきて》に従うのが世の習いで、万徳円満の仏や、十地究竟《じゅうじくきょう》の菩薩《ぼさつ》たちも、如何《いかん》ともし難いことなのである。慈悲深い山王権現も、衆生を導く手だてとして、罪ある者をお咎めにならないとは思われないのである。

【語釈】

万徳円満《まんどくえんまん》の世尊《せそん》　あらゆる徳をそなえられた仏。　**十地究竟《じふぢくきやう》の大士**　十地をきわめた菩薩《ぼさつ》。十地は煩悩《ぼんのう》を断《た》って仏の真理を明らかにする十の階級をいい、これを経て最上の地位を得た菩薩のこと。　**慈悲具足《じひぐそく》**　衆生に楽を与え苦を除く心を十分にもっていること。　**利物《りもつ》の方便**　衆生に利益《りやく》を与える手段。

【解説】

後二条関白師通《もろみち》の死は、『百錬抄《ひやくれんしよう》』には、康和元年（一〇九九）六月二十八日と記され享年三十八、腫物《はれもの》によることが知られる。その死が山王の祟《たたり》によるとする伝承は、前にひいた『愚管抄《ぐかんしよう》』の「その祟りにて、後二条殿とくうせられにけり」という記述によって、『平家物語』以外にも伝えられていたと思われる。この挿話《そうわ》は、当面の事件よりも八十年ほど昔のできごとであるが、同じ山門にかかわる一件として、その威厳を説くために挿入《そうにゅう》されたものである。大殿の北の政所《まんどころ》の立願と、それにこたえる託宣の叙述は、「屋代本」にはなく、「御母北ノ政所是《これ》ヲ御歎キアテ、祈《いのり》申サセ給《たまひ》シカハ暫《しば》シハ御平喩《へいゆ》ト聞《きこ》ヘサセ給《たまひ》シカ」とあるだけである。「源平闘諍録」もふれていないが、師通《もろみち》の死は「康和元年己卯六月廿八日」と記して、史料と一致している。

御輿振《みこしぶり》

さる程に山門の大衆《だいしゅ》、国司加賀守師高《かがのかみもろたか》を流罪《るざい》に処せられ、目代《もくだい》近藤判官師経《もろつね》を禁獄せらるべき由《よし》、奏聞《そうもん》度々に及ぶといへども、御裁許なかりければ、日吉《ひよし》の祭礼をうちとどめて、安元三年四月十三日辰《たつ》の一点に、十禅師《じふぜんじ》、客人《まらうど》、八王子、三社の神輿《しんよ》、賁《かざ》り奉(ッ)て、陣頭へ振り奉る。さがり松、きれ堤《づつみ》、賀茂の河原、糺《ただす》、梅ただ、柳原、東北院《とうぼくゐん》の辺《へん》に、しら大衆、神人《じんにん》、宮仕《みやじ》、専当《せんだう》、みち〳〵て、いくらと云ふ数を知らず。神輿《しんよ》は一条を西へいらせ給ふ。御神宝《じんぽう》天にかかやいて、日月地に落ち給ふかとおどろかる。是《これ》によ(ッ)て、源平両家の大将軍、四方の陣頭をかためて、大衆ふせぐべき由仰せ下さる。平家には、小松の内大臣の左大将重盛公、其勢《そのせい》三千余騎にて、大宮面《おもて》の陽明《やうめい》、待賢《たいけん》、郁芳《いうはう》、三つの門をかため給ふ。弟宗盛《むねもり》、知盛《とももり》、重衡《しげひら》、伯父頼《より》盛《もり》、教盛《のりもり》、経盛《つねもり》な（ン）どは、西南の陣をかためられけり。源氏には、大内守護《たいだいしゅご》の源《げん》三位頼政卿《ざんみよりまさのきやう》、渡辺《わたなべ》の省《はぶく》、授《さづく》をむねとして、其勢纔《そのせいわづ》かに三百余騎、北の門、縫殿《ぬひどの》の陣をかため給ふ。所はひろし勢《せい》は少なし、まばらにこそみえたりけれ。

【現代語訳】

さて、山門の大衆《だいしゅ》は、国司加賀守師高《かがのかみもろたか》を流罪《るざい》に、目代《もくだい》近藤判官師経《もろつね》を禁獄に処するよう、度々奏聞《そうもん》したけれども、いっこうに御裁許がなかったので、日吉の祭礼を中止して、安元三年四月十三日の午前八時半ごろ、十禅師《じゅうぜんじ》、客人《まろうど》、八王子の三社の神輿《みこし》を飾り奉って、内裏の門に向って、振りたてながら進んでいった。下《さが》り松、きれ堤《づつみ》、加茂の河原、糺《ただす》、梅ただ、柳原、東北院の辺に、下級の僧徒、神主、宮仕《みやじ》、下法師らが満ちあふれて、その数も知れぬほどである。神輿は一条を西にお進みになった。御神宝は、天に輝いて、日月が地に落ちたかと驚かれるばかりである。そこで、源平両家の大将軍に、内裏の四方の門を守備して、大衆を防ぐようにとの命が下された。平家は、小松の内大臣の左大将重盛公が、三千余騎の軍勢で、大宮大路《おおみやおおじ》に面した陽明《ようめい》、待賢《たいけん》、郁芳《ゆうほう》の三つの門を護られた。重盛の弟、宗盛《むねもり》、知盛《とももり》、重《しげ》衡《ひら》、叔父の頼盛《よりもり》、教盛《のりもり》、経盛《つねもり》らは、西と南の門をかためられた。源氏は、大内裏守護の任にあった源三位《げんざんみ》頼政《よりまさ》卿、渡辺の省《はぶく》、授《さずく》を中心に、わずか三百余騎の勢で、北の門、縫殿《ぬいどの》の陣の守備につかれた。その場所は広く、軍勢は少ないので、まばらにみえるという有様であった。

【語釈】

日吉《ひよし》の祭礼　毎年四月と十一月の中の申《さる》の日に行われ、四月は大祭である。この年は十五日が甲申《きのえさる》である。**辰《たつ》の一点**　辰（午前八時）の初刻（半）。一時《いっとき》を四刻にわかち、その初刻を一点（三十分にあたる）という。**さがり松**　京都市左京区一乗寺下り松のあたり。**きれ堤《づつみ》**　高野川堤の一部をいったものか。**糺《ただす》**　賀茂川東岸、高野川と合流するあたり。

梅ただ　一条京極《きょうごく》辺。**柳原**　上京区柳原町の東側辺。大内裏の北方にあたる。**東北院**　法成寺《ほうじょうじ》の東北にあたるこの地に一条天皇皇妃上東門院《じょうとうもんいん》の御所があったので、東北院の名がある。一条の南、京極の東。**しら大衆**　官位をもたない僧侶。**専当《せんだう》**　寺院の雑務にあたる下級の法師。**神宝《じんぽう》**　飾られた神輿《みこし》をさしていう。

御大宮面《おもて》　大内裏東側の大宮大路に面した。**源三位《げんざんみ》頼政卿《よりまさのきやう》**　源仲政嫡男、治承二年（一一七八）清盛の奏請により従三位に叙せられた。平治の乱に源義朝につかなかったので、乱後も中央政界にのこった。**渡辺の省《はぶく》、授《さづく》**　渡辺綱《つな》五代の子孫で嵯峨《さが》源氏の一族。摂津国渡辺を居住地とし渡辺党と称する武士団を結成、源頼政に属して活躍した。授は省の子。**北の門**　朔平門《さくへいもん》。その北に縫殿寮《ぬいどのりょう》があるので、縫殿陣ともいった。

【解説】

ここで物語は、師高《もろたか》・師経《もろつね》処分を要求する山門の大衆の叙述にもどって、裁許がないのに抗議する、神輿をかかげての行動と、宮中警護にあたる源平の武将の配置がえがかれる。山門と院庁との紛争は、必然的に平家と関連してくるわけで、独自の権勢を誇りながらも、平家の武力は宮廷の軍事力として行使されているのである。山門の大衆の進路と、防備にあたる武将の配置については、重盛やその弟たちが大内裏の門であるのに、頼政が内裏の門であって、後に叙述される事件の展開にも矛盾が生じるし、諸本にてらしても大衆の進路を「一条を西へ」とするものと「四部合戦状本」のように二条を西へ、と記すものがあり、また嗷訴《ごうそ》の先を大内裏ではなく、「延慶本」にみられるように「其時の皇居は里内裏《さとだいり》閑院殿にて有《あり》けるに、既《すで》に神輿を二条烏丸室町《むろまち》辺に近き《ママ》御《ぎよ》す」と叙述するものもある。『玉葉《ぎよくよう》』は安元三年四月十三日の条に台山の衆徒が祇陀林寺《ぎだりんじ》に集会して陣口に参らんとしたと記しており、『百錬抄《ひやくれんしよう》』も、同日、延暦寺《えんりやくじ》の衆徒が七社の神輿を相具《あいとも》なって参内し陣中に入らんと欲した、と録している。『百錬抄』によれば、すでに三月二十八日師経の方は、天台の訴によって備後国《びんご》へ配流《はいる》ということになっている。

御《み》輿振《こしぶり》（二）

大衆無勢《だいしゆぶぜい》たるによ（ッ）て、北の門、縫殿《ぬひどの》の陣より、神輿《しんよ》をいれ奉らむとす。頼政卿さる人にて、馬よりおり甲《かぶと》をぬいで、神輿を拝し奉る。兵《つはもの》ども皆かくのごとし。衆徒の中へ、使者をたてて申し送る旨あり。其使《そのつかひ》は、渡辺の長七唱《ちやうじつとなふ》と云ふ者なり。唱、其日は、きちんの直垂《ひたたれ》に、小桜を黄にかへいたる鎧《よろひ》着て、赤銅《しやくどう》づくりの太刀をはき、廿四さいたる白羽の箭《や》おひ、滋籐《しげどう》の弓、脇にはさみ、甲《かぶと》をばぬぎ高紐《たかひも》にかけ、神輿の御前に畏《かしこま》って申しけるは、

「衆徒の御中《なか》へ、源三位《げんざんみ》殿の申せと候《ざうらふ》。今度山門の御訴訟、理運の条《でう》、勿論《もちろん》に候。

御成敗遅々《ごせいばいちち》こそ、よそにても遺恨に覚え候へ。さては神輿《しんよ》入《い》れ奉らむ事、子細に及び候はず。但《ただ》し頼政無勢《ぶぜい》に候。其上あけて入れ奉る陣よりいらせ給ひて候はば、山門の大衆は、目だりがほしけりな（ン）ど、京童部《きやうわらんべ》が申し候はむ事、後日《ごにち》の難にや候はんずらむ。神輿を入れ奉らば、宣旨を背《そむ》くに似たり。又ふせぎ奉らば、年来《としごろ》医王《いわう》山王に首《かうべ》をかたぶけ奉（ッ）て候身が、今日より後、ながく弓箭《ゆみや》の道にわかれ候ひなむず。かれといひ是《これ》といひ、かた〴〵難治《なんぢ》の様に候。東の陣は、小松殿、大勢《おほぜい》でかためられて候。其陣よりいらせ給ふべうもや候らむ」

と、いひ送りたりければ、唱《となふ》がかく申すにふせがれて、神人宮仕《じんにんみやじ》しばらくゆらへたり。

【現代語訳】

衆徒らは、ここの防備が手薄だとみて、北の門、縫殿《ぬいどの》の陣から、神輿《しんよ》を内裏に入れ奉ろうとした。頼政卿も相当な人物で、馬から下り甲《かぶと》を脱いで、威儀正しく神輿を拝礼した。兵《つわもの》たちも皆《みな》、これに従った。衆徒のなかに申し入れることがあるので、使者をたてたが、その使いは、渡辺の長七《ちょうじっとなう》唱という者である。その日の唱の装束《しょうぞく》は、麴塵《きくじん》の直垂《ひたたれ》に、小桜を黄に染め重ねて縅《おど》した鎧《よろい》を着、赤銅《しゃくどう》づくりの太刀《たち》を帯し、二十四本の白羽の矢をさした箙《えびら》を負い、滋籐《しげどう》の弓を脇ばさむ、といった姿で、甲《かぶと》を脱ぎ高紐《ひも》にかけ、神輿の御前に畏《かしこま》って言上《ごんじょう》した。

「衆徒の方々へ、源三位殿《げんざんみどの》より申せとの事です。この度の山門の御訴訟は、まことに道理にかなったことであるのは勿論《もちろん》です。御裁許の遅々《ちち》としてはかどらないことを、よそながら残念に思っております。したがって、神輿をお入れすることは、あれこれ異議を申すまでもありません。しかしながら、頼政の預っておりますこの門は無勢です。しかもこちらからあけてお入れしようという門からお入《はい》りになったのでは、山門の大衆は無勢の弱みにつけこんで安易なところを通ったなどと、京童部《きようわらんべ》の物笑いの種になって、後日評判を落すでしょう。我らとしても、神輿をお入れすれば、宣旨《せんじ》に背《そむ》くこととなり、また防ぎ申せば、長年医王《いおう》山王を信仰し帰依《きえ》しております身が、今後長く弓矢の道と別れなければならなくなりましょう。いずれにしても、まことに困難なことです。東の門は小松殿が、大ぜいでかためておられます。その門からお入りになるべきでしょうが、いかがでしょうか」

と、申しいれたので、唱《となう》のこの言葉にとどめられ、神人《じんにん》、宮仕《みやじ》らは、進みかねてしばらく躊躇《ちゆうちよ》した。

【語釈】

渡辺の長七唱《ちやうじつとなふ》　渡辺綱《つな》五代の孫源五郎教の次男、教は省《はぶく》の従兄弟。後、頼政とともに戦って宇治川合戦で戦死、『山槐記《さんかいき》』治承四年（一一八〇）五月二十六日条に「唱法師長七入道」と戦死者の名の一人に記されている。「延慶本」ではこの使者は、渡辺の競《きおう》となっている。

きちん　麴塵「きくぢん」の転、淡黄緑色。　**小桜を黄にかへいたる鎧《よろひ》**　小さい桜花を染めだした染革をさらに黄に染めた札《さね》で縅《おど》した鎧《よろい》。「かへい」は「かへし」の音便。**赤銅《しやくどう》づくり** つばや装飾の金具に赤銅を使ってつくった太刀。**滋籐《しげどう》の弓** 漆《うるし》で黒く塗った下地に、籐《とう》をびっしりと巻いた弓。**高紐《たかひも》** 鎧《よろい》の綿噛《わたがみ》（背面の押付《おしつけ》から左右にわかれて両肩にかかっているところ）と前胴を連結する紐。**理運の条** 道理にかなっていること。**目だりがほ** 相手の弱みにつけこんで威張る態度。**京童部《きやうわらんべ》** 京都の若者たち。物見高く口うるさい存在とされていた。**医王《いわう》** 延暦寺根本《こんぽん》中堂の本尊薬師如来《やくしによらい》のこと。叡山にもと鎮座していた大《おお》山咋神《やまくいのかみ》を薬師如来の垂跡《すいじやく》として山王の一つ、小比叡宮に祀《まつ》った。**難治《なんぢ》** 困難。

【解説】 大衆が、頼政の警備する北の門、すなわち朔平《さくへい》門から入ろうとした、ということは、すでに大内裏の内側であるから、そこから返して、大内裏の東、待賢《たいけん》門にまわるというのは、いかにも不自然な叙述である。冨倉徳次郎氏が『平家物語全注釈』の補注で述べておられるように、この表現には矛盾があるといわなければならない。

源三位《げんざんみ》頼政は、巻第四で平家打倒の行動を起し、やがて敗死する武将であるが、ここでは策略をもって、衆徒との対決を避けた知恵のほどが示されている。「頼政卿さる人にて」という、その人物の一面がうかがわれる場面である。

御輿振《みこしぶり》（三）

若大衆《わかだいしゆ》どもは、

「何条其儀《なんでうそのぎ》あるべき。ただ此門より、神輿《しんよ》を入れ奉れ」

と云ふ族《やから》おほかりけれども、老僧のなかに、三塔一《さんたふいち》の僉議者《せんぎしや》ときこえし、摂津竪者豪《つのりつしやがう》運《うん》、すすみ出《い》でて申しけるは、

「尤《もつと》もさいはれたり。神輿をさきだて参らせて、訴訟を致《いた》さば、大勢の中をうち破つてこそ、後代の聞えもあらむずれ。就中《なかんづく》に此頼政卿は六孫王《ろくそんわう》より以降《このかた》、源氏嫡《ちやく》々の正棟《しやうとう》、弓箭《ゆみや》をと（ッ）て、いまだ其《その》不覚をきかず。凡《およ》そ武芸にもかぎらず、歌道にもすぐれたり。近衛院《こんゑのゐん》御在位の時、当座の御会《ごくわい》ありしに、深山花《しんざんのはな》といふ題を出《いだ》されたりけるを、人々よみわづらひたりしに、此《この》頼政卿、

深山木《みやまぎ》のその梢《こずゑ》とも見えざりしさくらは花にあらはれにけり

と云ふ名歌仕《つかまつ》（ッ）て、御感《ぎよかん》にあづかるほどのやさ男に、時に臨んでいかがなさけなう恥辱をばあたふべき。此神輿かきかへし奉れや」

と僉議《せんぎ》しければ、数千人の大衆、先陣《せんぢん》より後《ご》陣まで、皆尤《もつと》も〱とぞ同じける。


【現代語訳】

若い衆徒らは、

「なんの、そのような理屈があるものか。ただこの門から神輿をお入れ申せ」

と言う者が多かったが、老僧のなかで、三塔第一の雄弁家として知られた、摂津竪者豪運《つのりつしやごううん》が進み出て、言うことには、

「頼政の申し出は、まことにもっともだ。神輿を先頭にかかげて、訴訟をしようというのであるから、大ぜいのなかをかけ破ってこそ、後の評判も高いというもの。とくにこの頼政卿は、六孫王以来源氏嫡流の正統で、弓矢をとっては、まだその失策を聞いたことがない。武芸の達者であるばかりか、歌道においてもすぐれている。近衛院が御在位の時、当座の歌会があったが、深山花《しんざんのはな》という題が出されたのを、人々は詠み得ず、苦吟していたのに、この頼政卿は、

深山木《みやまぎ》のその梢《こずゑ》とも見えざりしさくらは花にあらはれにけり

（茂りある深山の木は、いずれが何の木の梢《こずえ》ともわからなかったが、桜は花ひらいて、それと知ることができた）

という名歌を詠まれて、近衛院のおほめをうけたほどの優雅な男に、この際、どうして無情にふるまって恥辱を与えることができようか。この神輿を引き返し奉れ」

と論じたてると、数千人の大衆は、先陣から後陣まで、皆、もっともだ、と賛同した。

【語釈】

三塔《さんたふ》　比叡山の東塔、西塔、横川《よかわ》をいう。　**僉議者**《せんぎしや》　弁説家、雄弁家。　**摂津竪者豪運**《つのりつしやがうん》　『屋代本』「延慶本」は豪雲とし、『源平盛衰記』には「豪雲と云《いふ》は、二品中務《にほんなかつかさ》親王（具平《ともひら》）七代の孫民部大輔《みんぶたいふ》憲政が子也《なり》けり」とある。権大納言《ごんだいなごん》藤原雅俊の孫、民部大輔《たゆう》憲雅の子、法眼豪雲と『尊卑分脈《そんぴぶんみやく》』に

みえる。竪者《りつしや》は仏教の教理を論議する場で、質疑に答える僧。**六孫王《ろくそんわう》**　清和天皇第六皇子貞純《さだずみ》親王の子、経基王のこと。天徳五年（九六一）源の姓を賜わる。清和源氏の祖。**当座の御会《ごくわい》**　その席上で題がだされて詠む歌の会。**深山木《みやまぎ》の、の歌**　『詞花《しか》集』春、に「題しらず・源頼政」として載せている。

【解説】

頼政が大衆の心理をねらってたてた策が的中したばかりでなく、武道のみならず、歌道にも秀でていたという頼政の人物を賛える豪運の詞《ことば》に、大衆みな同感して、神輿をひき返した、とするこの条は、史料にはみえず、文武二道にすぐれていることを理想とする作者の創作的な意図が感じられるところである。しかしそれは、まったくの虚構ではなく、『玉葉《ぎよくよう》』安元三年四月十九日の条に定能の談として「先年依成親卿事大衆参陣之時、左衛門陣方頼政禦之、大衆不能敗軍陣、又不出濫吹」（先年成親卿の事に依りて大衆参陣の時、左衛門の陣の方、頼政これを禦《ふせ》ぐ、大衆軍陣を敗る能《あた》わず、又濫吹《らんすい》を出《いだ》さず）と記す伝承などが基になっての構想であろう。これは、この時点から八年さかのぼる嘉応元年（一一六九）十二月から翌二年二月にいたる事件のことで、『百錬抄』にも記載されているが、その記録には頼政の防禦《ぼうぎよ》についてはふれていない。

御《み》輿振《こしぶり》（四）

さて神輿《しんよ》を先立て参らせて、東の陣頭《ぢんどう》、待賢門《たいけんもん》より入れ奉らむとしければ、狼藉《らうぜき》忽《たちま》ちに出《い》で来て、武士ども散々《さんざん》に射奉る。十禅師《じふぜんじ》の御輿《みこし》にも、箭《や》どもあまた射たてたり。神人宮仕《じんにんみやじ》射ころされ、衆徒おほく疵《きず》を蒙《かうぶ》る。をめきさけぶ声、梵天《ぼんでん》までもきこえ、堅牢地神《けんらうぢじん》も驚くらむとぞおぼえける。大衆《だいしゆ》、神輿をば、陣頭にふりすて奉り、泣く〳〵本山へかへりのぼる。

【現代語訳】
さて、神輿《しんよ》を先頭にひき返して、東の詰所、待賢門《たいけんもん》からお入れしようとすると、たちまち騒乱となり、武士たちがいっせいに矢をつがえ、さんざんに射かけた。十禅師《じゆうぜんじ》の御輿《みこし》にもたくさんの矢を射立てた。神人宮仕《じんにんみやじ》は射殺され、衆徒も大ぜい、傷を受けた。わめき叫ぶ声は、天空に響いて、梵天《ぼんてん》までも聞え、大地をゆるがせて、堅牢地神も驚くであろうと思われた。大衆は、神輿を待賢《たいけん》門の詰所のあたりにうち捨て奉《たてまつ》って、泣く泣く本山の延暦寺へ帰りのぼった。

【語釈】
梵天《ぼんでん》 仏教の世界像で、欲界の上にある色界十八天のうちの初禅天《しよぜんてん》をいい、その主が大梵天王である。
堅牢地神《けんらうぢじん》 大地を堅牢にする守護神。

【解説】
『玉葉』は、すでにふれた安元三年四月十三日の条に、この状況を、「自二去リル夜半一台山ノ衆徒、参洛ス。

集二会ス祇陀林寺一ニ、即欲レスル参二ト陣口一ニ之間、為二ニ官兵一ノ、被二レ射散一ラ、東西ニ分散ス、神輿等ハ棄二置ク路次一ニ云々、件ノ神輿ニ射二ツ立ヲ矢一云々。古来雖レモ有二ト衆徒騒動一、未ダ無下其矢中ル二神輿一ニ之例上。尤可懼々々」（去る夜半より台山の衆徒参洛《さんらく》す。祇陀林寺《ぎだりんじ》に集会す。即《すなわ》ち陣中に参らむと欲するの間、官兵の為に射散らされ、東西《いえど》に分散す。神輿等は路次に棄《す》て置く云々《うんぬん》。件《くだん》の神輿《しんよ》に矢を射立つ云々。古来衆徒の騒動有りと雖《いえど》も、未《いま》だ其の矢の神輿に中《あた》るの例無し。尤《もつと》も懼《おそ》る可《べ》し。懼る可し）と記している。『百錬抄《ひやくれんしよう》』には同日の条に「流矢誤つて十禅師《じふぜんじ》の神輿に中《あた》る、未曾有の例なり。神人宮仕等同じく矢に中りて命を亡《ばう》ず」とある。

内裏炎上《だいりえんしやう》

夕《ゆふべ》におよんで、蔵人左少弁兼光《くらんどのさせうべんかねみつ》に仰せて、殿上《てんじやう》にて俄《にはか》に公卿僉議《くぎやうせんぎ》あり。保安四年《ほうあんしねん》七月に神輿入洛《しんよじゆらく》の時は、座主《ざす》に仰せて赤山《せきさん》の社《やしろ》へいれ奉る。又保延《ほうえん》四年四月に神輿入洛の時は、祇園別当《ぎをんのべつたう》に仰せて、祇園の社へいれ奉る。今度は保延の例たるべしとて、祇《ぎ》園別当権大僧都澄憲《をんのべつたうごんだいそうづちようけん》に仰せて、秉燭《へいしよく》に及（ン）で祇園の社へ入れ奉る。神輿にたつところの箭《や》をば、神人して是《これ》をぬかせらる。山門の大衆、日吉の神輿を陣頭へ振り奉る事、永久より以降《このかた》、治承《ぢしよう》までは六箇度《ろくかど》なり。毎度に武士を召してこそふせがるれども、神輿射奉る事、是《これ》はじめとぞ承る。「霊神《れいしん》怒をなせば、災害岐《ちまた》にみつといへり。

おそろし〳〵」とぞ、人々申しあはれける。

【現代語訳】

夕方になって、蔵人左少弁《くろうどのさしょうべん》兼光に命じられて、殿上《てんじょう》において緊急の公卿の会議が行われた。その結果、保安《ほうあん》四年七月に神輿《しんよ》が入洛《にゅうらく》したときは、天台座主《ざす》に仰せられて、赤山《せきさん》の社へお入れし、また保延《ほうえん》四年四月のときは、祇園《ぎおん》の別当に仰せられ、祇園の社へ入れ奉った。今度《このたび》は保延《ほうえん》の例によるべきだ、ということになって、祇園別当権大僧都《ぎおんのべっとうごんのだいそうず》澄憲《ちょうけん》にお命じになり、夕闇《ゆうやみ》のせまるころ祇園の社へお入れした。神輿に立った矢は、神官に抜かせられた。山門の大衆《だいしゅ》が、日吉の神輿をふりかざして宮廷の門におしかける事は、永久以後治承にいたるまでに六度あった。その度に武士を召して防がせられたが、神輿を射奉ったことは、これがはじめてだと聞いている。「霊神が怒られると、世間に災害が満ちるといわれている。おそろしいことだ」と、人々は言いあった。

【語釈】

蔵人左少弁兼光《くらんどのさせうべんかねみつ》　権《ごん》中納言藤原資長の子。左少弁は、太政官に直属する弁官の一。**保安《ほうあん》四年**　崇《す》徳《とく》天皇の代。一一二三年。『百錬抄』七月十八日の条にこの一件を記している。**赤山《せきさん》の社《やしろ》**　京都市左京区修学院《しゅうがくいん》にあり、もと中国にあった祠で、慈覚大師が入唐帰朝の折、航路の安全を祈って効験あり、これを勧請《かんじょう》したという。

保延《ほうえん》四年　崇《す》徳《とく》天皇の代（一一三八年）『百錬抄』四月二十九日の条にある。**祇園《ぎをん》**　京都市東山区にあり、牛頭《ごず》天王（素戔嗚尊《すさのおのみこと》）を祭る。明治以降八坂《やさか》神社と改めた。祇園別当は、祇園感神院の社務を統括する長官。**澄憲**《ちようけん》　少納言入道信西《しんぜい》の子、承安四年（一一七四）権大僧都《ごんのだいそうず》。『元亨釈書《げんこうしやくしよ》』に唱導の名手として記されている。静憲法印の兄。**秉燭**《へいしよく》　日が暮れて燈火をともす時分。**永久**　鳥羽天皇の代の年号。一一一三年。四月一日、比叡山の衆徒が神輿を奉じて白河院の御所に迫り、源光国、平正盛、源為義らが禦《ふせ》いで帰山させた。**治承**　安元三年八月四日改元の年号。「八坂本」は「安元の今」とする。**六箇度**《ろくかど》　『源平盛衰記』は、嘉承三年（一一〇八）、保安四年（一一二三）、保延四年（一一三八）、久安三年（一一四七）、永暦元年（一一六〇）、嘉応元年（一一六九）の例をあげる。**霊神**《れいしん》**怒をなせば**　『貞観政要《じようがんせいよう》』君道篇「人怨《うらメバ》　則《すなはち》神怒《リ》、神怒《レバ》　則《すなはち》災害必《ズ》生《ズ》」とある。**岐**《ちまた》　世間。

【解説】
神輿にたいする朝廷の対応が述べられている。祇園別当澄憲を召して神輿を迎え奉るよう仰せ下されたことは『百錬抄』にみえ、『玉葉』も、内裏において路次に棄《す》て置かれた神輿を如何《いか》にするかの下問があって人々の意見によって祇園に移し奉ったことを述べている。

内裏《だいり》炎上《えんしやう》（二）

同《おなじき》十四日《じふしにち》の夜半計《ばかり》、山門の大衆《だいしゆ》、又おびたたしう下洛《げらく》すときこえしかば、夜中《やちゆう》に主上《しゆしやう》腰輿《えうよ》に召して、院御所《ゐんのごしよ》、法住寺殿《ほふぢゆうじどの》へ行幸《ぎやうかう》なる。中宮《ちゆうぐう》は御車にたてまつて行啓《ぎやうけい》あり。小松のおとど、直衣《なほし》に箭《や》おうて供奉《ぐぶ》せらる。嫡子権亮少将《ちやくしごんのすけぜうしやう》維盛《これもり》、束帯《そくたい》にひらやなぐひおうて参られけり。関白殿をはじめ奉(ッ)て、太政大臣《だいじやうだいじん》以下《いげ》の公卿殿上《くぎやうてんじやう》人《びと》、我も〳〵とはせ参る。凡《およ》そ京中の上下、さわぎののしる事、飫《おびたた》し。山門には、神輿に箭《や》たち、神人宮仕《じんにんみやじ》射ころされ、衆徒《しゆと》おほく疵《きず》をかうぶりしかば、大宮、二宮《にのみや》以下《げ》、講堂、中堂《ちゆうだう》、すべて諸堂、一宇《いちう》ものこさず焼き払つて、山野にまじはるべき由《よし》、三千一同に僉議《せんぎ》しけり。是《これ》によ(ッ)て、大衆《だいしゆ》の申す所法皇御ぱからひあるべしと、きこえしかば、山門の上綱等《じやうかうら》、子細を衆徒にふれむとて、登山《とうざん》しけるを、大衆おこ(ッ)て、西坂本《にしざかもと》より皆お(ッ)かへす。

【現代語訳】

同月十四日の夜半になって、山門の衆徒がまた大挙して都におりて来るというので、天皇は夜中に腰輿《ようよ》にお乗りになって、院の御所の法住寺殿《ほうじゅうじどの》に行幸になった。中宮は御車に乗られて行啓なさった。小松の大臣重盛は、直衣《のうし》に矢を背負ってお供をし、嫡子の権亮《ごんのすけ》少将維盛《これもり》は束帯《そくたい》に平胡簶《ひらやなぐい》を背負って参られた。関白殿をはじめ、太政大臣以下の公卿殿上人は我も我もと馳せ参じた。およそ京都じゅうの高貴な身分の人々も、卑賤の者も、宮中の上下を問わず、大変な騒ぎとなった。一方、山門では、神輿に矢が射立てられ、神人宮仕《じんにんみやじ》が射ころされたり、多くの衆徒が傷をうけたりしたのでこのうえは大宮、二宮以下、講堂、中堂、すべての堂舎を一つのこらず焼き払って、山野に身をひそめようと、三千の衆徒がそろって決議をした。そこで、大衆の申し出に対して、法皇も御考慮なさるところがあるということなので、山門の上級の役僧たちが、その事情を衆徒に伝えようと、比叡山に登っていったが、大衆は一斉《いっせい》に行動をおこして、役僧たちを、西坂本からみな追返してしまった。

【語釈】

腰輿《えうよ》　轅《ながえ》を腰のあたりに持って、ふたりで運ぶ輿《こし》。手輿《たごし》。　**法住寺殿**《ほふぢゆうじどの》　後白河法皇の御所。京都市東山区三十三間堂のあたりの広大な地域を占めて、東殿、南殿、北殿、西御所、北御所、蓮華王院《れんげおういん》御所、中新御所などがあった。　**行啓**《ぎやうけい》　天皇の外出を行幸、上皇、法皇、女院の外出を御幸《ごこう》というのに対し、太皇太后《たいこうたいごう》、皇太后、皇后、皇太子、皇太子妃などの外出することをいう。

直衣《なほし》　貴族の常用する略服。　**権亮**《ごんのすけ》**少将**《ぜうしやう》**維盛**《これもり》　重盛嫡男維盛、中宮権亮は中宮職《しき》の次官。嘉応二年（一一七〇）十二月右近衛《うこんえ》権《ごん》少将、承安二年（一一七二）二月中宮権亮兼任。　**束帯**《そくたい》　宮中で文武百官が公事《くじ》に着用した正服。　**ひらやなぐひ**　形の平たい胡籙《やなぐい》（矢を入れて背に負う具）で、儀式用のもの。　**二宮**　山王七社の一、地主権現、または小比叡大明神ともいい、祭神は国常立《くにのとこたちの》尊《みこと》、本地《ほんじ》薬師《やくし》如来《にょらい》。　**講堂**　根本《こんぽん》中堂の西南にあり、本尊は大日如来。説教・講義などを行う堂。

【解説】

山門の大衆の再度下洛の情報にあわただしく対応する宮廷側と、山門の大衆の側《がわ》の激しい方針が語られている。重盛・維盛の主上・中宮に供奉《ぐぶ》する姿を点綴《てんてい》して、事件の平家とのかかわりも示される。貴族社会の混乱ぶりは『玉葉《ぎよくよう》』十四日の条の記事に詳しく、「凡《およ》そ禁中の周章《しうしやう》、上下男女の奔波、偏《ひとへ》に内裏炎上の時の如し」と記し、慨嘆している。なお、『玉葉』は、或る人の言として、大衆が清盛に書状を送り、訴訟のため公門に参るので用心をするよう告げ、そこで、この行幸のことが起ったのだ、ということを述べている。登山した山門の上綱《じようこう》らが大衆に追返されたという件も『玉葉』の十五日条に人告げて云う、として記されている。

内裏炎上《だいりえんしやう》（三）

平大納言時忠《へいだいなごんときただのきやう》卿、其時《そのとき》はいまだ左衛門督《さゑもんのかみ》にておはしけるが、上卿《しやうけい》にたつ。大講堂の庭に、三塔《さんたふ》会合して、上卿をと（ッ）てひつぱり、「しや冠《かむり》うちおとせ。其身《そのみ》を搦《から》めて湖に沈めよ」な（ン）どぞ僉議《せんぎ》しける。既《すで》にかうとみえられけるに、時忠卿、「暫《しばら》くしづまられ候へ。衆徒《しゆと》の御中へ申すべき事あり」とて、懐《ふところ》より小硯《こすずり》たたうがみをとり出し、一筆書いて、大衆《だいしゆ》の中へつかはす。是《これ》をひらいてみれば、「衆徒の濫悪《らんあく》を致すは、魔縁《まえん》の所行《しよぎやう》なり。明王《めいわう》の制止を加ふるは、善逝《ぜんぜい》の加護なり」とこそ書かれたれ。是《これ》をみて、ひ（ッ）ぱるに及ばず。大衆皆尤《もつと》も〳〵と同《どう》じて、谷々《たにぐ》へおり、坊々へぞ入《い》りにける。一紙一句《し》をも（ッ）て、三塔三千の憤《いきどほり》をやすめ、公私の恥をのがれ給へる時忠卿こそゆゆしけれ。人々も山門の衆徒は発向《はつかう》のかまびすしき計《ばかり》かと思ひたれば、理《ことわり》も存知《ぞんぢ》したりけりとぞ感ぜられける。

【現代語訳】

平大納言時忠卿は、その時はまだ左衛門督《さえもんのかみ》であられたが、大衆を説得する使者の首席として比叡山にのぼった。大講堂の庭では、三塔の衆徒が会合して、使者の首席を捕えて引き立て、

「この奴《やつ》の冠を打ち落とせ。その身を縛《しば》りあげて湖に沈めろ」

などと論じたて、今にも乱暴な仕打ちを受けそうになったとき、時忠卿は、

「しばらく鎮まっていただきたい。衆徒の方々に申したいことがある」

と言って、ふところから小硯《こすずり》と畳紙《たとうがみ》をとり出し、一筆書いて、大衆の中に渡された。これを開いてみると、「衆徒が乱暴を働くのは、魔縁のなすわざである。天皇がこれを制止するのは、仏の加護である」と書かれてあった。

これをみて、衆徒らは、時忠卿を引き立てるまでもなく、皆、「もっとも、もっとも」と賛同し、それぞれ、谷々へおり、僧坊に入ってしまった。一片の紙の一句によって、三塔三千の衆徒の憤りをなだめ、公私の恥辱をのがれられた時忠卿はりっぱなものである。人々も、山門の衆徒は、神輿をふって強訴《ごうそ》をする騒がしさばかりかと思っていたが道理をわきまえてもいたのだと、感心された。

【語釈】

左衛門督《さゑもんのかみ》　左衛門府の長官。宮中諸門の護衛、出入の管理、所部の巡検をする役。時忠は安元三年

（一一七七）正月二十四日左衛門督。　**上卿**《しやうけい》　朝廷で公事《くじ》を執行するときの首席の公卿《くぎやう》。　**しや冠**　「しや」は罵《のの》しって発する接頭語。　**たたうがみ**　たたみがみの音便。懐紙。　**濫悪**《らんあく》　乱暴狼藉《ろうぜき》。　**明王**《めいわう》　天子。　**善逝**《ぜんぜい》　仏。善く悟りの彼岸に逝き、二度と生死の海に退没することがない、という意、仏の十号の一。　**発向**《はつかう》　出発する、出向く。

【解説】

山門の上綱《じやうこう》らが大衆に追い返されたあと、上卿《しやうけい》として登山した時忠の、即座の機知による一筆の文句に賛同して、大衆の憤りは鎮撫《ちんぶ》された、という話は、物語のなかの時忠像の一面であって、時忠が上卿にたったという事実は、史料の上では見出せない。師高処分の要求をうけいれることとなった結果、山門の動きは一応おさまったものであろう。『玉葉』十五日の条に、加賀守《かがのかみ》師高の配流《はいる》、神輿を射た者の禁獄が、祭の後に行われることを、内々に天台座主《ざす》に仰せられたことが記されてある。さらに十七日の条には、その件の御教書《きやうしよ》が十六日に重ねて遣わされた旨《むね》の記載がある。

内裏炎上《だいりえんしやう》（四）

同廿日《おなじきはつかのひ》、花山院権中納言忠親《くわさんのゐんごんのちゆうなごんただちか》卿を上卿《しやうけい》にて、国司加賀守《かがのかみ》師高、遂に闕官《けつくわん》せられて、尾張《をはり》の井戸田《ゐどた》へながされけり。目代近藤判官師経《もくだいこんどうのはうぐわんもろつね》、禁獄せらる。又去《さんぬ》る十三日、神輿《しんよ》射奉（ッ）し武士六人、獄定《ごくぢやう》せらる。左衛門尉《さゑもんのじよう》藤原《ふぢはらの》正純《まさずみ》、右衛門尉《うゑもんのじよう》正《まさ》季《すゑ》、左衛門尉大江家兼《おほえのいへかね》、右衛門尉同家国《おなじくいへくに》、左兵衛尉《さひやうゑのじよう》清原《きよはらの》康家《やすいへ》、右兵衛尉《うひやうゑのじよう》同《おなじく》康《やす》友《とも》、是等《これら》は皆小松殿の侍《さぶらひ》なり。

【現代語訳】

同月二十日に、花山院権《かざんいんごん》中納言忠親《ただちか》卿を上卿《しょうけい》として処罰が行われ、国司加賀守《かがのかみ》師高をついに免官し、尾張《おわり》の井戸田《いどた》へ配流《はいる》した。目代《もくだい》近藤判官師経《もろつね》は投獄された。また、去る十三日に神輿《しんよ》を射奉った武士六人は、入獄と決定した。左衛門尉《さえもんのじょう》藤原正純《まさずみ》、右衛門尉正季《まさすえ》、左衛門尉大江家兼《いえかね》、右衛門尉同家国《いえくに》、左兵衛尉《さひょうえのじょう》清原康家《やすいえ》、右兵衛尉同康友《やすとも》、これらはみな、小松殿の侍である。

【語釈】

花山院権中納言忠親卿《くわさんのゐんごんのちゅうなごんただちかのきやう》　花山院左大臣家忠の孫、権中納言忠宗の子。仁安二年（一一六七）権中納言、安元三年（一一七七）右衛門督《かみ》を兼ね検非違使《けびいし》別当に補された。大納言になった後は堀川と称《とな》えた。「八坂本」は「堀川の大納言忠親」とする。**井戸田**《ゐどた》　現在の名古屋市瑞穂《みずほ》区井戸田町付近にあたる。**獄定**《ごくぢやう》　入獄に決定すること。

【解説】

山門の訴訟に対する裁許が記述されている。師経がすでに配流されていたことは、すでに述べた。『百錬抄《ひゃくれんしょう》』は二十日の条にこの処分を記し、『玉葉《ぎょくよう》』も同日の条に録し、神輿を射た六人は、平利家、同家兼、田使《たえ》俊行、藤原通久、同成直、同光景の名があげられている。「延慶本」の記述はこれと一致している。

内裏炎上《だいりえんしやう》（五）

同四月廿八日、亥剋《ゐのこく》ばかり、樋口富小路《ひぐちとみのこうぢ》より、火出《い》で来て、辰巳《たつみ》の風はげしう吹きければ、京中《きやうぢゆう》おほく焼けにけり。大きなる車輪の如くなるほむらが、三町五町をへだてて、戌亥《いぬゐ》のかたへすぢかへにとびこえとびこえ焼けゆけば、おそろしな（ン）どもおろかなり。或《あるい》は具平親王《ぐへいしんわう》の千種殿《ちくさどの》、或は北野の天神の紅梅殿《こうばいどの》、橘逸勢《きついつせい》のはひ松殿、鬼殿《おにどの》、高松殿、鴨居殿《かもゐどの》、東三条、冬嗣《ふゆつぎ》のおとどの閑院殿《かんゐんどの》、昭宣公《せうぜんこう》の堀河殿《ほりかはどの》、是を始めて昔今の名所卅余箇所、公卿の家だにも十六箇所まで焼けにけり。其外殿上人、諸大夫《しよだいぶ》の家々は記すに及ばず。はては大内《だいく》にふきつけて、朱雀門《しゆしやく》より始めて、応天門《おうでんもん》、会昌門《くわいしやうもん》、大極殿《だいこくでん》、豊楽院《ぶらくゐん》、諸司《しよし》、八省《はつしやう》、朝所《あいたんどころ》、一時がうちに、灰燼《くわいじん》の地とぞなりにける。家々の日記、代々《だいだい》の文書《もんじよ》、七珍万宝《しつちんまんぼう》さながら塵灰《ちりはひ》となりぬ。其間の費《つひえ》いか計《ばかり》ぞ。人の焼《や》け死ぬる事数百人、牛馬のたぐひは数を知らず。是《これ》ただことにあらず、山王の御とがめとて、比叡山《ひえいざん》より大きなる猿《さる》どもが二三千おりくだり、手々に松火《まつび》をともひて京中をやくとぞ、人の夢には見えたりける。

【現代語訳】

同年四月二十八日、夜の十時ごろ、樋口富小路《ひぐちとみのこうじ》から火災が起り、東南の風が激しく吹いたので京じゅう多く焼けてしまった。大きな車輪のような炎が三町、五町と隔てて、西北の方へ斜めに飛び越え飛び越えして焼けひろがっていったので、おそろしいというどころのことではなかった。あるいは具平親王《ぐへいしんのう》の千種《ちくさ》殿、あるいは北野の天神の紅梅殿、橘逸勢《きついっせい》のはい松殿、鬼殿《おにどの》、高松殿、鴨居《かもい》殿、東三条、冬嗣《ふゆつぎ》の大臣の閑院《かんいん》殿、昭宣公《しょうぜんこう》の堀河殿、これらを始めとして、昔から今にいたる三十余ヵ所の名所や、公卿の家でさえ十六ヵ所まで焼けてしまった。そのほか、殿上人《てんじょうびと》、諸大夫《だいぶ》の家々は、記すこともできないほどである。ついには大内裏にも焰が吹きつけて、朱雀門《すざくもん》からはじまって、応天門《おうてんもん》、会昌門《かいしょうもん》、大極殿《だいごくでん》、豊楽院《ぶらくいん》、諸司八省、朝所《あいたんどころ》まで、たちまちのうちに灰燼《かいじん》の地となってしまった。家々の日記や、代々の文書、あらゆる宝物が、すっかり塵灰《ちりはい》となった。その損失は、どれほどであろうか。焼け死んだ人の数は数百人、牛馬の類は数えきれない。これは、ただごとではない。山王の御咎《とが》めとして、比叡山から大きな猿《さる》が二三千おり下ってきて、手に手に松火《たいまつ》をともして京じゅうを焼く、という夢を、ある人が見たのである。

【語釈】

亥剋《ゐのこく》　午後十時。　**樋口富小路《ひぐちとみのこうじ》**　樋口小路（五条大路南、坊門小路北の東西に通ずる小路）と富小路（東京極大路《ひがしきょうごく》西、万里小路《までのこうじ》東の南北に通ずる小路）の交差する辺。河原町五条付近。　**辰巳《たつみ》**　東南。　**戌亥《いぬゐ》**　西北。　**すぢかへ**　はすかい、筋違い、ななめ。　**おそろしな（ン）どもおろかなり**　恐ろしいと言っても不充分で、言いつくせない。

具《ぐ》平親王《へいしんわう》の千種殿　村上天皇第七皇子、寛弘六年（一〇〇九）没、後中書王《のちのちゆうしよおう》という。千種殿はその邸、六条坊門南、西洞院《にしのとういん》東にあった。　**北野の天神**　菅原道真のこと。藤原時平の讒《ざん》により延喜元年（九〇一）右大臣から、大宰権帥《だざいごんのそち》に左遷され、延喜三年そこで死んだ。紅梅殿は、五条坊門北、町尻西にあった道真の邸。

橘逸勢《きついつせい》のはひ松殿　橘　諸兄《たちばなのもろえ》四代の孫。入居の子、能書家で三筆の一人と称された。その邸はい松殿は姉小路北、堀川東にあった。　**鬼殿**　所在は諸説あるが『拾芥抄《しゆうがいしよう》』に三条南、西洞院東とし、悪所という。『大鏡』は「もののけのいへ」と称している。　**高松殿**　源高明《たかあきら》の邸。姉小路北、西洞院東にあった。　**鴨居殿《かもゐどの》**　陽明門院禎子の御所で、堀川院誕生の所。二条南、室町西にあった。

東三条　摂政藤原兼家の邸。二条南、西洞院東。

冬嗣《ふゆつぎ》のおとどの閑院殿　藤原内麻呂の子、弘仁十二年（八二一）右大臣、天長二年（八二五）左大臣。閑院殿はその邸、二条南、西洞院西。　**昭宣公《せうぜんこう》の堀河殿《ほりかはどの》**　太政大臣藤原基経の諡《おくりな》、元慶四年（八八〇）太政大臣。長良《ながよし》の子。良房の養子。応天門の変に大伴氏を失脚させ藤原氏の勢力を拡大した。その邸堀河殿は、二条南、堀川東。

諸大夫《しよだいぶ》　摂関・諸大臣家の家司《けいし》などを務める四位・五位の家柄の者。　**朱雀門《しゆしやくもん》**　大内裏外郭南面の正門。　**応天門《おうてんもん》**　八省院南面の外門。　**会昌門《くわいしやうもん》**　八省院南面の内門で応天門と相対している。

大極殿《だいこくでん》　八省院（朝堂院《ちようどういん》）北部中央にあった正殿、中央の高御座《たかみくら》で天皇が政務を見、新年、即位などの儀式が行われた。　**豊楽院《ぶらくゐん》**　大内裏西南部の一郭で正殿は豊楽殿、節会《せちえ》、大宴会が行われた。

諸司　多くの役所。　**八省**　太政官に置かれた中央行政官庁で、中務《なかつかさ》、式部、治部、民部、刑部、兵部、大蔵、宮内の八省。　**朝所《あいたんどころ》**　あしたどころの音便形。太政官庁の東北にあって、政務を行い、儀式の際会食に使った建物。　**猿**《さる》　日吉山王の使者とされていた。　**松火**《まつび》　たいまつのこと。

【解説】

『百錬抄』四月二十八日の条に、亥刻《いのこく》に火が樋口富小路《ひぐちとみのこうじ》より起り、火焔《かえん》は飛ぶがごとく大内裏の諸建築物を焼き払ったことが記され、『玉葉』も同日の条に、この大火を詳述して、「未曾《みぞう》有、未曾有、凡《およ》そ余焔《よえん》のていたらく、直《ただ》なる事に非ざるか」「誠にこれ乱世の至りなり」「我朝の衰滅、その期《ご》すでに至るか」と、その感慨を記している。

『方丈記』のこの大火の叙述は、きわめてリアルに状況を表現しているが、『平家物語』はその文の一部をとりいれているとみられる。しかし、鴨長明《かものちようめい》が個人の眼で見、描き、「さしもあやうき京中の家をつくるとて宝を費し心をなやます事はすぐれてあぢきなくぞ侍《はべ》る」と、個的な生活の問題をこの経験からひきだしているのに対し、『平家物語』は、山王権現《ごんげん》の御とがめとして、進行してきた事件に関連させてこの災禍を意味づけようとしている点が異なっている。事件と行動の世界をえがく叙事文芸としての性格が、そこに認められる。

内裏炎上《だいりえんしやう》（六）

大極殿《だいこくでん》は、清和《せいわ》天皇の御宇《ぎよう》、貞観《ぢやうぐわん》十八年に、始而《はじめて》焼けたりければ、同十九年正月三日、陽成院の御即位は、豊楽院《ぶらくゐん》にてぞありける。元慶《ぐわんきやう》元年四月九日《ここのかのひ》、事始《ことはじめ》あ（ッ）て、同二年十月八日《やうかのひ》にぞ、つくり出されたりける。後冷泉院の御宇《ぎよう》、天喜《てんき》五年二月二十六日、又焼けにけり。治暦《ぢりやく》四年八月十四日、事始ありしかども、作りも出《いだ》さ れずして、後冷泉院崩御《ほうぎよ》なりぬ。後三条院の御宇、延久四年四月十五日作り出して、文人《ぶんじん》詩を奉り、伶人楽《れいじんがく》を奏して、遷幸なし奉る。今は世末にな（ッ）て、国の力も衰へたれば、其後《そののち》は遂《つゐ》につくられず。

【現代語訳】
大極殿《だいごくでん》は、清和天皇の御代、貞観《じようがん》十八年に、はじめて焼けたので、同十九年正月三日の陽成天皇の御即位は、豊楽院《ぶらくいん》で行われた。元慶《がんぎよう》元年四月九日、再建着工の儀式があって、同二年十月八日に落成した。後冷泉《れいぜい》天皇の御代の、天喜五年二月二十六日、ふたたび焼けた。治暦四年八月十四日、造りはじめる儀式があったが、着工もしないうちに、後冷泉院は崩御された。後三条天皇の御代、延久四年四月十五日に落成して、文人は詩を献じ、楽人は音楽を奏《かな》でて、天皇の遷幸をお迎えした。今は世も末になって、国力も衰えたので、その後はついに造られていない。

【語釈】
貞観《ぢやうぐわん》十八年　八七六年。四月十日大極殿《だいごくでん》焼亡。　**元慶《ぐわんきやう》元年**　貞観十九年四月十六日、元慶と改元。　**同二年十月八日**　史実は三年（八七九）十月八日大極殿成る。　**天喜五年**　『扶桑略記《ふそうりやつき》』『百錬抄』『玉葉』みな天喜六年（一〇五八）としている。　**治暦《ぢりやく》四年**　一〇六八年。『扶桑略記』八月十四日条「大極殿を造り始む」とある。後冷泉院崩御《ほうぎよ》は四月十九日。　**延久四年**　一〇七二年。『扶桑略記』四月十五日条に「大極殿に行幸し宴会を行はる。王公以下文人以上詩を献る。雅楽、歌舞を奏す」とある。　**伶人**《れいじん》　楽人のこと。

【解説】
『百錬抄』『玉葉』とも、大極殿焼亡の例をあげている。歴史を回顧し、過去の事例を確認しようという意識においては、『平家物語』と共通するものがある。古代末期の貴族の精神状況は「今は世末にな（ッ）て、国の力も衰へたれば」という時代のとらえかたに、あらわに示されている。

巻第二

座主流《ざすながし》

治承《ぢしよう》元年五月五日《いつかのひ》、天台座《てんだいざ》主《す》明雲大僧正《めいうんだいそうじやう》、公請《くじやう》を停止《ちやうじ》せらるるうへ、蔵人《くらんど》を御使《つかひ》にて如意輪《によいりん》の御本尊《ほんぞん》を召しかへいて、御持僧《ごぢそう》を改易《かいえき》せらる。則《すなは》ち使庁《しちやう》の使《つかひ》をつけて、今度《こんど》神輿《しんよ》内裏《だいり》へ振り奉《たてまつ》る衆徒《しゆと》の張本《ちやうぼん》を召されける。加賀国《かがのくに》に座《ざ》主《す》の御坊領《ごばうりやう》あり、国《こく》司《し》師高《もろたか》、是《これ》を停廃《ちやうはい》の間《あひだ》、その宿意《しゆくい》によ（ッ）て、大衆《だいしゆ》をかたらひ、訴訟をいたさる。すでに朝家《てうか》の御大事《だいじ》に及ぶよし、西光《さいくわう》法師父子《ふし》が讒奏《ざんそう》によ（ッ）て、法皇大《おほき》に逆鱗《げきりん》ありけり。「ことに重科《ぢゆうくわ》におこなはるべし」と聞ゆ。

明雲《めいうん》は法皇の御気色《きそく》あしかりければ、印鑰《いんやく》をかへし奉（ッ）て、座主を辞し申さる。同十一日鳥《と》羽院《ばのゐん》の七の宮覚快《かくくわい》法親王《ほつしんわう》、天台座《てんだいざ》主《す》にならせ給ふ。これは青蓮院《しやうれんゐん》の大僧正行玄《ぎやうげん》の御弟子《おんでし》なり。同十二日、先座《せんざ》主《す》所職《しよしよく》をとどめらるるうへ、検非違使《けんびゐし》二人をつけて、井《ゐ》に蓋《ふた》をし、火に水をかけ、水火《すいくわ》のせめにおよぶ。これによ（ッ）て、大《だい》衆《しゆ》なほ参洛《さんらく》すべきよし聞えしかば、京中《きやうぢゆう》又《また》さわぎあへり。

【現代語訳】

治承《じしよう》元年五月五日、天台座《てんだいざ》主《す》明雲《めいうん》大僧正は朝廷の仏法行事に召される資格をとりあげられたうえ、蔵人《くろうど》を使者として、御本尊の如意輪《にょいりん》観音を召し返され、天皇の御持僧の役を解任された。そして、検非違使庁《けびいしちょう》の役人を派遣して、今度、神輿《しんよ》を内裏へ振り奉った衆徒の張本人を召喚された。

加賀国《かがのくに》に天台座主の御坊領《ごぼうりょう》があり、国司師高《もろたか》が、これを廃止し没収したので、それを遺恨として、座主が衆徒をかたらい、訴訟を起こされたのである。これが朝廷の一大事になった原因であると、西光《さいこう》法師父子が讒奏《ざんそう》したので、法皇は激しくお怒りになった。「とくに厳しく処罰されるであろう」という噂《うわさ》がたった。

明雲《めいうん》は、法皇の御機嫌《きげん》が悪いと知って、天台座主の印と延暦寺《えんりゃくじ》宝蔵の鍵《かぎ》を朝廷にお返しし、座主を辞職された。同じ五月の十一日、鳥羽院の第七皇子、覚快《かくかい》法親王が天台座主になられた。これは青蓮院《しょうれんいん》の大僧正、行玄《ぎょうげん》の御弟子である。同十二日、前座主明雲の職務俸禄《ほうろく》いっさいを停止されたうえ、検非違使《けびいし》二人を監視につけて、居住するところの井戸に蓋《ふた》をし、かまどの火に水をかけ、水火の使用を断った。このために、また大衆が都に押しかけてくるという風聞がたって、京じゅうは大騒ぎとなった。

【語釈】

治承《ぢしょう》元年　一一七七年。安元《あんげん》三年八月四日改元。**天台座主《てんだいざす》**　天台宗一門を統轄する比叡山延暦寺《ひえいざんえんりゃくじ》の住持で最高の僧職。**明雲大僧正《めいうんだいそうじゃう》**　権大納言《ごんだいなごん》源（久我《こが》）顕通《あきみち》の子。仁安《にんあん》二年（一一六七）二月、座主、安元二年（一一七六）五月僧正、同三年（治承元年）五月勅勘を被って座主を停《と》められ、治承三年（一一七九）十一月還補、養和二年（一一八二）正月大僧正。寿永二年（一一八三）十一月

木曾義仲が法住寺を攻めた際、流れ矢にあたり横死《おうし》した。
公請《くじやう》　朝廷の法会《ほうえ》、経典の講義などに召されること。　**如意《によい》輪《りん》の御本尊**　内裏で修せられた延命、不動、如意輪の三壇の修《ず》法《ほう》の本尊の一つで、延命は東寺《とうじ》、不動は園城寺《おんじやうじ》、如意輪は比叡山《ひえいざん》の護持僧《ごじそう》が修した。御本尊はそれぞれ護持僧が依託されていた。如意輪は六観音の一つで、手に如意宝珠を持し衆生《しゆじやう》の祈願を充たし苦を救う観音。　**御持僧**《ごぢそう》　宮中に参仕して、天皇の身体護持の加持祈禱をする僧。　**改易**《かいえき》　官職をやめさせ他の者に替えること。　**使庁**《しちやう》　検非違使庁《けびいしちやう》。　**御坊領**《ごばうりやう》　僧の領有、支配する土地。　**讒奏**《ざんそう》　天皇、上皇に事実をまげ、悪《あ》しざまに申しあげること。　**逆鱗**《げきりん》　天皇、上皇の怒られること。
御気色《きそく》　御きげん、御気分。　**印鑰**《いんやく》　天台座主の職印と延暦寺宝蔵の鍵《かぎ》。座主が預かり管理するもの。　**覚快法親王**《かくくわいほつしんわう》　久安二年（一一四六）出家、受戒《じゆかい》、嘉応二年（一一七〇）親王の宣旨《せんじ》を被る。治承元年、第五十六代天台座主に就任、二年余で自《みずか》ら退任。　**青蓮院**《しやうれんゐん》　比叡山東塔にあった天台座主行玄《ぎやうげん》の住坊であったが久安六年（一一五〇）御祈願所として、青蓮院と号した。　**大僧正行玄**《ぎやうげん》　摂政・関白藤原師実《もろざね》の子、保延四年（一一三八）権僧正《ごんのそうじやう》、天台座主、久安元年（一一四五）大僧正。青蓮院の開祖。　**水火のせめ**　水・火の使用を断《た》って責め苦しめること。

【解説】

巻第一、「内裏炎上」の章で、山門の大衆《だいしゆ》の神輿《しんよ》をふりたてての強訴の結果、その要求の加賀守《かがのかみ》師高、目代師経《もくだいもろつね》の処分、さらに神輿を射た武士の処罰が行われたことが記されたが、事件はそれで落《らく》着《ちやく》するわけにはいかなかった。こんどは院の庁の側から、山門の責任者に対する追及が行われることになる。それも、西光《さいこう》法師の讒奏《ざんそう》によって、とするところに、物語の作者の、西光に対する態度が示されている。

『玉葉《ぎよくよう》』安元三年四月十四日の条では、すでにその時点で、内裏においては山門の大衆に対する罪科の法が論じられているが、五月五日に天台座主明雲の職掌停止の宣旨《せんじ》が下されたことが記されている。また『百錬抄《ひやくれんしよう》』も、「五月四日、天台座主明雲ヲ付ニ使庁ノ使ニ一、被レ責ル二-召サ山ノ悪僧并ニ白山ノ張本ヲ一。又遣シ二蔵人ヲ一召ニ返サシム御本尊ヲ一。五日。明雲解ス二却所職ヲ一。」（五月四日、天台座主明雲を使庁の使いに付し、山の悪僧并《ならび》に白山の張本を責め召さる。又蔵人《くろうど》を遣《つかわ》し御本尊を召し返さしむ。五日。明雲《めいうん》の所職を解却す）とあり、十一日に覚快法親王が天台座主となったことを記している。

座主流《ざすながし》（二）

同《おなじき》十八日、太政大臣《だいじやう》以下《いげ》の公卿《くぎやう》十三人、参内《さんだい》して陣の座につき、先《さき》の座主《ざす》罪科《ざいくわ》の事儀定《ぎぢやう》あり。八条中納言長方卿《はつでうのちゆうなごんながかたのきやう》、其時はいまだ左大弁宰相《さだいべんさいしやう》にて、末座《ばつざ》に候《さうら》はれけるが、申されけるは、

「法家《ほつけ》の勘状《かんじやう》にまかせて、死罪《しざい》一等《いつとう》を減じて、遠流《をんる》せらるべしとみえて候へども、前《さきの》座主明雲大僧正は、顕密兼学《けんみつけんがく》して、浄行《じやうぎやう》持律《ぢりつ》のうへ、大乗妙経《だいじようめうきやう》を公家《くげ》にさづけ奉《たてまつ》り、菩薩浄戒《ぼさつじやうかい》を法皇にたもたせ奉る、御経《おんきやう》の師、御戒《おんかい》の師、重科《ぢゆうくわ》におこなはれん事、冥《みやう》の照覧《せうらん》はかりがたし。還俗遠流《げんぞくをんる》をなだめらるべきか」

と、はばかるところもなう申されければ、当座の公卿《くぎやう》、みな長方の義《ぎ》に同《どう》ずと、申しあはれけれども、法皇の御いきどほりふかかりしかば、猶遠流《なほをんる》に定めらる。太政《だいじやう》入道も、此事《このこと》申さんとて、院参《ゐんざん》せられたりけれども、法皇御風《かぜ》の気《け》とて、御前《ごぜん》へも召され給はねば、本意《ほい》なげにて退出せらる。僧を罪《つみ》する習《ならひ》とて、度縁《どえん》を召し返し、還俗《げんぞく》せさせ奉《たてまつ》り、大納言大輔《だいなごんのたいふ》、藤井の松枝《まつえだ》と、俗名をぞつけられける。

【現代語訳】

同月十八日、太政大臣以下の公卿《くぎよう》十三人が参内《さんだい》して、会議の席につき、前座主《ざす》の罪科についての評議があった。八条中納言長方卿《ながかたきよう》は、当時はまだ左大弁《さだいべん》の宰相《さいしよう》で、末座におられたが、進みでて、申されるには、

「法律を担当する家の判定書によれば、死罪を一段減じて遠流《おんる》にすべきであるとありますが、前座主明雲大僧正は、顕教《けんきよう》、密教《みつきよう》ともに学んで、清浄な行《ぎよう》と、戒律を堅持されておられるうえ、法華経《ほけきよう》を天皇に授け奉り、菩薩戒《ぼさつかい》を法皇にお授け申している、御経の師であり、御《ご》戒《かい》の師である方《かた》であります。その方《かた》を重罪に処せられることは、仏がどう御覧になるか、案じられます。俗人に還《かえ》して遠流《おんる》にすることは免ぜられるべきでしょう」

と、憚《はばか》ることなく申されたので、その座の公卿たちはみな、長方の意見に賛同すると、申し合われたが、法皇の御憤りが深かったので、やはり遠流と決定された。

太政入道清盛公も、明雲の処分をとりなし申そうと、院の御所に参られたが、法皇は御風《か》邪《ぜ》ということで、御前に召されないので、不本意な様子で退出なさった。僧を処罰する慣例に従って、出家を認めた証状をとりあげ、還俗《げんぞく》させ、大納言大輔《たいふ》藤井松枝という俗名がつけられた。

【語釈】

陣《ぢん》の座《ざ》 宮中で公事《くじ》のとき、公卿が列座する席。 **儀定《ぎぢやう》** 評議し決定すること。 **八条《はつでうの》中納言《ちゆうなごん》長《なが》方卿《かたのきやう》** 権《ごん》中納言藤原顕長《あきなが》の子、養和元年（一一八一）権中納言。八条堀川に邸があった。『続古事談』に清盛の福原遷都を非難した説話がある。 **左大弁宰相《さだいべんさいしやう》** 左大弁は、中務《なかつかさ》、式部、治部《じぶ》、民部の四省、右大弁は兵部《ひやうぶ》、刑部《ぎやうぶ》、大蔵《おほくら》、宮内《くない》の四省を管轄し、太政官の庶務を担当。宰相は参議の唐名。

法家《ほつけ》 法律の専門家、明法《みやうぼう》博士。坂上、中原の両家が明法道の家。 **勘状《かんじやう》** 犯した罪を法に照して明法博士が判断し罪名を記して上申する文書。 **顕密《けんみつ》** 天台の顕教と真言《しんごん》の密教。顕教は『華厳《けごん》』『般若《はんにや》』『法華《ほけ》』『涅槃《ねはん》』等の経典の所説に基づき、釈迦の説く仏教、密教は『大日経』『金剛頂経』などの所説で大日如来の秘奥深密の仏法である。天台宗においても台密と称して密教を修するので、天台座主には顕密兼備の者を任じるようになった。

浄行《じやうぎやう》 持律《ぢりつ》 身心を清浄に保って修行し、戒律を厳しく守ること。 **大乗妙経《だいじようめうきやう》** 『法華経』。天台宗が本経とした仏典。 **公家《くげ》** 天皇。ここでは高倉天皇。『百錬抄』安元二年（一一七六）八月二十五日の条に、高倉天皇が『法華経』書写の功を終り、座主明雲に御衣《おんぞ》一重《ひとかさね》を賜わったことがみえる。

菩薩浄戒《ぼさつじやうかい》 菩薩が受持する清浄の戒法。『百錬抄』安元二年四月廿七日条に、後白河上皇が受戒のため登山、明雲が御戒師となった記事がある。
冥の照覧《みやうのせうらん》　仏菩薩《ぶつぼさつ》はよく俗界の衆生の善悪を見るところから、仏が御覧になることをいう。冥は顕に対し幽冥界《ゆうめいかい》で、仏菩薩をいう。　**還俗**《げんぞく》　出家し僧尼になった人が俗人にかえること。
度縁《どえん》　僧尼の出家得度《とくど》を認める官省の証状。

【解説】

明雲に対する流罪の決定は、『百錬抄《ひやくれんしよう》』に五月二十日「諸卿、法家勘申《ほっけのかんしん》前座主明雲の罪名を定め申す。右大弁長方定め申す。明雲謀反の罪露験《ろけん》す、者《てへれば》、霜刑を遁《のが》る可《べ》からざるか。但《ただ》し一乗妙経を以て公家に授け奉り、菩薩浄戒《ぼさつじやうかい》を以て法皇に授け奉る。忽ちに還俗《げんぞく》せしめ流刑《るけい》に処するの条、予議に及ぶべきか。諸卿之に同《どう》ず」とあり、二十一日には「前座主明雲を伊豆国に配流《はいる》す。公卿の定文、時儀に叶《かな》はざるに依て之を下《くだ》されず」と記している。『玉葉《ぎよくよう》』も二十日の条に「此日前座主僧正明雲の罪名の事、仗議《ぢやうぎ》有り」として、二十一、二十二日の条にわたって、この間の経緯《けいい》を詳細に記述している。参入の公卿として、太政大臣師長《もろなが》、右大臣兼実《かねざね》、中宮大夫隆季《ちゆうぐうだいぶたかすえ》、中納言宗家、忠親、成範、実綱、参議朝方、実家、実守、長方等の十一人があげられ、長方の弁護にみな同《どう》じたにもかかわらず、伊豆国配流《はいる》と決定したことが記され、公卿の評議を無視した結果になるこの決定に対して、兼実は「政道の体、後鑒《こうかん》恥有り。憐《あはれ》む可《べ》きの世なり」と慨嘆している。

清盛が明雲を擁護《ようご》していることは、この点でも法皇との対立がみられるが、すでに反平家の謀叛を策し、また明雲を讒言《ざんげん》した西光との対立をさらに尖鋭にし、後の対決をいっそう激しくしていくものである。

座《ざ》主《す》流《ながし》（三）

此明雲《このめいうん》と申すは、村上天皇《むらかみてんわう》第七の皇子、具平親王《ぐへいしんわう》より六代の御すゑ、久我《こがの》大納言顕《あき》通《みち》卿の御子《おんこ》なり。まことに無双《ぶさう》の碩徳天下《せきとくてんが》第一の高僧にておはしければ、君も臣もた（ッ）とみ給ひて、天王寺《てんわうじ》、六勝寺の別当《べつたう》をもかけ給へり。されども陰陽頭《おんやうのかみ》安倍泰親《あべのやすちか》が申しけるは、

「さばかりの智者の、明雲となのり給ふこそ心えね。うへに日月《じつげつ》の光をならべて、したに雲あり」

とぞ難じける。


仁安《にんあん》元年二月廿日、天台座主にならせ給ふ。同三月十五日、御拝堂《ごはいだう》あり。中堂《ちゆうだう》の宝《ほう》蔵《ざう》をひらかれけるに、種々の重宝共《ちようほうども》の中に、方《はう》一尺の箱あり。白い布でつつまれたり。一生不犯《いつしやうふぼん》の座主《ざす》、彼《かの》箱をあけて見給ふに、黄紙《わうし》に書ける文《ふみ》一巻《くわん》あり。伝教大師《でんげうだいし》、未来の座主の名字《みやうじ》を、兼《か》ねて記《しる》しおかれたり。我名《わがな》のある所まで見て、それより奥をば見ず、もとのごとくにまき返しておかるる習《ならひ》なり。されば此《この》僧正も、さこそおはしけめ。かかるた（ッ）とき人なれども、先世《せんぜ》の宿業《しゆくごふ》をば、まぬかれ給はず。哀《あは》れなりし事どもなり。

【現代語訳】

この明雲は、村上天皇の第七皇子、具平《ぐへい》親王から六代の子孫で、久我《こがの》大納言顕通《あきみち》卿の御子である。まことに並ぶもののない大徳の方で、天下第一の高僧であられたので、君臣ともに尊ばれて、天王寺《てんのうじ》・六勝寺《ろくしょうじ》の別当も兼ねておられた。しかし、陰陽頭《おんようのかみ》安倍泰親《あべのやすちか》は、
「あれほどの知者が、明雲と名のられるのは理解しがたいことだ。上に日月の光をならべて、下に雲がある」
と非難した。

仁安元年二月二十日、天台座主《てんだいざす》になられた。同三月十五日、御拝堂が行われ、中堂の宝蔵をひらかれたが、種々の重宝《じゅうほう》のなかに、白い布でつつまれた一尺四方の箱があった。一生涯にわたって仏戒を犯すことのない座主が、この箱をあけて御覧になると、黄色の紙に書かれた一巻の文があり、伝教大師が未来の座主の名字《みょうじ》を、前もって記しおかれたものである。自分の名のあるところまで見て、その先は見ず、もとのとおり巻き返して納める習いとなっている。そこで、この明雲僧正も、そのようになさったことであろう。このように尊い人であったが、前の世の宿業を免れることはできず、まことに哀れなことである。

【語釈】

久我《こが》大納言顕通《あきみち》卿　右大臣源顕房《あきふさ》の孫、太政大臣雅実の子、保安三年（一一二二）権《ごん》大納言、顕房が山城《やましろ》国乙訓《おとくに》郡久我《こが》に邸宅を構え、雅実がこれを伝領して以来、久我を称した。**碩徳《せきとく》**　碩は大

の意で、大徳、徳の高いこと。　**天王寺《てんわうじ》**　四天王寺。聖徳太子の草創、もと八宗兼学の寺、後世天台宗となる、大阪市天王寺区にある。　**六勝寺**　法勝寺、尊勝寺、最勝寺、円勝寺、成勝寺、延勝寺の六寺をいい、ともに京都市東山区白河にあった。　**別当《べつたう》**　大寺において、寺務を統轄する僧官。明雲の四天王寺別当補任《ぶにん》は治承四年（一一八〇）、白河六箇寺別当補任は養和元年（一一八一）と『天台座主記』にあり、治承三年十一月の天台座主還補の後である。　**陰陽頭《おんやうのかみ》　安倍泰親《あべのやすちか》**　中務省《なかつかさ》に属し、天文・暦数・占いなどをつかさどる陰陽寮の長官。泰親は晴明《せいめい》五代の子孫、陰陽頭泰長の子。保元元年九月から養和まで、賀茂在憲《ありのり》が陰陽頭であり、泰親はその後、陰陽頭となっている。
仁安《にんあん》元年二月廿日　明雲の天台座主補任《ぶにん》は仁安二年（一一六七）二月十五日、拝堂は四月十三日と『天台座主記』は記している。　**拝堂《はいだう》**　座主が登山して根本中堂の本尊を拝礼すること。　**一生不犯《いつしやうふぼん》**　一生、十戒の一不婬戒を犯さないこと。　**伝教大師《でんげうだいし》**　延暦寺の開祖、最澄《さいちよう》、近江滋賀の人、三津首《みつのおびと》百枝《ももえ》の子。延暦二十三年（八〇四）入唐し、翌年帰朝、天台宗をひらいた。　**先世《せんぜ》の宿業《しゆくごふ》**　前世で作った業因。業因は善悪の業が、苦楽の果報を招く因となること。

【解説】

明雲の略歴とその人物を述べているが、この事件以後の経歴にも及んでいる。日月が雲に隠される名と陰陽頭《おんようのかみ》が指摘した話は、明雲のたどった運命を象徴するものである。伝教大師が未来の座主の名を記された文一巻とは、中世に行われた未来記の思想に依るもので、『平家物語』巻第八には「聖徳太子の未来記」とあり、『更級日記』にも、富士河の条に、黄なる反故《ほご》に来年の除目《じもく》で国《くに》の守《かみ》になるべき人の名が記されており、事実そのとおりとなったという説話が記されているほか、『古事《こじ》談《だん》』『明月記』『愚管抄《ぐかんしよう》』『太平記』などにも「未来記」が記されている。

座《ざ》主《す》流《ながし》（四）

同《おなじき》廿一日、配所《はいしよ》伊豆国《いづのくに》と定めらる。人々様々《やう〳〵》に申しあはれけれども、西光《さいくわう》法師父《ふ》子《し》が讒奏《ざんそう》によ（ッ）て、かやうにおこなはれけり。やがて今日《けふ》都の内《うち》をおひ出《いだ》さるべしとて、追立《おつたて》の官人《くわんにん》、白河の御房《ごばう》にむか（ッ）ておひ奉《たてまつ》る。僧正泣く〳〵御坊を出《い》でて、粟田口《あはたぐち》のほとり、一切経《いつさいきやう》の別所《べつしよ》へいらせ給ふ。

山門《さんもん》には、せんずる処《ところ》我等《われら》が敵《かたき》は、西光父子に過《すぎ》たる者なしとて、彼等親子が名《みやう》字《じ》を書いて、根本中堂《こんぽんちゆうだう》におはします十二神将《じんじやう》のうち、金毘羅《こんぴら》大将《だいじやう》の左の御足《みあし》のしたにふませ 奉《たてまつ》り、「十二神将《じんじやう》 七千《しちせん》夜《や》叉《しや》、時刻をめぐらさず、西光父子が命を召しとり給へや」と、をめきさけんで呪咀《しゆそ》しけるこそ、聞くもおそろしけれ。

【現代語訳】

同月二十一日、配所は伊豆国と定められた。人々はさまざまにとりなされたけれども、西光父子の讒奏《ざんそう》によって、流刑《るけい》が決定されたのである。ただちに、今日都の内を追放せよということで、追立《おつたて》の役人が、白河の御坊《ごぼう》に出向いて、追い立て奉った。僧正は涙ながらに御坊を出て、粟田口《あわたぐち》の辺《あたり》の一切経《いっさいきょう》谷の別院に入られた。

山門では、我々の敵《かたき》は、要するに西光父子以外の何者でもない、と、彼ら親子の名字を書き、根本中堂《こんぽんちゆうどう》におられる十二神将のうち、金毘羅大将《こんぴらたいしよう》の左の御足の下に踏ませ奉って、「十二神将七千夜叉《しちせんやしや》、時刻を過さず、ただちに西光父子の命を召しとりなさるよう」と、おめき叫んで呪咀《じゆそ》したが、聞くだに恐ろしいことであった。

【語釈】

追立《おつたて》の官人《くわんにん》 流罪《るざい》の罪人を配所へ護送する役人。 **白河《しらかは》の御房《ごばう》** 延暦寺《えんりやくじ》別院青蓮院《しようれんいん》のこと。 **粟田口《あはたぐち》** 京都市左京区にある、三条通から東海道に通じる京の出入口にあたる。粟田口三条にあった。

一切経《いつさいきやう》の別所 一切経谷にあった延暦寺別院。

十二神将《じんじやう》 根本中堂瑠璃壇《るりだん》に安置された薬師《やくし》如来《によらい》の周囲におり、薬師如来に従って行者《ぎようじや》を守護する十二の仏神。 **金毘羅大将《こんぴらだいじやう》** 十二神将の第一、左手は日影《ひかげ》をさし、右手に鉾《ほこ》をさげている姿をしている。 **七千夜叉《しちせんやしや》** 十二神将には各七千の夜叉が眷属《けんぞく》としてある。

【解説】

西光の讒言《ざんげん》を強調するとともに、これに対する山門の衆徒の怒りを表現している。怒りの形相《ぎようそう》すさまじい十二神将に、西光の名を記したものを踏ませ、呪咀《じゆそ》する光景は、その怒りの激しさを如実《によじつ》に想像させるものである。

座主流《ざすながし》（五）

同廿三日、一切経《いつさいきやう》の別所より配所《はいしよ》へおもむき給ひけり。さばかんの法務の大僧正程《ほど》の人を、追立《おつたて》の鬱使《うつし》がさきにけたてさせ、今日をかぎりに都を出《い》でて、関の東へおもむかれけん心のうち、おしはかられて哀《あは》れなり。大津の打出《うちで》の浜にもなりしかば、文《もん》殊楼《じゆろう》の軒端《のきば》の、しろ〴〵として見えけるを、二目《ふため》とも見給はず、袖《そで》を顔におしあてて、涙にむせび給ひけり。山門に宿老《しゆくらう》、碩徳《せきとく》、おほしといへども、澄憲《ちようけん》法印《ほふいん》、其時はいまだ僧都《そうづ》にておはしけるが、余りに名残を惜しみ奉り、粟津《あはづ》まで送り参らせ、さてもあるべきならねば、それより暇《いとま》申して、帰られけるに、僧正心ざしの切《せつ》なる事を感じて、年来《としごろ》孤《こ》心中《しんぢゆう》に秘せられたりし一心三観《いつしんさんくわん》の血脈《けつみやく》相承《さうじよう》をさづけらる。此法は釈《しやく》尊《そん》の付属《ふぞく》、波羅奈国《はらないこく》の馬鳴比丘《めみやうびく》、南天竺《なんてんぢく》の竜樹菩薩《りゆうじゆぼさつ》より、次第に相伝《さうでん》しきたれるを、今日《けふ》の情《なさけ》にさづけらる。さすが我朝《わがてう》は粟散辺地《そくさんへんぢ》の境《さかひ》、濁世末代《ぢよくせまつだい》といひながら、澄憲これを付属して、法衣《ほふえ》の袂《たもと》をしぼりつつ、都へ帰りのぼられける、心のうちこそた（ッ）とけれ。

【現代語訳】

同月二十三日、一切経谷の別院を出て、配所へと赴かれた。警護の役人が、寺務の最高の地位にあった大僧正ほどの人を、先に追い立てながら、今日を最後に都を出、逢坂《おうさか》の関の東へ出立される、僧正の心中は、推量するにも哀れである。大津の打出《うちで》の浜にさしかかると、比叡山《ひえいざん》の文殊楼《もんじゅろう》の軒がしろじろとながめられたが、僧正は二目とご覧になれず、袖《そで》を顔にあてて、涙にむせばれた。仏法修行の功を積んだ長老や、大徳の高僧の多くおられる山門の中から、当時はまだ僧都であられた澄憲《ちょうけん》法印が、あまりに名残り惜しく思われて、粟津《あわづ》まで僧正を送ってこられ、どこまでもというわけにはいかないので、そこでお暇《いとま》して帰られた。僧正は、その深い心ざしを感謝されて、長年自分の心中に秘しておられた一心三観《いっしんさんがん》の血脈《けつみゃく》相承《じょう》を授けられた。この法は釈尊が説かれた教義を授受した波羅奈国《はらないこく》の馬鳴比丘《めみょうびく》、南天竺《なんてんじく》の竜《りゅう》樹菩薩《じゅぼさつ》から、しだいに相伝してきたものであるが、澄憲の今日の厚情に対して授けられたのである。いかに我が国が仏の国を遠く離れた辺鄙《へんぴ》な地にある小国で、時代も汚濁《おじょく》の末世とはいいながら、澄憲がこれを伝受して、僧衣の袂《たもと》で涙をのごいながら都に帰り上られた心中は、尊い思いに充《み》たされていたことであろう。

【語釈】

さばかんの　さばかりの、の音便。　**法務**　もと僧侶《そうりょ》の職制の一つ。ここでは、寺の役職にある僧をさす。　**鬱使《うつし》**　用例なく不明。明雲《めいうん》の立場にたって感情を移入した、うっとうしい使いの意の造語か。庁使、武士の誤りとする説もある。　**文殊楼《もんじゅろう》**　根本中堂《こんぽんちゅうどう》の東にある高楼で、慈覚大師《じかくだいし》の本願により、弟子承雲《しょううん》が貞観十八年（八七六）建立《こんりゅう》。文殊菩薩《もんじゅぼさつ》像を内に安置する。　**宿老《しゅくらう》、碩徳《せきとく》**　年功を積んだ老僧と徳の高い僧。　**澄憲《ちょうけん》法印**　信西《しんぜい》の子。巻第一「内裏炎上」で神輿《しんよ》を祇園《ぎおん》の社へ入れた人物。　**粟津《あはづ》**　滋賀県大津市膳所《ぜぜ》付近。　**孤心中《こしんちゅう》**　底本は「御」の字を「孤」と訂正し「コ」とふりがなしている。「屋代本」は「己」。ひとり心中に、あるいは自己の心中に。

一心三観《いつしんさんくわん》　天台宗の観法で、自己の心中に、存在のすべてを空・仮・中の三様に観ずること。

血脈《けつみやく》 **相承**《さうじよう》　法脈を相伝し、伝授すること。この条、「屋代本」には「明雲僧正年来《としごろ》己心中ニ残サレタリケル天台円宗秘法一心三観ノ法門幷《ならび》ニ血脈相承ノ譜《ふ》ヲ授《さづけ》ラル」とある。　**付属**《ふぞく》　教義、経文などを説き伝えること。　**波羅奈国**《はらないこく》　中インド、ガンジス河流域にあった国。　**馬鳴比丘**《めみやうびく》　古代インド、仏滅後六百年ごろの大乗仏教の学者。『大乗起信論』の著がある。比丘は梵語《ぼんご》で僧の意。

南天竺《なんてんぢく》　南インド、天竺は日本および中国でインドをよぶ古称。　**竜樹菩薩**《りゆうじゆぼさつ》　仏滅後七百年ごろ、南インドのバラモンの家に生まれ仏教に帰依《きえ》、馬鳴《めみよう》菩薩の弟子迦毘摩羅《かびまら》尊者の弟子となり、後、第二の仏陀《ぶつだ》と仰がれ、顕密八宗の祖と称される。　**粟散辺地**《そくさんへんぢ》　辺鄙《へんぴ》な地方にある粟《あわ》を散布したような小国。　**濁世末代**《ぢよくせまつだい》　濁りけがれた末の世、古代末期の末法思想による時代意識をあらわす語。『方丈記』にも「濁悪の世にしも生れあひて」とあり、当時の諸書にみいだされる。

【解説】

都を発《た》って、大津に至り、叡山とも離別していく明雲の心境と、名残りを惜しんで見送ってきた澄憲《ちようけん》の厚情、そして天台の秘法伝授が述べられる。説法、唱導の大家として当時評判の高かった澄憲が、仏教界において重要な役割をもっていたことが特筆されている。安居院《あぐい》流という唱導の一派の祖ともいわれる澄憲には、仏典の注釈のほかに『言泉集』『澄憲作文集』『転法輪抄』などの唱導の書がある。

座主流《ざすながし》（六）

山門には大衆おこ（ッ）て僉議《せんぎ》す。

「抑《そもそも》義真和尚《ぎしんくわしやう》よりこのかた、天台座主はじま（ッ）て五十五代に至るまで、いまだ流罪《るざい》の例をきかず。倩《つらつら》事の心を案ずるに、延暦《えんりやく》の比《ころ》ほひ、皇帝は帝都をたて、大師は当山によぢのぼ（ッ）て、四明《しめい》の教法《けうぼふ》を此所にひろめ給ひしよりこのかた、五障《ごしやう》の女人《によにん》跡たえて、三千の浄侶《じやうりよ》居《きよ》をしめたり。峰には一乗《いちじよう》読誦《どくじゆ》年《とし》ふりて、麓《ふもと》には七社《しや》の霊験《れいげん》日新《ひあらた》なり。彼《かの》月氏《ぐわつし》の霊山《りやうぜん》は王城《わうじやう》の東北《とうぼく》、大聖《だいしやう》の幽崛《いうくつ》なり。この日域《じちゐき》の叡岳《えいがく》も、帝都の鬼門《きもん》に峙《そばだ》（ッ）て、護国の霊地なり。代々《だいだい》の賢王智臣《けんわうちしん》、此所に壇場《だんぢやう》をしむ。末代《まつだい》ならんがらに、いかんが当山《たうざん》に瑕《きず》をばつくべき。心うし」

とて、をめきさけぶといふ程こそありけれ、満山《まんざん》の大衆《だいしゆ》、みな東坂本《ひんがしさかもと》へおり下《くだ》る。

【現代語訳】

山門では大衆が起《た》ちあがり、この事態を論議した。

「そもそも義真和尚《ぎしんかしよう》以来、天台座主《ざす》がはじまって五十五代の今に至るまで、まだ座主が流罪《るざい》に処せられた例を聞かない。叡山《えいざん》の歴史を顧みれば、延暦のころ、桓武天皇は平安の都をたて、伝教大師は当山に登って、天台の仏法をここに広められてから、五障《ごしよう》の女性の立ち入りを禁じ、三千の清浄な僧侶《そうりよ》が仏法修行に専念している。峰では『法華経』読誦《どくじゆ》が年久しく行われ、麓《ふもと》には日吉山王七社の霊験が日々にあらたかである。かのインドの霊鷲山《りようじゆせん》は王舎城の東北にあって、大聖釈尊が在住された霊地である。この日本の比叡山も、帝都の東北、鬼門にそびえたって、国家鎮護の聖地である。代々の賢王、智臣がここに戒壇を設け、深く帰依《きえ》してこられている。末代とはいえ、どうして当山をけがしてよいものか。まことに遺憾なことだ」

と、激しく憤り、喚声《かんせい》をあげて、全山の大衆が、みなどっと東坂本へおり下《くだ》ってきた。

【語釈】

義真和尚《ぎしんくわしやう》　相模《さがみ》の国の人、俗姓丸部氏。最澄《さいちよう》の弟子、ともに入唐。天長元年（八二四）初代天台座主となる。　**延暦の比ほひ**《えんりやくのころ》　延暦十三年（七九四）桓武天皇により平安遷都が行われた。　**大師**　伝教大師《でんぎよう》（最澄）により延暦七年（七八八）比叡山に根本中堂が建てられ、薬師像が安置された。　**四明の教法**《しめいのけうぼふ》　天台宗の仏法。中国、宋の時代に四明出身の知礼法師（四明大師）が天台宗を中興した。　**五障の女人**《ごしやうのによにん》　女性は、梵天《ぼんてん》、帝釈《たいしやく》、魔王、転輪王、仏身になることができないという。これを五障といい、成仏の障害とした。　**一乗**《いちじよう》　一乗妙典、『法華経』のこと。　**新**《あらた》　あらたか。神仏の霊験のいちじるしいこと。　**月氏**《ぐわつし》　西域の一国。インドの西北にあった国名。ここではインドのことをさしている。　**霊山**《りやうぜん》　霊鷲山《りようじゆせん》。釈迦はここに居住し仏法を説いた。　**大聖**　釈尊。　**幽崛**《いうくつ》　深い山中の岩窟《がんくつ》。霊鷲山中の釈尊の居所をいう。　**日域**《じちゐき》　日本。　**鬼門**　東北。陰陽道《おんようどう》において東北の方角を邪鬼の出入する門としている。**壇場**《だんぢやう》 仏を供養する壇を設けたところ。**末代**《まつだい》**ならんがらに** 末代だからといって。**いかんが** どうして。「いかにか」の転。**いふ程こそありけれ** 言うやいなや。即座に。

【解説】

一山の主を、院の近臣の讒言《ざんげん》によって流罪にされた延暦寺の大衆が、そのまま看過することはない。たちまち集会して、これを非難し、即座に行動にうつった。その論調も行動性も、きわめてダイナミックで、作者の精神も、ともに鼓動しているかにみえる。『徒然草』に、『平家物語』を評して「山門の事を殊にゆゝしく書けり」とあるが、山門の立場に身をおいて叙述している筆鋒《ひっぽう》を感じとることができる。

一行阿闍梨《いちぎやうあじやり》之《の》沙汰《さた》

十禅師権現《じふぜんじごんげん》の御前《おんまへ》にて大衆又僉議《せんぎ》す。

「抑《そもそも》我等《われら》粟津《あはづ》に行きむか(ッ)て、貫首《くわんじゆ》をうばひとどめ奉《たてまつ》るべし。但《ただ》し追立《おつたて》の鬱《うつ》使《し》、両送使《りやうそうし》あんなれば、事故《ことゆゑ》なく取りえ奉らん事ありがたし。山王《さんわう》大師の御力《ちから》の外《ほか》は、たのむ方《かた》なし。まことに別《べち》の子細《しさい》なく取りえ奉るべくは、ここにてまづ瑞相《ずいさう》をみせしめ給へ」

と、老僧共《らうそうども》肝胆《かんたん》をくだいて、祈念しけり。ここに無動寺《むどうじ》法師《ぼふし》、乗円律師《じようゑんりつし》が童《わらは》、鶴丸とて生年《しやうねん》十八歳になるが、身心を苦しめ、五体に汗《あせ》をながいて、俄《にはか》にくるひ出《い》でたり。

「われ十禅師《じふぜんじ》権現《ごんげん》、のりゐさせ給へり。末代といふとも、いかでか我山《わがやま》の貫首《くわんじゆ》をば、他国へはうつさるべき。生々世々《しやう〴〵せせ》に心うし。さらむにと（ッ）ては、われこのふもとに跡をとどめてもなににかはせん」

とて、左右の袖《そで》をかほにおしあてて、涙をはら〳〵とながす。大衆これをあやしみて、

「誠に十禅師権現の御託宣《ごたくせん》にて在《まし》まさば、我等しるしを参《まゐ》らせん。すこしもたがへず、もとのぬしに返したべ」

とて、老僧共《らうそうども》四五百人、手々にも（ッ）たる数珠共《じゆずども》を、十禅師の大床《おほゆか》のうへへぞ投げあげたる。此物《このもの》ぐるひ、はしりまは（ッ）て拾ひあつめ、すこしもたがへず、一々《いち〳〵》にもとのぬしにぞくばりける。大衆、神明《しんめい》の霊験《れいげん》あらたなる事のた（ッ）とさに、みなたなごころをあはせて、随喜《ずいき》の感涙《かんるい》をぞもよほしける。

「其儀ならば、ゆきむか（ッ）て、うばひとどめたてまつれ」

といふ程こそありけれ、雲霞の如《ごと》くに発向《はつかう》す。或《あるい》は志賀《しが》辛崎《からさき》の浜路《ぢ》に、あゆみつづける大衆もあり。或は山田矢《や》ばせの湖上《こしやう》に舟おしいだす衆徒もあり。是《これ》をみて、さしもきびしげなりつる追立《おつたて》の鬱使《うつし》、両送使《りやうそうし》、四方へ皆逃げさりぬ。

【現代語訳】

十禅師権現《じゆうぜんじごんげん》の社《やしろ》の御前で大衆はまた対策を論じあった。

「我々は、ただちに粟津《あわづ》に向って進み、座主《ざす》を奪還し奉るべきである。ただし、護送の役人らが警護にあたっていることであるから、無事に奪い取り奉ることは、困難であろう。山王大師の御力にお頼りするほか、手段はあるまい。まことに支障なく座主を取り還《かえ》し奉ることができるなら、ここでまず吉兆をお示しいただきたい」

と、老僧どもは、真心をこめて権現《ごんげん》に祈った。すると、無動寺の法師の乗円律師《じようえんりつし》が召し使っている年齢十八歳になる鶴丸《つるまる》という童が、急に苦しみだし、身悶《みもだ》えして、全身から汗を流し、あらぬことをはじめた。

「十禅師権現が我に乗り移られた。末世とはいえ、どうしてわが比叡山の座主《ざす》を他国へお移しできよう。それは、いつの世までも心苦しいことである。そのようなことになれば、自分がこの山の麓《ふもと》に守護神として鎮座していたところで、なにになろう」

といって、左右の袖《そで》を顔におしあて、涙をはらはらと流した。大衆は、これを怪しく思って、

「まことに十禅師権現の御託宣であられるなら、我々はそれを証するしるしを呈《てい》しましょう。それを少しも間違えず、もとの持ち主にお返しください」

といって、老僧たち四、五百人が手に手に持っていた数珠《じゆず》を、十禅師の社の大床の上へ投げ上げた。この神がかりは、走りまわってこれを拾い集め、すこしの誤りもなく、いちいちも

との持ち主に配っていった。衆徒は、神の霊験のあらたかなことに感じ入り、尊く思って、みな手を合わせ、随喜の涙を流したが、

「それでは、押しかけて、座主を奪い返し奉れ」

と言うやいなや、総勢、雲霞のようにおしよせていった。一方は、志賀辛崎《からさき》の浜路を進む大衆の一団があり、また一方は、山田、矢橋《やばせ》の湖上に、舟を漕ぎ出す衆徒もあった。この勢《いきお》いに、厳重に警護していた護送の役人たちは怖《おそ》れをなし、みな四方へ逃げ散ってしまった。

【語釈】

十禅師《じふぜんじ》権現《ごんげん》　山王七社の一。　**貫首《くわんじゆ》**　天台座主、蔵人頭《くろうどのとう》の別称。　**両送使《りやうそうし》**　流刑《るけい》される罪人を配所へ護送する役人。「領送使」が正しい。　**山王大師《さんわうだいし》**　山王権現。大師は神を尊称していう。　**別の子細**　特別な事情、支障。　**肝胆《かんたん》をくだいて**　心をくだいて、精魂をつくして。　**無動寺《むどうじ》**　比叡山《ひえいざん》東《とう》塔《とう》根本中堂《こんぽんちゆうどう》の南にある寺。仏殿は不動堂。　**乗円律師《じようゑんりつし》**　伝不明。律師は僧都に次ぐ僧官。　**生々世々《しやう〴〵せせ》**　現世も後世も、未来永劫にわたって。　**跡をとどめても**　神として鎮座しても。　**しるし**　真偽を示す証拠になるもの。　**随喜《ずいき》の感涙《かんるい》**　ありがたさに感激しての涙。随喜は仏教語で、人の善事をみてこれに随同し歓喜すること。　**志賀《しが》辛崎《からさき》**　ともに現在の大津市内。　**山田矢ばせ**　矢ばせ（矢橋）は今、草津市内。

【解説】

老僧たちの祈念に、突如《とつじよ》として神がかりとなった童の言葉を、無条件に信ぜず、託宣の真偽を確かめようとする大衆たちの実証的な精神のありかたが興味ぶかい。確信をもった行動の前提には、いささかの疑心も許されないのである。数百人が投げた数珠をみな、もとの主に返したというの

は、たいへんな誇張であるが、物語を興味ぶかくしようとする作為も働いているであろう。「神明の霊験」を感得した大衆は、勇を鼓《こ》して一挙にその行動をおし進めていくことになる。

一行阿闍梨之沙汰《いちぎやうあじやりのさた》（二）

大衆国分寺《こくぶんじ》へ参りむかふ。前座主《さきのざす》大《おほ》きにおどろいて、「勅勘《ちよくかん》の者は、月日《つきひ》の光にだにもあたらずとこそ申せ。何《いか》に況《いはん》や、いそぎ都のうちを追《いだ》ひ出さるべしと、院宣《ゐんぜんせんじ》々旨のなりたるに、しばしもやすらふべからず。衆徒とう〳〵かへりのぼり給へ」とて、はしぢかうゐ出《い》でて、宣《のたま》ひけるは、「三台槐門《さんだいくわいもん》の家をいでて、四明《しめい》幽渓《いうけい》の窓に入りしよりこのかた、ひろく円宗《ゑんじゆう》の教法《けうぼふ》を学して、顕密《けんみつ》両宗をまなびき。ただ吾山《わがやま》の興隆をのみ思へり。又国家を祈り奉る事おろそかならず、衆徒《しゆと》をはぐくむ心ざしもふかかりき。両所山王《りやうじよ》、定《さだめ》て照覧し給ふらん。身にあやまつ事なし。無実の罪によ（ッ）て、遠流《をんる》の重科《ぢゆうくわ》をかうぶれば、世をも人をも、神をも仏をも、恨み奉ることなし。これまでとぶらひ来《きた》り給ふ衆徒の芳志《はうし》こそ、報じつくしがたけれ」とて、香染《かうぞめ》の御衣《おんころも》の袖《そで》、しぼりもあへ給はねば、大衆《だいしゆ》もみな涙をぞながしける。御輿《おんこし》

さしよせて、

「とう〳〵召さるべう候」

と申しければ、

「昔こそ三千の衆徒の貫首《くわんじゆ》たりしか、いまはかかる流人《るにん》の身にな（ッ）て、いかんがや（ン）ごとなき修学者《しゆがくしや》、智恵《ちゑ》ふかき大衆達《だいしゆたち》には、かきささげられてのぼるべき。縦《たと》ひのぼるべきなりとも、わらんづな（ン）どいふ物しばりはき、同じ様《やう》にあゆみつづいてこそのぼらめ」

とて、乗り給はず。

ここに西塔《さいたふ》の住侶《ぢゆうりよ》、戒浄坊《かいじやうばう》の阿闍梨《あじやり》祐慶《いうけい》といふ悪僧あり。たけ七尺ばかりありけるが、黒革威《くろかはをどし》の鎧《よろひ》の大荒目《おほあらめ》にかねまぜたるを、草摺《くさずり》ながに着なして、甲《かぶと》をばぬぎ、法師《ほふし》原《ばら》にもたせつつ、しら柄《え》の大長刀《おほなぎなた》、杖《つゑ》につき、

「あけられ候へ」

とて、大衆の中をおし分けおし分け、先座主のおはしける所へつ（ッ）と参りたり。大《だい》の眼《まなこ》を見いからかし、しばしにらまへ奉り、

「その御心でこそ、かかる御目にもあはせ給へ。とう〳〵召さるべう候」

と申しければ、おそろしさにいそぎ乗り給ふ。大衆取りえ奉るうれしさに、いやしき法師原《ばら》にはあらで、や（ン）ごとなき修学者《しゆがくしや》ども、かきささげ奉り、をめきさけ

（ン）でのぼりけるに、人はかはれども、祐慶《いうけい》はかはらず、前輿《さきごし》かいて、長刀《なぎなた》の柄《え》も、輿《こし》の轅《ながえ》もくだけよととるままに、さしもさがしき東坂《ひんがしざか》、平地《へいぢ》を行くが如《ごと》くなり。

【現代語訳】

大衆は国分寺に向って進んだ。前座主明雲《ざすめいうん》は、たいそう驚いて、「勅勘《ちょっかん》をうけた者は、月日の光にさえあたらぬ、といわれている。まして、ただちに都の外に追放せよとの院宣《いんぜん》・宣旨《せんじ》を下されている身である。一刻の猶予も許されまい。衆徒は、すみやかに山に帰り登りなさい」といって、広縁の端近くに出られて、さらに、「私は、大臣にもなる家柄を離れて出家し、比叡山の幽邃《ゆうすい》な僧坊に入ってから今日にいたるまで、広く天台の教義を学んで、顕密両宗を究《きわ》めてきた。そして、ひたすら、わが比叡山の興隆を願い、また国家の安泰を祈念することに力を注ぎ、衆徒の育成にも深く心を尽してきた。大宮、二宮、聖真子《しょうしんじ》三社の神々もさだめて御覧になっておられよう。わが身に何の過失もない。無実の罪によって、遠流《おんる》という重罪をうけたのであるが、世間も人も、神も仏も、お恨みしようとは思わない。ただ、ここまで案じたずねてこられた衆徒の芳志のありがたさは、報いることもできないほどである」といわれて、香染《こうぞめ》の御衣《おんころも》の袖《そで》もしぼれぬほど涙に濡らされると、大衆もみな涙にくれるので

あった。御輿《おんこし》を寄せて、

「すみやかにお乗りください」

と申し上げると、

「以前は三千の衆徒の座主であったが、いまはこのような流人の身になって、どうして尊い修学者や、知恵深い衆徒たちのかつぐ輿《こし》に乗って、山に登ることができよう。たとえ登るべきであっても、わらじなどを足にくくり、皆と同様、歩きつづけて登りたい」

といって、お乗りにならない。

　大衆のなかに、西塔の僧侶《そうりよ》で、戒浄坊《かいじようぼう》の阿闍梨《あじやり》祐慶《ゆうけい》という荒法師がいた。身のたけ七尺ほどもあったが、黒革威《おどし》の鉄の札《さね》をまぜた大荒目《おおあらめ》の鎧《よろい》を、草摺長《くさずりなが》に着て、甲《かぶと》をぬぎ法師らに持たせ、白柄《しらえ》の大長刀《なぎなた》を杖《つえ》につきながら、

「そこをおあけなさい」

といって、衆徒の中をかき分けおし分けして、前座主のおられる所へつっと出て来た。大きな眼を怒りに見開いて、しばらく睨《にら》み奉って、

「その御心ゆえに、このような目におあいなさるのです。すぐにお乗りになるべきです」

と申したので、明雲はそのおそろしさに、いそいでお乗りになった。大衆は、取り返し奉ったうれしさに、卑しい法師らではなく、尊い修学者たちが御輿《おんこし》をかつぎ捧げて、歓声をあげて叡山へと登ってきた。人は交代しても、祐慶《ゆうけい》は代らず、長刀《なぎなた》の柄《え》も、輿《こし》の轅《ながえ》も砕けよとばかり固く握って前輿をかつぎ、けわしい東坂を、平地を行くように登って行った。

【語釈】

国分寺《こくぶんじ》　近江の国分寺、大津市石山にあった。聖武《しようむ》天皇の天平《てんぴよう》十三年（七四一）詔して諸国に設けられた。　**何《いか》に況《いはん》や**　まして。「龍谷大学本」（古典大系所収）は「何況《なんぞいはん》や」と読んでいる。　**三台《さんだい》槐門《くわいもん》**　三台は三台星の略。中国の天文学で紫微星《しびせい》（天帝）を守る三つの星とされ、これを三公に擬して、太政大臣、左大臣、右大臣を三台と称した。槐門《かいもん》は、周代、外朝に三本の槐《えんじゆ》の木を植え三公がその樹下に列座して政を執《と》った故事により、大臣の称となった。

四明幽渓《しめいいうけい》の窓　四明は中国の四明山に因《ちな》んで比叡山をいい、幽遠《ゆうえん》な山中の奥深い仏教教理を学ぶ場としての延暦寺を幽渓《ゆうけい》の窓《まど》といった。　**円宗《ゑんじゆう》**　大乗円満の教義をもつ宗派の意で、円頓《えんどん》宗の略、中国では天台宗、華厳《けごん》宗をいったが、日本ではとくに天台宗をさす。　**両所山王《りやうじよさんわう》**　底本は「王」の字、異本に「上」とあることを示している。「延慶本」は「両所三聖」、「屋代本」は、「両所三聖、山王七社」とある。両所は、山王七社のうち、大宮、二宮をいう。三聖はこれに聖真子《しようしんじ》を加える。

香染《かうぞめ》　丁子《ちようじ》で染め、淡紅に黄を加えた茶褐《かつ》色。丁子染めともいう。僧衣のなかの最高位の色。　**しぼりもあへ給はねば**　すっかりしぼりきることもできないほど涙にぬれること、「あへ」は動詞連用形に続いて、……しきれる、すっかり……するの意。　**わらんづ**　わらじ。

戒浄坊《かいじやうばう》の阿闍梨《あじやり》祐慶《いうけい》　伝不詳。阿闍梨は弟子の指導にあたりその師範となるべき高僧の敬称。『源平盛衰記』には「此の僧は本園城寺《もとをんじやうじ》の衆徒《しゆと》にて、よき学匠也《がくしやうなり》けり。倶舎《ぐしや》、成実《じやうじつ》の性相より、法相、天台の深義を極め、顕密両宗に亘《わたつ》て、三院三井《ゐ》の法燈也《ほふとうなり》けるが、大慢偏執《まんへんしふ》の者にて我執《がしふ》強き僧也。我寺山徒《さんと》の為にあざむかるゝ事、生々世々《しやうじやうせぜ》の遺恨《ゐこん》に思《おもひ》けるが、妄念《まうねん》晴れ難く覚《おぼえ》て、よしよし此寺《このてら》にあればこそ、此《こ》の思《おもひ》もあれ、不《じ》レ如《しか》山門に移住せんにはと変改《へんかい》して、住馴《すみなれ》し三井《みゐ》の流を打捨て、西塔院《さいたふゐん》へぞ渡《わたり》にける」とある。　**大荒目《おほあらめ》**　幅広く厚めの札《さね》を太い革で荒目に綴じたもの。　**かねまぜたる**　革を重ねて、間に鉄の札《さね》を入れたもの。　**草摺《くさずり》なが**　鎧《よろい》の胴の下に前後左右に垂れている部分を草摺といい、これを長く垂れ下げるように着ること。　**法師原《ばら》**　「ばら」は人を示す名詞について、複数、あるいはその人の仲間、階層、境涯の範囲をあらわす。　**前輿《さきごし》かいて**　輿の前部の轅《ながえ》をかついで。　**見いからかし**　眼を大きくみひらいて激しい視線でみること。　**東坂《ひんがしざか》**　東坂本から比叡山東塔に至る坂路。

【解説】

天台座主は、刑を科せられても、やはり体制の人である。不法な処罰でありながら、その秩序は重んじ、これに服従しようとしている。「勅勘《ちょくかん》の者は、月日の光にだにもあたらず」という古代的軌《き》範《はん》にてらして、自己の立場を定めようとする明雲《めいうん》であるが、大衆《だいしゅ》はすでにその体制の秩序を越えて行動している。むしろ、体制そのものを、彼らの意志のままに動かそうとさえしているのである。衆徒による奪還を拒めなくなった明雲は、流人《るにん》の身という意識から、衆徒のかつぐ輿《こし》に乗ることを躊躇《ちゅうちょ》するが、衆徒の集団のなかから現われた祐慶《ゆうけい》に叱咤《しった》されて、たちまち輿にのり、一気に叡山へと帰還することになる。丈《たけ》七尺の、いかつい鎧《よろい》姿の祐慶が、その敏速な行動力で、逡《しゅん》巡《じゅん》する座主をひきたてるさまや、「人はかはれども、祐慶はかはらず」前輿《さきごし》をかついで、平地を行くように山の坂路を登っていく状景など、躍動的で迫力ある叙述である。

一行《いちぎやう》阿闍梨《あじやり》之《の》沙汰《さた》（三）

大講堂《だいこうだう》の庭に輿《こし》かきすゑて僉議《せんぎ》しけるは、「抑《そもく〵》我等《われら》、粟津《あはづ》に行き向つて、貫首《くわんじゆ》をばうばひとどめ奉《たてまつ》りぬ。既《すで》に勅勘《ちよくかん》を蒙《かうぶ》（ッ）て流罪《るざい》せられ給ふ人を、とりとどめ奉（ッ）て、貫首にもちひ申さん事、いかがあるべからん」と僉議《せんぎ》す。戒浄坊《かいじやうばう》の阿闍梨《あじやり》、又先のごとくにすすみ出でて僉議しけるは、「夫当山《それたうざん》は、日本無双《ぶさう》の霊地《れいち》、鎮護国家《ちんごこくか》の道場《だうぢやう》、山王の御威光《ごゐくわう》盛んにして、仏法王法《ぶつぽふわうぼふ》牛角《ごかく》なり。されば衆徒《しゆと》の意趣に至るまでならびなく、いやしき法師原《ほふしばら》までも世も（ッ）てかろしめず。況《いはん》や智恵《ちゑ》高貴にして、三千の貫首たり。今は徳行《とくぎやう》おもうして、一山の和尚《わじやう》たり。罪なくしてつみをかうぶる、是山上《これさんじやう》洛中《らくちゆう》のいきどほり、興福《こうぶく》園城《をんじやう》のあざけりにあらずや。此時顕密《このときけんみつ》の主《あるじ》をうしな（ッ）て、数輩《すはい》の学侶《がくりよ》、蛍雪《けいせつ》のつとめおこたらむこと心うかるべし。せんずる所、祐慶張本《ちやうぼん》に称ぜられて、禁獄《きんごく》流罪《るざい》もせられ、かうべをはねられん事、今生《こんじやう》の面目《めんぼく》、冥途《めいど》の思出《おもひで》なるべし」とて、双眼《さうがん》より涙をはらはらとながす。大衆尤《もつと》もく〵とぞ同じける。それよりしてこそ祐慶は、いかめ房《ばう》とはいはれけれ。其弟子に恵慶律師《ゑけいりつし》をば、時の人、こいかめ房《ばう》とぞ申しける。

【現代語訳】


比叡山東塔《ひえいざんとうとう》にある大講堂の庭に輿《こし》をおろして、大衆《だいしゅ》はまた評議し、

「我々は、粟津《あわづ》に出向いて、座主《ざす》を奪還し奉ってきたが、すでに勅勘《ちょっかん》をうけて流罪《るざい》になされた人を、おしとどめ奉って、ふたたび座主にいただくのは、どういうものであろうか」

と提議する。戒浄坊《かいじょうぼう》の阿闍梨《あじゃり》が、また先のようにすすみ出て、

「当山は、日本に並びない霊地であり、鎮護国家の道場である。山王権現《さんのうごんげん》の御威光は盛んで、仏法も王法も対等、なんの優劣もない。したがって、衆徒の見識にいたるまで並びなくりっぱであり、賤《いや》しい法師たちでさえ、世間に軽く扱われていないのである。ましてや、明雲《めいうん》僧正は知恵も高貴で、三千人の衆徒の統率者であり、今は、徳行重い一山の授戒の師である。この座主が、罪なくして処罰されるのは、山上、洛中《らくちゅう》の憤《いきどお》りであり、興福寺《こうふくじ》、園城寺《おんじょうじ》の嘲《あざけ》りを招くところではないか。いま、この顕教密教兼学の主《あるじ》を失うことによって、数多くの学僧の勉学の怠りになることはなんとも残念なことである。結局のところ、この祐慶《ゆうけい》が、座主《ざす》奪還の首謀者として、禁獄流罪《るざい》にされ、首をはねられようと、この世の面目であり、冥途《めいど》の思い出となろう」

と言って、両眼から涙をはらはらと流した。大衆はみな、もっともだと賛同した。それ以来、この祐慶《ゆうけい》を、「いかめ房《ぼう》」と呼ぶようになった。その弟子の恵慶律師《えけいりっし》は、「こいかめ房」

といわれた。

【語釈】

大講堂《だいこうだう》 比叡山東塔《ひえいざんとうとう》にあり、説教・講義をする堂。義真《ぎしん》和尚の創建になり、本尊は大日如来。**鎮《ちん》護国家《ごこくか》の道場《だうぢやう》** 『仁王経《にんのうぎやう》』『金光明経《こんこうみやう》』『守護国界経』などで国家を鎮護する法が説かれており、この法を修する寺院を鎮護国家の道場という。**仏法王法牛角《ぶつぽふわうぼふごかく》** 仏の教えも国王の定めた法も対等で優劣のないこと。牛角は、牛の角の相並ぶことからいう。**一山の和尚《わじやう》** 比叡一山の授戒の師。和尚は律宗の読みに準じて「わじやう」とよむ。**数輩《すはい》の学侶《がくりよ》** 数多の仏教の学問を修める僧侶たち。**蛍雪《けいせつ》のつとめ** 勉学のこと。晋《しん》の車胤《しやいん》は、夏、蛍を集めた光で書を読み、孫康《そんこう》は冬、雪の明りで読書したという晋書《しんじよ》の伝える故事による。**張本《ちやうぼん》に称ぜられ** 首謀者に目《もく》され。**いかめ房《ばう》** いかめしい、はげしく恐ろしい僧、の意。

【解説】

「勅勘《ちよくかん》を蒙《かうぶ》つて流罪《るざい》せられ」た人を座主《ざす》にいただくことをためらう衆徒《しゆと》もあって、法にさからって奪い返したものの、山門側は古代的秩序をまったく無視していたわけではない。しかし、ここでも祐慶《ゆうけい》は、前面にでて、山門の宗教的権威を説き、流罪《るざい》の不法を訴え、この事件の全責任を負うことを主張して、大衆の賛同を得るのである。「いかめ房」のあだ名はこの剛毅な祐慶の風貌《ふうぼう》と行動にふさわしい称呼であり、話題の人物として、その行為がひろく伝承されていくなかで、つけられたものであろう。それに付随して、弟子を「こいかめ房」と呼んだというが、「屋代本」などには記されていない。

一行阿闍梨《いちぎやうあじやり》之《の》沙汰《さた》（四）

大衆《だいしゆ》、先座主《せんざす》をば、東塔《とうだふ》の南谷《みなみだに》、妙光房《めうくわうばう》へ入《い》れ奉《たてまつ》る。時の横災《わうざい》は、権化《ごんげ》の人ものがれ給はざるやらん。昔大唐《だいたう》の一行阿闍梨《いちぎやうあじやり》は、玄宗皇帝《げんそうくわうてい》の御持僧《ごぢそう》にておはしけるが、玄宗の后《きさき》、楊貴妃《やうきひ》に名をたち給へり。昔もいまも、大国も小国も、人の口のさがなさは、跡かたなき事なりしかども、其疑《そのうたがひ》によ（ッ）て、果羅国《くわらこく》へながされ給ふ。

件《くだん》の国へは、三つの道あり。輪池道《りんちだう》とて御幸道《ごかうみち》、幽地道《いうちだう》とて雑人《ざふにん》のかよふ道、暗穴道《あんけつだう》とて重科《ぢゆうくわ》の者をつかはす道なり。されば彼一行阿闍梨《かのいちぎやうあじやり》は、大犯《だいぼん》の人なればとて、暗穴道《あんけつだう》へぞつかはしける。七日七夜が間、月日の光をみずして行く道なり。冥々《みやう〳〵》として人もなく、行歩《かうほ》に前途《せんど》まよひ、深々《しんしん》として山ふかし。只澗谷《ただかんこく》に鳥の一声《ひとこゑ》ばかりにて、苔《こけ》のぬれ衣《ぎぬ》ほしあへず。無実の罪によ（ッ）て、遠流《をんる》の重科をかうむる事を、天道《てんたう》あはれみ給ひて、九曜《くえう》のかたちを現《げん》じつつ、一行阿闍梨をまぼり給ふ。時に一行、右の指《ゆび》をくひき（ッ）て、左のたもとに九曜《くえう》のかたちをうつされけり。和漢両朝《わかんりやうてう》に、真言《しんごん》の本尊たる九曜の曼陀羅《まんだら》是《これ》なり。

【現代語訳】

大衆は前座主《ざす》明雲《めいうん》を、東塔《とうとう》の南谷、妙光房《みようこうぼう》にお入れした。神仏の生まれかわりといわれる人も、思いがけない災難は遁《のが》れられないのであろうか。昔、大唐の一行阿闍梨《いちぎようあじやり》は、玄宗皇帝《げんそうこうてい》の御持僧《ごじそう》であられたが、玄宗の后《きさき》、楊貴妃《ようきひ》との浮名がたった。昔も今も、国の大小を問わず、人の口はうるさいもので、事実無根のことであったが、その疑いによって果羅国《からこく》へ流されなさった。

この国に至るのに三つの道がある。輪池道《りんちどう》といって皇帝が行幸されるときの道、幽地道《ゆうちどう》という身分の低い庶民の通《かよ》う道、暗穴道《あんけつどう》といって重罪の者を送る道である。そこでこの一行阿闍梨《いちぎようあじやり》は大罪を犯した人であるからというので、暗穴道におもむかせたのである。七日七夜の間、月日の光も見えず歩きつづける道である。通う人もない暗黒の道で、進むにも方向に迷う、鬱蒼《うつそう》と茂る樹木におおわれた深い山の奥である。ただ谷間から鳥の一声が聞かれるだけで、露にぬれた僧衣のかわく間もない行程である。無実の罪によって、遠流《おんる》の重罪をうけたことを、天は憐《あわれ》みなさって、九曜《くよう》の星の光を照らして、一行阿闍梨を守られた。そのとき、一行は右の指を食い切って、その血で、左の袂《たもと》に九曜の形をうつしとられた。日本と中国両国で真言宗の本尊としている九曜の曼陀羅《まんだら》がこれである。

【語釈】

横災《わうざい》　思いがけない災難。　**権化《ごんげ》の人**　衆生済度《しゆじようさいど》のために神仏がかりにこの世に姿をかえてあらわれた、化身《けしん》の人。　**一行阿闍梨《いちぎやうあじやり》**　真言八祖の一人、唐の高僧で、大慧禅師と、諡《おくりな》された。『旧唐《くとう》書《じょ》』『宋高僧伝《そうこうそうでん》』『仏祖統紀《ぶつそとうき》』ほか多くの中国の書物にその伝があるが、流罪のことは所見なく、『平家物語』のほかには『宝物集《ほうぶつしゅう》』『太平記』『黒谷源空上人伝』ほか、日本の諸書に流罪のことが記されている。

御持僧《ごぢそう》　皇帝の身体護持の加持祈禱をする僧。　**さがなさ**　うるささ。たちの悪さ。　**果羅国《くわらこく》**　「延慶本」「長門本」「屋代本」などは「火羅国」とする。吐火羅国《とからこく》の略か。『西域記』に「覩貨邏国《とからこく》」とある。　**冥々《みやうくく》**　暗いさま。　**行歩《かうほ》に前途《せんど》まよひ**　行く先暗く歩行に迷うこと。　**深々《しんしん》として**　樹木の繁茂するさま。　**澗谷《かんこく》**　谷間。澗は谷水のこと。　**苔《こけ》のぬれ衣**　露と涙にぬれた僧衣と、無実の罪をうけたことをいうぬれ衣とをかけている。苔の衣は僧衣のこと。

天道《てんたう》　天の神。　**九曜《くえう》**　日月木火土金水の七曜に羅睺《らご》星と計都《けいと》星を加えた、九曜星のこと。　**九曜《くえう》の曼陀羅《まんだら》**　九曜ならびにその眷属《けんぞく》の神像を図にした曼陀羅。曼陀羅は密教においてさまざまな修法《ずほう》の本尊とする、諸菩薩《ぼさつ》像を布列した絵図。一行《いちぎやう》の修述になる『梵天火羅九曜《ぼんでんからくよう》』があり、巻尾に「梵天火羅図一帳」を付している。「延慶本」に「火羅《くわら》の図とて我朝《わがてう》までも世に流布《るふ》する九曜《くえう》の曼荼羅《まんだら》と申《まうす》は即是也《すなはちこれなり》」とあるのが、これに当るものであろう。

【解説】

いかなる高徳の僧でも、時に不慮の災厄にあい、無実の罪に問われて、流刑されることがあったということの関連で、中国の唐の時代の一行阿闍梨の挿話《そうわ》が挿入されている。この説話の典拠は不明であるが、『正源明義抄』に「晨旦《しんたん》ノ一行ハ楊貴妃ニアダナヲトリ果羅国《くわらこく》ニオモムキシニ、九曜現《くえうげん》ジテミチヲテラス」とあること、『三国遺事』にもこの伝説に似た話があることを述べて、『平家物語略解』は「蓋《けだ》し此《この》説をなすもの平家物語を以て始《はじめ》とは定め難かるべし」としている。この挿話を独立させてみれば、九曜の曼陀羅《まんだら》の由来を説く縁起譚《えんぎたん》としての性格をもった一篇であるといえよう。

西光被斬《さいくわうがきられ》

さる程に、山門の大衆《だいしゆ》、先座主《せんざす》をとりとどむるよし、法皇きこしめして、いとどやすからずぞおぼしめされける。西光《さいくわう》法師申しけるは、

「山門の大衆《だいしゆ》、みだりがはしきう（ッ）たへ仕《つかまつ》る事、今にはじめずと申しながら、今度は以《もつ》ての外《ほか》に覚え候。これ程の狼藉《らうぜき》、いまだ承《うけたまは》り及び候はず。よく〳〵御《おん》いましめ候へ」

とぞ申しける。身のただいまほろびんずるをもかへりみず、山王《さんわう》大師の神慮にもはばからず、か様《やう》に申して、宸襟《しんきん》をなやまし奉る。讒臣《ざんしん》は国を乱《みだ》るといへり。実《まこと》なる哉叢《かなそう》蘭茂《らんも》からんとすれども、秋風《あきのかぜ》これをやぶり、王者《わうしや》明らかならんとすれば、讒臣《ざんしん》これをくらうすとも、かやうの事をや申すべき。

此事《このこと》新大納言成親卿《なりちかのきやう》以下、近習《きんじゆ》の人々に仰せあはせられて、山せめらるべしと聞えしかば、山門の大衆《だいしゆ》、「さのみ王地《わうち》にはらまれて、詔命《ぜうめい》をそむくべきにあらず」とて、内々院宣《ゐんぜん》に随《したが》ひ奉《たてまつ》る衆徒《しゆと》もありな（ン）ど聞えしかば、前座主《ぜんざす》明雲《めいうん》大僧正は、妙光房《めうくわうばう》におはしけるが、大衆二心《だいしゆふたごころ》ありと聞いて、

「つひにいかなる目にかあはむずらん」と、心ぼそげに宣《のたま》ひける。されども流罪《るざい》の沙汰《さた》はなかりけり。

【現代語訳】

さて、山門の大衆《だいしゅ》が前座主《ざす》を奪いとって叡山《えいざん》にひきあげたことを聞かれて、法皇はいよいよ心穏やかならずお思いになっておられたが、西光《さいこう》法師は、さらに、

「山門の大衆が、無法な訴えを起すことは、今に始まったことではありませんが、ことに今度のことは、以っての外の事と思われます。これ程の乱暴ぶりは、かつて聞いたこともありません。厳重に御処分なさるべきです」

と申し上げた。わが身の今にも滅びることも知らず、山王大師の神慮のほどもわきまえることなく、このようなことを申し立てて、法皇の御心を悩まし奉《たてまつ》った。讒臣《ざんしん》は国を乱すといわれている。まことに、叢生《そうせい》する蘭《らん》が茂っていくのを、秋の風が吹き破り、天子が聡明に政務にあたろうとすると、讒臣がこれを暗くおおってしまう、という詞《ことば》は、このような事をいうのであろう。

法皇はこの事を新大納言成親卿《なりちかきょう》以下、側近の人々に相談されて、比叡山《ひえいざん》を攻めよ、ということになったという風評がたつと、山門の衆徒のなかには、「天子の治める国土に生まれて、そう度々勅命を背くべきではない」として、内々、院宣《いんぜん》に随《したが》う者もあるということである。前座主明雲大僧正は、妙光房《みょうこうぼう》におられたが、大衆《だいしゅ》のなかに二心をもつ者があると聞い

て、

「ついにはどんな憂き目にあうことか」

と、心細げに言われた。しかし、ふたたび流罪《るざい》という処置はとられなかったのである。

【語釈】

宸襟《しんきん》 天子の心。 **叢蘭茂**《そうらんも》**からんとすれども** 『貞観政要』杜讒《とざん》篇に「叢蘭欲レ茂秋風敗レ之、王者欲レ明讒人《ざんじん》蔽レ之」（叢蘭茂からんと欲すれども秋風これを敗る。王者明らかならんと欲すれども讒人これを蔽《おお》う）とあり、『帝範』にも同文が見える。『古事談』所収の説話にひかれた一条院御手習の反古《ほご》にもある。

さのみ そのようにばかり。そういつも。「そむく」にかかる。 **二心**《ふたごころ》 裏切りの心。

【解説】

流罪になった前座主明雲《めいうん》を奪回する大衆の行動から、この情報をうけた院の側の対応へと、叙述の対象がうつされ、厳しい処罰を要求する西光の言葉をしるして「讒臣《ざんしん》」として批判している。やがて起る事件を先取りして「身のただいまほろびんずるをもかへりみず」と、西光の運命を予告してもいる。院の側からの「山せめらるべし」との方針や、山門の大衆の、詔命に従おうとする妥協の動きが示されながらも、前座主に対する「流罪《るざい》の沙汰《さた》はなかりけり」という処置によって、巻第一の「鵜川軍《うかはいくさ》」から続いてきた山門対院庁の抗争は、一応のピリオドが打たれることになる。

明雲《めいうん》の配流と大衆による奪回事件は、『玉葉』五月二十二日条に「去夜前僧正明雲、伊豆国に配流せられ了《をはん》ぬ。上卿《しやうけい》別当は右少弁《うせうべん》光雅等奉行《ぶぎやう》なり」、二十三日条に「申刻《さるのこく》人伝へて云《いふ》、前座主《ざす》下向《げかう》の間、大衆勢多《せた》の辺りに於て奪取《うばひと》り、登山《とうざん》し了《をはん》ぬ」と記して、「およそ言語の及ぶ所に非《あら》ず、偏《ひとへ》に天魔の所為《しよゐ》か、一宗の滅亡の時已《すで》に至る、哀《あはれみ》て余り有り」と嘆くとともに、もとより東国に遣わされることが希異《きい》の事だとしている。この日の条は「此《こ》の上は東西の坂下を堅《かた》めて、叡山《えいざん》を攻めらるべし……」と結ばれている。二十九日の条には「人伝て云《いふ》、大衆明雲を奪取《だつしゆ》の後《のち》、近日沙汰《さた》の事等有り、京中《きやうぢゆう》兵器を帯して往還《わうくわん》の輩、之を搦《から》め取る可《べ》し」と不穏な状況を記し、僧綱《そうごう》らを派遣して、明雲をわたすことと謀反の意趣を問いただすべく登山させたこと、昨日清盛が参院して御対面あり、東西の坂を堅《かた》めて山を攻めるべき議が一定したが、清盛は内心悦《よろこ》ばなかったと記している。しかし六月に入ると、その一日、突如西光の逮捕事件が記されることになる。

西光被斬《さいくわうがきられ》（二）

新大納言成親卿《なりちかのきやう》は、山門の騒動によ（ッ）て、私《わたくし》の宿意《しゆくい》をば、しばらくおさへられけり。そも内義《ないぎ》したくはさま〴〵なりしかども、義勢《ぎせい》ばかりでは、此謀反《このむほん》かなふべうも見えざりしかば、さしもたのまれたりける多田蔵人行綱《ただのくらんどゆきつな》、此事無益《このことむやく》なりと思ふ心つきにけり。弓袋《ゆぶくろ》の料《れう》におくられたりける布どもをば、直垂《ひたたれ》かたびらに裁ちぬはせて、家子郎等《いへのこらうどう》どもに着せつつ、目うちしばだたいてゐたりけるが、倩《つら〳〵》平家の繁昌《はんじやう》する有様をみるに、当時たやすくかたぶけがたし。よしなき事にくみして（ン）げり。若《も》し此事《このこと》もれぬる物ならば、行綱《ゆきつな》まづうしなはれなんず。他人の口よりもれぬ先に、かへり忠《ちゆう》して、命《いのち》いかうど思ふ心ぞつきにける。

同《おなじき》五月廿九日のさ夜ふけかたに、多田蔵人行綱《ただのくらんどゆきつな》、入道相国《しやうこく》の西八条《にしはつでう》の亭《てい》に参《まゐ》(ッ)て、

「行綱こそ申すべき事候間《あひだ》、参(ッ)て候へ」

といはせければ、入道、

「常にも参らぬ者が参じたるは何事ぞ。あれ聞け」

とて、主馬判官盛国《しゆめのはんぐわんもりくに》をいだされたり。

「人伝《ひとづて》には申すまじき事なり」

といふ間《あひだ》、さらばとて、入道みづから中門《ちゆうもん》の廊《らう》へ出《い》でられたり。

「夜ははるかにふけぬらむ。ただ今いかに、何事ぞや」

と宣《のたま》へば、

「昼は人目のしげう候間《あひだ》、夜にまぎれて参(ッ)て候。此程院中《このほどゐんぢゆう》の人々の、兵具《ひやうぐ》をととのへ、軍兵《ぐんびやう》を召され候をば、何《なに》とかきこしめされ候」

「それは、山攻めらるべしとこそ聞け」

と、いと事もなげにぞ宣《のたま》ひける。行綱《ゆきつな》ちかうより、小声にな(ッ)て申しけるは、

「其儀では候はず。一向御《いつかうご》一家《いつけ》の御《おん》上とこそ承り候へ」

「さてそれをば法皇もしろしめされたるか」

「子細にやおよび候。成親卿《なりちかのきやう》の軍兵《ぐんびやう》召され候も、院宣《ゐんぜん》とてこそ召され候へ」

俊寛《しゆんくわん》がとふるまうて、康頼《やすより》がかう申して、西光がと申してな（ン）どいふ事共《ことども》、はじめよりありのままにはさし過ぎていひ散《ちら》し、

「暇《いとま》申して」

とて出《い》でにけり。

入道大《おほ》きに驚き、大声をも（ッ）て、侍共《さぶらひども》よびののしり給ふ事、聞くもおびたたし。行綱なまじひなる事申し出《いだ》して、証人にやひかれんずらんと、おそろしさに、大野《おほの》に火をはな（ッ）たる心地《ここち》して、人もおはぬにとり袴《ばかま》して、いそぎ門外へぞにげ出《い》でける。


【現代語訳】

新大納言成親卿《なりちかきよう》は、山門の騒動のために、かねてから企てていた平家打倒の謀《はかりごと》を実行にうつすことを、しばらく抑えておられた。それも、内々の打合せや準備は、いろいろと行なわれてはいたが、実力のともなわない勢《ぜい》ばかりでは、この謀反が成功するとは思われなかったので、ふかく頼みにされていた多田蔵人行綱《ただのくろうどゆきつな》は、この一件はとても見込みがないと思うようになった。弓袋《ゆぶくろ》の料《りよう》にと成親《なりちか》から贈られていた布などは、直垂《ひたたれ》や帷子《かたびら》を作らせて、家子郎等《いえのころうどう》らに着させ、思案をめぐらしていたが、平家の威勢の盛んなさまを見ると、とても今これ

を滅ぼすなどとは容易なことではない、つまらぬことに加担してしまったものだ、もしこの事が洩れでもしたら、まずこの行綱が殺されることになろう。他人の口から洩れる前に、返り忠して、自分の命を全《まっと》うしよう、と決心したのであった。

同（治承元年）五月二十九日の夜更けがたに、多田蔵人行綱《ただのくろうどゆきつな》は、入道相国《しょうこく》の西八条の邸に参って、

「行綱が申し上げるべき事がありまして、参りました」

と申し入れると、入道は、

「日ごろ参ったこともない者が来たというのは何事であろう。聞いてこい」

といって、主馬判官盛国《しゅめのはんがんもりくに》を出された。

「人伝《づ》てには申し上げられない事です」

というので、それでは、と入道は自《みずか》ら中門の廊《ろう》へ出ていかれた。

「夜もだいぶ更けたこんな時刻に、いったい何事か」

と言われると、

「昼は人目が多いので、夜にまぎれて参上いたしました。このごろ院中の人々が、武具をととのえ、軍兵を召し集めておりますのを、何のためとお聞きになっておられますか」

「それは、比叡山を攻められるお考えであろう」

と、事もなげに言われた。行綱は近寄って、小声で、

「さような事ではございません。まったく平家御一門のうえのことと承っております」

「それは、法皇も御存じのことか」

「言うまでもありません。成親卿《なりちかきょう》が軍兵を集めておられますのも、院宣《いんぜん》といって召集されております」

と言って、俊寛《しゅんかん》がこのような行動をとり、康頼《やすより》はこんな事をいい、西光《さいこう》はこう申したてたなどということを、始めから事実以上に大袈裟《おおげさ》に述べたてて、

「それではお暇《いとま》申します」

と言って出て行った。

入道は大いに驚いて、大声で侍たちを呼びたてられたが、そのすさまじさは大変なものであった。行綱は、うかつなことを申し出て証人に引かれはしないかと恐れをなし、広い野に火を放ってしまった気持がして、追う人もないのに、袴《はかま》の股立《ももだち》をとり、大急ぎで門外へ逃げ出した。

【語釈】

私《わたくし》の宿意《しゅくい》　個人的な以前からの意向。**内義《ないぎ》**　内々の相談。「義」は正しくは「議」。**義勢《ぎせい》**　「擬勢」実力のないみせかけの勢《ぜい》。**かたびら**　直垂《ひたたれ》の下に着る、糊《のり》をこわくした白い単《ひとえ》の衣。**目うちしばだたいて**　目をぱちぱちさせて。思案するさまの形容。**倩《つらつら》**　よくよく。**かへり忠《ちゅう》**　味方を裏切って敵に忠をつくすこと。**命いかうど**　命を助かろうと。「いかうど」は「生かむと」の音便。

主馬判官《しゅめのはんぐわん》　盛国《もりくに》　平正度《たいらのまさのり》の孫、季衡《すえひら》の子。主馬判官は、東宮の内の御馬のことを奉行《ぶぎょう》する主馬署《うまのつかさ》の

長官である主馬首《うまのかみ》で検非違使尉《けびいしのじょう》を兼ねた者。 **中門《ちゅうもん》の廊《ろう》** 対屋《たいのや》から中門にいたる渡り廊下。 **一向《いっかう》**すべて、もっぱら。 **子細にやおよび候** 詳しい事情を申し述べるまでもない、の意。 **なまじひなる事** 余計なこと、うかつなこと。 **とり袴《ばかま》** 走りやすいように袴の股立《ももだち》を取ること。

【解説】

後白河院の側近、成親《なりちか》・西光《さいこう》らによる平家打倒の決断が謀議としていつ行われたのか、その史実としての日付けはわからないが、その間に山門と院庁との紛争が起って、『平家物語』は、もっぱらこの事件の展開を追って叙述がすすめられてきた。そして、これが一応の落着《らくちゃく》をみた時点で、成親らの隠謀が多田蔵人行綱《ただのくろうどゆきつな》の密告によって露見し、以下、清盛のこの一件にくみした院の近臣らに対する処断の叙述で物語が進展する、という構想をとっている。史実は、『玉葉』治承元年五月二十九日に記されているように、山門との抗争は終焉《しゅうえん》したわけではなく、叡山を攻める議が決定されたのであるが、平家と院の近臣の事件のために、山門に対する攻略は実行されなかったのである。行綱の詞《ことば》に、「それは、山攻めらるべしとこそ聞け」と清盛が答えた背景には、院の側のそのような動きがあったことが知られる。

行綱の密告については、『百錬抄』治承元年六月一日条に「成親卿已下有二密謀一之由、源行綱告二言入道相国一云々《うんぬん》」（成親卿已下《いげ》密謀あるの由、源行綱入道相国に告げ言う云々）と記されており、また、『愚管抄《ぐかんしょう》』には行綱は福原にいた清盛のもとに行って告げた、としている。しかし清盛が京都にいたことは、五月二十八日に参院して後白河法皇に対面しており、六月一日には八条邸で召取った西光を尋問している『玉葉』の記事から判定しうる。

成親らに平家追討の軍事力として頼みにされ与力しながら、その無謀な企てに危険を感じた行綱が密告する場面、清盛と対面し問答する経過や、清盛の激しい怒りにおそれて、「大野に火をはな（ッ）たる心地《ここち》」で遁《のが》れ出る行綱の心理など、よく描き出されている。

西光被斬《さいくわうがきられ》（三）

入道まづ貞能《さだよし》を召して、

「当家かたぶけうどする、謀反《むほん》のともがら、京中にみち〳〵たんなり。一門の人々にもふれ申せ。侍どももよほせ」と宣《のたま》へば、馳《は》せまは（ッ）てもよほす。右大将《うだいしやう》宗盛卿《むねもりのきやう》、三位中将《さんみのちゆうじやう》知盛《とももり》、頭中将《とうのちゆうじやう》重衡《しげひら》、左馬頭《さまのかみ》行盛《ゆきもり》以下《いげ》の人々、甲冑《かつちう》をよろひ、弓箭《きゆうせん》を帯《たい》し馳《は》せ集る。其外《そのほか》軍兵《ぐんびやう》、雲霞《うんか》の如《ごと》くに馳《は》せつどふ。其夜《そのよ》のうちに、西八条《にしはつでう》には、兵共《つはものども》六七千騎もあるらむとこそ見えたりけれ。

あくれば六月一日なり。いまだくらかりけるに、入道、検非違使《けんびゐし》安倍資成《あべのすけなり》をめして、

「き（ッ）と院の御所へ参れ。信業《のぶなり》をまねいて申さんずるやうはよな、『近習《きんじゆ》の人々、此《この》一門をほろぼして、天下《てんが》を乱《みだ》らんとするくはたてあり。一々に召しと（ッ）て、尋ね沙汰《さた》仕《つかまつ》るべし。それをば、君もしろしめさるまじう候』と、申せ」

とこそ宣《のたま》ひけれ。資成《すけなり》いそぎ御所《ごしよ》へはせ参り、大膳大夫信業《だいぜんのだいぶのぶなり》よびいだいて、此由申《このよし》す
に、色をうしなふ。御前《ごぜん》へ参(ッ)て此由奏聞《そうもん》しければ、法皇、
「あは、これらが内々《ないない》はかりし事のもれにけるよ」
とおぼしめすにあさまし。
「さるにても、こは何事ぞ」
とばかり仰せられて、分明《ふんみやう》の御返事もなかりけり。資成いそぎ馳せ帰(ッ)て、入道
相国《しやうこく》に此由申せば、
「さればこそ、行綱はまことをいひけり。この事行綱知らせずは、浄海安穏《じやうかいあんをん》にあるべ
しや」
とて、飛騨守景家《ひだのかみかげいへ》、筑後守貞能《ちくごのかみさだよし》に仰せて、謀反《むほん》の輩《ともがら》からめとるべき由、下知《げち》せら
る。仍《よつ》て二百余騎、三百余騎、あそここにおし寄せおし寄せからめとる。

【現代語訳】

入道はまず貞能《さだよし》を呼び、
「当家を滅ぼそうとする謀反の者どもが、京じゅうに満ち満ちている。一門の人々に触れ回
れ。侍どもを召集せよ」
と命じられたので、貞能はただちに告げまわり、武士を召集した。右大将宗盛卿《むねもりきやう》、三位中将

知盛《とももり》、頭中将《とうのちゅうじょう》重衡《しげひら》、左馬頭《さまのかみ》行盛《ゆきもり》以下の人々が、甲冑《かっちゅう》に身をかため、弓矢をとって駆け集ってくる。そのほか軍兵は、雲霞のように大挙して参集した。その夜のうちに、西八条に集結した兵どもは、六七千騎もあろうかと見えた。

明けると、六月一日である。まだ暗いうちに、入道は検非違使《けびいし》安倍資成《すけなり》を呼んで、「急ぎ、院の御所へ参れ。信業《のぶなり》を呼び出し申し入れるのだ。『側近の人々が、この平家一門を滅ぼし、天下を乱そうと企てております。一人一人召しとって尋問し処分いたします。それについては、君も干渉なさらないでいただきたい』と、申せ」と申しつけた。資成は、急ぎ御所に参って大膳大夫《だいぜんのだいぶ》信業《のぶなり》を呼び出し、この事を申し伝えると、信業は顔色を変えて法皇の御前に参り、この由を奏上した。法皇は、「ああ、彼らが内密に企てた計画が洩れてしまったな」と内心驚かれたが、「それは、いったいどういうことなのか」とばかり仰せられて、はっきりとした御返事をなさらなかった。資成はただちに馳せ帰って、入道相国《しょうこく》にこの事を報告すると、

「確かに、行綱は真実を述べたのだ。この事を行綱が知らせてこなかったら、浄海は無事でいられようか」

と言って、飛騨守《ひだのかみ》景家、筑後守《ちくごのかみ》貞能に仰せつけて、謀反にくみした人々を逮捕することを命じられた。そこで、二百余騎、三百余騎の平家の軍勢が、あちこちに押し寄せて、つぎつぎに捕縛していった。

【語釈】
貞能《さだよし》　平家貞の子。『尊卑分脈《そんぴぶんみやく》』には、「従五位下、筑前守《かみ》」とある。平 正度《たいらのまさのり》の子孫。父子ともに、忠盛、清盛に家《いえ》の子《こ》として仕えた。　**かたぶけうどする**　ひっくりかえそうとする、覆滅しようとする。　**たんなり**　「たるなり」の音便。　**もよほす**　召集する。
三位中将知盛《さんみのちゆうじやうとももり》　清盛の四男。仁平《にんぺい》二年（一一五二）生。仁安三年（一一六八）権《ごんの》左中将、安元三年（一一七七）従三位。　**頭中将重衡《とうのちゆうじやうしげひら》**　清盛五男。保元元年（一一五六）生。治承四年（一一八〇）蔵人頭《くろうどのとう》、同五年左近権《ごんの》中将。頭中将は近衛中将で蔵人頭を兼任するものをいう。重衡は当時この官職ではなかった。　**左馬頭行盛《さまのかみゆきもり》**　清盛の二男基盛《もともり》の子。治承三年（一一七九）左馬頭。左馬頭は御所の厩《うまや》の馬や馬具、諸国の牧場の馬の事などをつかさどる左馬寮の長官。
検非違使安倍資成《けんびゐしあべのすけなり》　『玉葉』治承二年十二月十五日の条に記された坊官除目《じもく》に「少属《せうさかん》正六位上《のじやう》安陪朝臣資成　兼検非違使左衛門尉《さゑもんのじよう》」とある。　**き（ッ）と**　動作の速さを表わす急いでの意と、まちがいなく、確かに、の意。　**信業《のぶなり》**　『玉葉』安元二年一月三十日の除目《じもく》入眼の条に「大膳大夫従四位上《だいぜんのだいぶじゆしゐのじやう》平朝臣信業《たひらのあそんのぶなり》」とあり、「信業大膳大夫又以て眼を驚かすか」と記されている。大膳大夫は、臣下に賜わる饗膳の事を掌《つかさど》る大膳職《しき》の長官。
よな　感動を表わす間投助詞「よ」に、終助詞「な」の添ったもの、念を押しながら話をすすめるときに用いる。……だな。　**沙汰《さた》**　理非・善悪を裁定すること、処置すること。　**しろしめさる**　気におかけになる、干渉なさる。　**あは**　はっと気がついたり驚いたりするとき発する感動詞。ああ、さては。　**あさまし**　ただ驚くばかりだ。　**さるにても**　それはそれとしても。それにしても。　**安穏《あんをん》**　安泰、無事。

飛驒守景家《ひだのかみかげいへ》　上総介《かずさのすけ》藤原忠清の弟、悪七兵衛景清《かげきよ》の叔父にあたる。『玉葉』には、治承四年十一月二十一日の条に、「飛驒守景家　彼の家の後見、有勢の武勇の者なり」と記し、寿永二年（一一八三）六月五日の条にも、盛俊、忠経等とともに「彼家第一之勇士等なり」とある。

【解説】

行綱の密告により、院とその近臣の反平氏の動きを知ると、ただちにこれと対処する清盛の果断な行動力が叙述される。行綱が「当時たやすくかたぶけがたし」と思案したとおり、平家一門の結束は固く、宗盛、知盛、重衡らは即刻、武装して馳せ参じ、軍事力も強大で、その夜のうちに六七千騎の兵が参集した、と表現されている。翌六月一日、未明のうちに院の御所に強硬な申し入れをするとともに、『玉葉』『百錬抄』にも記されている院の近臣らの逮捕へと、事件は迅速に進展していく。

西光被斬《さいくわうがきられ》（四）

太政入道《だいじやうのにふだう》、まづ雑色《ざふしき》をもつ（ッ）て、中御門烏丸《なかのみかどからすまる》の新大納言成親卿《なりちかのきやう》の許《もと》へ、「申しあはすべき事あり。き（ッ）と立寄り給へ」と、宣《のたま》ひつかはされたりければ、大納言我身《わがみ》のうへとは露《つゆ》知らず、「あはれ是《これ》は、法皇の山攻めらるべきよし、御結構《ごけつこう》あるを、申しとどめられんずるにこそ、御いきどほりふかげなり、いかにもかなふまじき物を」

とて、ないきよげなる布衣《ほうい》たをやかに着なし、あざやかなる車にのり、侍《さぶらひ》三四人召し具して、雑色牛飼《ざふしきうしかひ》に至るまで、常よりもひきつくろはれたり。そも最後とは後にこそ思ひ知られけれ。西八条ちかうな（ッ）てみ給へば、四五町に軍兵《ぐんびやう》みちみちたり。あなおびたたし、何事やらんとむねうちさわぎ、車よりおり門のうちにさし入（ッ）て見給へば、うちにも兵《つはもの》共《ども》、ひまはざまもなうぞみち〱たる。中門《ちゆうもん》の口におそろしげなる武士共《ども》あまた待ちうけて、大納言の左右《さう》の手をと（ッ）てひ（ッ）ぱり、

「いましむべう候やらん」

と申す。入道相国《しやうこく》簾中《れんちゆう》より見出《いだ》して、

「あるべうもなし」

と宣《のたま》へば、武士共《ども》十四五人、前後左右《さう》に立ちかこみ、縁の上にひきのぼせて、一間《ひとま》なる所におしこめて（ン）げり。大納言夢の心地《ここち》して、つやつや物もおぼえ給はず。供なりつる侍《さぶらひ》共《ども》、おしへだてられて、ちり〲になりぬ。雑色牛飼《ざふしきうしかひ》いろをうしなひ、牛車《うしくるま》をすてて逃げさりぬ。

さる程に、近江中将《あふみのちゆうじやう》入道蓮浄《にふだうれんじやう》、法勝寺《ほつしようじ》執行《しゆぎやう》俊寛《しゆんくわん》僧都《そうづ》、山城守基兼《やましろのかみもとかね》、式部大輔《しきぶのたいふ》正綱《まさつな》、平判官康頼《へいはうぐわんやすより》、宗判官信房《そうはうぐわんのぶふさ》、新平判官資行《しんぺいはうぐわんすけゆき》もとらはれて出《い》で来《き》たり。

【現代語訳】

太政入道は、まず雑色《ぞうしき》を使者として、中御門烏丸《なかみかどからすまる》の新大納言成親卿のもとへ、「相談いたしたいことがあります。至急お立ち寄り下さい」と申し入れられたので、大納言は自分の身にかかわることとはまったく知らず、

「ああ、これは法皇が比叡山《ひえいざん》を攻められる御計画があるのを、おとめしようというのであろう。法皇の御憤りはたいそう深いので、とても叶わぬことであろうが」と考えながら、しなやかできれいな狩衣《かりぎぬ》をゆるやかに着こなし、華麗な牛車《ぎっしゃ》に乗って、侍三四人を召し連れ、雑色《ぞう》牛飼《しきうしかい》まで、常日ごろより着飾らせて出かけた。これが最後の門出になったとは、後になって思い知ったことであった。

西八条近くなって、御覧になると、あたり四、五町は軍兵で満ち満ちている。たいへんな数の軍勢だが、何事であろうか、と胸騒ぎがして、車をおり門の中にはいられると、内にも軍兵がぎっしりと詰めかけている。中門の入口には猛々《たけだけ》しい武士が大ぜい待ちうけて、大納言の左右の手をとってひっぱり、

「縛《しば》り上げましょうか」

と言った。入道相国は御簾《みす》の中からこれを見て、

「そのようなことはしてはならぬ」

と言われたので、武士たちは十四五人、大納言をとり囲んで、縁の上にひき上げ、一間《ひとま》の部屋に押しこめてしまった。大納言は夢のような気持で、何の判断もできず、茫然《ぼうぜん》とされていた。供をしてきた侍たちは、武士たちにおしへだてられて、ちりぢりになってしまい、雑色

牛飼は青ざめ、狼狽《ろうばい》して、牛車を捨てたまま逃げ去った。

そのうちに、近江《おうみ》中将入道蓮浄《れんじょう》、法勝寺執行《ほっしょうじしゅぎょう》俊寛僧都《しゅんかんそうず》、山城守基兼《もとかね》、式部大輔《しきぶたいふ》正綱《まさつな》、平判官康頼《やすより》、宗判官信房《そうほうがんのぶふさ》、新平判官資行《すけゆき》も捕えられて、連行されてきた。

【語釈】

雑色《ざふしき》　蔵人所《くろうどどころ》、春宮坊《とうぐうぼう》、摂関大臣家等に仕え労務、雑役《ざつえき》を勤める者。　**御結構《ごけっこう》**　御計画。　**ないきよげ**　「ない」は「萎《な》え」の転訛《てんか》か。糊《のり》をつけず、しなやかに着なされてさっぱりした。　**布衣《ほうい》**　布製の狩衣《かりぎぬ》、貴族の略服。　**たをやか**　ものやわらかで優美なさま。　**ひきつくろはれたり**　服装などをとりつくろわれた、整えられた。　**ひまはざま**　透き間、「ひま」も「はざま」も同義。

あるべうもなし　「あるべくもなし」の音便。その必要はない、それには及ばぬ。　**一間《ひとま》なる所**　間口が一丈（約三メートル）ほどの狭い部屋。柱と柱との間を一間という。　**近江中将入道蓮浄《あふみのちゆうじやうにふだうれんじやう》**　以下の人物は、巻第一「鹿谷《ししのたに》」の章で「与力の輩《ともがら》誰々《たれたれ》ぞ」としてあげられていた。

【解説】

最初に平家打倒の陰謀の中心人物、成親《なりちか》のもとに使者がたてられるが、成親は、後白河法皇の叡《えい》山《ざん》を攻める企てに関連しての一件と思いこんで、清盛の邸《やしき》へ出向いていく。行綱《ゆきつな》に「それは、山攻めらるべしとこそ聞け」といった清盛の詞《ことば》と同様、院の庁と山門の対立が緊迫していた状況下、急転して院の庁の平家追討の企てが露見して、新たな葛藤《かっとう》へと事件が転換した、その推移が成親の身上の急変を通して描きだされている。西八条近辺のおびただしい軍勢の集結をみて、「何事やらんとむねうちさわ」いだ、という表現は、当面は山門との問題とは思っていたもののすでに平家に対する反抗を志していた成親の心理を適確にとらえている。

清盛の院の近臣逮捕と処断は『玉葉』安元三年六月一日から四日にいたる条に詳細に記述されている。「一日、人伝《ひとづて》に言ふ。今暁、入道相国八条亭に坐し、師光法師法名西光、法皇第一の近臣なり。加賀守師高の父を召し取り、之を禁固し、年来の間積む所の凶悪の事を問はる。並びに今度明雲《めいうん》を配流《はいる》し、及び万人を法皇に讒邪《ざんじや》す。此《か》くの如《ごと》きの了簡《れうけん》、非常不敵の事等と云々《うんぬん》。又今旦《こんたん》成親卿を招き寄せ、同じく以て禁錮《きんこ》し、殆んど面縛《めんばく》に及ぶと云々。武士洛中《らくちゆう》に充満し禁裏に雲集す。但《ただ》し院中寂寞《じやくまく》と云々。緈常《さいじよう》篇に絶し、記録するに遑《いとま》あらず。猶《なほ》院の近臣等、悉《ことごと》く以て搦《から》め取る可《べ》しと云々」「二日。去夜半、西光の頸《くび》を刎《は》ね了《をは》んぬ。又成親卿を備前国に流し遣《つかは》す。今日院中猶御《なほご》八講《はつこう》行はると云々。武士両三人を相副ふと云々。或は云ふ、西光尋問せらるるの間《かん》、入道相国《しやうこく》を危ぶむ可《べ》きの由、法皇及び近臣等謀議せしむるの由承伏す。又其の議定《ぎぢやう》に預るの人々の交名を注し申すと云々。彼の状に随《したが》ひて捕《とらへ》搦《からめ》らる可《べ》きの輩《はい》太《はなは》だ多しと云々。或は云ふ、成親路に於て失ふ可《べ》きの由と云々。又云ふ、左大将重盛平に申し請《う》くと云々。此の間、説縦横なり。実説を取り難きか」。さらに三日の条には、山門の大衆が一昨夕垂松の辺に下って清盛に使者を送り、敵を伐《う》たれたことに喜悦を示すとともに、一方を支えることを申し入れ、一方院中近習《きんじゆ》の人々は妻子資財をみな逃避させたことなどが記され、四日には「人伝《ひとづて》に言ふ。去夜亥《ゐ》の刻、入道の許《もと》に搦《から》め召すの輩《はい》六人云々。法勝寺《ほつしようじ》執行《しゆぎやう》僧都《そうづ》俊寛《しゆんくわん》、基仲法師、山城守《やましろのかみ》中原基兼、検非違使《けびゐし》左《さ》衛門尉《ゑもんのじよう》惟宗信房《これむねののぶふさ》、同 平佐行《たひらのすけゆき》、同 平康頼《たひらのやすより》、已上《いじやう》法皇近習《きんじゆ》の輩なり」とある。「覚一本」のあげる人物と若干相違があるが、「屋代本」「延慶本」などには、捕われたこれらの人名の列挙はない。『玉葉』の記す事実の骨子は、このあと「小教訓」「大納言死去」の章で、具体的に描かれている。

西光被斬《さいくわうがきられ》（五）

西光《さいくわう》法師此事《このこと》きいて、我身《わがみ》のうへとや思ひけん、鞭《むち》をあげ、院《ゐん》の御所法住寺殿《ごしよほふぢゆうじどの》へ馳《は》せ参《まゐ》る。平家の侍共《さぶらひども》、道にて馳《は》せむかひ、

「西八条《にしはつでう》へ召さるるぞ。き（ッ）と参れ」

といひければ、

「奏《そう》すべき事があ（ッ）て、法住寺殿へ参る。やがてこそ参らめ」

といひけれども、

「に（ッ）くい入道《にふだう》かな。何事をか奏すべかんなる。さないはせそ」

とて、馬よりと（ッ）てひきおとし、ちうにくく（ッ）て、西八条へさげて参る。日のはじめより、根元与力《こんげんよりき》の者なりければ、殊につよういましめて、坪《つぼ》の内にぞひ（ッ）するゑたる。入道相国《しやうこく》、大床《おほゆか》にた（ッ）て、

「入道かたぶけうどするやつが、なれるすがたよ。しやつここへひき寄せよ」

とて、縁のきはにひき寄せさせ、物はきながら、しや（ッ）つらをむず〳〵とぞふまれける。

「本《もと》よりおのれらがやうなる下﨟《げらふ》のはてを、君の召しつかはせ給ひて、なさるまじき

官職をなしたび、父子《ふし》ともに過分《くわぶん》のふるまひすると見しにあはせて、あやまたぬ天台の座主《ざす》、流罪《るざい》に申しおこなひ、天下《てんが》の大事ひき出いて、剰《あまつさ》へ此《この》一門ほろぼすべき、謀反《むほん》にくみして（ン）げるやつなり。ありのままに申せ」

とこそ宣《のたま》ひけれ。

西光《さいくわう》もとよりすぐれたる大剛《だいかう》の者なりければ、ち（ッ）とも色も変ぜず、わろびれたるけいきもなし、ゐなほりあざわら（ッ）て申しけるは、

「さもさうず。入道殿《にふだうどの》こそ過分の事をば宣《のたま》へ。他人の前は知らず、西光《さいくわう》が聞かんところに、さやうの事をばえこそ宣《のたま》ふまじけれ。院中《ゐんぢゆう》に召しつかはるる身なれば、執事の別当《べつたう》、成親卿《なりちかのきやう》の院宣《ゐんぜん》とてもよほされし事に、くみせずとは申すべき様《やう》なし。それはくみしたり。但《ただ》し耳にとどまる事をも宣《のたま》ふ物かな。御辺《ごへん》は、故刑部卿忠盛《こぎやうぶきやうただもり》の子でおはせしかども、十四五までは出仕もし給はず、故中御門藤中納言家成卿《こなかのみかどとうぢゆうなごんかせいのきやう》の辺《へん》に、たち入《い》り給ひしをば、京童部《きやうわらんべ》は、高平太《たかへいだ》とこそいひしか。保延《ほうえん》の比《ころ》、大将軍《たいしやうぐん》承り、海賊の張本《ちやうぼん》、卅余人からめ進ぜられし勧賞《けんじやう》に、四品《しほん》して四《し》位《ゐ》の兵衛佐《ひやうゑのすけ》と申ししをだに、過分とこそ時の人々は申しあはれしか。殿上《てんじやう》のまじはりをだにきらはれし人の子で、太政《だいじやう》大臣までなりあが（ッ）たるや過分なるらむ。侍《さぶらひ》品《ほん》の者の、受領《じゆりやう》、検非違使《けんびゐし》になる事、先例傍例《はうれい》なきにあらず。なじかは過分なるべき」

と、はばかる所もなう申しければ、入道《にふだう》あまりにいか（ッ）て物も宣《のたま》はず。しばしあ（ッ）て、

「しやつが頸《くび》、左右《さう》なうきるな。よく〳〵いましめよ」

とぞ宣《のたま》ひける。松浦太郎重俊《まつらのたらうしげとし》承つて、足手をはさみ、さま〴〵にいため問ふ。もとよりあらがひ申さぬうへ、糺問《きうもん》はきびしかりけり、残《のこ》りなうこそ申しけれ。白状《はくじやう》四五枚に記《き》せられ、やがて、

「しやつが口をさけ」とて口をさかれ、五条西朱雀《にしのしゆしやか》にしてきられにけり。

【現代語訳】

西光《さいこう》法師はこの事を聞いて、わが身にかかわることと思ったのであろう、ただちに馬に鞭《むち》うって、院の御《ご》所法住寺殿《しよほうじゆうじどの》へと駆《か》け向った。その途上、平家の武士たちの追及にであい、

「西八条へお呼びだぞ、すぐに参れ」と告げられると、

「奏上すべき事があって、法住寺殿へ参るところだ。そのあとで、すぐ参ろう」

とこたえたが、

「にっくい入道めが、何事を奏上しようというのか。そうは言わせぬぞ」

と、馬からひきずり落し、縛りあげ、吊《つる》したまま、西八条へはこびこんだ。事のはじめから首謀者として中心人物であるので、ことに強く縛《しば》って、坪庭《つぼにわ》の内にひき据えた。入道 相国《しようこく》

は、大床《おおゆか》に立って、

「入道にはむかい、当家を滅ぼそうとたくらむやつの、なれの果ての姿だな。そいつをここへひき寄せよ」

と命じて、縁のきわに引き寄せさせ、履物《はきもの》をはいたまま、西光の面《つら》をむずむずと踏《ふ》みつけられた。

「もともと、おまえのような下賤《げせん》の下郎を君が召し使われて、なされるべきでない官職につけられ、父子ともに分際《ぶんざい》に過ぎたふるまいをするとみていたが、ますます増長して、何の過失もない天台の座主《ざす》を、流罪《るざい》にするよう申し立て、天下の大事をひき起したうえ、さらに、この平家一門を滅ぼそうという謀反のたくらみにくみした奴《やつ》め。事実をありのままに申せ」

と言われた。西光は元来、人並すぐれた大剛《たいごう》の者であったので、いささかも顔色を変えず、悪びれた様子もない。居直って、嘲笑《ちょうしょう》し、

「いや、そうではありません。入道殿こそ身分に不相応なことを言われる。他人の前ならともかく、この西光の聞くところで、そのようなことを言われるべきではありません。院中に召し使われる身として、執事の別当成親卿《なりちかきょう》が院宣《いんぜん》といって軍兵を召集された事に参加しないとは申せません。それにはくみしました。しかし、聞き捨てにできぬことを言われるものです。あなたは、故刑部卿忠盛《ぎょうぶきょうただもり》の子でおられたが、十四、五までは宮中に出仕もなさらず、故中御門藤中納言家成卿《なかみかどとうかせいきょう》のもとに出入されていたのを、京わらんべは、高平太《たかへいだ》とあざけっていたではありませんか。

保延《ほうえん》のころ、大将軍の任を受けて、海賊の張本人を三十余人逮捕してきた勧賞《けんじょう》として、四位に叙され兵衛佐《ひょうえのすけ》になったのをさえ、過分のことと当時の人々は言いあったものです。殿上《てんじょう》人《びと》としての交わりをさえ嫌《きら》われた人の子で、太政大臣にまでなりあがったことこそ、過分というべきでしょう。侍としての身分の者が、受領《ずりょう》、検非違使《けびいし》になることは、先例や慣例のないわけではない。どうして過分といえましょう」

と、はばかるところなく言いたてた。入道はあまりの怒りに、ものも言われなかった。しばらくしてから、

「こいつの頸《くび》を、無造作《むぞうさ》に斬《き》るな。よくよく縛《しば》りつけておけ」

と言われた。松浦太郎重俊《しげとし》が命を受けて、手足をはさみ、きびしく拷問《ごうもん》した。もともと事実を隠し、否認しつづけようとしたわけではなかったうえ、尋問もきびしかったので、事のすべてを自白し、白状を四、五枚に記された。ただちに、

「そいつの口を裂け」と命じられ、口を裂かれて、五条西朱雀《すざく》で斬られたのであった。

【語釈】

奏《そう》すべかんなる 「べかんなる」は「べくあるなる」の転。何事を奏上すべきだというのか。**さないはせそ** そうは言わせるな。な……そは禁止の意を表わす。**ちうにくく（ッ）て** 縛って宙吊りにして。**日のはじめ** 事の始め、最初。**根元与力《こんげんよりき》の者** 根本からの協力者、首謀者。**坪** 《つぼ》建物の内側にある狭い庭、中庭。**大床《おほゆか》** 寝殿造の広廂《ひろびさし》を武家の邸で大床という。**しや** ののしる気持を表わす接頭語。

おのれ　相手を卑しめていう二人称、おまえ。　**下﨟《げらふ》のはて**　下衆《げす》、下人《げにん》のなかでも最低のもの。ののしっていう。　**なさるまじき官職**　任ぜられるべきはずのない官職。　**過分《くわぶん》**　身分不相応、分際を越えた。　**見しにあはせて**　見ていたが、ますます度が過ぎて。　**あやまたぬ**　過失のない、無実の。

わろびれたるけいき　気おくれし卑屈になる様子。　**ゐなほり**　座りなおして図太く構える。

さもさうず　「さも候はず」の転。そのようなことはありません、とんでもないことです、の意。

執事《しつじ》の別当《べつたう》　院中の雑務をつかさどる者、院司別当。　**耳にとどまる事**　耳に障ること、聞き捨てできないこと。　**御辺《ごへん》**　あなた。　**高平太《たかへいだ》**　『源平盛衰記』には「縄絃《なはを》の足駄《あしだ》はきて通《かよひ》給《たまひ》しかば、京童部《きやうわらんべ》は、高平太《たかへいだ》と云《いひ》て咲《わらひ》しぞかし」とあり、高足駄をはいた平家の太郎の意で、高平太といったもの。

保延《ほうえん》の比《ころ》　保延元年（一一三五）六月、平忠盛は海賊の首領を捕え、その賞として八月、子清盛が従四位下《じゆしいのげ》に叙された。　**大将軍《たいしやうぐん》**　賊を平定するために派遣される朝廷の軍の総指揮官。保延元年四月、忠盛は海賊追討使に任じられている。　**四品《しほん》して**　四位に叙せられて。「品《ほん》」は親王の位にいうが、ここは唐風の称呼を用いていった。　**侍品《さぶらひほん》の者**　品は身分、分際。侍としての身分の者。　**傍《はう》例《れい》**　慣例、ならわし。　**左右《さう》なう**　無造作《むぞうさ》に、簡単に。　**松浦太郎重俊《まつらのたらうしげとし》**　『平治物語』に藤原信頼の斬手として登場している。　**あらがひ**　さからう。いさかう。　**糺問《きうもん》**　罪を問いただすこと。　**白状**　罪人が自白した罪の事実を記した書類。

【解説】

後白河院の寵臣《ちようしん》として権勢を誇った西光《さいこう》と、平家一門をひきいて、貴族社会を圧倒する権力をわがものとした清盛の、正面きっての対決の場である。それも、西光の側《がわ》はすでに捕縛されて清盛の面前にひきすえられているという立場であるにもかかわらず、臆《おく》することなく、清盛に痛罵《つうば》を放っている。互いに、成りあがり者ときめつけているが、院政期の政界にみられた現象の典型的な事例が、ここに鮮かに表現されている。「物はきながら、しや（ッ）つらをむず〳〵とぞふまれける」という叙述や、西光の嘲罵《ちょうば》に、怒りのあまり物も言えないさまの表現などで、清盛のすさまじいばかりの激怒があらわされており、「もとよりすぐれたる大剛の者なりければ、ち（ッ）とも色も変ぜず、わろびれたるけいきもなし、ゐなほりあざわら（ッ）て」清盛を面罵《めんば》するふてぶてしさが、西光の人間像を躍如《やくじょ》としてうかびあがらせている。讒臣《ざんしん》として非難の的にされてきた西光は、こうして口を裂くという惨酷な仕打をうけて、斬られるのである。

西光被斬《さいくわうがきられ》（六）

嫡子前加賀守師高《さきのかがのかみもろたか》、尾張《をはり》の井戸田《ゐどた》へながされたりけるを、同国の住人、小胡麻郡司《をぐまのぐんじ》維季《これすゑ》に仰せてうたれぬ。次男近藤判官師経《こんどうはうぐわんもろつね》、禁獄せられたりけるを、獄より引きいだされ、六条河原にて誅《ちゆう》せらる。其《その》弟左衛門尉師平《さゑもんのじようもろひら》、郎等《らうどう》三人、同じく首《かうべ》をはねられけり。これらはいふかひなき者の秀《ひい》でて、いろふまじき事にいろひ、あやまたぬ天台座《ざ》主《す》、流罪《るざい》に申しおこなひ、果報やつきにけん、山王大師《さんわうだいし》の神罰冥罰《みやうばつ》を立ちどころにかうぶ（ッ）て、かかる目にあへりけり。

【現代語訳】
嫡子《ちやくし》前加賀守《かがのかみ》師高は、尾張《おわり》の井戸田《いどた》に流されていたが、同国の住人小胡麻《おぐま》の郡司《ぐんじ》維季《これすえ》に命じて、討たせた。次男近藤判官師経《はんがんもろつね》は、投獄されていたのを、ひきだされ、六条河原で斬刑《ざんけい》に処せられた。その弟左衛門尉師平《さえもんのじょうもろひら》と、郎等三人も、ともに首を斬られた。これらはとるにたらぬ身でありながら出世して、かかわるべきでないことに関与し、無実の天台座主《ざす》を流罪《るざい》に処すことを申したて、ついに前世の果報も尽きたのであろう、山王大師の神罰をたちどころに蒙《こうむ》って、このような目にあったのである。

【語釈】
小胡麻郡司維季《をぐまのぐんじこれすゑ》　「延慶本」「長門本」『盛衰記』は小熊郡司維長《これなが》とし、この一件に説話的叙述がある。小胡麻は、美濃尾張《みのおわり》の国境にあり、いま岐阜県羽島《はしま》市小熊町付近。郡司は国司の下に属して郡の政務にあたった者。　**左衛門尉師平《さゑもんのじょうもろひら》**　『百錬抄《ひやくれんしょう》』治承元年六月九日条に、左兵衛尉師平とある。　**いふかひなき者**　とるにたりない身分の者。　**秀で《ひい》**　でしゃばる、高い地位にのぼる。　**いろひ**　終止形「いろふ」。口を出す、かかわる。　**果報《くわほう》**　前世における善行の報いとしてのこの世のしあわせ。　**冥罰《みやうばつ》**　神仏が人知れず下《くだ》す罰。

【解説】
西光の斬刑《ざんけい》について、その子で、山門と院庁の紛争の要因をつくった師高《もろたか》、師経《もろつね》も斬られ、この事件は、平家がかかわって完全に終止符がうたれることになった。西光の一族は、山門と平家という二大勢力と争って敗れ去ったわけである。

『百錬抄』治承元年六月九日条に「流人《るにん》加賀守《かがのかみ》師高《もろたか》、右衛門尉《うゑもんのじよう》師親《もろちか》、左兵衛尉《さひやうゑのじよう》師平《もろひら》等誅せらる。件《くだん》の師高は尾張国にあり。入道相国《にふだうしやうこく》、彼国の家人等に仰せてこれを追討せしむ。相互に合戦して死者多し」と記しているが、「延慶本」ほかは、この一件の叙述を挿入《そうにゆう》している。

小教訓《こけうくん》

新大納言は一間《ひとま》なる所におしこめられ、あせ水になりつつ、「あはれ是《これ》は、日比《ひごろ》のあらまし事のもれ聞えけるにこそ。誰《たれ》もらしつらん。定めて北面《ほくめん》の者共《ものども》が中にこそあるらむ」な(ン)ど、思はじ事なう案じつづけておはしけるに、うしろのかたより、足音のたからかにしければ、すはただいま、わが命をうしなはんとて、武士《もののふ》どもが参るにこそと、待ち給ふに、入道《にふだう》みづから、板敷たからかにふみならし、大納言のおはしけるうしろの障子《しやうじ》を、さ(ッ)とあけられたり。素絹《そけん》の衣《ころも》のみじからかなるに、白き大口《おほくち》ふみくくみ、ひじりづかの刀おしくつろげてさすままに、以《もつ》ての外《ほか》にいかれるけしきにて、大納言をしばしにらまへ、

「抑《そもそも》御辺《ごへん》は平治《へいぢ》にもすでに誅《ちゆう》せらるべかりしを、内府《だいふ》が身にかへて申しなだめ、頸《くび》をつぎ奉《たてま》（ッ）しはいかに。何の遺恨《ゐこん》をも（ッ）て、此一門ほろぼすべき由《よし》御結構《ごけつこう》は候ひけるやらん。恩を知るを人とはいふぞ。恩を知らぬをば畜生《ちくしやう》とこそいへ。しかれども当家の運命つきぬによ（ッ）て、むかへ奉《たてま》（ッ）たり。日比《ひごろ》の御結構の次第《しだい》、直《ぢき》に承らん」

とぞ宣《のたま》ひける。大納言、

「ま（ッ）たくさる事候はず。人の讒言《ざんげん》にてぞ候らむ。よく〳〵御尋《たづ》ね候へ」

と申されければ、入道《にふだう》いはせもはてず、

「人やある、人やある」

とめされければ、貞能《さだよしまゐ》参りたり。

「西光《さいくわう》めが白状《はくじやう》参らせよ」

と仰せられければ、も（ッ）て参りたり。是《これ》をと（ッ）て、二三遍おし返しおし返し読みきかせ、

「あなにくや、此《この》うへをば何《なに》と陳《ちん》ずべき」

とて、大納言の顔にさ（ッ）と投げかけ、障子《しやうじ》をちやうどたててぞ出《い》でられける。入道《にふだう》なほ腹をするゐかねて、

「経遠《つねとほ》、兼康《かねやす》」

と召せば、瀬尾太郎《せのをのたらう》、難波次郎《なんばのじらう》参りたり。

「あの男と（ッ）て、庭へ引きおとせ」

と宣《のたま》へば、これらは左右《さう》なくもし奉《たてまつ》らず、畏《かしこま》（ッ）て、

「小松殿《こまつどの》の御気色《ごきしよく》、いかが候はんずらん」

と申しければ、入道相国《にふだうしやうこく》大きにいか（ッ）て、

「よし〳〵おのれらは、内府《だいふ》が命《めい》をばおもうして、入道が仰《おほ》せをばかろうしけるごさんなれ。其上《そのうへ》は力《ちから》およばず」

と宣《のたま》へば、此事あしかりなんとや思ひけん、二人の者共《ものども》たちあが（ッ）て、大納言を庭へひきおとし奉《たてまつ》る。其時入道《そのときにふだう》、心地《ここち》よげにて、

「と（ッ）てふせてをめかせよ」

とぞ宣《のたま》ひける。二人の者共《ものども》、大納言の左右《さう》の耳に口をあてて、

「いかさまにも御声のいづべう候」

とささやいて、ひきふせ奉《たてまつ》れば、二声三声ぞをめかれける。其体冥途《そのていめいど》にて、娑婆《しやば》世《せ》界《かい》の罪人を、或《あるい》は業《ごふ》のはかりにかけ、或《あるい》は浄頗《じやうは》梨《り》の鏡にひきむけて、罪の軽重《きやうぢゆう》に任せつつ、阿《あ》防羅《はうら》刹《せつ》が呵嘖《かしやく》すらんも、これには過ぎじとぞ見えし。蕭樊《せうはん》とらはれとらはれて韓彭《かんはう》にらぎすされたり。鼂錯《てうそ》戮《りく》をうけて、周魏《しうぎ》つみせらる。喩《たと》へば蕭何《せうが》、樊噲《はんくわい》、韓信《かんしん》、彭越《はうゑつ》、是等《これら》は、高祖《かうそ》の忠臣なりしかども、少人《せうじん》の讒《ざん》によ（ッ）て、過敗《くわはい》の恥を

うくとも、か様《やう》の事をや申すべき。

【現代語訳】

新大納言は一間《ひとま》の部屋に押しこめられ、全身汗まみれになりながら、

「ああ、これは日ごろの計略が露見したに違いない。だれが洩らしたのであろう。きっと北面《ほく めん》の者どもの中にいるのであろう」

などと、あれやこれやと思いつづけておられたが、後ろの方から高らかに足音がしてきたので、あわや、今、わが命を失おうと、武士どもが参ったのであろう、と待たれると、入道が自《みず》ら板敷を荒々しく踏みならして、大納言のおられる部屋の後ろの襖《ふすま》を、さっとあけられた。素絹《そけん》の短い衣を着て、白い大口袴《おおくちばかま》の裾《すそ》を踏むようにはき、聖柄《ひじりづか》の刀を無造作《むぞうさ》にさし、怒り激しい形相《ぎょうそう》で、大納言をしばらく睨《にら》みつけ、

「そもそもあなたは、平治の乱の時すでに処刑されるべきであったのを、内大臣がわが身に代えてもと助命を願い、それで首をつなぎ申したのを、いかにお考えか。何の遺恨があって、この一門を滅ぼそうという計画を企らまれたのか。恩を知るのを人と言うのだ。恩を知らぬのは畜生である。しかしながら、わが平家の運命は尽きてはいないので、ここにあなたをお迎えしたのだ。日ごろの計略のすべてを、直接うかがおう」

と仰《おお》せられた。大納言は、

「まったくそのような企てはありません。何者かの讒言《ざんげん》でしょう。よくよくお尋《たず》ねくださ

い」

と申されると、入道は、ただちに、

「だれかいるか。だれかいるか」

と呼びたてられたので、貞能《さだよし》がすぐに参った。

「西光めの白状を持って参れ」

と命じられ、持参すると、これをとって二、三べんくりかえし読んで聞かせ、

「このにっくい奴《やつ》め、このうえ、なんと申しひらきしようというのか」

と言って、この白状を、大納言の顔にさっと投げかけ、襖《ふすま》をばたりとたてて、出ていかれた。

入道はなおも腹を据えかねて、

「経遠《つねとお》、兼康《かねやす》」

と呼ぶと、瀬尾《せのお》太郎、難波《なんば》次郎がただちに参った。

「あの男をひったてて、庭へつき落せ」

と命じたが、この二人はためらい、畏《かしこ》まって、

「小松殿が、いかがお思いでしょう」

と申したので、入道相国《しょうこく》はたいそう怒り、

「よしよし、おまえらは、内大臣の命《めい》は重んじて、わが命令を軽くみようというのだな。それならしかたがない」

と言われた。これは悪いことになる、と思ってか、二人の者たちは立ちあがって、大納言を庭に引き落した。入道は、心地《ここち》よさそうに、

「とりおさえて、しめあげ、わめかせよ」

と言われた。二人は、大納言の耳もとに口をあてて、

「なんとかお声をお出しください」

とささやいて、ねじふせられると、大納言は二声、三声、叫び声をあげられた。その有様は、冥途《めいど》で娑婆《しゃば》世界の罪人を、あるいは業《ごう》の秤《はかり》にかけたり、あるいは浄頗梨《じょうはり》の鏡に向かわせて、罪の軽重をしらべ、それによって阿防羅刹《あほうらせつ》が呵責《かしゃく》するのも、これ以上のことではあるまいと思われた。蕭何《しょうが》、樊噲《はんかい》は囚《とら》われ、韓信《かんしん》、彭越《ほうえつ》は殺されたうえ肉体を塩づけにされた。鼂《ちょう》錯《そ》は殺され、周勃《しゅうぼつ》、竇嬰《とうえい》は罪せられた。蕭何《しょうが》、樊噲《はんかい》、韓信《かんしん》、彭越《ほうえつ》、これらは高祖の忠臣であったが、小人《しょうじん》の讒言《ざんげん》によって禍《わざわい》を蒙り失敗の恥をうけたというのも、このようなことをいうのであろう。

【語釈】

あらまし事　計画した事。　**思はじ事なう**　思いめぐらさないことなく。考えうることはのこりなく。　**素絹《そけん》の衣《ころも》**　織り文《もん》のない生絹《すずし》で作った衣。　**みじからか**　短いさま。　**大口《おほくち》**　大口袴《ばかま》。裾《すそ》口の大きく広い下袴。　**ふみくくみ**　足先を包みこんで裾長にはくさま。　**ひじりづかの刀**　唐木などで作り飾りなどのない柄《つか》の刀。　**おしくつろげ**　ゆったりと無造作《むぞうさ》にさす様子。　**内府《だいふ》**　内大臣の唐名。重盛のこと。

陳《ちん》ず 言い訳する。弁解する。 **経遠《つねとほ》、兼康《かねやす》** 難波《なんば》次郎経遠と瀬尾《せのお》太郎兼康。ともに清盛の部下として巻第一「殿下乗合《てんがののりあひ》」にも清盛の命により摂政基房《もとふさ》の前駆御随身《みずいじん》を襲っている。 **左右《さう》なく** ためらいなく、簡単に。 **御気色《ごきしよく》** 思《おぼ》し召し、御意向。 **かろうしける** 軽んじる。 **ごさんなれ** ……にこそあるなれの転。……というのだな。

いかさまにも どのようにでも。 **娑婆《しやば》世界** 人間が住む現実の世界。 **業《ごふ》のはかり** 亡者が生前に犯した罪業の軽重をはかる秤《はかり》で、地獄の閻魔《えんま》の庁にある。『十王経』の所説。 **浄頗梨《じやうはり》の鏡** 亡者をこの鏡に向かわせると生前の悪業がすべて映しだされるという閻魔の庁にある鏡で、『十王経』に説かれている。 **阿防羅刹《あはうらせつ》** 閻魔《えんま》王の眷属《けんぞく》で牛頭《ごず》・馬頭《めず》の両鬼をいう。地獄の獄卒。 **呵嘖《かしやく》** せめさいなむこと。

蕭樊《せうはん》 蕭何《しようが》と樊噲《はんかい》。ともに漢の高祖に仕えた忠臣で、高祖の崩後讒言《ざんげん》のために投獄された。『文選《もんぜん》』李陵答二蘇武一書（李陵蘇武《そぶ》に答うる書）に「蕭樊囚《ハレ》縶《ハレテ》、韓彭葅醢《セラレタリ》、鼂錯受《ケ》レ戮《ヲ》、周魏見《ラル》レ辜《セ》」（蕭樊囚《とら》われ縶《とら》われて、韓彭葅醢《かんほうそかい》せられたり。鼂錯戮《ちようそりく》を受け、周魏辜《しゆうぎつみせ》らる）とあるのを引いた。 **韓《かん》彭《はう》** 漢の韓信《かんしん》と彭越《ほうえつ》。高祖の臣。高祖崩後讒言《ざんげん》によって殺された。

にらぎすされたり 葅醢《そかい》の古訓。葅は菜を塩または酢に漬けたもの、醢は肉の塩辛。『和名類聚抄』に「葅　邇良岐《にらぎ》　菜酢也」とある。 **鼂錯《てうそ》** 漢の孝文、孝景二帝に仕えた臣。後に讒《ざん》により殺された。 **戮《りく》をうけ** 殺害されること。 **周魏《しうぎ》** 周は漢の高祖の臣、周勃《しゆうぼつ》、魏は、孝文、孝景二帝の臣、竇嬰《とうえい》、ともに罪科にとわれて、周は禁獄せられ、魏は処刑されたうえ死骸《しがい》を市《いち》にさらされた。

少人《せうじん》 とるにたらぬ、つまらない人物。 **過敗** 「屋代本」に「禍敗」とあるのがよい。わざわいと失敗。

【解説】

巻第一の「鹿谷《ししのたに》」で、謀議のあとの酒宴に、引倒された瓶子《へいじ》をみて「平氏たはれ候ひぬ」とたわむれた成親《なりちか》であるが、事顕《あら》われて囚《とら》われの身となると、かつての野心はどこへやら、西光とは対照的な、小胆《しようたん》の人物としてえがかれている。平常ではかくされている人間の資質は、極限状況におかれたとき、それとどう対応するかによって、明瞭にあらわれる。官位官職の昇進に齷齪《あくせく》して、平家打倒を企てた成親《なりちか》の戯画的な行動は「鹿谷《ししのたに》」の章にえがかれていたが、清盛の命をうけながら、成親と婚姻関係にある重盛をはばかっての瀬尾《せのお》、難波《なんば》の配慮に、みせかけのおめき声をあげるところなども、この人物の矮小《わいしよう》さがうかがわれる。ところで、成親に対する面責を、地獄の閻魔《えんま》の庁での獄卒の呵責《かしやく》にたとえたのはよいが、『文選《もんぜん》』をひいて高祖の臣らがたどった運命にたぐえるのは、事情があわない。成親は「少人の讒《ざん》によ（ッ）て」捕われたのではないからである。帝王の臣が、後罪に問われたというだけの類似である。

西光の処刑、成親の逮捕については『愚管抄』に「安元三年六月二日カトヨ。西光法師ヲ呼《よび》トリテ八条ノ堂ニテヤ行ニカケテヒシヒシト問《とひ》ケレバ皆落《おち》ニケリ。白状《はくじやう》書《かか》セテ判《はん》セサセテヤガテ朱雀《すざく》ノ大路《おほぢ》ニ引《ひき》イデテ頸切《くびきり》テケリ。

コノ日ハ山ノ座主《ざす》明雲《めいうん》ガ方大衆《だいしゆ》西坂本マデクダリテカク罷下《まかりくだ》リテ侍《はべ》ルヨシ云《いひ》タリケリ。世ノ中ノ人アキレマドヒタル事ニテ侍《はべり》キ。コノ西光ガ頸《くび》キル前ノ日成親ノ大納言ヲバヨビテ、盛俊ト云《いふ》力アル郎従盛国ガ子ニテアリキ。ソレシテ抱《いだ》キテ打《うち》フセテヒキシバリテ部屋ニ押籠《おしこめ》テケリ」とあり、院庁と山門との紛争と、謀反露顕による院の近臣と平家の事件が交差していた事実が示されるとともに、成親を引き臥せたのは、物語と異なり、平盛国の子、盛俊となっている。前章で、成親が「常よりもひきつくろはれたり」と叙述しているところは、『愚管抄』のこのつづきの文によると、高倉天皇の母建春門院逝去後の「諒闇《りやうあん》ノナヲシニテヨニヨクテキタリケリ」とあるのに照応している。

小教訓《こげうくん》（二）

新大納言は、我身のかくなるにつけても、子息丹波少将《たんばのせうしやう》成経《なりつね》以下《いげ》、をさなき人々、いかなる目にかあふらむと、思ひやるにもおぼつかなし。さばかりあつき六月に、装束《しやうぞく》だにもくつろげず、あつさもたへがたければ、むねせきあぐる心地《ここち》して、汗も涙もあらそひてぞながれける。「さりとも小松殿は、思食《おぼしめ》しはなたじ物を」と思はれけれども、誰《たれ》して申すべしともおぼえ給はず。

小松の大臣《おとど》は、其後遥《はる》かに程へて、嫡子《ちやくし》権亮《ごんのすけ》少将《ぜうしやう》維盛《これもり》を車のしりに乗せつつ、衛《ゐ》府《ふ》四五人、随身《ずいじん》二三人召しぐして、兵《つはもの》一人も召しぐせられず、殊《こと》に大様《おほやう》げでおはしたり。入道《にふだう》をはじめ奉《たてまつ》（ッ）て、人々皆思はずげにぞ見給ひける。車よりおり給ふ処に、貞能《さだよし》つ（ッ）と参（ッ）て、

「など是程《これほど》の御大事《おんだいじ》に、軍兵共《ぐんびやうども》をば召しぐせられ候はぬぞ」

と申せば、

「大事とは天下《てんが》の大事をこそいへ。かやうの私事《わたくしごと》を、大事と云《い》ふ様《やう》やある」

と宣《のたま》へば、兵杖《ひやうぢやう》を帯《たい》したる者共《ものども》も、皆そぞろいてぞ見えける。

「そも大納言をば、いづくにおかれたるやらん」

とて、ここかしこの障子《しやうじ》、引きあけ引きあけ見給へば、ある障子のうへに、蛛手《くもで》結《ゆ》うたる所あり。ここやらんとてあけられたれば、大納言おはしけり。涙にむせびうつぶして、目も見あはせ給はず。

「いかにや」

と宣《のたま》へば、其時みつけ奉《たてまつ》り、うれしげに思はれたるけしき、地獄にて、罪人共《ども》が、地蔵菩薩《ぢざうぼさつ》を見奉るらんも、かくやとおぼえて哀也《あはれなり》。

「何事にて候やらん、かかる目にあひ候。さてわたらせ給へば、さりともとこそたのみ参らせて候へ。平治にも既《すで》に誅《ちゆう》せらるべかりしを、御恩をも(ッ)て頸《くび》をつがれ参らせ、正二位《じやうにゐ》の大納言にあが(ッ)て、歳既《としすで》に四十にあまり候。御恩こそ生々世々《しやうじやうせせ》にも報じつくしがたう候へ。今度も同《おなじく》はかひなき命をたすけさせおはしませ。命だにいきて候はば、出家入道して、高野粉河《かうやこかは》に閉ぢ籠《こも》り、一向後世菩提《いつかうごせぼだい》のつとめをいとなみ候はん」

と申されければ、大臣、

「誠にさこそは思し召され候らめ、さ候へばとて、御命うしなひ奉《たてまつ》るまではよも候はじ。縦《たと》ひさは候とも、重盛かうて候へば、御命にもかはり奉るべし」

とて、出《い》でられけり。

【現代語訳】

新大納言は、自分がこのような囚《とら》われの身となるにつけても、わが子丹波少《たんばのしょう》将成経《しょうなりつね》以下の幼い子供らが、どのような目にあうであろうかと案じられて、落ち着けなかった。この暑いさなかの六月に、装束《しょうぞく》さえゆるめくつろぐことができず、堪えがたい暑さに、胸もせきあげる苦しさで、汗も涙もあらそうように流れでるのであった。「それにしても、小松殿がお見はなしになることはあるまいが」と思われたが、だれを介してこのありさまを申したらよいか、そのすべもなかったのである。

小松の大臣は、その後はるかに時が移ってから、嫡子権亮少将《ちゃくしごんのすけ》維盛《これもり》を車の後《しり》に乗せ、衛府《えふ》の役人を四、五人、随身《ずいじん》を二、三人、召し連れて、武士は一人も伴わず、落ちつきはらってお出《い》でになった。入道をはじめ、一門の人々はみな、意外な気持でこれを迎えた。車からおりられるところへ、貞能が進み出て、

「どうしてこれほどの御大事に、軍兵《ぐんぴょう》をお召しにならないのでしょうか」

と申しあげると、

「大事とは天下の大事をいうのだ。このような私事《わたくしごと》を、大事とは論外である」

と言われたので、武装していた兵《つわもの》たちはみな、たじろいだように見えた。

「さて、大納言を、どこにおかれたのであろう」

と、ここかしこの襖《ふすま》を引きあけ、引きあけして御覧になったが、ある襖のうえに、材木を十文字に交差させて結いつけたところがある。ここであろう、と開けられると、大納言がおられた。涙にむせび、うつぶして、目も見合わせられない。

「いかがなされたか」

と声をおかけになると、そのとき小松の大臣に気がつかれて、いかにもうれしげな様子であった。かの地獄で、罪人たちが地蔵菩薩《ぼさつ》にであったときの喜びも、このようではないかと思われて、哀れである。

「何事なのでしょうか、このような目にあっております。おいでいただけましたので、こんなことになろうとも、お救いくださるものと、お頼り申しております。平治の乱の時も処刑と決《き》まっていましたのを、御恩で助命がかなえられ、正二位の大納言まで昇進し、歳もすでに四十を越えました。この御恩は未来永劫にわたって報いつくしがたいものですが、同じくはこの度も、生きてかいない命ながら、お助けください。命さえ保てたなら、出家入道して、高野山《こうやさん》か粉河寺《こかわでら》にこもり、ひたすら後世の往生をねがって仏の道の修行をつとめたいと存じます」

と申されると、大臣は、

「まことにそうお思いのことでしょう。しかしながら、お命を失われるようなことは、よもやありますまい。たとえ、そのようになろうとも、重盛がおります以上は、御命にも代わって、御助命申しましょう」

と言って、出ていかれた。

【語釈】

丹波少将成経《たんばのせうしやうなりつね》　成経は嘉応二年（一一七〇）丹波守、承安元年（一一七一）右近衛少将に任ぜられ、承安四年、丹波守に重任された。　**おぼつかなし**　不安である。気がかりである。　**くつろげず**　ゆるめられず。　**思食《おぼしめ》しはなたじ**　お見はなしなさらない。御見捨てにはなさるまい。　**衛府《ゑふ》**　衛府の官人、衛府は宮中警衛、行幸供奉《ぐぶ》に当る官庁、左右近衛府、左右衛門府《ゑもんふ》、左右兵衛府《ひやうゑふ》の六衛府《りくゑふ》の総称。　**大様《おほやう》げ**　ゆったりと落ちつきはらっている態度。　**思はずげ**　思いのほかの様子。　**そぞろいて**　落ち着きを失い動揺するさま。　**そも**　さて。いったい。　**蜘手《くもで》**　蜘蛛手《くもで》。蜘蛛の足のように、四方八方に材木を交差させて打ち違えること。　**地蔵菩薩《ぢざうぼさつ》**　釈迦入滅の後、弥勒《みろく》が出世するまでの間、地獄・餓鬼・畜生・修羅《しゆら》・天・人の六道を輪廻《りんね》する衆生《しゆじやう》を救済、教化する慈悲ぶかい菩薩。

わたらせ給へば　渡る、は、来る。おいでくださったので。　**さりとも**　さありともの約。いくらそうであっても。こんなことになっても。　**正二位《じやうにゐ》の大納言**　成親《なりちか》は安元元年（一一七五）十一月二十八日権大納言に任じられたが、承安三年（一一七三）正二位に叙されており、大納言は正三位相当の官なので、とくにいう。　**生々世々《しやうじやうせせ》**　未来永劫にわたって、永久に。　**かひなき命**　生きがいのない命。

高野　和歌山県伊都郡の高野山。弘法《こうぼう》大師のひらいた真言宗の総本山、金剛峯寺《こんごうぶじ》があり、遁世《とんせい》の聖《ひじり》の修行の地でもあった。　**粉河《こかは》**　和歌山県紀の川市粉河にある粉河寺。天台宗系。観音信仰の霊場。　**後世菩提《ごせぼだい》のつとめ**　来世に極楽浄土へ往生できるよう仏道修行すること。

【解説】

わが一門を滅ぼそうという陰謀が露顕した、という状況のなかでも、「大事とは天下の大事をこそいへ」と、悠揚《ゆうよう》迫らぬ態度で西八条邸にあらわれた重盛に、物語の作者の一貫したこの人物の理想化がうかがわれる。成親は自分の企《たくら》んだ行為の結果であるにもかかわらず、この期《ご》に及んで、なおも「何事にて候やらん、かかる目にあひ候」と、助命を嘆願する、脆弱《ぜいじやく》で卑小《ひしよう》な人物として造型している。事件のなかの人物の、この多様な形象が、物語の世界に厚みをもたせているのである。

小教訓《こげうくん》（三）

父の禅門《ぜんもん》の御まへにおはして、「あの成親卿《なりちかのきやう》うしなはれん事、よく〳〵御《おん》ぱからひ候べし。先祖修理大夫《しゆりのだいぶ》顕季《あきすゑ》、白河院《しらかはのゐん》に召しつかはれてよりこのかた、家に其例なき正二位《じやうにゐ》の大納言にあが（ッ）て、当時君《きみ》無双《ぶさう》の御いとほしみなり。やがて首《かうべ》をはねられん事、いかが候べからん。都の外《ほか》へ出《いだ》されたらんに事たり候ひなん。北野の天神は、時平《しへい》のおとどの讒奏《ざんそう》にて、うき名を西海《さいかい》の浪《なみ》にながし、西宮《にしのみや》の大臣《おとど》は、多田《ただ》の満仲《まんぢゆう》が讒言《ざんげん》にて、恨《うらみ》を山陽《せんやう》の雲に寄《よ》す。おの〳〵無実なりしかども、流罪《るざい》せられ給ひにき。これ皆延喜《えんぎ》の聖代《せいたい》、安和《あんわ》の御門《みかど》の御《おん》ひが事《こと》とぞ申し伝へたる。

上古《しやうこ》猶《なほ》かくのごとし、況哉《いはんや》末代においてをや。賢王《けんわう》猶《なほ》御《おん》あやまりあり、況《いはん》や凡人《ぼんにん》においてをや。既《すで》に召しおかれぬる上は、いそぎうしなはれずとも、なんの苦しみか候べき。『刑の疑はしきをばかろんぜよ、功の疑はしきをばおもんぜよ』とこそ、みえて候へ。事あたらしく候へども、重盛、彼《かの》大納言が妹《いもと》に相具《あひぐ》して候。維盛《これもり》又聟《むこ》なり。か様《やう》にしたしくな（ッ）て候へば申すとや、おぼしめされ候らん。其儀《そのぎ》では候はず。世のため、君のため、家のための事をも（ッ）て申し候。

一年《ひとゝせ》故《こ》少納言《せうなごん》入道《にふだう》信西《しんせい》が、執権《しつけん》の時にあひあた（ッ）て、我朝《わがてう》には嵯峨皇帝《さがくわうてい》の御時、右兵衛督《うひやうゑのかみ》藤原《ふぢはらの》仲成《なかなり》を誅《ちゆう》せられてよりこのかた、保元《ほうげん》までは君廿五代の間、行《おこな》はれざりし死罪を、はじめてとり行ひ、宇治《うぢ》の悪左府《あくさふ》の死骸《しがい》を、ほりおこいて、実検《じつけん》せられし事な（ン）どは、あまりなる御政《おんまつりごと》とこそおぼえ候ひしか。さればいにしへの人々も、『死罪をおこなへば、海内《かいだい》に謀反《むほん》の輩《ともがら》たえず』とこそ申し伝へて候へ。此《この》詞《ことば》について、中《なか》二年《ねん》あ（ッ）て、平治に又、信西がうづまれたりしをほり出し、首《かうべ》をはねて大路《おほぢ》をわたされ候ひにき。保元に申し行ひし事、幾程《いくほど》もなく、身の上にむかはりにきと思へば、おそろしうこそ候ひしか。是《これ》はさせる朝敵にもあらず。かた〴〵おそれあるべし。

御栄花《えいぐわ》残る所なければ、おぼしめす事あるまじけれども、子々孫々までも繁昌《はんじやう》こそあらまほしう候へ。父祖《ふそ》の善悪は、必ず子孫に及ぶと見えて候。『積善《しやくぜん》の家に余慶《よけい》あり、積悪《せきあく》の門《かど》に余殃《よあう》とどまる』とこそ承れ。いかさまにも今夜、首《かうべ》をはねられんこと、しかるべうも候はず」

と申されければ、入道相国《にふだうしやうこく》げにもとや思はれけん、死罪は思ひとどまり給ひぬ。

【現代語訳】

重盛は、父の禅門《ぜんもん》の御前に来られて、

「あの成親卿《なりちかきやう》を処刑なされることは、よくよくご考慮なさるべきです。成親卿は、先祖の修《しゅ》理大夫《りのだいぶ》顕季《あきすえ》が白河院に召しつかわれてからこのかた、その家に例のない正二位の大納言に昇進し、いま後白河法皇のならびない寵臣《ちょうしん》です。ただちに首をはねられるのは、いかがでしょう。都の外へ追放なさるということで充分ではないでしょうか。北野の天神、菅原道真《すがわらみちざね》公は左大臣藤原時平《ときひら》の讒奏《ざんそう》によって、罪人としての憂き名を西海道の波にながし、西宮《にしのみや》左大臣源《みなもとのたかあきら》　高明公は、多田満仲《まんじゅう》の讒言《ざんげん》のために、左遷の恨みを山陽道の雲に寄せました。それぞれ、無実であったのに流罪《るざい》に処せられたのであり、これはみな醍醐《だいご》天皇、冷泉《れいぜい》天皇の御あやまちであった、と伝えられております。

　上古にもなおこのようなことがあったのです。ましてや、末代の今はなおさらです。賢王とうたわれた方《かた》にも、なお御あやまりがあったのですから、凡人においてはなおのことです。すでに召し置かれているいじょう、すぐに命をおとりにならなくても、何のさし障《さわ》りがありましょう。『罪が疑わしいときは刑を軽くせよ。功績は疑わしいときも重くみよ』といわれております。ことさらめいた言いようですが、重盛はあの大納言の妹を妻としています。維盛《これもり》もまた大納言の聟《むこ》です。このように縁がつながり親しくなっているから申すのだとお思いでしょうが、そうではありません。世のため、君のため、家のためを思って申すのです。

先年、故少納言入道信西《こしょうなごんにゅうどうしんせい》が、権勢をふるっていたころ、わが国では嵯峨《さが》天皇の御代に、右兵衛督《ひょうえのかみ》藤原仲成《なかなり》が誅《ちゅう》せられてから、保元《ほうげん》まで、天皇二十五代の間、行われなかった死刑を、初めてとり行い、宇治の悪左府《あくさふ》頼長《よりなが》の死骸《しがい》を掘り起して、実検せられた事などは、あまりにもひどい御政治と思われたことでした。それで昔の人も、『死刑を行うと、国内に謀反の者どもが絶えない』と言い伝えているのです。この言葉のとおり、保元から二年をおいた平治にまた反乱が起り、信西が埋まっていたのを掘り出し、首をはねて、都大路《みやこおおじ》を引き渡されました。保元のとき進言して行ったことが、幾程もなく、我が身の上に巡《めぐ》ってきた、と思うと、恐ろしいことでした。この成親《なりちか》は朝敵というほどの者ではありません。いずれにせよ、慎重になさるべきです。

御栄華はじゅうぶんにきわめておられるのですから、思い残されるところはありますますまいが、この繁栄は子々孫々にいたるまで維持しつづけたいものです。父祖の善悪は、かならずその報《むく》いが子孫に及ぶと見えております。『善を積んだ家にはかならずよい報《むく》いがあり、悪を重ねた家には、その一族に災いがかならずくる』と聞いています。なんとしても、今夜、首をはねられることは、よろしくありません」

と申されたので、入道相国《しょうこく》はもっともだと思われたのであろう、死刑にすることは思いとどまられた。

【語釈】

修理大夫顕季《しゅりのだいぶあきすゑ》　美濃守《みののかみ》藤原隆経《たかつね》の子。成親の曾祖父。寛治八年（一〇九四）修理大夫に任じ、保安三年（一一二二）辞した。翌四年没。　**君**　後白河院。　**無双**《ぶさう》**の御いとほしみ**　ならぶもののない寵《ちょう》臣《しん》。　**やがて**　すぐに。即座に。　**北野の天神**　菅原道真をさす。昌泰二年（八九九）右大臣に任じ、同四年、左大臣藤原時平の讒《ざん》により、大宰権帥《だざいごんのそち》に左遷され、延喜三年（九〇三）大宰府で没した。天暦《てんりゃく》元年（九四七）京都北野に祀《まつ》り天満天神と号した。

時平《しへい》**のおとど**　藤原時平《ときひら》。基経《もとつね》の子。昌泰二年左大臣となる。菅原道真を失脚させて、藤原氏の地歩を確保した。　**西宮**《にしのみや》**の大臣**《おとど》　源高明《たかあきら》。醍醐《だいご》天皇の皇子。康保四年（九六七）左大臣となったが、安和《あんな》二年（九六九）、藤原氏による他氏排斥のいわゆる安和の変により、大宰権帥《だざいごんのそち》に左遷された。

多田《ただ》**の満仲**《まんぢゅう》　源満仲《みつなか》。六孫王源経基の子。摂津国多田荘に居住。清和源氏の基礎を築き、安和の変に藤原氏と協力、勢力をのばした。　**延喜の聖代**《せいたい》　醍醐《だいご》天皇。延喜はその御代の主な年号（九〇一〜九二三）。　**安和**《あんわ》**の御門**《みかど》　冷泉《れいぜい》天皇。安和《あんな》はその御代の年号。

凡人《ぼんにん》　ここでは天皇に対し、臣下をさしていう。　**刑の疑はしきをばかろんぜよ**　『尚書』大禹謨《たいうぼ》に「罪ノ疑ハシキハ惟《こ》レ軽ンゼヨ、功ノ疑ハシキハ惟《こ》レ重ンゼヨ」とある。　**事あたらし**　ことさらめいた。今更らしい。　**相具**《あひぐ》**し**　夫婦となっている。

一年《ひととせ》　先年。　**執権**《しつけん》**の時**　君寵《くんちょう》をうけて権勢をふるっていたとき。　**嵯峨**《さが》**皇帝の御時**　大同五年（八一〇）、先帝平城上皇の寵を得ていた藤原薬子《くすこ》が、兄藤原仲成と上皇の重祚《じゅうそ》をはかって事を構え

藤原仲成　中納言たが、発覚して仲成は誅《ちゅう》せられ、薬子は自害した。いわゆる薬子の変をいう。種継の子。大同四年（八〇九）右兵衛督《うひょうえのかみ》に任じ、翌五年九月に誅せられた。　**宇治《うぢ》の悪左府《あくさふ》**　左大臣藤原頼長。太政大臣忠実の二男。宇治に邸をもち辣腕家《らつわんか》であったのでいう。保元《ほうげん》の乱を起して敗れ、死後その死骸が実検されたことは『百錬抄《ひゃくれんしょう》』に記され、『保元物語』に詳しい。　**実検《じっけん》**　実否を実地に検査すること。　**あまりなる**　正当を越えた。法外な。　**死罪をおこなへば**　『保元物語』に「誠に国に死罪を行へば海内《かいだい》に謀反の者絶えず」とある。　**信西《しんせい》がうづまれたりしを**　平治の乱に、義朝の追及をのがれて、穴を掘って隠れたが、探し出されて首を刎《は》ねられ、獄門にかけられたことが『平治物語』に詳しい。『百錬抄』平治元年十二月十七日条、および『愚管抄』にも記述がある。　**むかはり**　前と同じ事がおこる。回って向いてくる。「むかはる」の連用形。　**かた〴〵**　いずれにつけても。　**積善《しゃくぜん》の家に余慶《よけい》あり**　『易経』文言伝に「積善ノ家ニ必ズ余慶アリ、積不善《しゃくふぜん》ノ家ニ必ズ余殃《よおう》アリ」とある。父祖代々、善事を積んできた家には、その報いとして吉事があり、悪事を積んだ家には災いが及んでくる。

【解説】

すでに西光の白状によって、平家打倒の陰謀が明らかとなった以上、成親は無実の罪によってとらわれているのではない。しかし、苛酷《かこく》な極刑をもってのぞめば、それが悪業《あくごう》となって、平家一門の栄華の傾く因《もと》となることを、過去の史実をあげて予見し、「父祖の善悪」が「子孫に及ぶ」ことを、重盛は父清盛に説くのである。後に清盛が後白河法皇を幽閉しようとしたとき、重盛はふたたび諫止《かんし》の弁舌をふるうが、その章を「大教訓」（本書では「教訓状」）と称するテキストがあるように、それに対して、この進言を「小教訓」と呼んだのである。「積善《しやくぜん》の家に余慶《よけい》あり、積悪《せきあく》の門《かど》に余《よ》殃《あう》とどまる」の句は、平家一門の運命をとらえる作者の、基本的な観念であって、木曾義仲の侵攻に都を落ちる平家の、主要な武士を前に、宗盛《むねもり》の説く言葉にも、この句が引かれている。重盛は一門の永続的な繁栄をねがって、デモーニッシュな清盛の行動の制御につとめるのである。

小教訓《こげうくん》（四）

其後《そののち》おとど中門《ちゆうもん》に出《い》でて、侍共《さぶらひども》に宣《のたま》ひけるは、

「仰せなればとて、大納言左右《さう》なう失ふ事あるべからず。入道《にふだう》腹のたちのままに、ものさわがしき事し給ひては、後に必ずくやしみ給ふべし。僻事《ひがこと》して、われうらむな」

と宣《のたま》へば、兵共《つはものども》皆舌をふ（ッ）ておそれをののく。

「さても経遠《つねとほ》、兼康《かねやす》が、けさ大納言に情なうあたりける事、返す〴〵も奇怪《きつくわい》なり。重盛がかへり聞かんところをば、などかはばからざるべき。片田舎《かたゐなか》の者共《ものども》は、かかるぞとよ」

と宣《のたま》へば、難波《なんば》も瀬尾《せのを》も共におそれ入《い》りたりけり。おとどはか様《やう》に宣《のたま》ひて、小松殿《こまつどの》へぞ帰られける。

【現代語訳】

その後、内大臣重盛は中門に出て、侍どもに告げられるには、「入道殿の仰せだからといって、大納言をためらいなく斬《き》ってはならぬ。入道殿が腹立ちまぎれに性急なことをなされば、後でかならず悔やまれることになろう。皆の者も、あやまちをおかして、後に罰せられることになったとき、私を恨むのではないぞ」と言われると、兵《つわもの》たちは皆、その威厳にうたれて、おそれおののいた。「それにしても、経遠《つねとお》、兼康《かねやす》が今朝大納言に無情な仕打ちをくわえたことは、なんとしても、ふとどきである。後に重盛の耳に入ることを、なぜ考慮しなかったのか。片田舎《かたいなか》の者のふるまいは、こんなものだというが」と言われて、難波《なんば》も瀬尾《せのお》も、ともにおそれいり、畏《かしこ》まった。大臣はこのように言われて、小松殿に帰られた。

【語釈】

ものさわがしき事 あわただしく、性急なこと。ただちに成親《なりちか》の首をはねてしまうことを意味している。 **くやしみ** 悔やむ。後悔する。 **舌をふ（ッ）て** 驚き怖《おそ》れるさまを「舌を振《ふる》う」という。 **かへり聞かん** 人づてに聞く。

【解説】

重盛は清盛の部下の侍たちにも、軽率な行動を戒め、「入道殿の仰せより外《ほか》は、又おそろしき事なしと思ふ」（巻第一「殿下乗合《てんがののりあひ》」）侍たちも、重盛の訓示には恐懼《きょうく》せざるをえない。そんな威力を重盛はもっているのである。その重盛をはばかって、成親の扱いに手加減をくわえた経遠《つねとお》、兼康《かねやす》であったが、重盛の叱咤《しった》の前には、弁解の余地がなかった。

小教訓《こげうくん》（五）

さる程《ほど》に、大納言のともなりつる侍《さぶらひ》ども、中御門烏丸《なかのみかどからすまる》の宿所へはしり帰（ッ）てこの由申せば、北の方以下《かたいげ》の女房達《にようばうたち》、声も惜しまず泣きさけぶ。

「すでに武士のむかひ候。少将殿をはじめまゐらせて、君達《きんだち》も皆とられさせ給ふべしとこそ聞え候へ。いそぎいづ方《かた》へもしのばせ給へ」

と申しければ、

「今は是程《これほど》の身にな（ッ）て、残りとどまる身とても、安穏《あんをん》にて何にかはせん。ただ同じ一夜《ひとよ》の露とも消えん事こそ本意《ほい》なれ。さても今朝をかぎりと知らざりけるかなしさよ」

とて、ふしまろびてぞ泣かれける。

すでに武士どもの近づくよし聞えしかば、かくてまた恥《は》ぢがましく、うたてき目を見んもさすがなればとて、十になり給ふ女子、八歳の男子《なんし》、車にとり乗せ、いづくをさすともなくやり出す。さてもあるべきならねば、大宮をのぼりに、北山《きたやま》の辺、雲林《うんりん》院《ゐん》へぞおはしける。その辺《へん》なる僧坊《そうばう》におろしおき奉《たてまつ》(ッ)て、送りの者どもも、身々《みみ》の捨てがたさに、暇申《いとま》して帰りけり。今はいとけなきをさなき人々ばかりのこりゐて、またことゝふ人もなくしておはしけむ北の方《かた》の心のうち、おしはかられて哀《あは》れなり。暮れ行く陰を見給ふにつけては、大納言の露《つゆ》の命、この夕《ゆふべ》をかぎりなりと思ひやるにも消えぬべし。宿所には女房侍《さぶらひ》おほかりけれども、物をだにとりしたためず、門《かど》をだにおしも立てず。馬どもは厩《むまや》になみたちたれども、草かふ者一人《いちにん》もなし。夜《よ》明くれば馬車門《むまくるまかど》にたちなみ、賓客座《ひんかく》につらな(ッ)て、あそびたはぶれ、舞ひをどり、世を世とも思ひ給はず、近きあたりの人は、物をだにたかくいはず、おぢおそれてこそ昨日《きのふ》までもありしに、夜《よ》の間《ま》にかはる有様、盛者必衰《じやうしやひつすい》の理《ことわり》は、目の前にこそ顕《あら》はれけれ。「楽しみつきて悲しみ来《きた》る」と書かれたる江相公《がうしやうこう》の筆の跡、今こそ思ひ知られけれ。

【現代語訳】

一方、大納言のお供をしていた侍たちが、中御門烏丸《なかみかどからすまる》の宿所に急ぎ帰って、この事を申し伝えると、北の方《かた》をはじめ女房たちは、みな声も惜しまず泣きさけんだ。

「すでに武士がこちらに向っております。少将殿をはじめ、若君たちもみな、召しとられると承りました。どこへでも急ぎお隠れください」

と申しあげると、

「今は、このような身となって、あとに残り、ひとり安穏無事でいられたとしても何になりましょう。大納言殿と同じ一夜の露と消えることこそ、本望です。それにしても、今朝が最後の別れと知らずにいたのが悲しいことです」

と、うつぶして泣き悲しまれた。

すでに武士どもが近づいたというので、こうしてまた恥ずかしくつらいめにあうのも堪えがたいと、十になられる女子、八歳の男子を車に乗せ、どこへ向うともなく進ませた。行く先を定めぬままにというわけにもいかないので、大宮大路《おおじ》を北に、北山《きたやま》の辺、雲林院《うりんいん》へ赴かれた。その辺の僧坊におろし申し上げて、お送りした者どもは、わが身も大事と、暇《いとま》を申して帰っていった。今は幼い人々ばかり残って、ほかに訪ねる人もなく、ひとりおられる北の方《かた》の心中は、想像するにも哀れである。暮れてゆく日の影をご覧になるにつけても、大納言のはかない命は、この夕かぎりかと思うと、わが身も消えゆくようである。大納言の邸《やしき》には、女房や侍は多くいたが、今は物もとりかたづけず、門を閉めることさえしない。馬は厩《うまや》に立ち並んでいるが、秣《まぐさ》をやる者は一人もなかった。

夜が明けると門前には馬、車が立ち並び、訪問の客が座に居並んで、遊び戯れ、舞ったり踊ったりの賑《にぎ》わいにあけくれ、世を世とも思われなかった。この大納言の邸の近くに住む人は、物を言うにも高い声をひかえ、おそれおののく、という有様で、昨日まではあったのに、一夜のうちに状況は一変してしまった。盛者必衰《じょうしゃひっすい》の道理は、いま目の前に歴然とあらわれたのである。「楽しみつきて悲しみ来たる」と書かれた江相公《ごうしょうこう》の一文が、今こそ思い知られたのであった。

【語釈】

しのばせ給へ　「しのぶ」は隠れる。身をひそめる。**恥ぢがましく**　恥をさらすようで。**うたてき目**　いやな、つらい目。**さすがなれば**　やはり耐えがたいことだから。**さてもあるべきならねば**　そうしてもいられない。そのままでいるわけにもいかない。『平家物語』の慣用語の一。**大宮《おほみや》**　大宮大路《おおじ》。**北山《きたやま》の辺**　京都の北方の山陵地帯。**雲林院《うんりんゐん》**　紫《むらさきの》野の大徳寺《だいとくじ》の東南、船《ふな》岡山《おかやま》の東北にあった寺院。**身々《みみ》の捨てがたさ**　それぞれがわが身をたいせつに思って。**こととふ人**　訪ねて言葉をかけてくれる人。**暮れ行く陰**　暮れてゆく夕日の陽ざし。**消えぬべし**　北の方《かた》も死んでゆくような思いがする、の意。**草かふ者**　飼葉《かいば》をあたえる者。**賓客**　客。訪問してきた人。**世を世とも思ひ給はず**　驕《おご》りたかぶって世間をはばからないこと。**物をだにたかくいはず**　権門勢家の傍らに住む貧家の者のさまは、慶滋 保胤《よししげのやすたね》の『池亭記』や、鴨《かもの》長明《ちょうめい》の『方丈記』に叙述されている。**楽しみつきて悲しみ来《きた》る**　『本朝文粋《ほんちょうもんずい》』所収の後江相公《のちのごうしょうこう》の願文《がんもん》に「生《アル》者必《ズ》滅《ス》、釈尊未《ズ》レ免《レ》ニ梅檀《ノ》之煙《ヲ》一、楽尽《テ》哀来《ル》、天人猶逢《ヘリ》ニ五衰《ノ》之日《ニ》一」（生アル者ハ必ズ滅ス、釈尊未《いま》ダ梅檀《せんだん》ノ煙ヲ免《まぬか》レズ、楽《たの》ミ尽キテ哀《かな》ミ来《き》タル、天人猶《なお》五《ご》衰《すい》ノ日ニ逢《あ》エリ）とある。『和漢朗詠集』にも入れられている。**江相公《ごうしょうこう》**　参議大江朝綱《おおえのあさつな》。相公は参議の異称。祖父音人《おとんど》を江相公といい、朝綱は後《のちの》江相公といった。博学で詩文に秀で、書をよくし、『新国史』『坤元録』の撰、『後江相公集』の著がある。天徳元年（九五七）没。七十二歳。

【解説】

政治的事件に連座して失脚する本人は、自からの行為の帰着として今の境遇におかれることになるのであり、自業自得といわなければならないが、災いが妻子に及ぶとき、そこには何の罪もなく、同情に値する哀話として、その悲嘆に人々の涙がそそがれることになる。『平家物語』における女性の哀話は、討死、自害、処刑、というかたちで夫を喪《うしな》った妻の立場を語るものがその大半をしめるが、この成親《なりちか》の北の方《かた》の境涯も、そのひとつであり、物語の哀傷感を深めているのである。後に成親が殺された「大納言死去」の章でも、北の方の慨嘆が語られている。

後白河上皇の寵臣《ちようしん》として権勢をふるった成親の盛時と、いまの没落を対比させて、序章でかかげた「盛者必衰」の理《ことわり》を、「目の前にこそ顕《あらは》れけれ」と確認する。盛衰は、平家一門のみならず、変革期の歴史の、特徴ともいえる現象である。

少将《せうしやう》乞請《こひうけ》

丹波少将成経《たんばのせうしやうなりつね》は、其夜《そのよ》しも院の御所法住寺殿《ほふぢゆうじどの》に上臥《うへぶし》して、いまだ出《い》でられざりけるに、大納言の侍《さぶらひ》共《ども》、いそぎ御所《ごしよ》へ馳《は》せ参（ッ）て、少将殿をよび出《いだ》し奉《たてまつ》り、此由《このよし》申すに、

「などや宰相《さいしやう》の許《もと》より、今まで知らせざるらん」

と宣《のたま》ひもはてねば、宰相殿《さいしやうどの》よりとて使《つかひ》あり。此宰相と申すは、入道相国《にふだうしやうこく》の弟《おとと》なり。宿

所は六波羅《はら》の惣門《そうもん》の内なれば、門脇《かどわき》の宰相とぞ申しける。丹波《たんば》少将にはしうとなり。「何事にて候やらん、入道相国のき（ッ）と西八条へ具《ぐ》し奉れと候」といはせられたりければ、少将此事《このこと》心得て、近習《きんじゆ》の女房達《にようばうたち》よび出《いだ》し奉《たてまつ》り、「夜部《よべ》何《なに》となう、世の物さわがしう候ひしを、例の山法師《やまぼふし》の下《くだ》るかな（ン）ど、よそに思ひて候へば、はや成経《なりつね》が身の上にて候ひけり。大納言夜《よ》さりきらるべう候なれば、成経も同罪にてこそ候はんずらめ。今一度御前へ参（ッ）て、君をも見参らせたう候へども、すでにかかる身に罷《まか》りな（ッ）て候へば、憚《はばかり》存じ候」とぞ申されける。女房達《にようばうたち》御前へ参（ッ）て、此由《このよし》奏せられければ、法皇大きにおどろかせ給ひて、

「さればこそ。けさの入道相国《にふだうしやうこく》が使《つかひ》に、はや御心得あり。あは、これらが内々《ないない》はかりし事のもれにけるよ」とおぼしめすにあさまし。

「さるにてもこれへ」

と御気色《ごきしよく》ありければ、参られたり。法皇も御涙をながさせ給ひて、仰《おほ》せ下《くだ》さるる旨《むね》もなし。少将も涙に咽《むせ》んで申しあぐる旨《むね》もなし。ややあ（ッ）て、さてもあるべきならねば、少将袖《そで》をかほにおしあてて、泣く〳〵罷出《まかりい》でられけり。法皇は、うしろを遥《はる》かに御覧じ送らせ給ひて、

「末代こそ心うけれ。これかぎりで、また御覧ぜぬ事もやあらんずらん」

とて、御涙をながさせ給ふぞ忝《かたじけな》き。院中《ゐんぢゆう》の人々、少将の袖《そで》をひかへ、袂《たもと》にすが（ッ）て、名残を惜しみ、涙をながさぬはなかりけり。

【現代語訳】

丹波少将成経《たんばのしようしようなりつね》は、その夜は院の御所法住寺殿《ごしよほうじゆうじどの》に宿直《とのい》して、まだ退出されずにいたが、大納言の侍たちが、急ぎ御所に駆けつけて、少将殿を呼び出しこの事を申し上げると、

「どうして宰相《さいしよう》のところから知らせがないのか」

と言われているところへ、宰相殿から、との使いがあった。この宰相というのは、入道相国《しようこく》の弟である。邸《やしき》が六波羅《ろくはら》の正門の内にあるので、門脇《かどわき》の宰相といった。丹波《たんば》少将には舅《しゆうと》にあたる。

「何事でしょうか、入道相国が急ぎ西八条へお連れせよ、とのことです」

と、使者が伝えると、少将は事情をさとって、法皇側近の女房を呼び出し、

「昨夜、なんとなく世間が物さわがしかったのを、例の山法師らが山からおりて来るのかなどと、よそごとと思っておりましたが、この成経の身の上にかかわることでした。父大納言は夜斬られるということですから、成経も同罪となることでしょう。今一度御前に参り、君にお目にかかりたく存じますが、すでにこのような身となりましたので、はばかられます」

と申された。女房たちは御前に参って、この由《よし》を奏上すると、法皇はたいへん驚かれて、

「そうであったか。今朝の入道相国《しようこく》の使者のことで、それと気づいてはいたが。ああ、これ

らの者が内々謀《ないないはか》っていた事が、洩れたのだな」とお思いになるにも、困惑なさるばかりである。

「それにしても、少将をこちらへ」

との御意向があって、成経は御前に参られた。法皇は涙にくれられ、仰せくだされる言葉もない。少将も涙にむせび、申し上げることもない。そのままでもいられないので、しばらくして、少将は袖《そで》を顔におしあてたまま、泣く泣く退出していかれた。法皇はその後ろ姿がかくれるまで見送られて、

「末代とは心憂いものだ。これが最後で、ふたたび会えぬことにもなるのであろうか」

と仰せられて、畏《おそれ》おおくも涙ぐまれたのであった。院中の人々も、少将の袖《そで》をとり、袂《たもと》にすがって、名残《なご》りを惜しみ、涙を流さぬ者はなかった。

【語釈】

上臥《うへぶし》　天皇、上皇の御座所近くに宿直《とのい》すること。　**宰相《さいしやう》**　平　教盛《たいらののりもり》。忠盛《ただもり》の四男で、清盛の弟。仁安三年（一一六八）参議。宰相は参議の唐名。その娘を成経は妻としていた。　**此事《このこと》心得て**　清盛に捕えられることと覚悟して。　**近習《きんじゆ》の女房《にようぼう》**　法皇のお側に仕える女官。　**夜部《よべ》**　昨夜。　**山法師**　比叡山延暦寺の僧徒。　**よそに**　よそ事と。関係のないことと。　**夜《よ》さり**　夜。　**憚《はばかり》**　遠慮。慎み。　**御心得**　事情を察知したこと。法皇自身の自敬表現。　**あは**　驚いて発する声。　**あさまし**　ただ驚くばかりである。　**御気色《ごきしよく》**　御要望。御意向。　**末代《まつだい》**　末法の世。平安朝末期からひろまった末法思想による時代認識。　**御覧ぜぬ事**　見ないこと。会えないこと。法皇自らの行為の自敬表現。

【解説】

成親《なりちか》の一族は、重盛一家とばかりでなく、教盛《のりもり》とも婚姻関係を結んでいた。その縁で、教盛は女婿《じょせい》成経の身柄を兄清盛に懇願し、教盛のもとに預けられることになるのが、「少将乞請《こひうけ》」の章段名の意味である。

法皇の御所に宿直《とのい》していた成経のもとに、父大納言の侍から事情が知らされ、さらに舅《しゅうと》教盛のもとから、清盛の命令が伝えられて、覚悟した成経と対面する法皇の叙述に、近臣たちとの一体感にあふれる情景をうかがうことができる。

少将《せうしやう》乞請《こひうけ》（一）

しうとの宰相《さいしやう》の許《もと》へ出《い》でられたれば、北の方《かた》はちかう産すべき人にておはしけるが、今朝より此歎《このなげき》をうちそへては、すでに命もたえ入る心地《ここち》ぞせられける。少将、御所を罷出《まかりい》づるより、ながるる涙つきせぬに、北の方の有様を見給ひては、いとどせんかたなげにぞ見えられける。少将のめのとに、六条と云ふ女房あり。「御乳《おんち》に参りはじめさぶらひて、君を血のなかよりいだきあげまゐらせ、月日の重《かさな》るにしたがひて、我身の年のゆく事をば歎かずして、君のおとなしうならせ給ふ事をのみ、うれしう思ひ奉り、あからさまとは思へども、すでに廿一年、はなれ参らせず。

院内へ参らせ給ひて、遅う出《い》でさせ給ふだにも、おぼつかなう思ひ参らするに、いかなる御目にかあはせ給はんずらん」と泣く。少将、「いたうななげいそ。宰相《さいしやう》さておはすれば、命ばかりはさりともこひうけ給はんずらん」と、なぐさめ給へども、人目も知らず泣きもだえけり。

【現代語訳】

舅《しゆうと》の宰相の所にお出になると、北の方《かた》は近く出産なさる方《かた》であったが、今朝から夫の身の上の嘆きが加わって、命も消え入《い》るばかりの御心地《ここち》でおられた。少将は御所を退出されてから、あふれる涙も尽きなかったが、北の方の有様を見られては、いよいよ何とも耐えようのない御様子であった。少将の乳母《めのと》に、六条という女房がいた。

「お乳をさしあげにはじめて参って、君をお産の床《とこ》から抱きあげ申し、月日のたつにつれて成人なさってゆくのを、わが身の年をとることも忘れて、うれしく思い、わずかな間と思ううちに、すでに二十一年お側をはなれずお仕えしてきました。院の御所や内裏に参上なさって、お帰りの遅いときでさえ、不安に思いますのに、今度はどのような目にお会いになるのでしょうか」

と言って泣く。少将は、

「そのようにお嘆きなさるな。宰相がこうしておられるのだから、命だけは何としても乞いうけてくださるだろう」

と慰められたが、六条は人目もはばからず泣きもだえた。

【語釈】

血のなかよりいだきあげ　出産の床《とこ》から抱きあげ。**あからさま**　ほんの少しの間。**院内**　法皇の御所と内裏。**ななげいそ**　な嘆きそ。嘆くな。**さて**　このようにして。教盛《のりもり》が清盛の弟、成《なり》経《つね》の舅《しゅうと》としての立場でいることをさしている。**さりとも**　このようなことになっても。それでも。

【解説】

成経が危急の場にたたされたとき、北の方は出産を間近にひかえた身であった、というこの設定は、悲境をいっそう強調しようとするものである。巻第九で、夫平通盛《みちもり》を一谷《いちのたに》で失った小宰相《こざいしょう》が海に身を投げるとき（「小宰相身投」）永年得られなかった子を宿していた、というのと同じ趣向であり、事実はともかく、若い妻の立場の哀話を語るひとつのパターンであるともいえる。乳母《めのと》の慨嘆も、事態の悲痛感を深め、享受の感動の振幅を大きくする効果をあげるものである。

少将《せうしやう》乞請《こひうけ》（二）

西八条より、使《つかひ》しきなみにありければ、宰相《さいしやう》、

「ゆきむかうてこそ、ともかうもならめ」

とて、出《い》で給へば、少将も宰相の車のしりに乗（ッ）てぞ出《い》でられける。保元《ほうげん》、平治《へいぢ》よりこのかた、平家の人々、楽しみ栄《さかえ》のみあ（ッ）て、愁歎《うれへなげき》はなかりしに、此宰相《このさいしやう》ばかりこそ、よしなき聟《むこ》ゆゑに、かかる歎《なげき》をばせられけれ。

西八条近うな（ッ）て、車をとどめ、まづ案内を申し入《い》れられければ、太政入道《だいじやうにふだう》、

「丹波《たんば》少将をば此内《このうち》へは入《い》れらるべからず」

と宣《のたま》ふ間、其辺《あたり》近き侍の家におろしおきつつ、宰相《さいしやう》ばかりぞ、門のうちへは入《いり》給ふ。少将をばいつしか、兵《つはもの》どもうちかこんで、守護し奉《たてまつ》る。たのまれたりつる宰相殿にははなれ給ひぬ。少将の心のうち、さこそは便《たより》なかりけめ。

宰相中門《ちゆうもん》に居給ひたれば、入道《にふだう》対面もし給はず。源大夫判官季貞《げんだいふはうぐわんすゑさだ》をも（ッ）て、申し入《い》れられけるは、

「教盛《のりもり》こそよしなき者にしたしうな（ッ）て、返す〴〵くやしう候へども、かひも候はず。相具《あひぐ》しさせて候者が、此程《このほど》なやむ事の候なるが、けさよりこの歎《なげき》をうちそへて

は、すでに命もたえなんず。何《なに》かはくるしう候べき、少将をばしばらく教盛に預けさせおはしませ。教盛かうて候へば、なじかはひが事《こと》せさせ候べき」と申されければ、季貞《すゑさだ》参（ッ）て此由申す。入道《にふだう》、

「あはれ、例の宰相が、物に心えぬ」

とて、とみに返事もし給はず。ややあ（ッ）て、入道宣《のたま》ひけるは、

「新大納言成親《なりちか》、此《この》一門をほろぼして、天下《てんが》を乱《みだ》らむとする企《くはだて》あり。この少将は、すでに彼《かの》大納言が嫡子《ちやくし》なり。うとうもあれしたしうもあれ、えこそ申し宥《なだ》むまじけれ。若《も》し此謀反《このむほん》とげましかば、御《ご》へんとてもおだしうやおはすべき、と申せ」

とこそ宣《のたま》ひけれ。季貞かへり参（ッ）て、此由《このよし》宰相に申しければ、誠に本意《ほい》なげにて、重《かさ》ねて申されけるは、

「保元平治《ほうげんへいぢ》よりこのかた、度々《どど》の合戦《かつせん》にも、御命にかはり参らせんとこそ存じ候へ。此後《こののち》も、荒き風をばまづふせぎ参らせ候はんずるに、たとひ教盛こそ年老いて候とも、わかき子どもあまた候へば、一方《いつぱう》の御固《かため》には、などかならで候べき。それに成《なり》経《つね》、しばらくあづからうど申すを、御ゆるされなきは、教盛を一向二心《いつかうふたごころ》ある者と、おぼしめすにこそ。是程《これほど》うしろめたう思はれ参らせては、世にあ（ッ）ても何にかはし候べき。今はただ、身の暇《いとま》を給は（ッ）て、出家入道し、片山里にこもり居て、一すぢに後世菩提《ごせぼだい》のつとめを営み候はん。よしなき浮世《うきよ》のまじはりなり。世にあればこそ

望《のぞみ》もあれ。望のかなはねばこそ恨《うらみ》もあれ。しかじ、うき世を厭《いと》ひ、実《まこと》のみちに入《い》りなんには」

とぞ宣《のたま》ひける。季貞《すゑさだ》参（ッ）て、

「宰相殿《さいしやうどの》はやおぼしめしき（ッ）て候。ともかうもよき様《やう》に、御《おん》ぱからひ候へ」

と申しければ、其時《そのときに》入道《ふだう》大《おほ》きにおどろいて、

「さればとて、出家入道までは、あまりにけしからず。其儀ならば、少将をばしばらく御辺《ごへん》に預け奉《たてまつ》ると、云ふべし」

とこそ宣《のたま》ひけれ。季貞《すゑさだ》帰り参（ッ）て、宰相に此よし申せば、

「あはれ人の子をば持つまじかりけるものかな。我子の縁《えん》にむすぼほれざらむには、是程《これほど》心をばくだかじ物を」

とて、出《い》でられけり。


【現代語訳】

西八条から、使者がしきりと来るので、宰相《さいしょう》は、「ともかくも出向いて行けば、なんとかなろう」といって、出られたが、少将も宰相の車の後《しり》に乗って行かれた。保元《ほうげん》・平治《へいじ》からこの方《かた》、平家の人々は楽しみ栄えるばかりで、愁《うれ》え嘆くことはなかったのに、この宰相だけはよしなき

聟《むこ》のために、このような嘆きをなさるのであった。

西八条近くなって車をとめ、まず取りつぎを申し入れられると、太政《だいじょう》入道は、

「丹波《たんば》少将をこの内にお入れしてはならぬ」

と言われるので、その辺《あたり》近くの侍の家に下ろしおき、宰相《さいしょう》だけが、門の内に入られた。早くも、少将を兵たちがとり囲み、警護される。頼みにしておられた宰相殿とは離れられた少将の心のうちは、さだめてたよりないことであったろう。

宰相は中門に控えられたが、入道は対面なさろうともしない。そこで源大夫《げんだゆう》判官《はんがん》季貞《すえさだ》を取次ぎとして、

「教盛はよしない者と縁をむすび親しくなって、かえすがえすも残念ですが、今更どうなるものでもありません。つれ添わせている娘が、この程身重でおりますが、今朝からこの嘆きがかさなって、すでに命も絶え入るばかり悩んでおります。何のさし障りがありましょう、少将をしばらく教盛にお預けください。教盛がこうしておりますからには、どうして過ちを犯させましょうか」

と申し入れられた。季貞《すえさだ》は入道のもとに参って、この旨を申した。入道は、

「ああ、例によって宰相が、ものをわきまえぬことを言う」

といって、すぐに返事もなさらなかった。しばらくして入道は、

「新大納言成親《なりちか》が、わが一門を滅ぼして、天下を乱そうと企てているのだ。この少将は、まさにその大納言の嫡子《ちゃくし》である。疎《うと》かろうと親しかろうと、その罪をとりなし、私をなだめる

ことはけっしてできない。もしこの謀反を成し遂げようものなら、あなたとて無事ではいられようか、と申し伝えよ」

と言われた。季貞が帰って、このよしを宰相に申すと、まことに失望された様子で、重ねて、

「保元平治《ほうげんへいじ》以来、度々《たびたび》の合戦にも、御命にお代りしようと決意してのぞんで参りました。この後も、荒い風はまず私がお防ぎする所存ですが、たとえこの教盛が年老いましても、若い子供らが大ぜいおりますので、一方の御固《かた》めに必ずなるでしょう。それにもかかわらず、成経《なり》《つね》をしばらくお預りしたいと申すのを、お許しいただけないのは、教盛は二心ある者と、いちずにお思いになっているからでしょうか。これほど気のゆるせぬ者と思われていましては、俗世にあってもいたしかたありません。今はただ、お暇《いとま》をいただいて出家入道し、山里《か》にこもって、ひとすじに後世《ごせ》往生をねがって仏道修行につとめましょう。現世の交わりも甲斐《い》のないこと、現世にあるからこそ、望みがあり、望みがかなわぬから、恨みもあるのです。憂き世を厭《いと》い、実《まこと》の道に入るのが最上です」

と言われた。季貞《すえさだ》は、入道殿の御前に参って、

「宰相殿《さいしょうどの》は、御出家のご覚悟です。ともかくもよいように御はからいください」

と申しあげると、入道はたいへん驚かれて、

「だからといって、出家入道するとは、あまりにも極端なことだ。それならば、少将はしばらくお前にお預けする、と伝えなさい」

と言われた。季貞は、また宰相のもとにもどって、このよしを申すと、宰相は、
「ああ、子というものは持つべきではなかった。わが子の縁にひかれなければ、これほど心を砕く思いはなかったろうに」
と嘆息されて、出て行かれた。

【語釈】

しきなみ　続けざまに。しきりと。　**ともかうも**　なんとか。どうにでも。「ともかくも」の音便。
よしなき　何のとりえもない。つまらない。　**案内**　取り次ぎ。　**いつしか**　いつのまにか。早くも。　**守護**　ここでは警護し監視すること。
源大夫判官季貞《げんだいふはうぐわんすゑさだ》　清和源氏満政《みつまさ》の子孫で、安芸守《あきのかみ》源季遠《すえとお》の子。平氏の家人《けにん》。大夫は五位、判官は三等官、検非違使尉《けびいしのじょう》。保元元年（一一五六）右衛門尉《うえもんのじょう》、治承元年（一一七七）検非違使尉。
かひも候はず　いまさら後悔してもしかたがない。後悔し甲斐《がい》がない。　**相具**《あひぐ》**しさせて**　連れ添わせて。　**なやむ事**　出産ま近であること。　**何かはくるしう候べき**　「かは」は反語。何の支障がありましょうか。　**かうて**　こうして。「かくて」の音便。　**なじかは**　どうしてか。何かは、と同じ。　**ひが事**　誤り。間違った事。　**例の**　例によって。いつものように。　**物に心えぬ**　物の道理をわきまえぬ。無分別である。
とみに　すぐに。早急に。一般に下に打消を伴う場合が多い。　**すでに**　まぎれもなく。まさに。
うとうもあれしたしうもあれ　他人として疎かろうと、縁故があって親しかろうと。　**えこそ申し宥**《なだ》**むまじけれ**　けっしてとりなしなだめることはできない。どのように言ったところで、許すことはできない。　**おだしう**　「おだしく」の音便。安泰で。無事で。　**本意**《ほい》**なげ**　残念な様子。不満

げ。

固《かため》 守備。**うしろめたう** 気が許せない。油断できない。**世** 俗世。**片山里《かたやまざと》** 都から程遠い山里。「流布本」には「高野、粉河」とある。**よしなき浮世のまじはり** つまらない宮仕えの生活。**しかじ** ……するにこしたことはない。倒置して意を強める語法。**実《まこと》のみち** 仏道。仏教の修行。**おぼしめしき(ッ)て** あきらめきって。出家の覚悟をきめていることをいう。**けしからず** 常軌を逸している。異常である。ひどい。**むすぼほれざらむには** 「むすぼほれ」は「むすぼれ」に同じ。結ばれる。結ばれなかったなら。しばられなかったら。

【解説】

重盛が成親《なりちか》の助命のために、政道論をたてて正面きって清盛を説得したのに対し、教盛はわが子の嘆きを訴えて、成経に対する寛恕《かんじょ》を乞おうと努めている。かなえられなければ出家遁世《とんせい》する、と申し出て、成経の身柄を預かることを得るのであるが、「我子の縁にむすぼほれざらむには、是程心をばくだかじ物を」という述懐に、教盛の苦衷《くちゅう》を察することができる。一方、弟でありながら、対面することなく、季貞を介して応答している清盛に、この事件に対する強い態度があらわれている。

教盛のことばに、「わかき子どもあまた候へば、一方の御固《おんかため》には、などかならで候べき」とあるが、後《のち》に西海《さいかい》で勇戦する能登守教経《のりつね》はその一人である。

少将乞請《せうしやうこひうけ》(四)

少将まちうけ奉（ッ）て、

「さていかが候《さうらひ》つる」

と申されければ、

「入道《にふだう》あまりに腹をたてて、教盛《のりもり》には終《つひ》に対面もし給はず。かなふまじき由頻《よししき》りに宣《のたま》ひつれども、出家入道《にふだう》まで申したればにやらん、しばらく宿所《しゆくしよ》におき奉《たてまつ》れと宣《のたま》ひつれども、始終よかるべしともおぼえず」

少将、

「さ候へばこそ、成経《なりつね》は御恩をも（ッ）て、しばしの命ものび候はんずるにこそ。其《それ》につき候ては、大納言が事をば、いかがきこしめされ候」

「それまでは思ひもよらず」

と宣《のたま》へば、其時《そのとき》涙をはら〳〵とながいて、

「誠に御恩をも（ッ）て、しばしの命もいき候はんずる事は、しかるべう候へども、命の惜しう候も、父を今一度見ばやと思ふためなり。大納言がきられ候はんにおいては、成経《なりつね》とてもかひなき命をいきて、何にかはし候べき。ただ一所《いつしよ》でいかにもなる様《やう》に申してたばせ給ふべうや候らん」

と申されければ、宰相《さいしやう》よにも心苦しげにて、

「いさとよ、御辺《ごへん》の事をこそとかう申しつれ。それまでは思ひもよらねども、大納言

殿の御事をば、今朝《けさ》内《うち》の大臣《おとど》の、やう〳〵に申されければ、それもしばしは心安いやうにこそ承れ」

と宣《のたま》へば、少将泣く〳〵手を合《あは》せてぞ悦《よろこ》ばれける。

「子ならざらむ者は、誰《たれ》かただ今、我身の上をさしおいて、是《これ》ほどまでは悦ぶべき。まことの契《ちぎり》は親子のなかにぞありける。子をば人のもつべかりける物哉《かな》」とぞ、やがて思ひ返されける。さて今朝のごとくに、同車して、帰られけり。宿所には、女房《にようばう》達《たち》、死んだる人の、いきかへりたる心して、さしつどひて皆悦《よろこび》泣《なき》どもせられけり。

【現代語訳】

少将は、宰相《さいしよう》の帰りを待ちうけて、

「さて、いかがでしたか」

と申されると、宰相は、

「入道はあまりにも怒《いか》られて、教盛《のりもり》にはついに対面もなされなかった。許すことはできぬ、としきりに言われたが、出家入道するとまで申したからであろう、しばらく邸《やしき》にお置き申せ、と言われたが、このままですむとは思われない」

と言われた。少将は、

「それでは、成経《なりつね》は御恩によってしばらくは命ながらえることができるのですね。それにつけましても、父大納言の事は、いかがお聞きになりましたでしょうか」

「そこまでは思い及ばなかった」

と言われると、少将は、はらはらと涙をながして、

「まことに御恩によって、しばらくも生きながらえることは、ありがたいことですが、命が惜しいというのも、いま一度父に会いたいと思うからです。大納言が斬られるというのでは、この成経《なりつね》も生きて甲斐《かい》ない命をながらえたところで、何になりましょう。ただ父と同じ所で死んでいけるよう、申していただけないでしょうか」

と申されると、宰相はいかにも心苦しそうに、

「さあ、それは。あなたのことをなんとか嘆願するのが精いっぱいで、大納言のことまでは思い及ばなかったが、今朝内大臣がいろいろとりなされたので、それもしばらくは心配ないと聞いている」

と言われると、少将は涙ながらに手を合わせて喜ばれた。

「実の子でなければ、だれがただ今わが身の危急をさしおいて、これほどまで喜ぶであろう。誠の縁は親子のなかにあるのだ。子というものは、人のもつべきものであった」と、宰相は思い直されたのである。さて、今朝のように、同じ車に乗って邸《やしき》へと帰られた。邸では、女房たちが、死んだ人が生き返ったような心地《ここち》で、みな、より集ってうれし泣きしたのであった。

【語釈】

かなふまじき由《よし》 申出をうけいれられない。許せないということ。**にやらん** にやあらんと同じ。**宿所** 邸《やしき》。教盛《のりもり》の住居。**始終よかるべしともおぼえず** 最後まで安泰であるとは思われない。預かるのは一時的で、結局は罪を問われるであろうということ。**さ候へばこそ** それでは。成経の返事を喜ぶ感嘆の心を強くあらわしている。**其《それ》につき候ては** それにつきましては。自分が一応許されたのにつけて、父の身を気づかう心をあらわす。**しかるべう候へども** 「べう」は「べく」の音便。ありがたいことですが。**一所《いっしょ》でいかにもなる様《やう》に** 父が斬られるならいっしょに同じところで殺されるように、の意。**たばせ** 賜ばせ。たぶの未然形に尊敬の助動詞「す」がついた形。申してたばせ給ふべうや候らん、で、申してくださいませんでしょうか。**よにも** いかにも。**心苦しげ** 気の毒で胸もつまる様子。同情のあまり、つらそう。

いさとよ 「いさ」は、さあ、どうか、と相手の言に否定的に対応する語。「とよ」は強めの連語。**やう〳〵に** さまざまに。重盛がいろいろと過去の例をあげて、清盛の説得にあたったことをいう。**まことの契《ちぎり》** 真実の縁。「契」は前世からの約束、宿縁。

【解説】

教盛《のりもり》の嘆願で、即座の刑はまぬがれた成経《なりつね》が、父大納言の安否を気づかい慨嘆するさまをみて、父を案ずる子の真情にほだされ、先ほど「人の子をば持つまじかりけるものかな」と言った教盛《のりもり》であるが、「子をば人のもつべかりける物哉《かな》」と思い改める。子故に悩む父と、父を思う子、という、事件のなかでの親子の情愛を主眼とした一こまである。

この教盛は、情に篤《あつ》い人物としてえがかれているが、官位においては、清盛とその子らの昇進ぶりにくらべて遅れ、正三位参議となったのは四十一歳、そして寿永二年（一一八三）の中納言が最終であった。

教訓状《けうくんじやう》

太政入道《だいじやうのにふだう》は、か様《やう》に人々あまた警《いまし》めおいても、なほ心ゆかずや思はれけん、すでに赤地《あかぢ》の錦《にしき》の直垂《ひたたれ》に、黒糸威《くろいとをどし》の腹巻《はらまき》の、白《しろ》かな物う（ッ）たるむな板せめて、先年安《あ》芸守《きのかみ》たりし時、神拝《じんぱい》の次《ついで》に、霊夢《れいむ》を蒙《かうぶ》（ッ）て、厳島《いつくしま》の大明神《だいみやうじん》より、うつつに給はられたりし、銀《しろかね》の蛭巻《ひるまき》したる小長刀《こなぎなた》、常の枕《まくら》をはなたず立てられたりしを脇ばさみ、中門《ちゆうもん》の廊《らう》へぞ出《い》でられける。そのきそく、大方《おほかた》ゆゆしうぞみえし。貞能《さだよし》を召す。筑後《ちくごの》守貞能《かみさだよし》、木蘭地《むくらんぢ》の直垂《ひたたれ》に、緋威《ひをどし》の鎧《よろひ》着て、御《おん》まへに畏《かしこま》ってぞ候ひける。ややあ（ッ）て、入道宣《にふだうのたま》ひけるは、

「貞能此事《さだよしこのこと》いかが思ふ。保元《ほうげん》に、平右馬助《へいうまのすけ》をはじめとして、一門半《なかば》過ぎて、新院のみかたへ参りにき。一宮《いちのみや》の御事は、故刑部卿殿《こぎやうぶきやうどの》の養君《やうくん》にてましまいしかば、かた〴〵みはなち参らせがたか（ッ）しかども、故院の御遺誡《ゆいかい》に任せて、みかたにて先《さき》をかけたりき。是《これ》一つの奉公なり。次に平治《へいぢ》元年十二月、信頼《のぶより》、義朝《よしとも》が院内《ゐんうち》をとり奉《たてまつ》り、大《たい》

内《だい》にたてごもり、天下《てんが》くらやみとな（ッ）たりしに、入道《にふだう》身を捨てて凶徒を追ひ落し、経宗《つねむね》、惟方《これかた》を召し誡《いまし》めしに至るまで、すでに君の御ために命をうしなはんとする事度々《どど》に及ぶ。縦《たと》ひ人何《なん》と申すとも、七代までは此一門をば争《いか》でか捨《す》てさせ給ふべき。それに成親《なりちか》と云ふ無用のいたづら者、西光《さいくわう》と云ふ下賤《げせん》の不当人《ふたうじん》めが申す事につかせ給ひて、この一門亡《ほろぼ》すべき由、法皇の御結構《ごけっこう》こそ、遺恨《ゐこん》の次第《しだい》なれ。此後《このゝち》も讒奏《ざんそう》する者あらば、当家追討の院宣《ゐんぜん》、下《くだ》されつと覚ゆるぞ。朝敵《てうてき》とな（ッ）ては、いかにくゆとも益《えき》あるまじ。世をしづめん程、法皇を鳥羽《とば》の北殿へうつし奉《たてまつ》るか、しからずは是《これ》へまれ、御幸《ごかう》をなしまゐらせんと思ふはいかに。其儀《そのぎ》ならば、北面《ほくめん》の輩《ともがら》矢をも一つ射て（ン）ずらん。侍《さぶらひども》共に其用意《ようい》せよと触《ふ》るべし。大方《おほかた》は入道《にふだう》、院がたの奉公思ひき（ッ）たり。馬に鞍《くら》おかせよ。着背長《きせなが》とり出《いだ》せ」とぞ宣《のたま》ひける。

【現代語訳】

太政入道《だいじょう》は、このように多くの人々を捕縛《ほばく》しておいたが、それでもなおお心がおさまらなかったのか、赤地の錦《にしき》の直垂《ひたたれ》に、黒糸威《くろいとおどし》の腹巻の、銀の金具の飾りをつけた胸板をぴったりと身につけ、先年安芸守《あきのかみ》であったとき、厳島《いつくしま》の大明神《みょうじん》から、参拝の折霊夢のなかでお告げをうけ、現に賜わった銀の蛭巻《ひるまき》をした小長刀《こなぎなた》を、常日ごろも枕もとを離さず立てておかれたが、脇《わき》ばさんで、中門《ちゅうもん》の廊《ろう》へ出られた。その気概にはまったく畏怖《いふ》すべきものがあった。貞能《さだよし》をお呼びになる。筑後守《ちくごのかみ》貞能は、木蘭地《むくらんぢ》の直垂《ひたたれ》に緋威《ひおどし》の鎧《よろい》を着て、御前に畏《かしこ》まってひかえた。

入道は、

「貞能《さだよし》、このことをいかに思うか。保元《ほうげん》の乱の折、平右馬助《うまのすけ》をはじめとして平家一門の大半は、新院の味方に参った。一宮《いちのみや》の御事は、故刑部卿殿《こぎょうぶきょうどの》の養い君であられたので、いずれもお見捨て申し難かったが、故鳥羽院の御遺誡《ゆいかい》に従って、後白河天皇の方《ほう》に参って、まっ先駆《か》けて戦ったのだ。これが第一の奉公である。つぎに、平治元年十二月、信頼《のぶより》、義朝《よしとも》が、後白河上皇と二条天皇を幽閉《ゆうへい》し奉《たてまつ》って大内裏《だいだいり》にたてこもり、天下が暗闇《くらやみ》となったときも、入道は身を捨てて反逆者を追い落し、経宗《つねむね》、惟方《これかた》を逮捕するまで、君の御ために命の危険にさらされたことは、数度に及んでいる。たとえ人がなんと言おうと、七代の子孫にいたるまでは、どうしてこの一門をお見捨てなさるべきであろうか。それにもかかわらず成親という役にも立たぬ無用者、西光という素性の卑しい無法者の申すことをお聞き入れになって、この一門を滅ぼそうと、法皇が御企てなさったことは、なんとも無念である。今後も讒奏《ざんそう》する者があれば、当家追討の院宣をくだされることになると思われるぞ。朝敵となっては、いかに悔いてもどうにもならぬ。世を鎮《しず》めるまで、法皇を鳥羽の北殿へおうつしするか、さもなければこの西八条の邸《やしき》へでも行幸なさるよういたしたいと思うがどうか。そうなれば、北面《ほくめん》の武士どもが矢を射かけてくることになろう、侍どもにその用意をせよと触れ回れ。もはや入道は、法皇への奉公は思い切ったぞ。馬に鞍《くら》をおけ。鎧《よろい》を取り出せ」

と言われた。

【語釈】

心ゆかず 心がおさまらない。安心できない。 **すでに** とっくに。もう。早くも。 **赤地《あかぢ》の錦《にしき》の直垂《ひたたれ》** 赤い織地の錦で作った直垂。直垂は鎧《よろい》の下に着用する鎧直垂。 **腹巻《はらまき》** 略式の鎧《よろい》。 **白かな物う（ッ）たる** 銀の金具の装飾をつけた。 **むな板** 鎧《よろい》の胴の前面最上部。 **せめて** きつくしめて。 **神拝《じんぱい》** 国司《こくし》に着任してはじめてその国内の神社に詣《もう》でることをいうが、ここでは、神社に参詣《さんけい》すること。厳島《いつくしま》大明神《だいみようじん》から小長刀《こなぎなた》を賜わる説話は、巻第三「大塔建立《だいたふこんりふ》」にある。 **霊夢《れいむ》を蒙《かうぶ》（ッ）て** 夢に霊験あらたかな神のお告げをうけて。 **うつつに** 現実に。 **銀《しろかね》の蛭巻《ひるまき》したる** 柄《つか》に蛭《ひる》が巻きついたような形に銀を巻きつけた装飾をしたもの。 **きそく** 「気色《きしよく》」に同じ。けはい。様子。意向。 **大方《おほかた》** 全体として。総じて。 **ゆゆしう** 恐ろしい。畏怖《いふ》される状態である。 **貞能《さだよし》** 行綱《ゆきつな》密告のときも、清盛はまず貞能を召した（「西光被斬《さいくわうがきられ》」）。 **木蘭地《むくらんぢ》** 黒みがかった黄赤色の地。

緋威《ひをどし》 濃くあかるい朱色の革で鎧《よろい》の札《さね》を綴《つづ》ったもの。 **ややあ（ッ）て** 少し間《ま》をおいて。しばらくして。 **平右馬助《へいうまのすけ》** 平忠正《ただまさ》。忠盛《ただもり》の弟、清盛の叔父。右馬助は右馬寮《うまりよう》の次官。保元《ほうげん》の乱に崇徳《すとく》上皇方につき、後《のち》処刑された。 **新院** 崇徳上皇。皇位継承をめぐる不満から、藤原頼長《よりなが》と結んで保元の乱を起し、敗《やぶ》れて讃岐《さぬき》に流された。 **一宮《いちのみや》** 崇徳上皇第一皇子、重仁《しげひと》親王。 **故刑部卿殿《こぎやうぶきやうどの》** 平忠盛。

ましましかば 「ましましかば」の音便。 **かた〴〵** どちらも。あれこれ。 **がたか（ッ）しかども** 「がたかりしかども」の促音便。 **故院の御遺誡《ゆいかい》** 鳥羽法皇の御遺訓。 **院内《ゐんうち》** 後白河法皇と二条天皇。**大内**《たいだい》「おほうち」とも読む。大内裏。**経宗**《つねむね》藤原経宗。大納言経実《つねざね》四男。保元《ほうげん》三年（一一五八）権《ごん》大納言。**惟方**《これかた》藤原惟方。権《ごん》中納言顕頼《あきより》二男。保元四年（一一五九）別当。経宗とともに、はじめ信頼《のぶより》にくみして二条天皇を幽閉し、後《のち》に信頼にそむき、天皇を六波羅《ろくはら》へ誘導した。『平治《へいじ》物語』にくわしい。永暦元年（一一六〇）経宗とともに清盛に捕えられ、経宗は阿波《あわ》、惟方《これかた》は長門《ながと》に配流《はいる》されたが、後《のち》、召還された。**世をしづめん程**　この事件を処理して、世を穏やかにするまで。**鳥羽**《とば》**の北殿**《きたどの》京都市伏見区下鳥羽にあった鳥羽殿（城南離宮）の一殿舎で、南殿《なでん》、馬場殿《ばばでん》、田中殿、州浜殿《すはまでん》などがあった。**着背長**《きせなが》大将の着用する正式の鎧《よろい》の別称。

【解説】

清盛の武人としての風貌《ふうぼう》をあざやかに表現した一節である。後白河法皇が、単に近臣らの策謀に従って、平家打倒の意向を強めたというのではなく、自《みずか》らの意志でもあったことは、物語の叙述では明確ではないにしても、巻第一「鹿谷《ししのたに》」の章などでうかがえるところである。平家は、その武力で後白河院政をささえ、清盛と後白河院との間は、保元・平治以来緊密な結びつきがあったが、平家の権勢が拡大するに及んで、その間に対立が生じ、後白河院に平家を抑制しようとする動きのあったことは、物語に語られてきたが、その対立が決定的になったのが「鹿谷《ししのたに》」の陰謀であった。清盛の、後白河院との対決は必然性があり、「院がたの奉公思ひき（ッ）たり」と断言するところに、強烈なその性格が表現されている。

教訓状《けうくんじやう》（二）

主馬判官盛国《しゆめのはんぐわんもりくに》、いそぎ小松殿《こまつどの》へ馳《は》せ参（ッ）て、

「世は既にかう候《ざうらふ》」

と申しければ、大臣《おとど》、聞きもあへず、

「あは、はや成親卿《なりちかのきやう》が首《かうべ》をはねられたるな」

と宣《のたま》へば、

「さは候はねども、入道殿《にふだうどの》、着背長《きせなが》召され候。侍《さぶらひ》共《ども》皆う（ッ）た（ッ）て、只今《ただいま》法《ほふ》住寺殿《ぢゆうじどの》へ寄せんと出《い》でたち候。法皇をば鳥羽殿《とばどの》へおしこめ参らせうど候が、内々《ないない》は鎮《ちん》西《ぜい》のかたへながし参らせうど擬《ぎ》せられ候」

と申しければ、大臣《おとど》争《いか》でかさる事あるべきと思へども、今朝《けさ》の禅門《ぜんもん》のきそく、さる物ぐるはしき事もあるらむとて、車をとばして西八条へぞおはしたる。

門前にて車よりおり、門の内《うち》へさし入《い》（ッ）て見給へば、入道腹巻《にふだうはらまき》を着給ふ上《うへ》は、一門の卿相雲客《けいしやううんかく》数十人、おの〳〵色々の直垂《ひたたれ》に、思ひ〳〵の鎧《よろひ》着て、中門《ちゆうもん》の廊《らう》に、二《に》行《ぎやう》に着座せられたり。其外《そのほか》諸国の受領《じゆりやう》、衛府《ゑふ》諸司《しよし》な（ン）どは、縁に居こぼれ、庭にもひしとなみ居たり。旗《はた》ざを共ひきそばめひきそばめ、馬の腹帯《はるび》をかため、甲《かぶと》の緒《を》を

しめ、只今《ただいま》皆う(ッ)たたんずるけしきどもなるに、小松殿、烏帽子直衣《えぼしなほし》に大文《だいもん》の指貫《さしぬき》そばと(ッ)て、ざやめき入《い》り給へば、事の外《ほか》にぞみえられける。入道《にふだう》ふし目にな(ッ)て、「あはれ例の内府《だいふ》が、世をへうする様《やう》にふるまふ。大《おほ》きに諫《いさ》めばや」とこそ思はれけめども、さすが子ながらも、内《うち》には五戒《ごかい》をたも(ッ)て慈悲を先とし、外《ほか》には五常《ごじやう》を乱らず礼義をただしうし給ふ人なれば、あのすがたに、腹巻を着て向《むか》はむ事、おもばゆう恥づかしうや思はれけむ、障子《しやうじ》をすこし引きたてて、素絹《そけん》の衣《ころも》を、腹巻の上に、あわて着に着給ひたりけるが、胸板《むないた》の金物《かなもの》のすこしはづれて見えけるを、かくさうど、頻《しき》りに衣の胸を引きちがへ引きちがへぞし給ひける。

【現代語訳】


主馬判官盛国《しゆめのはんがんもりくに》は、急ぎ小松殿《こまつどの》に駆《か》けつけて、

「事態は緊迫しております」

と申し上げると、大臣は聞きも終わらず、

「ああ、すでに成親卿《なりちかきよう》の首をはねられたのだな」

と言われた。

「そうではありませんが、入道殿が鎧《よろい》をお召しになっております。侍どもはみな出陣して、ただいま法住寺殿に攻め寄せようと、用意をととのえています。法皇を鳥羽殿《とばどの》へおしこめ申

そうとのことですが、内密には九州の方へお流し申そうと考えておられます」と申したので、大臣は、どうしてそんなことがあろうか、と思われたが、今朝の入道の御様子では、あるいはそのようなとんでもないこともしかねない、と思われて、車をとばして西八条においでになった。

門前で車からおり、門の内へ進んで御覧になると、入道が腹巻を着られたうえは、一門の公卿《くぎょう》、殿上人《てんじょうびと》数十人も、それぞれ、いろいろの直垂《ひたたれ》に思い思いの鎧《よろい》を着て、中門《ちゅうもん》の廊《ろう》に二列に着座しておられる。そのほか、諸国の受領《ずりょう》、衛府《えふ》、諸役人などは、縁にあふれ、庭までびっしりと居並んでいた。旗ざおなどを引き寄せ、引き寄せ、馬の腹帯をかたく結び、甲《かぶと》の緒《お》をしめて、いまにもみな出陣しようとする様子であった。そこへ小松殿が、烏帽子《えぼし》、直衣《のうし》に大紋《だいもん》の指貫《さしぬき》の端をとって、衣《きぬ》ずれの音もさわさわと、入ってこられたのは、まったく場違いの異様な情景であった。入道は伏し目になって、「ああ、また例によって内大臣の世間をあなどるふるまいだ。大いに諫《いさ》めなければならぬ」と思われたであろうが、さすがにわが子ながらも、仏教の面では五戒《ごかい》をよく守って慈悲ぶかいことを第一とし、儒教の立場では五常を乱さず礼儀正しい人なので、あの姿に、腹巻を着て向いあうのは、面《おも》はゆく恥ずかしいと思われたのであろう、襖《ふすま》をすこし閉《し》めて、素絹《そけん》の僧衣を、腹巻の上にあわてて着られたが、鎧《よろい》の胸板の金物が、少しはずれた僧衣の間から見えるのを、隠そうと、しきりに僧衣の胸元《むなもと》を、ひき合わせひき合わせなさった。

【語釈】

世は既《すで》にかう候《ざうらふ》　世の中ははやこうなりました。危急の事態を告げる意。　**擬《ぎ》せられ候**　あらかじめ定められております。
卿相《けいしやう》　公卿《くぎやう》。　**雲客《うんかく》**　殿上人《てんじやうびと》。　**居こぼれ**　座りきれず、あふれる。　**ひしと**　すきまなく、びっしりと。　**ひきそばめ**　引き寄せ。「そばめ」は、わきに寄せる。　**直衣《なほし》**　貴人の平常に用いる略服。　**大文《だいもん》の指貫《さしぬき》**　大柄の紋様を織り出してあるくくり袴《ばかま》。　**そばと（ッ）て**　袴のももだちをとって。
ざやめき　さやさやと衣《きぬ》ずれの音をさせて。　**事の外《ほか》**　意外。場ちがい。この場の情景との違和感をいう。　**内府《だいふ》**　内大臣の唐名。　**へうする**　侮《あなど》り、嘲《あざけ》る。冨倉徳次郎『平家物語全注釈』に考察があり、「慓す」の字をあてて、「軽んずる」「ばかにする」の意とする。　**内《うち》**　仏教。仏教の経典を内典という。　**五戒《ごかい》**　仏教に説く、殺生《せつしやう》、偸盗《ちゆうとう》、邪淫《じやいん》、妄語《もうご》、飲酒《おんじゆ》の五つを禁じる戒。　**外《ほか》**　儒教をさす、儒教など仏教以外の典籍を外典《げてん》という。　**五常《ごじやう》**　儒教で説く、仁、義、礼、智、信、の五つの徳目。　**おもばゆう**　「面映《おもはゆ》く」の音便。顔を合わせるのもまばゆく思われること。恥かしい。　**素絹《そけん》の衣**　織り文《もん》のない生絹《すずし》で作った僧衣。　**引きちがへ**　引いて重ね合わせようとすること。交差させること。

【解説】

法皇を「内々《ないない》は鎮西《ちんぜい》のかたへなが」そうという考えだと述べる盛国《もりくに》の言は、事態の急を強調するものであろう。西八条へただちに赴いた重盛の態度は、さきの「小教訓」の章で、一門の危機、と緊張しているなかに、兵《つわもの》一人もともなわず「大様げ」に参って「人々皆思はずげに」見た、という状景をさらに上回って、鎧甲《よろいかぶと》に身をかためた軍勢と、平服《へいふく》の文官《ぶんかん》姿との対照をあざやかに示した描出となっている。武装して、「そのきそく、大方《おほかた》ゆゆしう」みえた清盛も、この重盛の前にはたじろがざるをえない。「入道《にふだう》ふし目にな（ッ）て」の一句は、巧みにこの清盛の心理を表現している。重盛の態度に不満はありながらも、儒仏の道徳そのものを人であらわしたような重盛の前には頭があがらず、僧衣の下にみえる鎧《よろい》の金具をかくそうと、しきりに胸元を引き合わせようとする清盛の姿が、如実に現前する叙述である。

教訓状《けうくんじやう》（三）

大臣《おとど》は舎弟《しやてい》宗盛《むねもり》卿《のきやう》の座上《ざじやう》につき給ふ。入道も宣《のたま》ひいだす旨《むね》もなし。大臣《おとど》も申しいださるる事もなし。ややあ（ッ）て入道宣《のたま》ひけるは、

「成親卿《なりちかのきやう》が謀反《むほん》は、事の数にもあらず。一向《いつかう》法皇の御結構《ごけつこう》にてありけるぞや。世をしづめん程、法皇を鳥羽《とば》の北殿へうつし奉るか、しからずは是《これ》へまれ、御幸《ごかう》をなしまゐらせんと思ふはいかに」

と宣《のたま》へば、大臣《おとど》聞きもあへず、はら〱とぞ泣かれける。入道《にふだう》、

「いかに〱」

とあきれ給ふ。大臣《おとど》涙をおさへて申されけるは、

「此仰《このおほ》せ承《うけたまは》り候に、御運ははや末になりぬと覚え候。人の運命の傾《かたぶ》かんとては、必

ず悪事を思ひたち候なり。又御《おん》有様、更にうつつともおぼえ候はず。さすが我朝《わがてう》は、辺地粟散《へんぢそくさん》の境《さかひ》と申しながら、天照大神《てんせうだいじん》の御子孫《ごしそん》、国の主《あるじ》として、天《あま》の児屋根《こやね》の尊《みこと》の御末、朝《てう》の政《まつりごと》をつかさどり給ひしよりこのかた、太政大臣《だいじやうだいじん》の官《くわん》に至る人の、甲冑《かつちう》をよろふ事、礼義を背《そむ》くにあらずや。就中《なかんづく》御出家の御身《おんみ》なり。夫《それ》三世《さんぜ》の諸仏《しよぶつ》、解脱幢相《げだつどうさう》の法衣《ほふえ》をぬぎ捨てて、忽《たちま》ちに甲冑《かつちう》をよろひ、弓箭《きゆうせん》を帯《たい》しましまさむ事、内《うち》にはすでに破戒無慙《かいむざん》の罪をまねくのみならず、外《ほか》にはまた、仁義礼智信の法にもそむき候なんず。かたがた恐《おそれ》ある申言《まうしごと》にて候へども、心の底に旨趣《しいしゆ》を残すべきにあらず。

まづ世に四恩《しおん》候。天地の恩、国王の恩、父母《ぶも》の恩、衆生《しゆじやう》の恩、是《これ》なり。そのなかにもつとも重きは朝恩《てうおん》なり。普天《ふてん》のした、王地《わうぢ》にあらずと云ふ事なし。されぱかの潁川《えいせん》の水に耳を洗ひ、首陽山《しゆやうざん》に蕨《わらび》を折《を》(ッ)し賢人も、勅命そむきがたき礼儀をば、存知《ぞんぢ》すとこそ承《うけたまは》れ。

何《いか》に況哉《いはんや》、先祖にもいまだ聞かざ(ッ)し太政大臣《だいじやうだいじん》をきはめさせ給ふ。いはゆる重盛が無才愚闇《むさいぐあん》の身をも(ッ)て、蓮府槐門《れんぷくわいもん》の位にいたる。しかのみならず、国郡半《こくぐんなかば》は過ぎて、一門の所領となり、田園《でんをん》悉《ことごと》く、一家《いつけ》の進止《しんじ》たり。これ希代《きたい》の朝恩《てうおん》にあらずや。今これらの莫大《ばくたい》の御恩を思召《おぼしめ》し忘れて、みだりがはしく法皇を傾《かたぶ》け奉《たてまつ》らせ給はん事、天照大神《てんせうだいじん》、正八幡宮《しやうはちまんぐう》の神慮にも背《そむ》き候ひなんず。日本《につぽん》は是神国《これしんこく》なり、神《かみ》は非礼《ひれい》を享《う》け給はず。しかれば君のおぼしめし立つところ、道理なかばなきにあらず。なかにも此《この》一門は、代々の朝敵《てうてき》を平《たひら》げて、四海の逆浪《げきらう》をしづむる事は、無双《ぶさう》の忠なれども、その賞に誇る事は、傍若無人《ばうじやくぶじん》とも申しつべし。聖徳太子《しやうとくたいし》十七ケ条の御憲法《ごけんぽふ》に、『人皆心あり。心おの〳〵執《しゆ》あり。彼《かれ》を是《ぜ》し、我を非《ひ》し、我を是し、彼を非す。是非《ぜひ》の理《り》、誰《たれ》かよくさだむべき。相共《あひとも》に賢愚《けんぐ》なり、環《たまき》のごとくして端《はし》なし。ここをも（ッ）て設《たと》ひ人いかると云ふとも、かへ（ッ）て我とがをおそれよ』とこそみえて候へ。

しかれども、御運つきぬによ（ッ）て、御謀反《むほん》すでにあらはれぬ。其上《そのうへ》仰せ合せらるる成親卿《なりちかのきやう》、召しおかれぬる上は、設《たと》ひ君いかなる不思議をおぼしめしたたせ給ふとも、なんのおそれか候べき。所当《しよたう》の罪科おこなはれん上は、退《しりぞ》いて事の由を陳《ちん》じ申させ給ひて、君の御ためには、弥《いよ〳〵》奉公の忠勤をつくし、民《たみ》のためにはます〳〵撫育《ぶいく》の哀憐《あいれん》をいたさせ給はば、神明《しんめい》の加護にあづかり、仏陀《ぶつだ》の冥慮《みやうりよ》にそむくべからず。神明仏陀《めいぶつだ》感応《かんおう》あらば、君もおぼしめしなほす事などか候はざるべき。君と臣とならぶるに、親疎《しんそ》わくかたなし。道理と僻事《ひがごと》をならべんに、いかでか道理につかざるべき」

【現代語訳】

内大臣は弟宗盛卿《むねもりきやう》の上座にすわられた。入道は仰せ出される言葉もなく、大臣も一言も申し出されない。しばらくして、入道は口を切られ、

「成親卿の謀反はものの数ではない。もっぱら法皇の御企《くわだて》であったのだ。世を鎮めるまでの間、法皇を鳥羽の北殿《きたどの》へおうつし申すか、でなければここへでも、御幸《ごこう》を願おうと思うが、どうであろう」

と言われると、内大臣は聞きもはてずに、はらはらと泣かれた。入道は、

「どうした、どうしたのか」

とおどろかれる。大臣は涙を抑えて、申された。

「この仰せを承りますと、御運はもはや末になったと思われます。人の運命が傾きかけるときは、必ず悪事を思い立つものです。またこの御有様は、まことに正気のこととも思われません。わが国は、辺境の小国とはいいながら、なんといっても天照大神の御子孫が国の主《あるじ》として国を治め、天児屋根命《あまのこやねのみこと》の御末が、朝政をおとりになって以来、太政大臣《だじょう》の官に上った人が、甲冑《かっちゅう》に身をかためるということは、礼儀にそむくことではありませんか。まして、御出家の御身の上です。そもそも、三世の諸仏が、解脱《げだつ》を求めるしるしとして着用する袈裟《けさ》をぬぎ捨てて、たちまちに甲冑を身につけ、弓矢を携《たずさ》えられるということは、仏教のうえではすでに破戒無慚《むざん》の罪を招くばかりでなく、儒教の立場ではまた、仁義礼智信の道徳にもそむくことになります。いずれにしてもおそれおおい申し分ではありますが、心の奥に思っていることを隠し残しておくべきではないので、申すのです。

　まず、世には四恩があります。天地の恩、国王の恩、父母の恩、衆生の恩、がこれです。そのなかで、もっとも重いのが朝恩です。天の下はくまなく、国王の地でないところはあり

ません。それで、かの許由《きょゆう》は、長官として召されたことを、汚れとして穎川《えいせん》の水で耳を洗い、伯夷《はくい》・叔斉《しゅくせい》は主君に諫言して容《い》れられず、隠世して首陽山《しゅようざん》に蕨《わらび》を採ってくらしましたが、これらの賢人も、勅命はそむくことができぬという礼儀は、わきまえていたと承っております。

ましてや、父上は先祖にもまだ例のない太政大臣という最高の官を極められ、この重盛も、周知のように無才暗愚の身ながら、大臣の位にのぼりました。そればかりでなく、全国の半ばをこえる国郡《こくぐん》がわが一門の所領となり、荘園《しょうえん》はことごとく一家の思いのままになっております。これこそ世にまれな朝恩ではないでしょうか。いま、これらのばく大な御恩をお忘れになって、無法にも法皇を幽閉し奉ろうとなさることは、天照大神、正《しょう》八幡宮の神慮にもそむくことになるでしょう。日本は神国です。神は非礼をうけいれなさいません。ですから、法皇の思いたたれたことは、なかば道理がないわけではありません。とくにこの一門は、代々の朝敵を平定して、国内の反乱を鎮めたことは、ならびない忠節ではありますが、その恩賞に誇るところは、傍若無人ともいうべきでしょう。

聖徳太子の十七ヵ条の御憲法に、『人には皆、心がある。心にはそれぞれ執着がある。彼を是《ぜ》として、我を非とし、また我を是として、彼を非とする、というように、是非の理というものは、だれも定めることができない。ともに、賢でもあれば愚でもあって、それは一つの環《わ》のようにつらなり、端《はし》がない。このゆえに、たとえ人は怒ることがあっても、かえって自《みずか》らをかえりみて過《あやまち》をおそれつつしみなさい』とみえております。

しかしながら、御運は尽きていませんので、わが一門に対する御謀反は、未然に明らかとなりました。そのうえ、御相談になった成親卿を召しおかれているいじょう、たとえ法皇がどのようなことを御企《たくら》みなされようとも、何のおそれがありましょうか。罪に相当する処罰を科せられたうえは、それ以上のことはなさらず、事情を陳述申し上げて、法皇の御ためには、いよいよ忠節な奉公を励み、民のためには、ますます哀れみいつくしむ政治をおすすめになれば、神の加護をうけ、仏の御心にもかなうこととなりましょう。神仏の感応があれば、法皇も必ずお考えをあらためられるでしょう。君と臣とをくらべますと、いずれが親しく、いずれが疎いという区別はたちません。君に従うのが当然のことです。道理とあやまりをならべれば、どうして道理をとらないことがありましょうか」

【語釈】

事の数にもあらず　数えあげるほどのことではない。たいしたことではない。　**あきれ**　茫然《ぼうぜん》とする。途方にくれる。　**うつつ**　正気。　**さすが**　それでもやはり。なんといっても。　**辺地《へんち》粟散《ぞくさん》の境**　辺鄙《へんぴ》な粟粒を散らしたような小国。須弥山《しゅみせん》を中心とした四洲の一、南方の閻浮提《えんぶだい》の辺隅にわが国は位置すると考えられており、しかも小国であったので、こう称した。　**天《あま》の児屋《こや》根《ね》の尊《みこと》**　神皇《かんむす》産神《びのかみ》の子、藤原氏の祖先神。天照大神の岩戸にこもったときは、太占《ふとまに》の卜事《ぼくじ》にたずさわり、祝詞《のりと》を奏し、天孫降臨には五伴緒《いつとものお》の一として、天孫とともにくだった。神道祭祀をつかさどる中臣《なかとみ》氏の祖で、大化改新に功のあった中臣鎌足《かまたり》のとき、藤原氏の姓を賜わった。　**三世《さんぜ》の諸仏《しょぶつ》**　過去、現在、未来に出現する諸仏。　**解《げ》脱《だつ》幢相《どうそう》の法衣《ほふえ》**　煩悩《ぼんのう》を断《た》って世俗を離脱するしるしとして着用する衣、袈裟《けさ》のこと。
破戒無慚《はかいむざん》の罪　受戒したものが戒法を破り、悪をなして恥じることのない罪。**旨趣《しいしゅ》**　心中に思うこと。所存。**四恩《しおん》**　『心地観経』に、一に父母恩、二に衆生恩、三に国王恩、四に三宝恩をあげ、『釈氏要覧』は一に父母恩、二に師長恩、三に国王恩、四に施主《せしゅ》恩をあげる。**普《ふ》天のした**　あまねく世界をおおっている空の下。天下。『詩経』小雅北山篇に「溥天之下莫シレ非ルハ二王土ニ一」（溥《ふ》天の下王土に非ざるはなし）とある。
潁川《えいせん》の水に耳を洗ひ　中国、堯《ぎょう》の時代の許由《きょゆう》の故事。『高士伝』に「堯召シテ為ス二九州ノ長ト一、由不ズレ欲セレ聞カムトレ之ヲ、洗フ二耳ヲ於潁水ノ之浜ニ一。」（堯《ぎょう》召して九州の長となす、由《ゆ》之《これ》を聞かんと欲せず、耳を潁水《えいすい》の浜に洗う）とある。**首陽山《しゆやうざん》に蕨《わらび》を折（ッ）し**　伯夷《はくい》叔斉《しゆくせい》の故事。周の武王が殷《いん》の紂《ちゅう》王を討とうとしたとき、伯夷・叔斉の兄弟は、臣として君に叛《はん》することの不当を説いて諫止《かんし》したが、容《い》れられず、周の穀《こく》を食することを恥として首陽山（中国山西省西南部にある）に隠れ、わらびをとって食したという。『史記』伯夷《はくい》伝にある。
何に況哉《いかにいはんや》　まして。いわんや。**いはゆる**　世間でいわれている。**無才愚闇《むさいぐあん》**　才能なく愚かで道理に暗い。**蓮府槐門《れんぷくわいもん》の位**　大臣。蓮府は晋の大臣王倹が蓮を愛好してその邸《やしき》に植えた故事により、大臣の邸、大臣をいい、槐門は三公と同じく、左大臣、右大臣、内大臣の称。**田園《でんおん》**　荘園《しょうえん》。
進止《しんじ》　思うままに支配すること。**希代《きたい》**　世にもまれなこと。**みだりがはしく**　無法にも。不謹慎に。
日本《にっぽん》は是神国《これしんこく》なり　日本を神国とする思想は『三代実録』所載の宣命《せんみょう》、『保元物語』『澄憲表白《ちょうけんひょうびゃく》集《しゅう》』『神皇正統記《じんのうしょうとうき》』などにみえる。**傍若無人《ぼうじゃくぶじん》**　傍らに人無きがごとし、で、かって気ままにふるまうこと。

聖徳太子《しやうとくたいし》十七ケ条の御憲法《ごけんぽふ》　推古《すいこ》天皇十二年（六〇四）聖徳太子が制定して手書奏上したことが『日本書紀』にみえ、官僚貴族の守るべき政治道徳を十七条にわたって述べたもの。その第十条に「人皆有レ心、心各有レ執、彼是則我非、我是則彼非、我必非レ聖、彼必非レ愚、共是凡夫耳、是非之理、誰能可レ定、相共賢愚如二鐶无一レ端、是以彼人雖レ瞋、還恐二我失一」（人皆心有リ、心各《おのおの》執《しゆう》有リ。彼是《かれぜ》ナレバ則《すなわ》チ我非、我是ナレバ則チ彼非ナリ。我必ズシモ聖《ひじり》ニ非ズ、彼必ズシモ愚ニ非ズ。共ニ是凡夫《これぼんぶ》ノミ。是非《ぜひ》ノ理誰《たれ》カ能《よ》ク定ムベキ。相共《あいとも》ニ賢愚ナルコト鐶《みみがね》ノ端無キガ如《ごと》シ。是《ここ》ヲ以テ彼人ハ瞋《いか》ルト雖《いえど》モ、還《かえ》ツテ我ガ失ヲ恐レヨ）とある。

執《しゆ》　執着。　**是《ぜ》**　道理にかなった、よいこと。　**所当《しよたう》の罪科《ざいくわ》**　犯した罪に相当する処罰。　**撫育《ぶいく》の哀憐《あいれん》**　いつくしみ哀れむこと。　**冥慮《みやうりよ》**　人の目には見えない神仏の思慮。　**感応《かんおう》**　心に感じ、それにこたえること。信心が神仏に通じ、そのしるしをあらわすこと。　**親疎《しんそ》わくかたなし**　親密にすべきか、疎遠にすべきかの区別はたてられない、問題にならない、の意。「君と臣とならぶるに、親疎わくかたなし」の一文は、「屋代本」では「君ニ付奉ルハ、忠臣ノ法ナリ」となっている。

【解説】

『平家物語』のなかで、重盛の演じる役割は、この清盛に対する諫言《かんげん》でクライマックスに達する。そのためにも、史実ではこの時点で清盛が、後白河法皇の幽閉を決断しようとした形跡はみられないにもかかわらず、この行動にふみきろうとする清盛を設定しているのである。清盛が後白河法皇を鳥羽殿に幽閉するのは、この二年後の治承三年（一一七九）十一月二十日のことであり（巻第三「法皇被流《ほふわうながされ》」）、その年七月二十九日に重盛が死去しているので（巻第三「医師問答」）、重盛の生前は、清盛は武断的行動を制御されていた、とする物語の構想がたてられたのであろう。

清盛と重盛の対座する場面の叙述は、さきの法皇と成経《なりつね》の対面と同じように、しばらくの沈黙として表現されているが、語りのきまり文句にもかかわらず、両者の相違は明らかで、その情景をよく浮びあがらせている。

古代的軌範を、仏教・儒教・神国思想を動員して説き、君臣の秩序を遵守《じゆんしゆ》すべきことを主張する重盛の論理は、古代的教養と学識をもつ作者が、その思想を傾注して理想化した重盛像の中核をなすものである。

重盛の弁説のなかばで章段がくぎられるが、『平家物語略解』は、「一人の談話を中断して二章に分属せしめたるは、区分妥当ならず」と述べている。ここばかりでなく、章の区分には、内容上適正を欠くところがままある。しかし、ここに、重盛の論理の展開上の段落があることは確かである。

烽火之《ほうくわの》沙汰《さた》

「是《これ》は君の御理《ことわり》にて候へば、かなはざらむまでも、院の御所法住寺殿《ごしよほふぢゆうじどの》を守護し参らせ候べし。其故《そのゆゑ》は重盛叙爵《じよしやく》より、今大臣の大将《だいしやう》にいたるまで、併《しか》しながら君の御恩ならずと云ふ事なし。その恩の重き事を思へば、千顆万顆《せんくわばんくわ》の玉にもこえ、その恩の深き事を案ずれば、一入再入《いちじふさいじふ》の紅《くれなゐ》にも猶《なほ》過ぎたらん。しかれば院中《ゐんぢゆう》に参りこもり候べし。その儀にて候はば、重盛が身にかはり、命にかはらんと契りたる侍共《さぶらひども》、少々候らん。これらを召しぐして、院の御所法住寺殿《ごしよほふぢゆうじどの》を守護し参らせ候はば、さすが以《もつ》ての外《ほか》の御大事でこそ候はんずらめ。悲しき哉《かな》、君の御ために奉公の忠をいたさんとすれば、迷盧《めいろ》八万の頂《いただき》より猶《なほ》たかき父の恩、忽《たちま》ちに忘れんとす。痛《いた》ましき哉《かな》、不孝《ふけう》の罪をのがれんと思へば、君の御ために既《すで》に不忠の逆臣となりぬべし。進退惟谷《しんだいこれきはま》れり。是《ぜ》非《ひ》いかにも弁《わきま》へがたし。申しうくるところ、詮《せん》はただ重盛が頸《くび》を召され候へ。さ候はば、院中をも守護し参らすべからず、院参《ゐんざん》の御供《おんとも》をも仕《つかまつ》るべからず。

かの蕭何《せうが》は大功《たいこう》かたへにこえたるによ（ッ）て、官《くわん》、大相国《だいしやうこく》に至り、剣《けん》を帯《たい》し沓《くつ》をはきながら、殿上《てんじやう》にのぼる事をゆるされしかども、叡慮《えいりよ》にそむく事あれば、高祖《かうそ》おもう警《いまし》めて、ふかう罪せられにき。か様《やう》の先蹤《せんじよう》を思ふにも、富貴《ふつき》といひ栄花《えいぐわ》といひ、朝《てう》恩《おん》といひ重職《ちようじよく》といひ、旁《かた〴〵》きはめさせ給ひぬれば、御運《うん》のつきんこともかたかるべきにあらず。『富貴《ふつき》の家には禄位重畳《ろくゐちようでふ》せり。ふたたび実なる木は、其根必ずいたむ』と見えて候。心ぼそうこそおぼえ候へ。いつまでか命いきて、乱れむ世をも見候べき。只《ただ》末代に生《しやう》をうけて、かかるうき目にあひ候。重盛が果報の程こそ拙《つたな》う候へ。ただ今《いま》侍一人《さぶらひいちにん》に仰《おほ》せ付けて、御坪《おつぼ》のうちに引き出《いだ》されて、重盛が首《かうべ》のはねられん事は、安い程《ほど》の事でこそ候へ。是《これ》をおの〳〵聞き給へ」とて、直衣《なほし》の袖《そで》もしぼるばかりに涙をながし、かきくどかれければ、一門の人々、心あるも心なきも、皆鎧《みなよろひ》の袖《そで》をぞぬらされける。

【現代語訳】

「これは法皇の方《かた》に御道理がありますので、かなわぬまでも、院の御所法住寺殿《ごしょほうじゅうじどの》を守護し申し上げようと存じます。それは、私がはじめて五位に叙《じょ》せられてから、今日大臣で大将を兼ねる地位にのぼるまで、すべて法皇の御恩にあずからぬところはありません。その恩の重いことを考えますと、千、万の数の玉の重さにも越え、その恩の深さは、幾度も染めあげた紅《くれない》の色にもまさりましょう。それゆえに、院の御所にたてこもるつもりです。そうなりますと、重盛の身に代り、命に代ろうと誓っている侍どもが、少々おりましょう。それらを召しつれて院の御所法住寺殿《ごしょほうじゅうじどの》を守護し申し上げることになりますと、やはりたいへんな天下の一大事となるでしょう。なんとも悲しいことです、君の御ために奉公の忠節を尽そうとすれば、須弥山《しゅみせん》の頂上よりもはるかに高い父の恩を、たちまちに忘れることとなります。いたましいことに、不孝の罪をのがれようと思えば、君の御ためには、はや不忠の逆臣となりましょう。進退に窮しました。いずれを是《ぜ》とし、非《ひ》とするか、判断がつきません。結局のところ、お願いすることは、この重盛の首をお召しください。そうすれば、院の御所《ごしょ》を守護することもできませんし、法皇幽閉のために院参される父上のお供《とも》もできません。

かの蕭何《しょうが》は同輩をこえる大功によって、官は大相国《だいしょうこく》にのぼり、剣を帯び沓《くつ》をはいたまま、殿上《てんじょう》にのぼることを許されましたが、皇帝のお心にそむくことがありましたので、高祖はきびしく戒《いまし》め、重く処罰されました。このような先例を思うにつけても、富貴といい、栄華といい、朝恩といい、重職といい、いずれも最高を極められましたので、御運の尽きることもないとはいえません。『富貴の家には官位・俸禄がつもり重なる。しかし、年に二度実をつけた木は、その根は必ず痛む』といわれております。心細いことです。いつまで命ながらえて、世の乱れを見ることになるのでしょうか。ただ末代に生まれあわせて、このような憂《う》いつらい目にあう、重盛の因果の報いが情けなく思われます。ただ今、侍一人にお命じになって、お庭に引出され、重盛の首をはねられるのは、たやすいことでしょう。一同、みなよく聞いていただきたい」

といって、直衣《のうし》の袖《そで》もしぼるほど涙をながし、訴え説かれたので、一門の人々は、心ある者も道理にくらい者も、みな涙に鎧《よろい》の袖《そで》をぬらしたのであった。

【語釈】

叙爵《じよしやく》　はじめて従五位下《じゆごいのげ》に叙せられること。　**千顆《せんくわ》万顆《ばんくわ》**　顆は、果実や玉、石などを数える語。　**併《しか》しながら**　そのまま、すべて。まったく。　**一入再入《いちじふさいじふ》**　ひとしお、ふたしおと、布を染めるとき染料に浸す度数を数える語。色の濃いことをいう。『本朝文粋《ほんちようもんずい》』および『和漢朗詠集』に収める菅原文時の詩序に「日ニ瑩《みが》キ風ニ瑩ク、高低千顆《せんくわ》万顆ノ玉、枝ヲ染メ浪《なみ》ヲ染ム、表裏一入再入ノ紅《くれなゐ》」とある。

迷盧《めいろ》八万の頂《いただき》　須弥山《しゆみせん》の頂上。迷盧は蘇迷盧《そめいろ》の略、仏教的世界像の中心にそびえる須弥山のこと。その高さは、海上に八万由旬《ゆじゆん》、海中に八万由旬、とされる。由旬は古代インドの里程の単位。六町一里の中国の里法によれば、四十里、あるいは三十里に相当するという。　**進退《しんだい》惟《これ》谷《きはま》れり**　前にも進めず、後にも退けず、どうにもできない窮地に陥る。『詩経』大雅桑柔《そうじゅう》篇に「人亦言ヘルコト有リ、進退維レ谷レリ」とある。

申しうくるところ　お願い申しあげること。　**詮《せん》は**　結局は。所詮は。つまるところ。　**蕭何《せうが》**　『漢《かん》書』蕭何伝に、高祖が蕭何の功を賞して酇《さん》侯に封じ、剣《けん》・履《くつ》を帯《たい》して上殿《じようでん》することを許し、相国《しようこく》となした。後《のち》に、民のために、高祖の土地の一部を田地に割くことを上奏して、高祖の怒りにふれ、廷尉《ていい》に下して、数日、獄につながれたことが記されている。　**大相国《だいしやうこく》**　太政大臣の異称。　**富貴《ふつき》の家には**　『後漢書《ごかんじよ》』明徳馬皇后紀に「常観二富貴之家一禄位重畳、猶二再実之木其根必傷一」（常ニ富貴ノ家ヲ観《み》ルニ、禄位重畳《ちようでふ》セリ。猶《なほ》再《ふたた》ビ実ナル木ハ其ノ根必ズ傷《いた》ムガゴトシ）とあるのによる。富貴に栄える家には、官位・俸禄ありあまるほどであるが、これを貪《むさぼ》るならば、年に再度実を結ぶ木は、その根が必ずいたむように、家運は傾くであろう。　**果報《くわほう》**　前世における行いの報い。「果報の程こそ拙《つたな》う候へ」は、不運な、不幸なめぐりあわせだ、の意。　**坪《つぼ》**　殿中の中庭。　**安い程の事**　たやすい事。簡単な事。

【解説】

重盛の諫言《かんげん》の後半から「烽火之沙汰《ほうくわのさた》」の章がはじまっているが、前半で道義上の立場から思想的に清盛を説得しようとして論じたのに対し、ここからは、その論理にもとづいての行動の決意を述べている。それは重盛を窮地にたたせるものであるが、軍兵の召集、という後の重盛の行動に、屈折しながらもつづいていく意志が語られている。理に従って行動すれば、父への孝に背き、父の恩を先に立てれば、君のためには不忠の逆臣となる、この撞着《どうちやく》に身をさいなむ悲痛な立場を告白し、この矛盾のはてには、わが命を召されるほかない、と、その窮状を訴える。精魂を傾けてのこの重盛の詞《ことば》は、作者の最も力をこめた表現であり、琵琶《びわ》法師も重盛と一体となって語ったところであろう。さらに、栄華の頂点を極めた平家一門の「御運のつきんこともかたかるべきにあらず」と警告し、乱世の到来を案じている。重盛はただ君臣の道義を一方的に主張しているのではなく、道理にかなったありかたで一門の栄華の永続をはかろうとしているのである。

烽《ほう》火《くわ》之《の》沙《さ》汰《た》（二）

太政入道も、たのみき（ッ）たる内府《だいふ》はかやうに宣《のたま》ふ、力もなげにて、

「いや〳〵、これまでは思ひもよりさうず。悪党共《あくたうども》が申す事につかせ給ひて、僻事《ひがこと》な（ン）どやいでこむずらんと、思ふばかりでこそ候へ」

と宣《のたま》へば、大臣、

「縦《たと》ひいかなるひが事出でき候とも、君をば何《なに》とかし参らせ給ふべき」

とて、ついた（ッ）て中門《ちゆうもん》に出《い》でて、侍共《さぶらひども》に仰せられけるは、

「只今《ただいま》重盛が申しつる事共《ことども》をば、汝等《なんぢら》承《うけたまは》らずや。今朝よりこれに候うて、かやうの事共《ことども》申ししづめむと存じつれども、あまりにひたさわぎに見えつる間、帰りたりつるなり。院参《ゐんざん》の御供《とも》においては、重盛が頸《くび》の召されむを見て仕《つかまつ》れ。さらば人参れ」

とて、小松殿へぞ帰られける。

【現代語訳】
太政入道《だじょうにゅうどう》も、頼りにしきっている内大臣にこのように言われ、力を落した様子で、「いやいや、それほどまでのことは考えてもいない。悪党どもの申すことをお聞きいれになって、間違いでも起こりはしないかと、案じるだけのことだ」と言われる。内大臣は、「たとえどのような間違いが起ころうと、法皇をどうにかなさることは許されません」と言って、つと座を立たれ、中門に出て、侍たちに向い、「ただ今、重盛が申したことを、お前たちは聞いたであろう。今朝からここに参って、このような不法な事をお諫《いさ》め申し、しずめようと存じたが、あまりに騒ぎ立てているので、いったん帰ったのである。院参《いんざん》のお供《とも》をしようというなら、重盛の頸《くび》がはねられるのを見てからにせよ。では供《とも》の者、参れ」といって、小松殿に帰られた。

【語釈】
さうず 「候《さう》」に、打消の助動詞「ず」がついたもの。「候はず」の転。……ません。**ひたさわぎ** ひたすら騒ぎたてること。**院参《あんざん》の御供《とも》** 法皇幽閉のために院に参上しようとする清盛のお供。

【解説】
重盛の条理を尽した論説と、悲愴《ひそう》な決意の前には、さすがの清盛も己《おの》れの意志をまげざるをえない。弁解の言葉も、弱々しく力がない。参集している武士たちに向って、重盛は、法皇幽閉のための清盛の院参にお供することを制して、邸《やしき》に帰っていく。朝、成親の危急を救うために西八条邸にきた重盛は、いったん小松殿に帰り、清盛の行動をきいて、ふたたび西八条に参ってこれを諫止《かんし》したのである。

烽火之沙汰《ほうくわのさた》（三）

主馬判官盛国《しゆめのはうぐわんもりくに》を召して、

「重盛こそ天下《てんが》の大事を、別して聞き出《いだ》したれ。我を我と思はん者共《ものども》は、皆物具《もののぐ》して馳《は》せ参れと、披露《ひろう》せよ」

と宣《のたま》へば、此由披露《このよしひろう》す。おぼろけにてはさわがせ給はぬ人のかかる披露のあるは、別《べつ》の子細《しさい》のあるにこそとて、皆物具《もののぐ》して我も〳〵と馳《は》せ参る。淀《よど》、羽束師《はつかし》、宇治《うぢ》、岡《をか》の屋《や》、日野《ひの》、勧修寺《くわんじゆじ》、醍醐《だいご》、小黒栖《をぐるす》、梅津《むめづ》、桂《かつら》、大原《おほはら》、しづ原、芹生《せれふ》の里にあぶれゐたる兵共《つはものども》、或《あるい》は鎧着《よろひき》ていまだ甲《かぶと》を着ぬもあり、或《あるい》は矢おうていまだ弓をもたぬもあり。片鐙《かたあぶみ》ふむやふまずにてあわてさわいで馳《は》せ参る。

小松殿にさわぐ事ありと聞えしかば、西八条《にしはつでう》に数千騎《すせんぎ》ありける兵共《つはものども》、入道にかうとも申しも入《い》れず、ざざめきつれて、皆小松殿へぞ馳《は》せたりける。すこしも弓箭《きゆうせん》に携《たづさ》

はる程の者、一人も残らず。其時《そのとき》入道《にふだう》大《おほ》きに驚き、貞能《さだよし》を召して、

「内府《だいふ》は何と思ひてこれらをばよびとるやらん。是《これ》でいひつる様《やう》に、入道が許《もと》へ討手《うつて》な(ン)どやむかへんずらん」

と宣《のたま》へば、貞能《さだよし》涙をはらはらとながいて、

「人も人にこそよらせ給ひ候へ。争《いか》でかさる御事候べき。今朝是《これ》にて申させ給ひつる事共《ことども》も、みな御後悔《ごこうくわい》ぞ候《さうらふ》らん」

と申しければ、入道《にふだう》、内府《だいふ》に中《なか》たがうては、あしかりなんとや思はれけん、法皇むかへ参らせんずる事も、はや思ひとどまり、腹巻ぬぎおき、素絹《そけん》の衣《ころも》に袈裟《けさ》うちかけて、いと心にもおこらぬ念珠《ねんじゆ》してこそおはしけれ。

【現代語訳】

重盛は主馬判官盛国《しゆめのはんがんもりくに》を呼んで、

「重盛は天下《てんが》の一大事を聞きつけたぞ。我こそと思う武勇の士は、皆武装をととのえ馳《は》せ参れと告げ知らせよ」

と命じられたので、盛国《もりくに》は、これを触《ふ》れまわった。ひととおりのことでは動じられない方《かた》がこのような触れをだされたのは、まさに大事出来《しゆつたい》、と、皆《みな》武装して我も我もと駆《か》け集った。淀《よど》、羽束師《はづかし》、宇治《うじ》、岡の屋、日野、勧修寺《かんじゆじ》、醍醐《だいご》、小黒栖《おぐるす》、梅津、桂《かつら》、大原、静原、芹生《せりよう》の

里に散在していた兵《つわもの》たちは、あるものは、鎧《よろい》を着てまだ甲《かぶと》をつけぬまま、ある者は矢を背負って弓も持たず、片鐙《かたあぶみ》を踏《ふ》むか踏まず、といった有様で、あわてさわいで駆け集ってきた。

小松殿に事件が起ったと伝わると、西八条に参集していた数千騎の兵《つわもの》たちは、入道には何の申し入れもせず、ざわめきたって、みな小松殿へ駆け向った。少しでも弓矢の道に携わるほどの者は、一人も残らなかった。入道は大いに驚き、貞能《さだよし》を呼んで、

「内大臣は、何を思ってこの軍勢を呼びとったのであろう。ここで言ったように、入道のもとへ討手を向けようというのであろうか」

と言われると、貞能《さだよし》は涙をはらはらと流して、

「それは、人によることです。どうしてそのような御事がありましょう。今朝ここで申されたことも、みな御後悔なさっておられるでしょう」

と答えたが、入道は、内大臣と仲違いしては悪いことになると思われたのであろう、法皇をお迎えしようということも、もう思いとどまられ、腹巻を脱ぎおき、素絹《そけん》の僧衣に袈裟《けさ》をかけて、心からでもない念仏を唱えておられた。

【語釈】

物具《もののぐ》して　武装して。鎧甲《よろいかぶと》を身につけ武具を帯すること。　**おぼろけにては**　ひととおりのことでは。いいかげんなことでは。　**別の子細《しさい》**　特別な事情。　**淀《よど》**　京都の南、現在京都市伏見区内で、宇治、賀茂、桂《かつら》、木津《きづ》の河川が合流、淀川となるあたり。　**羽束師《はつかし》**　底本、羽束瀬《ハツカセ》と傍書してい

る。「屋代本」は「ハツカセ」と仮名書き。京都市伏見区内（もと乙訓《おとくに》郡羽束師村）。**宇治《うぢ》** 京都の東南、現在宇治市。宇治川の西岸の地。
岡《をか》の屋《や》 宇治の北、宇治川東岸に位置する。現在宇治市内。**日野《ひの》** 岡屋の東北、醍醐の西南。いま京都市伏見区内。鴨長明隠遁《かものちようめいいんとん》の地。**勧修寺《くわんじゆじ》** 現在、京都市山科区勧修寺町。真言宗勧修寺がある。**醍醐《だいご》** 京都の南、日野の東北に位置し、いま伏見区内。真言宗醍醐寺がある。**小黒栖《をぐるす》** 勧修寺の南、醍醐の西にあたり、いま、伏見区内。**梅津《むめづ》** 京都、西院の西、太秦《うずまさ》の南にあたる。現在、右京区内。
桂《かつら》 梅津の南、桂川の西岸。いま西京区に属する。**大原** 京都の東北、比叡山西麓《せいろく》八瀬の北にあたり、現在京都市左京区に入る。**しづ原** 大原の西、鞍馬山《くらまやま》の東方に位置する。現在、左京区内。**芹生《せれふ》の里** 京都の北方、いま右京区京北芹生町。大原の西にあたる。**あぶれゐたる** 散在していた。散らばっていた。**片鐙《かたあぶみ》ふむやふまず** 鐙《あぶみ》は、乗馬の際、足を踏みかける馬具、馬の鞍の両脇にさげられる。片方の鐙に足をかけるかかけないで。急ぎあわてる乗馬のさま。
ざざめきつれて 騒ぎながら連れだってくるさまの擬音語表現。**むかへんずらん** 向かわせるのであろうか。**人も人にこそよらせ給ひ候へ** 人も人によることでございます。他人は知らず、重盛にかぎってそのようなことはない、の意の尊敬表現。**念珠《ねんじゆ》** 数珠《じゆず》をくり念仏すること。

【解説】

父清盛に対する諫《いさ》めの言葉のなかに、「重盛が身にかはり、命にかはらんと契りたる侍共《さぶらひども》、少々候らん。これらを召しぐして……」とあるが、重盛は一計をめぐらして、大事勃発《ぼつぱつ》を告げて、軍勢の召集を試み、清盛の前にその実力のほどを示すのである。もとよりこれは史実になく、もっぱら作者の創作であるが、このような虚構をかまえるところに、作者の重盛像によせる期待の大きさをうかがうことができよう。西八条に参集していた数千騎の兵《つわもの》が、清盛に断りなく、全員小松殿に移動してしまった、という叙述や、僧衣に袈裟《けさ》の姿で念仏を唱える清盛像など、いささか戯画的である。

烽火之沙汰《ほうくわのさた》（四）

小松殿には、盛国《もりくに》承（ッ）て、着到《ちやくたう》つけけり。馳《は》せ参りたる勢《せい》ども、一万余騎とぞ記《しる》いたる。着到披見《ちやくたうひけん》の後、おとど中門《ちゆうもん》に出《い》でて、侍共《さぶらひども》に宣《のたま》ひけるは、「日来《ひごろ》の契約をたがへず、参りたるこそ神妙《しんべう》なれ。異国にさるためしあり。周《しう》の幽《いう》王《わう》、褒姒《ほうじ》と云ふ最愛の后《きさき》をもち給へり。天下《てんが》第一の美人なり。されども幽王《いうわう》の心にかなはざりける事は、褒姒《ほうじ》咲《ゑみ》をふくまずとて、すべて此后《きさき》わらふ事をし給はず。異国の習《ならひ》には、天下《てんが》に兵革《ひやうがく》おこる時、所々に火をあげ、大鼓《たいこ》をう（ッ）て兵《つはもの》を召すはかり事あり。是《これ》を烽火《ほうくわ》と名づけたり。

或時《あるとき》天下《てんが》に兵乱《ひやうらん》おこ（ッ）て、烽火をあげたりければ、后《きさき》これを見給ひて、『あなふしぎ、火もあれ程おほかりけるな』とて、其時初めてわらひ給へり。この后《きさき》、一たびゑめば、百《もも》の媚《こび》ありけり。幽王《いうわう》うれしき事にして、其事となう、常に烽火をあげ給ふ。諸侯来《きた》るにあたなし。あたなければ則《すなは》ちさんぬ。

かやうにする事度々《どど》に及べば、参る者もなかりけり。或時《あるとき》隣国より凶賊おこ（ッ）て、幽王の都をせめけるに、烽火をあぐれども、例の后《きさき》の火になら（ッ）て、兵《つはもの》も参らず。其時都かたむいて、幽王終《つひ》に亡《ほろ》びにき。さてこの后《きさき》は、野干《やかん》とな（ッ）てはしりうせけるぞおそろしき。か様《やう》の事がある時は、自今《じこん》以後もこれより召さんには、かくのごとくまゐるべし。重盛不思議の事を聞き出《いだ》して、召しつるなり。されども其事聞きなほしつ。僻事《ひがごと》にてありけり。とう〳〵帰れ」とて、皆帰されけり。実《まこと》にはさせる事をも聞き出《いだ》されざりけれども、父をいさめ申されつる詞《ことば》にしたがひ、我身《わがみ》に勢《せい》のつくかつかぬかの程をも知り、又父子《ふし》戦《たたかひ》をせんとにはあらねども、かうして入道相国《にふだうしやうこく》の謀反《むほん》の心をもや、やはらげ給ふとの策《はかりごと》なり。

【現代語訳】

小松殿では、盛国《もりくに》が命を受けて、到着した武士たちの名を書きとめた。駆《か》け集った軍勢は、一万余騎と記された。着到簿《ちゃくとうぼ》をひらいて見た後《のち》、内大臣は中門《ちゅうもん》に出て、侍どもに向って言われた。

「常日ごろの誓約を守って参ったことは殊勝である。異国にもこのような例がある。周の幽《ゆう》王《おう》は、褒姒《ほうじ》という后《きさき》をふかく寵愛《ちょうあい》されておられた。天下第一の美人である。しかし、幽王の不満とされることは、褒姒《ほうじ》笑《えみ》をふくまず、ということで、この后はまったく笑うことをなさらなかった。異国の習慣として、天下に戦乱が起るとき、所々で火をあげ、太鼓《たいこ》をうって兵《つわもの》を召集する手段をとることがあり、これを烽火《ほうか》と名づけている。

ある時、天下に戦乱が起って、諸方で烽火をあげたが、后はこれを見られて、『ああ不思議、なんとおびただしい火よ。火もあれほど多いものか』と驚かれて、そのとき初めてお笑いになった。この后は、一度笑うと、百の媚《こび》の生じる魅力があったので、幽王はこれをうれしいこととして、何の事もないのに、つねに烽火をあげられた。諸侯が駆けつけて来たが敵はいない。敵がいないので、なすことなく帰っていった。

このようなことが度重なったので、ついには参集する者はなくなった。ある時、隣国に凶賊が起って、幽王の都に侵攻してきたので、烽火をあげたが、例の后のための烽火になれてしまって、兵《つわもの》も集ってこない。都は陥落《かんらく》し、幽王はついに滅んでしまった。さて、この后は、狐《きつね》となって走り失《う》せたという。おそろしい話である。

このような事があるときには、今後もこちらの召しに応じて、このように参集せよ。重盛は奇怪なことを聞き出したので、召したのである。しかし改めて聞きただしたところ、間違いであった。早々と帰ってよい」

と、みな帰された。事実はそのようなことを聞き出されたのではないが、父を諫《いさ》め申されたた言葉のとおりに、自分に軍勢がつき従うかどうかを知り、また父子で戦をしようというわけではないが、これによって入道相国《しょうこく》も謀反の心をやわらげなさるか、と考えての策略であった。

【語釈】

着到《ちやくたう》 召集に応じて軍陣に到着した軍兵の姓名を帳簿に記すこと。また、その名簿をいう。**周**《しう》**の幽王**《いうわう》 周の第十二代の王。宣王《せんおう》の子。寵妃褒姒《ちようきほうじ》の愛におぼれて国政をないがしろにし、在位十一年で申侯《しんこう》の率いる犬戎《けんじゆう》の軍に、紀元前七七一年、滅ぼされた。以下の説話は『史記《しき》』周本紀《しゆうほんぎ》にある。**咲**《ゑみ》**をふくまず** 笑うことがない。**兵革**《ひやうがく》 兵は武器、革は甲冑《かつちゆう》、転じて戦乱。戦争。兵乱と同じ。**はかり事** 策略。軍略。**烽火**《ほうくわ》 のろし。危急を告げ知らせるため、火をたき煙をあげて合図とするもの。狼煙《ろうえん》、飛ぶ火ともいう。**一たびゑめば** 『長恨歌《ちようごんか》』の「回レ頭一笑百媚生」(頭ヲ回《めぐ》ラシテ一タビ笑《ゑ》メバ百ノ媚《こび》生《しやう》ズ)による句。**其事となう** とくに何事もないのに。**あた** 敵。侵攻してくる敵軍。**さんぬ** 去りぬの撥音便。**なら(ッ)て** なれて。習慣になって。**野干**《やかん》 狐。

【解説】

参集した軍勢を前に、重盛は、『史記《しき》』周本紀《しゆうほんぎ》にある幽王《ゆうおう》の故事をひいて説諭するのであるが、重盛のとった行動とこの説話の主旨は、かみあうものではない。むしろ、この故事は、事実でない「天下《てんが》の大事」で軍勢を召集した重盛に対する批判としての意味をもつものである。「か様《やう》の事がある時は、自今以後もこれより召さんには、かくのごとくまゐるべし」と要望する前に、褒姒《ほうじ》の故事があるが、しかし、と逆接的につなぐ辞《ことば》がなければ、この故事をひいた重盛の意図は全《まつと》うされないし、自《みずか》らの言動に矛盾が生じてしまうことになる。

幽王の亡びた後、褒姒《ほうじ》は狐《きつね》となって走り失《う》せた、ということは、『史記』の叙述にはなく、『古注千字文《せんじもん》』にある、女色に溺《おぼ》れた殷《いん》の紂王《ちゆう》の愛した妲己《だつき》が、後に九尾の狐となったという話を重ね合わせたものと思われる。「屋代本」にはこの記述がなく、「延慶本」では、「彼后後《かのきさきのち》には尾三ある狐になりて古き塚へ逃去《にげさり》にけり。狐の女にばけて人の心をたぶらかすと云事《いふこと》は本説ある事にや思合《おもひあは》すべしとぞ宣《のたまひ》ける」と叙述している。

烽火之沙汰《ほうくわのさた》（五）

君《きみ》君たらずと云ふとも、臣も（ッ）て臣たらず（ン）ばあるべからず。父《ちち》父たらずと云ふとも、子も（ッ）て子たらず（ン）ばあるべからず。君のためには忠あ（ッ）て、父のためには孝ありと、文宣王《ぶんせんわう》の宣《のたま》ひけるにたがはず。君も此《この》よしきこしめして、

「今にはじめぬ事なれども、内府《だいふ》が心のうちこそ恥づかしけれ。怨《あた》をは恩をも（ッ）て報ぜられたり」

とぞ仰せける。「果報《くわほう》こそめでたうて、大臣の大将にいたらめ、容儀体《ようぎたい》はい人に勝《すぐ》れ、才智才学さへ世にこえたるべしやは」とぞ、時の人々感じあはれける。「国に諫《いさ》むる臣《しん》あれば、其国《そのくに》必ずやすく、家《いへ》に諫《いさ》むる子あれば、其家《そのいへ》必ずただし」といへり。上古《しやうこ》にも末代《まつだい》にもありがたかりし大臣《おとど》なり。

【現代語訳】

主君が君主としての資格を欠いていても、臣は臣としての義務を果さなければならぬ。父が父としてふさわしくない人物であっても、子は親に仕えなければならぬ。君のためには忠、父のためには孝、と孔子が説かれたが、重盛の行為は、その教えにたがうところがない。法皇もこのことをお聞きになって、

「今はじめてのことではないが内大臣の心の内を思えば、われながら恥かしいことだ。あだを恩で報いられたのだ」

と仰せられた。「前世の果報《かほう》がめでたくて、この世で大臣の大将という地位にのぼられたのであろうが、容姿風采《ふうさい》も人に優《すぐ》れ、知恵も学識も世にぬきんでているではないか」と、時の人々は感嘆しあった。「国に諫《いさ》める臣がいれば、その国は必ず安泰であり、家に諫める子がいれば、その家は必ず正しく保たれる」といわれている。上古にも末代にもまれな大臣である。

【語釈】

君君たらずと云ふとも　『古文孝経』孔安国序に「君雖レ不レ君、臣不レ可二以不一レ臣、父雖レ不レ父、子不レ可二以不一レ孝一」(君君タラズト雖《いへど》モ、臣《しん》以テ臣タラザルベカラズ、父父タラズト雖モ、子以テ孝タラザルベカラズ)とある。『五常内義抄』も「太子ノ憲法ニ」として同旨の文を載せている。**君のためには忠あ(ッ)て**　同文の出典は明らかでないが、『本朝文粋』前中書王《さきのちゅうしょおう》座右銘に「以レ忠事二其君一、以レ孝事二其親一」(忠ヲ以テ其ノ君ニ事《ツカ》へ、孝ヲ以テ其ノ親ニ事フ)とある。

文宣王《ぶんせんわう》　孔子の諡《おくりな》。唐の玄宗皇帝により開元二十七年（七三九）おくられた。**恥づかしけれ**　（重盛のりっぱさに）気おくれする、気がひける。**怨《あた》**　恨み。『壒嚢抄《あいのうしよう》』に「世ノ諺《ことわざ》ニ以《テ》レ恩《ニ》報《フト》レ怨《ヲ》云《いふ》ハ証拠アリヤ」という問答をのせている。**容儀《ようぎ》**　礼儀正しい態度、身のこなし。ととのった姿かたち。**体はい**　帯佩《たいはい》。太刀《たち》などを身に帯びた姿。**世にこえたるべしやは**　世に越えることができようか、できはしまい。やは、は反語の助詞。重盛が世にぬきんでていることを強調している。

国に諫《いさ》むる臣あれば　『古文孝経』諫争《かんそう》章に「昔者天子有二争臣七人一雖二亡道一不レ失二天下一、諸侯有二争臣五人一、雖二亡道一不レ失二其国一、大夫有二争臣三人一、雖二亡道一不レ失二其家一、士有二争友一則身不レ離二於令名一、父有二争子一則身不レ陥二於不誼一」（昔ハ天子ニ争《イサムル》臣七人アレバ、亡道トイヘドモ天下ヲ失ハズ。諸侯ニ争臣五人アレバ、亡道トイヘドモ其国ヲ失ハズ。大夫ニ争臣三人アレバ、亡道トイヘドモ其家ヲ失ハズ。士ニ争友アレバ、則チ身令名ヲ離レズ。父ニ争子アレバ、則チ身不誼《ふぎ》ニ陥ラズ）とある文の主旨をとったもの。**ありがたかりし**　めったにない。まれな。

【解説】

重盛に対する礼賛のことばで、この一段を結んでいる。非の打ちどころのない人物としてすでに物語の展開のなかで造型されてきたが、この人物像は死にいたるまで一貫しているばかりか、ますます聖的存在とされていくのである。

大納言流罪《だいなごんるざい》

同《おなじき》六月二日《ふつかのひ》、新大納言成親卿《なりちかのきやう》をば、公卿《くぎやう》の座へ出《いだ》し奉《たてまつ》り、御物《おんもの》参らせたりけれども、むねせきふさが（ッ）て、御箸《おはし》をだにたてられず。御車をよせて、とう〳〵と申せば、心ならず乗り給ふ。軍兵共《ぐんびやうども》、前後左右《ぜんごさう》にうちかこみたり。我方《わがかた》の者は一人もなし。

「今一度小松殿に見え奉《たてまつ》らばや」

と宣《のたま》へども、それもかなはず。

「縦《たと》ひ重科《ぢゆうくわ》を蒙《かうぶ》（ッ）て、遠国《ゑんごく》へゆく者も、人一人《いちにん》身にそへぬ者やある」

と、車のうちにてかきくどかれければ、守護の武士共《ども》も、皆鎧《みなよろひ》の袖《そで》をぞぬらしける。西の朱雀《しゆしやか》を南へゆけば、大内山《おほうちやま》も今はよそにぞ見給ひける。としごろ見なれ奉《たてまつ》りし雑色牛飼《ざふしきうしかひ》に至るまで、涙をながし袖《そで》をしぼらぬはなかりけり。まして都に残りとどまり給ふ北の方《かた》、をさなき人々の心のうち、おしはかられて哀《あは》れなり。鳥羽殿《とばどの》を過ぎ給ふにも、此御所《このごしよ》へ御幸《ごかう》なりしには、一度《ど》も御供《おんとも》にははづれざりし物をとて、わが山庄《さんざう》すはま殿とてありしをも、よそにみてこそとほられけれ。南の門に出《い》でて、舟おそしとぞいそがせける。

「こはいづちへやらん、同じうしなはるべくは、都ちかき此辺《このへん》にてもあれかし」と宣《のたま》ひけるぞ、せめての事なる。ちかうそひたる武士を、

「たそ」

と問ひ給へば、

「難波次郎経遠《なんばのじらうつねとほ》」

と申す。

「若《も》し此辺に我方《わがかた》さまの者やある。舟に乗らぬ先にいひおくべき事あり。尋ねて参らせよ」

と宣《のたま》ひければ、其辺《へん》をはしりまは（ッ）て尋ねけれども、我こそ大納言殿の方《かた》と言ふ者一人もなし。

「我世《われよ》なりし時は、したがひついたりし者ども、一二千人もありつらん。いまはよそにてだにも、此《この》有様を見送る者のなかりけるかなしさよ」

とて、泣かれければ、たけきもののふ共《ども》も、みな袖《そで》をぞぬらしける。身にそふ物とては、ただつきせぬ涙ばかりなり。熊野詣《くまのまうで》、天王寺詣《てんわうじまうで》な（ン）どには、二《ふた》つがはらの三《みつ》棟《むね》につく（ッ）たる舟に乗り、次の舟二三十艘漕《さうこ》ぎつづけてこそありしに、今はけしかるかきする屋形舟《やかたぶね》に大幕《おほまく》ひかせ、見もなれぬ兵《つはもの》共《ども》にぐせられて、今日《けふ》をかぎりに都を出《い》でて、浪路《なみぢ》はるかにおもむかれけん心のうち、おしはかられて哀《あは》れなり。其日《そのひ》

は摂津国大物《つのくにだいもつ》の浦に着き給ふ。

【現代語訳】

六月二日、新大納言成親卿《なりちかきよう》を、寝殿の客間へお出しし、食事をすすめられたが、胸がふさがって、箸《はし》もおとりになれない。御車を近寄せて、ただちにお乗りになるようせきたて申すと、不本意ながらお乗りになった。軍兵どもが、車の前後左右をとり囲んだ。身内の者は一人もつき従っていない。

「いま一度小松殿にお会いしたい」

と言われたが、それも許されなかった。

「たとえ重い罪の処罰を受けて、遠い国へ流されていく者も、だれ一人つきそう者のないことがあろうか」

と、車のうちで嘆き、訴えられたので、警固の武士たちも、みな同情の涙に鎧《よろい》の袖《そで》をぬらした。

西八条邸を西に出て、朱雀大路《すざくおおじ》を南にすすむと、大内裏も今はよそながらに御覧になる。長年親しくお仕えしてきた雑色《ぞうしき》や牛飼《うしかい》にいたるまで、悲しみの涙に、袖《そで》をぬらさない者はなかった。まして、都にとり残される北の方《かた》や、幼い人々の心中は、いかばかりか、推《お》し量《はか》られて哀れである。鳥羽殿の前を過ぎて行かれるにつけても、この御所に法皇が御幸《ごこう》なさる折は、一度も御供《とも》にもれることはなかったのに、と、悲嘆にくれ、すはま殿と名づけた自分の別荘も、よそながらながめて通り過ぎられた。鳥羽殿の南門を出ると、護衛の武士たちは、舟の用意が遅い、と急がせた。

「これはどこへ行くのであろう、同じく命を失われるのなら、都に近いこの辺りであってほしい」

と言われたのは、せめてもの願いであった。そば近くつき添っている武士を、

「だれか」

と尋ねられると、

「難波次郎経遠《なんばのじろうつねとお》」

と名のった。

「もしこの辺りにだれか私の身内の者はいないか。舟に乗る前に言い残したいことがある。尋ねて連れて参れ」

と言われたので、その辺りをさがしもとめたが、自分が大納言の身内であると申し出る者は一人もなかった。

「私が世に栄え時めいていたときには、従いついていた者どもは、一二千人もあったろうが、このような身となった今は、よそながら見送ろうという者もないとは、悲しいことだ」

と言って泣かれた。勇猛をもってきこえた武士たちも、みな鎧《よろい》の袖《そで》をぬらしたのであった。身につき添うものは、ただとめどなく流れる涙ばかりである。熊野参詣《くまのさんけい》や、天王寺参詣《てんのうじさんけい》の折には、二つ瓦の三棟につくった船に乗り、供《とも》の舟が二三十艘《そうこ》漕ぎ従ってきたものであった

が、今は異様なにわか造りの屋形舟に大幕をひきめぐらし、見なれぬ兵《つわもの》たちに伴われて、今日を限りに都を出て、はるかな海路へ出立たれていく成親卿の心中は、推《お》し量《はか》られて、哀れである。その日は摂津国の大物の浦にお着きになった。

【語釈】

公卿《くぎやう》の座《ざ》　寝殿の母屋《おもや》に設けられた客間。　**御物《おんもの》**　お食事。　**心ならず**　不本意に。自分の心からでなく。　**我方《わがかた》の者**　自分の家族や従者など身内の者。　**西の朱雀《しゆしやか》を南へ**　西八条の清盛邸から西へ出て、朱雀大路《すざくおおじ》を南へ、の意。　**大内山《おほうちやま》**　禁中。大内裏。　**すはま殿《どの》**　洲浜殿。成親《なりちか》の別邸。鳥羽離宮の近くにあったという。『源平盛衰記』に「鳥羽の田中殿の山庄をば、殊に執思給《しつしたまひ》て、私に洲浜殿とぞ申しける」とある。

南の門に出《い》でて　鳥羽殿の南門は淀川に面し、水路がひらけていた。　**せめての事**　少なくともこれだけはと願うこと。　**世なりし時**　世に栄え時めいていた時。繁栄を極めていたとき。　**よそにてだにも**　それとなくでも。　**熊野詣《くまのまうで》**　紀伊国（和歌山県）にある熊野権現《ごんげん》に参詣《さんけい》すること。この時代最も盛んに行なわれた信仰事であった。　**天王寺詣《てんわうじまうで》**　摂津国（大阪）の四天王寺参詣。

二つがはら　「かはら」は船の竜骨。船底を縦《たて》に貫き、船体の支えとなるもの。これが二本はいっている大形の船。　**三棟につく（ッ）たる舟**　三つの棟を設けた屋形をもつ舟。代表的な貴人用屋形船。　**けしかる**　怪しげな。異様な。そまつな。　**かきすゑ屋形舟**　取はずしのできる簡単な屋形を据えつけた舟。　**大物《だいもつ》の浦《うら》**　摂津国河辺郡尼崎の海岸の停泊所。いま、兵庫県尼崎市の東部にあたる。大物の町名がある。かつて、四国、九州への要港であった。

【解説】

六月一日、捕えられて西八条の清盛の邸に監禁された成親《なりちか》は、翌二日、流刑《るけい》となって、都を追われることになる。落魄《らくはく》の身となった成親に対しては、守護の武士たちもみな同情の涙をながすのである。「鎧《よろひ》の袖《そで》をぞぬらしける」「涙をながし袖をしぼらぬはなかりけり」「ただつきせぬ涙ばかりなり」といった表現がつづき「哀れ」を強調するこの叙述は、いささか詠嘆過剰な部分である。しかし、それも状況の変化にしたがってかわる、文体の多様性の一環で、『平家物語』の表現の起伏をなしているともいえる。

成親流罪については『玉葉』も六月二日の条に、「又成親卿を備前国《びぜんのくに》に流し遣《つかは》す。武士両三人を相副《あひそ》ふと云々《うんぬん》」と記し、さらに「或は云ふ、成親を路に於て失はる可《べ》きの由云々、又云ふ、左大将重盛《しげもり》に申し請ふと云々。此間《このかん》説縦横なり、実説を取り難きか」と述べている。当日、すでにいろいろな情報が伝わっていたことが知られる。

大納言流罪《だいなごんるざい》（二）

新大納言既《すで》に死罪に行はるべかりし人の、流罪《るざい》に宥《なだ》められけることは、小松殿《こまつどの》のやうやうに申されけるによ（ッ）てなり。

此人《このひと》いまだ中納言にておはしける時、美濃国《みののくに》を知行《ちぎやう》し給ひしに、嘉応《かおう》元年の冬、目代右衛門尉正友《もくだいうゑもんのじようまさとも》がもとへ、山門の領《りやう》、平野庄《ひらののしやう》の神人《じんにん》が、葛《くず》を売ってきたりけるに、目代酒に飲み酔《ゑ》ひて、葛《くず》に墨《すみ》をぞ付けたりける。神人悪口《あくこう》に及ぶ間《あひだ》、さないはせそとて、さむ〴〵に陵轢《りようりやく》す。さる程に、神人共《じんにんども》数百人《すひやくにん》、目代《もくだい》が許《もと》へ乱入す。目代法《はふ》にまかせて防ぎければ、神人等十余人うちころさる。

是《これ》によ(ッ)て、同年《おなじきとし》の十一月三日《みつかのひ》、山門《さんもん》の大衆《だいしゆ》、緩《おびたた》しう蜂起《ほうき》して、国司《こくし》成親卿《なりちかのきやう》を流罪《るざい》に処せられ、目代右衛門尉《もくだいうゑもんのじよう》正友を禁獄せらるべき由《よし》、奏聞《そうもん》す。既《すで》に成親卿《なりちかのきやう》備中国《び(ッ)ちゆうのくに》へながさるべきにて、西の七条までいだされたりしを、君いかがおぼしめされけん、中《なか》五日《いつかのひ》あ(ッ)て召しかへさる。山門《さんもん》の大衆《だいしゆ》、緩《おびたた》しう呪咀《しゆそ》すと聞えしかども、同二年正月五日、右衛門督《うゑもんのかみ》を兼《けん》じて、検非違使《けんびゐし》の別当《べつたう》になり給ふ。其時資賢《すけかた》、兼雅卿《かねまさのきやう》こえられ給へり。資賢卿《すけかたのきやう》はふるい人おとなにておはしき。兼雅卿《かねまさのきやう》は栄花《えいぐわ》の人なり。家嫡《けちやく》にてこえられ給ひけるこそ遺恨《ゐこん》なれ。是《これ》は三条殿造進の賞なり。同三年四月十三日、正二位《じやうにゐ》に叙《じよ》せらる。其時は中御門《なかのみかど》の中納言宗家《むねいへ》卿こえられ給へり。安元元年十月廿七日、前《さきの》中納言より権《ごん》大納言にあがり給ふ。人あざけ(ッ)て、

「山門《さんもん》の大衆《だいしゆ》にはのろはるべかりける物を」

とぞ申しける。されども今はそのゆゑにや、かかるうき目にあひ給へり。凡《およ》そは神明《しんめい》の罰も人の呪咀《しゆそ》も、ときもあり遅きもあり、不同なる事共《ことども》なり。

【現代語訳】

新大納言成親《なりちか》は、すでに死刑に処せられるはずの人であったが、流罪《るざい》に減刑されたのは、

小松殿がいろいろととりなされたからである。

　この成親が、まだ中納言でいられた時、美濃国《みののくに》を領有しておられたが、嘉応元年の冬、目《もく》代《だい》右衛門尉正友《うえもんのじょうまさとも》のところへ、延暦寺の領地である平野庄の神人《じんにん》が、葛《くず》を売りにきたが、目代は酒に酔って、この葛に墨《すみ》をぬりつけた。神人は憤慨して悪口を放ったので、そうは言わせぬぞ、とさんざんに踏みにじり、あざけった。そこで、神人らは数百人で目代《もくだい》の館《やかた》に乱入してきた。目代は法に従ってこれを防いだので、神人らは十余人が打ち殺されてしまった。

　このために、同じ年の十一月三日、山門の大衆は、大挙して、国司成親卿《なりちかきょう》を流罪《るざい》に処し、目代右衛門尉正友《うえもんのじょうまさとも》を投獄するよう、訴え出た。その結果、成親《なりちか》卿は備中国《びっちゅうのくに》に配流《はいる》されることになって、西の京、七条まで出されたが、法皇は何をお考えになってか、中《なか》五日おいて、お召し返しになった。山門の大衆は憤激して、はげしく呪詛《じゅそ》しているということであったが、同二年正月五日、成親卿は右衛門督《うえもんのかみ》を兼任して、検非違使《けびいし》の別当になられた。その時、資賢《すけかた》、兼雅《かねまさ》両卿が成親卿に官職を越えられたのである。資賢卿は古くからお仕えしている長老であり、兼雅卿は花やかに時めいている人であった。本家の嫡子でありながら、官職を越えられなさったのは、遺憾なことである。この昇進は、成親卿が三条殿を造営して進上した褒賞《ほうしょう》である。同三年四月十三日、正二位に叙せられた。そのときは、中御門《なかみかど》中納言宗家《むねいえ》卿が官位を越えられなさった。安元元年十月廿七日、前中納言から権大納言に昇進なさる。世人は嘲《あざけ》って、

「山門の衆徒らに呪《のろ》われるはずの身であるのに」

と申した。しかし、今はその呪詛《じゆそ》のためか、このような悲しいめにあわれたのである。およそ、神の罰も、人の呪詛も、その験《しるし》の現れるのに速いこともあり、遅いこともあって、常に同じではないのである。

【語釈】

知行《ちぎやう》　所領を支配し治めること。　**右衛門尉正友**《うゑもんのじようまさとも》　右衛門府《うゑもんふ》の第三等官。政友が正しい。藤原政友。伝不詳。　**平野庄**《ひらののしやう》　美濃国《みののくに》安八郡にあった荘園。いま岐阜県安八郡神戸町周辺にあたる。　**葛**《くず》　マメ科に属する蔓《つる》草、葛の繊維で織った布。　**陵轢**《りようりやく》　さげすみ、ふみつけること。　**西の**　都の西の区域、西の京の。　**右衛門督**《うゑもんのかみ》　右衛門府《うゑもんふ》の長官。『公卿補任《くぎようぶにん》』には「正月五日兼右兵衛《うひやうゑ》督別当」とあって、正しくは右兵衛督《うひようえのかみ》。　**検非違使の別当**《けんびゐしのべつたう》　検非違使庁《けびいしちよう》の長官。　**資賢**《すけかた》　宇多源氏《うだげんじ》、源有賢の子。郢曲《えいきよく》に長じ歌人でもあった。文治四年（一一八八）七十六歳で没。底本は資方と表記している。　**兼雅卿**《かねまさのきやう》　花山院《かざんいん》太政大臣忠雅の子。清盛の女《むすめ》を室としたことは巻第一「吾身栄花」にみえる。左大臣従一位となり、後《のち》花山院左大臣と呼ばれた。　**ふるい人**　古くから仕えている人。古参の人。　**おとな**　長老。**栄花の人**《えいぐわ》　栄え時めいている人。市古貞次氏は日本古典文学全集で「清華《せいぐわ》」の誤りか、とし、清華は摂家に次ぐ公家《くげ》の家柄、花山院は七清華の一、と注する。　**家嫡**《けちやく》　本家の嫡男。　**三条殿**　三条室町御所《むろまちごしよ》。三条の北、室町の東にあった。　**中御門の中納言宗家卿**《なかのみかどのむねいへのきやう》　藤原宗家。内大臣宗能《むねよし》の子。文治五年（一一八九）五十一歳で没した。　**前**《さきの》**中納言より権**《ごん》**大納言に**　『玉葉』安元元年（一一七五）十一月二十八日条に「権中納言成親を以て上臈邦綱、超越せられ了んぬ権大納言に任ず」とある。　**とき**　疾《と》き。すみやか、はやい。

【解説】
成親《なりちか》がただちに処刑されず、一応流罪《るざい》となったのは、『玉葉』の記にもあるように、重盛の助命嘆願によるものであったらしい。しかし、それもおもてむきの処置であって、後に「大納言死去」で語られるような、暗殺の企ても、その時すでにあったことは『玉葉』に記されていることから判断できる。

成親と山門との紛争は、『百錬抄』嘉応元年（一一六九）十二月二十三日条に「延暦寺ノ衆徒《しゅと》、日吉神輿ヲ具《ぐ》シ奉《たてまつ》リ大内ニ参ル。是権《これごん》中納言成親卿知行《ちぎやう》ノ尾張国《をはりのくに》ノ目代《もくだい》右衛門《うゑもんの》尉《じよう》政友《まさとも》、神民《じんみん》ト不《ふ》慮《りよ》ノ闘乱《とうらん》ノ事出来《しゅつたい》、訴へ申ス為ナリ」とあって、美濃《みの》ではなく、尾張《おわり》国に起った一件である。院において公卿の議定《ぎじょう》が行なわれ、政友を投獄する由が示されたが、衆徒は承服せず、叫喚《きょうかん》した。翌二十四日成親《なりちか》を解官し備中《びっちゅう》国に配流《はいる》、政友は投獄ということになって、衆徒は悦を成し神輿《しんよ》を迎えて帰山した、という。しかし同二十八日の条には成親召還が宣下《せんげ》されたことが記され、三十日本官に還任されている。『玉葉』も二十三日から二十八日にわたって、この件をしるし、成親が召し返されたことを記して「今日ノ沙汰《さた》、抑《そもそも》、天魔の所為《しよゐ》なり云々《うんぬん》」と批判している。巻第一「鵜川軍《うかはいくさ》」の西《さい》光《こう》の子、加賀の目代《もくだい》と寺領の僧らとの紛争と同じ性格の事件を、成親の目代もひきおこしていたのである。葛《くず》に墨《すみ》をぬりつけた、といった事実は、「屋代本」「八坂本」にはなく「事ヲ引出《ひきいだ》シ、互《たがひ》ニ及狼藉《らうぜきにおよぶ》」（「屋代本」）とあるだけである。この紛争を具体的に語ろうとする意図が、事の発端にたちいった叙述をもたらしたのであろう。一方、「葉子十行本」「流布本」など、「覚一本」以後のテキストは、「此人いまだ中納言にておはしける時」以下の段落を省《はぶ》いている。山門と事を構え、その呪《じゅ》詛《そ》が成親の身の上に没落の運命として作用した、とする挿入説話を、当面の叙事の進行にとって不要とし、削除することになったものと思われる。本文の変動には、このような場合もあったのである。

成親が三条殿造進の賞として昇進したのは、承安二年（一一七二）のことであって、『百錬抄』七月二十一日の条に、権《ごん》中納言成親の造営した三条室町《むろまち》御所《しょ》に上皇、建春門院が移られ、その夜成親は従二位に叙されて資賢、兼雅等を越えたと記されている。『玉葉』同日の条もこれを記し、「兼雅卿ハ権門ノ人ナリ、今之ヲ越ヘラルノ条、世以テ之ヲ傾ク云々」と述べている。

大納言《だいなごん》流罪《るざい》（三）

同三日《おなじきみつかのひ》、大物《だいもつ》の浦へ京より御使《おつかひ》ありとてひしめきけり。新大納言、「是《これ》にて失《うしな》へとにや」と聞き給へば、さはなくして、備前《びぜん》の児島《こじま》へながすべしとの御使《つかひ》なり。小松殿より御文《おんふみ》あり。「いかにもして、都ちかき片山里《かたやまざと》におき奉《たてまつ》らばやと、さしも申しつれども、かなはぬ事こそ世にあるかひも候はね。さりながらも、御命ばかりは申しうけて候」とて、難波《なんば》がもとへも、「かまへてよく〳〵宮仕《みやづか》へ、御心にたがふな」と仰せられつかはし、旅のよそほひこま〴〵と沙汰《さた》しおくられたり。

新大納言は、さしも忝《かたじけな》うおぼしめされける君にもはなれ参らせ、つかのまもさりがたう思はれける北の方《かた》、をさなき人々にも、別れはてて、「こはいづちへとて行くやらん。二度《ふたたび》故郷《こきやう》に帰（ッ）て、妻子《さいし》を相見《あひみ》ん事もありがたし。一年山門《ひととせさんもん》の訴訟《そしよう》によ（ッ）て、ながされしを、君惜しませ給ひて、西の七条《しちでう》より召し帰されぬ。これはされば君の御 警《いましめ》にもあらず。こはいかにしつる事ぞや」と、天にあふぎ地にふして、泣きかなしめどもかひぞなき。

明けぬれば既《すで》に舟おしいだいて下《くだ》り給ふに、みちすがらもただ涙に咽《むせ》んでながらふべしとはおぼえねど、さすが露の命は消えやらず、跡の白浪《しらなみ》へだつれば、都は次第に遠ざかり、日数《ひかず》やう〳〵重《かさな》れば、遠国《ゑんごく》は既に近付きけり。備前《びぜん》の児島《こじま》に漕《こ》ぎ寄せて、民《たみ》の家のあさましげなる柴《しば》の庵《いほり》におき 奉《たてまつ》る。島のならひ、うしろは山、前は海、磯《いそ》の松風浪《なみ》の音、いづれも哀《あは》れはつきせず。

【現代語訳】

同三日、大物《だいもつ》の浦へ京都からお使いが来た、というので、何事かとみなざわめきたった。新大納言は、「ここで処刑せよというのではないか」と思われたが、そうではなく、備前《びぜん》の児島《こじま》に配流《はいる》するようにとのお使いであった。小松殿からのお手紙があった。「何としてでも都に近い山里におとどめしたいと、いろいろ申したのですが、ついにかなえられず、私としても世にある甲斐《かい》もありません。しかしながら、御命だけはお願いして、お預りいたしました」とあって、難波《なんば》次郎《じろう》のもとにも、「よくよく注意してお仕えし、御心に背《そむ》くことのないように」と仰せ遣《つか》わされ、旅の支度をこまごまと指示して送られた。

新大納言は、深い愛顧をお受けしていた法皇にもお離れになり、片時も離れがたく思われた北の方《かた》や幼い人々にも引きさかれるように別れて、「これはいずこへ行くのであろう。ふたたび故郷に帰って、妻子に会うこともできまい。先年、山門《さんもん》の訴訟によって流されることになったとき、法皇はお惜しみなさって、西の京七条から召し返しくださったが、こんどはしかし法皇の御戒めによることではない。これは何としたことであろうか」と、天を仰ぎ地に伏して、泣き悲しんだが、如何《いかん》ともすることのできないことであった。

夜が明けると、はやばやと舟をおし出し、下《くだ》って行かれたが、その道中もただ涙にむせんで生きながらえることができようとも思われない。それでも露のようにはかない命ながら、消えることもなく、進み行く船の跡に残る白波が間をへだてて、都は次第に遠ざかり、日数の経るにしたがって遠流《おんる》の国ははやくも近づいてきた。備前《びぜん》の児島《こじま》に舟を漕《こ》ぎ寄せ、むさくるしい民家の柴葺《しばぶ》きの庵《いおり》へお入れした。島の常として、後ろは山、前は海で、磯《いそ》の松風といい、浪《なみ》の音といい、いずれもしみじみと哀れな情景であった。

【語釈】

備前《びぜん》の児島《こじま》 いまの岡山県、児島半島南端のあたり。当時は島であった。 **申しうけて** 願いでて請い受ける、預る。 **かまへて** 心して。じゅうぶん配慮して。 **宮仕《づか》へ** 貴人に仕えること、奉公すること。 **よそほひ** 準備。支度。 **忝《かたじけな》う** おそれおおく。ありがたく。

君の御警《いましめ》 法皇の思召《おぼしめ》しによる御処罰。 **天にあふぎ地にふして** 泣き悲しむさまを叙述する常套《じょうとう》句《く》。　**跡《あと》の白浪《しらなみ》**　漕《こ》ぎ進む船の跡に残る白波。　**あさましげ**　そまつでむさくるしい。みすぼらしい。　**へだつれば**　舟と都の間を隔てるので。　**島のならひ**　島の地形はどこも同じように。　**柴《しば》の庵《いほり》**　柴を結んで作ったそまつな家。

【解説】
流刑《るけい》となった成親《なりちか》の身の上を、重盛が気遣い、配慮していることは、史実の上にも認めることができる。『玉葉《ぎよくよう》』六月十一日の条に「或人云フ、成親備前国《なりちかびぜんのくに》ニ在《あ》リ、今ニ存命ス。内府密々《みつみつ》ニ衣裳《いしやう》ノ類ヲ送ルト云々」と記されている。「一年山門の訴訟によ（ッ）て」の述懐は、前段にこの事件が語られていることによって脈絡が通じるのであって、これを欠いた「流布本」のありかたが妥当な本文整理とはいえないであろう。「君の御警《いましめ》」であれば、またかつてのように「召し帰され」ることも期待できた。しかし、こんどはきわめて深刻な状況にあるわけである。『玉葉』同日の条に、成親の処置については「禅門《ぜんもん》（清盛）私ノ意趣ニ依リ其ノ志ヲ遂グ」と記されている。

阿古屋之松《あこやのまつ》

大納言一人にもかぎらず、警《いましめ》を蒙《かうぶ》る輩《ともがら》おほかりけり。近江中将入道蓮浄《あふみのちゆうじやうにふだうれんじやう》、佐《さ》渡国《どのくに》、山城守基兼《やましろのかみもとかね》、伯耆国《はうきのくに》、式部大輔正綱《しきぶのたいふまさつな》、播磨国《はりまのくに》、宗判官信房《そうはうぐわんのぶふさ》、阿波国《あはのくに》、新平《しんぺい》判《はう》官資行《ぐわんすけゆき》は美作国《みまさかのくに》とぞ聞えし。

其比《そのころ》入道相国《にふだうしやうこく》福原の別業《べつげふ》におはしけるが、同廿日《おなじきはつかのひ》、摂津左衛門盛澄《せつつのさゑもんもりずみ》を使者で、門《かど》

脇《わき》の宰相《さいしやう》の許《もと》へ、

「存ずる旨《むね》あり、丹波少将《たんばのせうしやう》いそぎ是《これ》へたべ」

と宣《のたま》ひつかはされたりければ、宰相、

「さらば、只《ただ》ありし時、ともかくもなりたりせば、いかがせむ。今更《いまさら》物を思はせんこそ、かなしけれ」

とて、福原へ下《くだ》り給ふべきよし宣《のたま》へば、少将泣く〳〵出《い》で立ち給ひけり。女房達《にようばうたち》は、

「かなはぬ物ゆゑ、なほもただ宰相の申されよかし」

とぞ、歎《なげ》かれける。宰相、

「存ずる程《ほど》の事は申しつ。世を捨つるより外《ほか》は、今は何事をか申すべき。されども縦《たと》ひいづくの浦におはすとも、我命《わがいのち》のあらんかぎりは、とぶらひ奉《たてまつ》るべし」

とぞ、宣《のたま》ひける。


【現代語訳】

大納言一人にとどまらず、処罰された人々は多かった。近江《おうみの》中将入道蓮浄《れんじよう》は佐渡《さど》国、山《やま》城守《しろのかみ》基兼《もとかね》は伯耆《ほうき》国、式部《しきぶ》大輔《たゆう》正綱《まさつな》は播磨《はりま》国、宗判官《そうほうがん》信房《のぶふさ》は阿波《あわ》国、新平判官《しんぺいほうがん》資行《すけゆき》は美作《みまさか》国にそれぞれ配流《はいる》、ということであった。

そのころ、入道相国《しようこく》は福原の別邸におられたが、同月二十日、摂津《つの》左衛《さえ》門《もん》盛澄《もりずみ》を使者とし

て、門脇の宰相のところへ、

「考えることがある。丹波少将を急ぎこちらへよこすように」

と言い遣《や》られたので、宰相は、それと察して、

「それでは、あのときどうにでもなっていたなら、まだしも諦《あきら》めがついたのに。今更つらい思いをさせるのは、悲しいことだ」

と嘆きながら福原へ下《くだ》られるよう言われると、少将は涙ながらに出立なさった。女房たちは、

「かなわぬまでも、なお宰相が嘆願してくださるように」

と悲嘆にくれた。宰相は、

「思うだけのことはすっかり申した。今は出家をするよりほか、何の申しようもない。しかし、たとえ流されてどこの浦におられようとも、わが命のあるかぎりは、お訪ね申しあげよう」

と言われた。


【語釈】

警《いましめ》を蒙《かうぶ》る輩《ともがら》　処罰を受けた人々。『玉葉』六月四日条に記された「搦《メ》召《ス》之輩《はい》六人」のなかに、山城守《やましろのかみ》中原基兼《もとかね》、検非違使《けびいし》左衛門尉《さえもんのじょう》惟宗信房《これむねのぶふさ》、同平佐行《たいらのすけゆき》らがあげられており、解官されている。『百錬抄』三日の条には、後日遠国に配流《はいる》、と記されている。　**福原《ふくはら》の別業《べつげふ》**　摂津国武庫郡福原荘（いまの神戸市兵庫区のあたり）にあった清盛の別邸。

摂津左衛門盛澄《つのさゑもんもりずみ》 巻第三「行隆之沙汰《ゆきたかのさた》」、巻第六「飛脚到来《ひきやくたうらい》」、巻第八「太宰府落《だざいふおち》」、に登場し、巻第十一「内侍所《ないしどころの》都入《みやこいり》」で壇浦《だんのうら》合戦後降人《こうにん》となるが、伝、系譜は不明。**存ずる旨**《むね》 考え。考えること。**たべ** ください。よこしてください。**只**《ただ》**ありし時** 「少将乞請《こひうけ》」で叙述されたように門脇宰相《かどわきさいしよう》が丹波《たんば》少将成経の身柄を預ることになる前のことをいっている。清盛から西八条へ呼び出された時をさす。**ともかくも** どうにでも。

いかがせむ いたしかたがない（あきらめもつこう、の意をふくむ）。**今更物を思はせんこそ** 今あらためて苦しい思いをさせるのは。**かなはぬ物ゆゑ** 許されることはかなえられないものの。「ものゆゑ」は確定の逆接を示す、接続助詞。ものながら。にもかかわらず。

【解説】

成親《なりちか》の処分をすませると、清盛は、いったん弟教盛《のりもり》の嘆願によって預けていたその子成経を呼び出した。この事態に、再度の懇望を断念した教盛は、嘆きながらも成経に、福原へ下《くだ》り、清盛のもとに参ることを告げた。その叙述のまえに、成親以外の数名の配流《はいる》を記したのは、丹波少将成経もまたこの処置をまぬかれないことを予告するものである。

阿古屋之松《あこやのまつ》（二）

少将は今年《こんねん》三つになり給ふをさなき人を持ち給へり。日ごろはわかき人にて、君達《きんだち》な（ン）どの事もさしもこまやかにもおはせざりしかども、今はの時になりしかば、

さすが心にやかかられけん、

「此《この》をさなき者を、今一度見ばや」

とこそ宣《のたま》ひけれ。めのといだいて参りたり。少将膝《ひざ》の上に置き、髪かきなで、涙をはら〱とながいて、

「あはれ汝《なんぢ》七歳にならば、男になして君へ参らせんとこそ思ひつれ。されども、今は云ふかひなし。もし命いきて、おひたちたらば、法師になり、我後《わがのち》の世とぶらへよ」

と宣《のたま》へば、いまだいとけなき心に、何事をか聞きわき給ふべきなれども、うちうなづき給へば、少将をはじめ奉（ッ）て、母上、めのとの女房《にようばう》、其座《そのざ》になみゐたる人々、心あるも心なきも皆袖《そで》をぞぬらしける。福原の御使《つかひ》、やがて今夜鳥羽《とば》まで出《い》でさせ給ふべきよし申しければ、

「幾程ものびざらむ物ゆゑに、こよひばかりは、都のうちにてあかさばや」

と宣《のたま》へども、頻《しき》りに申せば、其夜《そのよ》鳥羽《とば》へ出《い》でられける。宰相《さいしやう》あまりにうらめしさに、今度は乗りも具し給はず。同じき廿二日、福原へ下《くだ》りつき給ひたりければ、太政入道《だいじやうにふだう》、瀬尾太郎兼康《せのをのたらうかねやす》に仰せて、備中国《び（ッ）ちゆうのくに》へぞ下されける。兼康《かねやす》は宰相《さいしやう》のかへり聞き給はん所をおそれて、道すがらもやう〱にいたはりなぐさめ奉《たてまつ》る。されども少将なぐさみ給ふ事もなし。よる昼ただ仏の御名《みな》をのみ唱《とな》へて、父の事をぞ歎かれける。

【現代語訳】

少将は今年三つになられる幼い子をもっておられた。日ごろは、まだ若い人なので、若君などのことをそれほど心にかけてもおられなかったが、最後の別れという時になると、さすがにいとおしく、気がかりなのであろう、

「この幼い子を、今一度見たい」

と言われた。乳母《めのと》が抱いて参ると、少将は膝《ひざ》の上にのせて、髪をなで、涙をはらはらと流して、嘆息し、

「お前が七歳になったら、元服させて法皇にお仕えさせようと思っていたのに。しかし今となっては、言っても甲斐《かい》のないことだ。もし生きながらえて、成人したなら、法師になって、私の後世《ごせ》を弔《とぶら》ってほしい」

と言われると、まだ何事も聞きわけなさることもできない幼い心に、うなずかれたので、少将をはじめ、母上も、乳母《めのと》の女房やその座に並んでおられた人々も、心のあるなしにかかわらず、みな涙に袖《そで》をぬらしたのであった。福原からの御使いが、今夜ただちに鳥羽《とば》まで出られるよう申したが、

「どれほども延びるわけではないが、せめて今夜だけは、都の内で明かしたいものだ」

と言われた。しかし、しきりに催促するので、その夜、鳥羽へ出られた。宰相《さいしょう》はあまりの無念さに、今度は車に同乗なさらなかった。同じ六月二十二日、少将は福原へ到着なさると、太政入道《だいじょうにゅうどう》は瀬尾《せのお》太郎兼康《かねやす》に命じられて、備中国《びっちゅうのくに》へ配流《はいる》された。兼康は宰相が伝え聞かれる

ことを恐れて、道中もいろいろといたわりなぐさめ申しあげた。しかし少将はいっこうに心慰さむこともなく、夜昼ただ仏の御名《みな》を唱《とな》えるばかりで、父の身の上を案じ嘆いておられた。

【語釈】

さしも　それほどにも。　**こまやかに**　心をこめて、ねんごろに。　**今はの時**　これが最後という時。　**男になして**　元服させて。元服は、男子が成人したことをあらわす儀式で、服を改め、髪を結い、はじめて冠をつける。十一歳から十五歳ぐらいまでが多かった。　**云ふかひなし**　言ってもどうにもならない。　**何事をか聞きわき給ふべきなれども**　何事を聞きわけることができようか、聞きわけられるはずはないけれども。　**心あるも心なきも**　人情を深く解するものも、感ずる心の鈍いものも。　**幾程ものびざらむ物ゆゑに**（福原に下ることが）どれほども延びるわけではないけれども。日本古典文学大系『平家物語』解説は、「物ゆゑに」を「（延びない）だろうから」と順接にとっている。　**頻《しき》りに申せば**　かさねがさねせき立てるので。　**乗りも具し給はず**　同じ車にともに乗っても行かれない。　**かへり聞き給はん所**　「還り聞き」は人伝にまわりまわってその人の耳に達すること。伝え聞かれるであろうこと。　**仏《ほとけ》の御名《みな》をのみ唱《とな》へて**　念仏に専心すること。

【解説】

妻や恋人の嘆きを語るのと同様、幼い子との別れの場をえがくのも、哀切な情景を強調する手段である。劇的な葛藤《かっとう》に迫るというよりも、『平家物語』の哀れは、このような詠嘆的、抒情的な方向で表現されている傾向をもっている。「父の事をぞ歎かれける」という成経の心情は、我が身のこと以上に父の安否を気遣っていた「少将乞請」の章の成経の態度とあわせて、親思いの性格をあきらかにしている。

阿古屋之松《あこやのまつ》（三）

新大納言は備前《びぜん》の児島《こじま》におはしけるを、預《あづかり》の武士《ぶし》、難波次郎経遠《なんばのじらうつねとほ》、

「これは猶《なほ》舟津《ふなつ》近うて、あしかりなん」

とて、地《ぢ》へわたし奉《たてまつ》り、備前《びぜん》、備中《びつちゆう》両国《りやうごく》の堺《さかひ》、庭瀬《にはせ》の郷有木《がうありき》の別所《べつしよ》と云ふ山寺におき奉る。備中の瀬尾《せのを》と、備前の有木の別所の間は、纔《わづ》かに五十町にたらぬ所なれば、丹波少将《たんばのせうしやう》そなたの風もさすがなつかしうや思はれけむ、或時兼康《かねやす》を召して、

「是より大納言殿の御渡《おんわたり》あんなる、備前の有木の別所へはいか程の道ぞ」

と問ひ給へば、すぐに知らせ奉（ッ）ては、あしかりなんとや思ひけむ、

「片道十二三日で候」

と申す。其時少将涙をはら〳〵とながいて、

「日本は昔三十三ケ国にてありけるを、中比《なかごろ》六十六ケ国に分けられたんなり。さ云ふ備前、備中、備後《びんご》も、もとは一国にてありけるなり。又あづまに聞《きこ》ゆる出羽《では》、陸奥《みちのく》両国《りやうごく》も、昔は六十六郡《ぐん》が一国にてありけるを、其時十二郡をさきわか（ッ）て、出羽《では》

国《くに》とはたてられたり。されば実方中将《さねかたのちゆうじやう》、奥州《あうしう》へながされたりける時、此国の名所に、あこ屋《や》の松と云ふ所を見ばやとて、国のうちを尋ねありきけるが、尋ねかねて帰りける道に、老翁《らうをう》の一人逢《あ》うたりければ、『やや、御辺《ごへん》はふるい人とこそ見奉《みたてまつ》れ。当国《たうごく》の名所に、あこやの松と云ふ所や知りたる』と問ふに、『ま（ッ）たく当国《たうごく》のうちには候はず。出羽国《ではのくに》にや候らん』『さては御辺《ごへん》知らざりけり。世はすゑにな（ッ）て、名所をもはやよびうしなひたるにこそ』とて、むなしく過ぎんとしければ、老《らう》翁《をう》、中将の袖《そで》をひかへて、『あはれ、君は、

　みちのくのあこ屋の松に木《こ》がくれていづべき月のいでもやらぬか

といふ歌の心をも（ッ）て、当国の名所、あこやの松とは仰せられ候か。それは両国が一国なりし時、読み侍《はべ》る歌なり。十二郡をさきわか（ッ）て後は出羽国にや候らん』と申しければ、さらばとて、実方《さねかた》中将も、出羽国にこえてこそ、あこ屋の松をば見たりけれ。筑紫《つくし》の太宰府《だざいのふ》より、都へ鰚《はらか》の使《つかひ》ののぼるこそ、かち路《ぢ》十五日とはさだめたれ。既《すで》に十二三日と云ふは、これより殆《ほとん》ど鎮西《ちんぜい》へ下向《げかう》ごさむなれ。遠しと云ふとも、備前《びぜん》、備中《びつちゆう》の間《あひだ》両三日にはよも過ぎじ。近きを遠う申すは、大納言殿の御渡《おんわたり》あんなる所を、成経《なりつね》に知らせじとてこそ申すらめ」

とて、其後は恋しけれども問ひ給はず。

【現代語訳】

新大納言は、備前の児島に流されておられたが、警固の武士、難波次郎経遠《なんばのじろうつねとお》は、「ここはまだ舟着き場に近く、ぐあいが悪いであろう」と、陸地の方へお移しし、備前《びぜん》、備中《びっちゅう》両国の境にある庭瀬《にわせ》の郷有木《ごうありき》の別所という山寺にお入れした。備中の瀬尾《せのお》と、備前の有木《ありき》の別所の間は、わずか五十町たらずの距離なので、丹波少将はその方角から吹く風さえさすが懐かしく思われたのであろう、ある時兼康《かねやす》を呼んで、「ここから大納言殿のおられるという、備前の有木の別所へは、どれほどの道のりか」と尋ねられた。兼康は、すぐに事実をお知らせしては不都合と思ったのであろうか、「片道十二三日の距離です」と答えた。その時少将は、涙をはらはらと流して、「日本は昔三十三ヵ国であったのを、中ごろ六十六ヵ国に分けられたのだ。この備前、備中、備後も、もとは一国であった。また東国に名高い出羽《でわ》、陸奥《みちのく》の両国も、昔は六十六郡が一国であったのを、二国にわけたとき、十二郡を分割して、出羽国をたてられたのである。だから、実方《さねかた》中将が奥州へ流された時、この国の名所である阿古屋《あこや》の松という所を見たいと思って、国じゅうを尋ね歩いたが、尋ねあたらず、帰っていく途中に、一人の老翁《ろうおう》と出逢《であ》ったので、『もし、あなたはこの地に古いお方《かた》とお見受けいたします。この国の名所で、阿古屋の松という所を御存じではないでしょうか』と尋ねたが、『当国の内にはまったくありません。出羽の国にあるのでしょう』『それではあなたは御存じないのだな。世も末になって、名所ももはやわからなくなってしまったのか』と、失望して通り過ぎようとすると、老《ろう》翁《おう》は中将の袖《そで》をひいて引きとめ、『ああ、あなたは、

みちのくのあこ屋の松に木がくれていづべき月のいでもやらぬか

（陸奥《みちのく》の阿古屋の松の木かげにかくれてすでにのぼっているはずの月が、まだ出ないのか）

という歌の心によって、当国の名所阿古屋の松といわれるのですか。それは陸奥《みちのく》と出羽《でわ》の両国が一つの国であったとき詠まれた歌です。十二郡が分割された後は、出羽国にあるのでしょう』と申したので、それでは、と実方《さねかた》中将も出羽国に越えて、阿古屋の松を見たのだった。九州の大宰府《だざいふ》から都へ鰚《はらか》の使いがのぼるのに、徒歩で十五日と定められている。それなのに、十二、三日というのは、ここからほとんど九州まで下向《げこう》する日数ではないか。遠いとはいっても、備前と備中の間は二三日以上かかることはなかろう。近いところを遠いというのは、大納言殿のおられるであろう所を、成経《なりつね》に知らせまいとして申すのであろう」といって、その後は恋しく思われても尋ねられなかった。

【語釈】

舟津《ふなつ》　舟が停泊するところ。港。　**地**　陸地。　**庭瀬《にはせ》の郷《がう》**　備中国賀陽《かや》郡庭妹《にわせ》郷。いま岡山県岡山市のあたり。　**有木《ありき》の別所《べつしよ》**　いま岡山市北区にあたる地にあった別所。別所は本寺を離脱した僧が遁世《とんせい》の聖《ひじり》として、本寺の周辺に仏道修行の草庵を結び、それが集落をなしている所。　**瀬尾《せのを》**　備中国都宇《つう》郡妹尾。いま岡山市南区妹尾。成経《なりつね》が配流されている。　**そなたの風**　父成親が流されてい

る有木の別所の方から吹きわたってくる風。
御渡《おんわたり》あんなる　来ておられるという。「あんなる」は「ありなる」の音便。あるという。　**三十三ケ国**　山河を境界として国県《あがた》を分ったのは成務天皇五年と『日本書紀』にあるが、これは西暦一三五年にあたり、年代は信じられない。何によって三十三ヵ国としたか不明。奈良時代は五十八国三島、天長元年（八二四）六十六国二島となり、『延喜式』の民部に六十六国二島をあげている。
さ云ふ　いまここでいう。　**備前《びぜん》、備中《びっちゅう》、備後《びんご》**　もと、吉備《きび》国であったが、のちこの三国に分かれた。持統天皇の御代（六八六～六九七）に分かれたものと藤井高尚『松の落葉』は推定する。　**六十六郡が一国**　陸奥《みちのく》国、出羽《でわ》国がわかれず、六十六郡をもって一国としていたというが、元明《げんめい》天皇の和銅五年（七一二）、越後《えちご》国を割《さ》いて出羽国をたてた。出羽国は『延喜式』には十一郡があり、後に由利《ゆり》郡を加えて十二郡とした。
実方中将《さねかたのちゆうじやう》　左大臣藤原師尹《もろただ》の孫で、侍従定時の子。長徳元年（九九五）陸奥守に任じられ、長徳四年任国で没した。『古事談《こじだん》』に、一条院の御時、殿上《てんじょう》で藤原行成《こうぜい》と口論し、その冠をとって小庭に投げ棄《す》てるということがあって、「歌枕見テマイレ」ということで陸奥守に左遷されたという説話があり、『十訓抄《じっきんしょう》』にもみえる。　**あこ屋の松**　現在の、山形市、平清水の千歳山付近にあった名高い松で、歌枕の一つであった。実方がこれを尋ねた説話も、『古事談』にある。
老翁《らうをう》　老人。『源平盛衰記』に「彼老翁と云《いひ》けるは、塩釜大明神とぞ聞えし」とある。
やや　呼びかけの語。　**ふるい人**　その土地にながく住んで事情に明るい古老。　**よびうしなひたる**　呼ばなくなった。人々が名所として呼ばなくなったので、所在もわからなくなった、の意。
みちのくの、の歌　『夫木抄《ふぼくしょう》』二十九に読人知らずとして、松の題で「陸奥《みちのく》のあこやの松に木隠れて出《い》でたる月の出《い》でやらぬかな」とある。

筑紫《つくし》　筑前《ちくぜん》、筑後《ちくご》、両国をあわせた、九州の古称。　**太宰府《だざいのふ》**　筑前国筑紫郡（現在の福岡県太宰府市）におかれた役所で、九州および壱岐《いき》・対馬《つしま》を管轄し、外寇《がいこう》を防ぎ、外交をつかさどった。　**鮐《はらか》の使《つかひ》**　「はらか」は腹赤と表記し、鱒《ます》の異称とも、鮸《にべ》ともいう。毎年、正月の節会《せちえ》に、太宰府から、鮐《はらか》を献上するため上京する使者。　**かち路《ぢ》**　底本はさきの「片道十二三日」にあわせて「かた路」としているが、諸本によって改めた。徒歩で、の意。

十五日　『延喜式《えんぎしき》』主計式に「大宰府行程上《のぼり》廿七日、下《くだり》十四日、海路卅日」とあり、「延慶本」は「廿日余」としている。　**ごさむなれ**　「にこそあるなれ」の転。……であるな。……ということだな。　**よも**　いくらなんでも。まさか。

【解説】

父を慕う成経は、配所が互いに近いことを察して距離を尋ねるが、ことさら遠いと告げられて慨嘆する。備前、備中が備後とともに、もと一国であったのを分けられたことから、出羽、陸奥の分割のことを述べ、実方と阿古屋の松の説話を挿入《そうにゅう》している。父を思いつめる成経が、この説話を説きすすめようとするのは切迫したその心情において、内的な必然性がない。『古事談』も載せているこの伝承説話を、国郡《こくぐん》の分割という叙述の進展を契機として、作中人物のおかれた状況とはかかわりなく挿入したのは、物語の主軸から離れて説話的興味に牽引《けんいん》される『平家物語』の叙述の傾向の、一つのあらわれである。この説話は、「延慶本」「長門本」はとりいれていない。

大納言死去《だいなごんのしきよ》

さる程《ほど》に、法勝寺《ほつしようじ》の執行《しゆぎやう》俊寛僧都《しゆんくわんそうづ》、平判官康頼《へいはうぐわんやすより》、この少将相具《あひぐ》して、三人薩摩潟《さつまがた》鬼界《きかい》が島《しま》へぞながされける。彼島《かのしま》は都を出《い》でてはるぐ\と、浪路《なみぢ》をしのいで行く所なり。おぼろけにては舟もかよはず。島にも人まれなり。おのづから人はあれども、此土《このど》の人にも似ず、色黒うして、牛のごとし。身には頻《しき》りに毛おひつつ、云ふ詞《ことば》も聞き知らず。男は烏帽子《えぼし》もせず、女は髪もさげざりけり。衣裳《いしやう》なければ人にも似ず。食する物もなければ、只殺生《ただせつしやう》をのみ先とす。しづが山田を返さねば、米穀のるいもなく、薗《その》の桑《くは》をとらざれば、絹帛《けんぱく》のたぐひもなかりけり。島のなかには、たかき山あり。鎮《とこしなへ》に火もゆ。硫黄《ゆわう》と云ふ物みちみてり。かるがゆゑに硫黄《いわう》が島とも名付《なづ》けたり。いかづち常になりあがり、なりくだり、麓《ふもと》には雨しげし。一日片時《へんし》人の命たえてあるべき様《やう》もなし。

【現代語訳】

やがて、法勝寺《ほつしようじ》の執行《しゆぎようしゆんかんそうず》俊寛僧都、平判官康頼《へいほうがんやすより》、それにこの丹波《たんば》少将成経《なりつね》の三人は、ともに薩摩潟《さつまがた》の鬼界《きかい》が島に流された。この島は、都を出てはるばると船旅の苦難をしのんで行くところである。船の往き来も容易ではない。島には住む人もまれで、たまに人はいても本土の人とは似ても似つかず、色は黒くて牛のようである。体は毛でおおわれ、言うことばも通じない。男は烏帽子《えぼし》もかぶらず、女は髪を下げることがない。衣服を身にまとっていないので、人の姿ともみえない。食物もなく、ただ漁猟だけで生活している。農夫が田を耕すことがないので、米穀の類がなく、畑に桑《くわ》を作らないので、絹布などもなかった。島のなかには高い山があって、永久に火が燃えあがり、硫黄《いおう》というものがみちみちている。それで、硫黄が島とも名づけられている。雷が常にこの山にとどろいて、鳴り上り、鳴り下りし、麓《ふもと》にはしきりに雨が降りつづくことがある。一日、片時といえども、人の生きて住み得るところとは思われなかった。

【語釈】
薩摩潟《さつまがた》　「延慶本」は薩摩国、『源平盛衰記』「屋代本」などは薩摩方、とする。薩摩の南方海上にある、の意で鬼界が島に冠したのであろう。**鬼界《きかい》が島**　現在の鹿児島県鹿児島郡三島村に属する硫黄島。鹿児島湾口から西南五五キロメートル、竹島の西方にある。なお、鹿児島南方三七五キロメートル、奄美《あまみ》大島の東三四キロメートルに位置する喜界島とする説があり、一九七五年、俊寛のものと伝えられる墓の発掘調査が行なわれた。
しのいで　「しのびて」の音便。こらえて。耐えて。**おぼろけ**　並たいてい（否定表現とともに使われるのが一般）。**おのづから**　たまたま。**此土《このど》の人**　日本本土の人。**殺生《せつしやう》**　漁や狩猟など生物を殺すこと。**しづが山田を返さねば**　農夫が田を耕さないから。「しづ」は卑賤《ひせん》な者。**薗《その》の桑《くは》**

をとらざれば　畑に桑を栽培し摘みとることがないから。　**硫黄**《ゆわう》　底本「ユワウ」とふりかなし、「イ」と傍書している。　**たえて**　けっして、すこしも（下に打消の語を伴う）。

【解説】　巻第二の「康頼祝言《やすよりのつと》」「卒都婆流《そとばながし》」、巻第三の「赦文《ゆるしぶみ》」「足摺《あしずり》」「少将都帰《せうしやうみやこがへり》」「有王《ありわう》」「僧都死去《そうづしきよ》」とつづく、鬼界が島流人《るにん》の物語への導入の部分である。都を遠く離れた孤島の、風俗と情景の異様さが強調されて、ここに流される三人の運命の苦難を予想させる。

俊寛《しゅんかん》らの流罪《るざい》は、『愚管抄《ぐかんせう》』にも「俊寛ト検非違使《けんびゐし》康頼トヲバ油黄《ゆわう》ノ島ト云所《いふところ》ヘヤリテ」（成経のことは記されていない）とあるが、その月日は史料にみえない。「延慶本」『源平盛衰記』などははじめ三人はそれぞれ近隣の別の島におかれたが、後に一島にたどりついて、いっしょになったとしている。

大納言死《だいなごんのし》去《きよ》（二）

さる程に、新大納言は、すこしくつろぐ事もやと思はれけるに、子息《しそく》丹波少将《たんばのせうしやう》成経《なりつね》も、はや鬼界《きかい》が島へながされ給ひぬと聞いて、今はさのみつれなく、何事をか期《ご》すべきとて、出家の志《こころざし》の候よし、便《たより》に付《つ》けて小松殿へ申されければ、此由《このよし》法皇へ伺《うかが》ひ申して、御免《ごめん》ありけり。やがて出家し給ひぬ。栄花《えいぐわ》の袂《たもと》を引きかへて、浮世をよそにすみぞめの袖《そで》にぞやつれ給ふ。

大納言の北の方《かた》は、都の北山《きたやま》、雲林院《うんりんゐん》の辺《へん》に、しのびてぞおはしける。さらぬだに住みなれぬ所は物うきに、いとどしのばれければ、過ぎ行く月日もあかしかね、くらしわづらふ様《さま》なりけり。女房侍《さぶらひ》おほかりけれども、或《あるい》は世をおそれ、或は人目をつつむほどに、問ひとぶらふ者一人もなし。されども、其中《そのなか》に、源左衛門尉信俊《げんざゑもんのじょうのぶとし》と云ふ侍《さぶらひ》一人、情《なさけ》ことにふかかりければ、常はとぶらひ奉《たてまつ》る。或時北の方《かた》、信俊を召して、

「まことやこれには備前《びぜん》の児島《こじま》にと聞えしが、此程聞けば、有木《ありき》の別所《べっしょ》とかやにおはすなり。いかにもして、今一度、はかなき筆のあとをも奉《たてまつ》り、御おとづれをも聞かばや」

とこそ宣《のたま》ひけれ。信俊《のぶとし》涙をおさへ申しけるは、

「幼少より御憐《おんあはれみ》を蒙《かうぶ》つて、かた時もはなれ参らせ候はず。御下《おんくだり》の時も、何《なに》ともして御供仕《ともつかまつ》らうど申し候ひしかども、六波羅《ろくはら》よりゆるされねば、力及び候はず。召され候《さうら》ひし御声も、耳にとどまり、諫《いさ》められ参らせし御詞《おんことば》も、肝《きも》に銘《めい》じて、かた時も忘れ参らせ候はず。縦《たと》ひ此身《このみ》はいかなる目にもあひ候へ、とう〳〵御《おん》ふみ給は（ッ）て、参り候はん」

とぞ申しける。北の方《かた》なのめならず悦《よろこ》んで、やがて書いてぞたうだりける。をさなき人々も、面々《めんめん》に御ふみあり。信俊これを給は（ッ）て、はる〴〵と備前国《びぜんのくに》、有木《ありき》の別《べっ》

所《しょ》へ尋《たづ》ね下《くだ》る。先《ま》づ預《あづかり》の武士《ぶし》、難波次郎経遠《なんばのじらうつねとほ》に案内をいひければ、心ざしの程を感じて、やがて見参《げんざん》にいれたりけり。

【現代語訳】

さて、新大納言成親は、配流《はいる》の地におかれてこれで少しは心も落着けるかと思われたところが、子息の丹波少将成経も、すでに鬼界が島に流されなさったと聞いて、今となっては何の期待をこの後にもつことができようか、と出家したい旨《むね》、その志を都への便りにつけて小松殿に申し送られたので、このことを後白河法皇にお伺いして、お許しを得た。そこで、早速出家なさった。権勢を誇った、かつての華やかな衣裳にひきかえて、憂き世を捨てた墨染めの衣に身をやつされたのである。

大納言の北の方《かた》は、都の北山《きたやま》、雲林院《うりんいん》の辺に世を忍んで住んでおられた。このような境涯でない身にとっても、住みなれぬ所は憂いつらいものであるのに、まして人目を避けての暮しなので、過ぎてゆく月日も明しかねて、悩みわずらう有様であった。かつては仕える女房や侍も多くいたが、あるいは世間を恐れ、あるいは人目をはばかって、だれ一人訪《たず》ねて来る者がない。しかし、そのなかで源左衛門尉信俊《げんざえもんのじょうのぶとし》という侍だけが一人、とくに情けふかい者であったので、つねにお訪ねしていた。ある時北の方《かた》は、信俊を召して、

「たしか夫は備前の児島《こじま》にと聞いていたが、近ごろ聞くところによると、有木の別所とかにおられるようです。なんとかしていま一度お手紙をさしあげ、御返事をいただきたいもので

す」

と言われた。信俊は、涙をこらえて、

「幼少のころからお心をかけていただき、片時もお側を離れずお仕え申して参りました。配所へ下《くだ》られる時も、なんとかしてお供したいと申しましたが、六波羅《ろくはら》の許しがなくて、かなえられませんでした。私をお召しになった御声も今なお耳にのこり、お叱りをいただいた御詞《ことば》も、肝《きも》に銘《めい》じて一時も忘れることがございません。たとえこの身がどのような目にあいましょうとも、すみやかにお手紙をいただいて、お届けに参りましょう」

と申した。北の方《かた》はたいそう喜ばれて、早速手紙をしたため、お渡しになった。幼い人々も、それぞれに手紙を書かれた。信俊はこれをいただいて、はるばると備前の国、有木の別所へ尋ね下《くだ》って行った。まず警固の武士、難波次郎経遠《なんばのじろうつねとお》に取次ぎを申し入れると、信俊の厚い志に感じて、すぐに面会を許した。

【語釈】

くつろぐ事もやと　緊張をといてゆったりとすることができようかと（自分の配流によって平家の処分もこれで一応一段落したかと思って）。**さのみつれなく**　そのように気にもとめず。さほど平然として。**浮世をよそに**　憂いつらいこの世を捨てて。浮世をよそに「すみ（住み）」と「すみ（墨）ぞめの」をかけている。**やつれ**　落ちぶれた姿に変る。**さらぬだに**　そうでなくてさえ。ただでさえ。**いとど**　いっそう。

人目をつつむ　他人に見られないよう心をくばる。**まことや**　たしか。ほんとうに。**はかなき**

見《げん》参《ざん》にいれたりけり　対面させた。

筆のあと　とりとめない手紙。

たうだりける　「たびたりける」のウ音便。お与えになった。

【解説】

自分の配流《はいる》によって、この一件に対する平家の処断は終らず、我が子成経《なりつね》の遠流《おんる》に及んだことを悲観した成親《なりちか》は出家する。一方、北の方《かた》は夫の身の上を気遣い、主にたいする情の厚い侍、信俊に手紙を託することになる。武士の主従関係ではなく、貴族に仕える侍のなかにも、恩義を深く感じる人物はあった。源左衛門尉信俊《げんざえもんのじようのぶとし》については、その系譜も伝も不明であるが、その詞《ことば》は、人間性をゆたかにあらわしているといえよう。前の「大納言流罪《るざい》」の章で、都を離れる成親を、かげながらも見送る身内の者の一人もいないことを強調していたが、信俊などはそこで登場させてもよさそうな人物である。しかし『平家物語』の登場人物は、その場面の作品構成上の必要に応じて設定される方法によっているので、そこでは成親の孤立がその境遇の悲劇性を強めており、ここでは北の方《かた》と成親の間を、手紙をもってとりつぐ人物として、信俊の忠誠をクローズアップしているのである。

大納言死去《だいなごんのしきよ》（三）

大納言入道殿は、只今も都の事を宣《のたま》ひいだし、歎きしづんでおはしける処《ところ》に、「京《きやう》より信俊《のぶとし》が参（ッ）て候」と申し入《い》れたりければ、

「夢かや」

とて、聞きもあへずおきなほり、

「是《これ》へ〳〵」

と召されければ、信俊参（ッ）て見奉《みたてまつ》るに、まづ御住《おんすま》ひの心うさもさる事にて、墨《すみ》染《ぞめ》の御袂《おんたもと》を見奉るにぞ、信俊目もくれ、心も消えて覚えける。北の方《かた》の仰《おほ》せかうむ（ッ）し次第、こま〴〵と申して、御ふみとりいだいて奉る。是をあけて見給へば、水ぐきの跡は涙にかきくれて、そこはかとはみえねども、「をさなき人々のあまりに恋ひかなしみ給ふありさま、我身もつきせぬもの思《おもひ》に、たへしのぶべうもなし」な（ン）ど、書かれたれば、日ごろの恋しさは、事の数ならずとぞかなしみ給ふ。

　かくて四五日過ぎければ、信俊、

「これに候《さうら》ひて、御最後の御有様見参らせん」

と申しければ、預《あづかり》の武士、難波次郎経遠《なんばのじらうつねとほ》かなふまじきよし頻《しき》りに申せば、力及ばで、

「さらば上《のぼ》れ」

とこそ宣《のたま》ひけれ。

「我は近ううしなはれんずらむ。此世になき者ときかば、相構へて我後世《わがごせ》とぶらへ」

とぞ宣ひける。御返事書いてたうだりければ、信俊これを給は（ッ）て、

「又こそ参り候はめ」

とて、暇《いとま》申して出《い》でければ、大納言、

「汝《なんぢ》が又こんたびを、待ちつくべしともおぼえぬぞ。あまりにしたはしくおぼゆるに、しばし〳〵」

と宣《のたま》ひて、たび〳〵よびぞかへされける。

さてもあるべきならねば、信俊涙をおさへつつ、都へ帰りのぼりけり。北の方《かた》に御ふみ参らせたりければ、是《これ》をあけて御覧ずるに、はや出家し給ひたるとおぼしくて、御ぐしの一ふさ、ふみの奥にありけるを、二目《ふため》とも見給はず、かた見こそなかなか今はあたなれとて、ふしまろびてぞ泣かれける。をさなき人々も、声々に泣きかなしみ給ひけり。

【現代語訳】

大納言入道殿は、今し方《がた》も都の事を言い出されて、悲嘆に沈んでおられたところに、

「都から信俊が参りました」

と申し入《い》れたので、聞くやいなや、

「夢ではないか」

と起きあがり、

「すぐに、こちらへ」

とお召しになった。信俊は大納言のおそばに参り御様子を見ると、まず御住居のなさけないさまもさることながら、墨染めの僧衣のお姿には、目の前が真っ暗になり、心も消えはてるような思いであった。北の方《かた》の仰せをうけてここまで参った事情を、こまごまと申しあげ、御手紙をとりだしてさしあげた。これをひらいて御覧になると、筆跡は涙にくもってはっきりとは見えなかったが、「幼い人々はあまりに恋い慕って嘆き悲しんでおりますし、私自身も物思いの尽きることもなく、堪えしのぶこともできません」などと書かれてあるので、この日ごろの恋しさは物の数ではなかったと悲しまれた。

こうして四五日が過ぎたので、信俊は、

「ここでお仕えして居りまして、御最期の御有様を見とどけ申しあげましょう」

と申したが、警固にあたっている武士、難波《なんば》次郎経遠《つねとお》が、それは許されないと再三にわたって言うので、やむをえず、大納言は、

「それでは都に帰り上《のぼ》れ」

と言われた。

「私は近く処刑されるのであろう。この世にない者と聞いたら、かならず私の後世《ごせ》を弔ってほしい」

と言われて、御返事を書きお与えになったので、信俊はこれをいただいて、

「かならずまた参ります」

といって、お暇《いとま》申し、出て行こうとすると、大納言は、

「私の命は、お前がまた来るときまで待つことができるとは思えぬぞ。あまりに慕わしく思われるので、もうしばらくとどまってほしい」

と言われて、何度もお呼びとめになった。

こうしてそのままいるわけにもいかないので、信俊は涙をおさえながら、都へ帰り上《のぼ》ったた。北の方《かた》にお手紙をさしあげると、これをひらいて御覧になり、もはや出家をなされたのかと、御手紙の奥にあった一ふさの御髪を、二目とはごらんになれない。形見こそいまはかえって苦しみのもとになる、と泣き伏される。幼い子供たちも、声々に泣き悲しまれるのであった。

【語釈】

聞きもあへず 聞くか聞かぬうちに。聞くやいなや。**心うさ** いとわしさ。情けなさ。**さる事** 言うまでもないこと。もちろんのこと。**水ぐきの跡** 筆の跡。手紙の文字。**涙にかきくれて** 涙で目もくもって。**そこはかと** はっきりと。明瞭に。**相構《あひかま》へて** よくよく心して。**かならず。** **待ちつく** 待って再会する。**なかなか** かえって。**あた** 恨み。

【解説】

悲境のなかに対面する主従の愁嘆がえがかれ、手紙を介しての夫婦の切迫した情愛が語られている。成親は「我は近うしなはれんずらむ」と死を覚悟しており、その心情がこの叙述をいっそう痛切なものとしている。

大納言死去《だいなごんのしきよ》（四）

さる程に大納言入道殿をば、同《おなじき》八月十九日、備前《びぜん》、備中《びつちゆう》両国の堺庭瀬《さかひにはせ》の郷吉備《がうきび》の中山と云ふ所にて、つひにうしなひ奉《たてまつ》る。其最後の有様、やう〳〵に聞《きこ》えけり。酒に毒を入れてすすめたりけれども、かなはざりければ、岸の二丈《ぢやう》ばかりありける下に、ひしを植ゑて、うへよりつきおとし奉れば、ひしにつらぬか（ッ）て、うせ給ひぬ。無下《むげ》にうたてき事共《ことども》なり。ためしすくなうぞおぼえける。

大納言の北の方は、此世になき人と聞き給ひて、

「いかにもして、今一度かはらぬ姿を、見もし見えんとてこそ、今日《けふ》まで様《さま》をもかへざりつれ。今は何にかはせん」

とて、菩提院《ぼだいゐん》と云ふ寺におはし、様《さま》をかへ、かたのごとくの仏事をいとなみ、後世《ごせ》をぞとぶらひ給ひける。此北《このきた》の方《かた》と申すは、山城守敦方《やましろのかみあつかた》の娘なり。勝《すぐ》れたる美人にて、後白河法皇の御最愛《ごさいあい》ならびなき御思人《おんおもひびと》にておはしけるを、成親卿、ありがたき寵愛《ちようあい》の人にて、給はられたりけるとぞ聞えし。をさなき人々も、花を手折《たを》り、閼伽《あか》の水を結んで、父の後世《ごせ》をとぶらひ給ふぞ哀れなる。

さる程に、時うつり事さ（ッ）て、世のかはりゆく有様は、ただ天人の五衰《ごすい》にこと

ならず。

【現代語訳】

さて、大納言入道殿は、同年八月十九日、備前《びぜん》、備中《びっちゅう》両国の境、庭瀬《にわせ》の郷《ごう》、吉備《きび》の中山という所で、ついに殺害された。その最後の有様は、いろいろと伝えられた。酒に毒を入れてすすめたけれども、飲むことを拒まれたので、二丈ほどもある崖《がけ》の下に、鉄のさすまたを植えならべて、上からつき落し奉ったので、これに身をさし貫かれて亡くなられたのである。このうえもなく無惨な、かつて例のないことと思われた。

北の方は、大納言の命が失われたと聞かれて、

「どうにかして、もう一度御無事な姿にお目にかかりたいと、今日まで髪も剃らなかったのに。今となってはこのまま過していても何になろうか」

と、菩提院《ぼだいいん》という寺にはいられ、尼となり、型どおりの仏事を行ない、大納言の後世《ごせ》を弔《とぶら》われた。この北の方《かた》とは、山城守《やましろのかみ》敦方《あつかた》の娘である。ならびない美人で、後白河法皇御最愛のこのうえもない寵臣《ちょうしん》であったが、成親卿が法皇のまれにみる寵臣なので、賜わったということであった。幼い子供たちも、花を手折り、仏前に供える水を汲んで、父の後世《ごせ》を弔っておられたが、まことに哀れなその姿であった。

こうして時は過ぎ去り、事もうつり変って、世のさまの変化していく状景は、まったく天人の五衰《ごすい》と異なることがなかった。

【語釈】

吉備《きび》の中山　現在岡山市内、吉備津神社の後方にある小山。成親の墓がある。**岸**　崖《がけ》。**二丈《ちやう》**　約六メートル。**ひし**　菱の実の形に作った鉄製の武器で、さすまたの類。**無下《むげ》に**　なんともいようなく。まったくひどく。**うたてき事**　嘆かわしい、いとわしい、情けないこと。**見もし見えん**　相手をみ、相手からも見られよう。互いに会うことの慣用的表現。**菩提院《ぼだいゐん》**　京都、左京区神楽岡《かぐら》の東にあった寺院。菩提樹院。**山城守敦方《やましろのかみあつかた》**　伝、系譜不明。『尊卑分脈《そんぴぶんみやく》』に記載のある成親の室は、成経の母の参議親隆女《むすめ》、源忠房女の二条院女房、藤原俊成女の白河院女房である。**閼伽《あか》の水**　「閼伽」は供養。功徳《くどく》。仏前に供える飯、花、とくに水をいう。**天人の五衰《ごすい》**　天人が死ぬときに現わす五つの衰相。経典によってその五つの相は若干異なる。

【解説】

平家打倒の企ての首謀者の一人、しかもその中心人物であった成親《なりちか》は、こうして非業《ひごう》の最期《さいご》をとげた。妻子の嘆きをよそに「時うつり事さ（ッ）て」多事多難な時代は大きく旋回していく。物語の作者の目には、それが衰微していく過程と映っているのである。

成親が配流《はいる》のはじめから、途中で殺害されるのではないかという噂《うわさ》があったことは、『玉葉《ぎよくよう》』に記されていたが、『百錬抄《ひやくれんしよう》』は六月二日の条に備前国に送られたことを記したあとに「七月九日彼国《かのくに》に薨《こう》ず」と注している。『公卿補任《くぎようぶにん》』では「七月十三日難波に於て薨ず」と記し、『尊卑分脈』は八月とあって歳四十と記されている。『愚管抄』には「肥前国へヤリテ七日バカリ物ヲクハセテ後、サウナクヨキ酒ヲノマセナドシテヤガテ死亡シテケリ」とあり、月日を記していないが、肥前国というのは誤聞による記述であろう。なお、『源平盛衰記』には、成親の死霊の祟りを恐れて、「社を造《つく》て怨霊《をんりやう》を祀《まつ》」った話が付記されている。

徳大寺之沙汰《とくだいじのさた》

ここに徳大寺の大納言《だいなごん》実定《しつていの》卿《きやう》は、平家の次男、宗盛《むねもりの》卿《きやう》に、大将《だいしやう》をこえられて、しばらく籠居《ろうきよ》し給へり。出家せんと宣《のたま》へば、諸大夫《しよだいぶ》、侍《さぶらひ》共《ども》、いかがせんと歎きあへり。其中《そのなか》に藤蔵人大夫重兼《とうくらんどのだいぶしげかね》と云ふ諸大夫《しよだいぶ》あり。諸事に心えたる人にて、ある月の夜、実定《しつていの》卿《きやう》、南面《なんめん》の御格子《みかうし》あげさせ、只ひとり月に嘯《うそむ》いておはしける処に、なぐさめ参らせんとや思ひけん、藤蔵人《とうくらんど》参りたり。

「たそ」

と宣《のたま》へば、

「重兼《しげかね》候《ざうらふ》」

「いかに何事ぞ」

と宣《のたま》へば、

「今夜は殊《こと》に月さえて、よろづ心のすみ候ままに参（ッ）て候」

とぞ申しける。大納言、

「神妙《しんべう》に参（ッ）たり。余りに何とやらん心ぼそうて、徒然《とぜん》なるに」

とぞ仰せられける。其後《そののち》何とない事共《ことども》申してなぐさめ奉《たてまつ》る。大納言宣《のたま》ひけるは、

「倩《つら〳〵》此世《このよ》の中の有様を見るに、平家の世はいよ〳〵さかんなり。入道相国《にふだうしやうこく》の嫡子《ちやくし》、次男、左右《さう》の大将《だいしやう》にてあり。やがて三男知盛《とももり》、嫡孫維盛《これもり》もあるぞかし。かれも是《これ》も次第にならば、他家《たけ》の人々、大将をいつあたりつくべしともおぼえず。さればつひの事なり、出家せん」

とぞ宣《のたま》ひける。重兼《しげかね》涙をはら〳〵とながいて申しけるは、

「君の御出家候ひなば、御内《みうち》の上下《じやうげ》、皆まどひ者になり候ひなんず。重兼めづらしい事をこそ案《あん》じ出《いだ》して候へ。喩《たと》へば、安芸《あき》の厳島《いつくしま》をば、平家なのめならずあがめ敬《うやま》はれ候に、何かは苦しう候べき、彼社《かのやしろ》へ御参《おんまゐり》あ（ッ）て、御祈誓《ごきせい》候へかし。七日ばかり御《ご》参籠《さんろう》候はば、彼社《かのやしろ》には内侍《ないし》とて、優《いう》なる舞姫共《まひびめども》おほく候、めづらしう思ひ参らせて、もてなし参らせ候はんずらん。『何事の御祈誓《きせい》に、御参籠《さんろう》候やらん』と申し候はば、ありのままに仰せ候へ。さて御のぼりの時、御名残《なごり》惜しみ参らせ候はんずらん。むねとの内侍共《ないしども》を召し具して、都まで御のぼり候へ。都へのぼり候《さうら》ひなば、西八条《にしはつでう》へぞ参り候はんずらん。『徳大寺殿《とくだいじどの》は何事の御祈誓《きせい》に、厳島《いつくしま》へは参らせ給ひたりけるやらん』と、尋ねられ候はば、内侍共《ないしども》ありのままにぞ申し候はむずらん。入道相国《にふだうしやうこく》はことに物めでし給ふ人にて、わが崇《あが》め給ふ御神へ参（ッ）て、祈り申されけるこそうれし

けれとて、よきやうなるはからひもあんぬと覚え候」

と申しければ、徳大寺殿、

「これこそ、思ひもよらざりつれ。ありがたき策《はかりこと》かな。やがて参らむ」

とて、俄《にはか》に精進《しやうじん》はじめつつ、厳島《いつくしま》へぞ参られける。


【現代語訳】


さて、徳大寺《とくだいじ》の大納言実定卿《じっていきょう》は、平家の次男、宗盛卿《むねもりきょう》に大将の地位を越えられて、しばらく邸《やしき》にひき籠《こも》っておられたが、出家しようと言いだされたので、実定卿に仕えている諸大夫《だいぶ》や侍たちは、どうしたらよいかと嘆きあった。その中に、藤蔵人大夫重兼《とうくろうどのだいぶしげかね》という諸大夫がいた。万事に心得のある人であったが、ある月の夜、実定卿は、南面の御格子《みこうし》をあげさせ、ただ独り月をながめて詩歌を口ずさんでおられるところに、お慰め申そうと思ってか、藤蔵人《とうくろうど》が参上した。

「だれか」

と問われると、

「重兼《しげかね》でございます」

「どうした。何事か」

と言われて、

「今夜は、ことのほか月も冴えておりますので、心も澄みわたるままに参りました」

と申しあげる。大納言は、

「殊勝に、よく参った。どうしたことか、あまりに心細く、無聊《ぶりよう》な気持でいた」

と言われた。その後、とりとめない雑談などお話申してお慰めした。大納言は、

「この世の有様をつくづく見ると、平家はますます繁栄している。入道相国《しようこく》の嫡子重盛、次男宗盛《むねもり》、ともに、左右の大将である。すぐその後に三男知盛《とももり》、嫡孫維盛《これもり》が続いている。それもこれも、順を追って大将の任についていけば、他家の人々はいつになっても大将になることができるとは思われない。いずれにしろ、最後にはすることなのだ、もはや出家してしまおう」

と言われる。重兼は、涙をはらはらと流して、

「君が御出家なさいますと、御内《みうち》の者上下みな路頭に迷うこととなりましょう。重兼は妙案を思いつきました。といいますのは、安芸《あき》の厳島《いつくしま》神社を、平家はこのうえもなく崇《あが》め敬っておりますが、何のはばかることがありましょう、あの社へご参詣《さんけい》になって、御祈願なさいませ。七日ほども御参籠《さんろう》なさると、あの社には内侍《ないし》といって美しい舞姫が大ぜいおりますが、めずらしいことと思って、おもてなし申すことでしょう。『何事の御祈願で御参籠なさるのでしょう』と申しましたら、ありのままにおっしゃってください。そして、都へ帰り上られる時、内侍どもはお名残りを惜しみ申すでしょう。主《おも》だった内侍どもを召し連れて、都へお上りください。都へ上りますと、内侍どもは、西八条に参るにちがいありません。『徳大寺

殿は何事の御祈願で厳島《いつくしま》に参詣《さんけい》なさったのであろうか』と平家から尋ねられましたら、内侍どもは、ありのままに申すことでしょう。入道相国はことのほか物事に感動なさる人なので、自分が崇拝する御神に参詣して、お祈りなさったとはうれしいことだといって、善いとりはからいがあるに違いないと考えます」

と申したので、徳大寺殿は、

「これはまったく思いよらなかった。ありがたい策略だ。さっそく参詣しよう」

といって、にわかに精進《しょうじん》をはじめて、厳島《いつくしま》へお参りになった。

【語釈】
諸大夫《しょだいぶ》　摂関、諸大臣家に家司《けいし》などとして仕えた四位、五位の官人。　**藤蔵人大夫重兼**《とうくらんどのだいぶしげかね》　蔵人《くろうど》で五位の藤原重兼。伝未詳。諸本で相違があり、「八坂本」は「蔵人大夫教治」、「延慶本」は「源蔵人大夫資基」、『源平盛衰記』は「佐藤兵衛尉近宗」としている。　**徒然**《とぜん》　所在ないこと。無聊《ぶりよう》。　**倩**《つらく》　よくよく。　**月に嘯**《うそむ》**いて**　月をながめながら詩歌を口ずさんで。　**あたりつく**　就任すること。望んでいた官につくことをいう。
つひの事　最後には出家することだから、の意。　**まどひ者**　行き場を失い、さまよう者。
めづらしい事　他に例のない、目新しいこと。　**喩**《たと》**へば**　具体的に説明すれば。　**何かは苦しう候べき**　何の支障がありましょうか。何をはばかることがありましょうか。　**御祈誓**《ごきせい》　神仏に誓いをたてて祈り願うこと。　**内侍**《ないし》　厳島《いつくしま》神社に仕える巫女《みこ》。舞姫でもあった。　**むねとの**　おもだった。
物めで　物事にふかく感心すること。　**よきやうなるはからひ**　願っている大将の地位につけるような、よい取り計らい。　**あんぬ**　「ありぬ」の撥音便。　**精進**《しやうじん》　神仏に詣《もう》でる前に身心を清浄にすること。

【解説】

徳大寺実定《じってい》が宗盛《むねもり》に右大将の官職を越えられて、籠居《ろうきょ》したことは、巻第一「鹿谷《ししのたに》」に述べられており、同じく官を越された忿懣《ふんまん》から成親が反平家の行動に走り、ついに我が身を滅すことになった経過と対比させて、知略をもって平家にとりいり、念願の地位を得た、という話が、ここに挿入《そうにゅう》されている。「鹿谷」で語られた、宗盛の右大将拝任により「大納言を辞し申して、籠居」ということ自体、物語の仮構であることは、すでに述べたが、この章の実定の行動も、史実ではない。

重兼が考えて実定にすすめた策が、その実行によって、推定のとおり事が運んでいくことになるのであるが、それはこの物語の作者の構想を明らかに示しているものである。

徳大寺《とくだいじ》之《の》沙汰《さた》（二）

誠に彼社《かのやしろ》には、内侍《ないし》とて優《いう》なる女ども多かりけり。七日参籠《さんろう》せられけるに、夜昼《よるひる》つきそひ奉《たてまつ》り、もてなす事かぎりなし。七日七夜《なぬかななよ》の間に、舞楽《ぶがく》も三度までありけり。琵琶《びは》琴《こと》ひき、神楽《かぐら》うたひな（ン）ど遊びければ、実定卿《しっていのきやう》も面白き事におぼしめし、神明法楽《しんめいほふらく》のために、今様朗詠《いまやうらうえい》うたひ、風俗催馬楽《ふぞくさいばら》な（ン）ど、ありがたき郢曲《えいきよく》どもありけり。内侍《ないし》ども、

「当社へは平家の公達《きんだち》こそ御参《おんまゐり》さぶらふに、この御参こそめづらしうさぶらへ。何事

の御祈誓《きせい》に、御参籠《さんろう》さぶらふやらん」

と申しければ、

「大将を人にこえられたる間、その祈《いのり》のためなり」

とぞ仰せられける。さて七日参籠をは（ッ）て、大明神《だいみやうじん》に暇《いとま》申して、都へのぼらせ給ふに、名残を惜《を》しみ奉《たてまつ》り、むねとのわかき内侍《ないし》十余人、舟をしたてて、一日路《ひとひぢ》おくり奉る。暇《いとま》申しけれども、

「さりとてはあまりに名ごりの惜しきに、今一日路《ひとひぢ》」、「今二日路《ふつかぢ》」

と仰せられて、都《みやこ》までこそ具《ぐ》せられけれ。徳大寺殿の亭《てい》へいれさせ給ひて、やう〳〵にもてなし、さま〳〵の御引出物《ひきでもの》共《ども》たうで、かへされけり。

内侍共《ないしども》、

「これまでのぼる程では、我等が主《しゆう》の太政入道殿《だいじやうのにふだうどの》へいかで参らであるべき」

とて、西八条へぞ参じたる。入道相国《にふだうしやうこく》いそぎ出《い》であひ給ひて、

「いかに内侍共は、何事の列参《れつさん》ぞ」

「徳大寺殿の御参《おんまゐり》さぶらうて、七日こもらせ給ひて、御のぼりさぶらふを、一日路《ひとひぢ》送り参らせてさぶらへば、さりとてはあまりに名残《なごり》の惜しきに、今一日路、二日路《ふつかぢ》と仰せられて、是《これ》まで召しぐせられてさぶらふ」

「徳大寺は、何事の祈誓《きせい》に、厳島《いつくしま》までは参られたりけるやらん」

と宣《のたま》へば、

「大将《だいしやう》の御祈《いのり》のためとこそ、仰せられさぶらひしか」

其時入道《そのときにふだう》うちうなづいて、

「あないとほし。王城《わうじやう》にさしもた（ッ）とき霊仏霊社《れいぶつれいしや》の、いくらもましますをさしおいて、我崇《わがあが》め奉る御神《おんがみ》へ参（ッ）て、祈り申されけるこそ、ありがたけれ。是《これ》ほど心ざし切《せつ》ならむ上《うへ》は」

とて、嫡子小松殿《こまつどの》、内大臣の左大将《さだいしやう》にてましましけるを辞《じ》せさせ奉《たてまつ》り、次男宗盛《むねもり》、大納言《だいなごん》の右大将《うだいしやう》にておはしけるをこえさせて、徳大寺を左大将にぞなされける。あはれめでたかりけるはかりことかな。新大納言もか様《やう》に賢《かしこ》きはからひをばし給はで、よしなき謀反《むほん》おこいて、我身も亡《ほろ》び、子息所従《しよじゆう》に至るまで、かかるうき目を見せ給ふこそうたてけれ。

【現代語訳】

まことに、かの社には内侍《ないし》といって美しく優雅な女が多かった。七日間参籠《さんろう》なさったが夜昼この内侍たちが付き添い申しあげて、このうえもなくおもてなしした。七日七夜の間に、舞楽《ぶがく》も三度まで行なわれた。琵琶《びわ》や琴《こと》を奏《かな》で、神楽《かぐら》をうたいなどして奉納したので、実定卿もおもしろく思われ、大明神に手向《たむ》けるため、今様《いまよう》や朗詠をうたい、風俗《ふぞく》、催馬楽《さいばら》などの珍

しい歌謡も詠じられた。内侍たちは、

「この社《やしろ》には、平家の公達《きんだち》が御参詣《さんけい》なさるのですが、この御参拝はめずらしいことです。何の御祈願で、御参籠《さんろう》なさったのでしょうか」

と申したので、

「大将を人に越えられたので、そのための祈願である」

と言われた。こうして、七日の参籠を終って、大明神にお暇《いとま》を申し、都《みやこ》に上られたが、内侍たちは名残りを惜しみ申して、おもだった十余人の内侍が、舟を用意して一日の舟路《ふなじ》をお送りした。そこでお別れを申したけれども、

「それではあまりに名残りが惜しい。もう一日」「もう二日」

と言われて、都までお連れになった。徳大寺殿の邸《やしき》へお入れになって、あれこれともてなし、さまざまの御贈物をお与えになって、帰された。

内侍《ないし》たちは、

「ここまで上《のぼ》って来たからには、我々の主である太政《だいじよう》入道殿《にゆうどうどの》のもとへ、どうして参上しないでよかろうか」

といって、西八条の邸へ参った。入道相国はすぐに出迎えて、

「さて、内侍たちは、何事あって連れだって参ったのか」

「徳大寺殿が御参詣《さんけい》なさり、七日籠《こも》られて都に帰り上られましたが、一日の舟路《ふなじ》をお送り申しましたところ、それではあまりに名残りが惜しい、今一日、もう二日、と仰せられて、こ

こまで召し連れられて参りました」

「徳大寺は、何の祈願で、厳島《いつくしま》まで参られたのであろう」

と言われると、

「大将を願ってのお祈りとおっしゃっておられました」

と答えたので、入道はうなずいて、

「それは気の毒なことだ。この都にあれほど尊い神社や寺院が、いくらもおわしますのをさしおいて、私の崇敬する御神に参詣《さんけい》し、お祈り申したというのは殊勝なことだ。これほど切実に願っておられるからには」

といって、嫡子小松殿が、内大臣の左大将でおられたのを、辞任させ、次男宗盛《むねもり》が大納言の右大将であられたのを越えさせて、徳大寺を左大将に任じられたのであった。なんと賢い策であろう。新大納言は、このように賢明な計略をめぐらされることもなく、無謀な謀反を企てて、我が身を滅ぼし、子息や家来までも、このような憂き目にあわせられたのは、なさけないことであった。

【語釈】

舞楽《ぶがく》　雅楽を伴奏として演じられる舞踊で、もと外来のもの。唐楽《とうがく》で舞う左の舞、高麗《こま》楽で舞う右の舞がある。**神楽《かぐら》**　神を招き、楽しませるため神前で奏する古舞楽。「かみあそび」ともいう。そのとき「神楽歌」がうたわれる。**法楽《ほうらく》**　読経や歌舞などをたむけて神仏を楽しませること。**今様《いまやう》**　平安時代末期院政期から鎌倉時代初期に流行した歌謡。巻第一「祇王《ぎわう》」の章にみられるように、白拍子《しらびょうし》、遊女によってうたわれた。

朗詠《らうえい》　漢詩文や和歌に節をつけて吟じるもの。その集成に『和漢朗詠集』がある。　**風俗**《ふぞく》　地方民謡が宮廷貴族社会にとりいれられ、遊宴の歌謡としてうたわれたもの。風俗歌《ふぞくうた》。現在伝わる風俗譜に二十数曲ある。　**催馬楽**《さいばら》　平安時代に古い民謡を宮廷で雅楽の曲調にあわせた歌曲としたもの。

郢曲《えいきょく》　催馬楽、風俗、朗詠、今様などの歌謡を総称していう。郢は中国春秋時代の楚《そ》の都、ここで流行した歌曲からその名が起ったという。

一日路《ひとひぢ》　一日の行程。ここでは船で一日かかる航程。　**列参**《れつさん》　つれだって参上すること。　**あないとほし**　「あな」は感動詞、ああ。「いとほし」は気の毒だ、かわいそうだ。　**王城**《わうじやう》　帝王のすむ都。　**さしも**　そんなにも。あんなに。　**霊仏霊社**《れいぶつれいしや》　霊験あらたかな寺院、神社。　**ありがたけれ**　まれなことだ（感心していう）。　**所従**《しよじゆう》　従者。家来。　**心ざし切**《せつ》**ならむ上**《うへ》**は**　切実な志をもっているいじょう。強く望んでいるからには。　**うたてけれ**　いとわしい、なさけないことだ。

【解説】

重兼の策案が図に当って、徳大寺実定は念願の左大将に任じられる。重盛が左大将を辞任したのは、治承《じしよう》元年（一一七七）六月五日（『玉葉』同日条に「内大臣、左大将を辞すと云々」とある）で、実定が任じられたのは同年十二月二十七日である。『玉葉』二十七日条に「今夜、小除目《せうぢもく》あり。陣においてこれを行はる。左大将藤実定《とうじつてい》」と記され、二十八日の記には、これを評して「件《くだん》の卿《きやう》、才能相兼ね、家また凡ならざるに、多年沈淪《ちんりん》し、人以てこれを憐《あはれ》む。而《しか》るに去春亜相《あしやう》に還補《げんぶ》し、今冬将軍を拝任す。君の人を棄《す》てざる、この時に当り憑《たの》み有るか」と述べている。実定がその才能と家柄にもかかわらず、不遇な地位にあって、貴族社会では人々の同情をうけていたこと、またこの大将拝任が話題になったことが知られる。実定は治承三年三月二十九日、厳島《いつくしま》に詣《もう》でているが（『玉葉』同日条に「此日、左大臣、左大将実定、大納言実房、実国、中納言実家等、安芸《あき》国伊都《いつ》伎嶋《くしま》社に参詣す」とある）、この厳島詣《もう》でについて『古今著聞集』（巻第一　神祇第一）は、つぎのような説話を載せている。応保二年（一一六二）中納言実長に従二位の官位を越された実定はこれをふかく嘆いていたが、やがて従《じゅ》二位をゆるされても、またともに大納言に任じられても、序列の遅れたことを恨み、大納言を辞して正二位を許され、さらにいつか越えかえそうとふさぎこんでいた。そして春日《かすが》社に詣《もう》で祈請《きしょう》したが、ほどなく栄花をきわめて君につかえることになろうという託宣があって、治承《じしょう》元年（一一七七）妙音院のおとど（師長）が内大臣から太政大臣にのぼり、重盛が大納言から内大臣にうつったとき大納言に還補された。この六月五日、重盛が大将を辞したとき、その後任にたのみをかけたが、月日が過ぎていくので、「このところのぞみ成就せば、厳島にまうづべきよし」心中に願《がん》をたて、「十二月廿七日、つひに左大将になられ」たのである。こうして、「同三年三月晦日」（『玉葉』は二十九日）厳島にまゐるとて出《いで》られ」たと述べている。『平家物語』のこの一章は、このような事実をふまえて、成親の悲劇と対蹠《たいしょ》的な実定の栄達をもとめた話を構成したのであろう。権力者におもねり、その意に迎合することによって地位の安泰や、昇進をはかろうとする、卑屈な方策を賞揚しているのも作者の一面であって、『平家物語』の作者は一元的にはとらえきれない、複雑な問題をもっているのである。この一章は、「屋代本」「八坂本」「中院本」などにはなく、『平家物語』に本来的な説話ではなかったものと思われる。

山門滅亡《さんもんめつばう》　堂衆合戦《だうじゆかつせん》

さる程に、法皇は、三井寺《みゐでら》の公顕僧正《こうけんそうじやう》を御師範《ごしはん》として、真言《しんごん》の秘法を伝受せさせましましけるが、大日経《だいにちきやう》、金剛頂経《こんがうちやうきやう》、蘇悉地経《そしつぢきやう》、此《この》三部の秘法をうけさせ給ひて、九月四日《よつかのひ》、三井寺にて御灌頂《ごくわんぢやう》あるべしとぞ聞えける。山門の大衆憤《だいしゆいきどほ》り申《まう》し、「昔より御灌頂御受戒《おんじゆかい》、みな当山にしてとげさせましますす事先規《せんき》なり。就中《なかんづく》に山王《さんわう》の化導《けだう》は、受戒灌頂のためなり。しかるを今三井寺にてとげさせましまさば、寺を一向《いつかう》焼き払ふべし」とぞ申しける。法皇、是無益《これむやく》なりとて、御加行《おんけぎやう》を結願《けつぐわん》して、おぼしめしとどまらせ給ひぬ。さりながらも猶御本意《なほごほんい》なればとて、三井寺の公顕僧正《こうけんそうじやう》を召し具《ぐ》して、天王寺《てんわうじ》へ御幸《ごかう》な(ッ)て、五智光院《ごちくわうゐん》をたて、亀井《かめゐ》の水を五瓶《ごびやう》の智水《ちすい》として、仏法最初の霊地にてぞ、伝法灌頂《でんぽふくわんぢやう》はとげさせましましける。

【現代語訳】

さて、後白河法皇は、三井寺《みいでら》の公顕《こうけん》僧正を御師範《しはん》として、真言《しんごん》の秘密の法の伝授をお受けになったが、大日経《だいにちきよう》、金剛頂経《こんごうちようきよう》、蘇悉地経《そしつじきよう》、この三部の秘法を受けられて、九月四日、三

井寺において御灌頂《かんじよう》の儀式が行なわれるということであった。山門の大衆は、これを聞いて憤慨し、

「御灌頂、御受戒は、みなこの叡山《えいざん》でおこなわれるのが昔からの規定である。とりわけ山王《さんのう》権現《ごんげん》が教化《きようけ》し導かれるのは、受戒灌頂のためである。それにもかかわらず、今、三井寺でおこなわれるというのであれば、寺をすべて焼き払ってしまうであろう」

と申した。法皇は、そのようなことになっては無益なことと思われて、灌頂をうけるための御修行をはたしただけで、三井寺での灌頂の儀式は思いとどまられた。しかしながら、もともとこれを行われようという御意志はあって、三井寺の公顕《こうけん》僧正をお召しつれになり、天王《てんのう》寺《じ》へ御幸《ごこう》なさって、五智光院《ごちこういん》を建立し、亀井の水を五瓶《ごびよう》の智水《ちすい》として用《もち》い、日本の仏法最初の霊地であるこの天王寺《てんのうじ》において、伝法灌頂を遂《と》げられたのであった。

【語釈】

三井寺《みいでら》　近江国《おうみのくに》、いま滋賀県大津市にある天台宗寺門派の総本山で、大友皇子の子与多王が建立、貞観《じようがん》元年（八五九）円珍が再興した。園城寺《おんじようじ》という。**公顕僧正**《こうけんそうじやう》　花山《かざん》源氏の安芸権守《あきのごんのかみ》顕康の子。『尊卑分脈《そんぴぶんみやく》』に後白川院御灌頂師と注している。寿永《じゆえい》元年（一一八二）三井寺長吏《ちようり》、文治《ぶんじ》六年（一一九〇）天台座主《ざす》、建久《けんきゆう》四年（一一九三）八十四歳で没。**真言**《しんごん》**の秘法**　法身仏の説法である真言は、その意義が深く、菩薩《ぼさつ》もこれをうかがい知ることができないので、秘密といい、みだりに他に伝えられない法であるので、秘法といった。**大日経**《だいにちきやう》　大日如来の説法を結集した真言三部経の一。**金剛頂経**《こんがうちやうきやう》　仏・菩薩《ぼさつ》の境地に悟入するため

の法を説いた真言三部経の一。金剛頂とは諸経典のなかの最高峰、という意。**蘇悉地経**《そしつぢきやう》　真言三部経の一で、持誦《じしよう》、灌頂、祈請《きしよう》、護摩《ごま》、成就、時分などを明らかにしている。**灌頂**《くわんぢやう》　水を頭頂にそそいで一定の地位にすすむ仏教上の儀式。**受戒**　伝法灌頂の前に、予備作法として三昧耶戒《さんまやかい》を受けること。

山王《さんわう》の化《け》導《だう》　山王権現が人々を導き教化《きようけ》すること。**加行**《けぎやう》　灌頂を受ける前に行う修行。本行に付加した修行の意でいう。**結願**《けつぐわん》　「けちぐわん」とも。一定の法会、修法《ずほう》が終了すること。**天王寺**《てんわうじ》　四天王寺《してんのうじ》の略称。聖徳太子によって用明天皇二年（五八七）に建立された。現在大阪市天王寺区にある。もと八宗兼学であったが、当時は天台宗寺門派に属した。日本最古の大寺院。

五智光院《ごちくわうゐん》　治承元年、後白河院によって建立され、大日如来を安置、灌頂堂ともいう。**亀井《かめゐ》の水**　天王寺内にあり、三水の一といわれた井。**五瓶《ごびやう》の智水《ちすい》**　灌頂のとき、受者の頭上に注ぐ五個の水瓶《がめ》に入れた水。如来《によらい》の知恵を注ぎ入れるの意で智水といった。**伝法灌頂**　阿闍梨《あじやり》位を得ようとするものに大日如来の法を授ける灌頂で、真言秘奥《ひおう》の儀式。

【解説】

鹿谷《ししのたに》事件以来のこれにかかわった院の近臣たちの処断を語ってきた物語は、ここで当時の寺院動向の叙述に転じ、その契機として、後白河法皇の灌頂をめぐる確執《かくしつ》をしるしている。しかし、史料との間に、その月日に相異がある。まず三井寺で灌頂を受ける予定が、山門の反対で中止されたことは、『玉葉《ぎよくよう》』では治承《じしよう》二年正月二十日の条に、「伝へ聞く、延暦寺の衆徒猶《なほ》以て蜂起《ほうき》すと。是《こ》れ法皇来月一日園城寺《をんじやうじ》に於て秘密灌頂を公顕権僧正より伝受す可《べ》く、其事を妬《ねた》み、かの日以前に三井寺を焼く可しと云々」と記され、僧綱《そうごう》を山上に遣わして制止を加えたが、あえて承引しなかったことが、二十二日の条にある。この間、『平家物語』は語っていないが、清盛はこの件で勅喚をうけたが動かず、そのため山僧はいよいよ力を得た、ということが同二十日の条に記されている。この件は、さらに二月五日、七日の条に述べられ、結局灌頂は停止されることになる。『山槐記《さんかいき》』の記述も、正月二十日の条に延暦寺の衆徒が蜂起《ほうき》し三塔会合して、園城寺を焼くため末寺庄園の兵士も催し、「来月十日」に法皇が伝法灌頂を園城寺で受けるのを難じたことを伝えている。『百錬抄』は二月一日の条にこれを記し、「御灌頂延引す可《べ》きの由仰下《おほせくだ》され」たとしている。

後白河法皇が天王寺において伝法灌頂を行なわれたのはそれから九年目の文治三年（一一八七）八月であり、『玉葉』の二十二日の記に「此日宇治より天王寺に参る。太上法皇灌頂を権僧正《ごんのそうじやう》公顕に受け給ふに依つてなり」とあり、「四部合戦状本」は「文治三年ノ比《ころ》」と記して、史実に正確である。大寺院の間の紛争は、巻第一「額打論《がくうちろん》」「清水寺炎上《きよみづでらえんしやう》」ですでに語られているが、事あるごとに対立し、闘諍《とうじよう》をくりかえしているのが時代の状況であった。『平家物語』は平家一門と直接かかわるのではないこの状況を語って、時代の趨勢《すうせい》を視野におさめているのである。

なお、「屋代本」では、この章とつぎの「山門滅亡」にあたる叙述は巻第三にあり、「八坂本」は、この章以下を巻第三におさめている。

山門滅亡《さんもんめつばう》　堂衆合戦《だうじゆかつせん》（二）

山門の騒動をしづめられんがために、三井寺《みゐでら》にて御灌頂《くわんぢやう》はなかりしかども、山上《さんじやう》には、堂衆《だうじゆ》、学生《がくしやう》、不快《ふくわい》の事いできて、合戦度々《どど》に及ぶ。毎度に学侶《がくりよ》うちおとされて、山門の滅亡、朝家《てうか》の御大事《おんだいじ》とぞ見えし。堂衆《だうじゆ》と申すは、学生の所従《しよじゆう》なりける童部《わらんべ》が、法師にな（ッ）たるや、若《も》しは中間法師原《ちゆうげんほふしばら》にてありけるが、一年金剛寿院《ひととせこんがうじゆゐん》の座主《ざす》、覚尋権僧正《がくじんごんのそうじやう》、治山《ぢさん》の時より三塔《さんたふ》に結番《けつばん》して、夏衆《げしゆ》と号《がう》して、仏に花参らせし者共《ものども》なり。近年行人《ぎやうにん》とて、大衆《だいしゆ》をも事ともせざりしが、かく度々《どど》の戦《いくさ》にうちかちぬ。堂衆等、師《し》主《しゆ》の命《めい》をそむいて、合戦を企《くはだ》つ。すみやかに誅罰《ちゆうばつ》せらるべきよし、大衆《だいしゆ》、公《く》家《げ》に奏聞《そうもん》し、武家に触れう（ッ）たふ。これによ（ッ）て、太政入道《だいじやうのにふだう》、院宣《ゐんぜん》を承《うけたまは》り、紀伊国《きのくに》の住人、湯浅権守宗重《ゆあさのごんのかみむねしげ》以下《いげ》、畿内《きない》の兵《つはもの》二千余騎、大衆にさしそへて、堂衆《だうじゆ》を攻めらる。堂衆日ごろは、東陽坊《とうやうばう》にありしが、近江国《あふみのくに》三ケ《が》の庄《しやう》に下向《げかう》して、数多《すた》の勢《せい》を率《そつ》し、又登山《とうざん》して、さう井坂《ゐざか》に城槨《じやうくわく》を構《かま》へて、たてこもる。

同九月廿日《はつかのひ》の辰《たつ》の一点に、大衆三千人、官軍二千余騎、都合其勢《そのぜい》五千余人、さう井坂におし寄せたり。今度はさりともと思ひけるに、大衆は官軍をさきだてんとし、官軍は又大衆をさきだてんとあらそふ程に、心々にてはか〴〵しうもたたかはず。城の内より石弓《いしゆみ》はづしかけたりければ、大衆官軍かずをつくいてうたれにけり。堂衆《だうじゆ》に語《かた》ふ悪党と云ふは、諸国の窃盗《せつたう》、強盗《がうだう》、山賊、海賊等なり。欲心熾盛《よくしんしじやう》にして、死生不《ししやうふ》知《ち》の奴原《やつばら》なれば、我一人《われいちにん》と思ひき（ッ）てたたかふ程に、今度も又学生《がくしやう》いくさにまけにけり。

【現代語訳】

山門の騒動をしずめられるために、三井寺での御灌頂はとりやめられたが、叡山《えいざん》では堂衆と学生《がくしょう》の間に紛争が起って、度々《たびたび》合戦が行われた。その度に学生側は敗れて、山門は滅亡に瀕《ひん》し、朝廷にとって一大事となるのではないかと思われた。堂衆というのは、学生の従者であった童が法師になった者や、あるいは雑用をつとめる妻帯の僧たちであるが、先年金剛寿《こんごうじゅ》院《いん》の覚尋権僧正《かくじんごんそうじょう》が、天台座主《てんだいざす》として叡山を治めていたときから、夏衆《げしゅ》と称して東塔、西塔、横川《よかわ》の三塔に宿直《とのい》し、仏に花をお供えした者どもである。近年は行人《ぎょうにん》といって、大衆をも物ともせずふるまうようになったが、このように度々《たびたび》の合戦に打ち勝ったのである。堂衆《どうしゅ》らは主である師僧の命にそむいて、合戦を企てている。ただちに処罰されるべきであると、大衆は朝廷に奏上し、武家に告げ知らせて訴えた。そこで、太政《だいじょう》入道は、院宣《いんぜん》を承って、紀伊国《きのくに》の住人湯浅権守宗重《ゆあさのごんのかみむねしげ》以下、畿内《きない》の武士二千余騎を派遣し、大衆に加勢させて、堂衆《どうしゅ》を攻められた。堂衆は日ごろは東陽坊にいたが、近江国三ケ《おうみのくにさんが》の庄に下って、大ぜいの軍を率《ひき》い、また叡山に登り、早尾坂《そういざか》に城郭を構えて、たて籠《こも》った。

同九月二十日、午前八時半ごろ、大衆三千人、官軍二千余騎、合わせて五千余人の軍勢で、早尾坂《そういざか》に押し寄せた。今度は敗れることはあるまいと思われたが、大衆は官軍を先にたてようとし、官軍はまた大衆を先に攻めさせようとして争ったので、戦意もまちまちとなり、はかばかしい戦闘もできない。城の内からは、石弓を射かけたので、大衆も官軍も数多く討たれてしまった。堂衆に加担している悪党というのは、諸国の盗賊、強盗、山賊、海賊といった者たちである。激しい欲心に燃えた、命知らずの連中であり、我こそはと力のかぎり戦うので、今度もまた学生らは戦い敗れてしまった。

【語釈】

堂衆《だうじゆ》　三塔の諸堂に分属して雑役に従事した下級の法師。平安時代末期、僧兵として武装した。
学生《がくしやう》　出家して叡山《えいざん》にこもり十二年仏教を学び止観《しかん》、真言《しんごん》の学を修したもの。学侶《がくりよ》ともいう。　**不快**　不和。対立。　**中間法師**《ちゆうげんほふし》　雑用に使役される妻帯の法師。「ばら」は、その仲間、階層の人々の意を示す接尾語。　**金剛寿院**《こんがうじゆゐん》　比叡山東塔東谷にあった堂舎で、後三条院の御願《ごがん》により承保三年（一〇七六）覚尋《かくじん》によって建立され、覚尋はこれを本坊とした。
覚尋権僧正《がくじんごんのそうじやう》　権大納言藤原道頼の孫、左馬頭《さまのかみ》忠経の子。承保四年（一〇七七）二月七日天台座主《ざす》に補し、同二十六日権僧正に任じた。　**治山**《ぢさん》　天台座主《ざす》として叡山を治めること。覚尋《かくじん》は五年座主の職にあった。　**三塔**　比叡山延暦寺《えんりやくじ》の三つの塔、東塔、西塔、横川《よかわ》。　**結番**《けつばん》　順番に宿直《とのい》を勤めること。　**夏衆**《げしゆ》　四月十六日から三ヵ月外出を禁じて仏道修行にこもる夏安居《げあんご》に参加する僧をいう。
行人《ぎやうにん》　修行者。
湯浅権守宗重《ゆあさのごんのかみむねしげ》　紀伊国（和歌山県）有田郡湯浅の在地豪族。平氏一門が壇浦《だんのうら》に滅びた後も、重盛の一子忠房を湯浅の城にかくまい、源氏方の熊野別当と戦ったことが、巻第十二「六代被斬《きられ》」にみえる。　**東陽坊**《とうやうばう》　比叡山西塔北谷にあった僧坊。第二十三代の座主《ざす》覚慶《かくけい》が開いた。　**三ケ**《さんが》**の庄**《しやう》　大津市下坂本のあたりにあった荘園。　**さう井坂**《ゐざか》　比叡山の東坂の坂口、早尾坂。
辰《たつ》**の一点**　午前八時三十分ごろにあたる。一点は一時（二時間）を四刻に分かった初めの刻点。

はかぐしう　はっきりと効果的に事がすすむさま。　**石弓**《いしゆみ》　石をはじき落して敵を殺傷する装置。　**語**《かたら》**ふ**　加担する。味方する。　**欲心熾盛**《よくしんしじやう》　欲望の旺盛《おうせい》なこと。貪欲《どんよく》の心が強烈なこと。　**死生**《ししやう》**不知**《ふち》　生も死も顧みない。命知らず。　**我一人**　他を頼らず、我一人の力量に自信をもって。

【解説】

寺院間の抗争ばかりでなく、叡山内部においても、階級上の対立からくる紛争はしばしば起った。これは古代仏教界の末期症状のひとつでもあった。『中右記《ちゆうゆうき》』は長承二年（一一三三）七月二十一日の条に大衆と中堂衆との合戦を記して「偏《ひとへ》に是《これ》仏法の滅相《めつさう》なり」と評しているが、この度の闘《とう》諍《じやう》は、治承二年十月から翌三年十月にかけて起った事件である。『玉葉《ぎよくよう》』治承二年十月四日の記に、学生方《がくしようがた》の兵士らが堂衆《どうじゆ》らを攻めるために大津の在家を焼き払ったことがあり、『百錬抄《ひやくれんしよう》』は同日の条に「天台学徒、堂衆と合戦し、学徒皆逃去る。又死者多し。恒例の仏神事悉《ことごと》く以て退転す」と記している。物語に語られているのは、同九月二十日として治承元年のことにしているが、史実は治承三年十月の事件で、『山槐記《さんかいき》』にはその二十五日の条に、「延暦寺の学徒、堂衆《だうしゆ》と去年より度々合戦す。東坂本《ひがしさかもと》の辺連夜放火絶《たゆ》ること無し。仍《すなは》ち去る上旬の比《ころ》、官兵を遣はして堂衆の住所三ケ庄《さんがのしやう》を焼き払ふ。或は云ふ、堂衆自ら放火すと云々。其後猶《なほ》横川《よかは》の城に籠《こも》る」とある。『百錬抄』では堂衆追討の仰せを参議教盛《のりもり》がうけて、官兵を遣わしたところ、堂衆は退散し、横川《よかわ》に城郭を構えたので、重ねて官軍を派遣したことが十月三日の条に、堂衆が西塔に打ち入り、堂舎五宇、房舎三十余宇を焼払ったことが十一月二日の条に記されている。

山門滅亡《さんもんめつばう》

其後は山門いよ〳〵荒れはてて、十二禅衆《ぜんしゆ》のほかは、止住《しぢゆう》の僧侶《そうりよ》も希《まれ》なり。谷々の講演磨滅《まめつ》して、堂々《だうだう》の行法《ぎやうぼふ》も退転す。修学《しゆがく》の窓を閉ぢ坐《ざ》禅《ぜん》の床《ゆか》をむなしうせり。四教《しけう》五時《ごじ》の春の花もにほはず、三諦即是《さんだいそくぜ》の秋の月もくもれり。三百余歳の法燈《ほつとう》を挑《かか》ぐる人もなく、六時不断《ろくじふだん》の香《かう》の煙《けぶり》もたえやしぬらん。堂舎《だうじや》高くそびえて、三重《ぢゆう》の構《かまへ》を青漢《せいかん》の内に挿《さしはさ》み、棟梁遥《とうりやうはる》かに秀《ひい》でて四面《めん》の椽《たるき》を白霧《はくぶ》の間にかけたりき。されども今は、供《く》仏《ぶつ》を嶺《みね》の嵐《あらし》にまかせ、金容《きんよう》を紅瀝《こうれき》にうるほす。夜の月灯《ともしび》をかかげて、簷《のき》のひまよりもり、暁《あかつき》の露珠《つゆたま》を垂《た》れて、蓮座《れんざ》の粧《よそほひ》をそふとかや。

夫末代《それまつだい》の俗に至つては、三国の仏法も次第に衰微せり。遠く天竺《てんぢく》に仏跡《ぶつせき》をとぶらへば、昔仏《ほとけ》の法《のり》を説き給ひし竹林精舎《ちくりんしやうじや》、給孤独園《ぎつこどくをん》も、此比《このごろ》は狐狼《こらう》野干《やかん》の栖《すみか》とな(ッ)て、礎《いしずゑ》のみや残るらん。白鷺池《はくろち》には水たえて、草のみふかくしげれり。退梵下乗《たいぼんげじよう》の卒都婆《そとば》も、苔《こけ》のみむして傾《かたぶ》きぬ。震旦《しんだん》にも天台山《てんだいさん》、五台山《ごだいさん》、白馬寺《はくばじ》、玉泉寺《ぎよくせんじ》も今は住《ぢゆう》侶《りよ》なきさまに荒れはてて、大小乗《だいせうじよう》の法門も、箱の底にや朽ちぬらん。我朝《わがてう》には南都《なんと》の七大寺、荒れはてて、八宗九宗《はつしゆうくしゆう》も跡たえ、愛宕護《あたご》、高雄《たかを》も、昔は堂塔軒《のき》をならべたりしかども、一夜のうちに荒れにしかば、天狗《てんぐ》の棲《すみか》となりはてぬ。さればにや、さしもや（ン）ごとなかりつる天台の仏法も、治承《ぢしよう》の今に及んで、亡《ほろ》びはてぬるにや。心ある人歎きかなしまずと云ふ事なし。離山《りさん》しける僧の、坊《ばう》の柱に歌をぞ一首書いたりける。

いのりこし我《わが》たつ杣《そま》のひきかへて人なきみねとなりやはてなむ

これは、伝教大師《でんげうだいし》、当山草創《たうざんさうさう》の昔、阿耨多羅三藐三菩提《あのくたらさんみやくさんぼだい》の仏たちに、いのり申されける事を思ひ出《い》でて、読みたりけるにや、いとやさしうぞ聞《きこ》えし。八日は薬師《やくし》の日なれども、南無《なむ》と唱《とな》ふるこゑもせず。卯月《うづき》は垂跡《すいしやく》の月なれども、幣帛《へいはく》を捧《ささ》ぐる人もなし。あけの玉墻《たまがき》かみさびて、しめなはのみや残るらん。

【現代語訳】

その後、山門はいよいよ荒廃して、西塔の三昧堂《さんまいどう》で修行する十二禅衆《ぜんじゆ》のほかは、住みとどまる僧侶《そうりよ》もほとんどいなくなった。谷々の僧院で行なわれる仏典の講義や説法もとだえ、それぞれの御堂における修行も怠られた。仏教の学問を修める部屋はとざされて、窓もひらかれず、座禅の床は空席のままとなった。春の花のようにはなやかに行なわれた四教五時の説法も、今はむなしくなり、秋の月のように澄んだ三諦即是《さんだいそくぜ》の仏法の真理も、今は雲にかくされてしまった。比叡山三百余年の仏法の伝統も、うけつぎ護《まも》る人がなく、昼夜不断にたかれてきた香の煙も絶えてしまうのであろう。かつては堂舎は高くそびえて、三層の建築が青空のなかにきわだち、棟《むね》と梁《はり》はりっぱにその威容をほこって、四面の椽《たるき》を白霧の間にかけているかのようであった。けれども今は、仏の供養をつとめる人もなく、峰を吹きわたる風にまかせ、金色の仏のお姿は、雨露にさらされている。夜の月が灯《ともしび》をかかげたように軒の隙間《すきま》を洩れてさし込み、暁の露が珠《たま》を垂れて、蓮華《れんげ》の台座を飾っているかのようである。

そもそも、末法の俗世となるに及んでは、天竺《てんじく》、震旦《しんだん》、日本、この三国の仏法も、しだいに衰微してきた。遠く天竺に仏の遺跡をたずねると、昔釈迦《しやか》が仏法を説かれた竹林精舎《ちくりんしょうじゃ》や、給孤独園《ぎっこどくおん》も、このごろは狐《きつね》や狼《おおかみ》のすみかと荒れはてて、礎《いしずえ》ばかりが残っているということである。竹林精舎の白鷺池《はくろち》は、すっかり水が涸《か》れて、草ばかりが深く茂っている。霊鷲山《りようじゆせん》の退凡《たいぼん》、下乗《げじょう》の卒都婆《そとば》も、苔《こけ》にうずもれ、傾き倒れてしまった。震旦《しんだん》でも、天台山、五台山、白馬寺《はくばじ》、玉泉寺《ぎょくせんじ》も、いまは住む僧侶もないかのように荒れはてて、大乗、小乗の仏典も、経箱の底にむなしく朽ちてしまったことであろう。わが国では、南都の七大寺は荒れはて、八宗九宗の法統も跡が絶え、昔は堂や塔が軒をならべて建っていた愛宕《あたご》や高雄《たかお》も、一夜のうちに荒廃して、天狗《てんぐ》のすみかとなりはててしまった。このような事情であるから、あれほど尊かった天台の仏法も、治承の今に至っては、亡びはててしまうことになったのであろうか。心ある人で、これを嘆き悲しまないものはなかった。比叡山を離れた僧の宿坊の柱に、一首の歌が書かれてあった。

いのりこし我たつ杣《そま》のひきかへて人なきみねとなりやはてなむ

（その昔、伝教大師が、わが山に仏の加護のあるようにと祈られてから、代々の僧侶た

ちが祈りをこめてきたのに、今はそれにひきかえ人もない山となって荒れはててしまうのであろうか）

これは、昔、伝教大師が比叡山をはじめて開いたとき、阿耨多羅三藐三菩提《あのくたらさんみやくさんぼだい》の仏たちに祈りをこめられたことを思いおこして、詠まれたものであろう。まことに心うたれることである。八日は薬師如来の縁日であるが、南無《なむ》、と唱《とな》える声もなく、四月は山王権現《さんのうごんげん》がこの国に神として化現《けげん》された月であるが、幣帛《へいはく》を奉る人もない。朱塗の玉垣《たまがき》は古色蒼然《そうぜん》として神々しく、しめなわばかりが残っているのであろう。

【語釈】

十二禅衆《ぜんしゅ》　叡山西塔の法華三昧堂《さんまいどう》で昼夜十二時を一時ずつ結番して不断経を修《しゅ》する十二人の僧。

止住《しぢゅう》**の僧侶**《そうりよ》　住みとどまっている僧。　**谷々の講演**　谷々の僧院でひらかれた仏教の講義や説法。

磨滅《まめつ》　すたれほろびること。　**堂々**《だうだう》**の行法**《ぎやうぼふ》　僧堂ごとに行われていた仏法の修行。　**退転**　怠り後退すること。　**坐禅**《ざぜん》**の床**《ゆか》**をむなしうせり**　座禅を行うものがなく、座禅堂は空いたままになっていること。

四教五時《しけうごじ》　天台宗の説で釈迦一代の説教を蔵教、通教、別教、円教と分けて四教といい、その説法を五期にわけて華厳時《けごんじ》、鹿苑時《ろくおんじ》、方等時《ほうどうじ》、般若時《はんにゃじ》、法華涅槃時《ほっけねはんじ》として、五時という。　**春の花もにほはず**　四教五時の仏の教えの行われなくなったことをたとえていう。つぎの「秋の月もくもれり」と対句をなしている。

三諦即是《さんだいそくぜ》　空諦《くうたい》、すなわちすべての存在は空であるとする道理と、すべての存在は仮りのものとする仮諦《けたい》、すべての存在は言葉や思慮《こ》を超えたものとする中諦、これを三諦とし、真実不変の実相であるとする天台の説。諦とは真理のこと。　**三百余歳の法燈《ほつとう》**　延暦寺《えんりやくじ》三百余年の天台仏教の伝統。法燈は、正法が世の闇《やみ》をてらす意を燈火にたとえていう。

六時不断《ろくじふだん》の香《かう》　六時は一昼夜を六分した時刻、晨朝《じんじよう》、日中、日没、初夜、中夜《ちゆうや》、後夜《ごや》の称。一昼夜断えることなくたかれる香《こう》。　**青漢《せいかん》**　大空。青空。つぎの白霧と対をなしている。さらに金容《きんよう》、紅《こう》瀝《れき》と、色彩感のある語を連ねた修辞になっている。「青漢の内に挿《さしはさ》み」は、空高くそびえ立つさまの形容。　**棟梁《とうりやう》遥《はる》かに秀《ひい》でて**　棟《むね》や梁《はり》、すなわち建物の屋根が高くはりだしているさま。

椽《たるき》　屋根の裏板を支えるために、棟《むね》から軒にわたす木材。　**供仏《くぶつ》**　仏の供養。　**金容《きんよう》**　金色の仏像。　**紅瀝《こうれき》**　雨露を美化した表現。　**蓮座《れんざ》の粧《よそほひ》をそふ**　蓮華《れんげ》をかたどった仏像の台座に飾りを添える。　**末代《まつだい》の俗**　仏法の衰微した末法の時代の俗世間。　**竹林精舎《ちくりんしやうじや》**　古代インドの摩掲陀《まかだ》国（現在南ビハール地方）の首都王舎城《おうしやじよう》の北方、迦蘭陀《からんだ》長者の竹林に頻婆娑羅《びんばしやら》王が建立し、釈迦が説法を行った仏教最初の寺院。

給孤独園《ぎつこどくをん》　祇園精舎《ぎおんしようじや》のこと。　**狐狼野干《こらうやかん》**　野干は狐のこと。「延慶本」は「虎狼野干」。　**白鷺池《はくろち》**　王舎城、竹林《ちくりん》園にあった池。　**退梵下乗《たいぼんげじよう》の卒都婆《そとば》**　霊鷲山《りようじゆせん》にあった二つの卒都婆のことで、退梵は退凡の誤り。凡人を退《しりぞ》けるの意、下乗は、王も車馬よりおりるの意。　**天台山《てんだいさん》**　中国浙江《せつこう》省台州府天台県にあり、智者《ちしや》大師が天台宗を開いた地。　**五台山《ごだいさん》**　中国山西省五台県にあり、中国仏教の三大霊山の一。清涼山ともいう。

白馬寺《はくばじ》　河南省洛陽《らくよう》の東郊外にある中国最初の寺。　**玉泉寺《ぎよくせんじ》**　荊州《けいしゆう》当陽県玉泉山にあり、智者大師によって建てられた寺。　**大小乗《だいせうじよう》の法門**　大乗、小乗の経典。法門は「屋代本」では法文とする。大乗は大きな乗物の意、自己一人の悟りではなく、多くの他者を救い導く教え、『華厳経《けごんきよう》』『法華《ほけ》経』『涅《ね》槃《はん》経』などがその経典。小乗は、自己の人格の完成を中心に悟りに達する教えを大乗仏教の側から称した。『四《し》阿《あ》含経《ごんきょう》』ほかの経典がある。

南都《なんと》の七大寺　奈良の東大寺・興福寺・元興寺《がんごうじ》・大安寺《だいあん》・薬師寺《やくし》・西大寺《さいだい》・法隆寺をいう。　**八宗《はっしゅう》**　倶《く》舎《しゃ》・成実《じょうじつ》・律《りつ》・法相《ほっそう》・三論《さんろん》・天台・華厳《けごん》・真言《しんごん》の八宗派。　**九宗《くしゅう》**　八宗に禅宗を加えていう。

愛宕護《あたご》　京都市北西、上嵯峨《かみさが》の北部にある愛宕山。山頂に愛宕護山権現《ごんげん》社がある。　**高雄《たかを》**　京都市右京区に属し、清滝川《きよたきがわ》右岸の山。高雄山神護寺《じんごじ》がある。

我《わが》たつ杣《そま》　比叡山に日本天台宗をひらいた伝教《でんぎょう》大師、最澄《さいちょう》が詠んだ「阿耨多羅三藐三菩提《あのくたらさんみゃくさんぼだい》の仏たちわが立つ杣《そま》に冥加《みょうが》あらせたまへ」（『新古今和歌集』巻第二十、釈教歌。「比叡山中堂建立の時」の詞書《ことばがき》がある）による句。比叡山をいう。　**阿耨多羅三藐三菩提《あのくたらさんみゃくさんぼだい》**　梵語《ぼんご》の音写。無上正等《しょうとう》正覚《しょうがく》と訳し、このうえなく優れた仏の悟りの知恵のこと。

八日は薬師《やくし》の日　八日は根本中堂の本尊、薬師如来の縁日。『拾芥抄《しゅうがいしょう》』に「此日此尊を念ずれば、五十劫《こふ》の罪を除く」とある。　**南無《なむ》**　梵語の音写。帰命《きみょう》、帰礼《きらい》と訳し、帰順し信を捧げるの意。

垂跡《すいしゃく》　仏・菩薩《ぼさつ》が衆生を救うため、仮に神として身を現わすこと。四月は日吉《ひえ》山王権現《さんのうごんげん》の垂跡《すいじゃく》の月。四月の中《なか》の申《さる》の日に祭礼が行なわれた。　**幣帛《へいはく》**　みてぐら。ぬさ。神前に供えるもの。

【解説】

前の章で、仏教の道場としての比叡山が、内紛と戦闘によってその機能を失ったさまを叙述したのをうけて、仏法衰微の様相を総括し、天竺《てんじく》（インド）・震旦《しんだん》（中国）の仏法も、ともに衰退している状況とかかわらせて、天台仏法の危機を訴えている。漢語・仏語を駆使し、対句を構えて綴《つづ》ったリズミカルな美文によって、末法の世を慨嘆している一章である。「八日は薬師《やくし》の日なれども」以下の一節は、冨倉徳次郎氏『平家物語全注釈』の指摘するように、『宝物集《ほうぶつしゆう》』の「年ノ卯月《うづき》ハ山王祭《さんわうまつりの》月也《つきなり》、サレドモ七社ノ御前ニハ幣帛《へいはく》ヲ捧《ささぐ》ル人モナク、月ノ八日ハ医王《いわう》ノ縁日也《えんにちなり》、サレドモ上下礼堂ニ法施《ほふせ》ノ声絶エタリ」の一文に先後はともかく、関連ある叙述であろう。

善光寺炎上《ぜんくわうじえんしやう》

其比《そのころ》、善光寺炎上の由其聞《よしそのきこ》えあり。彼如来《かのによらい》と申すは、昔中天竺舎衛国《ちゆうてんぢくしやゑこく》に、五種の悪病おこ(ッ)て、人庶《にんそ》おほく亡《ほろ》びしに、月蓋《ぐわつかい》長者《ちやうじや》が致請《ちせい》によ(ッ)て、竜宮城《りゆうぐうじやう》より、閻浮檀金《えんぶだごん》をえて、釈尊《しやくそん》、目連《もくれん》、長者《ちやうじや》、心を一つにして、鋳《い》あらはし給へり。一ちやく手半《しゆはん》の弥陀《みだ》の三尊《ぞん》、閻浮提《えんぶだい》第一の霊像《れいざう》なり。仏滅度《ぶつめつど》の後《のち》、天竺《てんぢく》にとどまらせ給ふ事五百余歳、仏法東漸《とうぜん》の理《ことわり》にて、百済国《はくさいこく》にうつらせ給ひて、一千歳の後、百済《はくさい》の御《み》門《かど》、斉明王《せいめいわう》、吾朝《わがてう》の御門《みかど》、欽明天皇《きんめいてんわう》の御宇《ぎよう》に及んで、彼《かの》国よりこの国へうつらせ給ひて、摂津国《つのくに》難波《なんば》の浦《うら》にして、星霜《せいざう》をおくらせ給ひけり。常は金色《こんじき》の光をはなたせましましければ、これによ(ッ)て年号を金光《こんくわう》と号《がう》す。

同三年三月上旬に、信濃国《しなののくに》の住人、おうみの本太《ほんだ》善光《よしみつ》と云ふ者、都へのぼりたりけるが、彼如来《かのによらい》に逢《あ》ひ奉《たてまつ》りたりけるに、やがていざなひ参らせて、昼は善光《よしみつ》、如来《によらい》を負《お》ひ奉《たてまつ》り、夜は善光《よしみつ》、如来におはれ奉《たてま》(ッ)て、信濃国へ下り、水内《みのち》の郡《こほり》に安置し奉《たてま》(ッ)しよりこのかた、星霜既《せいざうすで》に五百八十余歳、炎上《えんしやう》の例はこれはじめとぞ承《うけたまは》る。「王法《わうぼふ》つきんとては、仏法まづ亡《ばう》ず」といへり。さればにや、「さしもや(ン)ごとなかりつる霊寺《れいじ》、霊山《れいさん》のおほくほろびうせぬるは、王法の末になりぬる先表《ぜんぺう》やらん」とぞ、申しける。

【現代語訳】

そのころ、善光寺《ぜんこうじ》が焼失したという風聞が伝えられた。この善光寺の本尊である阿弥陀《あみだ》如来は、昔、中天竺《ちゆうてんじく》の舎衛《しやえ》国に、五つの症状をもつ悪病が流行し、多くの人々が死んだので、月蓋長者《がつかいちようじや》の要請によって、竜宮《りゆうぐう》城から閻浮檀《えんぶだ》金《こん》という砂金を得て、釈迦《しやか》、目連《もくれん》、月蓋長者《がつかいちようじや》が心をあわせて鋳造《ちゆうぞう》されたものである。一搩手半《いつちやくしゆはん》の阿弥陀《あみだ》・観音《かんのん》、勢至《せいし》の三尊で、人間世界に第一の霊験あらたかな仏像である。釈迦入滅の後、五百余年天竺《てんじく》にとどまられたが、仏法がしだいに東方に移るという道理によって、百済《くだら》の国にうつられ、一千年の後、百済の皇帝、斉明《せいめい》王、わが国の欽明《きんめい》天皇の御代に至って、百済《くだら》の国からこの国にお移りになり、摂津国難《なん》波《ば》の浦にとどまって、年をおくられていた。つねに金色《こんじき》の光を放っておられたので、これによって年号を金光《こんこう》と号した。

その三年の三月上旬、信濃《しなの》国の住人、麻績《おうみ》の本田善光《よしみつ》という者が都に上ったとき、その阿《あ》弥陀《みだ》如来《によらい》にお逢いし、そのままお連れして、昼間は善光《よしみつ》が如来《によらい》を背負い申し、夜は善光が如来に背負われて、信濃《しなの》国へ下り、水内《みのち》郡に安置し奉った。それ以来、五百八十余年を経たが、火災にあったのはこれが最初ということである。「王法が衰え尽きようとするときは、仏法がまず滅びる」といわれている。それ故にか、「あれほど尊い霊寺・霊山の多くが滅び失われたのは、王法も末になったことの前兆ではないか」と人々は申しあった。

【語釈】

善光寺《ぜんくわうじ》 信濃《しなの》国（長野県長野市）にあり、推古《すいこ》天皇朝に三国伝来の阿弥陀如来像を本尊として草堂を営み、六四二年に今の地に堂宇《どうう》を造営したと伝える。火災にあったのは治承《じしよう》三年（一一七九）三月二十四日と『善光寺縁起《えんぎ》』は記している。**舎衛国《しやゑこく》** 古代中インドの釈尊出生の国、迦毗羅衛《かびらえ》国《こく》の西北にあった国。「延慶本」『善光寺縁起』は毘舎離《びしやり》国《こく》とする。**五種の悪病** 『請観音経』に「一に眼より血を出す、二に耳より膿《うみ》を出す、三に鼻より血を流す、四に舌噤《きん》して声なし、五に所食の物変じて麤渋《そじゆう》となる」とある。

人庶《にんそ》 もろもろの人。人民。**月蓋長者《ぐわつかい》** 毘舎離《びしやり》国《こく》の長者の名。**致請《ちせい》** 請い願うこと。**竜宮城《りゆうぐうじやう》** 深海の底にあるといわれる竜神の宮殿。**閻浮檀金《えんぶだこん》** 須弥山《しゆみせん》南方閻浮提《えんぶだい》の閻浮樹林を流れる閻浮檀という河から産出するという砂金。**目連《もくれん》** 釈迦十大弟子の一人で神通《じんずう》第一といわれた。目犍連《もくけんれん》の略。**一ちやく手半《しゆはん》** 仏像の体長をいい、約一尺二寸、三六センチメートルぐらいといわれる。

弥陀《みだ》の三尊《ぞん》 阿弥陀如来を中尊とし、観世音《かんぜおん》菩薩《ぼさつ》・勢至《せいし》菩薩《ぼさつ》を左右の脇侍《わきじ》とする三尊。

閻浮提《えんぶだい》 須弥山《しゆみせん》の南方に位置する四大州の一つで、インドをさしていったものが、後《のち》ひろく人間世界をいうようになった。**仏滅度《ぶつめつど》** 釈尊《しやくそん》の死。仏の入滅。**東漸《とうぜん》** しだいに東方に進み移ること。

斉明王《せいめいわう》 聖明王。百済《くだら》第二十六代の王。欽明天皇十三年（五五二）、釈迦仏金銅像、幡蓋《ばんがい》経論をわが朝廷に献じたことが『日本書紀』にみえ、『扶桑略記《ふそうりやつき》』には一尺五寸の阿弥陀仏像、一尺の観音勢至《かんのんせいし》像を献じたことを一にいうとして記している。

難波《なんば》の浦……　百済《くだら》から献じられた仏像を、物部尾輿《もののべのおこし》が難波の堀江に投棄したことは『日本書紀』欽明《きんめい》天皇十三年の条にあり、それをさしているが、その難波の堀江は、摂津国ではなく、大和《やまと》国高市《たけち》郡元興《がんごう》寺東、飛鳥《あすか》川西の入江であるとされている。　**星霜《せいざう》**　年。歳月。　**金光《こんくわう》**　私年号。欽明天皇三十一年（五七〇）にあたる年を金光《こんこう》元年庚寅《かのえとら》とする記述が『善光寺縁起《えんぎ》』にある。　**おうみの本太善光《ほんだよしみつ》**　信濃《しなの》国伊那《いな》郡麻績《おうみ》の里の土民本田善光。　**水内の郡《みのちこほり》**　長野市およびその周辺の郡名。

王法の末になりぬる先表《わうぼふ》《ぜんべう》　底本、平家の、とあって左に王法と記入している。先表は前兆。さきぶれ。

【解説】

都を遠く離れた信濃《しなの》国の善光寺も、山門の荒廃とほぼ時を同じくして焼失した。これはただ偶然の事件ではなく、王法衰微の前兆としての現象ではないか、そのような危機意識にたって、「山門滅亡」につづけて善光寺の炎上を語っているのである。平氏一門の盛衰は、政治史上の事件であるだけでなく、このような宗教界や思想史上の大きな転換を背景としての、時代総体の回転とかかわった変動であることを、これらの叙述はおのずから示している。そのような意味で、この段は「屋代本」「竹柏園本」や、「八坂本」系諸本にはなく、『善光寺縁起』などをもととして後に挿入《そうにゆう》されたものと思われるが、物語の世界においては、有機的なつながりをもつものといえよう。

康頼祝言《やすよりのつと》

さるほどに、鬼界《きかい》が島の流人共《るにんども》、露の命《いのち》草葉のすゑにかか（ッ）て、惜しむべきとにはあらねども、丹波少将《たんばのせうしやう》のしうと、平宰相《へいざいしやう》の領《りやう》、肥前国鹿瀬庄《ひぜんのくにかせのしやう》より、衣食を常に送られければ、それにてぞ、俊寛僧都《しゆんくわんそうづ》も康頼も、命《いのち》を生きて過しける。康頼はながされける時、周防《すはう》の室積《むろづみ》にて、出家して（ン）げれば、法名《ほふみやう》は性照《しやうせう》とこそついたりけれ。出家はもとよりの望《のぞみ》なりければ、

　つひにかくそむきはてける世間《よのなか》をとく捨てざりしことぞくやしき

丹波少将《たんばのせうしやう》、康頼入道《やすよりにふだう》は、もとより熊野《くまの》信《しん》じの人々なれば、

「いかにもして、此島《このしま》のうちに、熊野の三所権現《さんじよごんげん》を勧請《くわんじやう》し奉（ッ）て、帰洛《きらく》の事を祈り申さばや」

と云ふに、俊寛僧都は、天性《てんぜい》不信第一の人にて、是《これ》を用ゐず。二人は同じ心に、もし熊野に似たる所やあると、島のうちを尋ねまはるに、或《ある》は林塘《りんたう》の妙《たへ》なるあり、紅錦繡《こうきんしう》の粧《よそほひ》しな〴〵に、或《ある》は雲嶺《うんれい》のあやしきあり、碧羅綾《へきらりよう》の色一つにあらず。山のけしき木のこだちに至るまで、外《ほか》よりもなほ勝《すぐ》れたり。

南を望めば、海漫々《かいまん〳〵》として、雲の波煙《けぶり》の浪《なみ》ふかく、北をかへり見れば、又山岳の

峨々《がが》たるより、百尺《はくせき》の滝水《りゆうすい》漲《みなぎ》り落ちたり。滝の音ことにすさまじく、松風《まつかぜ》神さびたる住ひ、飛滝権現《ひりようごんげん》のおはします、那智《なち》のお山にさ似たりけり。さてこそやがてそこをば、那智のお山とは名づけけれ。此峰《このみね》は本宮《ほんぐう》、かれは新宮《しんぐう》、是《これ》はそんぢやう其王子《そのわうじ》、彼王子《かのわうじ》な（ン）ど、王子王子の名を申して、康頼入道先達《せんだつ》にて、丹波少将相《あひ》ぐしつつ、日ごとに熊野《くまの》まうでのまねをして、帰洛《きらく》の事をぞ祈りける。
「南無《なむ》権現金剛童子《ごんげんこんがうどうじ》、ねがはくは憐《あはれみ》をたれさせおはしまして、古郷《こきやう》へかへし入《い》れさせ給ひて、妻子共《さいしども》をも今一度みせ給へ」
とぞ祈りける。日数《ひかず》つもりてたちかふべき浄衣《じやうえ》もなければ、麻《あさ》の衣《ころも》を身にまとひ、沢《さは》辺《べ》の水をこりにかいては、岩田河《いはたがは》のきよき流《ながれ》と思ひやり、高き所にのぼ（ッ）ては、発心門《ほっしんもん》とぞ観《くわん》じける。

【現代語訳】

さて、鬼界《きかい》が島に流された人々は、草葉の末におく露のようなはかない命を、惜しむというわけではないが、丹波《たんば》少将成経《なりつね》の舅《しゆうと》、平宰相教盛《へいざいしようのりもり》の領地、肥前《ひぜん》国鹿瀬庄《かせのしよう》から、常に衣食を送られてきたので、俊寛僧都《しゆんかんそうず》も康頼《やすより》もそれで命を保ち、日々を過してきたのであった。康頼は、流されたとき周防《すおう》の室積《むろづみ》で出家をし、法名を性照《しようしよう》とつけていた。出家はもともと望んでいたことであったので、

つひにかくそむきはてける世間《よのなか》をとく捨てざりしことぞくやしき
（結局はこのように捨ててしまったこの世の中を、なぜはやく出家しなかったのかと悔まれることだ）

と詠んだ。

丹波少将、康頼入道は、もともと熊野を深く信仰していた人々なので、「どうにかして、この島の中に熊野の三所権現《さんじよごんげん》をお遷《うつ》し申して、都に帰れることをお祈りしたいものだ」と言ったが、俊寛僧都《しゆんかんそうず》は元来まったく不信仰の人で、これをうけいれない。二人は心を一つにして、もしや熊野《くまの》に似た所があろうかと、島のうちを尋ねまわったところが、一方は紅《くれない》の錦繡《きんしゆう》で彩《いろど》られた林の、装《よそお》いをこらした美しい堤、一方は雲のたなびく神秘な峰で、うすものや綾《あや》のような変化に富んだ緑におおわれている。山の景色や木立の姿まで、ことのほか勝《すぐ》れた所にでた。

南を望むと、海は漫々《まんまん》としてひろがり、雲か霞のように、よせる波がはてしなく、北をふりかえると、峨々《がが》としてそびえる山岳から、百尺の滝がみなぎり落ちている。滝の音はいちだんとすさまじく、吹きわたる松風も神々《こうごう》しい状景は、飛滝権現《ひりゆうごんげん》の鎮座なされる那智《なち》の御山そのままである。それで早速そこを、那智の御山と名づけたのであった。この峰は本宮、あれは新宮、これはどこそこのなに王子、彼《か》の王子、などと、王子王子の名をつけて、康頼入道を先導者とし、丹波少将を伴って、毎日熊野詣《くまのもうで》のまねをしては、都に帰ることを祈願し

て、
「南無《なむ》権現《ごんげん》金剛童子《こんごうどうじ》、願わくば憐《あわれみ》をお垂れくださって、我々を故郷へお帰しくださり、妻子たちに今一度逢わせてください」
と祈ったのである。日数も重なって、仕立《した》てて着替える浄衣《じょうえ》もないので、麻《あさ》の衣を身にまとい、沢辺の水を岩田川の清流と思って、水垢離《みずごり》にくみ、高い所にのぼっては、そこを本宮《ほんぐう》の発心門《ほっしんもん》になぞらえるのであった。

【語釈】

平宰相《へいざいしやう》　平教盛《のりもり》。宰相は参議の異称。　**肥前国鹿瀬庄《ひぜんのくにかせのしやう》**　教盛所領の荘園。いま、佐賀市嘉瀬町にあたる地。　**周防《すはう》の室積《むろづみ》**　今の山口県光市。　**熊野《くまの》信《しん》じの人々**　熊野を信仰し帰依《きえ》する人々。　**熊野の三所権現《さんじよごんげん》**　本宮、新宮、那智の三所権現で、熊野三山ともいう。　**勧請《くわんじやう》**　神仏の霊を移して祭ること。　**天性《てんぜい》**　生まれつき。　**不信第一の人**　信仰心のまったくない人。　**林塘《りんたう》の妙《たへ》なるあり**　美しい林の堤がある。『和漢朗詠集』山家・源　順《みなもとのしたがふ》の「東ニ顧《かへりみ》レバ亦林塘《またりんたう》ノ妙《たへ》ナルアリ。紫鴛白鷗《しゑんはくおう》朱檻《しゆかん》ノ前ニ逍遥《せうえう》ス」による。
紅錦繡《こうきんしう》の粧《よそほひ》　しな〴〵に……　色とりどりの花に飾られているさまの形容。紅《くれない》の錦《にしき》の織物で装飾されたような、の意。『和漢朗詠集』春興・小野　篁《おののたかむら》の「野《や》ニ著《つ》イテハ展《の》べ敷ク紅錦繡《こうきんしう》、天《てん》ニ当《あた》ツテハ遊織《いうしよく》ス碧羅綾《へきらりよう》」の句をとった。「碧羅綾」は、青いうすぎぬとあやおり。　**雲嶺《うんれい》のあやしきあり**　霊妙な、不可思議な、神秘的な、雲のたなびく高い峰がある。　**海漫々《まん〳〵》として**　海は広々と遠くひろがって。『白氏文集《はくしもんじゆう》』新楽府《しんがふ》「海漫々トシテ直下底無シ、傍《かたはら》ニ辺無ク雲ノ濤《なみ》煙ノ浪《なみ》最深キ処、人伝フ中ニ三神山有リト」による。

雲の波煙の浪《なみ》ふかく　波がはるかにかすんで、雲霞のようにみえるさま。**峨々《がが》**　山のけわしくそびえ立つ形容。**すさまじく**　ぞっとするものすごさをいう。**神さびたる住ひ**　神々《こうごう》しい地域。**飛滝権現《ひりようごんげん》**　那智《なち》の地主神で、滝宮という。那智の滝を神体として祀《まつ》る。**そんぢやう**　どこそこの。なにがしの。**王子《わうじ》**　熊野権現の末社。熊野参詣《さんけい》路の各所に祀《まつ》られ、その地名を冠して「藤代王子」「切目王子」「滝尻王子」などと称し、九十九所あったという。**先達《せんだつ》**　同行の修行者の先に立って案内をする者で、修験道《しゆげんどう》でいう峰《みね》入りの先導者。**金剛童子《こんがうどうじ》**　熊野三山の護法神。童形《どうぎよう》で忿怒《ふんぬ》の相をしている。**たちかふべき浄衣《じやうえ》**　裁ち替える、新しく仕立てて着替える神詣《かみもう》でのための白い清浄な衣。**こりにかいては**　身心を清めるため冷水を浴びては。水垢《ご》離《り》ともいう。**岩田河**　熊野参詣路の途上の紀伊国西牟婁《にしむ》郡《ろ》岩田村辺を流れる川で、ここで垢離《こり》をとるならわしであった。**発心門《ほつしんもん》**　本宮の総門。今は礎石だけが残っている。

【解説】

「大納言死去」の章のはじめの、成経《なりつね》ら三人の鬼界が島流罪《るざい》と島の状景の叙述につづく、流人の行動が語られる。「屋代本」や「百二十句本」は、その間にほかの記事が入らず、ひとつづきの叙述となっていて、語りのまとまりをもっている。

熊野信仰に篤《あつ》い康頼《やすより》や成経は、島内に地形の似た所をさがし求めて、そこを熊野三山にみたて、帰京の祈願をこめる。しかし俊寛《しゆんかん》は「天性不信第一の人」で、これを拒んだ。後《のち》、中宮御産《ちゆうぐう》の祈りのため、赦免《しやめん》されることになっても、俊寛一人は許されず、島にとりのこされることになるが、その伏線となる叙述である。

康頼祝言《やすよりのつと》（二）

参るたびごとには、康頼入道の（ッ）とを申すに、御幣紙《ごへいかみ》もなければ、花を手折りてささげつつ、

維《ゐ》あたれる歳次《さいし》、治承《ぢしよう》元年丁酉《ひのとのとり》、月のならび十《と》月二月《つきふたつき》、日の数三百五十余ケ日《よかにち》、吉日良辰《きちにちりやうしん》を択《えら》んで、かけまくも忝《かたじけな》く、日本《に(ッ)ぽん》第一大領験《だいりやうげん》、熊野《ゆや》三所権現《さんじよごんげん》、飛滝大薩埵《ひりようだいさつた》の教令《けうりやう》、宇豆《うづ》の広前《ひろまへ》にして、信心の大施主《だいせしゆ》、羽林《うりん》藤原成経《ふぢはらのなりつね》、幷《なら》びに沙弥性照《しやみしやうせう》、一心清浄《しやうじやう》の誠を致し、三業相応《さんごふさうおう》の志《こころざし》を抽《ぬき》んでて、謹《つつし》んでも（ッ）て敬白《うやまつてまうす》。

夫《それ》証誠大菩薩《しようじやうだいぼさつ》は、済度苦海《さいどくかい》の教主《けうしゆ》、三身《さんじん》円満の覚王《かくわう》なり。或《あるい》は東方浄瑠璃医王《とうばうじやうるりいわう》の主《しゆ》、衆病悉除《しゆびやうしつぢよ》の如来《によらい》なり。或は南方補陀落能化《なんばうふだらくのうけ》の主《しゆ》、入重玄門《にふぢゆうげんもん》の大士《だいじ》、若王子《にやくわうじ》は娑婆世界《しやばせかい》の本主《ほんじゆ》、施無畏者《せむゐしや》の大士《だいじ》、頂上の仏面《ぶつめん》を現《げん》じて、衆生《しゆじやう》の所願《しよぐわん》をみて給へり。是《これ》によ（ッ）て、かみ一人《いちじん》より、しも万民《ばんみん》に至るまで、或は現世安穏《げんぜあんをん》のため、或は後生善処《ごしやうぜんしよ》のために、朝《あした》には浄水を結んで、煩悩《ぼんなう》の垢《あか》をすすぎ、夕《ゆふべ》には深山《しんざん》に向つて、宝号《ほうがう》を唱《とな》ふるに、感応《かんおう》おこたる事なし。峨々《がが》たる嶺《みね》のたかきをば、神徳《しんとく》のたかきに喩《たと》へ、嶮々《けんけん》たる谷のふかきをば、弘誓《ぐぜい》のふかきに准《なぞら》へて、雲を分《わ》きてのぼり、露をしのいで下《くだ》る。爰《ここ》に利益《りやく》の地をたのまずむば、いかんが歩《あゆみ》を嶮難《けんなん》の路《みち》には

こばん。権現の徳をあふがずんば、何《なん》ぞ必ずしも幽遠《いうをん》の境《さかひ》にましまさむ。仍《よつ》て証誠大権現《しようじやうだいごんげん》、飛滝大薩埵《ひりようだいさつた》、青蓮慈悲《しやうれんじひ》の眸《まなじり》を相《あひ》ならべ、さをしかの御耳《おんみみ》をふりたてて、我等が無二《むに》の丹誠《たんぜい》を知見《ちけん》して、一々《いちいち》の懇志《こんし》を納受《なふじゆ》し給へ。然れば則《すなは》ち結早玉《むすぶはやたま》の両所権現《りやうじよごんげん》、おの〳〵機《き》に随《したが》つて、有縁《うえん》の衆生《しゆじやう》をみちびき、無縁《むえん》の群類《ぐんるい》をすくはんがために、七宝荘厳《しつぽうしやうごん》のすみかをすてて、八万四千の光を和《やは》げ、六道三有《ろくだうさんう》の塵《ちり》に同《どう》じ給へり。故《かるがゆゑ》に定業亦能転《ぢやうごふやくのうてん》、求長寿得長寿《ぐぢやうじゆとくぢやうじゆ》の礼拝《らいはい》、袖《そで》をつらね、幣帛礼奠《へいはくれいてん》を捧《ささ》ぐる事ひまなし。忍辱《にんにく》の衣《ころも》を重ね、覚道《かくだう》の花を捧げて、神殿《じんでん》の床《ゆか》を動かし、信心《しんじん》の水をすまして、利生《りしやう》の池を湛《たた》へたり。神明納受《しんめいなふじゆ》し給はば、所願なんぞ成就《じやうじゆ》せざらん。仰ぎ願はくは十二所権現《しよごんげん》、利生《りしやう》の翅《つばさ》を並べて、遥《はる》かに苦海《くかい》の空にかけり、左遷《させん》の愁《うれへ》をやすめて、帰洛《きらく》の本懐《ほんくわい》をとげしめ給へ。再拝《さいはい》。

とぞ、康頼《やすより》の（ッ）とをば申しける。

【現代語訳】

参詣《さんけい》のたびごとに、康頼入道は祝詞《のりと》を誦《じゆ》したが、御幣《ごへい》にする紙もないので、花を手折ってささげながら、

年は治承元年丁酉《ひのととり》にあたり、月の数は十二ヵ月、日の数は三百五十余日ある、その吉日の

よい時をえらんで、申すも畏《おそ》れおおい日本第一の大霊験、熊野三所権現《さんじょごんげん》、飛滝大薩埵《ひりゅうだいさった》の忿《ふん》怒《ぬ》の身を現わされた尊厳な神の御前で、信心の大施主《せしゅ》、右近衛《うこんえ》少将藤原成経、ならびに沙《しゃ》弥《み》性照《しょうしょう》が、心から清浄の誠をささげ、身口意《しんくい》一致の志をこめて、謹んで敬い申しあげます。

そもそも熊野本宮の証誠大菩薩《しょうじょうだいぼさつ》は、衆生を苦海から悟りの彼岸へ救われる教主であり、法身・報身・応身の三身を具足された弥陀《みだ》如来の垂跡《すいじゃく》であります。また、第二殿の早《はや》玉《たま》宮の本地《ほんじ》は、東方浄瑠璃《とうぼうじょうるり》世界の教主で、衆生の病苦をことごとく除かれる薬師如来《やくしにょらい》であり、結宮の本地《ほんじ》は、南方補陀落《ふだらく》で衆生を教化《きょうけ》される、菩薩《ぼさつ》の最上位を極められた千手観音《せんじゅかんのん》菩薩であります。また本宮第四殿の若王子《にゃくおうじ》権現は、娑婆《しゃば》世界の主で、十一面観世音菩薩の垂跡《すいじゃく》であり、頭上に仏面を現わして、衆生の所願をかなえてくださる御方であります。それ故に、上は天皇から、下は万民にいたるまで、あるいは現世の安泰のために、あるいは死後の極楽往生のため祈りをこめ、朝には清浄な水を汲んで、煩悩《ぼんのう》の垢《あか》をすすぎ、夕には深山に向って仏の御名《みな》を唱えると、かならず感応をおしめしくださるのです。峨々《がが》としてそびえる峰の高さを神徳の高さにたとえ、けわしい谷の深さを、衆生をお救いになろうとする御誓の深さになぞらえて、雲をわけてその峰にのぼり、露をしのいでこの谷に下っておりますが、この大地のような広大な御利益《ごりやく》をたのみとしないならば、どうしてこのような嶮岨《けんそ》な路を歩いて参詣《さんけい》いたしましょうか。権現《ごんげん》の功徳《くどく》を仰ぎ信じなければ、この幽遠の地にどうして祀《まつ》りましょう。

故に、証誠《しょうじょう》大権現、飛滝大菩薩《ひりゅうだいぼさつ》よ、ともに青い蓮華《れんげ》のような、慈悲をたたえた眼をひらかれ、小鹿のような御耳をおたてになって、我々の無二の誠心をお知りになり、心からの願いを納受してください。ところでまた、結《むすぶ》、早玉《はやたま》の両所権現《りょうしょごんげん》は、それぞれ人々の心のはたらきに応じて、仏門に帰依《きえ》した衆生《しゅじょう》を導き、いまだ仏の教えに従わない多くの人々を救うために、七宝《しっぽう》で飾られた浄土をはなれて、仏の八万四千の相好《そうごう》から放つ光をかくして、六道三界《ろくどうさんがい》の俗塵のなかに我々と同居なさっております。

それ故、苦を招く定業《じょうごう》もよく転じ、長寿を求めれば得ることができる、という功徳《くどく》のために、礼拝《らいはい》の人が袖《そで》を連ね、絶えることなく幣帛供物《へいはくくもつ》を捧げ、袈裟《けさ》をつけ、花をそなえ、神殿の床を動かすほど祈りをこめる信仰の心に大きな御利益《りやく》をもたらしております。神々が御納受くださるならば、この願いの成就しないことがどうしてありましょうか。仰ぎ願うことには、十二所権現よ、どうか衆生を救う翼をならべて、はるかにわれわれの苦しみあえいでいるこの現世《げんせ》の空を飛翔《ひしょう》しくださり、流刑《るけい》の嘆きをとどめて、帰京の願《ねがい》をかなえてください。再拝。

と、康頼は、祝詞《のりと》をよみあげるのであった。

【語釈】

の（ッ）と　祝詞《のりと》。神を祭り、神の威徳をたたえてそのめぐみを得ることを祈り、唱えることば。

御幣紙《ごへいかみ》　切って垂らし、細長い木にはさんで神に捧げる、ぬさにするための紙。　**維《ゐ》**　漢文体の発語の辞。訓でコレとよむ。　**歳次《さいし》**　年のめぐり。中国の天文で天を十二次に分け歳星（木星）が一年に一次を回って、十二年で天を一周するとするところから、年数を記すとき添える語。**月のならび**　月の数。**吉日良辰**《きちにちりやうしん》　物事を行なうによい日、よい時。**大領験**《だいりやうげん》　領験は、霊験が正しい。**飛滝大薩埵**《ひりようだいさつた》　那智《なち》飛滝権現。薩埵は菩薩《ぼさつ》と同じ。**教令**《けうりやう》　仏の三種の輪身の一、教令輪身の略。忿怒《ふんぬ》の相《そう》を現《げん》じて仏の教えに随順せしめるもの。**宇豆**《うづ》　尊い、とたたえていう語。**広前**《ひろまへ》　神の御前。**施主**《せしゆ》　法会《ほうえ》を行う当主。**羽林**《うりん》　近衛府《このえふ》の唐名。成経《なりつね》が右近衛《うこんゑ》少将であったのでいう。**沙弥**《しやみ》　出家して十戒をうけたもの。妻帯の僧をいうこともある。**三業相応**《さんごふさうおう》　三業は身口意《しんくい》の所作をいい、意志と言語と身体的行動の一致することをいう。**抽で**《ぬきんで》　他に卓越させて。**証誠大菩薩**《しようじやうだいぼさつ》　熊野本宮証誠殿の本尊。証誠大権現ともいい、阿弥陀《あみだ》如来《によらい》の垂迹《すいじやく》とする。**済度苦海**《さいどくかい》**の教主**　生死の苦の世界から衆生を救って、彼岸《ひがん》へ渡す教化《きやうけ》の主。**三身**《さんじん》**円満の覚王**《かくわう》　法身、報身、応身をそなえて真理を悟った仏。**東方浄瑠璃医王**《とうばうじやうるりいわう》　東方にある浄瑠璃世界の仏、薬師《やくし》如来《によらい》。本宮第二殿、早玉《はやだま》宮の本地《ほんじ》。衆生の病苦を療治し救うので医王という。**南方補陀落能化**《なんばうふだらくのうけ》**の主**　南方にある観音菩薩の遊行教化《ゆぎやうきやうけ》する霊場補《ふ》陀落山《だらくせん》の、衆生を教化する主。千手観音菩薩《せんじゆかんのんぼさつ》をいい、結《むすぶ》宮の本地。**入重玄門**《にふぢゆうげんもん》**の大士**《だいじ》　仏法をきわめて仏果を成就する前に至って、さらに重ねて凡夫《ぼんぷ》以来の法門を修めた菩薩。**若王子**《にやくわうじ》　本宮第四殿、十一面観音の垂迹《すいじやく》。若女一王子ともいう。**施無畏者**《せむゐしや》**の大士**《だいじ》　観世音菩薩《かんぜおんぼさつ》をいう。衆生が苦難のなかでも畏怖《いふ》することのないようはからう菩薩。**頂上の仏面**《ぶつめん》　十一面観音の頭上の仏面。**一人**《いちじん》　天皇。**現世安穏**《げんぜあんをん》　現世を安らかに無事ですごすこと。**後生善処**《ごしやうぜんしよ》　死後、極楽浄土に生まれること。**煩悩**《ぼんなう》**の垢**《あか》　心身を悩乱させるいっさいの妄念。**宝号**《ほうがう》　仏・菩薩《ぼさつ》の名。名号《みやうごう》。**感応**《かんおう》　信心が神仏の霊に通じ、神仏がこれに応じること。**弘誓**《ぐぜい》 ひろく衆生を救うという仏の誓願。 **利益**《りやく》**の地** 衆生を利益する菩薩の力を大地にたとえていう。 **何ぞ……ましまさむ** どうして（遷《うつ》し祀《まつ》りましょうか、遷し祀ることは）ありません。 **青蓮慈悲**《しやうれんじひ》**の眸**《まなじり》 慈悲ぶかい仏菩薩の眼。蓮《はす》の青い葉にたとえていう。 **さをしかの御耳**《おんみみ》**……** 神仏の耳をいう。ふりたてて、は誓願に耳を傾けくださって、の意。『朝野群載《ちようやぐんさい》』にのせる中臣《なかとみ》祭文に「佐《さ》乎《を》志《し》加《か》乃《の》御耳《おんみみを》遠振立天《ふりたてて》、聞食《きこしめ》世《せ》止《なと》申《まうす》」とある。 **丹誠**《たんぜい》 まごころ。 **機に随**《したが》**つて** それぞれの能力・素質・心のはたらきに従って。

有縁《うえん》 仏法に縁のある。 **群類**《ぐんるい》 すべての生きもの。 **七宝荘厳**《しつぽうしやうごん》**のすみか** 七宝で飾られた極楽浄土。 **八万四千の光……** 仏の八万四千の相好《そうごう》から放つ光明。和げ、は、隠すこと。 **六道三有**《ろくだうさんう》**の塵**《ちり》**……** 六道（天上・人間・修羅《しゆら》・畜生《ちくしやう》・餓鬼《がき》・地獄《じごく》）と三有《さんぬ》（欲有、色有《しき》、無色有《むしき》）の煩悩。「光を和げ、塵に同じ」は、和光同塵《わこうどうじん》、知徳の光を隠して煩悩の俗塵にまじわり、衆生に縁をむすぶことをいう。

定業亦能転《ぢやうごふやくのうてん》 苦果を受けることに定まっている業因も信心がふかければその念力によって能《よ》く転じることができる。『法華文句記』に「若《も》シ其《そ》レ機感厚ケレバ、定業《ぢやうごふ》モ亦《また》能《よ》ク転ズ」とある。 **求長寿**《ぐちやうじゆ》**得長寿**《とくちやうじゆ》 「長寿ヲ求ムレバ、長寿ヲ得ム」『薬師本願功徳経《やくしほんがんくどくきやう》』の句。 **幣帛礼奠**《へいはくれいてん》 神に捧げるもの、みてぐら、ぬさ、と、供物《くもつ》。 **忍辱**《にんにく》**の衣** 袈裟《けさ》をいう。忍辱は菩薩《ぼさつ》の修行、六波羅蜜《ろくはらみつ》の一で、恥辱を堪え忍んで、怒らず恨まぬこと。

覚道《かくだう》**の花** 仏に供える花をいう。覚道は悟をひらく道、大覚の道のこと、忍辱《にんにく》の衣に対する表現。

信心《しんじん》**の水をすまして、利生**《りしやう》**の池を湛**《たた》**へたり** ふかく信仰することによって大きな利益《りやく》がもたらされることをたとえていう。 **十二所権現**《しよごんげん》 熊野三山の三所権現、五所王子、四所明神をあわせていう。　**左遷**《させん》　官職を下げられること。配流《はいる》をもいう。　**再拝**　書状の末尾に用いる語。

【解説】熊野権現の霊威をたたえ、その力にすがって帰洛を懇願する祝詞《のりと》である。『延喜式』の伝える古代の祝詞が公的な性格をもつものであるのに対し、これは私的な請願を綴《つづ》ったものである。本地垂跡《ほんじすいじやく》の社にささげるものであるだけに、仏教語が駆使され、対句による構文で修辞をこらした格調ある文体となっている。なお、「延慶本」では祭文、「屋代本」では祝と称して漢文で書かれている。この書状形式の部分は、平家琵琶《びわ》における語り、平曲《へいきよく》においては、巻第四の「山門牒状《さんもんへのてふじやう》」「南都牒状《なんとてふじやう》」、巻第五の「勧進帳《くわんじんちやう》」「福原院宣《ふくはらゐんぜん》」、巻第七の「願書《ぐわんじよ》」、巻第十の「請文《うけぶみ》」、巻第十一の「腰越《こしごえ》」などとともに「読物」と称され、独特の曲節で語られて、伝授上「秘曲」として扱われている。

卒都婆流《そとばながし》

丹波少将《たんばのせうしやう》、康頼入道《やすよりにふだう》、常は三所権現《さんじよごんげん》の御前に参（ッ）て、通夜《つや》する折もありけり。或時二《あるときに》人通夜《にんつや》して、夜もすがら今様《いまやう》をぞうたひける。暁《あかつき》がたに、康頼入道《やすよりにふだう》ち（ッ）とまどろみたる夢に、おきより白い帆かけたる小船を、一艘《さう》こぎ寄せて、舟のうちより紅《くれなゐ》の袴《はかま》着たる女房達《にようばうたち》、二三十人あがり、鼓《つづみ》をうち、こゑを調《ととの》へて、

　よろづの仏の願《ぐわん》よりも　千手《せんじゆ》の誓《ちかひ》ぞたのもしき
　枯れたる草木《くさき》も忽《たちま》ちに　花咲き実なるとこそきけ

と、三べんうたひすまして、かき消《け》つやうにぞうせにける。夢さめて後《のち》、奇異《きい》の思《おもひ》をなし、康頼入道《やすよりにふだう》申しけるは、「是《これ》は竜神《りゆうじん》の化現《けげん》とおぼえたり。三所権現のうちに、西《にし》の御前《ごぜん》と申すは、本地千手観音《ほんぢせんじゆくわんおん》にておはします。竜神は則《すなは》ち、千手の廿八部衆《ぶしゆ》の其一つなれば、も（ッ）て御納受《なふじゆ》こそたのもしけれ」

又、或夜、二人通夜《つや》して、同じうまどろみたりける夢に、おきより吹きくる風の、二人が袂《たもと》に、木の葉を二つふきかけたりけるを、何となうと（ッ）て見ければ、御熊野《みくまの》の南木《なぎ》の葉にてぞありける。彼《かの》二つの南木の葉に、一首の歌を虫くひにこそしたりけれ。

千《ち》はやふる神にいのりのしげければなどか都《みやこ》へ帰らざるべき

【現代語訳】

丹波《たんば》少将成経《なりつね》と康頼《やすより》入道は、いつも三所権現《さんじよごんげん》の御前に参って、時には通夜《つや》することもあった。ある時、二人は通夜して、夜もすがら今様《いまよう》を歌った。明けがた、康頼入道がうとうととまどろむと、夢に、沖から白い帆をかけた小舟が一艘《そう》、漕《こ》ぎ寄せてきて、舟のなかから 紅《くれない》の袴《はかま》を着た女房《にようぼう》たちが、二三十人岸辺にあがり、鼓《つづみ》を打ち、声をあわせて、よろづの仏の願《ぐわん》よりも、千手《せんじゆ》の誓《ちかひ》ぞたのもしき

枯れたる草木《くさき》も忽《たちま》ちに　花咲き実なるとこそきけ

（衆生《しゅじょう》を救われるというすべての仏の御願《ごがん》よりも、千手観音《せんじゅかんのん》の御誓願がもっとも頼りになる。枯れた草木もたちまちに花が咲き実をむすぶということだ）

と、三べんうたいあげて、かき消すように姿が見えなくなった。夢がさめて後《のち》、不思議に思い、康頼入道が言うには、

「これは竜神が姿をかえて現われたものと思われる。三所権現《さんじょごんげん》のうちで、西の御前と申すのは本地《ほんじ》が千手観音《せんじゅかんのん》であられる。竜神は、その千手観音の眷属《けんぞく》である二十八部衆のなかのお一方《かた》であるから、我々の願を御納受くださることをお示しになったのであろう、頼もしいことだ」

またある夜、二人がともに通夜《つや》して、うとうと眠ったとき、夢に、沖の方から吹いてきた風が、二人の袂《たもと》に木の葉を二枚吹きかけたのを、なにげなしにとって見ると、熊野の神木とされているなぎの葉であった。その二枚のなぎの葉に、一首の歌が虫の食ったかたちで現わしてあった。

千《ち》はやふる神にいのりのしげければなどか都《みやこ》へ帰らざるべき

（神への祈りを熱心につづけるので、かならず、帰京の願はかなえられよう）

【語釈】

通夜《つや》　堂などにこもって夜どおし誦経・念仏すること。　**よろづの仏の願《ぐわん》よりも……**　『梁塵秘抄《りょうじんひしょう》』巻二・仏歌に載せる今様。末句「とこそきけ」は「と説い給ふ」とある。『古今著聞集《ここんちょもんじゅう》』にも若干詞

章に相異があるが、藤原成通がうたったことがあり、『梁塵秘抄』口伝《くでん》集巻十には熊野参詣《さんけい》の折、後白河法皇が歌われたことを記している。　**化現《けげん》**　神仏が姿をかえてこの世に現われること。　**西《にし》の御前《ごぜん》**　本宮第二殿早玉《はやたま》宮の相殿《あいどの》、結《むすぶ》宮のこと。　**千手《せんじゅ》の廿八部衆《ぶしゅ》**　千手観音の眷属《けんぞく》守護神で二十八の神々。　**も（ッ）て**　そうであることを理由として、の意。それゆえ。　**南木《なぎ》**　竹柏、梛、梅、などの字で書く。マキ科の常緑樹。熊野三山に多く、神木《しんぼく》とされた。　**虫くひ**　虫の食った穴がつらなって文字の形をなすことをいう。　**千《ち》はやふる**　神にかかる枕詞。

【解説】

成経、康頼の真摯《しんし》な祈願に、熊野権現は夢のなかの不思議な現象で感応《かんのう》をあらわし、やがてこの二人が許されて都に帰ることのできる前兆がしめされる。今様《いまよう》や、神祇《じんぎ》、釈教《しゃっきょう》の和歌が、運命を予告する神託的機能をもって用いられている。

女房たちが今様をうたう夢は「延慶本」にはなく、「屋代本」「百二十句本」は康頼の祝詞《のりと》の前におかれている。神明の予告の作品構成上の意味が、この位置の相異によって、若干変化することになる。

卒都婆流《そとばながし》（二）

康頼入道《やすよりにふだう》、古郷《ふるさと》の恋しきままに、せめてのはかりことに、千本の卒都婆《そとば》を作り、阿《あ》字《じ》の梵字《ぼんじ》、年号月日《ねんがうつきひ》、仮名実名《けみやうじつみやう》、二首の歌をぞ書いたりける。

　さつまがたおきのこじまに我ありとおやにはつげよやへのしほかぜ

　思ひやれしばしと思ふ旅だにもなほふるさとはこひしきものを

是《これ》を浦にも（ッ）て出《い》でて、「南無帰命頂礼《なむきみやうちやうらい》、梵天帝尺《ぼんでんたいしやく》、四大天王《しだいてんわう》、堅牢地神《けんらうぢじん》、王城《わうじやう》の鎮守諸大明神《ちんじゆしよだいみやうじん》、殊《こと》には熊野《くまの》権現《ごんげん》、厳島《いつくしま》大明神、せめては一本なりとも、都へ伝へてたべ」とて、奥津白波《おきつしらなみ》の、寄せてはかへるたびごとに、卒都婆を海にぞ浮《うか》べける。卒都婆を作り出《いだ》すに随《したが》つて、海に入れければ、日数つもれば、卒都婆のかずもつもり、その思ふ心や便《たより》の風ともなりたりけむ、又神明仏陀《しんめいぶつだ》もやおくらせ給ひけむ、千本の卒都婆のなかに、一本、安芸国厳島《あきのくにいつくしま》の大明神の御《おん》まへの渚《なぎさ》に、うちあげたり。

【現代語訳】

康頼《やすより》入道は、故郷の恋しさのあまり、せめてもの考えとして、千本の卒都婆《そとば》を作り、梵字《ぼんじ》の𑖀字《あじ》、年号月日、通称と本名をしるし、二首の歌を書いた。

　さつまがたおきのこじまに我ありとおやにはつげよやへのしほかぜ

（薩摩潟のはるか沖の小島にこの私のいることを、どうか親に告げ知らせてほしい、海をわたって吹く潮風よ）

思ひやれしばしと思ふ旅だにもなほふるさとはこひしきものを
（ほんのわずかな間の旅でさえ、故郷は恋しいもの。まして遠く島流しとなっているこの私の切実な望郷の思いを、察してください）

これを浜に持って出て、
「南無《なむ》帰命頂礼《きみようちようらい》、梵天帝釈《ぼんでんたいしやく》、四大天王《しだいてんのう》、堅牢地神《けんろうじしん》、王城の鎮守諸大明神《ちんじゆしよだいみようじん》、とりわけ熊野権現《くまのごんげん》、厳島大明神《いつくしまだいみようじん》、せめてこの卒都婆《そとば》の一本だけでも、都へお伝えください」
といって、沖の白波が寄せてはかえす度《たび》ごとに、卒都婆を海に浮かべた。卒都婆を作っては、海に入れたので、日数を経るにしたがって、卒都婆の数も増していき、その帰京を願う切実な思いが、おくりとどける順風となったのか、また神仏がお送りなさったのか、千本の卒都婆のうちの一本が、安芸国厳島《あきのくにいつくしま》の大明神の社前の渚《なぎさ》に打ちあげられたのである。

【語釈】

𑖀《あ》字 阿字。梵語五十字の最初の字。ことばの根本と考えられた。『大日経疏』に「一切法教之本」とある。**梵字《ぼんじ》** 梵語（サンスクリット）を表記する文字。わが国ではおもに悉曇《しつたん》文字を用いた。**仮名《けみやう》** 通称。俗称。本名のほかによびならわされている名。**さつまがた、の歌** 「心のほかなることありて、しらぬ国に侍《はべ》りける時よめる」の詞書《ことばがき》で『千載集』八、羇旅《きりよ》歌に載せ、『宝物集《ほうぶつしゆう》』にも収めている。
思ひやれ、の歌 「遠き国に侍りける時都《みやこ》の人にいひつかはしける」の詞書で『玉葉集《ぎよくようしゆう》』八にある。**南無帰命頂礼《なむきみやうちやうらい》** 帰依礼拝《きえらいはい》することをあらわす語。**梵天帝尺《ぼんでんたいしやく》** ともに仏法の守護神で、梵天は色界《しきかい》十八天の一、寂静清浄の初禅天《しよぜんてん》の主、大梵天王《だいぼんでん》。帝釈は欲界六天の第二、須弥山《しゆみせん》頂上の忉利天《とうりてん》の喜見城《きけんじよう》の主、帝釈天王。**四大天王**《しだいてんわう》　帝釈天に仕えて須弥山《しゆみせん》の四方を守護する、東方・持国《じこく》天、南方・増長天《ぞうじよう》、西方・広目天《こうもく》、北方・多聞天《たもん》。**堅牢地神**《けんらうぢじん》　大地をつかさどり、守護する神。**便の風**《たよりのかぜ》　順風。都合よく吹く風。

【解説】

いかにしてこの孤島を脱出し、故郷に帰るかを模索《もさく》し、行動する康頼の積極性が卒都婆を流すという行為で語られる。海流にのって、南の島の椰子《やし》の実が、本土の岬に流れつく事実はあるが、この卒都婆がはるばる瀬戸内の厳島《いつくしま》に漂着した、というのは、熊野や厳島の信仰と霊験を背景とする虚構のはたらいている設定であろう。

卒都婆流《そとばながし》（三）

康頼《やすより》がゆかりありける僧、しかるべき便《たより》もあらば、いかにもして、彼島《かの》へわた（ッ）て、其行《そのゆく》ゑをきかむとて、西国修行《さいこくしゆぎやう》に出《い》でたりけるが、先《ま》づ厳島《いつくしま》へぞ参りたりける。爰《ここ》に宮人《みやうど》とおぼしくて、狩衣装束《かりぎぬしやうぞく》なる俗《ぞく》、一人《いちにん》いできたり。此僧何《このそうなに》となき物語しけるに、

「夫和光同塵《それわくわうどうぢん》の利生《りしやう》、さまぐ〵なりと申せども、いかなりける因縁をも（ッ）て、此御神《おんがみ》は海漫《かいまん》の鱗《いろくづ》に縁をむすばせ給ふらん」

と問ひ奉る。宮人《みやうど》答へけるは、

「是《これ》はよな、娑竭羅竜王《しやかつらりゆうわう》の第三の姫宮、胎蔵界《たいざうかい》の垂跡《すいしやく》なり」

此島《このしま》に御影向《ごやうがう》ありし初《はじめ》より、済度利生《さいどりしやう》の今に至るまで、甚深奇特《じんじんきどく》の事どもをぞかたりける。さればにや、八社の御殿《ごてん》、甍《いらか》をならべ、社《やしろ》はわだつみのほとりなれば、塩のみちひに月ぞすむ。しほみちくれば、大鳥居《おほどりゐ》、あけの玉墻《たまがき》、瑠璃《るり》の如《ごと》し。塩引きぬれば、夏の夜なれど御まへの白洲《しらす》に霜ぞおく。いよ〳〵た（ッ）とくおぼえて、法施《ほつせ》参らせて居たりけるに、やう〳〵日暮れ月さし出《い》でて、塩のみちけるが、そこはかとなき藻くづ共《ども》のゆられ寄りけるなかに、卒都婆のかたのみえけるを、何となうと（ッ）て見ければ、「奥《おき》の小島に我あり」と、書きながせることのはなり。文字をばゑり入《い》れ、きざみ付けたりければ、浪《なみ》にもあらはれず、あざ〳〵としてぞみえたりける。

「あなふしぎ」とて、これを取（ッ）て、笈《おひ》の肩にさし、都へのぼり、康頼《やすより》が老母《らうぼ》の尼公《にこう》、妻子共《ども》が、一条《いちでう》の北、紫野《むらさきの》と云ふ所に、忍《しの》びつつ住みけるに、見せたりければ、

「さらば此卒都婆《このそとば》が、もろこしのかたへもゆられゆかで、なにしにこれまでつたひ来て、今更物を思はすらん」

とぞかなしみける。

遥《はる》かの叡聞《えいぶん》に及んで、法皇これを御覧《ごらん》じて、

「あなむざんや。されば今まで、此者共《このものども》は、命のいきてあるにこそ」とて、御涙をながさせ給ふぞ忝《かたじけな》き。小松のおとどのもとへ、送らせ給ひたりければ、是《これ》を父の入道相国《にふだうしやうこく》に見せ奉《たてまつ》り給ふ。

柿本人丸《かきのもとのひとまる》は、島がくれゆく船を思ひ、山辺《やまのべ》の赤人《あかひと》は、あしべのたづをながめ給ふ。住吉《すみよし》の明神《みやうじん》は、かたそぎの思《おもひ》をなし、三輪《みわ》の明神は、杉《すぎ》たてる門《かど》をさす。昔素《そ》盞《さの》烏尊《をのみこと》、三十一字のやまとうたをはじめおき給ひしよりこのかた、もろ〱の神明《しんめい》、仏《ぶつ》陀《だ》も、彼詠吟《かのえいぎん》をも（ッ）て、百千万端《はくせんばんたん》の思《おもひ》をのべ給ふ。入道も石木《いはき》ならねば、さすが哀れげにぞ宣《のたま》ひける。

【現代語訳】

かねてから康頼《やすより》と縁故のある僧が、よい機会があれば、便船《びんせん》をもとめて、なんとかしてあの島に渡り、康頼《やすより》の行方《ゆくえ》を尋ねようと思って、西国修行に出かけたが、まず厳島《いつくしま》へ参詣《さんけい》した。すると、そこに神官と思われる、狩衣《かりぎぬ》姿の男が一人現われた。僧は、この男と、とりとめもない話をしていたが、そのついでに、

「ところで、和光同塵《わこうどうじん》の御利益《ごりやく》はさまざまだと申しますが、どのような因縁で、この厳島大《いつくしまだい》明神《みょうじん》は、大海の魚類と縁を結ばれたのでしょう」

と、お尋ねした。神官は、

「これはですね、娑竭羅竜王《しやかつらりゆうおう》の第三の姫宮で、胎蔵界《たいぞうかい》の垂跡《すいじやく》です」

と答えて、この島に来現《らいげん》されたそのはじめから、衆生《しゆじよう》を救済し利益《りやく》を与えている今にいたるまでの、深く大きな霊験の数々を語ったのである。それ故に、厳島《いつくしま》の八棟の社殿は堂々と屋根を並べ、社は海辺にあるので、潮の満《み》ち干《ひ》に、澄んだ月が美しく映《は》えている。潮が満ちてくると、大鳥居や朱《しゆ》の玉垣《たまがき》は、瑠璃《るり》のように輝き、潮がひくと、夏の夜でも社前の砂浜は、霜をおいたように白く見えるのである。ますます尊く思われて、経を読み法文を唱えていると、しだいに日が暮れ、やがて月がのぼって、潮が満ちてきた。塵芥《じんかい》や藻屑《もくず》が波にゆられながら寄せてくるなかに、卒都婆《そとば》のかたちをしたものがあるので、なんということもなく取りあげて見ると、「奥の小島に我あり」と歌の書かれた卒都婆《そとば》であった。文字は彫り入れ刻みつけてあったので、波に洗い落とされることもなく、鮮明にみられた。「これは不思議だ」と、これを笈《おい》の上部にさしこみ、都《みやこ》へ上《のぼ》って、康頼《やすより》の老母の尼や妻子が世を忍んで住んでいる、一条の北、紫《むらさき》野という所に、持参して見せると、

「この卒都婆が、中国の方へ漂《ただよ》っていかず、どうしてここまで伝わって来て、今更に物思いをさせるのでしょう」

と悲しんだ。

このことが、はるかに後白河法皇のお耳に達し、これを御覧になって、

「なんと、痛ましいことよ。それでは今まで、この者どもは生きながらえているのだな」

といって、御涙をお流しになったのは、まことにおそれおおいことである。小松の大臣のも

とへ、お送りになったので、これを父の入道相国《しょうこく》にもお見せ申した。

柿本人丸《かきのもとのひとまろ》は、島のかなたに漕《こ》ぎかくれて行く船をしのんで和歌をよみ、山辺赤人《やまべのあかひと》は、葦《あし》辺《べ》の鶴《たず》をながめて、一首詠じられた。住吉《すみよし》の明神《みょうじん》は、社殿の千木《ちぎ》を和歌によんで社の荒廃を訴えられ、三輪《みわ》の明神は、その社を和歌でお示しになった。昔、素《す》戔嗚尊《さのおのみこと》が三十一字の和歌をはじめてお詠みになって以来、多くの神、仏も、詠歌によって万般にわたる思いを表わされたのである。入道相国《しょうこく》も木石《ぼくせき》ではないので、さすがに卒都婆《そとば》の歌に感じて、哀れなことだと言われたのであった。

【語釈】

和光同塵《わくわうどうぢん》　仏菩薩《ぶつぼさつ》がさとりの知恵の光をかくし、衆生を救うために世俗の塵《ちり》に同じること。**海漫《かいまん》**　漫々たる大海。**鱗《いろくづ》**　魚類をいう。**是《これ》はよな**　よな、は念をおし確かめる意をあらわす助詞。**娑竭羅竜王《しやかつらりゆうわう》**　八大竜王の一、第三位の竜王。**胎蔵界《たいざうかい》**　密教で説く両部法門の一で、金剛界に対し、大日如来《だいにちによらい》慈悲の方面から説いた部門。ここでは、胎蔵界の大日如来の意。**影向《やうがう》**　神仏が衆生《しゆじやう》を救うために出現すること。**済度利生《さいどりしやう》**　衆生を苦患《くげん》から救い、悟りの彼岸《ひがん》へわたす利益《りやく》をあたえること。**甚深奇特《じんじんきどく》の事**　このうえもなくあらたかな霊験。**八社の御殿《ごてん》**　八棟の社殿。本社三女神、相殿《あいどの》五座。**塩**　正しくは潮。**瑠璃《るり》**　宝石の名で、仏教で七宝《しつぽう》の一とされた。**夏の夜なれど**　『白氏文集《はくしもんじゆう》』に「風ハ枯木《こぼく》ヲ吹ク晴天ノ雨　月ハ平沙《へいさ》ヲ照《てら》ス夏夜ノ霜《しも》」とあり、『和漢朗詠集』に収める。**法施《ほつせ》**　仏前で誦経《ずきよう》し法文を唱えること。**そこはかとなき藻《も》くづ**　なんということもない藻屑《もくず》。**あざ〳〵として**　はっきりと鮮明なさま。**笈《おひ》の肩**　修験者《しゆげんじや》や行脚《あんぎや》の僧が、仏具や衣類、食器などを入れて背負う箱の、上部をいう。　**尼公**《にこう》　尼の敬称。　**叡聞**《えいぶん》　天皇・上皇がお聞きになること。
柿本人丸《かきのもとのひとまる》　柿本人麿。万葉歌人。『古今集』仮名序に歌の聖《ひじり》と仰がれ、のち、人丸と記される。
島がくれゆく船　『古今集』仮名序、および巻第九・羇旅歌《きりよのうた》の「ほのぼのとあかしの浦の朝霧に島隠れゆく舟をしぞ思ふ」による。　**山辺《やまのべ》の赤人《あかひと》**　山部赤人。万葉歌人。『古今集』仮名序に人麿と並び称された。　**あしべのたづをながめ給ふ**　『古今集』仮名序の「和歌の浦に潮満ちくれば潟《かた》をなみ芦べをさして鶴《たづ》鳴きわたる」(『万葉集』巻六)をさしていう。
かたそぎの思《おもひ》をなし　『新古今集』巻第十九・神祇歌《じんぎのうた》に、「住吉の御歌となん」の左注をもってのせる「夜《よ》や寒き衣や薄《うす》き片《かた》そぎのゆき合ひの間《ま》より霜や置くらん」による。社殿の荒廃を嘆く歌で、片そぎは、神社の棟の千木《ちぎ》をいう。　**三輪《みわ》の明神**　奈良県桜井市三輪山にある大神《おおみわ》神社。大物主神《おおものぬしのかみ》を祀る。
杉《すぎ》たてる門《かど》をさす　『袋草子《ふくろそうし》』に三輪明神御歌として「恋しくはとぶらひ来《き》ませわが宿《やど》は三輪《みわ》の山もと杉《すぎ》たてる門《かど》」とあり、『古今集』巻十八・雑歌《ぞうのうた》下には読人知らずで「わが庵《いほ》は三輪の山もと恋しくはとぶらひ来ませ杉立てる門」とある。
素戔烏尊《そさのをのみこと》、三十一字のやまとうたを　『古事記』に出雲《いずも》で八俣大蛇《やまたのおろち》を退治したのち、櫛名田姫《くしなだひめ》を娶《めと》ったとき「八雲《やくも》立つ出雲《いづも》八重垣《やへがき》妻《つま》ごみに八重垣造るその八重垣を」と歌ったことを記し、『古今集』仮名序は、「人の世となりて、素戔烏尊よりぞ三十文字《みそもじ》あまり一文字《ひともじ》はよみける」と述べている。　**百《はく》千万端《せんばんたん》の思**　ありとあらゆる心情。　**石木《いはき》ならねば**　心のない木石《ぼくせき》ではないから。『白氏文集《はくしもんじゅう》』に「人木石ニ非《あらざ》レバ、皆情アリ」とある。　**さすが**　あの剛毅で人情の機微にうとい清盛でも、やはりの意でいう。

【解説】

厳島《いつくしま》に流れついた卒都婆は、たまたま康頼縁故の僧に見出《みいだ》され、都《みやこ》に運ばれて、家族のもとにとどけられる。そして、法皇、重盛、清盛のもとに伝えられることになり、その同情をよんで、やがて中宮御産の大赦で、康頼の祈願は果されることになるのである。「屋代本」では、「宮人とおぼし」き「狩衣装束《かりぎぬしやうぞく》なる俗《ぞく》」は登場せず、厳島《いつくしま》の祭神は地の文で説明されている。問答の場面をいれて、物語の展開に変化をもたせようとする構成の意図によって、改変されたものであろう。

立体的、劇的な表現への志向をもつ本文の変動のひとつである。

蘇《そ》　武《ぶ》

入道相国《にふだうしやうこく》のあはれみ給ふうへは、京中《ぢゆう》の上下、老いたるも若きも、鬼界《きかい》が島の流人《るにん》の歌とて、口ずさまぬはなかりけり。さても千本まで作りたりける卒都婆《そとば》なれば、さこそはちひさうもありけめ、薩摩潟《さつまがた》よりはるぐ〵と、都までつたはりけるこそ不思議なれ。あまりに思ふ事は、かくしるしあるにや。


【現代語訳】

入道相国が同情されたからには、京中の高い身分の者も、低い地位の者も、貴賤老若を問わず、鬼界《きかい》が島の流人《るにん》の歌だといって、口ずさまないものはなかった。それにしても、千本までも作った卒都婆《そとば》であるから、さぞ小さいものであったろうが、それが薩摩潟《さつまがた》からはるばると、都まで伝わったというのは不思議なことである。あまりに思いをこめたことは、このように効験あるものであろうか。

【解説】
「あまりに思ふ事は、かくしるしある」ことの例として挿入《そうにゅう》される説話が「蘇武《そぶ》」と題される章段であるが、この一節は、内容的には「卒都婆」の章の結びである。語りとしても、ここから一つの章段がはじまるのは不自然である。しかし、蘇武の話を物語に連結するには、「あまりに思ふ事は、かくしるしあるにや」の一文が必要であり、そこでこの一節を冒頭において、この章段がはじまることになったのであろう。

蘇《そ》武《ぶ》（二）

いにしへ漢王《かんわう》、胡国《ここく》を攻められけるに、はじめは李少卿《りせうけい》を大将軍にて、三十万騎《ぎ》むけられたりけるが、漢王のいくさ弱く、胡国《ここく》のたたかひこはくして、官軍みなうちほろぼさる。剰《あま(ツ)さ》へ大将軍李少卿、胡王のためにいけどらる。次に蘇武《そぶ》を大将軍にて、五十万騎《ぎ》をむけらる。猶《なほ》漢のいくさよわく、えびすのたたかひこはくして、官軍皆亡びにけり。兵《つはもの》六千余人いけどらる。そのなかに、大将軍蘇武《そぶ》をはじめとして、宗《むね》との兵《つはもの》六百三十余人すぐり出《いだ》して、一々《いちいち》にかた足をき（ッ）てお（ッ）ぱなつ。則《すなはち》死する者もあり、程へて死ぬる者もあり。其《その》なかにされども蘇武は死なざりけり。かた足なき身とな（ッ）て、山にのぼ（ッ）ては木の実をひろひ、春は沢の根芹《ねぜり》を摘《つ》み、秋は田づらのおち穂拾ひな（ン）どしてぞ、露《つゆ》の命を過しける。田にいくらもありける鴈《かり》ども、蘇武《そぶ》に見なれて、おそれざりければ、これはみな我古郷《わがこきやう》へかよふものぞかしと、なつかしさに、思ふ事を一筆《ふで》書いて、

「相《あひ》かまへて是漢王《これかんわう》に奉《たてまつ》れ」

と云ひふくめ、鴈《かり》の翅《つばさ》にむすび付けてぞはなちける。かひ〴〵しくもたのむの鴈、秋は必ず越地《こしぢ》より都へ来《きた》るものなれば、漢昭帝《かんのせうてい》、上林苑《しやうりんゑん》に御遊《ぎよいう》ありしに、夕ざれの空薄ぐもり、何《なに》となう物哀れなりけるをりふし、一行《ひとつら》の鴈とびわたる。その中に鴈一つとびさが（ッ）て、おのが翅《つばさ》に結び付けたる玉章《たまづさ》を、くひき（ッ）てぞおとしける。官《くわん》人是《じんこれ》をと（ッ）て、御門《みかど》に奉《たてまつ》る。披《ひら》いて叡覧《えいらん》あれば、

「昔は巌崛《がんくつ》の洞《ほら》にこめられて、三春《しゆん》の愁歎《しうたん》をおくり、今は曠田《くわうでん》の畝《うね》に捨てられて、胡《こ》敵《てき》の一足《そく》となれり。設《たと》ひかばねは胡《こ》の地にちらすと云《い》ふとも、魂《たましひ》は二たび君辺《くんぺん》につかへん」

とぞ書いたりける。それよりしてぞ、ふみをば鴈書《がんしよ》ともいひ、鴈札《がんさつ》とも名付けたる。

「あなむざんや、蘇武《そぶ》がほまれの跡なりけり。いまだ胡国《ここく》にあるにこそ」

とて、今度は、李広《りくわう》と云ふ将軍に仰《おほ》せて、百万騎《ぎ》をさしつかはす。今度は漢の戦《たたかひ》こはくして、胡国《ここく》のいくさ破れにけり。御方《みかた》たたかひかちぬと聞えしかば、蘇武《そぶ》は曠野《くわうや》のなかよりはひ出《い》でて、

「是《これ》こそいにしへの蘇武《そぶ》よ」

とぞなのる。十九年の星霜《せいさう》を送(ッ)て、かた足はきられながら、輿《こし》にかかれて、古郷《きやう》へぞ帰りける。蘇武《そぶ》は十六の歳《とし》、胡国《ここく》へむけられけるに、御門《みかど》より給はりたりける旗を、何《なに》としてかかくしたりけん、身をはなたずも(ッ)たりけり。今取出《とりいだ》して、御《み》門《かど》の見参《けんざん》にいれたりければ、君も臣《しん》も感嘆なのめならず。君のため大功《たいこう》ならびなかりしかば、大国《だいこく》あまた給はり、其上《そのうへ》典属国《てんしよくこく》と云ふ司《つかさ》を下《くだ》されけるとぞ聞えし。

【現代語訳】

昔、漢王が胡国《ここく》を攻めたとき、はじめは李少卿《りしようけい》を大将軍として、三十万騎の軍勢をさし向けたが、漢王の軍は弱く、胡国の戦いぶりが激しくて、官軍はみな打ち滅ぼされた。そのうえ、大将軍李少卿《りしようけい》は、胡王《こおう》のために捕虜《ほりよ》となった。そこでつぎに蘇武《そぶ》を大将軍として、五十万騎を向けられたが、やはり漢の軍勢は弱く、胡の武力は強剛で、また官軍はみな滅ぼされてしまい、六千余人の兵士が囚《とら》われた。そのなかで、大将軍蘇武をはじめ、主《おも》だった兵士六百三十余人を選び出し、一人一人片足を切って追放した。即死してしまう者、少し時をおい

て死ぬ者など、大方《おおかた》は命を失ったが、しかし蘇武《そぶ》は死ななかった。片足のない体となって、山に上っては木の実を拾い、春は沢辺で根芹《ねぜり》をつみ、秋は田の落ち穂をひろうなどして、はかない命をつないでいた。田の面《も》に数多くおりていた雁《かり》は、蘇武を見馴《な》れて、恐れなかったので、これはみなわが故郷に通《かよ》う鳥かと、なつかしく、望郷の思いを一筆書いて、

「心にかけて、きっとこれを漢王にさし上げよ」

と言いふくめ、雁《かり》の翼に結びつけて放した。田の面《も》の雁は、頼み甲斐《がい》あって、秋には北国からかならず都《みやこ》へ飛びわたるものである。漢《かん》の昭帝《しょうてい》が、上林苑《しょうりんえん》で宴遊なさっていた折、夕暮の空は薄ぐもりでなんとなく物哀れに感じておられたとき、一列の雁が飛びわたって来た。その中の一羽が舞い下って、自分の翼に結びつけた手紙を食い切って落していった。役人がこれをとって、帝《みかど》にさしあげた。ひらいて御覧になると、

「昔は岩窟《がんくつ》の洞穴《ほらあな》にとじこめられて、嘆きながら三年をおくり、いまは広い田の畝《うね》に捨てられて、野蛮《やばん》な異国で片足の体となってしまった。たとえ胡国《ここく》の地に死かばねをさらすことになろうとも、魂はふたたび帰って君にお仕えしたい」

と書いてあった。このことから、手紙のことを雁書《がんしょ》といい、雁札《がんさつ》ともいうことになったのである。

「ああ、いたましいことだ。蘇武の名誉の筆跡であった。まだ胡国に生きているにちがいない」

と言われて、李広《りこう》という将軍に命じて、百万騎の軍勢を派遣された。今度は漢の軍が強く、

胡国の軍は敗北した。味方が戦いに勝ったと聞いて、蘇武《そぶ》は原野のなかからはい出して、

「我こそ昔の蘇武である」

と名乗った。十九年の歳月を送って、片足は切られたまま、輿《こし》に乗せられて、故郷へ帰ったのである。蘇武は十六歳のとき、胡国へさし向けられたが、その時帝《みかど》から賜わった旗を、どのように隠していたのか、肌身《はだみ》離さず持っていた。今、それを取り出して、帝にお目にかけたので、帝も臣下の人々も、ひとかたならず感嘆した。君のため、ならびない大功をたてたというので、あまたの大国を賜わり、そのうえ典属国《てんしよくこく》という官に任じられたという事である。

【語釈】

漢王《かんわう》 前漢第七代の皇帝、武帝のこと。紀元前一四一年十六歳で即位、匈奴《きようど》を討ち版図《はんと》を拡大した。 **胡国《ここく》** 中国北方の匈奴《きようど》をさす。 **李少卿《りせうけい》** 前漢、武帝の将軍、李陵。甘粛《かんしゆく》の人。字《あざな》が少卿。紀元前九九年、匈奴と戦って敗れ、捕われて二十年、その地に没した。 **こはく** 強い。手ごわい。 **蘇武《そぶ》** 前漢、陝西杜陵の人、字《あざな》は子卿。武帝の命をうけ紀元前一〇〇年、匈奴に使者として派遣され、捕虜となって、十九年抑留されたが、節を守り、昭帝《しようてい》の時（紀元前八一年）漢に帰って典属国《てんしよくこく》となった。

かひぐしくも かいがあるさま。頼りになると思われて。 **たのむの鴈《かり》** 「田の面《も》」と「頼む」をかけている。 **越地《こしぢ》** 北陸路をいうことから、転じて北国のことをさしていう。 **漢昭帝《かんのせうてい》** 武帝の子。前漢第八代の皇帝。紀元前八七年即位。 **上林苑《しやうりんゑん》** 秦《しん》の始《し》皇帝が創設し漢の武帝が拡張、再興した庭園、長安の西方にあった。 **夕ざれ** 夕方。夕さりの転。 **巌崛《がんくつ》** 岩屋。 **三春** 三たびめ

ぐってくる春、で三年のこと。

曠田《くわうでん》の畝《うね》　荒れた広い田の中の意。**胡敵《こてき》の一足**　中国北方の蛮族、胡《こ》・狄《てき》のなかに片足の身となっていること。胡敵は、正しくは胡狄。**李広《りくわう》**　李陵の祖父で、李陵が匈奴と戦った天漢二年（紀元前九九）より二十一年前にはすでに死亡しているので、この人物では年代があわない。**典属国《てんしよくこく》**　属国のことを掌《つかさど》る官。

【解説】　康頼《やすより》が、配流《はいる》された異郷の地からの帰還を願って、卒都婆《そとば》にその思いをしるし、海上に流して、やがてその望みを達することができる話と類似する、漢の蘇武《そぶ》の説話の挿入《そうにゆう》である。罪を得て配流《はいる》された康頼《やすより》と、将軍として遠征し、捕虜となった蘇武では、その立場はまったく異なり、また妻子を恋い故郷をなつかしむ康頼と、ふたたび君に仕えることを願う蘇武の忠誠心とでも大きな相違があるが、一方は海上を流れ漂う卒都婆《そとば》に、一方は雁《かり》の翼《つばさ》に託した手紙に、その願いをしるして故郷に送るという点で一致し、享受者の感興をよぶ挿話《そうわ》となっている。『漢書《かんじよ》』李陵蘇武伝をもとに構成された説話であるが、直接それに依った叙述ではなく、改変されたものである。

蘇《そ》　武《ぶ》（二）

李少卿《りせうけい》は胡国にとどま（ッ）て、終《つひ》に帰らず。いかにもして、漢朝《かんてう》へ帰らんとのみなげけども、胡王《こわう》ゆるさねばかなはず。漢王これを知り給はず、君のため不忠の者なりとて、はかなくなれる二親《にしん》が死骸《しがい》をほりおこいてうたせらる。其外《そのほか》六親《しん》をみなつみせらる。李少卿《りせうけい》是《これ》を伝へきいて、恨《うらみ》ふかうぞなりにける。さりながらも猶《なほ》故郷を恋ひつつ、君に不忠なき様《やう》を、一巻《くわん》の書《しよ》に作つて参らせたりければ、

「さては不便《ふびん》の事ごさんなれ」

とて、父母《ふぼ》がかばねを掘りいだいて、うたせられたる事をぞくやしみ給ひける。

【現代語訳】

李少卿《りしようけい》は胡国へとどめられたまま、ついに帰れなかった。どうにかして、漢の朝廷へ帰りたいと嘆願していたが、胡《こ》王が許さないのでどうにもならなかった。漢《かん》王はその事情をお知りになれず、君のため不忠の者である、として、死んだ両親の屍《しかばね》を掘り起して討たせられた。さらに、兄弟妻子ら六親に及ぶ者をみな処罰せられた。李少卿はこのことを伝え聞いて、深く恨みに思ったが、それでもなお故郷を思い慕いながら、君に不忠のないことを一巻の書に作って、漢王のもとにおくりとどけられたので、

「それでは不忠の心をもっていたのではなかったか。不憫《ふびん》なことであった」

といって、父母の屍《しかばね》を掘り出して、討たせられた事を後悔なさったのであった。

【語釈】

六親《しん》 父母兄弟妻子をいうが、諸説がある。 **一巻《くわん》の書《しよ》** 『文選《もんぜん》』所収の「李少卿答《フル》二蘇武《ニ》一書」に付会したもの。 **不便《ふびん》の事ごさんなれ** 「不便」は不憫《ふびん》、気の毒、かわいそう。「ごさんなれ」は

「にこそあるなれ」の転。

【解説】

蘇武を中心とする挿話《そうわ》ではあるが、はじめに捕虜となった李少卿の方は、その後どうなったか、という関心から、後日譚《ごじつたん》として付記されたものである。「屋代本」や、「八坂本」「百二十句本」などには、この一節はない。後に加えられたものであろう。

蘇《そ》　武《ぶ》（四）

漢家《かんか》の蘇武《そぶ》は、書を鴈《かり》の翅《つばさ》につけて旧里《きうり》へ送り、本朝《ほんてう》の康頼《やすより》は、浪《なみ》のたよりに歌を故郷《こきやう》に伝ふ。かれは一筆のすさみ、これは二首の歌。かれは上代、これは末代。胡国、鬼界《きかい》が島。さかひをへだて、世々《よよ》はかはれども、風情《ふぜい》は同じ風情、ありがたかりし事どもなり。

【現代語訳】

漢の蘇武《そぶ》は、手紙を雁の翼《つばさ》につけて故郷へ送り、わが国の康頼《やすより》は、浪《なみ》に託して歌を故郷へ伝えた。かれは一筆の書状、これは二首の歌。かれは上代、これは末代。胡国、鬼界が島、と、所は隔たり、時代も変っているが、情趣はいずれも同じで、他に例のない事である。

【語釈】
すさみ　心のままにする慰み。　風情《ふぜい》　趣。情趣。

【解説】
蘇武と康頼の行動を対照して述べ、概括した、この挿話の結びである。対にしたセンテンスをしだいに短くして、最後に評言を付してまとめる、本筋の物語と挿入説話をむすぶうえで効果的な表現が試みられている。

「延慶本」の「蘇武は入テ二胡国ニ一繋ケテ二賓鴈《ひんがん》ニ於書ヲ一而再ビ翫《もてあそ》ビ二林苑《りんゑん》之花ヲ一、康頼は栖《すみ》テ二小嶋ニ一流《なが》シテ二蒼波ニ於歌ヲ二而遂ニ見ル二故郷之月ヲ一、彼ハ漢明ノ胡国是ハ我国ノ油黄、彼《かれ》は唐国の風儀にて思《おもひ》を述《のぶ》る詩をあやつり、是《これ》は本朝の源流にて心を養ふ歌を詠《えい》す、彼は鴈《かり》の翅《つばさ》の一筆の跡、是《これ》は卒都婆《そとば》の銘の二首の歌、彼は雲路《くもぢ》を通《かよ》ひ、是は浪《なみ》の上を伝ふ、彼は十九年の春秋を送り迎へ、是は三ケ年の夢路の眠り覚《さめ》たり、李陵は胡国に留《とどま》り、俊寛は小嶋《こじま》に朽《くち》ぬ、上古末代はかはり、境《さかヒ》遼遠は隔《へだつ》れども、思《おもふこころ》心は一にして哀《あはれ》は同じ哀也」と述べる、煩瑣《はんさ》なうえに、李陵、俊寛のことまで加えた文章にくらべて、きわめて印象的な、鮮やかなむすびとなっている。読む享受と聴く享受、読みものと語りものの表現上の差異の一端をここに認めることができるであろう。

巻第三

赦《ゆるし》文《ぶみ》

治承《ぢしよう》二年正月一日《ひとひのひ》、院御所《ゐんのごしよ》には拝礼《はいらい》おこなはれて、四日朝覲《よつかのひてうきん》の行幸《ぎやうがう》ありけり。何《なに》事《ごと》も例《れい》にかはりたる事《こと》はなけれども、去年《こぞ》の夏《なつ》、新大納言成親卿《しんだいなごんなりちかのきやう》以下《いげ》、近習《きんじゆ》の人々多《おほ》くうしなはれし事《こと》、法皇御憤《ほふわうおんいきどほり》いまだやまず。世《よ》の政《まつりごと》も物《もの》うくおぼしめされて、御心《おんこころ》よからぬことにてぞありける。太政入道《だいじやうのにふだう》も、多田蔵人行綱《ただのくらんどゆきつな》が告《つ》げ知《し》らせて後《のち》は、君《きみ》をも御《おん》うしろめたき事《こと》に思《おも》ひ奉《たてまつ》（ッ）て、うへには事《こと》なき様《やう》なれども、下《した》には用心《ようじん》して、にがわらひてのみぞありける。

同《おなじき》正月七日《なぬかのひ》、彗星東方《せいせいとうばう》にいづ。蚩《し》尤気《いうき》とも申《まう》す。又赤気《またせきき》とも申《まう》す。十八日光《ひかり》をます。

【現代語訳】

治承《じしよう》二年正月一日、院の御所では元旦の拝賀の式が行なわれ、四日には朝覲《ちようきん》の行幸があった。何事も例年と変わったことはなかったが、去年の夏、新大納言成親卿《なりちかきよう》以下、側近の人々が多く斬られ、あるいは流されたことで、法皇の御憤りはまだとけない。そのために、政務にも心がすすまず、御不快な御様子であった。太政入道《だいじようにゆうどう》清盛も、多田蔵人行綱《ただのくろうどゆきつな》が平家打倒の企てを密告してから後は、法皇に対しても気が許せぬように思い申しあげて、おもてむきはなにげなく振舞っていたが、内心では用心して、苦笑《にがわら》いしているばかりであった。同じ正月七日、彗星《すいせい》が東の空に出現した。蚩尤旗《しゆうき》といい、また赤気《せっき》ともいった。十八日になっていちだんと光を増した。

【語釈】

拝礼《はいらい》　正月元日に院、東宮、中宮、摂関家で行なわれる拝賀の儀式。**朝覲**《ちょうきん》　年のはじめに天皇が上皇、皇太后の御所にあいさつを申しあげる儀式。**彗星**《せいせい》　すい星。ほうき星。その出現は事件の前兆とみなされていた。

蚩尤気《しいうき》　正しくは「蚩尤旗《しゆうき》」。彗星の一。これがあらわれると、王が四方を征伐する、と『史記』天官書、『後漢書《ごかんじょ》』天文志にみえる。蚩尤の名は、黄帝に反乱して戦い、捕えられて殺された中国古伝説上の人物からきている。**赤気**《せきき》　蚩尤旗《しゆうき》の別名。

【解説】

正月一日の記事からはじまる巻は、巻第三の治承二年（一一七八）、巻第四の治承四年、巻第六の治承五年、巻第九の寿永三年（一一八四）で、いずれも院の御所や内裏の状況が語られている。巻がすすむにしたがって、事態が深刻となり、宮廷行事も滞《とどこお》るさまが、年代記的叙述によって明らかにされている。

これらの巻々の冒頭の記事をたどるだけでも、年代の推移と動乱の進展のなかで、宮廷の衰微してゆく実状がうかびあがってくる。治承二年の段階では、拝礼も朝覲《ちょうきん》の行幸もあって、「例にかはりたる事」は何事もなかったが、鹿《しし》の谷事件以後、院の近臣の斬刑《ざんけい》・流罪《るざい》の処断が行なわれて、後白河法皇と清盛の冷たい対立のなかに新年を迎えたのである。事件はこのまま鎮静していくわけにはいかない。そのようなとき、何事かの前兆として彗星《すいせい》が東方に出現するのである。

天文の現象を事件の予兆としてみる思想は、『日本書紀』以来、正史の記述にみられるところである。『百錬抄』は治承二年正月七日の項に「寅《とら》の刻《こく》彗星巽《たつみ》の方《かた》に見《あらは》るの由、泰親朝臣《やすちかあそん》奏聞《そうもん》す。又去年十二月廿四日出現……」と記している。

『玉葉《ぎよくよう》』は正月十八日の条に「泰茂来《きたり》て云《いふ》、去七日彗星見《あらは》る、去年十二月廿四日又見る……」と記して「彗星は第一の変なり、去年熒惑太微《けいこくたいび》に入《い》る、今年彗星見る、乱代の至《いたり》、之を以て察すべし……」と述べ、なお彗星に非《あら》ずとする数人の進言も付記している。

『山槐記《さんかいき》』も七日の条に、「今暁巽《こんげうたつみ》の方《かた》に彗星出《い》づ、天文《てんもん》参陣、蔵人勘解由《くらうどかげゆ》次官基親《もとちか》に付《つき》て之を奏す。去十二月廿四日出《い》で、其後《そののち》出でず、今暁又出づ」と記したうえ、「凡《およ》そ彗星は希代《きだい》の変、除旧布新の象なり」として、欽明《きんめい》朝以来の彗星出現とその後の異変の例を一覧する年表をかかげている。

「屋代本」「百二十句本」などは、巻第二、成親の死の後に、十二月二十四日の彗星出現を述べ「天《テン》下《ガ》大《オホイ》ニ乱《ミダレ》テ、国ニ大兵乱起ル」兆とみている。「百二十句本」は正月七日の彗星も記しているが、二度の出現を記しているのは「延慶本」「長門本」も同様である。

赦《ゆるし》文《ぶみ》（一）

さる程に入道相国《にふだうしやうこく》の御娘、建礼門院《けんれいもんゐん》、其比《そのころ》は未《いま》だ中宮《ちゆうぐう》と聞えさせ給ひしが、御悩《ごなう》とて、雲のうへ天《あめ》が下の歎《なげき》にてぞありける。諸寺《しよじ》に御読経《みどくきやう》始《はじま》り、諸社《しよしや》へ官幣使《くわんべいし》を立てらる。医家《いけ》薬《くすり》をつくし、陰陽術《おんやうじゆつ》をきはめ、大法《だいほふ》秘法《ひほふ》一つとして残る処《ところ》なう修《しゆ》せられけり。されども御悩《ごなう》ただにもわたらせ給はず、御懐妊《ごくわいにん》とぞ聞えし。主上《しゆしやう》今年十八、中宮は廿二にならせ給ふ。しかれどもいまだ皇子《わうじ》も姫宮《ひめみや》も出《い》できさせ給はず。もし皇子にてわたらせ給はば、いかに目出《めで》たからんとて、平家《へいけ》の人々は、ただ今皇子《わうじ》御誕生《ごたんじやう》のある様《やう》に、いさみ悦《よろこ》びあはれけり。他家《たけ》の人々も、

「平家《へいけ》の繁昌《はんじやう》折《をり》をえたり。皇子《わうじ》御誕生《たんじやう》疑《うたがひ》なし」

とぞ申しあはれける。御懐妊《ごくわいにん》さだまらせ給ひしかば、有験《うげん》の高僧《かうそう》貴僧《きそう》に仰《おほ》せて、大法秘法を修《しゆ》し、星宿《しやうしゆく》仏菩薩《ぶつぼさつ》につけて、皇子《わうじ》御誕生《たんじやう》と祈誓せらる。六月一日《ひとひのひ》、中宮《ちゆうぐう》御着帯《ごちやくたい》ありけり。仁和寺《にんわじ》の御室《おむろ》守覚法親王《しゆうかくほつしんわう》、御参内《ごさんだい》あ（ッ）て、孔雀経《くじやくきやう》の法をも（ッ）て御加持《かぢ》あり。天台座主《てんだいざす》覚快《かくくわい》法親王《ほつしんわう》、同じう参らせ給ひて、変成男子《へんじやうなんし》の法を修《しゆ》せらる。

かかりし程《ほど》に、中宮《ちゆうぐう》は月のかさなるに随《したが》つて、御身《おんみ》を苦しうせさせ給ふ。一《ひと》たびゑめば百《もも》の媚《こび》ありけん、漢《かん》の李夫人《りふじん》の、昭陽殿《せうやうでん》の病《やまひ》のゆかもかくやとおぼえ、唐《たう》の楊貴妃《やうきひ》、梨花一枝《りくわいつし》春の雨をおび、芙蓉《ふよう》の風にしをれ、女郎花《ぢよらうくわ》の露おもげなるよりも、猶《なほ》いたはしき御様《おんさま》なり。かかる御悩《ごなう》の折節《をりふし》にあはせて、こはき御物気《おんもののけ》共《ども》取りいり奉《たてまつ》る。よりまし、明王《みやうわう》の縛《ばく》にかけて、霊《れい》あらはれたり。殊《こと》には讃岐院《さぬきのゐん》の御霊《ごれい》、宇治悪左府《うぢのあくさふ》の

憶念《おくねん》、新大納言成親卿《しんだいなごんなりちかのきやう》の死霊《しりやう》、西光法師《さいくわうほふし》が悪霊《あくりやう》、鬼界《きかい》が島《しま》の流人共《るにんども》が生霊《しやうりやう》な（ン）どぞ申しける。是《これ》によッて太政入道、生霊《しやうりやう》も死霊《しりやう》も、なだめらるべしとて、其比《そのころ》やがて、讃岐院御《さぬきのゐんご》追号《ついがう》あ（ッ）て、崇徳天皇《しゆとくてんわう》と号《かう》す。宇治悪左府《うぢのあくさふ》、贈官《ぞうくわん》贈位《ぞうゐ》おこなはれて、太政大臣《だいじやう》正一位《じやういちゐ》をおくらる。勅使《ちよくし》は少内記《せうないき》維基《これもと》とぞ聞《きこ》えし。件《くだん》の墓所《むしよ》は、大和《やまとの》国添上郡《くにそふのかんのこほり》、川上《かはかみ》の村《むら》、般若野《はんにやの》の五三昧《ごさんまい》なり。保元《ほうげん》の秋《あき》ほりおこして捨《す》てられし後《のち》は、死骸路《しがいみち》の辺《ほとり》の土《つち》とな（ッ）て、年々にただ春《はる》の草《くさ》のみ茂《しげ》れり。今勅使尋《いまちよくした》ね来《きた》（ッ）て宣命《せんみやう》を読《よ》みけるに、亡魂《ばうこん》いかにうれしとおぼしけん。

怨霊《をんりやう》は昔《むかし》もかくおそろしきことなり。されば早良廃太子《さはらのはいたいし》をば、崇道天皇《しゆだうてんわう》と号《かう》し、井上《ゐがみ》の内親王《ないしんわう》をば、皇后《くわうごう》の職位《しきゐ》にふくす。是《これ》みな怨霊《をんりやう》を宥《なだ》められしはかりことなり。冷泉院《れいぜいゐん》の御物《もの》ぐるはしうましまし、花山《くわさん》の法皇《ほふわう》の、十善万乗《じふぜんばんじやう》の帝位《ていゐ》をすべらせ給《たま》ひしは、元方民部卿《もとかたみんぶきやう》が霊《れい》なり。三条院《さんでうのゐん》の、御目《おんめ》も御覧《ごらん》ぜざりしは、観算供奉《くわんざんぐぶ》が霊《れい》とかや。

【現代語訳】

さて、入道相国《しやうこく》の御娘、建礼門院《けんれいもんいん》は、そのころはまだ中宮であられたが、御病気ということで、宮中はもとより、世間の人々も大いに嘆き案じていた。諸寺で御平癒を祈る御読経《みどきよう》が始まり、諸方の神社に官幣使《かんぺいし》が遣《つか》わされた。医者はあらゆる薬を用いて治療にあたり、陰陽師《おんようじ》は術の限りを尽して、大法・秘法の加持祈禱は残るところなく行なわれた。しかし、御病気は普通の病ではなく、御懐妊ということであった。高倉天皇は今年十八歳、中宮は二十二歳になられる。けれども、まだ皇子も姫君もお生まれになっていない。もし皇子であられたら、いかにめでたいことであろうかと、平家の人々は、ただ今にも皇子が御誕生になるかのように、勇み悦《よろこ》びあわれた。他家の人々も、

「平家の繁栄はいままさに絶好の機会にめぐりあっている。皇子の御誕生は疑いない」

と申しあわれた。御懐妊と確定せられたので、効験あらたかな高僧、貴僧に命じられて、大法・秘法を行ない、星を祭り、仏菩薩《ぶつぼさつ》に願って、皇子御誕生を祈られた。

六月一日、中宮御着帯の儀式が行なわれた。仁和寺《にんなじ》の御室《おむろ》、守覚《しゆかく》法親王が宮中に参られて、『孔雀経《くじやくきよう》』の法によって御加持《かじ》せられた。天台座主《ざす》の覚快《かくかい》法親王も、同じく参られて、変成男子《へんじようなんし》の法を行なわれた。

こうして月が重なるにつれて、中宮はお体の苦痛を訴えられる。一度笑うと百の媚《こび》があったという漢の李夫人《りふじん》が、昭陽殿《しようようでん》で病の床につかれていたさまもかくやと思われ、唐の楊貴妃《ようきひ》の、一枝の梨《なし》の花が春の雨にぬれ、蓮《はす》の花が風にしおれ、おみなえしが露にうなだれると形容された姿よりも、なお、いたわしい御様子である。このような御苦悩のときを機会に、おそろしい物《もの》の怪《け》どもが、中宮にとりつき奉った。よりましを不動明王の縛《ばく》にかけると、物《もの》の怪《け》の正体である死霊《しりよう》、生《い》き霊《りよう》が現われた。とくに、讃岐院《さぬきのいん》の御霊、宇治《うじ》の悪左府《あくさふ》頼長《よりなが》の怨《おん》念《ねん》、新大納言成親《なりちか》の死霊《しりよう》、西光《さいこう》法師の悪霊、鬼界《きかい》が島の流人《るにん》たちの生き霊などと名のった。これによって、太政入道は、生き霊も死霊もなだめよといって、さっそく讃岐院《さぬきのいん》に御追号を

奉って、崇徳《すとく》天皇と申しあげた。宇治の悪左府《あくさふ》頼長《よりなが》には、贈官贈位が行なわれて、太政大臣正一位が贈られる。その勅使は、少内記維基《しょうないきこれもと》ということであった。頼長の墓は、大和国、添《そうの》上《かみ》郡川上村般若野《はんにゃの》の五三昧《ごさんまい》である。その死骸《しがい》は保元元年の秋、掘り起こされて捨てられてからは、路傍の土となって、年々ただ春の草が茂るばかりであった。今、勅使が尋ねて来て、宣命《せんみょう》を読んだとき、彼《か》の亡魂はどれほどうれしく思われたことであろうか。

怨霊《おんりょう》は昔もこのように恐ろしいものである。それで、早良《さわら》廃太子に、崇道《しゅどう》天皇のご追号を贈り、井上《いがみ》の内親王を、皇后の位に復《ふく》された。これらはみな、怨霊をなだめられる策であった。冷泉《れいぜい》院が我を失われ、花山《かざん》法皇が十善万乗の帝位を退《ひ》かれたのは、元方《もとかた》民部卿の霊のなすわざであった。三条院が失明なさったのは、観算供奉《かんざんぐぶ》の霊のたたりということである。

【語釈】

官幣使《くわんぺいし》　神祇《じんぎ》官から神社に幣帛《へいはく》を奉献する勅使。　**陰陽**《おんやう》　陰陽師。古代中国の陰陽五行説《ごぎょうせつ》に基づく天文、暦数、卜筮《ぼくぜい》に関することをつかさどった陰陽寮の職員。

大法秘法《だいほふひほふ》　密教における祈禱《きとう》の法で、大法、准大法、秘法・通途法に分かれ、大法は、山門では大《だい》熾盛光《しじょうこう》法、七仏薬師法、普賢延命《ふげんえんめい》法、安鎮法、寺門では尊星王法、法華《ほっけ》法、金剛童子《こんごうどうじ》法、東寺《とうじ》では孔雀経《くじゃくきょう》法、仁王経《にんのうきょう》法、請雨経《しょううきょう》法と定めており、秘法は諸山不同であるが、山門では、蘇悉地《そしつじ》大法、五秘密法、如法愛染《にょほうあいぜん》法、尊勝《そんしょう》法、烏瑟沙摩《うすさま》法の五法をいう。

有験《うげん》　加持・祈禱において効験あらたかな法力をもつこと。　**星宿**《しやうしゆく》　星座。天球を黄道にそって二十八に区分し星の位置を定め、その運行が事の吉凶にかかわるとして、これを祭った。　**御着帯**《ごちやくたい》

懐妊五ヵ月目に妊婦が腹帯（岩田帯）を締める儀式。

御室《おむろ》　宇多法皇の仙洞御所《せんとうごしよ》があったところから仁和寺《にんなじ》の別称となり、その管長をいう。歴代法親王が管長を継ぎ、御室門跡《もんぜき》といった。仁和寺は真言宗の寺院。京都市右京区にある。

守覚法親王《しゆうかくほつしんわう》　後白河院第二皇子。嘉応元年（一一六九）十二月、二十歳で第六代の御室となった。高倉天皇の異母兄、以仁《もちひと》王の同母兄である。『左記』『右記』『追記』の著があり、家集『守覚法親王集』をのこしている。

孔雀経の法《くじやくきやう》　『仏母大孔雀明王経』（不空訳一部三巻）によって、無事息災の祈願や祈雨に修《しゆ》する法。修法《ずほう》の本尊に『画像壇場儀軌』の四臂《び》孔雀明王《くじやくみやうおう》像を用いる。

御加持《かぢ》　仏の加護保持を祈禱する秘法、密教で行なう呪法《じゆほう》。

覚快法親王《かくくわいほつしんわう》　鳥羽天皇第七皇子。治承元年（一一七七）、明雲辞任のあと第五十六代天台座主《ざす》となったことは、巻第二「座主流《ざすながし》」にあり、巻第三「城南之離宮《せいなんのりきゆう》」には、治承三年十一月の退任が述べられている。養和元年（一一八一）四十八歳で没。

変成男子の法《へんじやうなんしのほふ》　仏力によって胎内の女子を男子に変じる修法《ずほう》。

一《ひと》**たびゑめば百**《もも》**の媚**《こび》**ありけん**　『白氏文集』長恨歌《ちようごんか》の「頭ヲ回《メグ》ラシテ一タビ笑《エ》メバ百ノ媚生《コビシヤウ》ズ」による。美貌《びぼう》の魅力を形容した句。

漢の李夫人《かんのりふじん》　漢の武帝の夫人。美人として名高い。

昭陽殿《せうやうでん》　後宮《こうきゆう》の殿舎の名。『白氏文集』新楽府《しんがふ》李夫人の「翠蛾《スイガ》平生《ヘイゼイ》ノ貌《バウ》ニ髣髴《ハウフツ》タリ、昭陽ニ疾《ヤマヒ》ニ寐《フセリ》シ時ニ似ズ」による。

唐の楊貴妃《たうのやうきひ》　唐の玄宗皇帝の寵妃《ちようひ》。

梨花一枝春の雨をおび《りくわいつし》　『白氏文集』長恨歌の「玉容寂寞《ギヨクヨウジヤクマク》トシテ涙闌干《ランカン》タリ、梨花ノ一枝、春雨ヲ帯ブ」による。

芙蓉《ふよう》　ハスの別称。

物気《もののけ》　物の怪《け》。人に祟る死霊や生き霊。

よりまし　神霊をのりうつらせ、祈禱によってその意を聞く媒体となる童。　**明王《みやうわう》の縛《ばく》**　不動明王に祈って、その威力により霊異をよりましにのりうつらせ、呪縛《じゆばく》して正体を現わさせること。　**讃《さぬ》岐院《きのゐん》**　崇徳《すとく》上皇。保元《ほうげん》の乱に敗れて、讃岐国（香川県）に流され、長寛二年（一一六四）その地に崩じた。　**憶念《おくねん》**　執念。心中に深く刻みつけられて忘れられない思い。　**御追号《ついがう》**　人の死後、生前の功績をたたえて称号を贈ること。　**少内記《せうないき》維基《これもと》**　検非違使別当《けびいしのべつとう》藤原維方《これかた》の子、少納言惟基。少内記は内記局の職員、詔勅宣命《せんみやう》を作り、位記《いき》を書く職掌。　**般若野《はんにやの》**　奈良市、東大寺の北、奈良坂の南の辺。　**五《ご》三昧《さんまい》**　葬場を三昧といい、畿内五ヵ所の葬場をいう。　**路《みち》の辺《ほとり》の土《つち》とな（ッ）て**　『白氏文集』続古詩十首の二、「古墓何《イツ》レノ代ノ人ゾ、姓ト名トヲ知ラズ、化シテ路傍ノ土トナリ、年々春草生ズ」による。　**宣命《せんみやう》**　勅命を国語で書いた文書。　**早良廃太子《さはらのはいたいし》**　光仁天皇の皇子、桓武天皇の皇弟、早良親王。天応元年（七八一）皇太子に立ったが延暦四年（七八五）廃され、淡路国に遷《うつ》される途中水を断って薨《こう》じた。崇道天皇と追称されたことは『日本紀略』延暦十九年（八〇〇）七月の条にある。　**井上《ゐがみ》の内親王《ないしんわう》**　聖武《しようむ》天皇皇女、光仁天皇の皇后。皇太子の位のことで天皇を咒咀《じゆそ》した、というので、皇太子他戸親王とともに廃され、幽閉中に薨《こう》じた。　**冷泉院《れいぜいゐん》**　村上天皇皇子。康保四年（九六七）即位、安和二年（九六九）譲位。元方《もとかた》のもののけのために異状のあったことは、『大鏡』『栄華物語』にみえる。　**花山《くわさん》の法皇《ほふわう》**　冷泉天皇の第一皇子。寛和二年（九八六）女御忯子《にようごよしこ》の死去を悲嘆、にわかに出家、退位されたが、藤原兼家の謀略という。『栄華物語』には、その道心は冷泉院に憑《つ》いた元方《もとかた》のもののけによる（巻第二）と人に語らせている。　**十善万乗《じふぜんばんじよう》の帝位《ていゐ》**　前世に行なった十善の果報として、現世に受ける天皇の位。万乗は中国周代に天子は兵車一万輛《りよう》を出す制であったのでいう。

元方民部卿《もとかたみんぶきやう》　参議藤原菅根《すがね》の二男。大納言。民部卿は諸国の戸籍、賦役《ふえき》、田地など民政をつかさどる民部省の長官。天暦七年（九五三）死去。六十六歳。その女《むすめ》（祐姫、あるいは元子）が村上天皇の更衣《こうい》となり、第一皇子広平親王を生んだが、師輔《もろすけ》の女の生んだ憲平《のりひら》親王が東宮（後の冷泉天皇）となったためこれを恨んで憂死し、怨霊《おんりよう》となって、天皇に祟《たた》ったことが『大鏡』『栄華物語』にみえ、『尊卑分脈』にも「為《ニ》二春宮《とうぐう》一怨霊」と注されている。

三条院《さんでうのゐん》　冷泉天皇第二皇子。三条天皇。寛弘八年（一〇一一）即位、長和五年（一〇一六）譲位。桓算供奉《かんざんぐぶ》のもののけにより失明されたことが『大鏡』にみえる。

観算供奉《くわんざんぐぶ》　諸書により、桓算、寛算などと表記を異にしている。『小右記』長和四年（一〇一五）五月七日の条に律師心誉の加持によって賀静《がじやう》と藤原元方が顕《あら》われ、主上の御目の事は賀静の所為であると云った、と記され、『百錬抄《ひやくれんしよう》』長和四年六月十九日の条にも「故権律師《ゴンノリツシ》賀静ニ僧正ヲ贈ル。是《コレ》天皇（三条）御目明カナラズ、心誉ヲ以テ加持ノ間、元方卿幷《ナラビニ》賀静《ガジヤウ》ノ霊現《アラハ》ル」とあって、この賀静のことかと考えられるが、未詳。供奉《ぐぶ》は、内《ない》供奉の略、宮中の内道場に奉仕、清涼殿で天皇に夜《よ》居《い》の勤めをし、加持祈禱《きとう》を行なう僧。

【解説】

抑止することはできたものの、すでに平氏の権勢に対立する院の庁の貴族の動きは一事件として波紋をおこし、彗星の出現は不穏な状勢を予告したが、なおも平家の繁栄は中宮の懐妊によって、その頂点を極《きわ》めようとしている。皇子が誕生し、即位することによってその権力は確固たるものになるはずであった。

ぜひとも皇子の誕生を、とねがう平家は、そのための手段を尽し、御悩《ごのう》のため諸社へ官幣使《かんぺいし》を立てられた、とあるのは、『山槐記《さんかいき》』では治承二年六月十七日の条に、中宮御産の御祈りのため安芸《あき》の厳島《いつくしま》に奉幣使を派遣したとみえることなどをふまえた叙述であろう。中宮御着帯のことは、同じく『山槐記』六月一日の条に時忠が陰陽頭《おんようのかみ》在憲にその日どりを尋ねて、同月二十八日に行なわれたことがその日の条に詳細に記されている。同日仁和《にんな》寺宮《じのみや》、三井寺《みいでら》憲覚僧正の加持が行なわれたことが『玉葉』六月二十八日条にある。

無実の罪や、恨みをのこして非業《ひごう》の死をとげた人の霊が、怨霊《おんりょう》としてたたりをなすという思想と、これを御霊神として祀《まつ》る信仰は、平安初期以来ひろく浸透してきたが、その事実は正史や貴族の日記にしばしば記録され、物語や説話にも語られている。とくにその災いは病や御産など危機的状況におかれたもののうえにあらわれるとして怖《おそ》れられた。そこで怨霊慰撫《おんりょういぶ》のための処置が講じられなければならない。中宮御産にあたって跳梁する死霊《しりょう》、生き霊を鎮《しず》める手段があげられ、物語の展開としては、鬼界《きかい》が島に流された成経《なりつね》らの赦免《しゃめん》へとすすむことになる。

『玉葉』安元三年（治承元年）七月二十九日の条によると、「讃岐院、院号、並宇治左府、贈官贈位等事」はこの日に行なわれたと記されており、『百錬抄』は同日の条にこれを記して「天下静カナラズ、彼ノ怨霊《をんりやう》アルニ依《より》テナリ」といい、『愚管抄』も七月二十九日のこととして「カヤウノ事ドモ怨霊ヲオソレタリケリ」と述べている。史実では中宮御産の前年のことを、この祈りのためと改変したのは、この御産を重視し、叙述を集中して効果をあげようとする構成上の意図によるものであろう。

赦《ゆるし》文《ぶみ》（三）

門脇《かどわきの》宰相《さいしやう》、か様《やう》の事共伝《ことどもつた》へ聞いて、小松殿《こまつどの》に申《まう》されけるは、

「中宮《ちゆうぐう》御産《ごさん》の御祈《いのり》さま〱に候なり。なにと申《まう》し候とも、非常《ひじやう》の赦《しや》に過《す》ぎたる事《こと》あるべしともおぼえ候はず。中《なか》にも鬼界《きかい》が島《しま》の流人共《るにんども》、召しかへされたらんほどの、功《く》徳《どく》善根《ぜんこん》争《いか》でか候べき」

と申されければ、小松殿《こまつどの》、父の禅門《ぜんもん》の御《おん》まへにおはして、

「あの丹波少将《たんばのせうしやう》が事《こと》を、宰相《さいしやう》のあながちに歎《なげ》き申し候が不便《ふびん》に候。中宮《ちゆうぐう》御悩《ごなう》の御こと、承《うけたまは》り及ぶごとくんば、成親《なりちかの》卿《きやう》が死霊《しりやう》な（ン）ど聞《きこ》え候。大納言《だいなごん》が死霊をなだめんとおぼしめさんにつけても、生《い》きて候少将《せうしやう》をこそ召《め》しかへされ候はめ。人の思《おもひ》をやめさせ給《たま》はば、おぼしめす事《こと》もかなひ、人の願《ねがひ》をかなへさせ給はば、御願《ごぐわん》もすなはち成就《じやうじゆ》して、中宮《ちゆうぐう》やがて皇子《わうじ》御誕生《ごたんじやう》あ（ッ）て、家門《かもん》の栄花《えいぐわ》弥《いよいよ》さかんに候べし」

な（ン）ど申されければ、入道相国《しやうこく》日ごろにも似ず、事《こと》の外《ほか》にやはらいで、

「さて〱俊寛《しゆんくわん》と康頼《やすより》法師が事《こと》はいかに」

「それも同じう召しこそかへされ候はめ。若《も》し一人《いちにん》も留《とど》められんは、なか〱罪業《ざいごふ》たるべう候」

と申されければ、

「康頼《やすより》法師が事《こと》はさる事《こと》なれども、俊寛《しゆんくわん》は随分《ずいぶん》入道が口入《こうじゆ》をもツて、人とな（ッ）たる者ぞかし。それに所《ところ》しもこそ多《おほ》けれ、わが山庄《さんざう》、鹿《しし》の谷《たに》に城郭《じやうくわく》をかまへて、事にふれて奇怪《き(ツ)くわい》のふるまひ共《ども》がありけんなれば、俊寛《しゆんくわん》をば思ひもよらず」

とぞ宣《のたま》ひける。

小松殿《こまつどの》かへ（ッ）て、叔父《をぢ》の宰相殿《さいしやうどの》よび奉《たてまつ》り、

「少将はすでに赦免《しやめん》候はんずるぞ。御心《こころ》やすうおぼしめされ候へ」

と宣《のたま》へば、

「下《くだ》りし時《とき》も、宰相《さいしやうて》手をあはせてぞ悦《よろこ》ばれける。などか申《まう》しうけざらんと思《おも》ひたりげにて、教盛《のりもり》を見候度《たび》ごとには、涙《なみだ》をながし候ひしが、不便《ふびん》に候」

と申されければ、小松殿《こまつどの》、

「まことにさこそおぼしめされ候らめ。子《こ》は誰《たれ》とてもかなしければ、よく〳〵申《まう》し候はん」

とて入《い》り給《たま》ひぬ。

さる程《ほど》に鬼界《きかい》が島《しま》の流人共《るにんども》、召《め》しかへさるべき事さだめられて、入道相国《しやうこく》ゆるし文《ぶみ》下《くだ》されけり。御使《おつかひ》すでに都《みやこ》をたつ。宰相《さいしやう》あまりのうれしさに、御使《おつかひ》に私《わたくし》の使《つかひ》をそへてぞ下《くだ》されける。よるを昼《ひる》にしていそぎ下《くだ》れとありしかども、心にまかせぬ海路《かいろ》なれ

ば、浪風《なみかぜ》をしのいで行《ゆ》く程《ほど》に、都《みやこ》をば七月下旬《じゅん》に出《い》でたれども、長月廿日《ながづきはつか》比《ごろ》にぞ、鬼《き》界《かい》が島《しま》には着《つ》きにける。

【現代語訳】

門脇宰相《かどわきのさいしょう》教盛《のりもり》は、このようなことを伝え聞いて、小松殿《こまつどの》に、

「中宮御産《ごさん》の御祈りがさまざまに行なわれていると聞いておりますが、なんといっても、非常の赦《しゃ》にまさることがあろうとは思われません。なかでも鬼界《きかい》が島へ流された人々をお召し返しなさるならば、これをこえた功徳善根《くどくぜんこん》がどうしてほかにありましょうか」

と申されたので、小松殿は、父の入道の御前に参り、

「あの丹波《たんば》少将のことを、宰相《さいしょう》が切実《せつじつ》に嘆願しておりますのが不憫《ふびん》でございます。中宮御懐妊の御苦しみのこと、承りますとおりでしたら、成親《なりちか》卿の死霊《しりょう》のなすわざということです。この大納言成親の死霊をなだめようとお思いになるならば、まずは生きております少将をお召し返しになるべきでしょう。人の思い嘆きをおとどめになれば、お思いになることもかなえられ、人の願いをおききいれになれば、御願《ごがん》もただちに成就して、中宮は皇子をお生みになり、わが一門の栄華《えいが》はますます盛んとなるでしょう」

などと申されると、入道相国《しょうこく》は常日ごろとはかわって、ことのほか穏《おだ》やかで、

「さて、それでは俊寛《しゅんかん》と康頼《やすより》法師のことはいかがしたものか」

「それも同様に召し返されるのがよいでしょう。もし一人でもお残しになるなら、かえって

罪業となりましょう」

と申されたが、

「康頼法師のことはそれとして、俊寛はこの入道があれこれと口添えをして一人前になった者であるぞ。それにもかかわらず、所もあろうに自分の山荘である鹿《しし》が谷《たに》に城郭をかまえて、何かにつけて怪しからん振舞いがあったというから、俊寛を赦《ゆる》すなどとは思いもよらぬことだ」

と言われた。

小松殿は邸《やしき》へ帰って、叔父《おじ》の宰相《さいしょう》殿《どの》をお呼びして、

「少将は程なく赦免《しゃめん》になりましょう、ご安心なさい」

と言われると、宰相は手を合せて喜ばれた。

「九州へ下《くだ》って行ったときも、なぜに自分を乞い請けてもらえないのかと思っているような様子で、この教盛を見る度《たび》ごとに涙を流しておりましたのが不憫《ふびん》でした」

と申されたので、小松殿は、

「まことにそうお思いなさることでしょう。子はだれでもいとしいものですから、よくよく入道殿に申しましょう」

と言って、奥の間にはいられた。

やがて、鬼界《きかい》が島の流人《るにん》たちを赦免《しゃめん》し、召し返されることが決定されて、入道相国が赦免状を下された。その御使いがすでに都を出立した。宰相はあまりのうれしさに、その御使い

に私の使者をつけて下された。昼夜兼行で急ぎ下るように、と命じられたが、思いのままには進めない海路なので、波風をしのいで行くうちに、都を七月下旬に出たが、九月二十日ごろになって、鬼界が島に到着したのであった。

【語釈】

非常《ひじやう》の赦《しや》　すべての有罪者を赦免する赦。朝廷の吉凶大事に際して、特典をもって罪人を赦免することを「赦」といい、常赦《じようしや》・大赦《たいしや》・非常赦《ひじようしや》の三等別があった。**功徳善根《くどくぜんこん》**　後《のち》に善い果報を受けることのできる行為。**あながちに**　あまりにひどく。いちずに。**すなはち**　ただちに。即座に。**口入《こうじゆ》**　世話をすること。推薦するなど口添えをすること。**人となつ（ッ）たる者**　地位をえて一人前の人間となった者。**事にふれて**　事あるごとに。**奇怪《き（ツ）くわい》のふるまひ**　けしからぬ、不都合な行動。平家打倒の陰謀に加担したことをいう。**かなし**　かわいい。いとおしい。**ゆるし文《ぶみ》**　赦免状。非常赦は公的には詔書がだされるが、ここは清盛の私的な文書であろう。

【解説】

巻第二「少将乞請《せうしやうこひうけ》」で語られた、女婿丹波少将成経《じよせいたんばのせうしやうなりつね》の身の上を気遣う門脇宰相《かどわきのさいしやう》、平教盛《のりもり》が、中宮懐妊の御祈りを機に、ふたたび成経《なりつね》の救済のため、重盛に嘆願する。赦免の報に「手をあはせてぞ悦《よろこ》ばれける」という叙述が、身内の者の安否に一喜一憂する教盛《のりもり》の姿をきわだたせており、事件の連鎖のなかでの恩愛《おんない》の絆《きずな》を重視する物語の作者の意図があきらかである。

巻第二「康頼祝言《やすよりのつと》」「卒都婆流《そとばながし》」で語られた、帰京を願う康頼のひたむきな行動が、清盛の心を動かし、この赦免にあたっては、「康頼《やすより》法師が事はさる事なれども」と認めることになったが、「わが山庄《さんざう》、鹿《しし》の谷《たに》」で平家打倒の謀をめぐらした、として俊寛への怒りは解けず、孤島にひとり残されることになり、悲劇は、俊寛に集中するのである。

足《あし》摺《ずり》

御使《おつかひ》は丹左衛門尉《たんざゑもんのじよう》基康《もとやす》といふ者《もの》なり。舟《ふね》よりあが（ッ）て、

「是《これ》に都《みやこ》よりながされ給《たま》ひし、丹波少将殿《たんばのせうしやうどの》、法勝寺《ほつしようじの》執行御房《しゆぎやうごばう》、平判官《へいはんぐわん》入道殿《どの》やおはする」

と、声々《こゑごゑ》にぞ尋《たづ》ねける。二人《ににん》の人々は、例《れい》の熊野《くまの》まうでしてなかりけり。俊寛僧都《しゆんくわんそうづ》一人《いちにん》のこ（ッ）たりけるが、是《これ》を聞き、

「あまりに思《おも》へば夢《ゆめ》やらん。又天魔波旬《またてんまはじゆん》の、我心《わがこころ》をたぶらかさんとていふやらん。うつつとも覚《おぼ》えぬ物《もの》かな」

とて、あわてふためき、はしるともなく、倒るるともなく、いそぎ御使《つかひ》のまへに走《はし》りむかひ、

「何事《なにごと》ぞ。是《これ》こそ京《きやう》よりながされたる俊寛《しゆんくわん》よ」

と名乗《なの》り給《たま》へば、雑色《ざつしき》が頸《くび》にかけさせたる文袋《ふぶくろ》より、入道相国《しやうこく》のゆるし文《ぶみ》取出《とりいだ》いて奉《たてまつ》る。ひらいてみれば、

「重科《ぢゆうくわ》は遠流《をんる》に免《めん》ず。はやく帰洛《きらく》の思《おもひ》をなすべし。中宮御産《ちゆうぐうごさん》の御祈《おんいのり》によッて、非常《ひじやう》の赦《しや》おこなはる。然《しか》る間《あひだ》鬼界《きかい》が島《しま》の流人《るにん》、少将《せうしやう》成経《なりつね》、康頼法師《やすよりほふし》、赦免《しやめん》」

とばかり書《か》かれて、俊寛《しゆんくわん》と云ふ文字《もじ》はなし。礼紙《らいし》にぞあるらんとて、礼紙をみるにも見えず。奥《おく》より端《はし》へよみ、端《はし》より奥《おく》へ読《よ》みけれども、二人《ににん》とばかり書《か》かれて、三人とは書かれず。

【現代語訳】

御使いは丹左衛門尉《たんざえもんのじよう》基康《もとやす》という者である。船から上陸して、

「ここに、都から流されなさった丹波《たんばの》少将殿《どの》、法勝寺《ほっしょうじの》執行御房《しゅぎょうごぼう》、平判官《へいほうがん》入道殿《どの》はおられるか」

と、口々に尋ねた。成経《なりつね》と康頼《やすより》の二人は、いつものように熊野《くまの》詣《もう》でに出かけて、不在であった。俊寛僧都《しゅんかんそうず》が一人、残っていたが、これを聞いて、

「あまりに都へ帰りたいと思いつづけているので、これは夢でも見ているのであろうか。または、天魔が私の心をまどわそうとして言うのであろうか。現実とも思われないことだ」

と、あわてふためいて、倒れころぶように走って御使いの前に急ぎ向い、

「何事か。私こそ都から流された俊寛だ」

と名のられると、御使いは雑色《ぞうしき》の首にかけさせてあった文袋《ふぶくろ》から、入道相国《しょうこく》の赦免《しゃめん》状をとり

出してお渡しする。開いて見ると、

「重罪は遠流《おんる》の刑によって免じられる。ただちに帰京の用意をととのえよ。中宮御産《ごさん》の御祈りによって、非常の赦《しゃ》が行なわれる。したがって、鬼界が島の流人《るにん》、少将成経、康頼法師を赦免する」

とだけ書かれて、俊寛という文字はない。上《うわ》包みの紙にあるであろうと、礼紙《らいし》をみたが、そこにもない。奥から端《はし》へよみ、端から奥に読みかえしたが、二人とだけ書かれて、三人とは書かれていない。

【語釈】

丹左《たんざ》衛門尉《ゑもんのじょう》 基康《もとやす》　丹波重頼《たんばのしげより》の子、基康が『尊卑分脈』にみえ、主水正《もんどのしょう》、典薬頭《てんやくのかみ》、女官別当《べっとう》従四位下、と注する。諸本に異同があり、史実の人物は不明。　**天魔《てんま》波旬《はじゅん》**　第六天の魔王、波旬はその名。　**雑色《ざっしき》**　労務雑役にたずさわる無官無位の者。　**文袋《ふぶくろ》**　書状、文書などを入れ携行するのに用いる袋。　**礼紙《らいし》**　書状などの本文料紙の上包みとして巻き添えた白紙。

【解説】

赦免の使者が鬼界が島に上陸したとき、赦《ゆる》される成経《なりつね》・康頼《やすより》の二人は不在で、残される俊寛《しゅんかん》が、はじめに赦免状に接する、という構成は、この悲劇をもりあげるための、まことに巧みな設定である。流人《るにん》の名を呼ぶ使者の声に、夢かと駈けよる俊寛が、渡された赦免状に、おのれの名のないことを知ったおどろき、奥より端へ、端より奥へ、と、この短い文章を、くりかえし読んで、「俊寛」の名のないことを確認したとき、眼前が真っ暗となったであろう、彼の〝失望〟などという語では表わしえない心情が、享受者に迫ってくる表現である。

「延慶本」では、使者の舟の島に近づくのを認めるのが成経と康頼であり、赦免の「御教書」は「三人一所になみ居」て迎えることになっている。しかも赦免状より先に、成経へ宰相の送られたもの、康頼の妻の事《こと》づて、のことが述べられるのである。この表現は、劇的緊張を意図する構成上の配慮をもつものではない。人物のおかれた状況とその心理に対しての追求も、迫真性を持つとはいいがたい叙述となっている。

足摺《あしずり》（二）

さる程に、少将や判官入道《はんぐわんにふだう》も出《い》できたり。少将《せうしやう》のと（ッ）てよむにも、康頼《やすより》入道が読みけるにも、二人とばかり書かれて、三人とは書かれざりけり。夢《ゆめ》にこそかかる事はあれ、夢《ゆめ》かと思ひなさんとすればうつつなり。うつつかと思へば又夢《またゆめ》のごとし。そのうへ二人の人々のもとへは、都《みやこ》よりことづけ文共《ぶみども》いくらもありけれども、俊寛僧都《しゆんくわんそうづ》のもとへは、事問《こととふ》文《ふみ》一つもなし。さればわがゆかりの者どもは、都《みやこ》のうちにあとをとどめずなりにけりと、思ひやるにもしのびがたし。

「抑《そも〳〵》 われら三人は、罪も同じ罪、配所《はいしよ》も一所《ひとつところ》なり。いかなれば赦免《しやめん》の時《とき》、二人は召《め》しかへされて、一人ここに残るべき。平家《へいけ》の思《おも》ひ忘《わす》れかや、執筆《しゆひつ》のあやまりか。こはいかにしつる事共《ことども》ぞや」

と、天にあふぎ地に臥《ふ》して、泣きかなしめどもかひぞなき。少将《せうしやう》の袂《たもと》にすが（ッ）て、

「俊寛がかくなるといふも、御《ご》へんの父《ちち》、故《こ》大納言殿《なごんどの》、よしなき謀反《むほん》ゆゑなり。さればよその事《こと》とおぼすべからず。ゆるされなければ、都《みやこ》までこそかなはずと云《い》ふとも、此舟《このふね》に乗《の》せて、九国《くこく》の地《ち》へつけてたべ。おの〳〵の是《これ》におはしつる程《ほど》こそ、春はつばくらめ、秋は田のむの鴈《かり》の音《おと》づるる様《やう》に、おのづから古郷《こきやう》の事《こと》をも伝《つた》へ聞《き》いつれ。今より後《のち》、何《なに》としてかは聞《き》くべき」

とて、もだえこがれ給ひけり。少将《せうしやう》、

「まことにさこそはおぼしめされ候らめ。我等《われら》が召しかへさるるうれしさはさる事なれども、御有様《ありさま》を見おき奉《たてまつ》るに、さらに行くべき空《そら》も覚《おぼ》えず。うち乗《の》せたてまツても上《のぼ》りたう候が、都《みやこ》の御使《つかひ》も、かなふまじき由申《よしまう》すうへ、ゆるされもないに、三人ながら島《しま》を出《い》でたりな（ン）ど聞えば、なか〳〵あしう候《さうら》ひなん。成経《なりつね》まづ罷《まか》りのぼツて、人々にも申《まう》しあはせ、入道相国《にふだうしやうこく》の気色《きしよく》をもうかがうて、むかへに人を奉《たてまつ》らん。其間《そのあひだ》は此日《このひ》ごろおはしつる様《やう》に思ひなして待ち給《たま》へ。何《なに》としても、命《いのち》は大切《たいせつ》の事《こと》なれば、今度《このたび》こそもれさせ給《たま》ふとも、つひにはなどか赦免《しやめん》なうて候べき」

と、なぐさめ給へども、人目《ひとめ》も知らず泣《な》きもだえけり。

【現代語訳】

そのうちに、少将や判官《はんがん》入道も出て来た。赦免《しやめん》状を少将がとって読んでも、康頼《やすより》入道が読みなおしてみても、二人とだけ書かれてあって、三人とは書かれていなかった。夢にはこのようなことがあるものである、夢だ、と思いこもうとすると、現実のことであった。現実かと思うと、また夢のようである。そのうえ、成経《なりつね》、康頼《やすより》の二人のところには、都《みやこ》から御使いにことづけた手紙がいくつもあったが、俊寛僧都《しゆんかんそうず》のもとには、安否を気遣う手紙の一通もない。それでは自分の縁者は、都の内からみないなくなってしまったのか、と、思いやるにも耐えがたいことであった。

「もともと我々三人は、罪も同じ罪、流された土地も同じところだ。どういうわけで、赦免《しやめん》のときに、二人は召し返されて、一人だけがここに残らなければならないのか。平家が私を思い忘れたのか、書記の書き誤りか。これはどうしたことであろうか」

と、天を仰ぎ地に伏して、嘆き悲しんだけれども、どうすることもできなかった。少将の袂《たもと》にとりすがって、

「俊寛がこのようになるというのも、あなたの父、亡き大納言殿が企《くわだ》てられたつまらぬ謀反のためなのです。だから、この私の嘆きを、よそごととお思いになってはなりません。お赦《ゆる》しがなければ、都《みやこ》まではかなわぬとしても、この舟に乗せて、せめて九州の地へ着けてください。あなた方《がた》がここにおられた間は、春は燕《つばめ》、秋は田の面《も》の雁《かり》がおとずれるように、時には便りがあって、故郷のことも伝え聞くことができましたが、これから先は、どうして聞く

ことができましょう」

と、身もだえして、都を恋い、悲しまれた。少将は、

「ほんとうにそうお思いになるのはもっともなことです。我々が都へ召し返されるうれしさはさることながら、あなたの御様子を拝見いたして、このままお残ししては、いっこう帰って行く心地《ここち》にもなれません。ともにこの舟にお乗せ申してでも、都へ上りたいと思いますが、都の御使いは、かなわぬことと申しますうえ、お赦《ゆる》しもないのに、三人ともに島を出たなどと平家に聞えますと、かえって悪いことになりましょう。この成経《なりつね》がまず帰京して、人々ともよく相談し、入道相国《しょうこく》の機嫌《きげん》をうかがって許しを得たうえで、迎えの人を差し向けましょう。それまでの間は、これまで過してきた日々のようなお気持で、耐え忍んでお待ちください。なんとしても、たいせつなものは命です。この度《たび》はお洩れになっても、かならずや、最後には赦免あることと思います」

と慰められたが、俊寛は人目もはばかることなく、泣きもだえていた。

【語釈】

事問《こと》ふ文《ふみ》　安否を尋ねる手紙。　**執筆《しゅひつ》**　書記。赦免状の執筆《しっぴつ》を担当した役人。　**御《ご》へん**　あなた。貴殿。同輩に用いる二人称。　**よその事《こと》**　他人事。関係のないこと。　**九国《くこく》の地《ち》**　九州。筑前・筑後・豊前《ぶぜん》・豊後《ぶんご》・肥前・肥後・日向《ひゅうが》・大隅《おおすみ》・薩摩《さつま》の九ヵ国。壱岐《いき》・対馬《つしま》を加えて九国二島という。

田《た》のむの鴈《かり》　田の面《も》と頼むをかけている。巻第二「蘇武《そぶ》」の章に既出。

音《おと》づるる　訪れてくる。　**おのづから**　自然に。成経のもとには常に舅《しゅうと》平教盛《のりもり》の肥前国の領地か

ら衣食を送られた、と巻第二「康頼祝言《やすよりのつと》」にあり、その便りでおのずと故郷のことを伝聞したことをいう。　**行くべき空《そら》**　行くべき方角。行く気持。

【解説】
〝熊野《くまの》詣《もう》で〟からもどって、赦免《しやめん》の使者に出会った成経《なりつね》・康頼《やすより》は、手段を尽して願ったその帰京が実現することになったにもかかわらず、一人残される俊寛《しゆんかん》の慨嘆のまえに、その心情は複雑である。同じ事件に連なって、運命をともにしてきた三人が、ここで明暗二つの方向に割かれてしまう。

さらに深い悲劇の渦《うず》にまきこまれてゆく俊寛の、切実な嘆きともだえが、その動作と言葉によくあらわされている。俊寛への同情と、同時に許されたこの機会を無にしてはならないと思う心が交錯する成経の心情や態度も、このような立場におかれた場合、こう言わざるをえない実感にうらづけられた表現となっている。しかしその慰めの言葉は、俊寛にとっては、ただ、むなしく響くばかりである。

足《あし》摺《ずり》（三）

既《すで》に船出《ふねいだ》すべしとて、ひしめきあへば、僧都《そうづ》乗《の》ツてはおりつ、おりては乗（ッ）つ、あらまし事《ごと》をぞし給ひける。少将《せうしやう》の形見《かたみ》には、よるの衾《ふすま》、康頼《やすより》入道の形見には、一部の法花経《ほけきやう》をぞとどめける。ともづなといておし出《いだ》せば、僧都《そうづ》綱《つな》に取りつき、腰になり脇《わき》になり、たけの立つまではひかれて出《い》づ。たけも及ばずなりければ、舟に取り

つき、

「さていかにおの〳〵、俊寛《しゆんくわん》をば遂《つひ》に捨《す》てはて給《たま》ふか。是程《これほど》とこそ思はざりつれ。日比《ひごろ》の情《なさけ》も今は何ならず。ただ理《り》をまげて乗せ給へ。せめては九国《くこく》の地《ち》まで」

とくどかれけれども、都の御使《おつかひ》、

「いかにもかなひ候まじ」

とて、取《と》りつき給《たま》へる手《て》を引《ひ》きのけて、舟をばつひに漕《こ》ぎ出《いだ》す。僧都《そうづ》せん方《かた》なさに、渚《なぎさ》にあがり倒《たふ》れふし、をさなき者《もの》の、めのとや母《はは》などをしたふやうに、足《あし》ずりをして、

「是《これ》乗《の》せてゆけ、具《ぐ》してゆけ」

と、をめきさけべども、漕《こ》ぎ行《ゆ》く舟《ふね》の習《ならひ》にて、跡《あと》は白浪《しらなみ》ばかりなり。いまだ遠からぬ舟なれども、涙《なみだ》に暮《く》れて見えざりければ、僧都《そうづ》たかき所《ところ》に走《はし》りあがり、沖《おき》の方《かた》をぞまねきける。彼松浦《かのまつら》さよ姫《ひめ》が、もろこし舟《ぶね》をしたひつつ、ひれふりけんも、是《これ》には過《す》ぎじとぞみえし。

舟も漕《こ》ぎかくれ、日《ひ》も暮《く》るれども、あやしのふしどへも帰《かへ》らず、浪《なみ》に足《あし》うちあらはせて、露《つゆ》にしをれて其夜《そのよ》はそこにぞあかされける。さりとも少将《せうしやう》は、情《なさけ》ふかき人なれば、よき様《やう》に申《まう》す事《こと》もあらんずらんと、憑《たの》みをかけ、その瀬《せ》に身《み》をも投《な》げざりける、心《こころ》の程《ほど》こそはかなけれ。昔《むかし》壮里《さうり》、息里《そくり》が、海岳山《かいがくざん》へはなたれけんかなしみも、今こそ

思《おも》ひ知られけれ。

【現代語訳】

もはや舟を出すべきだと、ざわめきたつと、俊寛《しゅんかん》はこの舟に乗っては下《お》り、下りては乗って、なんとか、ともに帰りたいその願いのままにふるまわれた。しかし、それもむなしく、少将の形見には夜具を、康頼《やすより》入道の形見には一部の『法華経《ほけきょう》』が残され、俊寛は置去りにされてしまう。纜《ともづな》を解いて船をおし出すと、僧都《そうず》は船の綱にとりついたまま海に入って、海水が腰になり、脇になり、背丈《せたけ》のたつまで引かれていった。背丈もとどかなくなると、船にしがみついて、

「あなた方は、この俊寛をついに見捨てて行かれるのか。これほどつれないとは思わなかった。日ごろの友情も、今はなんにもならない。ただ無理にでも乗せてくだされ。せめて九州の地まででも」

と嘆願したが、都の御使いは、

「どうあっても相成《あいな》りません」

といって、船端《ふなばた》にとりすがっている手を払いのけて、船を沖へと漕《こ》ぎ出した。僧都は、今はどうすることもできず、波うちぎわにもどって、倒れ伏し、幼い子が乳母《めのと》や母の後を慕うように、じだんだを踏んで、

「これ、乗せてゆけ。連れて行け」

と、声はりあげて叫んだが、漕《こ》ぎ行く船の常として、跡に白波が残るばかりであった。船はまだ遠く去ってしまったのではないのに、涙に目がくもって見えなくなったので、僧都は高い所に走り上り、沖の方を手招きした。その昔、あの松浦佐用姫《まつらさよひめ》が、夫を乗せた唐船《もろこしぶね》を慕って、領巾《ひれ》を振ったというその悲しみも、この俊寛の嘆きにはまさるまいと思われた。船の影も遠く消え去り、日も暮れたが、俊寛は、そまつな寝所にも帰らず、波に足を洗わせたまま、夜露に濡れて、そこでその夜を明かされた。それにしても、少将は情け深い人だから、都に帰ってからよいようにとりなしてくれるであろうと、それを頼りにして、その場で身投げをしなかった俊寛の心中は、思えばはかないことであった。昔、インドの早離《そうり》、速離《そくり》の兄弟が、継母《ままはは》にうとまれて海岳山《かいがくさん》に捨てられたという悲しみも、今、俊寛は身にしみて思い知らされたのである。

【語釈】

あらまし事《ごと》　こうありたいと願うこと。この船に乗って都に帰りたいという願いを動作であらわす行為をしていることをいう。　**よるの衾《ふすま》**　寝具。袖《そで》、襟《えり》のない四角の掛ぶとん。

ともづな　船尾（艫《とも》）にあって、船をつなぎとめる綱。　**理《り》をまげて**　むりにも。　**足《あし》ずり**　嘆き悲しんで大地を足でばたばたと踏むこと。

是《これ》　呼びかけて発する語。　**漕《こ》ぎ行《ゆ》く舟《ふね》の習《ならひ》にて**　『拾遺集』二十・哀傷・沙弥満誓《しゃみまんぜい》の歌、「世の中を何にたとへむ朝ぼらけ漕ぎ行く舟の跡の白波」による。　**まねきける**　手招きした。

松浦《まつら》さよ姫《ひめ》　大伴佐提比古《おおとものさてひこ》の妻、松浦佐用姫《さよひめ》が、外国へ派遣される夫との別れを惜しんで、山にのぼり領巾《ひれ》をふったという説話によって詠んだ、山上憶良の、「遠《とほ》つ人松浦《ひとまつら》佐用《さよ》姫夫恋《ひめつまごひ》に領巾《ひれ》振りしより負《お》へる山の名」の作が『万葉集』巻五にあり、『古今著聞集《ここんちよもんじゆう》』にもこの説話がみえる。**ひれ** 古代の女性が装飾として首にかけ、左右に長くたらした布。領巾《ひれ》。

あやしのふしど そまつな寝所。

その瀬《せ》 その折、その場。 **はかなけれ** むなしいことであった。結局、その頼みもかいがないことを示している。 **壮里《さうり》、息里《そくり》** 南天竺摩《てんじくま》涅婆《ねば》吒《だ》国の長那という梵志《ぼんし》（梵天の法を志す者）の子に、早離《そうり》、速離《そくり》の兄弟があり、兄早離が七歳、弟速離が五歳のとき、継母のために南海の孤島に捨てられたという。『浄土本縁経《じようどほんえんきよう》』にあり、『往生要集』指摩鈔《しましよう》に引かれている。『宝物集《ほうぶつしゆう》』もこの説話を載せる。 **海岳山《かいがくざん》** 『本縁経』は「今の補陀洛山《ふだらくさん》」とする。

【解説】 俊寛《しゆんかん》の望みはついに断《た》たれ、船は島を離れていく。「心もたけくおごれる人」、「天性不信第一の人」といわれてきた俊寛は、この極限状況におかれては、その風貌《ふうぼう》は一変し、恥も外聞《がいぶん》もなく、最後の力をふりしぼって嘆願する。ともづなに取りついて出ていく船とともに海に入って行く姿から、身の丈《たけ》が及ばなくなって船端《ふなばた》にしがみつく動作、はらいのけられて、すべもなく渚《なぎさ》にもどり、「足ずり」して叫ぶ、身を砕くような俊寛の嘆きと必死の行動が叙述されて、その悲劇感をもりあげている。

孤島にひとり残されてしまった現実を認めざるを得なくなったとき、前には耳にも入らなかった成経《なりつね》の、都にかえって清盛にとりなし、迎えに人をさしむけようという慰めの言葉にわずかな期待をかけ、生きながらえようとする俊寛の心を「はかなけれ」と述べているのは、実現の可能性もないことに「憑《たのみ》をかけ」る、人の心のはかなさへの詠嘆である。

御《ご》産《さん》

さる程《ほど》に此《この》人々は、鬼界《きかい》が島《しま》を出《い》でて、平宰相《へいざいしやう》の領《りやう》、肥前国鹿瀬庄《ひぜんのくにかせのしやう》に着《つ》き給《たま》ふ。宰《さい》相《しやう》京《きやう》より人を下《くだ》して、「年《とし》の内《うち》は浪風《なみかぜ》はげしう、道《みち》の間《あひだ》もおぼつかなう候に、それにてよく〳〵身いたはツて、春になツて上《のぼ》り給《たま》へ」とありければ、少将鹿瀬庄《せうしやうかせのしやう》にて年《とし》を暮《くら》す。


【現代語訳】

さて、この人々は鬼界《きかい》が島《しま》を出て、平宰相《へいざいしよう》教盛卿《のりもりきよう》の所領、肥前国鹿瀬庄《ひぜんのくにかせのしよう》に着かれた。宰相は都から使者をおくって、

「年内は波風も激しく、道中も心配ですので、そちらで充分養生して、春になってから上京なさい」

と言われたので、少将は鹿瀬庄《かせのしよう》でその年を暮らした。

【語釈】肥前国鹿瀬庄《ひぜんのくにかせのしやう》 今の佐賀市嘉瀬《かせ》町の辺で、教盛《のりもり》の荘園があり、ここから鬼界《きかい》が島《しま》に常に衣食が送られたことは巻第二「康頼祝言《やすよりのつと》」に記されている。

【解説】

「百二十句本」はここまでを前章、第二十二句「大赦」におさめ、「八坂本」は、「宰相《さいしやう》、都《みやこ》より人を下《くだ》して」以下を、「あひ（間）」として、「御産《ごさん》の巻」の前においている。どこまでも成経《なりつね》の身の上を気遣う舅《しゆうと》、平教盛の人物がうかがわれる一節である。

御《ご》産《さん》（二）

さる程《ほど》に、同年《おなじきとし》の十一月十二日の寅剋《とらのこく》より、中宮御産《ちゆうぐうごさん》の気《け》ましますとて、京中六《きやうぢゆうろく》波羅《はら》ひしめきあへり。御産所《ごさんじよ》は、六波羅池殿《ろくはらいけどの》にてありけるに、法皇《ほふわう》も御幸《ごかう》なる。関白《くわんぱく》殿《どの》を始め奉《たてまつ》（ッ）て、太政大臣《だいじやうだいじん》以下《いげ》の公卿殿上人《くぎやうてんじやうびと》、すべて世に人とかぞへられ、官加階《くわんかかい》にのぞみをかけ、所帯所職《しよたいしよしよく》を帯《たい》する程《ほど》の人の、一人《いちにん》ももるるはなかりけり。先《せん》例《れい》も女御后御産《にようごきさきごさん》の時《とき》にのぞんで、大赦《だいしや》おこなはるる事《こと》あり。大治《だいぢ》二年九月十一日、待《たい》賢門院《けんもんゐん》御産《ごさん》の時《とき》、大赦《だいしや》ありき。其例《そのれい》とて、今度《こんど》も重科《ぢゆうくわ》の輩《ともがら》、おほくゆるされける中《なか》に、俊寛僧都一人《しゆんくわんそうづいちにん》、赦免《しやめん》なかりけるこそうたてけれ。

御産《ごさん》平安《へいあん》皇子《わうじ》御《ご》誕生《たんじやう》ましまさば、八《や》幡《はた》、平野《ひらの》、大原野《おほはらの》な（ン）どへ行啓《ぎやうけい》なるべしと、御立願《ごりふぐわん》ありけり。全玄法印《ぜんげんほふいん》、是《これ》を敬白《けいひやく》す。神社《じんじや》は太神宮《たいじんぐう》を始《はじ》め奉《たてまつ》（ッ）て、廿余《よ》ケ所《か》、仏寺《しよ》は東大寺《ぶつじ》、興福寺《とうだいじ》以下《こうぶくじ》、十六ケ所《いげ》に御誦経《かしよ》あり。御誦経《みじゆぎやう》の御使《みじゆぎやう》は、宮の侍《さぶらひ》の中《なか》に、有官《うくわん》の輩《ともがら》是《これ》をつとむ。ひやうもんの狩衣《かりぎぬ》に、帯剣《たいけん》したる者共《ものども》が、色々《いろいろ》の御誦経物《みじゆきやうもつ》、御剣《ぎよけん》、御衣《ぎよい》を持ちつづいて、東《ひんがし》の対《たい》より南庭《なんてい》をわたツて、西《にし》の中門《ちゆうもん》にいづ。目出《めで》たかりし見物《けんぶつ》なり。

【現代語訳】

さて、一方、同じ年の十一月十二日、午前四時ごろから、中宮が産気《さんけ》づかれたというので、京中も六波羅《ろくはら》も大騒ぎとなった。御産所《ごさんじよ》は六波羅の池殿《いけどの》であったが、法皇も御幸《ごこう》になった。関白殿《かんぱくどの》をはじめとして、太政《だじよう》大臣以下の公卿《くぎよう》、殿上人《てんじようびと》、すべてこの世で人並みに数えられ、官位の昇格を望み、領地や官職を持つほどの人は、一人ももれる者なく参集した。前例にも女御《にようご》、后の御産《ごさん》にあたって、大赦《たいしや》の行なわれたことがある。大治二年九月十一日、待賢《たいけん》門院《もんいん》の御産《ごさん》のとき、大赦があった。その例によって、今度も重罪の人々が多く赦《ゆる》されたなかで、俊寛僧都が一人だけ赦免されなかったのは心憂いことであった。

御産が無事で、皇子が誕生されたなら、八《や》幡《わた》、平野《ひらの》、大原野《おおはらの》などの神社に行啓なされるであろうと、御立願《ごりゆうがん》なさった。全玄《ぜんげん》法印がこの願文《がんもん》を謹んで読みあげた。神社は伊勢大神宮をはじめとして二十余ヵ所、仏寺は東大寺、興福寺《こうふくじ》以下、十六ヵ所において、御誦経《みずきょう》が行なわれた。御誦経《みずきょう》の御使いは、中宮に仕える侍《さむらい》のなかの、有官の者がこれを勤めた。平文《ひょうもん》の狩《かり》衣《ぎぬ》を着、帯剣《たいけん》した人たちが、さまざまな御誦経の布施《ふせ》や、御剣、御衣《おんぞ》を持ってつづき、東の対から南庭をわたって、西の中門へと出てゆく。まことに見事な情景であった。

【語釈】

同年《おなじきとし》の十一月十二日　治承二年（一一七八）十一月十二日。『玉葉《ぎょくよう》』『山槐記《さんかいき》』ともに同日条に中宮御産気《ごさんけ》と皇子降誕を記している。とくに『山槐記』の記事は詳細である。**寅剋《とらのこく》**　午前四時ごろ。『山槐記』の筆者中山忠親のもとには寅剋、『玉葉』の筆者九条兼実《かねざね》のところには辰剋《たつのこく》、中宮御産気の知らせがとどいている。

池殿《いけどの》　平頼盛《よりもり》（清盛の異母弟、母は藤原宗兼の女《むすめ》池禅尼《いけのぜんに》）の邸《やしき》。ただし『山槐記』によれば、池殿は七仏薬師法の壇所であった。**関白殿《くわんばくどの》**　藤原基房。**太政大臣《だいじやうだいじん》**　藤原師長《もろなが》。

官加階《くわんかかい》　位階・官職の昇進。**所帯所職《しよたいしよしよく》を帯《たい》する**　領地・官職を有する。

先例《せんれい》　『山槐記』十一月十二日条に「御産《ゴサン》ニ依《ヨ》リ非常ノ赦《シャ》ヲ行ハルル事、保安三年、一品宮、天治元、通仁、同二、君仁、大治四、御室、保延三、八条院、同五、近衛院等ヵ。大治二年法皇降誕シ給フノ時免物有リ、尤《モット》モ吉例《キチレイ》ト為《ナ》スナリ」とある。**大治《だいぢ》二年**　一一二七年。

待賢門院《たいけんもんゐん》　鳥羽天皇中宮、璋子。大納言藤原公実《きんざね》の女《むすめ》、白河院猶子《ゆうし》。永久六年（一一一八）中宮、天治元年（一一二四）院号を被る。久安元年（一一四五）崩。崇徳《すとく》、後白河天皇の母。この御産は、雅仁（後白河天皇）出生のときのこと。**八幡《やはた》**　石清水《いわしみず》八幡宮。京都府八幡《やわた》市にあり、祭神は応神天皇。

平野《ひらの》　平野神社。祭神は今木神・久度神・古開神《ふるあきのかみ》・比咩神《ひめがみ》。京都市北区平野宮本町にある。**大原野**《おほはらの》　大原野神社。京都市西京区大原野南春日町にあり、武甕槌命《たけみかずちのみこと》・斎主命《いわいぬしのみこと》・天児屋根命《あめのこやねのみこと》・比《ひ》売神《めがみ》を祀《まつ》る。『山槐記』の「立申大願事」には、大原野はみえず、「一、石清水《イハシミツ》ニ参詣《サンケイ》スベキ事、一、平野社ニ参ル可《べ》キ事、一、日吉社ニ参ル可《べ》キ事」とある。**全玄法印**《ぜんげんほふいん》　底本に「仙源法印《せんげんほふいん》」とあるのを改めた。御願書を法印全玄が賜わって啓白《けいびやく》したことは『山槐記』にみえる。全玄は少納言藤原実明《さねあき》の子。寿永三年（一一八四）座主《ざす》、文治五年（一一八九）大僧正となり、建久三年（一一九二）八十歳で没。**敬白す**《けいひやく》　神仏につつしんで申しあげる。**神社**《じんじや》**は……仏寺**《ぶつじ》**は……**　『山槐記』は御誦経《みずきよう》を行なうに用いる白布を奉った社寺として、神社四十一カ所、仏寺七十四ヵ所と記し、列挙している。**御誦経**《みじゆぎやう》　祈願のために経文を声をあげて読むこと。**有官の輩**《うくわんのともがら》　本官があって他の職、とくに蔵人《くろうど》所《どころ》の所衆《ところのしゆう》をかねる者。**ひやうもんの狩衣**《かりぎぬ》　紋を三色でいろどった狩衣。**御誦経物**《みじゆきやうもつ》　誦経の際の布施《ふせ》物。**東**《ひんがし》**の対**《たい》　寝殿造りの主殿に対する東の対《たい》の屋《や》。

【解説】

中宮の御産は、宮廷の重大事であるが、とりわけ平家一門にとっては、その権勢をいちだんと強化することができる山場《やまば》をむかえたことになる。すでに懐妊の報に平家の人々は「いさみ悦《よろこ》びあはれ」たと、巻第三の巻頭の章「赦文《ゆるしぶみ》」に語られているが、いよいよ出産の運びとなって、清盛をはじめ平家一門の人々のひたむきに対応する姿が描かれていくことになる。『山槐記』の記述と一致するところの多い叙述であるが、このような部分は、記録に拠らなければ書くことのできない事柄であろう。しかし作者は、実録の煩瑣《はんさ》に陥ることなく、中宮御産のあわただしい動きを適確に表現している。とくに、待賢門院御《たいけんもんいんご》産《さん》のときの大赦の例にならって、「今度《こんど》も重科《ぢゆうくわ》の輩《ともがら》、おほくゆるされける中に、俊寛僧都《しゆんくわんそうづ》一人《いちにん》、赦免《しやめん》なかりけるこそうたてけれ」と述べているところは、「頼豪《らいがう》」の章で怨霊《おんりやう》のおそろしさを説いて、またくりかえされるが、作者の作品構想の意図をしめすものである。「屋代本」は「今度モ大赦行ハル」とあるだけで、俊寛にはふれず、「延慶本」も「其例とて重科の者十三人寛宥《くわんいう》せらるゝ」とあって、赦免にもれた俊寛についての言及はない。記録に近いものから作品構想をもった文学へ、の『平家物語』の展開の一面がここにみられよう。

御《ご》産《さん》（三）

小松のおとどは、例《れい》の善悪《ぜんあく》にさわがぬ人にておはしければ、其後遥《そののちはる》かに程《ほど》へて、嫡《ちやく》子《し》権亮《ごんのすけ》少将《ぜうしやう》以下《いげ》、公達《きんだち》の車共《くるまども》、みなやりつづけさせ、色々《いろいろ》の御衣《ぎよい》四十領《りやう》、銀剣《ぎんけん》七つ、広蓋《ひろぶた》におかせ、御馬《おんむま》十二疋《ひき》ひかせて参《まゐ》り給《たま》ふ。是《これ》は寛弘《くわんこう》に上東門院御《しやうとうもんゐんご》産《さん》の時《とき》、御堂殿《みだうどの》、御馬《むま》を参らせられし、其例《そのれい》とぞ聞《きこ》えし。このおとどは、中宮《ちゆうぐう》の御せうとにておはしけるうへ、父子《ふし》の御契《おんちぎり》なれば、御馬《むま》参らせ給ふも理《ことわり》なり。五条大納言邦綱《ごでうだいなごんくにつな》卿《きやう》、御馬《むま》二疋進《ひきしん》ぜらる。心ざしのいたりか、徳のあまりかとぞ人申《まう》しける。なほ伊勢《いせ》より始めて、安芸《あき》の厳島《いつくしま》にいたるまで、七十余ケ所へ神馬《じんめ》を立てらる。内裏にも竜《りよう》の御馬《むま》に四手《しで》つけて、数十疋ひ（ッ）たてたり。仁和寺《にんわじ》の御室《おむろ》は孔雀経《くじやくきやう》の法《ほふ》、天台座主《てんだいざす》覚快法親王《かくわいほつしんわう》は七仏薬師《しちぶつやくし》の法、寺の長吏円恵法親王《ちやうりゑんけいほつしんわう》は金剛童子《こんがうどうじ》の法、其外《そのほか》五大虚空《ごだいこくう》蔵《ざう》、六観音《くわんおん》、一字《じ》金輪《きんりん》、五壇《ごだん》の法、六字加輪《じかりん》、八字文殊《じもんじゆ》、普賢延命《ふげんえんめい》にいたるまで、残る処《ところ》なう修《しゆ》せられけり。護摩《ごま》の煙《けぶり》、御所中《ごしよぢゆう》にみち、鈴《れい》の音雲《おとくも》をひびかし、修法《しゆほふ》の声《こゑ》、身《み》の気《け》よだ（ッ）て、いかなる御物《おんもの》の気《け》なりとも、面《おもて》をむかふべしとも見えざりけり。猶仏所《なほぶつしよ》の法印《ほふいん》に仰《おほ》せて、御身等身《ごしんとうじん》の七仏薬師《ぶつやくし》、幷《なら》びに五大尊《ごだいそん》の像をつくり始めらる。

【現代語訳】

小松《こまつ》内大臣は、例によって善きにつけ悪《あ》しきにつけ、ものに動じない方《かた》であられたので、御産《ごさん》の知らせをうけてからだいぶ時間がたって後《のち》、嫡子権亮《ちやくしごんのすけ》少将維盛《これもり》以下の公達《きんだち》の車を連ねさせて、いろいろの御衣《おんぞ》を四十かさね、銀づくりの剣七ふりを、広蓋《ひろぶた》にのせ、御馬を十二頭ひかせて参られた。これは寛弘《かんこう》年間に上東門院《じようとうもんいん》の御産《ごさん》のとき、御堂殿《みどうどの》、道長公が御馬を献上した例にならったものということである。この大臣は、中宮の御兄であられるうえ、父子としての関係を結ばれていたので、御馬を献上されたのももっともなことであった。五条大納言邦綱卿《くにつなきよう》も、御馬を二頭進上された。平家への篤《あつ》い志の故か、ありあまる財産によってか、と人は評判した。なお、伊勢《いせ》を初めとして、安芸《あき》の厳島《いつくしま》に至るまでの、七十余ヵ所の社《やしろ》に、神馬《じんめ》が献上された。内裏でも寮の御馬に幣《ぬさ》をつけて、数十頭を奉納した。仁和寺《にんなじ》御室《おむろ》は

『孔雀経《くじやく》』の法、天台座主《ざす》覚快《かくかい》法親王は七仏薬師《しちぶつやくし》の法、三井寺《みいでら》の長吏円恵《ちようりえんけい》法親王は金剛童子《こんごうどうじ》の法によって加持祈禱《きとう》を行ない、そのほか五大虚空蔵《こくうぞう》、六観音、一字金輪《きんりん》、五壇《ごだん》の法、六字河臨《かりん》、八字文殊《もんじゆ》、普賢延命《ふげんえんめい》の法にいたるまで、残るところなく修《しゆ》せられた。護摩《ごま》の煙は御所じゅうに満ち、金剛鈴《こんごうれい》の音は雲間《くもま》にも響きわたり、修法《ずほう》の声は身の毛もよだつすさまじさで、どのような物《もの》の怪《け》であろうとも面と向ってくることはあるまいと思われた。さらに、仏所《ぶつしよ》の法印に命じられて、中宮と等身《とうしん》の七仏薬師《しちぶつやくし》、ならびに五大尊の像を造りはじめられた。

【語釈】

広蓋《ひろぶた》 贈り物などをのせる木製の器具。もと衣裳箱の蓋《ふた》を用いたが、のち、その形の専用の容器がつくられた。**寛弘《くわんこう》に** 藤原道長女《むすめ》、中宮彰子《しようし》（上東門院《じようとうもんいん》）が敦成親王（後一条天皇）を生んだ寛弘五年（一〇〇八）のこと。**御堂殿《みだうどの》** 藤原道長。**父子《ふし》の御契《おんちぎり》** 平徳子《とくこ》は父清盛が入道なので、重盛の子または院の子として入内《じゆだい》したことが『玉葉』承安元年（一一七一）十二月二日条にある。

五条大納言邦綱卿《ごでうだいなごんくにつなのきやう》 右馬権助《うまのごんのすけ》藤原盛国《もりくに》の子。永万二年（一一六六）参議、安元元年（一一七五）中納言、同三年権《ごん》大納言、治承五年（一一八一）没。六十歳。その邸が五条の南、東洞院《ひがしのとういん》の西にあり、五条大納言といった。清盛と親交深く、清盛と同月に死去したことが、巻第六「祇園女御《ぎをんにようご》」にありその人物と先祖の挿話《そうわ》も載せている。**徳のあまり** 徳は、財産、財力。ありあまる財産。

神馬《じんめ》 神社に奉納する馬。**竜《りよう》の御馬《むま》** 寮（馬寮《めりよう》。宮中の御厩《みうまや》の馬や馬具、諸国の牧場《まきば》の馬をつかさどる役所）の馬。また、駿馬《しゆんめ》（きわめてすぐれた馬）を竜馬《りゆうめ》という。**四手《しで》** 神前にささげる幣《ぬさ》で、玉串《たまぐし》や注連《しめなわ》などにつけてたらすもの。

七仏薬師《しちぶつやくし》の法 叡山《えいざん》における四つの大法の一で、善名称吉祥王如来《ぜんみようしようきちじようおうによらい》、宝月智厳光音自在王如来《ほうげつちごんこうおんじざいおうによらい》、

金色宝光妙行成就如来《こんじきほうこうみょうぎょうじょうじゅにょらい》、無憂最勝吉祥如来《むゆうさいしょうきちじょうにょらい》、法海雷音如来《ほうかいらいおんにょらい》、法海勝恵遊戯神通如来《ほうかいしょうえゆぎじんずうにょらい》、薬師瑠璃光如来《やくしるりこうにょらい》の七仏薬師を祭り、安産、息災を祈禱《きとう》する修法《ずほう》。

寺の長吏円恵法親王《ちやうりゑんけいほつしんわう》　三井寺《みいでら》の管長、円恵（底本は円慶）法親王は後白河院第五皇子。後、高倉宮以仁王《もちひと》の事件により天王寺《てんのうじ》別当《べっとう》を罷免《ひめん》されたことが、巻第四「三井寺炎上」に、木曾義仲の法住寺《ほうじゅうじ》殿攻撃の際討たれ、頸《くび》をかかれたことが、巻第八「法住寺合戦」に記されている。

金剛童子の法《こんがうどうじ》　金剛童子（西方無量経仏《さいほうむりょうきょうぶつ》の化身《けしん》、忿怒《ふんぬ》の童子形で手に金剛杵《こんごうしょ》をとる）を本尊として行なう三井寺の秘法。安産などを祈る。

五大虚空蔵《ごだいこくうぞう》　中央に法界虚空蔵、東方に金剛虚空蔵、南方に宝光虚空蔵、西方に蓮華《れんげ》虚空蔵、北方に業用虚空蔵の五尊をえがいた五大虚空蔵曼荼羅《ごだいこくうぞうまんだら》を本尊として修《しゅ》する法。増益、息災、天変の祈禱に行なう。

六観音《ろくくわんおん》　天台密教では、聖《せい》・千手《せんじゅ》・馬頭《ばとう》・十一面・不空羂索《ふくうけんさく》・如意輪《にょいりん》、真言密教では不空羂索を除いて准胝《じゅんでい》を入れた六観音を合わせて祭り、懐妊などの祈りをする修法《ずほう》。

一字金輪《じきんりん》　一字金輪仏頂法《いちじきんりんぶっちょうほう》。勃嚕唵《ボロン》「[illegible]」の一字を真言とする金輪仏頂尊（一字頂輪王）を本尊に、出産、所望、天変災異などの祈禱をする修法《ずほう》。

五壇の法《ごだん》　中央に不動明王、東方に降三世明王《ごうさんぜみょうおう》、南方に軍荼利明王《ぐんだり》、西方に大威徳明王、北方に金剛夜叉明王《こんごうやしゃ》、と五大明王を五方の壇に祭って行なう修法で、皇后の御産、東宮の立坊《りつぼう》など国家的な重要な祈禱に行なわれる。

六字加輪《じかりん》　「加輪」は「河臨」の誤り。河中において観音の六字法（『請観音経』の所説によって六観音、または六観音所変の六字明王を本尊として行なう修法）を行ない、呪詛《じゅそ》反逆、病気、産婦などのためにする法。陰陽道《おんようどう》の河臨禊《かりんけい》に密教の調伏法を混じたもの。

八字文殊《じもんじゅ》　「唵阿味羅吽佉左《おんあびらうんけんそ》絡《わか》」の八字を真言とする文殊菩薩《ぼさつ》を本尊とし、天変、災厄、疾病などの息災に修《しゅ》する法。

普賢延命《ふげんえんめい》 普賢延命菩薩を本尊として、利益《りやく》、長寿を祈る修法《ずほう》。 **護摩《ごま》** 密教の修法で、設けた火炉で乳木《にゆうぼく》などを焚《た》き不浄を焼ききよめる法。 **鈴《れい》** 金剛鈴《こんごうれい》。密教の修法に用い、諸尊を驚覚・歓喜させるために振る。 **仏所《ぶつしよ》** 仏像を作る工房。仏像をきざむ工人の住む所。七条大宮、六条万里小《までのこう》路《じ》などにあった。 **五大尊《ごだいそん》** 不動・降三世《ごうさんぜ》・軍荼利《ぐんだり》・大威徳・金剛夜叉《こんごうやしや》の五大明王をいう。

【解説】

中宮の御産という大事のさなかでも、「善悪にさわがぬ人」としての重盛の落ちついた行動が叙述され、中宮徳子《とくこ》の兄として、また、その入内《じゆだい》にさいしては養女としたことにふれて、その献上した品々をあげている。邦綱《くにつな》が進上した馬について述べていることをふくめて、『山槐記《さんかいき》』の「於内府公有父子儀、寛弘御堂被奉御馬於諸社、其儀相叶。至于亜相者懇志之余歟」（内府公〔重盛〕に於《お》いては父子の儀あり。寛弘《かんこう》に御堂《みどう》〔道長〕御馬を諸社に奉る、其の儀相叶《あいかな》う。亜相《あしよう》〔邦綱〕に至っては懇志の余りか）とある記述によって叙述したものと思う。

修法加持も、『山槐記』が詳細に記録しているのに対し、簡潔ではあるが律動的な文体ですさまじいその実況を表現している。

御《ご》産《さん》（四）

かかりしかども、中宮《ちゆうぐう》はひまなくしきらせ給《たま》ふばかりにて、御産《ごさん》もとみになりやらず。入道相国《にふだうしやうこく》、二《に》位《ゐ》殿《どの》、胸《むね》に手《て》をおいて、「こはいかにせん、いかにせん」とぞあき

れ給ふ。人の物申《ものまう》しけれども、ただ、

「ともかうも、よき様《やう》に、よき様に」

とぞ宣《のたま》ひける。

「さりとも、いくさの陣《ぢん》ならば、是程浄海《これほどじやうかい》は臆《おく》せじ物《もの》を」

とぞ、後《のち》には仰《おほ》せられける。

御験者《ごげんじや》は、房覚《ばうかく》、昌運《しやううん》、両僧正《りやうそうじやう》、俊尭《しゆんげう》法印《ほふいん》、豪禅《がうぜん》、実専《じつせん》、両僧都《りやうそうづ》、おの〳〵僧伽《そうが》の句共《くども》あげ、本寺本山《ほんじほんざん》の三宝、年来所持《ねんらいしよぢ》の本尊達《ほんぞんたち》、責《せ》めふせ責《せ》めふせもまれけり。誠《まこと》にさこそはと覚《おぼ》えて、た（ッ）とかりける中《なか》に、法皇《ほふわう》は折《をり》しも新熊野《いまぐまの》へ御幸《ごかう》なるべきにて、御精進《おんしやうじん》の次《ついで》なりける間、錦帳《きんちやう》ちかく御座《ござ》あ（ッ）て、千手経《せんじゆきやう》をうちあげうちあげあそばされけるにこそ、今一《いまひと》きは事《こと》かは（ッ）て、さしも踊《をど》りくるふ御《おん》よりまし共《ども》が縛《ばく》もしばらくうちしづめけれ。法皇《ほふわう》仰せなりけるは、

「いかなる御物気《もののけ》なりとも、この老法師《おいぼふし》がかくて候はんには、争《いか》でかちかづき奉《たてまつ》るべき。就中《なかんづく》に今あらはるる処《ところ》の怨霊共《をんりやうども》は、みなわが朝恩《てうおん》によ（ッ）て、人とな（ッ）し者共《ものども》ぞかし。たとひ報謝《ほうしや》の心をこそ存《ぞん》ぜずとも、豈障碍《あにしやうげ》をなすべきや。速《すみ》やかにまかり退《しりぞ》き候へ」

とて、

「女人生産《によにんしやうさん》しがたからん時《とき》にのぞんで、邪魔遮障《じやましやしやう》し、苦忍《くしの》びがたからんにも、心をい

たして大悲呪《だいひじゆ》を称誦《しようじゆ》せば、鬼神退散《きじんたいさん》して、安楽《あんらく》に生《しやう》ぜん」

と、あそばいて、皆水精《みなずいしやう》の御数珠《おんじゆず》、おしもませ給へば、御産《ごさん》平安のみならず、皇子《わうじ》に
てこそましましけれ。

頭中将重衡《とうのちゆうじやうしげひら》、其時《そのとき》はいまだ中宮《ちゆうぐう》の亮《すけ》にておはしけるが、御簾《ぎよれん》の内《うち》よりつ（ッ）

と出《い》でて、

「御産《ごさん》平安、皇子御誕生候《わうじごたんじやうさうらふ》ぞや」

と、たからかに申《まう》されければ、法皇《ほふわう》を始《はじ》め参《まゐ》らせて、関白殿《くわんばくどの》以下《いげ》の大臣《だいじん》、公卿殿上《くぎやうてんじやう》人《びと》、おの〳〵の助修《じよしゆ》、数輩《すはい》の御験者《おんげんじや》、陰陽頭《おんやうのかみ》、典薬頭《てんやくのかみ》、すべて堂上堂下《たうしやうたうか》一同にあッと悦《よろこ》びあへる声、門外《もんぐわい》までどよみて、しばしはしづまりやらざりけり。入道相国《しやうこく》あまりのうれしさに、声《こゑ》をあげてぞ泣《な》かれける。悦泣《よろこびなき》とは是《これ》をいふべきにや。小松殿《こまつどの》、中宮《ちゆうぐう》の御方《おかた》に参《まゐ》らせ給ひて、金銭《きんせん》九十九文《もん》、皇子《わうじ》の御枕《おんまくら》におき、

「天をも（ッ）て父とし、地をも（ッ）て母とさだめ給へ。御命《おんいのち》は方士東方朔《はうじとうばうさく》が齢《よはひ》をたもち、御《おん》心には天照太神《てんせうだいじん》入《い》りかはらせ給へ」

とて、桑《くは》の弓《ゆみ》、蓬《よもぎ》の矢《や》にて、天地《てんち》四方《しはう》を射《い》させらる。


【現代語訳】

このような祈禱《きとう》にもかかわらず、中宮はたえまない陣痛に苦しまれるばかりで、御産はい

うと、うろたえなさるばかりである。入道相国《しょうこく》も、二位殿《にいどの》も、胸に手をあてて、これはどうしたらよかろうと、うろたえなさるばかりである。人がなにか申しても、ただ「ともかくも、よいように、よいように」と言われるだけであった。

「それにしても、戦いの陣であったなら、これほどこの浄海《じょうかい》は、臆《おく》したりはしまいものを」と、後《のち》になって言われたものであった。

御祈禱の僧は、房覚《ぼうかく》・昌運《しょううん》の両僧正《そうじょう》、俊尭《しゅんぎょう》法印、豪禅《ごうぜん》・実専《じつせん》両僧都で、それぞれ僧伽《そうが》の句などを読みあげ、本寺本山の仏や、年来信奉する本尊たちに、効験《こうけん》を強く求めて身を砕いて祈られた。まことにその霊威もあらわれるかとみえて尊かったが、なかでも法皇はたまたま新熊野《いまぐまの》へ御幸《ごこう》になる予定で、御精進《しょうじん》なさっていた折であったので、御座所の錦帳《きんちょう》ちかくに御座《ござ》をしめられて、『千手経《せんじゅ》』を高らかにくりかえし読みあげられたが、それはいちだんとあらたかな霊験をあらわして、よりましに乗り移って呪縛《じゅばく》され、つかれて踊っていた物《もの》の怪《け》もしばらく静められたのであった。法皇の言われるには、

「どのような物の怪であろうとも、この老法師がこうしてお側《そば》でお護りしているからには、どうして中宮に近づき申すことができよう。とりわけ今現われている怨霊《おんりょう》どもは、みなわが朝廷の恩をうけて人となった者どもである。たとえ感謝し恩に報《むく》いようという心はないとしても、どうして御産の障害をなしてよいことがあろうか。ただちに退散せよ」

といって、

「女人の出産しがたいときに臨《のぞ》んで、邪悪な魔物がこれを妨げ、苦の忍びがたいときにも、

心をつくして大悲呪《だいひじゅ》を称誦《しょうじゅ》すれば、鬼神は退散して、安楽に出生しよう」と、『千手経』の一文を読みあげられて、水晶《すいしょう》の御数珠《じゅず》をおしもまれ、祈禱なさると、御安産なさったばかりでなく、皇子が御誕生になった。

頭中将《とうのちゅうじょう》重衡《しげひら》は、そのときはまだ中宮亮《ちゅうぐうのすけ》でおられたが、御簾《みす》のなかからつっと出て、

「御安産で、皇子が御誕生になりましたぞ」

と、声高らかに申されると、法皇をはじめ、関白殿以下の大臣、公卿殿上人《くぎょうてんじょうびと》、それぞれの助《じょ》修《しゅ》、何人もの御験者《おんげんじゃ》・陰陽頭《おんようのかみ》・典薬頭《てんやくのかみ》、そのほか、堂上堂下《とうしょうとうげ》のすべての人々が、声をあわせてあっと喜びあう、その歓声が門外まで響きわたり、しばらくは静まらなかった。入道相国《しょうこく》は、うれしさのあまり、声をあげて泣かれた。喜び泣きとはこれをいうのであろうか。小松殿は、中宮のもとに参られて、金銭九十九文を皇子の御枕《まくら》もとにおき、

「天をもって父とし、地をもって母とお定めなさい。御命は方士《ほうじ》東方朔《とうぼうさく》の長寿を保ち、御心には天照大神を入りかわらせてください」

といって、桑《くわ》の弓、蓬《よもぎ》の矢で天地四方を射させせられた。

【語釈】

しきらせ給《たま》ふ　しきりに陣痛に苦しみなさる。　**あきれ給ふ**　茫然《ぼうぜん》となさる。途方にくれられる。

臆《おく》せじ物《もの》を　「臆す」は気おくれする、おじける。　**御験者《ごげんじゃ》**　密教の加持祈禱を行なって効験をあらわす僧。

房覚《ぼうかく》　右大臣源顕房《あきふさ》の孫、少将陸奥前司《むつのぜんじ》信雅の子。承安四年（一一七四）権僧正《ごんのそうじょう》、治承元年（一一七七）僧正、寿永二年（一一八三）大僧正、元暦元年（一一八四）没。

昌運《しやううん》　民部少輔《みんぶのしよう》藤原忠成の子。座主《ざす》快修の弟子《でし》。長寛二年（一一六四）法印。その後、権僧正、僧正、大僧正に至る。「底本」性運とあるのを改めた。**俊尭**《しゆんげう》　神祇《じんぎ》伯顕仲《はくあきなか》の子。相源権《ごん》大僧都の弟子。法印、権僧正と進み、文治二年（一一八六）六十九歳で没。「底本」は春堯と表記。**豪禅**《がうぜん》『山槐記《さんかいき》』に権少僧都《ごんのしようそうず》豪禅とあるほか、伝未詳。**実専**《じつせん》　右大臣藤原公能《きんよし》の子。権少僧都、権大僧都ののち、寿永二年（一一八三）法印、建仁二年（一二〇二）権僧正。承久三年（一二二一）没、八十二歳。『山槐記』は「実詮」、『僧官補任《ぶにん》』『華頂要略』は「実全」。**僧伽**《そうが》**の句**《く》　祈禱《きとう》のとき本尊を驚覚させ、効験をあげるために験者《げんじや》がつけ加えよみあげる句。**三宝**　仏・法・僧を三宝というが、ここではとくに仏をさしていう。本寺、本山はそれぞれの僧の所属する寺。

責《せ》**めふせ**　効験あるよう強くもとめせまること。**もまれけり**　心身を砕いて祈られた。**新熊野**《いまぐまの》　京都市東山区内にある社。後白河法皇が永暦元年（一一六〇）熊野権現《ごんげん》を勧請《かんじよう》して社壇を造った。**錦帳**《きんちやう》　中宮御寝所の帳。「錦」は美称。**千手経**《せんじゆきやう》　千手観音の内証功徳を説いた経典。**御よりまし共**《ども》**が縛**《ばく》　物《もの》の怪《け》がのり移ったよりましが祈禱の呪力《じゆりき》でしばられているもの。「よりまし」は四八一頁語釈参照。**豈**《あに》　反語。どうして。**大悲呪**《だいひじゆ》　『千手経』に説かれている八十二句の陀羅尼《だらに》（梵文の長句で、そのまま読誦すればさまざまの功徳《くどく》を受ける呪文《じゆもん》）。**皆水精**《みなずいしやう》**の御数珠**《おんじゆず》　水晶だけで作られた数珠。**中宮**《ちゆうぐう》**の亮**《すけ》　中務省《なかつかさ》に属し、中宮に関することをつかさどる役所、中宮職《しき》の次官。**助修**《じよしゆ》　修法《ずほう》のとき、大阿闍梨《あじやり》の補助をする伴僧《ばんそう》。**陰陽頭**《おんやうのかみ》　中務省に属し、天文・暦・占いなどをつかさどる陰陽寮の長官。『山槐記』によれば、賀茂在憲《ありのり》。**典薬頭**《てんやくのかみ》　宮内省に属し、医療・医薬のことをつかさどる典薬寮の長官。『山槐記』に、和気定成《わけのさだなり》とある。**天をも（ッ）て父**《ちち》**とし……**　「天子とならせ給へ」と祝福する詞《ことば》。『白虎通』に「王者《ハ》父《トシ》レ天《ヲ》母《トシ》レ地《ヲ》為《ル》ニ天子《ト》一」（王者ハ天ヲ父トシ地ヲ母トシ天子トナル）とみえる。　**方士《はうじ》**　神仙の術を行なう人。**東方朔《とうばうさく》**　前漢、山東の人。武帝に仕え、仙術を行ない、西王母《せいおうぼ》の桃《もも》を盗食して長寿を得た伝説がある。　**桑《くは》の弓《ゆみ》、蓬《よもぎ》の矢《や》**　災いを払う呪《じゆ》的儀式で、『礼記《らいき》』内則篇に「国君ニ世子生ルレバ君ニ告グ——射人桑弧《サウコ》蓬矢《ホウシ》六ヲ以テ天地四方ヲ射ル」とある。

【解説】

中宮の難産に、茫然《ぼうぜん》自失する清盛の姿を述べるとともに、後に「さりとも、いくさの陣《ぢん》ならば、是程《これほど》浄海《じやうかい》は臆《おく》せじ物《もの》を」と言ったという詞《ことば》を加えて、その人間像の一面をとらえ武人としての側面ものぞかせている。後白河法皇は、すでに平氏との間にきびしい対立はあるものの、皇孫の誕生ともなれば、安産の祈禱に身心を砕き、ついに皇子の出産をむかえるのである。うれしさのあまりに声をあげて泣く清盛に、物語に一貫している感情の起伏の激しさをみることができる。『山槐記』の「内大臣、祝詞《のりと》ヲ三反《さんべん》誦ス　天ヲ以テ父トシ、地ヲ以テ母トス金銭九十九文ヲ領シテ咒命セシム　銭ヲ皇子ノ御帳ノ御枕上ニ置カル」という記述は物語の「小松殿」の行動とまったく一致するが、ここばかりでなく、中宮御産の叙述の背後に記録があり、それによって作品の成りたっていることは確かである。

こうして誕生した言仁《ときひと》親王（後の安徳天皇）であったが、重盛の祝福もむなしく、この後七年、寿永四年（一一八五）三月には壇の浦で平家一門とともに海底に沈んでいくことになるとは、だれ一人予知するものはなかったのである。

公卿揃《くぎやうぞろへ》

御乳《おんち》には、前右大将《さきのうだいしやう》宗盛《むねもり》卿《のきやう》の北《きた》の方《かた》と定《さだ》められたりしが、去《さんぬる》七月に、難産《なんざん》をしてうせ給《たま》ひしかば、平大納言《なごん》時忠《ときただ》卿《のきやう》の北《きた》の方《かた》、御乳《おんち》に参《まゐ》らせ給《たま》ひけり。後《のち》には帥《そつ》の典侍《すけ》とぞ申《まう》しける。法皇やがて還御《くわんぎよ》の御車《おんくるま》を門前《もんぜん》に立てられたり。入道相国《しやうこく》うれしさのあまりに、砂金《しやきん》一千両《せんりやう》、富士《ふじ》の綿《わた》二千両《せんりやう》、法皇へ進上《しんじやう》せらる。しかるべからずとぞ、人々内々《ない〱》ささやきあはれける。

今度《こんど》の御産《ごさん》に、勝事《しようし》あまたあり。まづ法皇の御験者《おんげんじや》。次に后御産《きさきごさん》の時、御殿《ごてん》の棟《むね》より、甑《こしき》をまろばかす事あり。皇子《わうじ》御誕生《たんじやう》には南《みなみ》へおとし、皇女《くわうぢよ》誕生《たんじやう》には北《きた》へおとすを、是《これ》は北《きた》へ落したりければ、「こはいかに」とさわがれて、取《と》りあげて落《おと》しなほしたりけれども、あしき御事《こと》に人々申《まう》しあへり。をかしかりしは入道相国《しやうこく》のあきれざま、目出《めで》たかりしは小松《こまつ》のおとどのふるまひ。ほいなかりしは、前右大将《さきのうだいしやう》宗盛《むねもり》卿《のきやう》の最愛《さいあい》の北《きた》の方《かた》におくれ給《たま》ひて、大納言《なごん》の大将《だいしやう》両職《りやうしよく》を辞《じ》して、籠居《ろうきよ》せられたりし事《こと》。兄弟共《きやうだいとも》に出仕《しゆつし》あらば、いかに目出《めで》たからん。次《つぎ》には七人の陰陽師《おんやうじ》を召《め》されて、千度《せんど》の御祓《おんはらひ》仕《つかまつ》るに、其中《そのなか》に掃部頭《かもんのかみ》時晴《ときはる》といふ老者《らうしや》あり。所従《しよじゆう》な（ン）ども乏少《ぼくせう》なりけり。余《あま》りに人参《まゐ》りつどひて、たかんなをこみ、稲麻《たうま》竹葦《ちくゐ》の如《ごと》し。

「役人《やくにん》ぞ、あけられよ」

とて、おし分《わ》けおし分《わ》け参る程《ほど》に、右《みぎ》の沓《くつ》をふみぬかれて、そこにてち（ッ）と立ちやすらふが、冠《かぶり》をさへつきおとされぬ。さばかりの砌《みぎり》に、束帯《そくたい》ただしき老者《らうしや》が、もとどりはな（ッ）てねり出《い》でたりければ、わかき公卿殿上人《くぎやうてんじやうびと》、こらへずして一同にどッとわらひあへり。陰陽師《おんやうじ》な（ン）どいふは、反陪《へんばい》とて、足《あし》をもあだにふまずとこそ承《うけたまは》れ。それにかかる不思議《ふしぎ》のありけるを、其時《そのとき》はなにとも覚《おぼ》えざりしかども、後《のち》にこそ思《おも》ひあはする事共《ことども》も多《おほ》かりけれ。

【現代語訳】

御乳母《おんめのと》には、前《さきの》右大将宗盛卿《むねもりきよう》の北《きた》の方《かた》と定められていたが、去る七月に、難産で亡《な》くなられたので、平《へい》大納言時忠卿《ときただきよう》の北《きた》の方《かた》が、御乳母《おんめのと》として参られた。のちに帥《そつ》の典侍《すけ》と申された方《かた》である。法皇はすぐに還御《かんぎよ》なさるというので、御車を門前によせられた。入道相国《しようこく》はうれしさのあまりに、砂金《さきん》一千両、富士の綿《わた》二千両を法皇へ献上された。不当なこと、と人々はひそかにささやきあった。

今度の御産には、奇異なことが多かった。まず法皇が御《おん》みずから御験者《ごげんじや》になられたこと。つぎに后の御産のときに、御殿《ごてん》の棟《むね》から甑《こしき》をころがす行事がある。皇子御誕生の場合は南へ落し、皇女誕生には北へ落すのであるが、このたびは北へ落したので、「これはどうしたことか」と騒がれて、取りあげて落しなおしたけれども、不吉なことだと人々は話しあった。おかしかったのは入道相国《しょうこく》の途方《とほう》にくれた有様、りっぱだったのは小松内大臣のふるまい、残念だったことは、前《さきの》右大将宗盛《むねもり》卿が最愛の北の方を亡《な》くされて、大納言、大将の両職を辞し、喪に服してひきこもっておられたこと。兄弟そろって出仕なさったら、どれほどめでたいことであったろう。つぎに七人の陰陽師《おんようじ》を召されて、千度の御祓《おはらい》を行なわれたが、そのなかに掃部頭時晴《かもんのかみときはる》という老人がいた。従者も少なかった。あまりに多くの人々が参集して、邸内はまるで筍《たけのこ》が密生し、稲、麻《あさ》、竹、葦《あし》が群生しているように混みあっていた。

「お勤めの者だ、通されよ」

といって、人をおし分け、かき分けすすみ出るうちに、右の沓《くつ》を踏まれて、脱げてしまった。その場にちょっと立ち止まると、こんどは冠までつき落されてしまった。このような大事の場に、束帯《そくたい》に威儀を正した老人が、髻《もとどり》をあらわに出してゆるりゆるりとすすみ出たので、若い公卿《くぎょう》、殿上人《てんじょうびと》は、こらえきれずに一同どっと笑いあった。陰陽師《おんようじ》という者は、反陪《へんばい》といって、足の踏みようも心を配っていい加減にはしないもの、と聞いている。それにもかかわらずこのような珍事がおこったのを、そのときは、とくになんのこととも思われなかったが、後になって思いあわされることが多かった。

【語釈】

帥《そつ》の典侍《すけ》　権《ごん》中納言兼大宰権帥《だざいのごんのそつ》藤原顕時《あきとき》の女《むすめ》。父の官名によって帥の典侍といった。典侍《ないしのすけ》は、天皇に常侍し、奏請・伝宣・陪膳《ばいぜん》などを務め、女孺《じょじゅ》の監督、命婦《みょうぶ》の朝参《ちょうさん》、宮中の儀礼をつかさどる後宮《こうきゅう》十二司の一、内侍司《ないしのつかさ》の次官。　**一千両**《せんりやう》　両は令制《りようせい》の量目の単位で一斤《きん》の十六分の一、十匁《もんめ》。〇・六キログラム。　**富士**《ふじ》**の綿**《わた》　駿河国富士郡に産する綿。　**勝事**《しようし》　異常な大事。
甑《こしき》　米などを蒸す器具。『徒然草』第六十一段に「御産のとき甑落す事は、さだまれる事にはあらず。御胞衣《えな》とどこほる時のまじなひなり。とどこほらせ給はねば、この事なし。下ざまより事おこりて、させる本説なし。大原《おおはら》の里の甑を召すなり。古き宝蔵《ほうぞう》の絵に、賤《いや》しき人の子うみたる所に、甑落したるを書きたり」とある。
七人の陰陽師《おんやうじ》　『山槐記《さんかいき》』に、安倍泰親、同時晴、賀茂済憲《なりのり》、安倍季弘《すえひろ》、同業俊《なりとし》、同泰茂《やすしげ》、賀茂宣平《のりひら》の名が記されている。　**千度**《せんど》**の御祓**《おんはらひ》　中臣《なかとみ》の祓《はらえ》の祝詞《のりと》を千度誦《しよう》すること。　**掃部頭時晴**《かもんのかみときはる》　安倍時晴。『山槐記』では主税助《ちからのすけ》。掃部頭は、宮内省に属し、宮中の清掃、床席の設備などをつかさどる掃部寮《かもんづかさ》の長官。　**乏少**《ぼくせう》　乏しく少ないこと。　**たかんなをこみ**　たかんなは竹の子。竹の子の密生するさまをいう。
稲麻《たうま》**竹葦**《ちくゐ》**の如**《ごと》**し**　人の多く集まっているさまを稲・麻《あさ》・竹・葦《あし》の密生しているさまにたとえた。『法《ほ》華経《けきよう》』方便品に「辟支仏《びやくしぶつ》ノ利智ニシテ無漏《むろ》ノ最後身ナル、亦十方界ニ満チテ其数竹林ノ如クナラム。（中略）新発意《しんぼち》ノ菩薩ノ無数ノ仏ヲ供養シ、諸《もろもろ》ノ義趣ヲ了達シ、又能《よ》ク善法ヲ説カムモノ、稲麻竹葦ノ如クニシテ十方ノ刹《せつ》ニ充満セム」とある比喩《ひゆ》による。　**砌**《みぎり》　とき。おり。所。場所。　**ねり出**《い》**で**　ゆるりゆるりと歩み出る。
反陪《へんばい》　陰陽道《おんようどう》の呪法《じゆほう》の一つで、邪気を払い鎮《しず》めるために、陰陽師の行なう独得の足踏み。

【解説】

乳母《めのと》について、『山槐記《さんかいき》』には「御乳母大夫《だいぶ》時忠室家　洞院《とうゐん》局《つぼね》卜号ス、故従二位権中納言顕時卿ノ女《むすめ》ナリ。本儀ハ前右大将宗盛卿ノ室家参ラル可《べ》シ云々。而シテ去八月卒去ス、仍《よつ》テ此人参ラル所ナリ云々」とあり、物語に宗盛の北の方が亡くなったのを去る七月としているほかは一致している。また、甑《こしき》を誤って北へ落したことも、「日陰間ノ上ヨリ甑ヲ転《ころが》シ破《われ》テ三分ス　兼《かね》テ之ヲ破リ麻《あさ》ヲ以テ仮ニ之ヲ結ブ、落シテ後破ラシム為ナリ、召使之ヲ持テ兼テ棟北ニ在リ、其告ニ随《したがひ》テ落スベキノ由誡仰《いましめおほせ》テ云、而シテ誤《あやまり》テ北方ニ落ス、言フニ足ラザル事ナリ、仍《よつ》テ更ニ之ヲ取上ゲ、侍　所司《さむらひどころのつかさ》盛光相副《あひそへ》テ之ヲ落サシム」と記されている。このような事実を、記録に依って書きながら、「をかしかりしは入道相国《しやうこく》のあきれざま、目出《めで》たかりしは小松《こまつ》のおとどのふるまひ」と、清盛、重盛の人物像の対比をする物語の構想もつらぬかれ、老陰陽師のふるまいをえがいて笑いの場面も挿入《そうにゆう》している。

「後《のち》にこそ思ひあはする事共《ことども》も多かりけれ」ということばは、こうして誕生した皇子や、平家一門のその後の運命の暗示であって、叙事詩の語り手は、終局を見透す視座にたって事件を語りすすめていくのである。

公卿揃《くぎやうぞろへ》（一）

御産《ごさん》によ（ッ）て六波羅《ろくはら》へ参らせ給《たま》ふ人々、関白松殿《くわんぱくまつどの》、太政大臣妙音院《だいじやうだいじんめうおんゐん》、左《さ》大臣大《おほ》炊御門《ひのみかど》、右《う》大臣月輪《つきのわ》殿、内《ない》大臣小松殿《こまつどの》、左大将《さだいしやう》実定《さねさだ》、源《みなもとの》大納言定房《さだふさ》、三条《さんでうの》大納言実房《さねふさ》、五条《ごでうの》大納言邦綱《くにつな》、藤大納言実国《とうだいなごんさねくに》、按察使《あんぜつし》資賢《すけかた》、中御門中納言宗家《なかのみかどのちゆうなごんむねいへ》、花山院《くわさんのゐんの》中納言兼雅《かねまさ》、源《げん》中納言雅頼《がらい》、権《ごん》中納言実綱《さねつな》、藤《とう》中納言資長《すけなが》、池中納言頼盛《いけのちゆうなごんよりもり》、左衛門督《さゑもんのかみ》

時忠《ときただ》、別当忠親《べつたうただちか》、左《さ》の宰相《さいしやうの》中将実家《さねいへ》、右の宰相《さいしやうの》中将実宗《さねむね》、新宰相《しんざいしやうの》中将通親《みちちか》、平宰相教盛《へいざいしやうのりもり》、六角宰相家通《ろくかくのさいしやういへみち》、堀河宰相頼定《ほりかはのさいしやうよりさだ》、左大弁宰相長方《さだいべんのさいしやうながかた》、右大弁三位俊経《うだいべんのさんみとしつね》、左兵衛督成範《さひやうゑのかみしげのり》、右兵衛督光能《うひやうゑのかみみつよし》、皇太后宮大夫朝方《くわうたいこくうのだいぶともかた》、左京大夫脩範《さきやうのだいぶながのり》、大宰大弐親信《ださいのだいにちかのぶ》、新三位実清《しんざんみさねきよ》、已上《いじやう》三十三人、右大弁《うだいべん》の外《ほか》は直衣《ちよくい》なり。不参《ふさん》の人々には、花山院前太政大臣忠雅公《くわさんのゐんのさきのだいじやうだいじんただまさこう》、大宮大納言隆季卿《おほみやのだいなごんたかすゑのきやう》以下《いげ》十余《よ》人、後日《ごにち》に布衣《ほうい》着《ちやく》して、入道相国《しやうこく》の西八条亭《にしはつでうのてい》へむかはれけるとぞ聞えし。

【現代語訳】

御産《ごさん》によって六波羅《ろくはら》に参られた人々は、関白松殿《まつどの》、太政《だじょう》大臣妙音院《みょうおんいん》、左《さ》大臣大炊御門《おおいのみかど》、右《う》大臣月輪殿《つきのわどの》、内大臣小松殿《こまつどの》、左大将実定《さねさだ》、源大納言定房《さだふさ》、三条大納言実房《さねふさ》、五条大納言邦綱《くにつな》、藤《とう》大納言実国《さねくに》、按察使《あぜちし》資賢《すけかた》、中御門中納言宗家《なかのみかどちゆうなごんむねいえ》、花山院《かざんのいん》中納言兼雅《かねまさ》、源中納言雅頼《まさより》、権《ごん》中納言実綱《さねつな》、藤《とう》中納言資長《すけなが》、池《いけの》中納言頼盛《よりもり》、左衛門督《さえもんのかみ》時忠、別当忠親《べつとうただちか》、左の宰相《さいしょう》中将実家《さねいえ》、右の宰相中将実宗《さねむね》、新宰相中将通親《みちちか》、平《へい》宰相教盛《のりもり》、六角《ろっかく》宰相家通《いえみち》、堀河宰相頼定《よりさだ》、左大弁《さだいべん》宰相長方《ながかた》、右大弁《うだいべん》三位俊経《としつね》、左兵衛督成範《さひょうえのかみしげのり》、右兵衛督光能《うひょうえのかみみつよし》、皇太后宮大夫《だいぶ》朝方《ともかた》、左京大夫脩範《さきょうのだいぶながのり》、大宰大弐親信《だざいのだいにちかのぶ》、新三位《しんさんみ》実清《さねきよ》、以上三十三人、右大弁《うだいべん》のほかは直衣《のうし》姿である。この日参られなかった人々は、花山院前《さきの》太政大臣忠雅《ただまさ》公、大宮《おおみやの》大納言隆季《たかすえ》卿以下十余人で、後日、布衣《ほうい》を着て、入道相国《しょうこく》の西八条の邸《やしき》へうかがわれたということであった。

【語釈】

関白松殿《くわんばくまつどの》　藤原基房。承安二年（一一七二）十二月から治承三年（一一七九）十一月清盛によって解官《げかん》されるまで関白。**太政大臣妙音院《だいじやうだいじんめうおんゐん》**　藤原師長《もろなが》。安元三年（一一七七）三月太政大臣に任、治承三年十一月、清盛が院の近臣三十九人の官職を停《と》めたとき、解官《げかん》。**左《さ》大臣大炊御門《おほひのみかど》**　大納言藤原経実《つねざね》の子、経宗《つねむね》。仁安元年（一一六六）左大臣に任。その邸が大炊御門《おおいのみかど》の北、富小路《とみのこうじ》の西にあった。

右《う》大臣月輪《つきのわ》殿　藤原（九条）兼実《かねざね》。仁安元年（一一六六）十一月右大臣。その日記『玉葉《ぎよくよう》』治承二年十一月十二日の条に「辰刻《たつのこく》、頭《とうの》中将告ゲ送テ云、中宮御産気有リ者《てへれば》、巳刻《みのこく》彼《か》ノ宮ニ参ル」とある。**源《みなもとの》　大納言定房《さだふさ》**　村上源氏、源雅兼《まさかね》の子。**三条大納言実房《さんでうのさねふさ》**　内大臣藤原公教《きんのり》の子。仁安三年（一一六八）八月権《ごん》大納言。三条の北、高倉東に邸《やしき》があった。**藤大納言実国《とうだいなごんさねくに》**　実房《さねふさ》の兄。嘉応二年（一一七〇）十二月権《ごん》大納言。

按察使資賢《あんぜつしすけかた》　源有賢《ありかた》の子。治承二年四月、中納言兼按察使《あぜち》。按察使《あぜち》は地方行政の巡視、監督にあたる上代の官職、後に大・中・少納言の兼職する名義上のものとなった。**中御門《なかのみかどの》　中納言宗家《ちゆうなごんむねいへ》**　内大臣藤原宗能《むねよし》の子。仁安三年（一一六八）八月権中納言から中納言に転。**花山《くわさんの》　院《ゐんの》中納言兼雅《かねまさ》**　太政大臣藤原忠雅の子。**源《げん》中納言雅頼《がらい》**　雅兼の子。嘉応元年（一一六九）十二月権中納言。**権《ごん》中納言実綱《さねつな》**　実国《さねくに》の兄。安元元年（一一七五）十一月権中納言。**藤《とう》中納言資長《すけなが》**　藤原実光《さねみつ》の子。永万元年（一一六五）八月権中納言。**池《いけの》　中納言頼盛《ちゆうなごんよりもり》**　平忠盛《ただもり》五男。母は修理大夫《しゆりのだいぶ》藤原宗兼《むねかね》の女《むすめ》、後の池禅尼《いけのぜんに》。その邸《やしき》は六波羅《ろくはら》にあり、池殿《いけどの》という。安元二年十二月権中納言。**別当忠親《べつたうただちか》**　権《ごん》中納言忠宗《ただむね》の子。仁安二年（一一六七）二月権中納言、安元三年正月右衛門督《うえもんかみ》兼検非違使別当《けびいしのべつとう》。その日記が『山槐記《さんかいき》』である。**左《さ》の宰 相《さいしやうの》 中将実家《さねいへ》** 右大臣藤原公能《きんよし》の子、実定《さねさだ》の弟。承安四年（一一七四）四月、参議右中将より左中将に転。**右の宰 相《さいしやうの》 中将実宗《さねむね》** 藤原公通《きんみち》の子。安元二年十二月参議兼右中将。**新宰 相《しんざいしやうの》 中将通親《みちちか》** 源雅通《まさみち》の子。参議に任じ左中将を兼ねたのは治承四年（一一八〇）正月である。当時は宰相（参議）となっていない。**六角《ろくかくの》 宰相家通《さいしやういへみち》** 藤原忠基《ただもと》の子、重通《しげみち》の嗣子。永万二年（一一六六）六月参議。**堀河《ほりかはの》 宰相頼定《さいしやうよりさだ》** 藤原経定《つねさだ》の子。その邸《やしき》は綾小路《あやのこうじ》堀河にあった。嘉応二年（一一七〇）十二月参議。**左大弁《さだいべんの》 宰相長方《さいしやうながかた》** 藤原顕長《あきなが》の子。治承三年十月参議左大弁。治承二年当時は右大弁。巻第二「座主《ざす》流《ながし》」で明雲《めいうん》座主罪科にあたって弁護している。大弁は太政官の判官《じよう》の最上位で、八省を管掌、勅命を下達、監察をつかさどる。四位相当。左大弁、右大弁がある。**右大弁三位俊経《うだいべんのさんみとしつね》** 藤原顕業《あきなり》の子。嘉応二年（一一七〇）正月右大弁、安元元年（一一七五）十二月左大弁に転。**左兵衛督成範《さひやうゑのかみしげのり》** 藤原通憲《みちのり》の子。安元二年十二月権中納言、兼左兵衛督。巻第一「吾身栄花《わがみのえいぐわ》」に桜町の中納言といわれた挿話《そうわ》がある。**右兵衛督光能《うひやうゑのかみみつよし》** 藤原忠成の子。治承元年（一一七七）三月右兵衛督。**皇太后《くわうたいこ》宮大夫朝方《くうのだいぶともかた》** 藤原朝隆《ともたか》の子。治承元年九月参議皇太后宮権大夫《ごんのだいぶ》より大夫に転。**左京大夫脩範《さきやうのだいぶながのり》** 成範の弟。嘉応二年十月左京大夫。左京大夫は左京を管轄する左京職《しき》の長官。**大《だ》宰大弐親信《さいのだいにちかのぶ》** 藤原経忠の孫。安元二年十月大宰大弐。**新三位実清《しんざんみさねきよ》** 藤原長輔《ながすけ》の子。治承元年十一月従三位。**直衣《ちよくい》** のうし。天子、摂家《せつけ》、公卿《くぎよう》の平常服。**花山 院 前 太政大臣忠雅公《くわさんのゐんのさきのだいじやうだいじんただまさこう》** 忠宗の子。仁安三年（一一六八）八月から嘉応二年六月まで太政大臣。**大宮大納言隆季 卿《おほみやのだいなごんたかすゑのきやう》** 藤原家成の子。仁安三年十二月権大納言。その邸が大宮の西、四条の北にあったので、大宮大納言といった。　**布衣**《ほうい》　官服でない私服、狩衣《かりぎぬ》。

【**解説**】

ここに列挙されているのは、『公卿補任《くぎようぶにん》』に記された治承二年の関白から参議にいたるほとんどすべての人物であり、まさに「公卿揃」である。人名を列挙して「……揃」とする章段は、巻第四「源氏揃」「大衆揃《だいしゆぞろへ》」、巻第五「朝敵揃」、巻第九「三草勢揃《みくさせいぞろへ》」がある。平曲《へいきよく》ではこれらを「揃物《そろえもの》」と称し伝授上特別に扱われるようになった。

その語りは一々の人名に抑揚と変化がつけられており、平板《へいばん》に読みあげるのではない効果のあることは、今日にのこる平曲の巻第九「宇治川先陣」における、人名を連ねた部分の語りからも判断できる。今日の読者にはなじみの薄い人名の記録にすぎないような叙述も、歴史的にはそれによってその状況を再現するうえで有効な列記であった。

「不参の人々」は「延慶本」では十二名の名があげられ、「近年出仕なし」とか、「所労」とかの事情が割注でしるされている。

大塔建立《だいたふこんりふ》

御修法《みしゆほふ》の結願《けつぐわん》に、勧賞共《けんじやうども》おこなはる。仁和寺御室《にんわじのおむろ》は、東寺《とうじ》修造《しゆざう》せらるべし、并《なら》びに後《ご》七日の御修法《みしゆほふ》、大元《たいげん》の法《ほふ》、灌頂《くわんぢやう》興行《こうぎやう》せらるべき由《よし》仰《おほ》せ下《くだ》さる。御弟子《おんでし》覚成《かくせい》僧都《そうづ》、法印《ほふいん》に挙《きよ》せらる。座主宮《ざすのみや》は、二品《ほん》并《なら》びに牛車《ぎつしや》の宣旨《せんじ》を申させ給ふ。仁和寺御室《にんわじのおむろ》ささへ中させ給ふによ（ッ）て、法眼円良《ほふげんゑんりやう》、法印《ほふいん》になさる。其外《そのほか》の勧賞共《けんじやうども》、毛挙《もうきよ》に暇《いとま》あらずとぞきこえし。

中宮は日数《ひかず》へにければ、六波羅《ろくはら》より内裏《だいり》へ参《まゐ》らせ給ひけり。此御娘《このむすめ》、后《きさき》にたたせ給ひしかば、入道相国夫婦共《しやうこくふうふとも》に、あはれいかにもして、皇子御誕生《わうじごたんじやう》あれかし、位《くらゐ》につけ奉《たてまつ》り、外祖父《ぐわいそふ》、外祖母《ぐわいそぼ》とあふがれんとぞねがはれける。わがあがめ奉《たてまつ》る安芸《あき》の厳島《いつくしま》に中《まう》さんとて、月まうでを始《はじ》めて、祈《いの》り中されければ、中宮《ちゆうぐう》やがて御懐妊《ごくわいにん》あ（ッ）て、思《おも》ひのごとく皇子《わうじ》にてましましけるこそ目出《めで》たけれ。

【現代語訳】

御安産を祈る御修法《みずほう》の結願《けちがん》にさいして、勧賞《けんじよう》が行なわれた。仁和寺《にんなじ》の御室《おむろ》へは、賞として東寺《とうじ》の修造がなされること、および後七日《ごしちにち》の御修法《みずほう》、大元《たいげん》の法、灌頂《かんじよう》が行なわれることが仰《おお》せ下《くだ》された。また御弟子の覚成僧都《かくせいそうず》は法印に昇格された。天台座主《ざす》覚快《かくかい》法親王は、二品《にほん》の位と牛車《ぎつしや》の宣旨《せんじ》を要望されたが、仁和寺の御室が異議を唱えられたので、御弟子《みでし》法眼円良を法印になされた。そのほかの勧賞は、枚挙《まいきよ》にいとまないほどであったということである。

中宮は、日数もたったので、六波羅《ろくはら》から内裏《だいり》へお帰りになった。この御娘が后《きさき》になられてからは、入道相国は夫婦ともになんとかはやく皇子の御誕生があるように、天子のお位におつけして、外祖父《がいそふ》、外祖母《がいそぼ》と仰がれたいもの、と願われていた。そこでわが崇《あが》め奉《たてまつ》っている安芸《あき》の厳島《いつくしま》神社にお祈りしようと、月詣《もう》でをはじめて、祈願をこめられたところ、中宮はまもなく御懐妊《かいにん》になり、望みのとおり皇子がご誕生になったのはめでたいことであった。

【語釈】
結願《けつぐわん》　けちがん。日程を定めて行なった法会《ほうえ》、修法《ずほう》の終了すること。　**勧賞**《けんじやう》　功労に対して賞を与えること。　**仁和**《にんわ》**寺御室**《じのおむろ》　守覚法親王。　**後**《ご》**七日の御**《み》**修法**《しゆほふ》　毎年一月八日から七日間、宮中の真言院で天皇の安穏、国家の鎮護、五穀の豊作を祈る真言宗の儀式。　**大元**《たいげん》**の法**《ほふ》　大元帥明王《たいげんみやうおう》を本尊として鎮護国家のために修《しゆ》する法。毎年正月宮中において行なわれた。　**灌頂**《くわんぢやう》**興行**《こうぎやう》　灌頂を行なうこと。灌頂は仏法の行《ぎよう》を成就して秘法の伝授を受け阿闍梨《あじやり》の位をつぐとき、頭上から水を注ぎ、その資格をそなえていることを証する密教の儀式。　**覚成僧都**《かくせいそうづ》　権《ごん》中納言藤原忠宗《ただむね》の子。『山槐記《さんかいき》』には法印覚成を以て権大僧都に任じたとある。　**座主宮**《ざすのみや》　天台座主覚快法親王。　**二品**《ほん》　「品《ほん》」は親王の位階の称。一品《いつぽん》から四品《しほん》まである。　**牛車**《ぎつしや》**の宣旨**《せんじ》　牛車に乗ったまま宮中に出入するのを許可する宣旨。　**ささへ申させ給ふ**　ささへ（障へ）は、邪魔しさまたげること。反対する、異議を申したてる。　**法眼円良**《ほふげんゑんりやう》　権大納言藤原仲実《なかざね》の子。保元二年（一一五七）法眼。『山槐記』に法験によって法印に叙せられたとある。法印は第一等の僧位で、僧正の官に相当し、法眼は法印につぐ第二位。　**毛挙**《もうきよ》**に暇**《いとま》**あらず**　毛挙は細かいことまで数えあげること。細かいことまではあげられないほど数が多い。　**外祖父**《ぐわいそふ》**、外祖母**《ぐわいそぼ》　母方の祖父、祖母。　**月まうで**　毎月社寺に参詣《さんけい》し祈ること。

【解説】
東寺《とうじ》の修造、後七日御修法《ごしちにちのみずほう》、大元法《たいげんほう》、灌頂《かんじょう》の興行などの賞も、『山槐記』治承二年十一月十二日の条に記されており、『玉葉』には十三日の条に、「人伝《ひとづて》に云《いふ》」として、孔雀経《くじやくきよう》法の賞に法印覚成を大僧都に任じ、七仏薬師法の賞に円良法眼を法印に補せられたことがみえる。中宮が内裏へ帰られたのは、『玉葉』によれば十二月二十二日で、「未刻《ひつじのこく》（午後二時）女院御所ニ参ル」と記されている。清盛夫婦ともに皇子誕生を願って、厳島《いつくしま》に祈願をこめ、その効験《こうげん》によって、望みのかなえられたことを述べて、平家の厳島崇敬の挿話《そうわ》へ物語をつなげている。「百二十句本」はここまでを「御産の巻」にいれており、「八坂本」は、「大塔建立」の前に「頼豪《らいごう》」の挿話をおいて、この段の前半、勧《けん》賞《じよう》のことをその冒頭に述べている。

大塔建立《だいたふこんりふ》（二）

抑《そも〳〵》平家《へいけ》の安芸《あき》の厳島《いつくしま》を信《しん》じ始《はじ》められける事《こと》はいかにといふに、鳥羽院《とばのゐん》の御宇《ぎよう》に、清盛公《きよもりこう》いまだ安芸守《あきのかみ》たりし時、安芸国《あきのくに》をも（ッ）て、高野《かうや》の大塔《だいたふ》を修理《しゆり》せよとて、渡《わた》辺《なべ》の遠藤六郎頼方《ゑんどうろくらうよりかた》を雑掌《ざつしやう》に付《つ》けられ、六年に修理《しゆり》終《をは》（ン）ぬ。修理《しゆり》終《をは》ツて後《のち》、清盛《きよもり》高《かう》野《や》へのぼり、大塔《だいたふ》をがみ、奥院《おくのゐん》へ参《まゐ》られたりければ、いづくより来《きた》るともなき老僧《らうそう》の、眉《まゆ》には霜《しも》をたれ、額《ひたひ》に浪《なみ》をたたみ、かせ杖《づゑ》の二《ふた》またなるにすがツて、いでき給へり。やや久《ひさ》しう御物語《ものがたり》せさせ給ふ。

「昔《むかし》よりいまにいたるまで、此山《このやま》は密宗《みつしゆう》をひかへて退転《たいてん》なし。天下《てんか》に又も候はず。大《だい》塔《たふ》すでに修理《しゆり》終《をは》り候《さうら》ひたり。さては安芸《あき》の厳島《いつくしま》、越前《ゑちぜん》の気比《けひ》の宮《みや》は、両界《りやうがい》の垂跡《すいしやく》で候が、気比《けひ》の宮《みや》はさかえたれども、厳島《いつくしま》はなきが如《ごと》くに荒《あ》れはてて候。此次《このついで》に奏聞《そうもん》して、修理《しゆり》せさせ給へ。さだにも候はば、官加階《くわんかかい》は肩《かた》をならぶる人もあるまじきぞ」とて、立《た》たれけり。此老僧《このらうそう》の居《ゐ》給へる所《ところ》、異香《いきやう》すなはち薫《くん》じたり。人を付《つ》けてみせ給へば、三町《ちやう》ばかりはみえ給ひて、其後《そののち》はかき消《け》つやうに失《う》せ給ひぬ。ただ人《びと》にあらず、大師《し》にてましましけりと、弥《いよ〳〵》たツとくおぼえて、娑婆世界《しやばせかい》の思出《おもひで》にとて、高野《かうや》の金堂《こんだう》に、曼陀羅《まんだら》を書《か》かれけるが、西曼陀羅《さいまんだら》をば、常明《じやうみやう》法印《ほふいん》といふ絵師《ゑし》に書かせらる。東曼陀羅《とうまんだら》をば、清盛書かんとて、自筆《じひつ》に書かれけるが、何《なに》とか思はれけん、八葉《はちえふ》の中尊《ちゆうぞん》の宝冠《ほうくわん》をば、わが首《かうべ》の血《ち》をいだいて書かれけるとぞ聞《きこ》えし。

さて、都へのぼり院参《ゐんざん》して、此由《このよし》奏聞《そうもん》せられければ、君《きみ》もなのめならず御感《ぎよかん》あツて、猶任《なほにん》をのべられ、厳島《いつくしま》を修理《しゆり》せらる。鳥居《とりゐ》を立《た》てかへ、社々《やしろ〳〵》を作《つく》りかへ、百《ひやく》八十間《けん》の回廊《くわいらう》をぞ造られける。修理《しゆり》終《をは》ツて、清盛厳島《いつくしま》へ参《まゐ》り、通夜《つや》せられたりける夢に、御宝殿《ごほうでん》の内《うち》より、鬢結《びんづらゆ》うたる天童《てんどう》の出《い》でて、「これは大明神《だいみやうじん》の御使《つかひ》なり。汝《なんぢ》この剣《けん》をも（ツ）て、一天四《てんし》海《かい》をしづめ、朝家《てうか》の御まもりたるべし」とて、銀《しろかね》の蛭巻《ひるまき》したる小長刀《こなぎなた》を給はるといふ夢をみて、覚《さ》めて後《のち》見給へば、うつつに枕《まくら》がみにぞた（ツ）たりける。大明神御託宣《だいみやうじんごたくせん》あ（ツ）て、

「汝《なんぢ》知れりや、忘れりや、ある聖《ひじり》をも（ッ）ていはせし事《こと》は。但《ただ》し悪行《あくぎやう》あらば、子孫までかなふまじきぞ」

とて、大明神あがらせ給ひぬ。目出《めで》たかりし事どもなり。

【現代語訳】

そもそも平家が安芸《あき》の厳島《いつくしま》を信仰するようになった事情は何かというと、鳥羽《とば》院の御代に清盛がまだ安芸守《あきのかみ》であったとき、安芸の国の年貢《ねんぐ》によって、高野山《こうやさん》の大塔を修理せよとの命をうけて、渡辺の遠藤六郎頼方《よりかた》を安芸の国の政庁の雑掌《ざっしょう》に任命し、六年をかけて修理を終えた。修理が終った後《のち》、清盛は高野山にのぼり、大塔を拝礼して、奥の院へ参られたが、どこからともなく、眉《まゆ》は霜《しも》のように白く、額《ひたい》には波のような皺《しわ》のよった老僧が、二またのかせ杖《づえ》にすがって出て来られて、しばらく話をなさった。

「昔から今にいたるまで、この山は真言密教の仏法を伝えて衰退したことがない。これは天下にまたとないことです。大塔はすでに修理が終りました。ところで、安芸《あき》の厳島《いつくしま》と、越前《えちぜん》の気比《けい》の宮は、金剛《こんごう》、胎蔵《たいぞう》両界の垂跡《すいじゃく》でありますが、気比の宮は栄えておりますが、厳島《いつくしま》はすっかり荒れはてて、ないも同様の有様です。このついでに奏上して、修理してください。修理さえなされば、官位の昇進は、肩をならべる人もなくなりましょう」

といって、立ち去られた。この老僧のおられたところには、不思議な芳香が薫っていた。人にあとをつけさせると、三町ばかりは姿がみえておられたが、そのあとはかき消すように見えなくなってしまわれた。これはただ人ではない、弘法大師《こうぼうだいし》であられたのだと、ますます尊く思われて、この世の思い出にと、高野《こうや》の金堂《こんどう》に曼陀羅《まんだら》を書かれたが、西曼陀羅《さいまんだら》を常　明　法印《じょうみょうほういん》という絵師に書かせられた。東曼陀羅《とうまんだら》を清盛みずから書こうと、自筆で書かれたが、どう思われてのことか、八葉《はちよう》の中尊《ちゅうぞん》の宝冠を、自分の頭の血を出して書かれたということであった。

さて、都に上《のぼ》り、院のもとに参って、このことを奏上されると、院もふかく感動なさって、安芸守《あきのかみ》の任期をさらに延長して、厳島《いつくしま》を修理させられた。鳥居を立てかえ、社々を造りかえ、百八十間の回廊《かいろう》を造られた。修理が終ってのち、清盛は厳島《いつくしま》に参詣《さんけい》し、通夜《つや》せられたとき、夢に、御宝殿の内《うち》から髪をびんずらに結った天童《てんどう》が出てきて、「これは大明神《だいみょうじん》の御使いである。汝《なんじ》はこの剣をもって天下を鎮《しず》め、朝廷の御守りとなれ」といって、銀の蛭巻《ひるまき》をした小長刀《こなぎなた》を賜わる、と見て、夢が覚めてから御覧になると、現実にその小長刀が枕もとに立っていた。さらに、大明神の御託宣が下されて、「汝《なんじ》は知っているか、忘れたか。ある聖《ひじり》をもって言わせたことを。しかし、悪行《あくぎょう》があればその栄華も子孫までは及ばぬぞ」と仰せられて、大明神はかえっていかれた。まことにめでたいことである。

【語釈】

鳥羽院《とばのいん》の御宇《ぎょう》　清盛の安芸守《あきのかみ》在任は久安二年（一一四六）から播磨守《はりまのかみ》にうつる保元元年（一一五六）までで、鳥羽院の院政時代ではあったが、近衛《このえ》天皇の御代である。**安芸国《あきのくに》をも（ッ）て**　安芸国の収入によって経費を負担して。

高野《かうや》の大塔《だいたふ》　高野山金剛峰寺《こんごうぶじ》の根本《こんぽん》大塔。弘仁十年（八一九）弘法大師の建立《こんりゆう》。久安五年（一一四九）雷火によって二度めの炎上にあい、平忠盛《ただもり》、清盛によって造営され、久寿三年（一一五六）四月造畢供養《ぞうひつくよう》が行なわれた。

渡辺《わたなべ》の遠藤六郎頼方《ゑんどうろくらうよりかた》　民部卿《みんぶきよう》藤原忠文《ただふみ》の子孫で、その子公時《きんとき》が遠江守《とおとうみのかみ》に任じてから遠藤を称し、公時の子為方《ためかた》が摂津守となってのち、摂津国渡辺に居住し、渡辺の遠藤と号した。頼方は為方から三代目の為安の子。

雑掌《ざつしやう》　国司の役所において雑務にあたり、公文書をととのえるなどの務めをする者。荘園管理の実務、年貢徴収の任にあたる者もいう。

奥院《おくのゐん》　弘法大師《こうぼうだいし》の廟所《びようしよ》。一般には神社・寺院において、本殿・本堂から離れていちだんと奥にあり、その社寺の開祖の霊などをまつった廟所をいう。

かせ杖《づゑ》　鹿杖《かせづえ》。下端が鹿の角《つの》のように股《また》になっている木の杖《つえ》。

ひかへて　背後に依拠するものをもっていること。

退転《たいてん》　後退し衰えすたれること。

気比《けひ》の宮《みや》　気比《けひ》神宮。福井県敦賀市にあり、伊奢沙別命《いささわけのみこと》、日本《やまと》武尊《たけるのみこと》など七神をまつる。

両界《りやうがい》の垂跡《すいしやく》　金剛《こんごう》界、胎蔵《たいぞう》界の大日如来《だいにちによらい》が衆生済度《しゆじようさいど》のために、仮に神として現われた。

さだにも候はば　「さ」（然）は、上の言葉をうけて、その事態を指し示す語。そう。厳島の修理をさす。「だに」はせめて……だけでも。せめてそう（修理）さえしてくれるならの意。

かき消《け》つやうに　ふっと消えるように。

異香《いきやう》すなはち薫《くん》じたり　すぐれたよいかおりが即座《そくざ》にただよった。

娑婆世《しやばせ》界《かい》　現実に人の住むこの世。

金堂《こんだう》　大塔の西南隅にあり、本尊阿閦如来《あしゆくによらい》ほかを安置する。弘法大師の建立《こんりゆう》になる。

曼陀羅《まんだら》　仏の悟りの境地を、図絵にしたもので、一定の方式に基づいて、諸仏、菩薩《ぼさつ》、神々を網羅して描いてあり、多くの種類がある。　**西曼陀羅**《さいまんだら》　金剛界《こんごうかい》曼陀羅をいう。両界曼陀羅を対《つい》にしてかけるとき、西方に金剛界曼陀羅をかけ、東方に胎蔵界《たいぞうかい》曼陀羅をかける。東曼陀羅は、胎蔵界曼陀羅をいう。　**常明法印**《じやうみやうほふいん》　『高野《こうや》春秋編年輯録』保元元年（久寿三年、一一五六）四月の、大塔造畢《ぞうひつ》の記述に、画師常明法印とあり、「古史云、此両界常明筆」とでているが、この古史が何をさすか不明。あるいは『平家物語』によったものか。つづいて清盛が頭の血を出して描いたことも記している。　**八葉**《はちえふ》**の中**《ちゆう》**尊**《ぞん》　大日如来《だいにちによらい》。胎蔵界曼陀羅《たいぞうかいまんだら》十三大院の中央の一院を八葉院といい、八葉の赤蓮華《れんげ》の上に四如来、四菩薩《ぼさつ》が座し、中台に大日如来が座している。　**宝冠**《ほうくわん》　仏の冠。大日如来の冠は五智円満の徳をあらわし、五智宝冠という。　**任**《にん》**をのべられ**　四年の国司の任期を延長されたこと。　**鬢**《びんづら》　みずらの転訛。頭髪を中央から左右にわけ、耳のあたりでわがねて緒《お》で結び耳の前に垂れたもの。　**天童**《てんどう》　仏教護法の天神・天人が童の姿で現われたもの。ここでは童形《どうぎやう》の神の使者。　**銀**《しろかね》**の蛭巻**《ひるまき》**したる小長刀**《こなぎなた》　柄に銀を蛭の巻きついたように間隔をおいて巻く装飾をした小型の長刀。巻第二「教訓状」に「先年安芸守《あきのかみ》たりし時、神拝の次《ついで》に、霊夢を蒙《かうぶ》（ッ）て、厳島《いつくしま》の大明神より、うつつに給はられたりし、銀《しろかね》の蛭巻《ひるまき》したる小長刀」とあった。　**ある聖**《ひじり》　高野《こうや》山《さん》奥院でかせ杖《づゑ》にすがって現われた老僧のこと。

【解説】

平家の厳島信仰の由来を説いた挿話《そうわ》であるが、物語の軸にふかくかかわるのは、弘法大師の化身《けしん》とみられる老僧の「官加階《くわんかかい》は肩をならぶる人もあるまじきぞ」という言葉と、厳島大明神の「但《ただ》し悪行《あくぎやう》あらば、子孫まではかなふまじきぞ」という警告である。清盛の官界における異例の昇進を、熊野権現の御利生《ごりしよう》とみた巻第一「鱸《すずき》」の挿話《そうわ》と同様、神仏の加護を平家の栄華の背後にみていたのであるが、やがてその運命が、滅亡へと転じた要因を、清盛の悪行の累加《るいか》とみる物語の作者の構想が、ここにも示されているのである。

「延慶本」では、この挿話は、「覚一本」の巻第四「厳島御幸」の章の中間にあたるところに挿入されているが、「悪行あらば」の警告はなく、「王の御守りとして司《つかさ》位《くらゐ》一門の繁昌肩を並《なら》ぶる人有《ある》まし、そも一期《いちご》そよ」と、一代かぎりとする予告があるだけで、作品構想の緊密性をもってはいない。

清盛の高野大塔建立のことは『古事談《こじだん》』にも載せている。「六波羅太政入道安芸《アキ》国司ノ時、重任ノ功ニ高野ノ大塔ヲ造ラルノ間、材木ヲ手ヅカラ持タレケリ。其時香染《カウゾメ》ヲ着タル僧出《イ》デ来テ云フ、日本国ノ大日如来ハ、伊勢大神宮ト安芸《アキ》ノ厳島《イツクシマ》ナリ。大神宮ハアマリ幽玄ナリ、汝《ナンヂ》適《タマタマ》国司タリ、早ク厳島ニ奉仕ス可シト云々。守之《カミコレ》ヲ奇《アヤ》シミ、貴房ヲバ誰トカ申スト問ヒケレバ、奥院ノ阿闍梨《アジャリ》トナム申スト云ヒテ、カキケツ様《ヤウ》ニウセニケリ。此僧ヲバ国司ノ外《ホカ》余人之ヲ見ズ。其後神拝ノ比《コロ》、厳島ニ詣《マウ》ヅ。巫女《ミコ》ニ託宣シテ云フ、君ハ従一位太政大臣ニ至ル可シト云々。果シテ相違セズト云々」とあって、『平家物語』と小異はあるがこのような伝承のあったことが理解できる。『平家物語』の叙述は、直接記録に拠るばかりでなく、伝承をとりこんで物語の構想の一環に連結していくことも多いのである。

頼豪《らいがう》

白河院《しらかはのゐん》御在位《ございゐ》の御時《おんとき》、京極大殿《きやうごくのおほとの》の御娘《むすめ》、后《きさき》にたたせ給《たま》ひて、賢子《けんし》の中宮《ちゆうぐう》とて、御《ご》最愛《さいあい》ありけり。主上此御腹《しゆしやうこのおんはら》に、皇子御誕生《わうじごたんじやう》あらまほしうおぼしめし、其比有験《そのころうげん》の僧《そう》と聞えし、三井寺《みゐでら》の頼豪阿闍梨《らいがうあじやり》をめして、

「汝此后《なんぢこのきさき》の腹《はら》に、皇子《わうじ》御誕生祈《いの》り申《まう》せ。御願成就《ごぐわんじやうじゆ》せば、勧賞《けんじやう》はこふによるべし」

とぞ仰《おほ》せける。

「やすう候」

とて、三井寺《みゐでら》にかへり、百日肝胆《かんたん》を摧《くだ》いて祈り申しければ、中宮《ちゆうぐう》やがて百日のうちに御懐妊《ごくわいにん》あ（ッ）て、承保《しようほう》元年十二月十六日、御産《ごさん》平安、皇子御誕生《わうじごたんじやう》ありけり。君なのめならず御感《ぎよかん》あ（ッ）て、三井寺《みゐでら》の頼豪阿闍梨《らいがうあじやり》を召《め》して、

「汝《なんぢ》が所望《しよまう》の事《こと》はいかに」

と仰《おほ》せ下《くだ》されければ、三井寺《みゐでら》に戒壇建立《かいだんこんりふ》の事を奏《そう》す。主上、

「これこそ存《ぞん》の外《ほか》の所望なれ。一階僧正《いつかいそうじやう》な（ン）どをも申すべきかとこそおぼしめしつれ。凡《およ》そは皇子御誕生あ（ッ）て、祚《そ》をつがしめん事も、海内無為《かいだいぶゐ》を思ふためなり。今汝《いまなんぢ》が所望達《しよまうたつ》せば、山門《さんもん》いきどほ（ッ）て、世上《せじやう》しづかなるべからず。両門合戦《りやうもんかつせん》して、天台《てんだい》の仏法《ぶつぽふ》ほろびなんず」

とて、御ゆるされもなかりけり。

【現代語訳】

白河院が帝位にあられたとき、京極《きょうごく》左大臣師実《もろざね》公の御娘が后になられ、賢子《けんし》の中宮と申して、御寵愛《ちょうあい》があった。天皇はこの中宮の御腹に皇子の御誕生があることを望まれて、そのころ効験《こうげん》あらたかな僧と評判の高かった、三井寺《みいでら》の頼豪阿闍梨《らいごうあじゃり》を召されて、「汝《なんじ》、この后の腹に、皇子が誕生するようにお祈りせよ。この祈願《きがん》が成就《じょうじゅ》すれば、褒賞《ほうしょう》は望みのままに与えよう」

と仰《おお》せられた。

「たやすいことでございます」

とおうけして、三井寺に帰り、百日の間精魂こめてお祈りすると、中宮ははやくも百日のうちに御懐妊になり、承保《しょうほう》元年十二月十六日に、御安産で、皇子が御誕生になった。天皇はこのうえもなく喜ばれ、三井寺の頼豪阿闍梨《らいごうあじゃり》を召して、

「汝《なんじ》の望むことは何か」

と仰せられたので、三井寺に戒壇《かいだん》を建立《こんりゅう》したいことを奏上した。天皇は、

「これは思いもかけぬ、法外な所望である。順位をこえて僧正の任命などを願うであろうかと思っておった。だいたい、皇子が御誕生になって、皇位をつがせようと願うのも、国内の安泰を思うためである。いま、汝の望みが達せられれば、山門が憤《いきどお》って、世の平穏は保てまい。山門、寺門の合戦となって、天台の仏法も滅びてしまうであろう」

と仰せられて、お許しにならなかった。

【語釈】

白河院御在位《しらかはのゐんございゐ》　延久四年（一〇七二）十二月即位、応徳三年（一〇八六）十一月譲位。後、院政を開始した。　**京極大殿**《きやうごくのおほとの》　関白藤原師実《もろざね》。頼通《よりみち》の子。当時左大臣であった。その邸《やしき》が土御門《つちみかど》京極《きようごく》にあり、関白師通の父なので京極大殿という。　**賢子《けんし》の中宮**《ちゆうぐう》　右大臣源顕房《あきふさ》の女《むすめ》、師実《もろざね》の猶子《ゆうし》。延久五年（一〇七三）白河天皇の女御《にようご》、翌六年六月中宮となる。同年（八月に承保と改元）十二月二十六日（『扶桑略記《ふそうりやつき》』による）敦文親王誕生。

頼豪阿闍梨《らいがうあじやり》　伊賀守《いがのかみ》藤原有家《ありいえ》の子。寛弘元年（一〇〇四）生、応徳元年（一〇八四）没。権僧正《ごんのそうじやう》心誉の弟子。長暦元年（一〇三七）法橋《ほつきよう》行円《ぎようえん》について入壇授職《じゆしき》した。阿闍梨《あじやり》は仏教の師範となる高僧の称、授戒の師、密教の秘法を伝授する。わが国では勅旨によって天台・真言の諸寺におかれる僧位となった。　**肝胆《かんたん》を摧《くだ》いて**　心労のかぎりをつくして。

戒壇《かいだん》　戒を授けるために設けた壇。天平勝宝七年（七五五）鑑真《がんじん》が東大寺に設置したのがわが国における最初で、天平宝字五年（七六一）には下野薬師寺《しもつけやくしじ》、筑紫《つくし》観世音寺《かんぜおんじ》に建てられ、三戒壇と称されたが、弘仁十三年（八二二）最澄《さいちよう》の奏状によって延暦寺に戒壇建立《こんりゆう》が勅許された。長暦二年（一〇三八）天台座主《ざす》に三井《みい》寺の明尊が補せられることになったのを山門の僧徒は拒み、三井寺の僧の戒壇にのぼることを阻《はば》んだので、明尊は三井寺に戒壇建立を奏請したが、山門の反対にあって達せず、抗争がつづいた。

一階僧正《いつかいそうじやう》　僧位昇進の階梯《かいてい》をこえて一挙に僧正になること。　**祚**《そ》　皇位。　**両門**《りやうもん》　山門（比叡山延暦寺）と寺門（三井寺）。

【解説】

この一章は、怨霊《おんりよう》のおそろしさを説く挿話《そうわ》であるが、皇子誕生の祈り、という関連で「大塔建立」の章の前段に接続するものである。「勧賞《けんじやう》はこふによるべし」と認めながら、三井寺の戒壇建立の要請がいれられなかったのは、山門・寺門の紛争の歴史が考慮されたからであり、延暦寺、園城寺《おんじようじ》(三井寺)の確執は、正暦四年(九九三)慈覚大師(円仁)門徒(山門派)と智証大師(円珍《えんちん》)門徒(寺門派)が争い、円珍門徒が園城寺に移っていらい、事あるごとに起こっている。後白河法皇の御灌頂《かんじよう》にあたっての対立は、すでに巻第二「山門滅亡　堂衆《だうじゆ》合戦」で語られていた。

頼《らい》豪《がう》(二)

頼豪口惜《らいがうくちを》しい事《こと》なりとて、三井寺《みゐでら》にかへ(ッ)て、ひ死《じに》にせんとす。主上大《おほ》きにおどろかせ給《たま》ひて、江師匡房卿《がうぞつきやうばうのきやう》、其比《そのころ》は未《いま》だ美作守《みまさかのかみ》と聞えしを召して、

「汝《なんぢ》は頼豪《らいがう》と、師檀《しだん》の契《ちぎり》あんなり。ゆいてこしらへて見よ」

と仰《おほ》せければ、美作守綸言《みまさかのかみりんげん》を蒙《かうぶ》(ッ)て、頼豪《らいがう》が宿坊《しゆくばう》に行きむかひ、勅定《ちよくぢやう》の趣《おもむき》を仰せ含めんとするに、以《もつ》ての外《ほか》にふすぼ(ッ)たる持仏堂《ぢぶつだう》にたてごも(ッ)て、おそろしげなるこゑして、

「天子《てんし》には戯《たはぶれ》の詞《ことば》なし、綸言汗《りんげんあせ》のごとしとこそ承《うけたまは》れ。是程《これほど》の所望《しよまう》かなはざらんに

おいては、わが祈りだしたる皇子《わうじ》なれば、取《と》り奉《たてまつ》(ッ)て、魔道《まだう》へこそゆかんずらめ」

とて、遂《つひ》に対面《たいめん》もせざりけり。美作守《みまさかのかみ》帰り参(ッ)て、此由《このよし》を奏聞《そうもん》す。頼豪《らいがう》はやがて干死《ひじに》に死ににけり。君《きみ》いかがせんずると、叡慮《えいりよ》をおどろかさせおはします。皇子《わうじ》やがて御悩《ごなう》つかせ給ひて、さまぐ〵の御祈共《いのりども》ありしかども、かなふべしともみえさせ給はず。白髪《はくはつ》なりける老僧《らうそう》の、錫杖《しやくぢやう》もつ(ッ)て、皇子の御枕《まくら》にたたずみ、人々の夢にも見え、まぼろしにも立ちけり。おそろしな(ン)どもおろかなり。

【現代語訳】

頼豪《らいごう》は、口惜《くちお》しいことだと憤激《ふんげき》して、三井寺《みいでら》に帰り、食を断《た》って餓死《がし》しようとした。天皇はたいそう驚かれて、当時美作守《みまさかのかみ》であった江帥《ごうのそつ》匡房卿《まさふさきょう》をお召しになり、

「そなたは、檀那《だんな》として、頼豪《らいごう》を師僧とする契《ちぎ》りをむすんでいるそうだが、行ってよくとりなしてみよ」

と仰せられたので、美作守は天皇の御言葉をおうけして、三井寺の頼豪の宿坊に赴《おもむ》き、天皇の仰せを伝えて説得しようとしたが、頼豪は、護摩《ごま》の煙でこのうえもなくくすぶっている持仏堂にこもったまま、恐ろしい声で、

「天子に戯れの言葉はない。『綸言汗《りんげんあせ》のごとし』と承わっている。これくらいの所望がかな

えられないというのなら、わが祈りによってお生まれになった皇子であるから、お取り申して、魔道へ連れて行くつもりだ」

といって、ついに対面もしなかった。美作守は帰参して、天皇にこのことを奏上した。頼豪は、まもなく餓死してしまった。天皇は、どうしたらよいものかと、驚かれておられた。その後、まもなく皇子は御病に犯されなさって、さまざまな御祈禱《きとう》が行なわれたが、いっこうに効験があらわれなかった。白髪の老僧が、錫杖《しやくじよう》をもって、皇子の御枕《まくら》もとにたたずむ姿が人々の夢に見え、また幻のように立ち現われもした。恐ろしい、などというどころではなかった。

【語釈】

ひ死《じに》　断食して餓死すること。　**江帥匡房卿《がうぞつきやうばうのきやう》**　大宰権帥《だざいごんのそつ》大江匡房《まさふさ》。巻第一「願立《ぐわんだて》」に既出。延久六年（一〇七四）から承暦四年（一〇八〇）まで美作守《みまさかのかみ》。　**師《し》檀《だん》の契《ちぎり》**　師僧と檀那《だんな》（施主）との契約。　**ゆいて**　行きての音便。　**こしらへ**　とりなす。なだめる。　**綸言《りんげん》**　天子のことば。　**勅定《ちよくぢやう》**　天皇の命令、仰せ。　**以《もつ》ての外《ほか》に**　格別にはなはだしく。　**ふすぼ（ッ）たる**　「ふすぶ」は煙をたてる、いぶる、くすぶる。護摩《ごま》の煙でくすぶっている、の意。　**持仏堂《ぢぶつだう》**　護持する本尊を安置する堂。　**天子《てんし》には戯《たはぶれ》の詞《ことば》なし**　『史記』晋世家に「天子ニ無シ二戯言一、言ハ則チ史書シレ之ヲ、礼ハ成シレ之ヲ、楽ハ歌フレ之ヲ」（天子ニ戯言無シ。言ハ則《すなわ》チ史之ヲ書シ、礼ハ之ヲ成シ、楽ハ之ヲ歌ウ）とある。　**綸言汗《りんげんあせ》のごとし**　勅命は一度出されてはまた後にもどることがない。出た汗がもとへもどらないことにたとえた。汗のごとし、は『漢書』劉向伝《りゆうこうでん》に「言ニ号令フ如シトレ汗ノ、汗出テ而不レ反ラ者也」（号令汗ノ如シト言ウ、汗出《いで》テ反《かえ》ラザルモノナリ）とある。**魔道**《まどう》　悪魔の世界。**錫杖**《しやくぢやう》　上部は錫《すず》、中部は木、下部は牙《きば》や角《つの》で作られ、塔婆の形の頭に六個から十二個の環《かん》が付けられて、振ると音がするようになっている。僧侶《そうりよ》や修験《しゆげん》者の持つ杖《つえ》。

【解説】

「百日肝胆《かんたん》を摧《くだ》いて」祈り、要望の皇子誕生の効験《こうげん》をあげながら、「こふによるべし」と約束された勧賞《けんじよう》を拒まれた頼豪《らいごう》が、断食して、「取《と》り奉《たてまつ》（ッ）て、魔道《まどう》へこそゆかんずらめ」と怒りの言葉をのこして憤死し、やがて、皇子は、その怨霊《おんりよう》によって、病に犯される。頼豪の死は応徳元年（一〇八四）五月四日で、皇子（敦文親王）は、その七年前の承保四年（一〇七七）九月六日、四歳でこの年流行した赤斑疱瘡《ほうそう》で亡くなっているから、この話は史実によるものではない。しかし頼豪にまつわる伝承は、死後鼠《ねずみ》となって延暦寺経蔵《きようぞう》の聖経を食い荒し、怨霊鎮魂のため、神として祀《まつ》ったことが『神明鏡』にみえ、『尊卑分脈《そんぴぶんみやく》』も頼豪に「薗城寺戒壇事《をんじやうじかいだんのこと》に依《よ》り、怨念《をんねん》を含み鼠《ねずみ》と成《なり》し人なり」と注している。

『愚管抄《ぐかんしよう》』巻四には、『平家物語』とほとんど同じ設定でこの説話がのせられている。匡房《まさふさ》が頼豪をたずねるところは、さらに具体的な叙述で、「持仏堂ノアカリ障子《シヤウジ》ゴマノ烟ニフスボリテ、ナニトナク身ノ毛ダチテヲボヘケルニ、シバシバカリ有《アリ》テアラ、カニアカリ障子ヲアケテ出タルヲミレバ、目ハクボリヲチ入《イリ》テ面《オモテ》ノ性モミヘズ、白髪ノカミハナガクヲホシテ」と描写している。頼豪の面相は、「延慶本」も「齢九十有余なる僧の白髪長く生《はえ》て目はくほ〳〵と落入《おちいり》て顔の正体もみへわかす」と述べて『愚管抄』と一致している。頼豪が鼠となった話も「延慶本」のこの説話の末尾に付記してある。

頼《らい》豪《がう》(三)

さる程に承暦《しようりやく》元年八月六日《むゆかのひ》、皇子御年四歳にて遂《つひ》にかくれさせ給ひぬ。敦文《あつふん》の親王是《これ》なり。主上なのめならず御歎《おんなげき》ありけり。山門に又、西京《さいきやう》の座主《ざす》、良真《りやうしん》大僧正《だいそうじやう》、其比《そのころ》は円融房《ゑんゆうばう》の僧都とて、有験《うげん》の僧と聞えしを、内裏へ召して、

「こはいかがせんずる」

と仰せければ、

「いつも我山《わがやま》の力にてこそ、か様《やう》の御願《ごぐわん》は成就《じやうじゆ》する事で候へ。九条右丞相《くでうのうしようじやう》師輔公《もろすけこう》も、慈恵大僧正《じゑだいそうじやう》に契《ちぎ》り申させ給ひしによ(ッ)てこそ、冷泉院《れいぜいのゐん》の皇子《わうじ》御誕生は候《さうら》ひしか。やすい程《ほど》の御事候《ざうらふ》」

とて、比叡山《ひえいざん》にかへりのぼり、山王大師《さんわうだいし》に百日肝胆《かんたん》を摧《くだ》いて祈り申しければ、中宮《ちゆうぐう》やがて百日の内《うち》に御懐妊《くわいにん》あ(ッ)て、承暦三年七月九日《ここのかのひ》、御産平安、皇子御誕生ありけり。堀河天皇是《ほりかはのてんわうこれ》なり。怨霊《をんりやう》は昔もおそろしき事なり。今度さしも目出《めで》たき御産に、非常の大赦《だいしや》はおこなはれたりといへども、俊寛僧都一人《しゆんくわんそうづいちにん》、赦免《しやめん》なかりけるこそうたてけれ。

同《おなじき》十二月八日《やうかのひ》、皇子東宮《とうぐう》にたたせ給ふ。傅《ふ》には小松内大臣、大夫《だいぶ》には池の中納言

頼盛卿《よりもりのきやう》とぞ聞えし。

【現代語訳】

こうして、承暦《しょうりゃく》元年八月六日、皇子は御年四歳でついに亡くなられた。敦文親王《あつぶみしんのう》と申しあげるのはこの方《かた》である。天皇はひとかたならずお嘆きになって、当時山門に効験ある僧として評判の高かった円融房《えんゆうぼう》の僧都《そうず》、のちの天台座主《ざす》、西の京の良真大僧正を内裏に召して、

「これはどうしたものであろうか」

と仰せられると、

「このような御願《ごがん》は、いつもわが叡山の力によって成就《じょうじゅ》するものでございます。九条右大臣師輔《もろすけ》公も、慈恵《じえ》大僧正に御契約なされたからこそ、のちに冷泉天皇となられた皇子がお生まれになったのです。たやすいことでございます」

といって、比叡山《ひえいざん》に帰り登り、山王大師《さんのうだいし》に百日の間、精根をつくして祈られたので、百日のうちにすぐに御懐妊になって、承暦三年七月九日に、御安産で皇子がご誕生になった。堀河天皇がこのお方《かた》である。怨霊《おんりょう》は昔も恐ろしいことである。今度、たいへんめでたい御産に、非常の大赦《たいしゃ》が行なわれたにもかかわらず、俊寛僧都《しゅんかんそうず》一人だけが赦免されなかったのは酷《むご》いことである。

同年十二月八日、皇子は東宮に立たせられる。東宮傅《ふ》には小松内大臣、東宮大夫《とうぐうだいぶ》には池の中納言頼盛卿《よりもりきょう》がなられたということであった。

【語釈】

承暦《しようりやく》元年八月六日《むゆかのひ》　一〇七七年。承保四年十一月十七日承暦と改元された。敦文親王の死を『扶《ふ》桑略記《そうりやつき》』は八月六日とするが、『水左記《すいさき》』『本朝皇胤紹運録《ほんちようこういんしようんろく》』には九月六日とある。

西京《さいきやう》の座主《ざす》、良真《りやうしん》大僧正《だいそうじやう》　兵部丞《ひようぶのじよう》源通輔《みちすけ》の子。永保元年（一〇八一）第三十六代の天台座主《ざす》となり、寛治五年（一〇九一）大僧正となった。永長元年（一〇九六）七十五歳で没。西の京の房に住んだので、西京《さいきよう》の座主といわれた。

九条《くでう》右丞相《うしようじやう》　相師輔公《もろすけこう》　藤原忠平の子。延喜八年（九〇八）生、天徳四年（九六〇）没。右丞相は右大臣のこと。娘安子が村上天皇皇后となり、冷泉《れいぜい》・円融《えんゆう》両天皇を生んだ。**慈恵大僧正《じゑだいそうじやう》**　慈恵は良源《りようげん》の諡《おくりな》。康保三年（九六六）第十八代天台座主《ざす》、天元四年（九八一）大僧正。永観三年（九八五）没、七十四歳。師輔が帰仰《きぎよう》し師檀の縁をむすんでいた。巻第六「慈心房《じしんぼう》」に、清盛は慈恵《じえ》僧正の再誕とする説話がある。

冷泉院《れいぜいのゐん》の皇子《わうじ》　村上天皇の第二皇子、のちに冷泉天皇となった皇子。**傅《ふ》**　東宮の補導にあたる官職。**大夫《だいぶ》**　ここでは、東宮大夫。皇太子に奉仕し、内政をつかさどる春宮坊《とうぐうぼう》の長官。「東宮」は皇太子の御座所、「春宮」は官舎をさすという。

【解説】

三井寺の頼豪阿闍梨《らいごうあじやり》に対して、こんどは山門の良真大僧正を登場させ、「我山《わがやま》の力にてこそ、か様《やう》の御願《ごぐわん》は成就する」と言わせたうえ、無事誕生の皇子が、皇位を践《ふ》まれたことを語るところに、『平家物語』の比叡山よりの立場がうかがえる。「百日肝胆《かんたん》を」から「皇子御誕生ありけり」までは、年月日を除いてまったく前と同文であるが、これは「語りもの」の常套《じようとう》手段で、同じ状況を語るところには、しばしばみられるところである。

御産の祈りの関連で挿入《そうにゅう》された説話が、怨霊の恐ろしさを述べたところで、ふたたび赦免されなかった俊寛の身の上に注意をむけている。この叙述は「屋代本」「延慶本」ともにない。のちに俊寛の死を語って「か様に人の思歎《おもひなげき》のつもりぬる、平家の末こそおそろしけれ」と述べるところに関連する内的な脈絡がつけられているものである。

十二月八日は『玉葉《ぎよくよう》』には「此の日若宮親王宣旨なり」とあり、立太子は十五日で、傅《ふ》は左大臣藤原経宗《つねむね》、春宮大夫《とうぐうだいぶ》は大納言右大将平宗盛《むねもり》と記され、その行事を詳細に記している。「延慶本」は頼豪説話の前にこの記事があって、「十二月八日皇子親王の宣旨を下さる、十五日王子皇太子に立《たた》せ給ふ、十四日親傅には小松内大臣、大夫には右大将宗盛卿、権大夫《ごんのだいぶ》には時忠卿そなられける」と述べている。

少将都帰《せうしやうみやこがへり》

明くれば治承《ぢしよう》三年正月下旬《げじゆん》に、丹波少将成経《たんばのせうしやうなりつね》、平判官康頼《へいはんぐわんやすより》、肥前国鹿瀬庄《ひぜんのくにかせのしやう》をた(ッ)て、都《みやこ》へといそがれけれども、余寒猶《よかんなほ》はげしく、海上もいたく荒れければ、浦《うら》づたひ、島づたひして、きさらぎ十日比《ごろ》にぞ、備前児島《びぜんのこじま》に着き給ふ。それより父大納言殿《ちちだいなごんどの》の住み給ひける所を、尋《たづ》ねいりて見《み》給ふに、竹の柱《たけのはしら》、ふりたる障子《しやうじ》なんどに、書《か》きおかれたる筆《ふで》のすさみを見給《みたま》ひて、

「人の形見《かたみ》には、手跡《しゆせき》に過《す》ぎたる物《もの》ぞなき。書きおき給はずは、いかでかこれをみるべき」

とて、康頼入道《やすよりにふだう》と二人《ににん》、ようでは泣《な》き、泣いてはよむ。「安元《あんげん》三年七月廿日《はつかのひ》、出家《しゆつけ》、同《おなじき》廿六日信俊下向《のぶとしげかう》」と書かれたり。さてこそ源左衛門尉信俊《げんざゑもんのじようのぶとし》が、参りたりけるも知られけれ。そばなる壁には、「三尊来迎便《さんぞんらいかうたより》あり、九品往生無《くほんわうじやうなし》レ疑《うたがひ》」とも書かれたり。此形見《このかたみ》を見《み》給《たま》ひてこそ、

「さすが欣求浄土《ごんぐじやうど》ののぞみもおはしけり」

と、限《かぎり》なき歎《なげき》の中にも、いささかたのもしげには宣《のたま》ひけれ。

其墓《そのはか》を尋《たづ》ねて見《み》給《たま》へば、松《まつ》の一《ひと》むらある中《なか》に、かひ〳〵しう壇《だん》をついたる事もなし。土のすこし高き所に、少将袖《せうしやうそで》かきあはせ、いきたる人に物《もの》を申《まう》すやうに、泣く〳〵申されけるは、

「遠《とほ》き御《おん》まもりとならせおはしましして候事をば、島にてかすかに伝《つた》へ承《うけたまは》りしかども、心にまかせぬうき身なれば、いそぎ参《まゐ》る事《こと》も候はず。成経彼島《なりつねかのしま》へながされてのちの便《たより》なさ、一日片時《へんし》の命のありがたうこそ候ひしか、さすが露《つゆ》の命《いのち》消えやらずして、二年《ふたとせ》をおく(ッ)て、召しかへさるるうれしさは、さる事にて候へども、この世にわたらせ給ふをも、見参《みまゐ》らせて候はばこそ、命のながきかひもあらめ。是《これ》まではいそがれつれども、いまより後《のち》はいそぐべしともおぼえず」

と、かきくどいてぞ泣《な》かれける。誠《まこと》に存生《ぞんじやう》の時《とき》ならば、大納言入道殿《だいなごんにふだうどの》こそ、いかにとも宣《のたま》ふべきに、生《しやう》をへだてたる習程《ならひほど》、うらめしかりける物はなし。苔《こけ》の下には誰《たれ》かこたふべき。ただ嵐《あらし》にさわぐ松《まつ》の響《ひびき》ばかりなり。其夜《そのよ》はよもすがら、康頼《やすより》入道と二人、墓《はか》のまはりを行道《ぎやうだう》して念仏申《ねんぶつまう》し、明《あ》けぬれば、あたらしう壇《だん》つき、くぎぬきせさせ、まへに仮屋《かりや》つくり、七日《しちにち》七夜念仏申《ねんぶつまう》し経書《きやうか》いて、結願《けつぐわん》には、大きなる卒都婆《そとば》をたて、「過去聖霊《くわこしやうりやう》　出離生死証大菩提《しゆつりしやうじしようだいぼだい》」と書いて、年号月日《ねんがうつきひ》の下には、「孝子成経《かうしなりつね》」と書かれたれば、しづ山がつの心なきも、子に過《す》ぎたる宝《たから》なしとて、泪《なみだ》をながし袖《そで》をしぼらぬはなかりけり。年去《としさ》り年来《としきた》れども、忘《わす》れがたきは撫育《ぶいく》の昔《むかし》の恩《おん》、夢《ゆめ》のごとく幻《まぼろし》のごとし。尽《つ》きがたきは恋慕《れんぼ》のいまの涙なり。三世十方《さんぜじつぱう》の仏陀《ぶつだ》の聖衆《しやうじゆ》も、あはれみ給ひ、亡魂尊霊《ばうこんそんりやう》も、いかにうれしとおぼしけん。

「今《いま》しばらく念仏《ねんぶつ》の功《こう》をもつむべう候《さうら》へども、都《みやこ》に待《ま》つ人共《ひとども》も、心もとなう候《さうらふ》らん。又《また》こそ参《まゐ》り候《さうら》はめ」

とて、亡者《まうじや》に暇申《いとままう》しつつ、泣く泣くそこをぞ立たれける。草《くさ》の陰《かげ》にても、余波惜《なごりを》しうや思《おも》はれけん。

【現代語訳】

年が明けて、治承《じしよう》三年、その正月下旬《げじゆん》に、丹波《たんばの》少将成経《なりつね》と平判官康頼《へいほうがんやすより》は、肥前国《ひぜんのくに》鹿瀬庄《かせのしよう》を出発して、都《みやこ》へと急がれたが、余寒はなおきびしく、海上もひどく荒れたので、船は浦伝《うら》い、島伝いにすすんで、二月十日ごろに、備前《びぜん》の児島《こじま》にお着きになった。そこから父の大納言が住んでおられたところを、尋ねて行かれて御覧《ごらん》になると、竹の柱《はしら》や、古びた襖《ふすま》などに書きのこされた慰《なぐさ》み書きがあった。それを見られて、

「人の形見《かたみ》としては、筆跡にまさるものはない。書きのこされなければ、どうして見ることができよう」

といって、康頼入道と二人で、読んでは泣き、泣いては読んだ。「安元《あんげん》三年七月二十日、出家。同二十六日信俊《のぶとし》下向《げかう》」と書かれてある。それで、源左衛門尉信俊《げんざえもんのじようのぶとし》が参ったことを知られたのである。そばの壁には、「三尊来迎便《さんぞんらいかうたより》あり、九品往生《くほんわうじやう》疑ひなし」とも書かれてある。この形見をご覧になって、

「さすがに、欣求《ごんぐ》浄土の望みもおもちでおられたのだ」

と、限りのない嘆きのなかにあっても、少しは頼みありげに言われたのであった。

その墓を尋ねてご覧になると、一むら茂る松のなかに、とくに壇《だん》を築いたこともなく、土を少し高く盛りあげてあるだけであった。少将は袖《そで》をかき合わせて、生きている人に物を言うように、泣く泣く申された。

「お亡くなりになられたということは、鬼界《きかい》が島でかすかに伝え承りましたが、思うままにならない身の上でしたので、急ぎ参ることもできませんでした。私があの島に流されてからのたよりなさは、一日片時《へんじ》の命も保ちがたいほどでありましたが、それでもさすがに露のよ

うにはかない命ながら、消え果てることもなく、二年をすごして、召し返されることになりました。そのうれしさはもちろんのことですが、この世におられる父上にお会いすることができましたら、生き延びた甲斐《かい》もありましたのに。ここまでは道を急ぎましたが、これから後は急ごうとも思われません」

と、くりかえし訴えるように言って、泣かれた。まことに、御存命のときであったら、大納言入道殿も、どうしたかと言われたにちがいないが、生死の境をへだてていることほど悲しいことはない。苔《こけ》の下では、だれが答えようか。ただ、風にさわぐ松の響きが聞えてくるばかりである。

その夜は、一夜じゅう、康頼《やすより》入道と二人で墓のまわりを行道《ぎようどう》して念仏を唱え、夜が明けると新しく壇を築いて、柵《さく》をめぐらし、前に仮屋をつくり、七日七夜念仏を唱えて、経を書写した。この供養《くよう》の結願《けちがん》には、大きな卒都婆《そとば》を立て、「過去聖霊　出離生死証大菩提《かこしやうりやうしゆつりしやうじしようだいぼだい》」と書いて、年号月日の下に「孝子成経《なりつね》」と書かれたので、これを見る心ない農夫や杣人《そまびと》までも、子にまさる宝はないと、涙に袖《そで》をしぼらぬ者はなかった。年が去り、年が来て、長い歳月がたっても、忘れがたいものは養い育ててくれた昔の恩で、いま思えば夢か幻のようである。尽きることのないものは、亡き父を恋い慕う涙である。三世《さんぜ》十方《じつぽう》の仏陀《ぶつだ》、菩薩《ぼさつ》も哀れみくださり、亡き父の霊魂も、どれほどかうれしく思われたことであろう。

「もうしばらく念仏を唱えて、その功徳を積むべきですが、都に待つ人々も、待ち遠しく思っていることでしょう。また参りましょう」

と、亡き人に別れを告げて、泣く泣くそこをお立ちになった。父大納言も、草葉《くさば》の陰で名残り惜しく思われたことであろう。

【語釈】

筆《ふで》のすさみ　「すさみ」は気のむくままに……すること。慰み書き。**手跡《しゆせき》**　その人が自分で書いた文字。筆跡。**ようでは**　読みては、のウ音便。**安元《あんげん》三年七月廿日《はつかのひ》、出家《しゆつけ》**　成親《なりちか》の出家。信俊《のぶとし》配所への来訪は、巻第二「大納言死去」で語られているが、年月日は記されていない。**三尊来迎《さんぞんらいかう》**　阿弥陀《あみだ》、観音《かんのん》、勢至《せいし》の三尊が、極楽浄土から念仏行者の臨終のとき迎えに来ること。**九品往生《くほんわうじやう》**　極楽往生には、上中下の三品《さんぼん》のそれぞれに上中下の三生《さんしよう》があり、合わせて九つの階級があって、上品上生《じようぼんじようしよう》を最上、下品下生《げぼんげしよう》を最下とし、往生するものの生前の行業に対応するという。『観無量寿経《かんむりようじゆきよう》』の所説。良源《りようげん》に『極楽浄土九品《くほん》往生義』があって詳説する。**欣求浄土《ごんぐじやうど》**　浄土への往生をよろこび求めること。**かひぐしう**　効果あるようにの意で、しっかりとそれらしく。**遠《とほ》き御《おん》まもり**　死んで他界からこの世の人を護ることで、ここでは死んだことを意味する。巻第七「忠度都落《ただのりのみやこおち》」の忠度の詞《ことば》に「遠き御まもりでこそ候はんずれ」とある。**生《しやう》をへだてたる習《ならひ》**　死別して、この世とあの世を隔てて、言葉をかわすことのできない習い。**行道《ぎやうだう》**　仏のまわりを歩行する仏教の行《ぎやう》。誦経《ずきよう》しながら行道するのを天台で常行三昧《さんまい》という。**くぎぬき**　柱または杭を立て並べて横に貫《ぬき》を通した柵《さく》。**過去聖霊《くわこしやうりやう》　出離生死証大菩提《しゆつりしやうじしようだいぼだい》**　死者の霊が生死の苦界を離れて、大きな悟りを得《え》られるように、と祈願することば。**三世十方《さんぜじつぱう》**　過去・現在・未来を三世といい、四方と東北・東南・西北・西南の四維《しゆい》に上下の二方を合わせた十方。時間・空間の全世界をいう。**聖衆《しやうじゆ》**　浄土にある仏弟子《ぶつでし》、菩薩《ぼさつ》たち。**念仏《ねんぶつ》の功《こう》**　念仏を唱えることによって積る功徳。

心もとなう　心もとなくのウ音便。気がかりで待ち遠しく。　**草《くさ》の陰《かげ》**　草葉の陰。墓の下、あの世。

【解説】

「御産《ごさん》」の章の冒頭に、鬼界《きかい》が島を出た成経《なりつね》が鹿瀬庄《かせのしよう》で年を暮した、とあって、物語は中宮御産の叙述にうつったが、ふたたび成経らの動向に転じて、都への帰還を語っていく。その途上、父が流され、やがて殺された土地をたずねての追慕の嘆きがえがかれている。「孝子成経」と父を弔《とむら》う卒都婆《そとば》の下に自ら書いた、というその語が、成経の人物をもっともよく示している。巻第二「少将乞請《こひうけ》」でもわが身よりも父の安否を気遣って、教盛《のりもり》にもつべきものは子、と感動させたが、父の墓前に慨嘆し供養する成経に、「しづ山がつの心なきも、子に過ぎたる宝《たから》なし」と感嘆したと述べて、成経の恩愛の情の深さを強調している。

少将都帰《せうしやうみやこがへり》（二）

同《おなじき》三月十六日、少将鳥羽《せうしやうとば》へあかうぞ着《つ》き給《たま》ふ。故大納言《こだいなごん》の山庄《さんざう》、すはま殿《どの》とて鳥《と》羽《ば》にあり。住みあらして年へにければ、築地《ついぢ》はあれどもおほひもなく、門《もん》はあれども扉《とびら》もなし。庭に立入《たちい》り見給《みたま》へば、人跡《じんせき》たえて苔《こけ》ふかし。池の辺《ほとり》を見まはせば、秋の山の春風《はるかぜ》に、白波《しらなみ》しきりにおりかけて、紫鴛白鷗逍遥《しゑんはくおうせうえう》す。興《きよう》ぜし人の恋しさに、尽きせぬ物は涙なり。家はあれどもらんもん破《やぶ》れて、蔀《しとみ》やり戸《ど》もたえてなし。

「爰《ここ》には大納言《だいなごん》殿の、とこそおはせしか。此妻戸《このつまど》をばかうこそ出《い》で入《い》り給《たま》ひしか。あの木《き》をば、みづからこそ植《う》ゑ給《たま》ひしか」

な（ン）どいひて、ことの葉《は》につけて、父の事を恋《こひ》しげにこそ宣《のたま》ひけれ。弥生《やよひ》なかの六日なれば、花はいまだ名残《なごり》あり。楊梅桃李《やうばいたうり》の梢《こずゑ》こそ、折知《をりし》りがほに色色《いろいろ》なれ。昔の主《あるじ》はなけれども、春を忘《わす》れぬ花なれや。少将《せうしやう》花のもとに立寄（ッ）て、

桃李《たうり》不《ず》レ言《ものいは》、春《はる》幾《いくばく》暮《かくれぬる》　煙霞《えんか》無《なし》レ跡《あと》、昔《むかし》誰《たれか》栖《すんじ》

ふるさとの花の物いふ世なりせばいかにむかしのことを問はまし

この古き詩歌《しいか》を口ずさみ給へば、康頼入道《やすよりにふだう》も、折節《をりふし》あはれに覚《おぼ》えて、墨染《すみぞめ》の袖《そで》をぞぬらしける。暮《く》るる程《ほど》とは待《ま》たれけれども、あまりに名残惜《なごりを》しくて、夜《よ》ふくるまでこそおはしけれ。深行《ふけゆ》くままには、荒れたる宿《やど》のならひとて、ふるき軒《のき》の板間《いたま》より、もる月影《つきかげ》ぞくまもなき。鶏籠《けいろう》の山明けなんとすれども、家路《いへぢ》はさらにいそがれず。さてもあるべきならねば、むかへに乗物共《のりものども》つかはして、待《ま》つらんも心なしとて、泣く泣くすはま殿《どの》を出《い》でつつ、都へかへり入《い》られけん心の中《うち》ども、さこそはあはれにもうれしうもありけめ。

康頼入道《やすよりにふだう》がむかへにも、乗物《のりもの》ありけれども、それには乗らで、今さら名残《なごり》の惜《を》しきにとて、少将《せうしやう》の車の尻《しり》に乗（ッ）て、七条河原《かはら》まではゆく。其《それ》より行《ゆ》き別《わか》れけるに、猶行《なほゆ》きもやらざりけり。花の下《もと》の半日《はんじつ》の客《かく》、月前《つきのまへ》の一夜《や》の友《とも》、旅人《りよじん》が一村雨《ひとむらさめ》の過《す》ぎ行

くに、一樹《じゆ》の陰《かげ》に立寄《たちよ》（ッ）て、わかるる余波《なごり》も惜《を》しきぞかし。況《いはん》や是《これ》はうかりし島の住《すま》ひ、船《ふね》のうち浪《なみ》の上《うへ》、一業所感《いちごふしよかん》の身なれば、先世《ぜんぜ》の芳縁《はうえん》も、浅からずや思《おも》ひ知《し》られけん。

【現代語訳】

同じ年の三月十六日、まだ明るいうちに少将は鳥羽《とば》にお着きになった。故大納言の、すはま殿という山荘が、鳥羽にある。住み荒《あ》らしたまま年を経たので、築地《ついじ》はあるもののその屋根はなく、門は残っているが、扉《とびら》はなくなってしまった。庭に入って御覧になると、人の訪《たず》ねた跡もなく、深々と苔《こけ》が生いたっている。池のほとりを見まわすと、秋の山とよぶ鳥羽離宮の築山から吹きおろす春風に、つぎつぎに白波が寄せては返し、紫鴛白鷗《しえんはくおう》が気の向くままに遊泳している。この景物を興じた人が恋しく想いおこされて、涙は尽きることなく流れ落ちるのであった。家はあるが、羅文《らもん》は破れ、蔀《しとみ》も遣戸《やりど》もなくなっている。
「ここで大納言殿は、こうしておられた。この妻戸《つまど》を、このようにして出入りなさっていた。あの木は、御自身で植えられたのだ」
などと、一言ごとに、父のことを恋しそうに言われるのであった。三月もなかば、十六日なので、桜花もまだ散り残っている。楊梅《やまもも》、桃、李《すもも》の梢《こずえ》は、いまが季節だとばかり、色とりどりに花ざかりである。昔の主人はいないけれども、春を忘れず咲く花である。少将は花の下に立ち寄って、

桃李《たうり》ものいはず　春いくばくか暮れぬる、煙霞《えんか》跡《あと》なし　昔誰《たれ》か栖《す》んじ

（桃や李《すもも》は昔のままに咲いても、何も語らないから、幾度春がめぐり来たか知ることができない。たなびく霞は跡がのこらないので、昔ここにだれが住んでいたかわからない）

ふるさとの花の物いふ世なりせばいかにむかしのことを問はまし

（郷里の花が、もし、ものを言うことができるのであったら、どんなにか昔のことを尋ね問いたいものであるのに）

この古い詩歌を口ずさまれると、康頼《やすより》入道も、折が折だけにしみじみと心をうたれて、涙に僧衣《そうい》の袖《そで》をぬらしたのであった。日が暮れてから都に入ろうと、出発を待たれたのであったが、あまりの名残り惜しさに、夜のふけるまでここにおられた。更けてゆくのにつれて、荒れた家の常として、古い軒の板間から洩れてくる月が、くまなく照り輝いている。山はすでに明けかかってきたが、家路を急ぐ心はいっこうにおこらない。しかし、そのままでいるわけにもいかないので、迎えの乗物などをよこして、待っているであろう家族のことを思えば、こうしているのも心ないことだと、泣く泣くすはま殿《どの》を出て、都へ帰っていかれたその心境は、さぞしみじみと深い感慨とうれしさにあふれていたであろう。

康頼入道の迎えにも乗物はあったが、それには乗らず、なおも名残りが惜しいと、少将の車にともに乗って、七条河原まで行った。そこで別れたが、やはりなお去り難かった。たまたま半日をともに花見で過ごした人、一夜を月見に過ごした友、あるいは、村雨《むらさめ》の通り過ぎ

る間を一樹のかげに立寄った旅人でさえ、別れる名残りは惜しいものである。ましてやこの二人は、苦しい島での生活や、船のなか、海上で運命をともにしてきた身であるから、前世からの縁の深さを思い知られたことであろう。

【語釈】

すはま殿《どの》　巻第二「大納言流罪《るざい》」の配流される成親《なりちか》の叙述に「わが山庄《さんざう》すはま殿とてありしをも、よそにみてこそほられけれ」とある。　**築地《ついぢ》**　泥土を築き固めた垣で、上に屋根を葺《ふ》いたもの。**おほひ**　築地の屋根。　**秋の山**　鳥羽離宮の庭にあった築山の名。　**おりかけて**　池のみぎわに、さざなみがつぎつぎと寄せては返しているさま。**紫鴛白鷗逍遥す《しゑんはくおうせうえう》**　紫のおしどりと白いかもめ、水鳥の遊泳すること。『和漢朗詠集』源　順《みなもとのしたごう》の詩序に「東ニ顧レバ　亦有リ二林塘ノ之妙ナル一　紫鴛白鷗逍二遥ス朱檻之前ニ一」（東ニ顧《かえりみ》レバ亦林塘《またりんとう》ノ妙《たえ》ナルアリ、紫鴛《しえん》白鷗《はくおう》、朱檻《しゆかん》ノ前ニ逍遥《しようよう》ス）とあり、『本朝文粋《ほんちようもんずい》』にも載せる。　**らんもん**　羅文《らもん》。立蔀《たてじとみ》、板垣《いたがき》の上部に、細い木、竹を菱形《ひしがた》に組みこんで飾りにしたもの。**蔀《しとみ》**　格子組みの裏に板を張った戸で、上下二枚で下部は立てて、上部を金物でつり上げるようにしてある。風雨を防ぎ、日光をさえぎるためのもの。　**やり戸《ど》**　遣戸。引戸。溝にはめて左右に開閉する戸。　**妻戸《つまど》**　部屋の四隅にある開き戸。両開きにする。「つま」は、はしの意。　**楊梅《やうばい》**　ヤマモモ。高さ約一〇メートルほどになる常緑高木。春、帯黄紅色の小花が密生して咲く。**昔の主《あるじ》はなけれども**　菅原道真の「こち吹かば匂《にほひ》おこせよ梅の花主《あるじ》なしとて春を忘るな」（『拾遺集』雑春）による。　**桃李《たうり》不《ず》レ言《ものいは》**　『和漢朗詠集』所収の菅原文時の詩の一節。　**栖《すんじ》**　「すみし」の撥音便。　**ふるさとの、の歌**　『後拾遺集』春下に、「世尊寺《せそんじ》のももの花をよめる　出羽弁」として載せる。『古今著聞集《ここんちょもんじゅう》』『十訓抄《じっきんしょう》』は菅原道真の作とする。　**暮《く》るる程《ほど》とは**　日の暮れる時分に都へ入ろうと、日暮れを待っていたがの意。

荒れたる宿《やど》のならひとて　『和漢朗詠集』雑に「君なくてあれたる宿の板間より月の漏《も》るにも袖《そで》は濡れけり」とあり、『古今六帖』には、初句を「君まさで」とし、業平《なりひら》作とある。　**鶏籠《けいろう》の山**　中国武昌の山。『本朝文粋』八および『新撰朗詠集』下にある紀斉名《きのただな》の詩序に「酒軍在《リ》レ座《ニ》、兎園之《ノ》露未《ダ》レ晞《ヒ》、僕夫待《ツ》レ衢《ニ》、鶏籠之山欲《ス》レ曙《ムト》」(酒軍座ニ在リ。兎園ノ露未ダ晞《ひ》ズ。僕夫衢《みち》ニ待ツ。鶏籠ノ山曙《あ》ケナント欲ス）とあるのによった句。

花の下《もと》の半日《はんじつ》の客《かく》　桜花の下で半日をともに遊んだだけの客。『十訓抄《じっきんしょう》』に「花のもとに春ばかりをちぎり、月の前に一夜をかぎる友までも」とあるが、出典は不明。　**一業所感《いちごふしょかん》の身**　前世における同一の業によって、現世で同じ果をうけた身。　**芳縁《はうえん》**　因縁。芳は美称。

【解説】

都に入る前、成経《なりつね》らは、いまは住む人なく荒れはてた父の山荘に立ち寄って、父を偲び懐旧の情にひたる。その心情にあわせて、『和漢朗詠集』や、和歌をふまえ、あるいは直接引用して、抒情的・詠嘆的な叙述で語られている。

さらに鬼界が島流罪いらい、行動をともにしてきた康頼との別離が、感傷的に語られる。辛苦《しんく》の経験が二人を固く結びつけてきたが、許されて都に帰ったいま、二人はそれぞれ別の道を歩むべく、別れていかなければならないのである。

少将都帰《せうしやうみやこがへり》（三）

少将《せうしやう》はしうと平宰相《へいざいしやう》の宿所《しゆくしよ》へ立入《たちい》り給《たま》ふ。少将の母うへは、霊山《りやうぜん》におはしけるが、昨日《きのふ》より宰相《さいしやう》の宿所《しゆくしよ》におはしてまたれけり。少将の立入《たちい》り給ふ姿《すがた》を、一目《ひとめ》みて、

「命《いのち》あれば」

とばかりぞ宣《のたま》ひける。引《ひ》きかづいてぞ臥《ふ》し給《たま》ふ。宰相《さいしやう》の内《うち》の女房《にようばう》、侍共《さぶらひども》、さしつどひて、みな悦泣共《よろこびなきども》しけり。まして少将の北《きた》の方《かた》、めのとの六条《でう》が心のうち、さこそはうれしかりけめ。六条は尽きせぬ物思《ものおもひ》に、黒《くろ》かりし髪《かみ》も、みな白くなり、北《きた》の方《かた》さしも花《はな》やかにうつくしうおはせしかども、いつしかやせ衰《おとろ》へて、其人《そのひと》ともみえ給はず。ながされ給《たま》ひし時《とき》、三歳にて別れしをさなき人、おとなしうな（ッ）て、髪結《かみゆ》ふ程《ほど》なり。又其御《またそのおん》そばに、三《み》つばかりなるをさなき人のおはしけるを、少将、

「あれはいかに」

と宣《のたま》へば、六条《でう》、

「是《これ》こそ」

とばかり申して、袖《そで》をかほにおしあてて涙をながしけるにこそ、さては下《くだ》りし時《とき》、心《こころ》苦《ぐる》しげなる有様を見おきしが、事ゆゑなくそだちけるよと、思《おも》ひ出《い》でてもかなしかり

けり。少将はもとのごとく院《ゐん》に召《め》しつかはれて、宰相中将《さいしやうのちゆうじやう》にあがり給ふ。
康頼入道《やすよりにふだう》は、東山双林寺《ひがしやまさうりんじ》に、わが山庄《さんざう》のありければ、それに落ちついて、先《ま》づ思ひつづけけり。

ふる里の軒《のき》のいたまに苔《こけ》むして思ひしほどはもらぬ月かな

やがてそこに籠居《ろうきよ》して、うかりし昔を思ひつづけ、宝物集《ほうぶつしふ》といふ物語を書きけるとぞ聞えし。

【現代語訳】

少将は、舅《しゆうと》の平宰相教盛《へいざいしようのりもり》の邸《やしき》へ入られた。少将の母上は、洛東《らくとう》の霊山寺《りようぜんじ》におられたが、昨日から宰相の邸に来られて、少将の帰りを待っておられた。少将の入ってこられる姿を一目見て、
「命があったからこそ」
とだけ言われたまま、感きわまって、衣を引きかぶり臥《ふ》してしまわれた。宰相の邸内に仕《つか》える女房《にようぼう》や侍《さむらい》たちも寄り集まって、みなうれし泣きに泣かれた。まして少将の北《きた》の方《かた》や、乳母《めのと》の六条の心中は、どれほどうれしかったことであろう。六条は尽きることのない心労のために、黒かった髪《かみ》もみな白くなり、北《きた》の方《かた》もあれほどはなやかに美しい方《かた》であったが、いつかやせ衰えて、その人とも思われない姿になられていた。少将が流されたとき、三歳で別

れた幼い人は、髪を結《ゆ》うほどに成長した。また、そのそばに三歳ほどになる幼い人がおられたのを、少将は、

「あれは」

と言われると、六条は、

「これこそ」

と言っただけで、袖《そで》を顔におしあてて涙ぐんだので、さては配所に下《くだ》ったとき、懐妊していた北《きた》の方《かた》の苦しげな様子を見残して発ったが、その後無事に育ったのだと、そのときのことを思いだしても悲しかった。少将はもとのように院に召しつかわれて、宰相中将に昇進された。

康頼《やすより》入道は、東山双林寺《ひがしやまそうりんじ》に、自分の山荘があったので、そこに落ちついて、まずその感慨を一首の歌に詠んだ。

ふる里の軒のいたまに苔《こけ》むして思ひしほどはもらぬ月かな

(故郷の山荘はこの歳月の間に荒れはてて、軒の板間からは月の光も洩れてくるかと思っていたが、すっかり苔《こけ》におおわれて、月影もさしこまないようになってしまった)

そのままそこにこもって、苦しかった昔の日々を思いつづけながら、『宝物集《ほうぶつしゅう》』という物語を書いたということである。

【語釈】

霊山《りやうぜん》　京都東山、高台寺南東の山、霊鷲山《りょうじゅせん》。正法寺、一名霊山寺がある。　**心苦《こころぐる》しげなる有様**　巻

第二「少将乞請《こひうけ》」に「北の方はちかう産すべき人にておはしけるが」とあった。妊娠中の気分のすぐれない様子。**事ゆゑなく**　事故なく、無事に。**東山双林寺《ひがしやまさうりんじ》**　京都市東山区鷲尾町に、いま薬師堂だけ残り、その西南に康頼の墓がある。霊鷲山沙羅双樹林寺《りようじゆせんしやらそうじゆりんじ》。延暦《えんりやく》二十四年（八〇五）伝教大師の開創になり、延暦寺の別院。

宝物集《ほうぶつしふ》　仏教説話集。一巻本、二巻本、三巻本、六巻本、七巻本、九巻本、などの諸本がある。康頼の編纂《へんさん》、著述した原典に、後人が増補したものであろう。配流《はいる》の島から旧里《ふるさと》に帰って、東山なるところにこもったことを集のはじめに記している。

【解説】

成経の救済に奔走した平宰相教盛《へいざいしようのりもり》の邸《やしき》、それは妻の実家であるが、そこに帰って、母や乳母《めのと》、妻子に対面する場面である。再会の期待できない苦渋の別離のあとの対面の、言葉も容易に発せられない感動が、母や乳母の動作の叙述にあらわされている。成経は、この二年後の寿永元年（一一八二）に従四位上に叙され、寿永二年、右少将に還任《げんにん》、同年十二月に正四位下、元暦二年（一一八五）右中将に転じ、文治五年（一一八九）には蔵人頭《くろうどのとう》、文治六年参議に任じられ、建仁二年（一二〇二）三月十八日、正三位前参議として没した。四十七歳であった。

康頼は、「延慶本」では、紫野に母を訪ねるが、亡くなった後と聞いて慨嘆し、双林寺の旧跡に行ったとし、『宝物集《ほうぶつしゆう》』著述についてはふれていない。その後は、『吾妻鏡』に、文治二年（一一八六）閏《うるう》七月二十二日、出身地である阿波国《あわのくに》の麻殖保《おえのほう》の保司《ほうし》に任じられたことが記されている。

有《あり》王《わう》

さる程《ほど》に、鬼界《きかい》が島《しま》へ三人ながされたりし流人《るにん》、二人《ににん》は召《め》しかへされて、都へのぼりぬ。俊寛僧都一人《しゆんくわんそうづいちにん》、うかりし島の島守《しまもり》になりにけるこそうたてけれ。僧都《そうづ》のをさなうより不便《ふびん》にして召しつかはれける童《わらは》あり。名《な》をば有王《ありわう》とぞ申しける。鬼界《きかい》が島の流人《るにん》、今日《けふ》すでに都《みやこ》へ入《い》ると聞《きこ》えしかば、鳥羽《とば》まで行《ゆ》きむかうて見けれども、わが主《しゆう》はみえ給《たま》はず。いかにと問へば、

「それは猶《なほ》つみふかしとて、島にのこされ給《たま》ひぬ」

ときいて、心うしな（ン）どもおろかなり。常《つね》は六波羅辺《ろくはらへん》にたたずみありいて聞《き》けれども、いつ赦免《しやめん》あるべしとも聞きいださず。僧都《そうづ》の御娘《むすめ》のしのびておはしける所《ところ》へ参《まゐ》（ッ）て、

「この瀬《せ》にももれさせ給《たま》ひて、御《おん》のぼりも候はず。いかにもして、彼《か》の島へわた（ッ）て、御行衛《ゆくゑ》を尋《たづ》ね参らせんとこそ、思ひな（ッ）て候へ。御《おん》ふみ給《たま》はらん」

と申しければ、泣く〳〵書いてたうだりけり。暇《いとま》をこふともよもゆるさじとて、父《ちち》にも母《はは》にも知《し》らせず、もろこし船《ぶね》のともづなは、卯月五月《うづきさつき》にとくなれば、夏衣《なつごろも》たつを遅くや思ひけん、やよひの末《すゑ》に都《みやこ》を出《い》でて、多《おほ》くの浪路《なみぢ》を凌《しの》ぎつつ、薩摩潟《さつまがた》へぞ下《くだ》りけ

る。

薩摩《さつま》より彼島《かのしま》へわたる船津《ふなつ》にて、人あやしみ、着《き》たる物《もの》をはぎとりな（ン）どしけれども、すこしも後悔《こうくわい》せず。姫御前《ひめごぜん》の御文《おんふみ》ばかりぞ、人に見《み》せじとて、もとゆひの中《なか》に隠《かく》したりける。さて商人船《あきんどぶね》に乗《の》（ッ）て、件《くだん》の島へわた（ッ）てみるに、都《みやこ》にてかすかにつたへ聞きしは、事のかずにもあらず。田もなし、畠《はたけ》もなし。村もなし、里《さと》もなし。おのづから人はあれども、いふ詞《ことば》も聞き知らず。有王、島の者にゆきむかッて、

「物申《ものまう》さう」

といへば、

「何事《なにごと》」

とこたふ。

「是《これ》に都《みやこ》よりながされ給ひし、法勝寺執行御房《ほつしようじのしゆぎやうのごばう》と申《まう》す人の、御行《ゆく》へや知りたる」

と問ふに、法勝寺《ほつしようじ》とも執行《しゆぎやう》とも、知（ッ）たらばこそ返事《へんじ》もせめ、頭《かしら》をふ（ッ）て、

「知らず」

といふ。其中《そのなか》にある者《もの》が心得《こころえ》て、

「いさとよ、さ様《やう》の人は、三人是《これ》にありしが、二人は召《め》しかへされて都《みやこ》へのぼりぬ。今《いま》一人はのこされて、あそこ爰《ここ》にまどひありけども、行《ゆく》へも知らず」

とぞいひける。山のかたのおぼつかなさに、はるかに分け入《い》り、峰《みね》によぢ、谷に下《くだ》れども、白雲跡《はくうんあと》を埋《うづ》んで、ゆき来《き》の道もさだかならず、青嵐夢《せいらんゆめ》を破《やぶ》つて、その面影《おもかげ》も見えざりけり。山にては遂《つひ》に尋《たづ》ねもあはず、海の辺《ほとり》について尋《たづ》ぬるに、沙頭《さとう》に印《いん》を刻《きざ》む鷗《かもめ》、沖《おき》の白州《しらす》にすだく浜千鳥《はまちどり》の外《ほか》は、跡《あと》とふ者もなかりけり。

【現代語訳】

さて、鬼界《きかい》が島に流された三人の流人《るにん》のうち、二人は召し返されて、都《みやこ》にのぼった。俊寛《しゅんかん》僧都《そうず》一人がとり残されて、つらい苦しい島の島守《しまもり》となってしまったのはむごいことであった。僧都が幼いころからかわいがって召し使っていた童《わらわ》がある。名を有王《ありおう》といった。鬼界が島の流人が、赦《ゆる》されて帰京し、きょう、都に入ると聞いて、鳥羽《とば》まで迎えに出たが、自分の主人はお見えにならない。どうしたのかと尋ねると、

「その人はなお罪が重いというので、島に残されなさった」

と言う。これを聞いた有王は、情けないということばでは表わしようもない心地《ここち》だった。それからはいつも六波羅《ろくはら》のあたりを歩きまわり、あるいはたたずんで様子を聞いたが、いつ赦《ゆる》されるであろうとも聞き出せない。僧都の御娘が隠れ住んでおられるところへ参って、

「この大赦《たいしゃ》の機会にもお洩れになって、ご上京もございません。どうにかしてあの島にわたり、御行方《ゆくえ》をおたずね申し上げようと決心いたしました。御手紙をいただきたいと存じま

す」

と申したので、御娘は泣く泣くしたためてお与えになった。暇《いとま》を願っても、きっと許しはあるまいと、父にも母にも知らせず、中国にむかう便船《びんせん》は、四月五月に出航するというので、夏のくるのを待ちかねて、三月の末に都《みやこ》を発《た》ち、長い船旅の苦労を重ねながら、薩摩潟《さつまがた》に下ったのであった。薩摩からあの島へ渡る港で、人が有王を怪しんで、着物を剝《は》ぎとりなどしたけれども、有王は下《くだ》ってきたことを少しも後悔しない。姫君のお手紙だけは、人に見せまいと、元結《もとゆい》の中に隠していた。こうして商人の船に乗って、例の島に渡って見ると、都でわずかに伝え聞いていた話どころの有様ではなかった。田もない、畠もない。村もないし、里もない。まれに人はいるけれども、話しかけても言葉がよく通じない。このような者どものなかに、もしや、自分の主人の行方《ゆくえ》を知っている者がいることもあろうか、と思って、

「お尋ねしたい」

と声をかけると、

「何ですか」

とこたえた。

「ここに都から流されなさった、法勝寺《ほっしょうじ》の執行御房《しゅぎょうごぼう》という方《かた》の、御行方を御存じないか」

と尋ねたが、法勝寺とも執行とも、知っているならば返事もしようが、なにも知らないのでただ頭をふって、

「知らない」

という。そのなかで、ある者が事情を知って、

「ああ、そんな人が三人ここにいたが、二人は召し返されて、都《みやこ》へ上《のぼ》った。もう一人は残されて、あちこちとさまよい歩いていたが、どこに行ったかわからない」

と言った。

　山の方におられるのではないかと気がかりになって、山路《やまじ》を遠く分け入り、峰《みね》に登り、谷に下ったが、白雲がたどってきた跡をかくし、往来の道もはっきりとしない。青葉を吹きわたる風が、野宿をする有王の眠りをさまたげて、夢にも俊寛《しゅんかん》の面影は見えなかった。山ではついに尋《たず》ね会うことができず、海辺にそって探し求めたが、砂浜に足跡をつけて行く鴎《かもめ》や、沖の白砂の州《す》に群れ集まる浜千鳥のほかには、何の人影もみえなかった。

【語釈】
島守《しまもり》　島を守る人、番人。　**うたてけれ**　悲惨な、むごい、嘆かわしい、気の毒な、など、その境涯に同情して詠嘆する表現。　**不便《ふびん》にして**　かわいがって、めんどうをみて。
有王《ありわう》　柳田国男「有王と俊寛僧都」（『物語と語り物』所収）によれば、有王の「有」は「神霊の出現」をいう「アレマス」、「祈禱判断を業とする男子の総名」である「アリマサ」のアレ、アリにかかわり、「王」は本来「神の王子、即ち申し子又は神の取り子の意」であったという。「屋代本」「八坂本」「百二十句本」などは有王、亀王の二人がいて亀王は死去したと述べ、「延慶本」は「大兄は法師にて法勝寺の一預《いちあづかり》にて有けり、次郎は亀王、三郎は有王丸とて二人ながら大童子にてそ有ける」と三人兄弟としている。

この瀬《せ》 中宮御産《ごさん》のための大赦《たいしゃ》という、この機会。**たうだりけり** お与えになった。たうは賜《た》びのウ音便。**もろこし船《ぶね》** わが国と中国とを往来する船。**夏衣《なつごろも》たつ** 夏になる（夏が立つ）ことを、夏衣を裁《た》つ、と言いかけた修辞。「花散るといとひし物をなつ衣たつや遅きと風を待つかな」（『拾遺集』夏・盛明のみこ）。**船津《ふなつ》** 船着場。港。**もとゆひ** 元結。髪の髻《もとどり》を結い束ねるもの。

いさとよ 「いさ」は「さあ……」と相手の言葉に対して否定的に応答する感動詞。「とよ」は格助詞「と」に間投助詞「よ」がついたもので、不確かな断定をあらわす。さあね、の意。**おぼつかなさに** 気がかりなので。**白雲跡《はくうんあと》を埋《うず》んで** 『和漢朗詠集』の「山遠《クシテハ》雲埋《ム》二行客《ノ》跡《ヲ》一、松寒《クシテハ》風破《ル》二旅人《ノ》夢《ヲ》一」（山遠クシテハ雲行客ノ跡ヲ埋ム、松寒クシテハ風旅人ノ夢ヲ破ル）による。**青嵐《せいらん》** 青葉をわたって強く吹く風。**沙頭《さとう》に印《いん》を刻《きざ》む鷗《かもめ》** 『和漢朗詠集』（大江朝綱）に「沙頭《ニ》刻《ム》レ印《ヲ》鷗遊《ブ》処、水底摸《ニウツス》レ書《ヲ》雁《ノ》度《ル》時」（沙頭ニ印ヲ刻ム鷗《かもめ》ノ遊ブ処、水底ニ書ヲ摸《うつ》ス雁ノ度《わた》ル時）による。鷗が砂浜に足跡をつけて歩くさまの形容。

【解説】

巻第一の「鹿谷《ししのたに》」謀議の露顕《ろけん》いらい、西光《さいこう》、成親《なりちか》、成経《なりつね》、康頼《やすより》、とそれぞれその後の運命が語られてきて、最後に鬼界《きかい》が島に一人残された俊寛の死が、有王の見聞によって叙述される。つぎの「僧都死去」の章と続いて一話をなす物語である。

鬼界が島の流人《るにん》が赦免され、帰京するとの噂《うわさ》に出迎えにでた有王が、わが主人のみ許されず、なお島に残されていると聞いて、はるかに配流《はいる》の島までわたり、主人俊寛をさがし求めるところから、この一編ははじまる。鹿《しし》の谷《たに》の場面から連続するストーリーの一こまであるとともに、独立した語りとしてのまとまりももっていることは、この章の冒頭の、改めて説きおこす形式をもった文章からも受けとめることができる。

有《あり》王《わう》（二）

ある朝《あした》、いその方《かた》より、かげろふな（ン）どのやうに、やせ衰へたる者《もの》、一人よろぼひ出《い》できたり。もとは法師にてありけりと覚《おぼ》えて、髪《かみ》は空《そら》さまへおひあがり、よろづの藻《も》くづとりついて、おどろをいただいたるがごとし。つぎ目あらはれて、皮《かは》ゆたひ、身にきたる物は、絹布《きぬぬの》のわきも見えず。片手にはあらめを持ち、片手には魚《うを》を持ち、歩《あゆ》むやうにはしけれども、はかもゆかず、よろ〳〵として出《い》できたり。「都にて多くの乞丐人《こつがいにん》みしかども、かかる者をばいまだみず。諸阿修羅《しよあしゆら》等《とう》、居在大海辺《こざいだいかいへん》とて、修羅《しゆら》の三悪四趣《さんあくししゆ》は、深山大海《しんざんだいかい》のほとりにありと、仏《ほとけ》の解《と》きおき給ひたれば、知らずわれ、餓鬼道《がきだう》に迷《まよ》ひ来《きた》るか」と思ふ程《ほど》に、かれも是《これ》も次第にあゆみちかづく。もしか様《やう》の者も、わが主の御ゆくゑ知りたる事やあらんと、

「物申《ものまう》さう」

といへば、

「何ごと」

とこたふ。

「是《これ》に都《みやこ》よりながされ給ひし、法勝寺執行御房《ほつしようじのしゆぎやうごばう》と申す人の、御行《おんゆく》へや知りたる」と問ふに、童《わらは》は見忘《みわす》れたれども、僧都《そうづ》はいかで忘るべきなれば、「是《これ》こそそよ」といひもあへず、手にもてる物を投げ捨《す》てて、いさごの上に倒《たふ》れふす。さてこそわが主《しゆう》の御行《おんゆく》へは知りて(ン)げれ。

【現代語訳】

ある朝、磯《いそ》の方から、蜻蛉《かげろう》などのようにやせ衰えた者が一人、よろめきながら出てきた。もとは法師であったと見えて、髪《かみ》は上向きに生いたち、いろいろな藻屑《もくず》がからみついて、まるでやぶの茂みをかぶったようである。関節の骨があらわに見えて、皮膚はたるみ、身につけているものは、絹《きぬ》か布《ぬの》かの区別もわからない。片手にあらめをさげ、片手には魚を持って、歩こうとはしていたが、ほとんど進めず、よろよろとして出て来た。「都で多くの乞食《こつじき》を見たが、このような者はまだ見たことがない。諸《もろもろ》の阿修羅《あしゆら》らは、大海辺に居るといい、修羅の三悪四趣《さんあくししゆ》は深山大海《しんざんだいかい》のほとりにあると、仏陀《ぶつだ》が説かれたが、知らぬまにわたしは餓鬼《がき》道《どう》に迷いこんだのであろうか」と思ううちに、双方ともにだんだん歩み寄って、近づいた。もし、このような者でも、自分の主人の御行方《ゆくえ》を知っていることがあるかもしれぬと、

「お尋ねしたい」

と言うと、

「何事か」

と答えた。

「ここに都から流されなさった、法勝寺《ほっしょうじ》の執行御房《しゅぎょうごぼう》と申す方の、御行方を知っているか」

と問うと、有王はあまりの変わりように見忘れていたが、僧都《そうず》はどうして忘れられよう、

「わたしこそ、それだ」

と言いもはてず、手に持っていた物を投げ捨てて、砂上に倒れ伏した。それで有王は自分の主人の行方を知りえたのであった。

【語釈】

かげろふ　とんぼ。やせ細った身体のさまをたとえた。**空《そら》さまへおひあがり**　剃《そ》った髪がそのままのびたさま。**おどろ**　藪《やぶ》。いばらなどの茂っている所。**つぎ目**　骨のつぎめ、関節。**ゆたひ**　たるみ。皮膚がたるんで、しわだらけのさま。**わき**　区別。差異。**あらめ**　コンブ科に属する海藻《かいそう》。**はかもゆかず**　はかどらない。思うように進まない。**乞丐人《こつがいにん》**　乞食《こつじき》。丐は乞と同意。**諸阿修羅等《しょあしゅらとう》、居在大海辺《こざいだいかいへん》**　『法華経』功徳品《くどくほん》にある句。諸阿修羅らは大海の辺に居住する。阿修羅は海辺、海底の宮殿に住み、闘争を好んで、帝釈天《たいしゃくてん》と戦う悪神。仏教では仏法の守護神でもある。修羅ともいう。**三悪四趣《さんあくしゅ》**　「三悪」は三悪趣、または三悪道といい、地獄道、餓鬼《がき》道、畜生《ちくしょう》道をいう。「四趣」は四悪趣、または四悪道といい、三悪に修羅道を加えたもの。**餓鬼道《がきどう》**　三悪道の一、

常に飢《き》渇《かつ》の苦をうける世界。餓鬼の業因（貪《とん》欲《よく》、嫉《しっ》妬《と》など）をつくった者の堕《お》ちるところ。いさご　砂。

【解説】有王が、ようやくめぐり会った俊寛はやせ衰えて、骨と皮ばかりになった姿である。まさに「餓《が》鬼《き》」の状態であった。このさまを見ては、有王は、心中「知らずわれ、餓鬼道に迷ひ来《きた》るか」と我を疑わざるをえなかったであろう。悲惨な対面の状景である。

底本、よろめきながら現われる俊寛の叙述に「片手にはあらめを拾ひもち、片手には網《あみ》うどに魚をもらうてもち」とあって、「拾ひ」「網うどに」「もらうて」を、見せ消ちにしている。拾ったあらめ、網うど（漁師）にもらった魚、などの説明を介在させない、現われ出たその姿の直叙のほうがよいので、見せ消ちに従った。

有《あり》王《わう》（三）

僧都《そうづ》やがて消え入《い》り給ふを、ひざの上《うへ》にかきのせ奉《たてまつ》り、

「有王《ありわう》が参（ッ）て候。多《おほ》くの浪路《なみぢ》をしのいで、是《これ》まで尋《たづ》ね参りたるかひもなく、いかにやがてうき目をば見せさせ給ふぞ」

と、泣く〳〵申《まう》しければ、ややあ（ッ）てすこし人心地《ひとごこち》出《い》でき、たすけおこされて、

「誠《まこと》に汝《なんぢ》が是《これ》まで尋《たづ》ね来《き》たる心ざしの程《ほど》こそ神妙《しんべう》なれ。明けても暮れても、都《みやこ》の事《こと》の

み思ひゐたれば、恋《こひ》しき者共《ものども》が面影《おもかげ》は、夢にみる折もあり、幻《まぼろし》にたつ時《とき》もあり。身もいたく疲れ弱（ッ）て後《のち》は、夢もうつつも思ひわかず。されば汝《なんぢ》が来《きた》れるも、ただ夢とのみこそおぼゆれ。もし此事《このこと》の夢ならば、さめての後《のち》はいかがせん」

有王《ありわう》、

「うつつにて候なり。此御有様《このおんありさま》にて、今まで御命《いのち》ののびさせ給《たま》ひて候こそ、不思議《ふしぎ》には覚《おぼ》え候へ」

と申せば、

「さればこそ。去年《こぞ》少将《せうしやう》や判官入道《はんぐわんにふだう》に捨てられて後《のち》のたよりなさ、心の中をばただおしはかるべし。その瀬《せ》に身をも投げんとせしを、よしなき少将の、今一度《いまいちど》都《みやこ》の音づれをもまてかしな（ン）ど、なぐさめおきしを、おろかにもしやとたのみつつ、ながらへんとはせしかども、此島《このしま》には人のくひ物たえてなき所なれば、身に力のありし程《ほど》は、山にのぼ（ッ）て硫黄《いわう》と云ふ物をとり、九国《こく》よりかよふ商人《あきんど》にあひ、くひ物にかへな（ン）どせしかども、日にそへてよわりゆけば、今はその態《わざ》もせず。かやうに日ののどかなる時《とき》は磯《いそ》に出《い》でて、網人釣人《あみうどつりうど》に手をすりひざをかがめて魚《うを》をもらひ、塩干《しほひ》の時は貝《かひ》を拾ひ、あらめをとり、磯《いそ》の苔《こけ》に露《つゆ》の命《いのち》をかけてこそ、今日《けふ》までもながらへたれ。さらでは浮世《うきよ》を渡るよすがをば、いかにしつらんとか思ふらん。爰《ここ》にて何事《なにごと》もいはばやとは思へども、いざわが家《いへ》へ」

と宣《のたま》へば、此御有様《このおんありさま》にても、家をもち給へるふしぎさよと思ひて行く程《ほど》に、松の一村《ひとむら》ある中《なか》に、より竹《たけ》を柱《はしら》にして、葦《あし》を結《ゆ》ひ、けたはりにわたし、上にもしたにも松の葉をひしと取りかけたり。雨風《あめかぜ》たまるべうもなし。

昔は法勝寺《ほつしようじ》の寺務職《じむしき》にて、八十余ケ所の庄務《しやうむ》をつかさどられしかば、棟門平門《むねかどひらかど》の内に、四五百人の所従眷属《しよじゆうけんぞく》に囲繞《ゐねう》せられてこそおはせしが、まのあたりかかるうき目を見給ひけるこそふしぎなれ。業《ごふ》にさま〴〵あり。順現《じゆんげん》、順生《じゆんしやう》、順後業《じゆんごごふ》といへり。僧都一期《づいちご》の間《あひだ》、身に用ゐる処《ところ》、大伽藍《だいがらん》の、寺物仏物《じもつぶつもつ》にあらずと云ふ事《こと》なし。さればかの信施無慙《しんぜむざん》の罪《つみ》によ（ッ）て、今生《こんじやう》にはや感ぜられけりとぞ見えたりける。

【現代語訳】

僧都《そうず》はそのまま気を失われた。有王は膝《ひざ》の上におのせして、

「有王が参りました。長い船路《ふなじ》を苦労して、ようやくここまで尋ねてきましたかいもなく、どうしてすぐにこんな悲しい目にあわせなさるのです」

と、泣く泣く申すと、しばらくしてすこし意識をとりもどし、たすけ起こされて、

「まことに、お前がここまで尋ねて来てくれた志は殊勝なことだ。明けても暮れてもただ都のことばかり思っていたので、恋しい者どもの面影は、夢に見る折もあり、幻に現われるときもあった。身体《からだ》がひどく衰弱してからは、夢も現実も区別できなくなった。だから、お前

が来たというのも、ただ夢とばかり思われる。もしこれが夢であったら、さめて後《のち》はどうしたらよかろう」

有王は、

「いいえ、夢ではありません。現実のことです。このようなご様子で、いままで御存命であられたことが、不思議に思われます」

と申すと、

「そのことだが、去年、少将や判官入道に置き去りにされてから後のたよりなさ、その心中を察してくれ。そのとき身を投げようとしたが、あてにもならぬ少将が言い残した、もう一度都からの便りをお待ちなさい、との慰めの言葉を、愚かにも、もしかと頼みにして、生きながらえようとはしたが、この島には人の食べ物がまったくないので、身に力のあった間は山に登って硫黄《いおう》というものをとり、九州から通《かよ》ってくる商人に会って食物と交換などしていたけれども、日ごとに弱ってきたので、今はそれもできない。このように穏やかな天気の日には磯《いそ》にでて、網《あみ》を引き、釣《つり》をする漁師に手を合せ膝《ひざ》をまげて魚をもらい、干潮のときは貝を拾い、あらめをとり、磯辺の海藻《かいそう》で命をつないで、今日までも生きながらえたのだ。そうでもしなければ、この世を生きるてだてを、どのようにしたと思うか。いまここで、この間のすべてを語りたいとは思うが、まずはわが家へ」

と言われるので、このような御有様でも家をもっておられるとは不思議なことだ、と思いながら行くうちに、一むらの松があるなかに、海辺に流れ寄った竹を柱にして、葦《あし》をたばね結んで、桁《けた》や梁《はり》とし、上にも下にも松の葉をびっしりと敷きつめた小屋があった。雨風に耐えられるものではなかった。

昔は法勝寺《ほっしょうじ》の寺務職《じむしき》として、八十余ヵ所の荘園の事務をとりしきっておられたので、棟門《むねかど》、平門《ひらかど》を構えた邸《やしき》に住んで、四、五百人の召使や一族の者にとりまかれておられたが、いま眼前でこのようなつらい目にあわれているのは、まことに不思議なことである。人間のつくる業《ごう》の報いはいろいろあって、順現《じゅんげん》・順生《じゅんしょう》・順後業《じゅんごごう》といわれている。僧都《そうず》が過去の生活で身に用いたものといえば、大寺院の寺物、仏物でないものはない。それで、あの信施無慙《しんぜむざん》の罪によって、この世に生命のあるうちに、はやくもその報いを受けられたのだと思われるのである。

【語釈】

さればこそ　相手の語をうけて「だからさ」「そのことさ」とそれに返答し説明する場合に使う語。**よしなき**　頼みにならない。あてにできない。**九国**《こく》　九州。**よすが**　たよりとすること。手がかり。てだて。**より竹**《たけ》　海岸に漂着した竹。流れ寄った竹。**けた**　桁。柱の上に棟《むね》と平行にわたしてたるきを受ける材。**はり**　梁。うつばり。柱の上に棟と直角にわたして、棟を受け屋根をささえる材。

たまるべうもなし　「たまる」は堪えささえる、こらえたもつ。「べうもなし」は、べくもなしの音便。**寺務職**《じむしき》　寺院の事務を統轄する職。**庄務**《しやうむ》　荘園経営上の事務。**棟門**《むねかど》　二本の柱の上に、切妻破風《きりづまはふ》造りの屋根をつけた門。公家《くげ》の邸《やしき》に多く用いられた。**平門**《ひらかど》　柱二本に板葺《ぶ》きの屋根の上を平らにつくった門。　**所従眷属**《しょじゅうけんぞく》　召使と一族、親族。　**囲繞**《ゐねう》**せられて**　とりかこまれて。**業**《ごふ》　未来にその結果をもたらす身《しん》、口《く》、意《い》の所作。その善悪が因となって、苦楽の果《か》を生じるとされた。　**順現**《じゅんげん》　順現業《ごう》。現世における業の報いを現世で受けるもの。　**順生**《じゅんしやう》　順生業《ごう》。現世でつくった業の報いを次生で受けるもの。　**順後業**《じゅんごごふ》　現世の業の報いを二生以後に受けるもの。　**大伽藍**《だいがらん》　大寺院。伽藍は梵語《ぼんご》僧伽藍の略。

信施無慙《しんぜむざん》**の罪**《つみ》　信者から布施を受けながらこれに報いる功徳をつまず、それを恥としないでいる罪。『往生要集』巻上・畜生道に「愚痴無慙《ニシテ》徒《ニ》受《ケ》二信施《ヲ》一他《ノ》物《モテ》不レ償《リシ》者受《ク》二此報《ヲ》一」（愚痴《ぐち》、無慙ニシテ徒《いたづら》ニ信施ヲ受ケテ、他ノ物モテ償ワザリシ者、此ノ報ヲ受ク）とある。

感ぜられけり　業の報いを受けたことをいう。

【解説】

思いがけない有王との再会に、心もゆるんで気を失った俊寛は、やがて意識をとりもどしたが、なおもこの事実が信じられず、夢か、うつつかと疑う。その言葉に落魄《らくはく》孤独の体験がにじみ出ている。生命を維持するために、まず必要なものは食物である。いかにしてそれを得ていたかを語って、いざわが家へ、とみちびかれたところは、いかにもそまつな小屋であった。かつての法勝寺《ほっしょうじ》、寺務職《じむしき》としてくらした邸宅のさまと対比して、盛衰のさまをまざまざと示している。寺院の公物《くもつ》を私用した、「信施無慙《しんぜむざん》の罪」の報いが、在世のうちにあらわれた、と因果応報の仏教的立場から、この転落をとらえている。

僧都《そうづ》死去《しきよ》

僧都《そうづ》うつつにてありと思ひ定《さだ》めて、

「抑《そも〳〵》去年《こぞ》少将《せうしやう》や判官入道《はんぐわんにふだう》がむかへにも、是等《これら》が文《ふみ》と云ふ事もなし。今汝《なんぢ》がたよりにも、音《おと》づれのなきは、かうともいはざりけるか」

有王《ありわう》涙にむせびうつぶして、しばしはものも申《まう》さず。ややあ（ッ）ておきあがり、涙をおさへて申しけるは、

「君の西八条《にしはつでう》へ出《い》でさせ給ひしかば、やがて追捕《ついふ》の官人《くわんにん》参（ッ）て、御内《みうち》の人々搦《から》め取り、御謀反《ごむほん》の次第《しだい》を尋《たづ》ねて、うしなひはて候ひぬ。北《きた》の方《かた》はをさなき人を隠しかね参ら（ッ）させ給ひて、鞍馬《くらま》の奥にしのばせ給ひて候ひしに、此童《わらは》ばかりこそ、時々参（ッ）て宮仕《みやづか》へつかまつり候ひしか。いづれも御歎《おんなげき》のおろかなる事は候《さうら》はざりしかども、をさなき人はあまりに恋《こ》ひ参ら（ッ）させ給ひて、参り候たび毎《ごと》に、『有王《ありわう》よ、鬼界《きかい》が島とかやへ、われぐして参れ』と、むつからせ給ひ候ひしが、過ぎ候ひし二月《きさらぎ》に、疱《もがさ》と申す事に、失《う》せさせ給ひ候ひぬ。北《きた》の方《かた》は其《その》御歎《なげき》と申し、是《これ》の御事《おんこと》と申し、一かたならぬ御思《おもひ》にしづませ給ひ、日にそへてよわらせ給ひ候ひしが、同三月二日《ふつかのひ》、つひにはかなくならせ給ひぬ。いま姫《ひめ》御前ばかり、奈良の姑《をば》御前の御《おん》もとに、御わた

り候。是《これ》に御文《おんふみ》給は（ッ）て候」

とて、取りいだいて奉《たてまつ》る。あけて見給へば、有王が申すにたがはず書かれたり。奥には、「などや三人ながされたる人の、二人は召しかへされてさぶらふに、今まで御のぼりさぶらはぬぞ。あはれ高きもいやしきも、女の身ばかり心うかりける物はなし。をのこごの身にてさぶらはば、わたらせ給ふ島へも、などか参らでさぶらふべき。この有王御供《ありわうおんとも》にて、いそぎのぼらせ給へ」とぞ書かれたる。僧都《そうづ》此文《このふみ》を顔におしあてて、しばしは物も宣《のたま》はず。ややあつて、

「是《これ》見よ有王《ありわう》、この子が文《ふみ》の書きやうのはかなさよ。おのれを供《とも》にて、いそぎのぼれと書《かき》たる事こそうらめしけれ。心にまかせたる俊寛《しゆんくわん》が身ならば、何とてか此島《このしま》にて三年《みとせ》の春秋をば送るべき。今年は十二になるとこそ思ふに、是程《これほど》はかなくては、人にも見え、宮仕《みやづかへ》をもして、身をもたすくべきか」

とて、泣かれけるにぞ、人の親の心は闇《やみ》にあらねども、子を思ふ道にまよふ程《ほど》も知られける。


【現代語訳】

僧都《そうづ》は、これは現実のことなのだと納得して、

「さて、去年少将や判官《はんがん》入道の迎えがきたときにも、家族の者からの手紙がなかったが、い

ま、お前がきても音信のないのは、だれもなんとも言わなかったのか」

有王は涙にむせんで、うつぶし、しばらくは御返事もできない。やがておきあがり、涙をおさえて申すには、

「あなた様が西八条へお出かけになりましたあと、すぐに逮捕のための役人が参りまして、身内の人々をとらえ、ご謀反のいきさつを問いただして、殺してしまいました。北《きた》の方《かた》は幼いお子様を隠すのにお困りになって、鞍馬《くらま》の奥に人目を避けてお住みになられましたが、この私だけがときどき参って、お仕えしておりました。どなたもお嘆きなさらぬ方《かた》はありませんでしたが、幼い方《かた》はあまりに父上を恋い慕われまして、私の参るたびごとに、『有王よ、鬼界《きかい》が島とかに私を連れて行け』とむずかられましたが、去る二月に疱瘡《ほうそう》でお亡くなりになってしまいました。北《きた》の方《かた》はそのお悲しみといい、御主人の御こととといい、ひとかたならぬ御嘆きに思い沈まれて、日ごとに衰弱していかれましたが、同じ三月二日、とうとう亡くなられました。いまは姫君《ひめぎみ》ばかりが、奈良のおば様のところにおられます。ここにお手紙をいただいて参りました」

と言って、取りだしてさしあげた。ひらいて御覧になると、有王の話のとおりに書かれてある。手紙の末には、

「どうして三人流された人のうち、二人は召し返されましたのに、父上は今になっても御上京なさらないのですか。ああ、身分の高いものも低いものも、女の身ほどつらいものはありません。男の身でしたら、父上のいらっしゃる島へも、どうして参らないことがありましょ

うか。この有王をお供にして、急いで御上京なさいませ」と書かれてあった。僧都は、この手紙を顔におしあてて、しばらくはものも言われない。やがて、

「これを見よ、有王。この子の手紙の書きようのたよりないことよ。お前を供にして、急いで上京せよと書いてあるのが恨めしい。心のままになる俊寛の身の上なら、どうしてこの島で三年の歳月を過ごすことがあろう。今年は十二歳になると思うが、このようにたよりなくては、人の妻ともなり、宮仕《みやづか》えもして、生活することがどうしてできようか」と言われて、泣き悲しまれた。人の親の心は闇《やみ》ではないが、子を思う道には迷うものである、ということを、いまさらのように思い知らされるのであった。

【語釈】

追捕《ついふ》　「ついふく」とも。逮捕。犯罪人を追って捕えること。**鞍馬**《くらま》　京都の北、左京区にある山。鞍馬寺がある。**おろかなる事**　通り一ぺんのこと、おろそかなこと。**むつからせ**　むずかる。すねる。きげんを悪くする。だだをこねる。**疱**《もがさ》　疱瘡《ほうそう》・天然痘《てんねんとう》のこと。**人にも見え**　人の妻にもなり。**身をもたすく**　わが身のくらしをたてる。生計をたてる。**人の親の心は闇**《やみ》**にあらねども**　「人の親の心は闇にあらねども子を思ふ道にまどひぬるかな」（『後撰集』雑一・兼輔《かねすけ》朝臣）による。

【解説】

「足摺《あしずり》」の章で、赦免からはずされたばかりか「俊寛僧都のもとへは、事問《こと》ふ文《ふみ》一つもなし。され

ばわがゆかりの者どもは、都のうちにあとをとどめずなりにけりと、思ひやるにもしのびがたし」と嘆いた俊寛であったが、はるばる故郷から有王がたずねてきたときまず気にかかるのは都に残した家族の消息であった。預かってきた手紙をわたす前に、有王は、主人の妻子の悲惨な末路を語り、一人のこった女子の身の上を告げてから、その手紙を差し出すのである。流刑《るけい》の事情をわきまえない娘に、「今年は十二になるとこそ思ふに、是程《これほど》はかなくては、人にも見え、宮仕《みやづかへ》をもして、身をもたすくべきか」と案じる俊寛は、そのとき己《おのれ》自身流人《るにん》の身であることを忘れているのである。子を思う故の迷いと、『後撰集』の藤原兼輔の歌をふまえた評言が、この俊寛の心情に適中している。

妻子の死去の月日は確められない。二月に疱瘡《ほうそう》による、とする子の死亡は、「延慶本」『源平盛衰記』では「去五月」、「長門本」は「去年の七月十四日」としており、北《きた》の方《かた》の同三月二日の死去は、「延慶本」『源平盛衰記』が「去年の冬」、「長門本」が「同十月上旬」として、『平家物語』においてもまちまちである。

僧都《そうづ》死去《しきよ》（二）

「此島《このしま》へながされて後《のち》は、暦《こよみ》もなければ、月日のかはり行くをも知らず。ただおのづから花の散《ち》り、葉の落《お》つるを見て、春秋《はるあき》をわきまへ、蟬《せみ》の声麦秋《こゑばくしう》を送れば、夏と思ひ、雪《ゆき》のつもるを冬《ふゆ》と知る。白月《びやくぐわつ》、黒月《こくぐわつ》のかはり行くをみて、卅日をわきまへ、指《ゆび》を折《を》（ッ）てかぞふれば、今年は六つになると思ひつるをさなき者も、はや先立《さきだ》ちけるごさんなれ。西八条へ出《い》でし時、この子が我もゆかうどしたひしを、やがて帰らうずるぞとこしらへおきしが、今の様《やう》におぼゆるぞや。其《それ》を限《かぎり》と思はましかば、今しばしもなどか見ざらん。

親となり子となり、夫婦《ふうふ》の縁《えん》をむすぶも、みな此世《このよ》一《ひと》つにかぎらぬ契《ちぎり》ぞかし。などさらばそれらがさ様《やう》に先立《さきだ》ちけるを、今まで夢《ゆめ》まぼろしにも知《し》らざりけるぞ。人目《め》も恥《は》ぢず、いかにもして、命《いのち》いかうど思ひしも、これらを今《いま》一度《ど》見ばやと思ふためなり。姫《ひめ》が事《こと》ばかりこそ心くるしけれども、それはいき身《み》なれば、歎《なげ》きながらもすごさんずらん。さのみながらへて、おのれにうき目を見せんも我身《わがみ》ながらつれなかるべし」

とて、おのづからの食事をもとどめ、偏《ひとへ》に弥陀《みだ》の名号《みやうがう》をとなへて、臨終正念《りんじゆうしやうねん》をぞいのられける。

有王《ありわう》わた（ッ）て廿三日と云ふに、其庵《そのいほり》のうちにて、遂《つひ》にをはり給ひぬ。年《とし》卅七とぞ聞《きこ》えし。有王むなしき姿《すがた》に取りつき、天《てん》に仰《あふ》ぎ地《ち》に伏して、泣きかなしめどもかひぞなき。心の行《ゆ》く程《ほど》泣《な》きあきて、「やがて後世《ごせ》の御供《とも》仕《つかまつ》るべう候へども、此世《このよ》には姫《ひめ》御前ばかりこそ御渡《わた》り候へ、後世《ごせ》訪《とぶら》ひ参らすべき人も候はず。しばしながらへて御《ご》菩提《ぼだい》訪《とぶら》ひ参らせ候はん」とて、ふしどをあらため、庵《いほり》をきりかけ、松《まつ》のかれ枝《えだ》、蘆《あし》の枯葉《かれは》を取りおほひ、藻塩《もしほ》のけぶりとなし奉《たてまつ》り、荼毘《だび》事終《ことを》へにければ、白骨《こつ》を拾ひ頸《くび》にかけ、又商人舟《あきんどぶね》のたよりに、九国《くこく》の地《ち》へぞ着《つ》きにける。

【現代語訳】

「この島に流されてから後は、暦《こよみ》もないので、月日の移り変わりもわからない。ただ自然に花が散り、葉の落ちるのを見て、春秋《はるあき》の季節を知り、蟬《せみ》の声が麦秋の去るのを告げれば、夏が来たと思い、雪が積もるので冬を知った。上弦《じょうげん》、下弦《かげん》の月の変化で三十日の日のたつのを判断し、指を折って数えれば、今年は六歳になると思っていた子も、もう先立ってしまったのだな。西八条へ出頭《しゅっとう》したとき、この子が自分も行きたいと跡を慕ったのを、すぐに帰るからとなだめすかしておいて出たのが、つい今しがたのように思われることだ。それが最後の別れとなるのであったら、どうしてもうしばらくでも、よく見ておかなかったのであろう。親となり子となり、夫婦の縁を結ぶのも、みなこの現世だけの契《ちぎり》ではないのだ。それなのに、なぜ子や妻がそのように先立っていったのを、今まで夢にも幻《まぼろし》にも知らなかったのであろうか。人目も恥じず、なんとかして生きながらえようと思ってきたのも、これらの者にいま一度会いたいと願っていたためである。娘のことばかりが心にかかるが、生きているいじょうは、嘆きながらもなんとか暮していけるであろう。このまま生きながらえて、お前に苦労をかけていくのも、わが身ながら無情というものであろう」と、まれにしか得られない食事も断ち、いちずに弥陀《みだ》の名を唱えて、妄念にとらわれず往生できる死が迎えられるよう祈られた。

有王がこの島に渡って二十三日目にあたる日に、俊寛はその庵《いおり》のなかで、ついに亡くなられた。歳は三十七ということであった。有王は亡骸《なきがら》に取りついて、天を仰ぎ地に伏して泣き悲しんだが、どうにもならないことである。心ゆくまで泣きつくして、「このままあの世へお伴《とも》をいたすべきですが、この世にはお姫さまがいらっしゃるばかりで、後世《ごせ》を弔《とぶら》い申しあげる方《かた》がおりません。しばらく生きながらえて、御菩提《ぼだい》をお弔い申しましょう」といって、死の床に横たわる僧都をそのままに、庵《いおり》をきりくずして上にかぶせ、松の枯枝や蘆《あし》の枯葉をとり集めて、おおいかさね、火葬にし奉《たてまつ》った。荼毘《だび》が事終って、白骨を拾い、頸《くび》にかけて、また商人《あきんど》船の便船によって九州へ帰り着いたのであった。

【語釈】

蟬《せみ》の声麦秋《こゑばくしう》を送れば　『和漢朗詠集』上・李嘉祐《りかゆう》「蟬」の「千峰ノ鳥路ハ含ミ二梅雨ヲ一、五月ノ蟬声ハ送ル二麦秋ヲ一」（千峰《せんぼう》ノ鳥路《ちようろ》ハ梅雨《ばいう》ヲ含ミ、五月ノ蟬声《ぜんせい》ハ麦秋《ばくしゆう》ヲ送ル）による。「麦秋」は、麦が実り取り入れる季節。初夏。　**白月《びやくぐわつ》、黒月《こくぐわつ》**　一日（朔）から十五日（望）までの月が白月、十五日から晦日《みそか》までを黒月という。満月を中に上弦、下弦の月の満ち欠けで月日の経過を推定することをいっている。

こしらへ　なだめすかし。

此世《このよ》一《ひと》つにかぎらぬ契《ちぎり》　前世からの因縁。この世だけのかりそめの縁ではないこと。　**心くるし**　気がかりである。心配である。　**いき身《み》**　生存している身。　**つれなかるべし**　無情である、思いやりがない。　**おのづからの**　まれの。たまの。　**臨終正念《りんじゆうしやうねん》**　臨終のとき仏の浄土への迎えを念じて一切《いっさい》の妄念にとらわれないこと。　**菩提《ぼだい》**　死後の冥福《めいふく》。浄土に往生すること。　**ふしど**　寝床。

藻塩《もしほ》のけぶり　火葬を、海浜で塩をとるために海藻《かいそう》を焚《た》く煙《けぶり》にたとえた。　**荼毘《だび》**　火葬のこと。

【解説】

俊寛は耐えがたい生活のなかで命を保ってきたのも、妻子との再会を期待してのことであったのに、すでに死亡したことを知って慨嘆し、このうえさらに生きながらえて有王に苦労をかけまい、とみずから食を断ち、往生を祈って死んでいった。有王が島をたずねてから二十三日めという。有王にとっては、自分への配慮とはいいながら、主人を思ってはるばるわたってきたのに、いかにも無念なことである。

「延慶本」ではこの間の事情がだいぶ異なっている。有王は俊寛をたすけて硫黄をとって生活し、翌年正月十日ごろに俊寛は病に犯され、有王は片時も離れず看病したが、八月十日ごろ重態となって、同十三日に死去した、というのである。

また、「長門本」は、「この島へ流されし時も、一人も人をつれられざりしに、今人こそ下りてつきたれと都に聞えん事も憚《はばか》りあり」と、帰らせようとするが、有王に諫《いさ》められる。「今は限り」になって有王に念仏をすすめられ、「九月中ばの比《ころ》」世を去った、としている。

『源平盛衰記』では、「明年の正月十日比《ごろ》」から病にかかって、有王は看病しながら説法し、俊寛も過去をふりかえって述懐し、「丹波《たんばの》少将も、康頼《やすより》入道も、帰洛《きらく》の後は毎日に法華経一部を暗誦し、よもすがら弥陀《みだ》念仏を唱《となへ》て」と信仰を深めて、やがて息をひきとっていく。唱導性がいちじるしく強化されている。

俊寛の死は、『愚管抄《ぐかんしょう》』に「俊寛《しゅんくわん》ト検非違使《けびゐし》康頼《やすより》トヲバ油黄《ゆわう》ノ島ト云《いふ》所ヘヤリテカシコニテ又俊寛ハ死ニケリ」とあるが、赦免の後に一人残されて死んだのか、赦免以前に病没したのか、明らかでない。『月刊考古学ジャーナル』一九七七年六月号に、一九七五年十月に行なわれた喜界島《きかいがしま》の伝俊寛墓の発掘調査が特集されている。「さんご礁が破砕してできた砂層」のなかに「金具のついた木棺」に納められて埋葬されていた人骨は「極めて保存がよ」く、鈴木尚氏による精密な検討によって、「儀礼的、呪術《じゆじゆつ》的食人」の痕跡をのこすこの人骨は「選択された家系に由来する流罪《るざい》になった貴人の遺骨であろうとする可能性は濃厚」で「人類学的には俊寛を否定することはできないであろう」とされている。鬼界島が、現在の硫黄島か、喜界島《きかいがしま》か、問題のあるところではあるが、興味ぶかい調査報告である。

僧都《そうづ》死去《しきよ》（三）

それよりいそぎ都《みやこ》へのぼり、僧都《そうづ》の御《おん》娘のおはしける所《ところ》に参（ッ）て、ありし様《やう》、始《はじめ》よりこま〴〵と申す。

「なか〳〵御文《ふみ》を御覧《らん》じてこそ、いとど御思《おんおもひ》はまさらせ給ひて候ひしか。件《くだん》の島には、硯《すずり》も紙《かみ》も候はねば、御返事にも及《およ》ばず。おぼしめされ候ひし御心《こころ》の内《うち》、さながらむなしうてやみ候ひにき。今は生々《しやうじやう》世々《せせ》を送り、他生曠劫《たしやうくわうごふ》をへだつとも、いかでか御声《おんこゑ》をも聞き、御姿《すがた》をも見《み》参ら（ッ）させ給ふべき」

と申しければ、ふしまろび、こゑも惜《を》しまず泣かれけり。やがて十二の年尼《としあま》になり、奈良《なら》の法華寺《ほつけじ》に、勤《つと》めすまして、父母の後世《ごせ》を訪《とぶら》ひ給ふぞ哀《あは》れなる。有王《ありわう》は俊寛僧都《しゆんくわんそうづ》の遺骨《ゆいこつ》を頸《くび》にかけ、高野《かうや》へのぼり、奥院《おくのゐん》に納めつつ、蓮花谷《れんげだに》にて法師になり、諸国七道修行《しちだうしゆぎやう》して、主《しゆう》の後世《ごせ》をぞ訪《とぶら》ひける。か様《やう》に人の思歎《おもひなげき》のつもりぬる、平家の末《すゑ》こそおそろしけれ。

【現代語訳】

そこから急ぎ上京し、僧都《そうず》の御娘《むすめ》のおられる所に参って、これまでの一部始終をこまごまと申した。

「御手紙を御覧になって、かえって父上の御嘆きは、いっそう深くなられました。あの島には、硯《すずり》も紙もありませんので、御返事をしたためることができません。お思いになっておられた御心のうちは、そのまま空《むな》しくなってしまいました。今となっては、生まれ変わり死に変わって、長い時を隔てましても、どうして御声を聞き、御姿を見申し上げることができましょうか」

と申したので、御娘は倒れ伏して、声も惜しまず泣き悲しまれた。そのまま、十二歳で尼となり、奈良の法華寺《ほっけじ》で仏道一すじに修行し、父母の菩提《ぼだい》を弔われたが、まことに哀れなことである。

有王は俊寛僧都の遺骨を首にかけて、高野山に登り、奥の院に納めて、蓮華谷《れんげだに》で法師になり、諸国七道を修行して回り、主人の後世《ごせ》を弔ったのであった。

このように、人々の恨み、嘆きの積もっていった平家の行く末は、どうなっていくか、恐ろしいことである。

【語釈】

さながら　そのまま。すべて。　**生々世々**《しやうじやうせせ》　現世《げんせ》も後世《ごせ》も。生まれかわり死にかわりして世を経ること。　**他生曠劫**《たしやうくわうごふ》　「他生」は「屋代本」の「多生」が正しく、何度も生死をくりかえして、六道を輪廻《りんね》すること。「曠劫」は、きわめて長い年月、時間。　**法華寺**《ほつけじ》　奈良市法華寺町にある尼寺。法華滅罪寺の略。総国分尼寺《こくぶんにじ》として天平十三年（七四一）創建された。　**蓮花谷**《れんげだに》　高野山大塔から北十六町のところにある僧坊の集落。遁世者居住の地。　**諸国七道**《だう》　日本全国。七道は、東海道・東山道・南海道・西海道・北陸道・山陰道・山陽道。

【解説】

都に帰った有王から父の死を知らされて、俊寛の娘は悲嘆にくれ、わずか十二歳で尼となって法華寺に入り、両親の菩提《ぼだい》を弔うことになる。娘が出家して入った寺は「屋代本」ほか語り本系統はみな法華寺であるが、「四部合戦状本」は双林寺《そうりんじ》にこもったとし、「延慶本」は「高野の麓《ふもと》天野別所」で尼になり「後には真言《しんごん》の行者《ぎやうしや》と成《なり》て父の後生菩提《ごしやうぼだい》を祈」ったという。「長門本」『源平盛衰記』もこれと同様である。

また、有王についても、「四部合戦状本」は嵯峨《さが》にこもって主君の後世菩提《ごせぼだい》を弔ったと述べており、「延慶本」では島から帰洛《きらく》の途上、「備前国下津井と云ふ所より或山寺にしばらく逗留《とうりう》して頭《かしら》をおろし墨染《すみぞめ》の袖《そで》になりて奈良の姫君の許《もと》へ行」くとあって、蓮華谷《れんげだに》のことがない。「屋代本」「長門本」『源平盛衰記』なども蓮華谷についてはふれず、この物語の流布に高野聖《ひじり》が関与するようになってから、その別所である蓮華谷がしるされることになったものかと推測される。諸国七道の回国修行については、「長門本」『源平盛衰記』ともに記していない。

柳田国男「有王と俊寛僧都」は平家物語成立論の一方を代表する論文であるが、有王は「死霊の執着といふ類の不思議を、語つてあるく法師の代々の通り名」とみて、俊寛の物語に「隠れて有王の参加して居ることを疑はぬ」とされ、「語りの方が前」で「文学は単に之を筆録し、又やゝ修正を加へたに過ぎぬ」として、「高野山の蓮華谷が」、この物語の「一つの供給源であつたこと」を説いている。これに対して、冨倉徳次郎氏は『平家物語全注釈』で「この説話の発祥地を双林寺周辺において、その辺りに生きた聖の集団によって語りひろめられたと推定」されている。

『高野春秋編年輯録』巻第七治承三年の条に「夏五月　日。前法性寺執行家大童子有王丸。自《リ》二鬼界嶋一齎《シテ》二俊寛之灰骨《ヲ》一来《リ》。斂《メ》二埋《ム》于奥院《ニ》一而発心入道専修二追薦一焉。元年流罪。然二人帰。一僧留。」（夏五月　日、前法性寺執行家大童子有王丸、鬼界島より俊寛の灰骨を齎《もたらし》て来たり、奥院に斂《おさ》め埋む。而して発心《ほっしん》入道し専《もっぱ》ら追薦を修す。元年流罪、然して二人帰、一僧留る。）とあるが、本書が高野山検校《けんぎょう》懐英によって享保四年（一七一九）に撰修されたものであり、他の記事に「此事平家物語相反」とあるところから、編纂《へんさん》にあたって『平家物語』を参照した可能性もあるので、史料としてあげるわけにはいかない。

巻第一の鹿谷《ししのたに》謀議に連座した人々の受難の叙述は、俊寛の死によって終焉《しゅうえん》した。もとはといえば、自らの行為の帰結ではあるが、それらの人々の悲嘆、怨恨が、平家一門の滅びの運命に作用していったことを暗示して、この一連の叙述を結んでいる。

飈《つじかぜ》

同《おなじき》五月十二日午剋《むまのこく》ばかり、京中《きやうぢゆう》には辻風《つじかぜ》おびたたしう吹いて、人屋《じんをく》おほく顛倒《てんだう》す。風は中御門京極《なかのみかどきやうごく》よりおこ（ッ）て、未申《ひつじさる》の方《かた》へ吹いて行くに、棟門平門《むねかどひらかど》を吹きぬいて、四五町《ちやう》十町吹《ふ》きもてゆき、けた、なげし、柱《はしら》な（ン）どは、虚空《こくう》に散在《さんざい》す。檜《ひ》皮《はだ》、ふき板《いた》のたぐひ、冬の木葉《このは》の風に乱るるが如《ごと》し。おびたたしうなりとよむ音、彼《かの》地獄《ぢごく》の業風《ごふふう》なりとも、これには過ぎじとぞみえし。ただ舎屋《しやをく》の破損《はそん》するのみならず、命《いのち》を失《うしな》ふ人も多し。牛馬《うしむま》のたぐひ、数《かず》を尽《つ》くして打ちころさる。

是《これ》ただ事にあらず、御占《みうら》あるべしとて、神祇官《じんぎくわん》にして御占《みうら》あり。「今百日のうちに、禄《ろく》を重《おも》んずる大臣《おとど》の慎《つつしみ》、別しては天下《てんが》の大事《だいじ》、並びに、仏法王法《ぶつぽふわうぼふ》共に傾《かたぶ》いて、兵革《ひやうがく》相続《さうぞく》すべし」とぞ、神祇官《じんぎくわん》、陰陽寮《おんやうれう》、共《とも》にうらなひ申しける。

【現代語訳】

同年の五月十二日正午ごろ、京都には旋風《つむじかぜ》がすさまじく吹き荒れ、家屋が多く倒壊した。風は中御門京極《なかのみかどきようごく》から起こって、南西の方に吹いて行ったが、棟《むね》門、平《ひら》門を吹き払って、四、五町、十町も先へとばし、家々の桁《けた》、長押《なげし》、柱などは、空中に散乱した。檜《ひ》皮《わだ》、葺板《ふきいた》などは、冬の木の葉が風に乱れ飛ぶようであった。激しくなり響く音は、あの地獄の業風《ごうふう》でも、これ以上ではあるまいと思われた。ただ家屋が破損するばかりでなく、命を失った人も多い。牛馬の類《たぐい》は、数知れずうち殺された。

これはただの災害ではない、何事かの前兆であるから、ただちに御占《みうら》が行なわれるべきだというので、神祇官《じんぎかん》において御占《みうら》が行なわれた。「これから百日の間、高禄《こうろく》の大臣は謹慎すべきこと、とくに天下の重大事件が起こり、仏法・王法ともに衰退して、兵乱が続発するであろう」と、神祇官も陰陽寮《おんようりょう》も同様に占《うらな》い申した。

【語釈】

辻風《つじかぜ》 つむじ風（旋風）。 **中御門京極《なかのみかどきやうごく》** 一条大路の南を東西に通じる中御門大路《なかみかどおおじ》と、平安京の東端を南北に通じる京極大路の交わるあたり。 **未申《ひつじさる》** 南西。 **なげし** 母屋《もや》と廂《ひさし》の境として柱から柱へ横にわたした木材。 **檜皮《ひはだ》** ヒノキの皮。屋根を葺《ふ》く材料。 **ふき板** 屋根を葺《ふ》くのに用いる薄い板。 **業風《ごふふう》** 悪業《あくごう》によって地獄で吹き荒れるという猛風。

御占《みうら》 未来の吉凶を卜定《ぼくてい》する作法。太占《ふとまに》、亀卜《かめのうら》、易卜《えきのうら》、足占《あしうら》、石占《いしうら》、などがある。 **禄《ろく》を重《おも》んずる大臣《おとど》** 高禄を受けている大臣。重盛をさしている。 **慎《つつしみ》** つつしみ忌《い》むこと。死を意味する。 **兵《ひやう》革《がく》** 戦乱。 **神祇官《じんぎくわん》** 大宝令《たいほうりよう》に制定された、太政官と並ぶ最高の官庁で、祭祀《さいし》、大嘗《だいじよう》、鎮魂《ちんこん》、卜占《ぼくせん》などをつかさどる。 **陰陽寮《おんやうれう》** 令制《りようせい》で中務省《なかつかさ》に属し、天文、暦数、方位、卜占《ぼくせん》などをつかさどる役所。

【解説】

治承三年五月十二日として叙述されているこの旋風は、史実では治承四年（一一八〇）四月二十九日のことである。『玉葉《ぎょくよう》』『山槐記《さんかいき》』『明月記』（藤原定家の日記）はいずれも、この日の条に記録し、『百錬抄《ひゃくれんしょう》』にも「辻風、近衛京極より起り錦小路《にしきこうぢ》に至る。大小の人屋多く以て顚倒す」とある。また『玉葉《ぎょくよう》』は五月二日の条に、一昨日の暴風は朝家の大事であるから御祈已下《いか》の事が行なわれるべきかとの新院の仰せに、兼実《かねざね》は外記《げき》ならびに天文道の輩に先例を問い、また御占《みうら》を行なわれるべきことを申した、と記し同四日の条には、陰陽大允《おんようのだいじょう》安倍泰茂の占文が載せられている。『方丈記』も「治承四年卯月《うづき》のころ」として、この辻風の猛威を叙述している。「門を吹きはなちて、四五町がほかに置き」とか、「檜皮《ひはだ》・葺板《ふきいた》のたぐひ、冬の木《こ》の葉の風に乱るるがごとし」、あるいは「おびたたしく鳴りとよむほどに、もの言ふ声も聞えず。かの地獄の業《ごふ》の風なりとも、かばかりにこそはとぞ覚ゆる。」などの『方丈記』の文章を、『平家物語』はとりいれたものと思われる。「延慶本」は六月十四日のこととしてこれを叙述したうえ、さらに治承四年二月にあたるところにも「廿九日申尅計《さるのこくばかり》に京に旋風大《おほい》に吹《ふき》て一条大宮より初《はじめ》て東へ十二町富小路《とみのこうぢ》より初て南へ六町中御門《なかのみかど》より東へ一丁京極を下りに十二町四条を西へ八丁西洞院《にしのとうゐん》わたりにて止《やみ》ぬ。其間に殿舎の門々雑人の家々築垣筒井《ついがきつつゐ》を吹倒吹散《ふきたをしふきちら》すありさま木葉《このは》の如《ごと》し。馬人牛車《ばじんぎっしゃ》などを吹上《ふきあげ》て落着所《おちつけるところ》にて死ぬる者多し。昔も今もためしなき程の物怪《もののけ》とぞ人々申あひける」とあり、「長門本」も同様である。「物怪《もののけ》」のことは『玉葉』も五月二日の条に「辻風は常の事なりと雖《いへど》も未だ今度の事の如きはあらず。仍《すなは》ち尤《もつと》も物怪《もののけ》たる可《べ》きか」と記している。

史実の治承四年を、三年のこととして叙述したのは、物語の構想上の虚構であろう。「今百日のうちに、禄《ろく》を重んずる大臣《おとど》の慎《つつしみ》」と御占《みうら》にあるように、物語の世界で重要な役割を演じてきた重盛が、これから約八十日後の八月一日に死去するのである。清盛の悪行をとどめることができなければわが命をちぢめてほしいと祈って死去する、その予兆として、この天変を位置づけているのである。天下の大事、仏法王法ともに傾き、兵革相続する、という占《うらな》いはいずれも、重盛の死後に展開する激動をさしめしている。

医師問答《いしもんだふ》

小松《こまつ》のおとどか様《やう》の事共《ことども》を聞《き》き給《たま》ひて、よろづ心《こころ》ぼそうや思はれけん、其比熊野参《そのころくまのさん》詣《けい》の事《こと》ありけり。本宮証誠殿《ほんぐうしようじやうでん》の御前《まへ》にて、夜もすがら敬白《けいひやく》せられけるは、「親父入道相国《しんぷにふだうしやうこく》の体《てい》をみるに、悪逆無道《あくぎやくぶだう》にして、ややもすれば君《きみ》をなやまし奉《たてまつ》る。重盛長子《しげもりちやうし》として、頻《しき》りに諫《いさめ》をいたすといへども、身不肖《みふせう》の間《あひだ》、かれも(ッ)て服膺《ふくよう》せず。そのふるまひをみるに、一期《ご》の栄花《えいぐわ》猶《なほ》あやふし。枝葉連続《しえふれんぞく》して、親《しん》を顕《あらは》し、名《な》を揚《あ》げん事《こと》かたし。此時《このとき》に当《あた》つて、重盛《しげもり》いやしうも思《おも》へり。なまじひに列《れつ》して、世に浮《ふ》沈《ちん》せん事、敢《あ》へて良臣孝子《りやうしんかうし》の法《ほふ》にあらず。しかじ名を逃《のが》れ身を退《しりぞ》いて、今生《こんじやう》の名望《めいばう》を抛《なげす》て、来世《らいせ》の菩提《ぼだい》を求めんには。但《ただ》し凡夫薄地《ぼんぶはくぢ》、是非《ぜひ》にまどへるが故《ゆゑ》に、猶《なほ》心ざしを恣《ほしいまま》にせず。南無《なむ》権現金剛童子《ごんげんこんがうどうじ》、願はくは子孫繁栄《しそんはんえい》たえずして、仕《つか》へて朝廷《てうてい》にまじはるべくは、入道《にふだう》の悪心《あくしん》を和《やは》げて、天下《てんが》の安全を得《え》しめ給《たま》へ。栄耀又一期《えいえうまたいちご》をかぎツて、後昆恥《こうこんはぢ》に及ぶべくは、重盛《しげもり》が運命をつづめて、来世《らいせ》の苦輪《くりん》を助け給へ。両ケの求願《りやうかのぐぐわん》、ひとへに冥助《みやうじよ》を仰《あふ》ぐ」

と、肝胆《かんたん》を摧《くだ》いて祈念せられけるに、燈籠《とうろ》の火のやうなる物《もの》の、おとどの御身《おんみ》より出《い》でて、ばツと消《き》ゆるがごとくして失《う》せにけり。人あまた見奉《みたてまつ》りけれども、恐《おそ》れて是《これ》を申《まう》さず。

又《また》、下向《げかう》の時《とき》、岩田川《いはたがは》を渡《わた》られけるに、嫡子権亮少将維盛《ちやくしごんのすけぜうしやうこれもり》以下《いげ》の公達《きんだち》、浄衣《じやうえ》のしたに薄色《うすいろ》のきぬを着《き》て、夏《なつ》の事《こと》なれば、なにとなう河《かは》の水《みづ》に戯《たはぶ》れ給ふ程《ほど》に、浄衣《じやうえ》のぬれてきぬにうつ（ッ）たるが、偏《ひとへ》に色《いろ》のごとくに見えければ、筑後守貞能《ちくごのかみさだよし》、これを見とがめて、

「何《なに》と候《さうらふ》やらん、あの御浄衣《おんじやうえ》の、よにいまはしきやうに見えさせおはしまし候。召《め》しかへらるべうや候《さうらふ》らん」

と申《まう》しければ、おとど、

「わが所願《しよぐわん》既《すで》に成就《じやうじゆ》しにけり。其浄衣《そのじやうえ》敢《あ》へてあらたむべからず」

とて、別《べつ》して岩田川より熊野《くまの》へ、悦《よろこび》の奉幣《ほうへい》をぞ立てられける。人あやしと思ひけれども、其心《そのこころ》をえず。しかるに此公達《このきんだち》、程《ほど》なくまことの色《いろ》を着給《きたま》ひけるこそふしぎなれ。

【現代語訳】

小松内大臣は、このようなことを聞かれて、万事につけて心細く思われたのであろうか、そのころ熊野《くまの》へ御参詣《さんけい》になった。本宮《ほんぐう》の証誠殿《しょうじょうでん》の御前で、一夜じゅう神にうやまい申しあげることには、

「わが父入道相国《しょうこく》の有様を見ますと、悪逆無道《むどう》で、ともすれば君を悩まし奉《たてまつ》っております。重盛は長男として、度々諫《たびたびいさ》めますけれども、わが身の愚かさゆえに、父は私の諫言《かんげん》をうけいれません。その振舞をみますと、父一代の栄華さえ、なお危うく思われます。ましてや、子孫がひき続いて栄え、親を顕彰《けんしょう》し、名を天下にあげることは困難です。このときにあたって、重盛は、その分際《ぶんざい》でもありませんが、こう考えます。なまじいに重臣の地位に連なって、官界に浮き沈みすることは、かならずしも良臣孝子の道ではない。名誉を捨て遁世《とんせい》し、現世での望みから離れて、来世《らいせ》の菩提《ぼだい》を求めるに越したことはないと。しかし、果報つたなき凡夫《ぼんぷ》の身で、是非《ぜひ》の判断に迷っておりますので、なお出家の志をとげることができかねます。南無《なむ》権現金剛童子《ごんげんこんごうどうじ》、願わくば子孫の繁栄絶えることなく、末長く朝廷にお仕えすることができるならば、入道の悪心をやわらげて、天下の安泰を保たせてください。もし栄華が父一代だけで終わり、子孫が恥をうけるということになるのであったら、重盛の命をちぢめて、来世の輪廻《りんね》の苦しみをお救いください。この二つの祈願について、ひたすら御神の御加護を仰ぎ願います」

と心身を砕いて祈念しておられると、燈籠《とうろう》の火のようなものが、大臣の御身から出て、ぱっ

と消えるようになって見えなくなった。大ぜいの人がこれを見たけれども、恐れはばかってだれも口にはしなかった。

また熊野からの帰りに、岩田川を渡られたが、嫡子権亮少将維盛《ちやくしごんのすけこれもり》以下の公達《きんだち》が、浄衣《じようえ》の下に薄紫《むらさき》の衣を着て、夏のことなので、川辺でなんということもなく水遊びをなさったとき、浄衣が濡れて、下の衣の色がまるで喪服のようにうつって見えたので、筑後守貞能《ちくごのかみさだよし》がこれを見とがめて、

「どういうことでしょうか、あの御浄衣がたいへん不吉なものに見られます。お召し替えになるのがよろしいでしょう」

と申し上げたが、大臣は、

「私の祈願がもう成就したのだ。その浄衣は強《し》いてあらためるべきではない」

と言われて、とくに岩田川から熊野《くまの》へ、御礼の幣《ぬさ》を奉納する使者をお立てになった。人は不審に思ったが、その真意は理解しなかった。ところが、この公達《きんだち》はまもなくまことの喪服を着られることになったのは、不思議なことであった。

【語釈】

証誠殿《しようじやうでん》　阿弥陀如来《あみだにょらい》の垂迹《すいじやく》、証誠大菩薩《ぼさつ》を祀《まつ》る熊野本宮《くまのほんぐう》の社殿。**敬白《けいひやく》**　神仏に申しあげること。**体《てい》**　様子。ありさま。**悪逆無道《あくぎやくぶだう》**　悪事をきわめ道理にはずれたこと。**不肖《ふせう》**　愚かなこと。とるにたらないこと。**服膺《ふくよう》**　心にとめて忘れないこと。**枝葉《しえふ》**　一族、子孫をたとえていう。**親《しん》を顕《あらは》し**　父母の功績などを世間に明らかにあらわすこと。『古文孝経』に「身ヲ立テ道ヲ行ヒ、名ヲ後

世ニ揚ゲ、以テ父母ヲ顕《アラハ》スハ孝ノ終ナリ」とある。**いやしうも** 身分不相応にも。**凡夫《ぼんぶ》薄地《はくぢ》** 煩悩に束縛されて迷っている境界にある者。薄地は果報の卑しく劣った凡夫をいう。**栄耀《えいえう》** さかんに栄えること。栄華。**一期《いちご》をかぎッて** 一代かぎりで。平氏の繁栄が清盛一代で終って、の意。**後昆《こうこん》** 子孫。後世の人。**運命をつづめて** 寿命、生命を縮めて。**苦輪《くりん》** 輪転してやまない苦。**冥助《みやうじよ》** 神仏の加護、助力。**岩田川《いはたがは》** 熊野参詣《さんけい》の人がその水で身を浄めた、西牟婁《むろ》郡上富田町岩田を流れる川。**浄衣《じやうえ》** 神社に詣《もう》でるときなどに着用する白色の、潔斎の装束。**薄色《うすいろ》** 薄紫《むらさき》色。**色《いろ》** 喪服。喪服に用いる鈍色《にびいろ》（濃いねずみ色）。**別して** 特別。**悦《よろこび》の奉幣《ほうへい》** 感謝し、御礼するための幣《ぬさ》を奉る使者。

【解説】

成親《なりちか》以下の人々の非業《ひごう》の死など、一連の事のなりゆきを、一門の運命にかかわることと察知した重盛は、熊野《くまの》に参詣《さんけい》して、清盛の悪心の和《やわ》らぐことを祈念した。それがかなえられないことであれば、わが命を縮めてほしいというこの言葉は、『愚管抄《ぐかんしよう》』に「コノ小松内府《ないふ》ハイミジク心ウルハシクテ、父入道ガ謀反心アルト見テ、トク死ナバヤナド云フト聞エシニ」とあるのと符合する。

重盛は治承三年三月、熊野に参詣《さんけい》し、後世《ごせ》のことを申した、と『山槐記《さんかいき》』治承三年五月二十五日の条に記されてあり、『百錬抄』も、重盛の死を記した八月一日条に「去る比《ころ》熊野に参り祈請《きしやう》有り」とあって、このような事実をもとに構えられたものであろう。岩田川での一件は、神霊の納受を語るにふさわしい、神秘的な余韻をもった説話であり、物語における重盛の超人的性格の一端も示している。

医師問答《いしもんだふ》（二）

下向《げかう》の後《のち》いくばくの日数《につしゆ》を経《へ》ずして、病付《やまひつ》き給《たま》ふ。権現《ごんげん》すでに御納受《ごなふじゆ》あるにこそとて、療治《れうぢ》もし給《たま》はず。祈禱《きたう》をもいたされず。

其比宋朝《そのころそうてう》より、すぐれたる名医《めいい》わた（ッ）て、本朝《ほんてう》にやすらふことあり。境節入道《をりふしにふだう》相国《しやうこく》、福原《ふくはら》の別業《べつげふ》におはしけるが、越中《ゑつちゆうの》前司盛俊《もりとし》を使者で、小松殿《こまつどの》へ仰《おほ》せられけるは、「所労弥《しよらういよいよ》大事なる由其《よしその》聞えあり。兼《か》ねては又《また》、宋朝《そうてう》より優《すぐ》れたる名医《めいい》わたれり。折節悦《をりふしよろこび》とす。是《これ》を召《め》し請《しやう》じて、医療《いれう》をくはへしめ給《たま》へ」と宣《のたま》ひつかはされたりければ、小松殿《こまつどの》たすけおこされ、盛俊《もりとし》を御前《おんまへ》へめして、「まづ医療《いれう》の事《こと》、畏《かしこま》って承《うけたまは》り候《さうら》ひぬと申《まう》すべし。但《ただ》し汝《なんぢ》も承《うけたまは》れ。延喜御門《えんぎのみかど》は、さばか（ン）の賢王《けんわう》にてましましけれども、異国《いこく》の相人《さうにん》を、都《みやこ》のうちへ入《い》れさせ給ひたりけるをば、末代《まつだい》までも、賢王《けんわう》の御誤《あやまり》、本朝《ほんてう》の恥《はぢ》とこそみえけれ。況《いはん》や重盛ほどの凡人《ぼんにん》が、異国の医師《いし》を王城《わうじやう》へいれん事、国の辱《はぢ》にあらずや。

漢高祖《かんのかうそ》は三尺《じやく》の剣《けん》を提《ひつさ》げて、天下を治めしかども、淮南《わいなん》の黥布《けいふ》を討《う》ちし時、流矢《りうし》にあた（ッ）て疵《きず》を蒙《かうむ》る。后呂太后《きさきりよたいこう》、良医をむかへて見せしむるに、医のいはく、『此《この》疵治《きずぢ》しつべし。但《ただ》し五十斤《ごじふこん》の金《きん》をあたへば治《ぢ》せん』といふ。高祖宣《かうそのたま》はく、『われまもりのつよか（ッ）し程《ほど》は、多くのたたかひにあひて、疵《きず》を蒙《かうぶ》りしかども、そのいたみなし。運すでに尽きぬ。命《めい》はすなはち天《てん》にあり。縦《たと》ひ扁鵲《へんじやく》といふとも、なんの益《えき》かあらん。しかれば、又かねを惜《を》しむに似たり』とて、五十斤《こん》の金を医師にあたへながら、つひに治《ぢ》せざりき。先言《せんげん》耳にあり。今《いま》も（ッ）て甘心《かんじん》す。

重盛《しげもり》いやしくも九卿《きうけい》に列《れつ》して、三台《さんだい》にのぼる。其運命をはかるに、も（ッ）て天心《てんしん》にあり。なんぞ天心を察《さつ》せずして、おろかに医療《いれう》をいたはしうせむや。所労《しよらう》もし定業《ぢやうごふ》たらば、医療《いれう》をくはふとも益《えき》なからんか。又非業《またひごふ》たらば、療治《れうぢ》をくはへずとも、たすかる事をうべし。彼耆婆《かのぎば》が医術、及ばずして、大覚世尊《だいかくせそん》、滅度《めつど》を抜提河《ばつだいが》の辺《ほとり》に唱《とな》ふ。是則《これすなは》ち定業の病《やまひ》いやさざる事をしめさんが為《ため》なり。定業猶医療《ぢやうごふなほいれう》にかかはるべう候はば、豈釈尊入滅《あにしやくそんにふめつ》あらんや。定業又治《ぢ》するに堪へざる旨《むね》あきらけし。治するは仏体なり、療《れう》するは耆婆《ぎば》なり。しかれば重盛が身、仏体にあらず、名医《めいい》又耆婆《またぎば》に及ぶべからず。たとひ四部《しぶ》の書《しよ》をかがみて、百療《はくれう》に長《ちやう》ずといふとも、いかでか有待《うだい》の穢身《ゑしん》を救療《くれう》せん。たとひ五経《ごきやう》の説《せつ》を詳《つまびら》かにして、衆病《しゆびやう》をいやすと云ふとも、豈先世《あにぜんぜ》の業病《ごふびやう》を治《ぢ》せんや。もしかの医術によ（ッ）て存命《ぞんめい》せば、本朝《ほんてう》の医道《いだう》なきに似たり。医術効験《かうげん》なくんば、面謁所詮《めんえつしよせん》なし。就中本朝鼎臣《なかんづくほんてうていしん》の外相《げさう》をも（ッ）て、異朝富有《いてうふいう》の来客《らいかく》にまみえん事、且《か》つうは国の恥《はぢ》、且《か》つうは道の陵遅《りようち》なり。たとひ重盛、命《いのち》は亡《ばう》ずといふとも、いかでか国の恥を思ふ心を存《ぞん》ぜざらん。此由《このよし》を申《まう》せ」

ず。盛俊《もりとし》福原《ふくはら》に帰り参（ッ）て、此由《このよし》泣く〳〵申しければ、入道相国《にふだうしやうこく》、「是程《これほど》国の恥《はぢ》を思ふ大臣《だいじん》、上古《しやうこ》にもいまだきかず。まして末代《まつだい》にあるべしとも覚えず。日本に相応《さうおう》せぬ大臣なれば、いかさまにも今度《こんど》うせなんず」とて、泣く〳〵急ぎ都《みやこ》へ上《のぼ》られけり。

とこそ宣《のたま》ひけれ。

【現代語訳】

熊野から帰京して後《のち》、いく日もたたぬうちに大臣は御病気になられた。熊野権現《くまのごんげん》が、すでにわが願いを御納受なされたにちがいないと、治療もなさらず、祈禱《きとう》も行なわれない。そのころ、宋《そう》からすぐれた名医が渡ってきて、日本に滞在することがあった。その時分、入道相国は福原の別荘におられたが、越中《えつちゆう》前司盛俊《もりとし》を使者として、小松殿《こまつどの》のもとへ、「病気がいよいよ重いと聞いているが、折よく宋からすぐれた名医が渡ってきている。ちょうどよい時で、ありがたいことだ。これを招いて、医療にあたらせなさい」と申し遣《つか》わされた。病床にふしていた小松殿《こまつどの》は、たすけ起こされて、盛俊《もりとし》を御前に召し、「まず、医療のことは、つつしんで承りました、と申しあげなさい。しかし、お前もよく聞け。醍醐《だいご》天皇は、あれほどの賢王であられたが、外国の人相見を都の内にお入れになったことを、末の世まで、賢王の御誤り、わが国の恥と伝えている。ましてや、重盛のような凡人が、外国の医師を都に迎え入れるということは、国の恥辱ではないか。

漢の高祖《こうそ》は、三尺の剣をひっさげて天下を統治したが、淮南《わいなん》の黥布《げいふ》を討《う》ったとき、流れ矢にあたって傷をうけた。后《きさき》の呂太后《りよたいこう》が、良医を迎えて診察させると、医師は『この傷は治療することはできる。ただし、五十斤《こん》の金を下されば治そう』と言う。高祖の言われるには、『私に天の守護が強くあった間は、多くの戦闘に出て、傷を受けることはあったが、何の痛みも感じなかった。しかし今はわが運命もすでに尽きた。私の命は天のさだめにまかされている。たとえ名医扁鵲《へんじやく》が治療にあたっても、何の役にたとう。しかし医師の申し出を断れば、金を惜しんでのことにみえる』と、五十斤の金を医師に与えたまま、ついに治療を受けなかった。先人の言葉は耳に残って、今なおふかく感銘している。

重盛は、その任でもないのに公卿《くぎよう》の列に加わり、大臣の位にのぼっている。その運命を考えるに、すべて天の御はからいである。どうして天の思召《おぼしめし》を察せずに、愚かにも医療をわずらわせることができようか。この病がもし前世から定められた業報《ごうほう》であるならば、いかに治療を加えたところで役にはたつまい。また、前世の業《ごう》でなければ、治療を受けないでも、助かることができよう。かの耆婆《ぎば》の医術もその効なく、釈迦《しやか》は跋提河《ばつだいが》のほとりで入滅なさった。これは、定業《じようごう》の病は医療によって治すことができないことを示すためである。定業の病も医療で助かるということであれば、どうして釈尊の入滅なさることがあろうか。定業の病を治療できないことは、明らかである。治療されるのは仏の御身体であり、治療するものは耆婆《ぎば》である。重盛の身は仏ではないし、名医もまた耆婆には及ばないのであるから、たとえ医術の四部《しぶ》の書に通じて、百の治療を心得ていたとしても、どうしてこの無常の世に生存する汚れた身を療治し救うことができよう。たとえ五経《ごきょう》といわれる医書に精通して、あらゆる病を治すことができても、どうして前世の業《ごう》による病を治しえようか。もし、宋《そう》の医術によって命をとりとめることができたなら、わが国の医道はないようなものだ。医術の効果がないのであれば、医師に会ったところでしかたがない。とくに、わが国の大臣の地位にある身で、異国から訪れてきた客に会うことは、一つには国の恥であり、一つには政道の衰えを示すものである。たとえ重盛は、命を失うことになろうとも、どうして国の恥を考慮する心をもたないことがあろうか。このことを父入道に申しあげよ」
と仰せられた。

盛俊は福原に帰って、泣く泣くこのことを申しあげると、入道相国《しょうこく》は、
「これほど国の恥を思う大臣は、上古にもまだ聞いたことがない。まして末代にあろうとも思われない。この日本には不相応な大臣であるから、なんとしてもこの度《たび》は亡くなるにちがいない」
と言われて、泣く泣く都に急ぎのぼられた。

【語釈】

福原《ふくはら》　現在の神戸市兵庫区の辺。　**別業《べつげふ》**　別荘。　**越中《ゑっちゅうの》前司盛俊《もりとし》**　底本「越中守」とあって「前司」と傍書する。主馬判官《しゅめのはんがん》平盛国《もりくに》の子。『百錬抄』治承三年十一月二十日の強盗を捕えた記事に、前《さきの》越中守《えっちゅうのかみ》とある。寿永三年（一一八四）二月、一《いち》の谷《たに》合戦で戦死するが、その死は、巻第九「越《ゑっ》

中前司《ちゆうのせんじ》最期《さいご》」にえがかれる。**所労**《しよらう》　病気。**延喜御門**《えんぎのみかど》　醍醐《だいご》天皇。延喜はその統治下の年号（九〇一〜九二三）。**異国の相人**《いこくのさうにん》　外国の人相を見る人。『古事談《こじだん》』第六に「延喜ノ御時、狛人《こま》ノ相者《さうしや》参リ来《きた》ル。天皇簾中《れんちゆう》ニ御《おはしま》ス。御声ヲ聞奉《ききたてまつり》テ云フ、此人国王タルカ、多上少下ノ声ナリ。国体ニ叶フト云々。天皇耻《はぢ》給《たま》ヒテ出《い》デ給ハズト云々《うんぬん》」とある。**漢高祖**《かんのかうそ》　漢王朝の初代皇帝劉邦《りゆうほう》（前二四七〜前一九五）の廟号《びようごう》。『史記』高祖本紀《ほんぎ》に「高祖撃チシレ布ヲ時、為テ二流矢ノ所トレ中《あた》ル、行道ニ病ム、病甚シ、呂后迎フ二良医ヲ一医入テ見ユ、高祖問フレ医ニ、医曰ク、病可シトレ治ス、於レ是ニ高祖嫚罵シテ曰ク、吾以テ二布衣ヲ一提テ二三尺ノ剣ヲ一取ル二天下ヲ一此レ非ズヤ二天ノ命ニ一乎、命乃チ在リレ天ニ、雖モ二扁鵲ト一何ノ益アラムト、遂ニ不ズレ使メレ治セレ病ヲ、賜テ二金五十斤ヲ一罷ムレ之ヲ」（高祖布《ふ》ヲ撃チシ時、流矢ノ中《あた》ル所トナリテ行道《ぎようどう》ニ病ム。病甚ダシ、呂后《りよこう》良医ヲ迎ウ。医入テ見《まみ》ユ。高祖医ニ問ウ、医曰ク、病治スベシト。是《これ》ニ於テ高祖嫚罵シテ曰ク、吾布衣《ほい》ヲ以テ三尺ノ剣ヲ提《ひつさ》ゲテ天下ヲ取ル、コレ天ノ命ニ非ズヤ、命ハ乃《すなわ》チ天ニ在リ、扁鵲《へんじやく》ト雖《いえど》モ何ノ益カアラムト。遂ニ病ヲ治セシメズ、金五十斤ヲ賜テ之ヲ罷《や》ム）とある。**淮南**《わいなん》　淮水の南方、安徽省《あんきしよう》の地。**黥布**《けいふ》　淮南王。英布の異名。その伝は『史記』黥布列伝、『漢書』黥布伝にある。**まもり**　天の加護。**命《めい》はすなはち天《てん》にあり**　人の寿命は天のはからいによるもので、人力では如何《いかん》ともしがたい、の意。**扁鵲**《へんじやく》　中国、戦国時代の名医。『史記』扁鵲倉公《へんじやくそうこう》列伝にその伝がある。**甘心《かんじん》す**　肝に銘じている。ふかく共感している。**九卿**《きうけい》　公卿《くぎよう》の異称。納言《なごん》、参議、三位以上の位の者を、中国でこれに相当する九つの官職を九卿《きゆうけい》というのになぞらえた。**三台**《さんだい》　大臣。太政大臣、左大臣、右大臣の三公を天文で天帝を守護する三台星に擬《ぎ》して、三台といった。**天心**《てんしん》　天意。**いたはしう**　煩わせること。めんどうをかけること。　**定業**《ぢやうごふ》　前世から定められた業《ごう》の報い。　**耆婆**《ぎば》　古代中インド摩訶陀《まかだ》国の名医。扁鵲《へんじやく》とともに名医の代表とされている。頻婆娑羅《びんばさら》王の子、阿闍世《あじやせ》王の庶兄。**大覚世尊**《だいかくせそん》　釈迦《しやか》。大覚は、みずから悟り、他をも悟らせる大覚者としての仏、世尊は仏の十の称号の一。　**滅度**《めつど》　釈迦が涅槃《ねはん》に入ること。入滅。　**抜提河**《ばつだいが》　摩掲陀《まかだ》国拘尸那掲羅《くしながら》城の西北を流れる川、跋提河。その西岸に釈尊入滅の地娑羅《さら》双樹《そうじゆ》林があるという。　**しかれば**　であるから。「重盛が身云々」でなく、「たとひ四部《しぶ》の書《しよ》をかがみて」以下にかかる。　**四部の書**《しぶのしよ》　中国の四部の医書。『素問経』『大素経』『難経』『明堂経』。
かがみて　鑑《かんが》みて。参照して考え合わせて。　**百療**《はくれう》　数多くの治療法。　**有待の穢身**《うだいのゑしん》　食物、衣服などに依存して生命を維持する、欲望に汚れた凡夫の身体。　**五経**《ごきやう》　医書の五経。『素問経』『霊枢経』『難経』『金匱要略《きんきようりやく》』『甲乙経《こうおつけい》』。　**衆病**《しゆびやう》　さまざまの病気。　**面謁所詮なし**《めんえつしよせん》　面会しても無益である。　**鼎臣**《ていしん》　三公（大臣）を、足の三本ある鼎《かなえ》にたとえていう。　**外相**《げさう》　内心に対して、外にあらわれた姿、形をいう。
富有《ふいう》　「屋代本」「延慶本」などに「浮遊」とある。行程を定めず来遊した、の意。　**陵遅**《りようち》　しだいに衰退すること。　**いかさまにも**　どう見ても。きっと。

【解説】

重盛の病、篤《あつ》しと聞いた清盛は、腹心の部下、盛俊《もりとし》を使者として、折から来朝していた宋の名医の診療をうけるよう、重盛に薦《すす》める。この背景には、日宋貿易に熱意をもっていたという清盛の実像がうかがえる。

みずから、死を熊野権現に祈誓していた重盛は、二つの論点からこれをうけいれない。一つは、定業《じょうごう》による病は、いかなる名医によっても治癒することができないということで、漢の高祖や、釈尊の例をあげて、これを論じている。一つは、醍醐《だいご》天皇が異国の相人《さうにん》にまみえたことを、賢王の御誤りとして、異国の医師の診療をうけることを「国の恥」だとする論調である。「もしかの医術によ(ッ)て存命《ぞんめい》せば、本朝《ほんてう》の医道なきに似たり」といって「国の恥を思ふ心」を強調するが、これは、王朝貴族社会における誠実な上層官僚の国家意識を代弁するものである。上古にも末代にもない「日本に相応《さうおう》せぬ大臣」だとする清盛の言葉は、重盛の理想化の仕上げでもある。

医師《いし》問答《もんだふ》(三)

同七月廿八日、小松殿《こまつどの》出家《しゆつけ》し給ひぬ。法名《ほふみやう》は浄蓮《じやうれん》とこそつき給へ。やがて八月一日《ひとひのひ》、臨終《りんじゆう》正念《しやうねん》に住《ぢゆう》して、遂《つひ》に失《う》せ給ひぬ。御年四十三。世はさかりとみえつるに、哀《あは》れなりし事どもなり。

入道相国《にふだうしやうこく》の、さしも横紙《よこがみ》をやられつるも、此人《このひと》のなほしなだめられつればこそ、世もおだしかりつれ、此後天下《このちてんが》にいかなる事か出《い》でこんずらむとて、京中《きやうぢゆう》の上下《じやうげ》歎《なげ》きあへり。前右大将《さきのうだいしやう》宗盛《むねもり》卿《のきやう》のかた様《さま》の人は、「世は只今大将殿《だいしやうどの》へ参りなんず」とぞ悦《よろこ》びける。

人の親《おや》の子を思ふならひは、おろかなるが先立つだにもかなしきぞかし。いはんや是《これ》は、当家の棟梁《とうりやう》、当世《たうせい》の賢人にておはしければ、恩愛《おんあい》の別《わかれ》、家の衰微《すいび》、悲しんでも猶余《なほあまり》あり。されば世には良臣《りやうしん》をうしなへる事を歎《なげ》き、家には武略《ぶりやく》のすたれぬる事をかなしむ。凡《およ》そは此《この》おとど、文章《ぶんしやう》うるはしうして、心に忠《ちゆう》を存じ、才芸すぐれて、詞《ことば》に徳《とく》を兼《か》ね給へり。

【現代語訳】

同年七月二十八日、小松殿は出家なさり、法名は浄蓮《じようれん》とつけられた。まもなく、八月一日、心静かに臨終をむかえ、ついに亡くなられた。御歳は四十三、まだ盛りの御年齢であるのに、まことに哀れなことである。入道相国《しようこく》が、あれほど横暴なふるまいをなさっても、この人がいさめ、なだめられていたからこそ、世の平穏は保たれていたのである、これから後《のち》は天下にどのような事件が起こることであろうか、と、京じゅうの人々は、身分の上下を問わず嘆きあった。前右大将《さきの》宗盛卿《むねもりきよう》の身内の人々は、「一門の実権はすぐにも大将殿の手中に入るであろう」と喜びあった。

人の親が子を思う心は、愚かな子の先立つときでも悲しむものである。まして、この人は平家の重鎮であり、当代きっての賢人であられたので、親子の別れといい、一門の衰微といい、悲しんでもなお余りあることであった。それ故、世間では良臣をうしなったことを嘆き、平家においては武威の衰退を悲しんだ。およそこの大臣は、容姿が端正で、忠誠心に厚く、学芸の才に秀《ひい》で、雄弁で徳行を兼ねそなえた方であった。

【語釈】

臨終正念《りんじゆうしやうねん》　臨終に際して、妄念をはらって心平静に浄土を祈念すること。　**横紙**《よこがみ》**をやられ**　横紙を破られ。無理をおし通す、横暴なふるまいをする。和紙は縦に漉目《すきめ》があって横にやぶるのは困難なことからいう。　**かた様**《さま》　身内、関係ふかい者。　**棟梁**《とうりやう》　重責ある統率者。一家をささえる人。

武略《ぶりやく》　武門の家としての軍略、武威の意。

文章《ぶんしやう》　品格、人柄など、おもてに表われた資質。容姿、容儀。　**詞**《ことば》　弁舌、雄弁。　**徳**《とく》**を兼**《か》**ね**　言行一致すること。『論語』憲問篇「子曰《ク》、有《ル》レ徳者《ハ》、必《ズ》有《リ》レ言」（子曰《いわ》ク、徳有ル者ハ、必ズ言有リ）

【解説】

清盛の「悪行」を制御する役割りをはたしてきた重盛が、ついに世を去った。『平家物語』はこのあと、その人物を語る挿話《そうわ》を付記したのち、状況の急転を語ることになる。「此後天下《このゝちてんが》にいかなる事か出《い》でこんずらむ」と案じられたことが、早くも現実となってくるのである。

重盛の死は『玉葉』治承三年七月二十九日条に「今暁、入道内府薨去《こうきよ》云々、或説去夜云々」と記されているが、『愚管抄』『百錬抄』は八月一日としている。また、『山槐記』治承三年五月二十五日条によると、その日四十二歳の重盛は病により出家している。去る二月東宮の御百日に出仕した後《のち》籠居《ろうきよ》し、三月に熊野《くまの》に詣《もう》でて後世《ごせ》の事を祈り、精進屋において食事をとったが、後吐血《のちとけつ》し、また食事がとれなくなって、日を追って衰弱していったという。翌二十六日『山槐記』の筆者中山忠親は、出家を訪《とぶら》う使者を重盛のもとに遣わすが、その返報に「年来素懐無障遂了、喜悦無極」（年来ノ素懐障リ無ク遂ゲ了《おわ》ンヌ、喜悦極《きわま》リ無シ）とあったと記している。

『愚管抄』が「イミジク心ウルハシク」といい、『百錬抄』が「武勇雖レ軼ニ時輩一。心操甚穏也」（武勇、時輩ニ軼《すぐ》ルト雖《いえど》モ、心操甚ダ穏カナリ）と評する重盛の実像を、さらに強化した賛辞をつらねて、物語はその死を悼《いた》んでいる。

無《む》文《もん》

天性《てんぜい》このおとどは、不思議《ふしぎ》の人にて、未来《みらい》の事をも、かねてさとり給ひけるにや。去《さんぬる》四月七日の夢に見給ひけるこそふしぎなれ。たとへば、いづくとも知らぬ浜路《はまぢ》を、遥々《はるばる》とあゆみ行き給ふ程に、道の傍《かたはら》に大きなる鳥居《とりゐ》のありけるを、「あれはいかなる鳥居やらん」と問ひ給へば、「春日大明神《かすがだいみやうじん》の御鳥居《おんとりゐ》なり」と申《まう》す。人多《ひとおほ》く群集《くんじゆ》したり。其中《そのなか》に、法師の頸《くび》を一つさしあげたり。「さてあのくびはいかに」と問ひ給へば、「是《これ》は平家太政入道殿《へいけだいじやうのにふだうどの》、悪行超過《あくぎやうてうくわ》し給へるによ（ッ）て、当社大明神《たうしやだいみやうじん》の召しとらせ給《たま》ひて候」

と申すと覚《おぼ》えて夢《ゆめ》うちさめ、当家《たうけ》は保元平治《ほうげんへいぢ》よりこのかた、度々《どど》の朝敵《てうてき》をたひらげて、勧賞《けんじやう》身にあまり、かたじけなく一天の君《きみ》の御外戚《ごぐわいせき》として、一族の昇進《しようじん》六十余人、廿余年のこのかたは、たのしみさかえ、申すはかりもなかりつるに、入道《にふだう》の悪行《あくぎやう》超《てう》過《くわ》せるによ（ッ）て、一門の運命すでにつきんずるにこそと、こし方行《かたゆ》く末《すゑ》の事どもおぼしめしつづけて、御涙《なみだ》にむせばせ給ふ。

折節《をりふし》、妻戸《つまど》をほと〳〵と打ちたたく。

「たそ。あれ聞け」

と宣《のたま》へば、

「瀬尾太郎兼康《せのをのたらうかねやす》が参（ッ）て候」

と申す。

「いかに何事ぞ」

と宣《のたま》へば、

「只今不《ただいまふ》思《し》議《ぎ》の事候《さうら》ひて、夜《よ》の明《あ》け候はんが、おそう覚え候間《あひだ》、申さんが為に参（ッ）て候。御前《おんまへ》の人をのけられ候へ〳〵」

と申しければ、おとど、人を遥《はる》かにのけて御対面《ごたいめん》あり。さて兼康《かねやす》、見たりける夢のやうを、始《はじめ》より終《をはり》まで、くはしう語り申しけるが、おとどの御覧《らん》じたりける御夢に、すこしもたがはず。さてこそ、瀬尾太郎兼康《せのをのたらうかねやす》をば、神《しん》にも通《つう》じたる者にてありけりと、おとども感じ給ひけれ。

【現代語訳】

この大臣は、生まれながらにして不思議な能力をもった人で、未来のことも前もって悟っておられたのであろうか。去る四月七日の夢に御覧になったことは、まことに不思議であった。その夢というのは、どことも知れぬ浜路《はまじ》をはるばると歩いて行かれたが、道の傍《かたわ》らに大きな鳥居《とりい》があったので、

「あれはどこの鳥居であろうか」

と尋ねられると、

「春日大明神《かすがだいみようじん》の御鳥居です」

と申した。そこに多くの人が群がっていた。そのなかに、法師の首が一つ、さしあげられた。

「さて、あの首は何者か」

と問われると、

「これは平家太政《だいじよう》入道殿《にゆうどうどの》の御首を、悪行が超過なさったので、当社の大明神がお召しとりになったのです」

と申すうちに、夢がさめた。わが平家は、保元平治《ほうげんへいじ》の乱以来、たびたび朝敵を平定し、その褒賞《ほうしよう》は身に余り、おそれ多くも天皇の御外戚《がいせき》として、一族の者は六十余人も昇進し、二十余

年にわたって、その繁栄はことばにあらわしようもないほどであったが、入道の悪行超過によって、一門の運命もはや尽きようとしているのか、と過去のこと、将来のことをあれこれと思いつづけて、御涙にむせばれたのであった。

折しも、妻戸《つまど》をほとほととたたく音がする。

「だれか。何者か聞いて参れ」

と言われると、

「瀬尾太郎兼康《せのおのたろうかねやす》が参りました」

と申した。

「どうした。何事か」

とお尋ねになると、

「ただ今不思議なことがありまして、夜の明けますのが待遠しく思われますので、申しあげるためにいま参ったのです。お人払いをなさってください」

と申したので、大臣は人を遠ざけて、御対面になった。そこで、兼康は、見た夢の話を始めから終りまで、くわしく語り申したが、大臣が御覧になった御夢と、少しも違わなかった。それで、瀬尾太郎兼康は、神霊界にも通じることのできる者であった、と大臣は感心なさったのであった。

【語釈】

天性《てんぜい》 生まれつき。生まれながらにして。 **春日大明神《かすがだいみやうじん》** 奈良市春日野町にある春日神社。祭神は、武甕槌命《たけみかづちのみこと》、斎主命《いわいぬしのみこと》、天児屋根命《あめのこやねのみこと》、比売神《ひめがみ》。藤原氏によって、平城遷都後創建され、その氏神として尊崇された。

悪行超過《あくぎやうてうくわ》　悪行が度を越したこと。　**外戚**《ぐわいせき》　母方の親戚。　**妻戸**《つまど》　建物の端にあって、両開きにする開き戸。

瀬尾太郎兼康《せのをのたらうかねやす》　巻第一「殿下乗合《てんがのののりあひ》」で清盛の命をうけ摂政基房を襲った。巻第八「瀬尾最期《せのをさいご》」で、北国の戦いに木曾勢の捕虜となったが、偽って出身地備中国《びつちゆう》に帰り、そこで木曾勢に対し兵を挙げて、討死する。

始《はじめ》**より終**《をはり》**まで**　底本「まで」を欠く。諸本により補う。

さてこそ　それで、を強めていった。　**神**《しん》　神霊の世界。

【解説】

重盛が、運命を予知する能力をもった人物であることを語る挿話《そうわ》である。夢は物語の興趣のために仮構されたものであるよりも、未来の事実の前兆として、信憑性《しんぴようせい》をもって機能していた時代の真実を語るものとして、設定されているのである。すでに積み重ねてきた清盛の悪行《あくぎやう》によって、平家の衰運を悟った重盛であるが、やがてその悪行は頂点に達し、一門の権勢は急速に傾斜していくことになる。それを暗示するのが「太政入道殿（の御頸《おんくび》を）悪行超過し給へるによ（ッ）て」春日《かすが》大明神が召し取ったという夢の、しかも重盛と兼康が同時に一致して見る、という構想である。

春日大明神は、藤原氏の氏神である。清盛に対する制裁を、藤原氏が加えるというのは歴史の逆行であるが、巻第五の「物怪之沙汰《もつけのさた》」にみられる源雅頼《まさより》の青侍《あおざむらい》の夢に現われる春日《かすが》大明神と同じく、藤原将軍時代の投影ともみられる。しかし「延慶本」では、ところは「三島と思はしき霊験

「所」であり、源頼朝の「千日が間歎き申し事が余に不便なれば」太政入道の頸を切ったのだといい、この夢によって熊野《くまの》に参詣《さんけい》したとしている。また、「覚一本」に先行する語り本「屋代本」などでは、この章にあたる叙述を欠いている。

無《む》文《もん》（二）

其朝《そのあした》、嫡子権亮《ちやくしごんのすけ》少将《ぜうしやう》維盛《これもり》、院御所《ゐんのごしよ》へ参らんとて、出《い》でさせ給ひたりけるを、おとどよび奉《たてまつ》（ッ）て、

「人の親《おや》の身《み》として、か様《やう》の事《こと》を申《まう》せば、きはめてをこがましけれども、御辺《ごへん》は人《ひと》の子共《こども》の中《なか》には、勝《すぐ》れてみえ給ふなり。但《ただ》し此世《このよ》の中《なか》の有様《ありさま》、いかがあらむずらんと、心ぼそうこそ覚《おぼ》ゆれ。貞能《さだよし》はないか。少将に酒すすめよ」

と宣《のたま》へば、貞能御酌《さだよしおんしやく》に参りたり。

「この盃《さかづき》をば、先《ま》づ少将にこそとらせたけれども、親より先《さき》にはよものみ給はじなれば、重盛まづ取あげて少将にささん」

とて、三度《ど》うけて少将にぞさされける。少将又三度うけ給ふ時、

「いかに貞能《さだよし》、引出物《ひきでもの》せよ」

と宣《のたま》へば、畏《かしこま》つて承《うけたまは》り、錦《にしき》の袋《ふくろ》にいれたる御太刀《おんたち》を取出《とりいだ》す。「あはれ是《これ》は、家に伝

はれる小烏《こがらす》といふ太刀《たち》やらん」な（ン）ど、よにうれしげに思ひて見給ふ処《ところ》に、さはなくして大臣葬《だいじんさう》の時用ゐる無文《むもん》の太刀《たち》にてぞありける。其時《そのとき》少将けしきかは（ッ）て、よにいまはしげにみ給ひければ、おとど涙をはらはらとながいて、

「いかに少将、それは貞能《さだよし》がとがにもあらず。其故《そのゆゑ》は如何《いか》にといふに、此太刀《このたち》は大臣《だいじん》葬《さう》の時用ゐる無《む》文《もん》の太刀《たち》なり。入道いかにもおはせん時、重盛《しげもり》がはいて供《とも》せんとて持ちたりつれども、今は重盛、入道殿《にふだうどの》に先立ち奉《たてまつ》らんずれば、御辺《ごへん》に奉るなり」

とぞ宣《のたま》ひける。少将是《これ》を聞《き》き給《たま》ひて、とかうの返事《へんじ》にも及《およ》ばず、涙にむせびうつぶして、其日は出仕もし給はず、引きかづきてぞふし給ふ。其後《そののち》おとど熊野《くまの》へ参り、下向《げかう》して病《やまひ》つき、幾程《いくほど》もなくして、遂《つひ》に失《う》せ給《たま》ひけるにこそ、げにもと思ひ知られけれ。


【現代語訳】


その朝、嫡子権亮少将《ちやくしごんのすけ》維盛《これもり》が、院の御所に参上しようとして、出られようとするところを、大臣はお呼びになって、

「親の身でこのようなことを申すのは、たいへんおこがましいが、そなたは子のなかでは、すぐれた者に見える。ところで、この世の中のありさまは、どうなることかと心細く思われてならない。貞能《さだよし》はいないか。少将に酒をすすめなさい」

と言われると、貞能がお酌《しやく》に参った。

「この杯をまず少将にさしたいが、親より先にはきっと飲まぬであろうから、重盛がまず、いただいてから少将にさそう」

と、三度うけたのち、少将にさされた。少将がまた三度うけられるとき、

「貞能、引出物《ひきでもの》をお渡しせよ」

と言われた。貞能は畏《かしこ》まって承り、錦《にしき》の袋に入った御太刀《たち》を取り出した。「ああ、これはわが家に伝わる小烏《こがらす》という太刀であろう」などと、このうえもなくうれしそうに御覧になったが、そうではなくて、大臣の葬儀のときに用いる、無文《むもん》の太刀《たち》であった。そのとき、少将は顔色が変わって、たいそう忌《いま》わしそうに御覧になったので、大臣は涙をはらはらと流して、

「少将よ。それは貞能《さだよし》の間違いではない。なぜかというと、この太刀は大臣の葬儀のときに用いる無文《むもん》の太刀《たち》だ。入道がお亡くなりになったときは、重盛が佩《は》いてお供をしようと持っていたのだが、今は重盛が、入道殿に先立って世を去ることになろうから、そなたにさし上げるのだ」

と言われた。少将はこれを聞かれて、なんの返事もできず、涙にくれうつぶして、その日は出仕もなさらず、衣を引きかぶったまま臥《ふ》してしまわれた。その後《のち》、大臣は熊野に参詣《さんけい》され、帰京して病にかかり、まもなくお亡くなりになったので、あの一件はそういうことであったのかと思い知らされたのであった。

【語釈】

をこがまし ばかげている。愚かにみえる。

引出物《ひきでもの》　祝宴、供応などの折、主人が客に贈る物品。

小烏《こがらす》といふ太刀《たち》　「屋代本」剣巻に、もと源氏に伝えられた宝刀で、為義から義朝《よしとも》に伝えられたが、平治《へいじ》の乱に敗《やぶ》れたのち、平氏に帰してその宝となったとし、目貫《めぬき》に烏《からす》を作って入れてあるので「小烏」と名付けた、と述べてある。一方、『平治物語』では、重盛がこの太刀を帯びて待賢門《たいけんもん》の戦にのぞんでいる。『倭訓栞《わくんのしおり》』は、伊勢氏に伝えるものは、もと一尺ばかりは普通の平《ひら》作りで、先は両刃、きっ先はとがったもの、という。

無文《むもん》の太刀《たち》　鞘《さや》、柄《つか》を黒漆《うるし》で塗り、蒔絵《まきえ》などの装飾がなく、金具などにも彫りものの無い太刀。六位以下が帯用するが、公卿《くぎょう》以上の者も、葬儀などの凶事には用いた。**よにいまはしげ**　たいそう不吉なことのように。**いかにもおはせん時**　万一のことがあったとき。お亡くなりになったとき、の意。**げにもと**　なるほどそういうことであったのだと。

【解説】

一門の運命が尽きることを予知した重盛は、清盛に先立って、わが身の死を覚悟し、父の葬儀のときの用意の太刀を嫡子維盛《ちゃくしこれもり》に渡した。「人の子共《こども》の中には、勝《すぐ》れてみえ」るといい、「親より先にはよものみ給はじ」という言葉のなかに、重盛の維盛《これもり》に対する信頼があらわされ、父の死の予感を告げられてからの態度に、維盛の繊細でひ弱な性格が表現されている。

燈炉《とうろ》之《の》沙汰《さた》

すべて此大臣《このおとど》は、滅罪生善《めつざいしやうぜん》の御心ざしふかうおはしければ、当来《たうらい》の浮沈《ふちん》をなげいて、東山《ひんがしやま》の麓《ふもと》に六八弘誓《ろくはつぐぜい》の願《ぐわん》になぞらへて、四十八間《けん》の精舎《しやうじや》をたて、一間《けん》に一《ひと》つづつ、四十八間に四十八の燈籠《とうろ》をかけられたりければ、九品《ほん》の台《うてな》目の前にかかやき、光《くわう》耀鸞鏡《えうらんけい》をみがいて、浄土《じやうど》の砌《みぎり》にのぞめるがごとし。毎月十四日、十五日を点《てん》じて、当《たう》家他家《けたけ》の人々の御方《かた》より、みめようわかうさかむなる女房達《にようばうたち》を多く請《しやう》じ集め、一間《けん》に六人《ろくにん》づつ、四十八間《けん》に二百八十八人、時衆《じしゆ》にさだめ、彼両日《かのりやうにち》が間《あひだ》は、一心《しん》不乱の称《しやう》名声《みやうこゑ》絶《た》えず。誠《まこと》に来迎引摂《らいかういんぜふ》の悲願《ひぐわん》も、この所に影向《やうがう》をたれ、摂取不捨《せつしゆふしや》の光も、此大臣《このおとど》を照《てら》し給ふらんとぞみえし。

十五日の日中《につちゆう》を結願《けつぐわん》として、大念仏《だいねんぶつ》ありしに、大臣《おとど》みづから彼行道《かのぎやうだう》の中にまじは(ッ)て、西方《さいはう》にむかひ、

「南無安養教主弥陀善逝《なむあんやうけうしゆみだぜんぜい》、三界六道《さんがいろくだう》の衆生《しゆじやう》を、普《あまね》く済度《さいど》し給へ」

と、廻向発願《ゑかうほつぐわん》せられければ、みる人慈悲《じひ》をおこし、きく者感涙《かんるい》をもよほしけり。かかりしかば、此大臣《このおとど》をば燈籠大臣《とうろのだいじん》とぞ人申《まう》しける。

【現代語訳】

総じて、この大臣は罪障を消滅し、善根をつくる深い御志をもっておられたので、来世《らいせ》の幸・不幸を御心配になり、東山のふもとに阿弥陀《あみだ》の四十八願になぞらえて、四十八間の寺院を建て、一間に一つずつ、四十八間に四十八の燈籠《とうろう》をかけられたので、さながら九品《くほん》の蓮台《れんだい》が眼前に耀《かがや》き、明鏡を磨いたような光を放って、浄土が現出したかと思うばかりである。毎月十四、十五日を定めて、平家や他の家の人々の中から、美貌《びぼう》で若く女ざかりの女房《にょうぼう》たちを多く招き集めて、一間に六人ずつ、四十八間に二百八十八人、念仏を唱える人にあて、この二日間は一心不乱に仏の御名《みな》を唱える声が絶えない。まことに、衆生を浄土へお迎えくださるという悲願をもった阿弥陀仏《あみだぶつ》も、このところにお姿を現わされ、衆生《しゅじょう》を救ってお捨てにならないという弥陀《みだ》の御光も、この大臣をお照らしになるか、とみられた。

十五日の日中を結願《けちがん》として、大念仏が行なわれたが、大臣はみずからその行道《ぎょうどう》のなかに加わって、西方に向い、「南無《なむ》安養教主弥陀《あんようきょうしゅみだ》善逝《ぜんぜい》、三界六道《さんがいろくどう》の衆生を、あまねくお救いください」と、修めてきた功徳《くどく》をもって一切衆生《いっさいしゅじょう》を救済する願をたてられたので、見る人は慈悲の心をおこし、聞く者は感激の涙をながしたのであった。このようなことから、この大臣を燈籠《とうろ》の大臣と世間の人は申したのである。

【語釈】

滅罪生善《めつざいしやうぜん》　罪障を消滅し、善根功徳《くどく》を積むこと。　**当来《たうらい》の浮沈《ふちん》**　来世における幸福と不幸。　**六八《ろくはつ》**

弘誓《ぐぜい》　衆生を救おうという弥陀《みだ》の四十八の誓い。　**四十八間《けん》の精舎《しやうじや》**　間は柱と柱のあいだをいい、それが四十八ある寺院。　**燈籠《とうろ》**　なかに灯《ひ》をともして軒先などにつるす照明具。仏前の荘厳《しょうごん》の具に用いられた。　**九品《ほん》の台《うてな》**　九品の往生にちなんで、往生した人のすわる極楽の九品《くほん》の蓮台《れんだい》。

光耀鸞鏡《くわうえうらんけい》をみがいて　「鸞鏡」は、中国の想像上の鳥「鸞」（鳳凰《ほうおう》の一種）を背面にきざんだ鏡。光り輝くさまは、鸞鏡を磨いたようで。　**砌《みぎり》**　場所。　**点《てん》じて**　指定して。選定して。　**みめ**　容《よう》貌《ぼう》。器量。　**時衆《じしゆ》**　時宗《じしゆう》で念仏を唱える僧、および俗人をいう。「古典大系」の注は、正しくは「尼衆」とする。　**称名《しようみやう》**　阿弥陀仏《あみだぶつ》の名をとなえること。　**来迎引摂《らいかういんぜふ》の悲願《ひぐわん》**　阿弥陀仏が念仏の行者《ぎようじや》の臨終の際、迎えにあらわれて、極楽浄土へ導くという願《がん》。

影向《やうがう》　神仏が、仮に姿を現わすこと。　**摂取不捨《せつしゆふしや》の光**　阿弥陀仏の衆生を救い導いて見捨てることのない大慈悲の光。　**大念仏《だいねんぶつ》**　大ぜいの人が集まって念仏を唱える信仰行事。融通《ゆうずう》念仏をいう。

行道《ぎやうだう》　仏のまわりを列をなして念仏を唱えながら回り歩く修行。　**南無安養教主弥陀善逝《なむあんやうけうしゆみだぜんぜい》**　南無は帰依《きえ》し信順する意、安養は極楽浄土、教主は仏教の開祖、弥陀《みだ》善逝《ぜんぜい》は阿弥陀仏《あみだぶつ》のこと。善逝は仏の十号の一。

三界六道《さんがいろくだう》の衆生《しゆじやう》　三界は、欲界・色《しき》界・無色《むしき》界。六道は、天上・人間・修羅《しゆら》・畜生《ちくしょう》・餓鬼《がき》・地獄道。この三界六道を生死輪廻《しょうじりんね》して迷っている一切《いっさい》の衆生。　**廻向《ゑかう》**　発願《ほつぐわん》。自分の修《しゆ》してきた善根の功徳を回して、それによって極楽浄土への往生の願《がん》をおこすこと。

【解説】

重盛の仏教信仰の篤《あつ》さを語る挿話《そうわ》であるが、いかにも豪奢《ごうしゃ》なこの行事は、一面平家の権勢を示すものでもある。極楽浄土の荘厳《しょうごん》をさながらにイメージにうかばせる表現である。

『平家物語略解』によれば、四十八間の精舎《しようじや》の旧跡が、洛東《らくとう》小松谷の内、大仏馬町の東南、火トボシというあたりにあって、後の四条京極浄教寺がそれであり、『日次紀事』に「古《いにしへ》ヨリ此堂（四条京極浄教寺）ヲ燈籠堂ト称フ。案ズルニ小松内府重盛公設クル所ノ山麓《さんろく》ノ燈籠堂カ」とある。時衆《じしゆ》とい い、大念仏（融通念仏）という時宗《じしゆう》にかかわる語のみえるのは、その伝承のもとに成立した説話かと思われる。

また冨倉徳次郎氏『平家物語全注釈』の解説は、浄教寺と琵琶《びわ》法師の深い関係を指摘し、十四世紀中ごろにこの挿話《そうわ》が物語に加えられたものと推定している。この章段は「屋代本」「八坂本」「百二十句本」などの語り本、および「延慶本」「長門本」にはなく、『源平盛衰記』には、「念仏礼讃終《らいさんをは》りぬれば、彼女《かの》房達《たち》六人づつ、番を結《むすび》て鼓銅鈸子《くどうばつし》をはやしつゝ、今様謡《いまやううたひ》て、又彼《か》の四十八間をぞ廻りける」として、

心の闇《やみ》の深きをば　燈籠《とうろ》の火こそ照《てらす》なれ
弥陀《みだ》の誓《ちかひ》を憑身《たのむみ》は　照さぬ所はなかりけり

の今様をのせている。

金《かね》渡《わたし》

又《また》おとど、「我朝《わがてう》にはいかなる大善根《だいぜんこん》をしおいたりとも、子孫《しそん》あひついでとぶらはむ事《こと》ありがたし。他国《たこく》にいかなる善根をもして、後世《ごせ》を訪《とぶら》はればや」とて、安元《あんげん》の比《ころ》

ほひ、鎮西《ちんぜい》より妙典《めうでん》といふ船頭《せんどう》を召しのぼせ、人を遥《はる》かにのけて、御対面《たいめん》あり。金《こがね》を三千五百両召《りやうめ》し寄《よ》せて、

「汝《なんぢ》は大正直《だいしやうぢき》の者であんなれば、五百両《りやう》をば汝《なんぢ》にたぶ。三千両《りやう》を宋朝《そうてう》へ渡し、育王山《いわうさん》へ参らせて、千両《りやう》を僧にひき、二千両をば御門《みかど》へ参らせ、田代《でんだい》を育王山《いわうさん》へ申《まう》し寄《よ》せて、我後世《わがごせ》とぶらはせよ」

とぞ宣《のたま》ひける。妙典《めうでん》は是《これ》を給《たま》は(ッ)て、万里《ばんり》の煙浪《えんらう》を凌《しの》ぎつつ、大宋国《そうこく》へぞ渡りける。育王山の方丈《はうぢやう》、仏照禅師《ぶつせうぜんじ》徳光《とくくわう》にあひ奉《たてまつ》り、此由《このよし》申したりければ、随喜感嘆《ずいきかんたん》して、千両を僧にひき、二千両をば御門《みかど》へ参らせ、おとどの申されける旨《むね》を、具《つぶ》さに奏《そう》聞《もん》せられたりければ、御門大《みかどおほ》きに感じおぼしめして、五百町の田代《でんだい》を、育王山《いわうさん》へぞ寄《よ》せられける。されば日本《にっぽん》の大臣《だいじん》、平朝臣重盛公《たひらのあつそんしげもりこう》の、後生善処《ごしやうぜんしよ》と祈《いの》る事《こと》、いまに絶えずとぞ承《うけたまは》る。

【現代語訳】

また大臣は、「わが国では、どのような大善根を積んでおいても、子孫が続いて後世《ごせ》を弔《とむら》ってくれることはありえまい。他国にどのような善根でも積んで、後世を弔ってもらいたい」と、安元《あんげん》のころ、九州から妙典《みようでん》という船頭を上京させ、人払いをして、御対面になった。金を三千五百両取り寄せて、

「お前はたいそう正直者《しょうじきもの》だというから、五百両をお前に与えよう。三千両は宋朝《そうちょう》へ運んで、育王山《いおうさん》へ差し上げ、千両は僧に贈り、二千両は皇帝に献上して、田地に代えて育王山に寄進し、わが後世《ごせ》を弔うように申し伝えよ」

と依頼された。妙典《みょうでん》はこれをいただいて、万里の波濤《はとう》をのりこえ、大宋国《そうこく》に渡って行った。育王山の住職の仏照禅師徳光《ぶっしょうぜんじとくこう》にお会いして、このことを申しあげると、大いに喜び感激して、千両を僧に贈り、二千両を皇帝に献上し、大臣の申されたことを、くわしく奏上されると、皇帝も大いに感動なさって、五百町の田地を育王山《いおうさん》に寄進せられた。それで日本の大臣、平朝臣重盛《あそんしげもり》公が、後世《ごせ》に極楽浄土に往生されるよう祈ることが、今に至るまで絶えず続けられているということである。

【語釈】

安元《あんげん》の比《ころ》　承安五年（一一七五）七月二十八日安元と改元、安元三年（一一七七）八月四日治承と改元。**妙典《めうでん》**　『源平盛衰記』に「妙典と云唐人《いふたうじん》」とある。「延慶本」は「折節《をりふし》博多の妙典と申《まうし》ける船頭の上《のぼり》たりけるを召て」と述べている。**三千五百両《りやう》**　両は重さの単位で、一斤の十六分の一。十匁《もんめ》。**育王山《いわうさん》**　宋五山の一、育王山《いおうさん》阿育王寺。浙江省寧波府《ねいはふ》にある。**ひき**　配分して贈り。**田代《でんだい》**　田地。代は畔《あぜ》によって限られた一区画をいう。**方丈《はうぢやう》**　寺院の住持の居処から、転じて住持、住職をいう。**仏照禅師徳光《ぶつせうぜんじとくくわう》**　中国の高僧。『仏祖歴代通載』に伝があり、淳熙《じゅんき》三年（一一七六）霊隠寺に詔《みことのり》によって住持し、帝《みかど》の問にこたえて仏法の大意を説き仏照禅師の号を賜わった。**随喜《ずいき》**　人の善事に感じて心からありがたく思うこと。**後生善処《ごしやうぜんしよ》**　来世で極楽浄土に生まれること。

【解説】

「子孫あひついでとぶらはむ事ありがたし」という重盛の言葉は、安元の時点ですでに一門の滅亡を予知していたことを語っているともみられる。しかしこの挿話《そうわ》は、そこに焦点をおいて語られているのではない。外国の医師の治療を受けて病気が平癒することを、「国の恥」と批判した「医師問答」の重盛とは次元を異にした、仏法に帰依《きえ》し後世《ごせ》の往生をねがう重盛を強調する説話で、「燈炉之《とうろの》沙汰《さた》」と同じく、信仰の深さを語るものである。

弘化四年（一八四七）の跋《ばつ》がある伴信友《ばんのぶとも》の『比古婆衣《ひこばえ》』に、「小松内府育王山金渡しの事」として、自筆で書写した『法華経』一部十巻と黄金三千両をおくる、治承三年三月二十三日付の重盛の書状と、これに対する返牒《へんちょう》を載せている。この文書の真偽はわからないが、「延慶本」も、文面は異にするが重盛の送り文《ぶみ》をのせており、黄金のほかに「年来帰依」の霊像と自筆の法花妙典がおくられ、治承三年四月　日と記してある。平家と宋との貿易外交の事実からみて、これに類する事がありえたと推測することはできよう。佐々木八郎氏の『平家物語評講』解説が指摘するように、妙典の人名と、『法華経』（法華妙典）とがかかわりあっているともみられる。

この挿話は諸本にあるので、『平家物語』に古くからある一こまであろう。

法印問答《ほふいんもんだふ》

入道相国《にふだうしやうこく》、小《こ》松殿《まつどの》におくれ給ひて、よろづ心ぼそうや思はれけん、福原《ふくはら》へ馳《は》せ下《くだ》り、閉門《へいもん》してこそおはしけれ。

同《おなじき》十一月七日の夜《よ》、戌剋《いぬのこく》ばかり、大地おびたたしう動いてやや久し。陰陽頭安倍《おんやうのかみあべの》泰親《たいしん》、いそぎ内裏《だいり》へ馳《は》せ参（ッ）て、

「今度《こんど》の地震《ぢしん》、占文《せんもん》のさす所、其慎《そのつつしみ》かろからず。当道《たうだう》三経《ぎやう》の中《なか》に、根器経《こんききやう》の説《せつ》を見候に、年をえては年を出《い》でず、月をえては月を出《い》でず、日をえては日を出《い》でずとみえて候。以ての外《ほか》に火急《くわきふ》候《ざうらふ》」

とて、はらはらとぞ泣きける。伝奏《てんそう》の人も色《いろ》をうしなひ、君も叡慮《えいりよ》をおどろかさせおはします。わかき公卿殿上人《くぎやうてんじやうびと》は、

「けしからぬ泰親《やすちか》が今の泣きやうや。何事《なにごと》のあるべき」

とてわらひあはれけり。されどもこの泰親《やすちか》は、晴明《せいめい》五代の苗裔《べうえい》をうけて、天文《てんもん》は淵源《えんげん》をきはめ、推条掌《すいでうたなごころ》をさすが如《ごと》し。一事《じ》もたがはざりければ、さすの神子《みこ》とぞ申しける。いかづちの落ちかかりたりしかども、雷火《らいくわ》の為に狩衣《かりぎぬ》の袖《そで》は焼けながら、其身《そのみ》はつつがもなかりけり。上代《じやうだい》にも末代《まつだい》にも、ありがたかりし泰親《やすちか》なり。

【現代語訳】

入道相国《しようこく》は、小松殿《こまつどの》に先立たれて、万事につけて心細く思われたのであろうか、急ぎ福原へ下《くだ》られ、門を閉じて引き籠《こも》っておられた。

同年十一月七日の夜八時ごろ、大地震がおこって、しばらくの間、はげしく揺れた。陰陽《おんようの》頭《かみ》安倍泰親《あべのやすちか》が、急いで内裏にかけつけて、

「ただ今の地震は、占文《せんもん》の示すところによりますと、厳重な謹慎、とあります。陰陽道《おんようどう》における三経の中の、『根器経《こんききよう》』の説をみますと、年でいえばその年のうち、月でいえばその月のうち、日でいえばその日のうち、とみえています。このうえもなく緊急なことです」

といって、はらはらと泣いた。取り次ぎの役人も顔色を変え、天皇もお驚きになる。若い公卿《くぎよう》や殿上人《てんじようびと》は、

「けしからん泰親の今の泣きようだ。何事も起こるわけがない」

と笑いあった。しかし、この泰親は、安倍晴明《あべのせいめい》から五代の子孫で、天文道においては奥義《おうぎ》を極め、吉凶の推論の正確なことは、掌《たなごころ》をさすようで、これまで一事も間違えることがなかったので、「指すの神子《みこ》」と呼ばれていた。かつて泰親の上に、落雷したことがあったが、雷火によって狩衣《かりぎぬ》の袖《そで》が焼けただけで、その身は無事であった。上代にも末代にも、例のない人物であった。

【語釈】

閉門《へいもん》 門を閉じ家にこもって、人に会わないこと。 **安倍泰親《あべのたいしん》** 天台座主《てんだいざす》明雲の名を難じたことが、巻第二「座主流《ざすながし》」にみえる。 **占文《せんもん》** 占いによってあらわれた結果をのべたことば。 **当道三経《たうだうぎやう》** 陰陽道《おんようどう》の依拠《いきよ》する三経。『新猿楽記《しんさるがくき》』によって『金匱経《きんき》』『枢機経』『神枢霊轄』の三書とも、『平家物語標註』の注による『坤義経《こんぎ》』『明道経《みようどう》』『星宿経《せいしゆく》』ともいう。 **根器経《こんききやう》** 「流布本」は坤儀《こんぎ》

経、「延慶本」『源平盛衰記』は金貴経と記す。

年をえては　年でいえばその年のうちに災厄が起こる、の意。　**伝奏**《てんそう》　奏上されたことを天皇、上皇に取りつぐ役。　**けしからぬ**　常軌を逸している。異常な。　**晴明**《せいめい》　安倍晴明。延喜二十一年（九二一）生まれ、寛弘二年（一〇〇五）没。益材《ますき》の子。平安中期の有名な陰陽家。『金烏玉兎集』の著がある。『今昔物語集』『大鏡』ほかにその説話が伝えられている。

苗裔《べうえい》　末孫。後胤《こういん》。安倍氏系図に、晴明―吉平―時親―有行―泰長―泰親とある。

淵源《えんげん》　根源。根本。奥義《おうぎ》。　**推条**《すいでう》　占いによって推論すること。陰陽道の用語。　**さすの神子**《みこ》　誤りなく推論する霊力をそなえた人の意でいったもの。

【解説】

清盛は重盛の死に悲観して、福原の別邸にこもったという叙述は、「医師問答」の章の重盛逝去の記事につづいておかれるべきで、この章は、大地震からはじめるのが至当である。「八坂本」はこの部分を「あひ」としており、「百二十句本」は第二十七句「金渡し　医師問答」の最後に述べている。

天変地異を社会的な事件の前兆としてみる観念は、物語の趣向である前に当時の人々の実際の認識であったが、物語はこれを構想にくみいれて、これから起こる事件のさきぶれとして、陰陽頭《おんようのかみ》安倍泰親の占文《せんもん》の奏上を語っている。この地震は、『玉葉』治承三年十一月七日条に「亥刻《ゐのこく》、大地震、比類無シ」と記され、『山槐記』も同日、同時刻とし、『百錬抄』には同日、戌刻《いぬのこく》とある。

法印問答《ほふいんもんだふ》（二）

同《おなじき》十四日、相国禅門《しやうこくぜんもん》此日《このひ》ごろ福原《ふくはら》におはしけるが、何《なに》とか思ひなられたりけむ、数千騎《すせんぎ》の軍兵《ぐんびやう》をたなびいて、都《みやこ》へ入《い》り給《たま》ふ由《よし》聞えしかば、京中《きやうぢゆう》何《なに》と聞きわきたる事はなけれども、上下恐《おそ》れをののく。何者《なにもの》の申し出《いだ》したりけるやらん、

「入道相国《にふだうしやうこく》、朝家《てうか》を恨み奉《たてまつ》るべし」

と披露《ひろう》をなす。関白殿内々《くわんぱくどのない〱》きこしめさるる旨《むね》やありけん、急ぎ御参内《ごさんだい》あ（ッ）て、

「今度《こんど》相国禅門《しやうこくぜんもん》入洛《じゆらく》の事は、ひとへに基房《もとふさ》亡《ほろぼ》すべき結構《けつこう》にて候なり。いかなる目に逢《あ》ふべきにて候やらん」

と奏《そう》せさせ給へば、主上大《おほ》きにおどろかせ給ひて、

「そこにいかなる目にもあはむは、ひとへにただわがあふにてこそあらんずらめ」

とて、御涙をながさせ給ふぞ忝《かたじけな》き。誠《まこと》に天下《てんが》の御政《おんまつりごと》は、主上、摂録《せふろく》の御《おん》ぱからひにてこそあるに、こはいかにしつる事どもぞや。天照太神《てんせうだいじん》、春日大明神《かすがだいみやうじん》の、神慮《しんりよ》の程《ほど》も計《はか》りがたし。

【現代語訳】

同月十四日、入道相国《しょうこく》はこのところ福原の別邸におられたが、何をお思いになられたのか、数千騎の軍勢をひきつれて都にお入りになるという風聞《ふうぶん》がたったので、京じゅうの人々ははっきりとそのことを聞き知ったのではないが、上下ともに恐れおののいた。何者が言い出したのか、

「入道相国《しょうこく》が、朝廷に報復なさるのであろう」

と言いひろめた。関白殿は内々お聞きになっていたことがあったのであろうか、急ぎ内裏へ参上されて、

「今度入道相国《しょうこく》が入洛《にゅうらく》いたしますのは、まったくこの基房《もとふさ》を滅ぼそうという御企《くわだ》てでございます。どのような憂き目に逢《あ》うことになりましょうか」

と奏上なさると、天皇はたいそう驚かれて、

「そなたが憂き目にあうというのは、まったく自分があうことと同じである」

と言われて、御涙をおながしになったが、まことにおそれ多いことであった。天下の政治は、天皇と摂政関白の御計らいであるべきなのに、これはどうしたことなのであろうか。天照大神、春日大明神《かすがだいみょうじん》がいかに思召《おぼしめ》されているのか、その御心もはかりかねることである。

【語釈】

たなびいて　たなびかせて。大軍を率《ひき》いていくさま。**披露《ひろう》**　ひろく告げること。**関白殿《くわんぱくどの》**　承安二年（一一七二）十二月二十七日から治承三年（一一七九）十一月十五日まで、関白は藤原基房《もとふさ》。

結構《けつこう》　たくらみ。計画。　**そこ**　丁寧な言い方で、目下の者をさす語。　**摂録**《せふろく》　摂政関白の異称。
神慮《しんりよ》　神のみこころ。

【解説】

『玉葉《ぎよくよう》』は十一月十四日の条に、入道相国《しようこく》の入京を記し、厳島《いつくしま》に詣《もう》でるため去る十一日に出発した宗盛を途中から呼びもどして、ともに上洛《じようらく》した、とある。「武士数千騎、人何事ト知ラズ、凡《およ》ソ京中ノ騒動双《ならび》無シ」という記述は物語と一致している。『山槐記《さんかいき》』にも「入道大相国数千ノ軍兵ヲ率テ福原ヨリ上洛、八条亭ニ着カル、京師怖恐《ふきよう》、衆口嗷々《がうがう》」とあって、事態の急迫を告げている。関白、太政大臣以下、院の近臣三十九人を追放し、後白河法皇を幽閉する清盛の行動の開始である。

清盛の意図を察知した関白基房の慨嘆にこたえる高倉帝の言葉は、後に語られるその人柄の一環で、情に篤《あつ》い性格をしめすものである。また「天下《てんが》の御政《おんまつりごと》は、主上、摂録《せふろく》の御《おん》ぱからひ」とするのは、王朝的体制を理想とする貴族知識人の政治理念の中心であって、物語の作者も自覚する限りにおいては、その枠《わく》の内にあって、政界の動向を語っているのである。

法印問答《ほふいんもんだふ》（三）

同十五日、入道相国《にふだうしやうこく》、朝家《てうか》を恨《うら》み奉《たてまつ》るべき事《こと》、必定《ひつぢやう》と聞えしかば、法皇大《ほふわうおほ》きにおどろかせ給ひて、故少納言入道信西《こせうなごんにふだうしんせい》の子息静憲法印《じやうけんほふいん》を御使《おつかひ》にて、入道相国《にふだうしやうこく》のもとへつかはさる。

「近年朝廷《きんねんてうてい》しづかならずして、人の心もととのほらず、世間も落居《らくきよ》せぬ様《さま》になり行く事、惣別《そうべつ》につけて歎きおぼしめせども、さてそこにあれば万事はたのみおぼしめしてこそあるに、天下をしづむるまでこそなからめ、嗷々《がうがう》なる体《てい》にて、あまツさへ朝家《てうか》を恨《うら》むべしな（ン）どきこしめすは、何事《なにごと》ぞ」

と仰《おほ》せつかはさる。

静憲法印御使《じやうけんほふいんおつかひ》に、西八条《にしはつでう》の亭《てい》へむかふ。朝《あした》より夕《ゆふべ》に及ぶまで待たれけれども、無音《ぶいん》なりければ、さればこそと無益《むやく》に覚《おぼ》えて、源大夫判官季貞《げんだいふのはうぐわんすゑさだ》をも（ッ）て、勅定《ちよくぢやう》の趣《おもむき》いひ入《い》れさせ、

「暇申《いとままう》して」

とて出《い》でられければ、其時入道《そのときにふだう》、

「法印よべ」

とて出《い》でられたり。喚《よ》びかへいて、

「やや法印御房《ほふいんのおんばう》、浄海《じやうかい》が申す処は僻事《ひがごと》か。まづ内府《だいふ》が身《み》まかり候《さうら》ひぬる事、当家《たうけ》の運命をはかるにも、入道随分悲涙《にふだうずいぶんひるい》をおさへてこそ罷過《まかりす》ぎ候へ。御辺《ごへん》の心《こころ》にも推察《すいさつ》し給へ。保元以後《ほうげんいご》は、乱逆打ちつづいて、君やすい御心《こころ》もわたらせ給はざりしに、入道《にふだう》はただ大方《おほかた》を取《とり》おこなふばかりでこそ候へ、内府《だいふ》こそ手をおろし身を摧《くだ》いて、度々《どど》の逆《げき》鱗《りん》をばやすめ参らせて候へ。其外臨時《そのほかりんじ》の御大事《おんだいじ》、朝夕《てうせき》の政務《せいむ》、内府《だいふ》程《ほど》の功臣《こうしん》ありがた

うこそ候《さうらふ》らめ。

爰《ここ》をも（ッ）て古《いにしへ》を思ふに、唐《たう》の太宗《たいそう》は魏徴《ぎちよう》におくれてかなしみのあまりに、『昔の殷宗《いんそう》は夢のうちに良弼《りやうひつ》をえ、今の朕《ちん》は、さめの後賢臣《のちけんしん》を失《うしな》ふ』といふ碑《ひ》の文《もん》をみづから書いて、廟《べう》に立ててだにこそかなしみ給ひけるなれ。我朝《わがてう》にもま近《ぢか》く見候《みさうら》ひし事ぞかし。顕頼民部卿《あきよりのみんぶきやう》が逝去《せいきよ》したりしをば、故院《こゐん》殊《こと》に御歎《おんなげき》あ（ッ）て、八幡行幸延《やはたのぎやうがうえん》引《いん》し、御遊《ぎよいう》なかりき。惣《そう》じて臣下の卒《しゆつ》するをば、代々御門《だい〳〵のみかど》、みな御歎《おんなげき》ある事でこそ候へ。さればこそ親よりもなつかしう、子よりもむつましきは、君《きみ》と臣《しん》との中《なか》とは申《まう》す事《こと》にて候《さうらふ》らめ。

されども内府《だいふ》が中陰《ちゆういん》に、八幡《やはた》の御幸《ごかう》あ（ッ）て御遊《ぎよいう》ありき。御歎《おんなげき》の色一事《いちじ》も是《これ》をみず。たとひ入道《にふだう》がかなしみを御《おん》あはれみなくとも、などか内府《だいふ》が忠《ちゆう》をおぼしめし忘れさせ給ふべき。たとひ内府が忠をおぼしめし忘れさせ給ふとも、いかでか入道が歎《なげき》を御あはれみなからむ。父子《ふし》共《とも》に叡慮《えいりよ》に背《そむ》き候《さうら》ひぬる事《こと》、今において面目《めんぼく》を失《うしな》ふ、是一《これひと》つ。

次に越前国《ゑちぜんのくに》をば、子々孫々《そんぞん》まで、御変改《ごへんがい》あるまじき由《よし》、御約束《やくそく》あツて下《くだ》し給はツて候ひしを、内府《だいふ》におくれて後《のち》、やがて召しかへされ候事《さうらふこと》は、何《なむ》の過怠《くわたい》にて候《さうらふ》やらむ、是《これ》一つ。

次に中納言闕《けつ》の候《さうら》ひし時、二位中将《にゐのちゆうじやう》の所望候ひしを、入道随分執《にふだうずいぶんと》り申ししかども、遂《つひ》に御承引《しよういん》なくして、関白《くわんぱく》の息《そく》をなさるる事はいかに。たとひ入道非拠《ひきよ》を申しおこなふとも、一度はなどかきこしめし入《い》れざるべき。申《まう》し候《さうら》はんや、家嫡《けちやく》といひ、位《ゐ》階《かい》といひ、理運《りうん》左右《さう》に及ばぬ事を、引きちがへさせ給ふは、本意《ほい》なき御《おん》ぱからひとこそ存《ぞん》じ候《さうら》へ、是《これ》一つ。

次に新大納言成親《なりちかの》卿《きやう》以下《いげ》、鹿谷《ししのたに》に寄りあひて、謀反《むほん》の企《くはだて》候ひし事、まツたく私《わたくし》の計略《けいりやく》にあらず。併《しか》しながら君御許容《ごきよよう》あるによツてなり。事新しき申《まう》し事《ごと》にて候《さうら》へども、七代までは此《この》一門をばいかでか捨てさせ給ふべき。それに入道七旬《しつしゆん》に及んで、余命《よめい》いくばくならぬ一期《いちご》の内《うち》にだにも、ややもすれば亡《ほろぼ》すべき由《よし》、御《おん》ぱからひあり。申《まう》し候《さうら》はんや、子孫あひついで、朝家《てうか》に召しつかはれん事ありがたし。凡《およ》そ老《お》いて子《こ》を失《うしな》ふは、枯木《こぼく》の枝《えだ》なきにことならず。今は程なき浮世《うきよ》に、心を費《つひや》しても何かはせんなれば、いかでもありなんとこそ思ひなツて候へ」

とて、且《か》つうは腹立《ふくりふ》し、且《か》つうは落涙《らくるい》し給へば、法印《ほふいん》おそろしうも又哀《あは》れにも覚《おぼ》えて、汗水《あせみづ》になり給ひぬ。

【現代語訳】

同十五日、入道相国《しようこく》が朝廷に対して、遺恨をはらされることは確かである、と伝わったので、後白河法皇はたいそう驚かれて、故少納言入道信西《しんぜい》の子息、静憲《じようけん》法印を御使いとして、

入道相国のもとへ、

「近年、朝廷は平穏を失い、人心も調和と統一を欠き、世間もあわただしい様子になっていくことを、なにかと嘆いているが、そなたがおるので万事頼みに思ってきたのに、天下の動揺をしずめるまでのことはともかく、逆に騒々しい有様で都に入り、そのうえ朝廷に報復するであろうというなどと聞くが、これは何事か」

と仰せ遣《つか》わされた。

静憲法印は、御使いとして、西八条の清盛の邸《やしき》に向かった。朝から夕方になるまで待たれたが、何の応答もないので、やはりそうであったのかと、こうしているのもむだなことに思って、源大夫判官季貞《げんだゆうほうがんすえさだ》を取り次ぎとして、院のお言葉の主旨を申し入れさせ、

「お暇《いとま》申します」

といって邸《やしき》を出られると、そのときになって入道は、

「法印を呼べ」

と言って出てこられた。法印を呼び返して、

「さて法印の御坊、この浄海の申すことは誤りであろうか。まず内大臣が亡くなったことだが、平家の運命を推し量《はか》るにつけて、入道はずいぶん悲しみの涙をこらえて過ごしてきたのだ。あなたも推察していただきたい。保元《ほうげん》以後は兵乱がつづき世も乱れて、君も安らかな御心でおられることがなかったが、入道はただ大方のことをとりしきるだけであったのに、内大臣は自《みずか》ら手を下して事にあたり、わが身を砕いて、たびたびにわたる君の御怒りをお鎮《しず》め

申してきたのだ。そのほか臨時の御大事や、日々の政務において、内大臣ほど功績のある臣はまたとないであろう。

このことに関して、昔の例を考え合わせるに、唐の太宗《たいそう》は、賢臣魏徴《ぎちょう》に死別して、悲しみのあまり『昔の殷宗《いんそう》は夢の中ですぐれた補佐の臣を得たのに、今の朕《ちん》は夢がさめてみると、賢臣を失っていた』という碑の文をみずから書き、廟《びょう》に立てることまでされて、悲しまれたということである。我が国にも最近あったことであるが、顕頼民部卿《あきよりみんぶのきょう》が逝去したことを、故鳥羽院はことに御嘆きになって、八幡宮への行幸を延期され、管絃の御遊びもとりやめられた。おおよそ、臣下の死に対しては、代々の帝《みかど》はみなお嘆きなさっている。だからこそ、親よりもなつかしく、子よりもむつまじいのは君と臣の仲、と申すのであろう。

にもかかわらず、内大臣の中陰《ちゅういん》の間に、八幡への御幸があって、管絃の遊びも行なわれた。御嘆きの様子は一つもみえない。たとえ入道の悲しみに御同情なくとも、どうして内大臣の忠誠をお忘れになってよかろう。また、たとえ内大臣の忠義をお忘れになったとしても、どうして入道の嘆きを御哀れみくださらないのであろう。父子ともに法皇のお気に召さぬということで、今になって面目を失ってしまった。これが一つである。

つぎに、越前国《えちぜんのくに》を、子々孫々にいたるまで御変更なさらないと、御約束なさって賜わったのに、内大臣の死去の後《のち》ただちにお取り上げになったことは、なんの過失があったからというのであろう。これが一つ。

つぎに、中納言の欠員があったとき、二位中将基通《もとみち》が希望されたのを、入道も心をこめて御推薦申したにもかかわらず、ついに御承認なく、関白の子息を中納言になさったのは、いかなる理由によるのか。たとえ入道が不当なことを申したとしても、一度は御考慮あってしかるべきであろう。まして、基通《もとみち》は、本家の嫡男であることといい、位階といい、道理にはずれたことではなくとやかくいうべきではないのに、おはずしになられたのは、まことに残念なおはからいであると思う。これが一つ。

つぎに、新大納言成親《なりちか》以下の近臣たちが、鹿谷《ししのたに》に寄り集まって、謀反の計画をめぐらしたことは、まったくかれらの個人的な計略ではない。すべて君の御許しがあってのことである。事新しく申すようであるが、七代の子孫にいたるまで、どうしてこの一門をお見捨てになるべきであろうか。それなのに入道が歳七十近くなって、余命もわずかとなった一代のうちに、ともすればこの一門を滅ぼそうとお企《くわだ》てになる。まして、子孫がひき続いて、朝廷に召し使われることは期待しがたい。およそ年老いて子を失うということは、枯れ木に枝がないのと同じである。今は、余命少ないこの世に、あれこれと心をつかっても、何にもならないことであるから、どうにでもなるようにと思うようになったのだ」

と、腹を立て、涙をうかべながら言われたので、法印は恐ろしくもあり、また気の毒にも思われて、汗まみれになられた。

【語釈】

必定《ひつぢやう》　確実にそのようになること。必至。**故少納言入道信西《こせうなごんにふだうしんせい》**　藤原通憲《みちのり》。巻第一「鹿谷《ししのたに》」に「故少納言入道信西が子息、静憲法印《じやうけんほふいん》」、同「俊寛沙汰《しゆんくわんのさた》　鵜川軍《うかはいくさ》」に「故少納言信西がもとに召しつかひける師光《もろみつ》、成景《なりかげ》」とあり、平治《へいじ》の乱に討たれた後白河院の寵臣《ちようしん》。**静憲法印**《じやうけんほふいん》　巻第一「鹿谷《ししのたに》」に後白河法皇の御供《とも》をして鹿谷の俊寛の山荘に臨んだことが語られている。信西の六男。後白河法皇の信任が篤《あつ》かった。

とどのほらず　調和しない。乱れている。**落居《らくきよ》せぬ**　落ち着かない。**惣別《そうべつ》につけて**　すべてについて。惣は全体、別は個別の意。**嗷々《がうく》なる体《てい》**　騒がしいさま。**あまツさへ**　そればかりか。そのうえに。**無音**《ぶいん》　何の応対も、あいさつもないこと。**源大夫判官季貞**《げんだいふのはうぐわんすゑさだ》　源季遠の子。清盛側近の部下で、巻第二「少将乞請」でも教盛の成経助命の嘆願を清盛に取次いでいる。**勅定**《ちよくぢやう》　天皇の仰せ、命令。

やや　呼びかけのことば。**乱逆**　謀反。反乱。**逆鱗**《げきりん》　天皇の怒り。竜のあごの下に逆に生えた鱗《うろこ》があり、これにふれた人を竜は怒って殺す、という『韓非子《かんぴし》』の故事により、天子を竜にたとえて、その怒りをいう。**太宗**《たいそう》　唐朝の第二代皇帝。李世民《りせいみん》。在位六二六〜六四九年。太宗はその廟号《びようごう》。

魏徴《ぎちよう》　太宗に仕えてこれを扶《たす》けた賢臣。『白氏文集《はくしもんじゆう》』新楽府《しんがふ》・七徳舞に「魏徴夢ニ見エテ天子泣ク」とあって、白氏自注に「魏徴疾亟《しつきよく》ナリ、太宗夢ニ徴ト別ル、既ニ寤テ涕《なみだ》ヲ流ス。是ノ夕徴卒《しゆつ》ス。故ニ御親《したし》ク碑ヲ制シテ云ハク、昔ノ殷宗《いんそう》ハ良弼《りやうひつ》ヲ夢ノ中ニ得、今ノ朕《ちん》ハ賢臣ヲ覚メテノ後ニ失フ」とある。**殷宗**《いんそう》　中国古代の殷帝国第二十三代の王、武丁。夢によって傅説《ふえつ》（名臣の名）が土工の間に隠れているのを知り、これに国政を委《ゆだ》ねたという。

良弼《りやうひつ》　よい輔佐の臣。**朕**《ちん》　天子の自称。**さめの後**《のち》　夢がさめて後。**廟**《べう》　死者の霊を祀《まつ》るところ。**顕頼民部卿**《あきよりのみんぶきやう》　藤原顕隆の子。永治元年（一一四一）民部卿、久安四年（一一四八）正月五日五十五歳で没。民部卿は、諸国の戸籍、賦役《ふえき》、田地など民政をつかさどる民部省の長官。 **故院《こいん》** 鳥羽院。 **八幡《やはた》** 石清水《いわしみず》八幡宮。 **卒《しゅつ》する** 卒《そつ》する。死ぬ。
中陰《ちゅういん》 中有ともいい、死後つぎの生をうけるまでの四十九日間。 **変改《へんがい》** 変えあらためること。
過怠《くわたい》 あやまち。過失。おこたり。 **二位中将《にゐのちゅうじやう》** 藤原基通《もとみち》。基実《もとざね》の長男。承安二年（一一七二）十月右中将、安元二年（一一七六）三月従二位。その妻室は清盛の女寛子。この十一月十五日基房失脚のあと関白となる。当時二十歳。天福元年（一二三三）五月二十九日、七十四歳で没。 **執《と》り申し** とりなし申し。推挙し。推薦し。
関白《くわんぱく》の息《そく》 関白藤原基房の三男、師家《もろいえ》。治承三年（一一七九）十月九日権《ごん》中納言、同二十一日正三位。十一月の政変で解官《げかん》される。当時八歳。嘉禎四年（一二三八）六十七歳で没。
非拠《ひきょ》 道理にあわないこと。いわれのないこと。 **申《まう》し候《さうら》はんや** いわんや。まして。 **家嫡《けちやく》** 本家の嫡男。 **理運《りうん》** 道理にかなっていること。 **左右《さう》に及ばぬ事** とやかく言うまでもないこと。
七旬《しつしゅん》 七十歳。

【解説】

『玉葉』治承三年十一月十六日条に、「昨日法印静賢《じやうけん》ヲ以テ御使ト為シ、両度子細ヲ陳ゼラルト云々。其後頗《すこぶ》ル事和気ニ似ル。然《しか》シテ猶《なほ》以テ院ノ近臣等ヲ搦《から》メ召サルベキノ由謳歌有リト云々」とあって、静憲は二度にわたって清盛のもとに赴き、法皇の側の意向を陳じ、それによって清盛の態度は、一応はやわらいだが、近臣に対する処断はなお主張していた模様である。

『百錬抄《ひやくれんしよう》』は、同日の条に「世間嗷々《がうがう》。武士洛中《らくちゆう》ニ満ツ。入道大相国、公家ヲ怨《うら》ミ奉リ、一族ヲ率キテ鎮西《ちんぜい》ニ下向《げかう》ス可《べ》キノ由風聞アリ。上皇、法印静賢ヲ以テ自今以後万機御口入《くちいれ》有ル可《べ》カラザルノ由、之ヲ仰セ遣ハサル」とあり、これが信じられれば、法皇は清盛に屈従したことになる。

　物語では、近臣の追放ののち、「法皇被流《ほうわうながされ》」で法皇が幽閉されるとき「主上《しゆしやう》さて渡らせ給へば、政《せい》務《む》に口入《こうじゆ》する計《ばかり》なり。それもさるべからずは、自今以後《じこんいご》さらでこそあらめ」と仰せられたとある。しかし『百錬抄』のこの日の記事は、その後に「或記ニ云フ、上皇関白ト平家党類ヲ滅《ほろぼ》サシムル可《べ》キノ由《よし》、密謀有ルノ由其聞《よしそのきこ》エ有リ」と記してあり、「御口入有ル可カラザルノ由」は外交的策略ともとれる。

　清盛のこの行動の基因として、『山槐記』十一月十四日には「或ハ曰《いは》ク故内大臣賜フ所ノ越前国、法皇召取ル、大《おほい》ニ怨《うらみ》ヲ成スト。又白川殿ノ庄園、法皇又御沙汰《さた》有リ。又除目《ぢもく》ノ間非拠等甘心セズト云々」と記し、『玉葉』も十五日の条に「此事ノ由来ハ、法皇越前国故入道内大臣知行国、維盛朝臣之ヲ伝フ、ヲ収公ス、并《ならび》ニ白川殿倉預《くらあづかり》前大舎人頭兼盛ヲ補サル、已上《いじやう》両事、法皇ノ過怠《くわたい》ト云々。三位中将師家、二位中将基通ヲ超ヘ中納言ニ任ズ、師家年僅カニ八歳、古今ニ例無シ、是博陸《はくりく》（関白）ノ罪科ナリ、凡《およ》ソ此《こ》ノ外《ほか》法皇博陸ト同意シ国政ヲ乱サルノ由、入道相国攀縁《はんえん》（憤ること）スト云々」と述べている。

　清盛はその女盛子（白河殿）を前摂政藤原基実《もとざね》の後妻に入れていたが、仁安元年（一一六六）基実が二十四歳で没したあとばく大な遺領を二分して相続し藤原氏の怨恨をかった。『愚管抄』に、この相続にあたって清盛に「コノ殿下ノ御跡ノ事ハ、必シモミナ一ノ人ニツクベキ事ニモ候ハヌナリ」と進言したのは「御産《ごさん》」や巻第六「祇園女御《ぎをんにようご》」に語られている邦綱であるとしている。盛子は重盛に先立って治承三年（一一七九）六月十七日、二十四歳で死去したが、その伝領した庄園を法皇が没収し、倉預《くらあづかり》に前大舎人頭《さきのおおとねりのとう》兼盛を補任《ぶにん》したことが、清盛の怒りの一つとされている。

　しかしこの件は『物語』の清盛の言葉にはふれられていない。重盛の知行国であった越前国の没収と、師家の中納言任命に対する憤懣《ふんまん》は、『物語』にも、語気鋭く表現されている。慷慨《こうがい》抗争の根本は権力の対立を中心とする政治的なものであるが、静憲法印を前に法皇の非を難じ、慷慨《こうがい》する清盛の弁舌は、まず忠誠の鑑《かがみ》ともいうべき重盛の死に、法皇は哀悼《あいとう》の意もあらわさないということの批判からはじまり、「是一つ」「是一つ」と数えたてながら、越前国の没収、不当な中納言補任《ぶにん》を詰《なじ》り、鹿谷《ししのたに》の謀略の中心は法皇の許容にあると追及する。巻第二の「教訓状」以下で重盛に抑制された、法皇への憤りが、再燃して、自棄的な言葉とともに吐きだされるのである。

法印問答《ほふいんもんだふ》（四）

此時《このとき》はいかなる人も、一言《げん》の返事《へんじ》に及びがたき事ぞかし。其上《そのうへ》、我身《わがみ》も近習《きんじゅ》の仁《じん》なり。鹿谷《ししのたに》に寄りあひたりし事は、まさしう見聞《みき》かれしかば、其人数《そのにんじゅ》とて、只今《ただいま》も召《め》しや籠《こ》められむずらんと思ふに、竜《りよう》の鬚《ひげ》をなで、虎《とら》の尾《を》をふむ心地《ここち》はせられけれども、法印もさるおそろしい人で、ち（ッ）ともさわがず申されけるは、「誠《まこと》に度々《どど》の御《ご》奉公浅《ほうこうあさ》からず、一旦恨《たんうら》み申させまします旨《むね》、其謂候《そのいはれさうらふ》。但《ただ》し官位《くわんゐ》といひ、俸禄《ほうろく》といひ、御身《おんみ》にと（ッ）ては悉《ことごと》く満足《まんぞく》す。しかれば功《こう》の莫大《ばくだい》なるを、君御《きみぎよ》感《かん》あるでこそ候へ。しかるを近臣事《きんしんこと》を乱《みだ》り、君御許容《ごきよよう》ありといふ事《こと》は、謀臣《ぼうしん》の凶害《きようがい》にてぞ候《さうらふ》らん。耳《みみ》を信《しん》じて目《め》を疑《うたが》ふは俗《しよく》の常《つね》の弊《へい》なり。少人《せうじん》の浮言《ふげん》を重《おも》うして、朝恩《てうおん》の他《た》にことなるに、君《きみ》を背《そむ》き参ら（ッ）させ給はん事、冥顕《みやうけん》につけて其恐《そのおそれ》すくなからず候。凡《およ》そ天心《てんしん》は蒼々《さう〳〵》としてはかりがたし。叡慮《えいりよ》さだめて其儀《そのぎ》でぞ候らん。下《しも》として上《かみ》にさかふる事《こと》、豈人臣《あにじんしん》の礼たらんや。よく〳〵御思惟《ごしゆい》候べし。詮《せん》ずるところ、此《この》趣《おもむき》をこそ披露《ひろう》仕《つかまつ》り候はめ」

とて出《い》でられければ、いくらもなみゐたる人々、

「あなおそろし。入道《にふだう》のあれ程《ほど》いかり給へるに、ち（ッ）とも恐《おそ》れず、返事《へんじ》うちしてたたる事よ」

とて、法印《ほふいん》をほめぬ人こそなかりけれ。


【現代語訳】

こうした時には、どのような人でも一言《ひとこと》の返事もしがたいものである。そのうえ、法印は、自分も法皇の近習《きんじゅ》の一人であり、鹿谷《ししのたに》に寄り集まったことは、まさに見聞したことであるから、その共謀者として、今にも捕えられはしないかと思うと、竜の鬚《ひげ》をなで、虎《とら》の尾を踏むような恐ろしさではあったが、法印もなかなか気丈な人で、少しもあわてず申されるには、「まことにたびたびの御奉公は並《なみ》たいていのものではありませんから、この度のお恨みは、その理由がありましょう。しかし、官位といい、俸禄といい、あなたにとってはすべて満ち足りております。それというのも、ばく大な功績を、君が御褒賞《ごほうしょう》なさってのことでしょ

う。それなのに、近臣が事を構え、君がそれを御許容なさっているというのは、陰謀を企《たく》らむ者の讒言《ざんげん》でありましょう。耳で聞いた噂《うわさ》を信じ、目で見る事実を疑うのは世間一般の通弊です。とるにたらぬ者の浮薄な言葉を重んじて、他に異なる朝恩をうけている君にお背きなさるということは、現世、来世にわたって恐れあることです。およそ天の心は蒼々《そうそう》としてはてしなく、測《はか》りがたいものです。法皇の御心もきっとそのようでありましょう。臣下の身として君に逆らうことは、人臣としての礼に反することです。よくよくお考えなさるべきです。ところで、結局のところはいまの御見解を、法皇へお伝え申しあげましょう」

といって退出されると、その座に居並んでいた多くの人々は、

「ああ、おどろくべきことだ。入道があれほど怒っておられるのに、少しも恐れず、しっかりと返事をして席を立っていかれた」

と、みな、法印をほめたたえたのであった。

【語釈】
近習《きんじゆ》の仁《じん》　法皇側近の臣。仁は人、人物。　**人数《にんじゆ》**　ここでは、仲間、一味、の意。　**竜《りよう》の鬚《ひげ》をなで、虎《とら》の尾《を》をふむ心地《ここち》**　危険に直面しての恐怖心のたとえ。『本朝文粋《ほんちようもんずい》』大江匡衡《まさひら》の供養浄妙寺願文《がんもん》に「栄身ニ余リ、賞分ニ過グ、虎ノ尾ヲ履《ふ》ムガ如《ごと》ク、竜ノ鬚《ひげ》ヲ撫《な》ヅルガ如シ」とある。　**おそろしい人**　おそるべき人。剛毅な人。　**謂《いはれ》**　わけ。理由。　**凶害《きようがい》**　人を害すること。　**耳《みみ》を信《しん》じて目《め》を疑《うたが》ふ**　人の言を信用し自分の見た事実を信じない。　**少人《せうじん》**　徳も器量もない小人物。　**浮言《ふげん》**　流言。根拠
俗《しよく》の常《つね》の弊《へい》　世間一般の人によくある欠点。

もない噂《うわさ》。**冥顕《みやうけん》**　死後の世界、来世と現実のこの世。「冥《みやう》」には現実を超えた神、仏の義がある。**さかふる**　対抗する。さからう。下二段活用「さかふ」の連体形。**詮《せん》ずるところ**　結局。つまるところ。**あなおそろし**　驚嘆をあらわす。

【解説】『玉葉』にみる使者法印静賢《じやうけん》は、法皇の陳述を伝えたもののようであるが、物語の静憲は法皇の詰問を申し入れて、清盛の主張を聞きただしたのである。憤りと悲嘆に身をふるわせるようにして語った権力者の前で「汗水《あせみづ》」になりながらも、君臣の道を説く静憲の論に、かつての重盛の弁論が再現されている。

すでに事が明らかとなりその関係者の処断も終った鹿谷《ししのたに》の一件を、なお「謀臣の凶害」とするのは、言い逃れにすぎないが、君臣の道にたてば、そう言わざるをえないであろう。しかし、権威や権力をおそれぬ、不屈な精神の持ち主を賞賛するのは『平家物語』の人物評の基調でもあって、登場人物の言動を通して、法印をたたえているのである。

大臣《だいじん》流《る》罪《ざい》

法印御所《ほふいんごしよ》へ参《まゐ》（ッ）て、此由奏聞《このよしそうもん》せられければ、法皇《ほふわう》も道理至極《だうりしごく》して、仰《おほ》せ下《くだ》さる方《かた》もなし。

同《おなじき》十六日、入道相国《にふだうしやうこく》、此日《このひ》ごろ思ひ立ち給へる事なれば、関白殿《くわんぱくどの》を始め奉《たてまつ》（ッ）

て、太政大臣已下《だいじやうだいじんいげ》の公卿殿上人《くぎやうてんじやうびと》、四十三人が官職《くわんしよく》をとどめて、追《お》つ籠《こ》めらる。関白《くわんぱく》殿《どの》をば大宰帥《だざいのそつ》にうつして、鎮西《ちんぜい》へながし奉《たてまつ》る。かからん世には、とてもかくてもありなんとて、鳥羽《とば》の辺《へん》、古河《ふるかは》といふ所にて御出家《ごしゆつけ》あり。御年卅五。礼儀《れいぎ》よくしろしめし、くもりなき鏡にてわたらせ給ひつる物をとて、世の惜《を》しみ奉《たてまつ》る事、なのめならず。遠流《をんる》の人の、道《みち》にて出家しつるをば、約束の国へはつかはさぬ事である間《あひだ》、始《はじめ》は日向国《ひうがのくに》へと定められたりしかども、御出家の間、備前国府《びぜんのこふ》の辺《へん》、井《ゐ》ばさまといふ所に留《とど》め奉《たてまつ》る。

大臣流罪《るざい》の例《れい》は、左大臣曾我《さだいじんそが》の赤兄《あかえ》、右大臣豊成《うだいじんとよなり》、左大臣魚名《うをな》、右大臣菅原《すがはら》、かけまくも忝《かたじけな》く北野《きたの》の天神《てんじん》の御事《おんこと》なり。左大臣高明公《たかあきらこう》、内大臣藤原伊周公《ふぢはらのいしう》に至るまで、既《すで》に六人、されども摂政関白流罪《せつしやうくわんぱくるざい》の例《れい》は、是始《これはじめ》とぞ承《うけたまは》る。

故中殿御子《こなかどののおんこ》、二位中将基通《もとみち》は、入道《にふだう》の聟《むこ》にておはしければ、大臣関白《くわんぱく》になし奉《たてまつ》る。去円融院《さんぬるゑんゆうゐん》の御宇《ぎよう》、天禄三年十一月一日、一条摂政謙徳公《いちでうのせつしやうけんとくこう》うせ給ひしかば、御弟堀河関白忠義公《ほりかはのくわんぱくちゆうぎこう》、其時《そのとき》は未《いま》だ従《じゆ》二位《ゐ》の中納言にてましましけり。其御弟法興院《そのおんおととほごゐん》の大入道殿《おほにふだうどの》、其比《そのころ》は大納言《だいなごん》の右大将《うだいしやう》にておはしける間《あひだ》、忠義公は御弟に越えられ給ひしかども、今又越えかへし奉《たてまつ》り、内大臣《ないだいじん》正二位にあが（ッ）て、内覧宣旨《ないらんのせんじ》蒙《かうぶ》らせ給ひたりしをこそ、人耳目《じぼく》をおどろかしたる御昇進《しようじん》とは申《まう》ししに、是《これ》はそれには猶超過《なほてうくわ》せり。非参議《ひさんぎ》二位中将《にゐのちゆうじやう》より、大中納言を経ずして、大臣関白《だいじんくわんぱく》になり給ふ事、いまだ承《うけたまは》り及ばず。普賢寺殿《ふげんじどの》の御事《こと》なり。上卿《しやうけい》の宰相《さいしやう》、大外記《だいげき》、大夫史《たいふのし》にいたるまで、みなあきれたる様《さま》にぞみえたりける。

【現代語訳】

法印は院の御所に参上して、このことを奏上なさると、法皇も入道相国《しようこく》の申し分は、まったく道理にかなっていることだとして、さらに仰せくだされることもなかった。

同十六日、入道相国は、この数日来、決意された事なので、関白殿をはじめとして、太政大臣以下の公卿殿上人《くぎようてんじようびと》、四十三人の官職をとりあげ、追放なさった。関白殿を大宰帥《だざいのそつ》に左遷し、九州へ流し奉《たてまつ》った。関白殿は、このような世にあっては、このままでいてもしかたがないと、鳥羽の辺、古河というところで出家なさった。御年は三十五歳である。宮廷における行事の礼儀作法をよくわきまえられ、くもりのない鏡のような方《かた》であられたのにと、世の人々はひとかたならずお惜しみ申した。遠流《おんる》に処せられる人が、その途中で出家した場合は、予定された配流《はいる》の国には送らないことになっているので、はじめは日向国《ひゆうがのくに》へと定められていたが、御出家なさったので、備前国の国府《こふ》の辺、井《い》ばさまという所にとどめられた。

大臣が流罪《るざい》となった例は、左大臣蘇我赤兄《そがのあかえ》、右大臣藤原豊成《とよなり》、左大臣藤原魚名《うおな》、右大臣菅原道真《みちざね》、この方《かた》はおそれ多くも北野天神の御事である、左大臣源高明《たかあきら》公、内大臣藤原伊周《これちか》公に至るまで、すでに六人あるが、摂政関白が流罪《るざい》となった例は、これが初めてであると聞いている。

故中殿《なかどの》の御子、二位中将基通《もとみち》は、入道の婿《むこ》であったので、大臣関白になされた。去る円融《えんゆう》院《いん》の御代の、天禄三年十一月一日、一条摂政謙徳《けんとく》公がお亡くなりになったとき、御弟の堀河関白忠義公は、当時はまだ従二位の中納言であられたが、その御弟の法興院《ほこいん》の大入道殿はそのころ大納言の右大将であられたので、忠義公は御弟に越えられておられたが、内大臣正二位に昇進して、越えかえしなさり、内覧の宣旨《せんじ》をお受けになったのを、人々は耳目《じもく》を驚かす御昇進だと申したものであったが、このたびはそれになお超過する沙汰《さた》であった。非参議《ひさんぎ》二位中将から、大中納言を経ることなく、大臣関白になられる、ということはまだ聞いたことがない。これは普賢寺殿《ふげんじどの》の御事である。この任大臣の事務にあたった首席の参議をはじめ、大外記《だいげき》、大夫史《だいぶのし》にいたるまで、みなあきれた様子であった。

【語釈】 **道理至極《だうりしごく》して** 「至極す」は、サ変他動詞、もっともと思う。**大宰帥《ださいのそつ》** 大宰府の長官。帥は親王の名誉職で、実務にあたる臣下は権帥《ごんのそつ》に任じられた。**古河《ふるかは》** 京都市伏見区羽束師《はづかし》古川町。『雍州府志』に「古川、下鳥羽ノ西ニアリ、古、西国遷謫《さいごくせんたく》ノ人多クコノ川ヨリ舟ニ乗リ狐川ニ出《い》ヅ」とある。**備前国府《びぜんのこふ》の辺《へん》、井《ゐ》ばさま** 岡山県岡山市中区湯迫《ゆば》の辺り。**くもりなき鏡** 磨かれた鏡のように、明らかに理非の判断ができること。**曾我《そが》の赤兄《あかえ》** 正しくは蘇我赤兄。馬子《うまこ》の孫、倉麻呂《くらまろ》の子。天智天皇十年（六七一）左大臣。天武天皇元年（六七二）八月、壬申《じんしん》の乱に大友皇子にくみして敗れ配流《はいる》。**豊成《とよなり》** 藤原豊成。武智麻呂《たけちまろ》の子。天平二十一年（七四九）右大臣。天平宝字元年（七五七）橘奈良麻呂《たちばなのならまろ》の変に連座、大宰員外《だざいいんがいの》帥《そつ》に左遷されたが、病のため難波《なにわ》に滞留した。　**魚名**《うをな》　藤原魚名。房前《ふささき》の子。天応元年（七八一）左大臣。延暦元年（七八二）氷上川継《ひかみのかわつぐ》の謀反事件に連座、大宰府へ左遷、途上病を得て召し帰され、やがて死去した。

菅原《すがはら》　菅原道真。是善《これよし》の子。昌泰二年（八九九）右大臣。昌泰四年（九〇一）藤原時平の讒《ざん》により大宰権帥《だざいごんのそち》に左遷。延喜三年（九〇三）五十九歳で配所に没した。後《のち》、北野天神として祀《まつ》られる。

高明公《たかあきらこう》　源高明。醍醐天皇皇子。延喜二十年（九二〇）臣籍に下り、康保四年（九六七）左大臣。安和《あんな》の変により、安和二年（九六九）大宰権帥に左遷される。　**藤原伊周公**《ふぢはらのいしう》　道隆の子。正暦五年（九九四）内大臣。花山院《かざんいん》に矢を射かけ、また大元帥の法を修《しゆ》したというかどで長徳二年（九九六）大宰権帥に左遷。

中殿《なかどの》　藤原基実《もとざね》。『愚管抄』に「中ノ殿トゾ世ニハ云《いふ》メル、又六条摂政トモ申《まうす》ヤラン」とある。忠通の子、基房《もとふさ》、兼実《かねざね》（『玉葉』筆者）の兄。　**円融院**《ゑんゆうゐん》　村上天皇第五皇子、第六十四代天皇。安和二年（九六九）即位、永観二年（九八四）花山天皇に譲位。　**一条**《いちでう》**摂政**《せつしやう》**謙徳公**《けんとくこう》　藤原伊尹《これただ》。師輔《もろすけ》の子。右大臣、摂政、氏長者《うじのちようじや》、太政大臣となる。天禄三年（九七二）十一月一日没、四十九歳。謙徳公は諡号《しごう》。　**堀河関白**《ほりかはのくわんぱく》**忠義公**《ちゆうぎこう》　藤原兼通《かねみち》。邸《やしき》が二条の南、堀河の東にあったので堀河関白という。忠義公は諡《おくりな》。

法興院《ほごゐん》**の大入道殿**《おほにふだうどの》　藤原兼家《かねいえ》。出家の後二条京極の二条院を寺にし、法興院と称した。　**内覧宣旨**《ないらんのせんじ》　太政官《だいじようかん》から天皇に奏上する文書にあらかじめ目を通し政務を執り行なうことを許される旨《むね》の宣旨《せんじ》。

耳目《じぼく》**をおどろかしたる**　耳に聞き、目に見て驚かされた。　**普賢寺殿**《ふげんじどの》　基通が後に出家して山城国普賢寺に住したので、普賢寺殿と称した。　**上卿**《しやうけい》　朝廷で公事《くじ》を執行するときの首席となる者。ここでは除目《じもく》に関する公事の長官。

大外記《だいげき》 太政官で少納言の下にあって、詔勅奏文を起草し、また除目《じもく》、叙位《じょい》などの儀式に従う書記官。大外記、少外記おのおの二名がある。 **大夫史《たいふのし》** 太政官の文書勘例《かんれい》、諸司諸国の庶務などを担当する官。六位相当の役であるが、五位の者を大夫史といった。

【解説】

「天下ノ大事出来《しゆつたい》」と『玉葉』治承三年十一月十五日条が記す、いわゆる清盛のクーデターの開始である。関白、内大臣、氏長者《うじのちょうじゃ》に基通を任じて、基房《もとふさ》の関白、師家《もろいえ》の権《ごん》中納言中将等を止める、権中納言雅頼《まさより》を上卿《しょうけい》とし、中宮権亮通親《ごんのすけみちちか》を職事《しきじ》とする権弁《ごんのべん》兼光の草した詔書宣命《せんみょう》等を披見《ひけん》して、兼実は「天ニ仰ギ地ニ伏シテ、猶《なほ》以テ信受セズ、夢カ夢ニ非《あらざ》ルカ、弁《わきま》ヘ存ズル所無シ」(『玉葉』同日条)と嘆いている。

『山槐記《さんかいき》』は十六日条にこのことを記し、堀川関白が中納言より内大臣に任じられた例にもふれている。「四十三人が官職をとどめて」とあるところは、『百錬抄《ひゃくれんしょう》』十七日の条に「太政大臣師長已《い》下《か》、検非違使《けびゐし》信盛ニ至ル三十九人解官《げくわん》。多ク是レ院中祗候《しこう》ノ輩ナリ」とあり、前関白の大宰権帥《だざいごんのそつ》左遷と出家のことは十八日条に記されている。出家については『山槐記』は二十一日の条に「前大納言邦綱卿頻《しき》リニ前関白ニ出家ヲ申勧《まうしすすむ》ルノ由《よし》伝承ル所ナリ 者《てへれば》 今日古河宿ニ於テ出家シ給フ云々」。『玉葉』は二十二日の条に「前関白、昨日出家入道、大原聖人世ニ本覚房ト謂フ戒ヲ授ケ奉ルト云々」と記している。

大臣流罪《だいじんるざい》（二）

太政大臣師長《だいじやうだいじんもろなが》は、つかさをとどめて、あづまの方《かた》へながされ給ふ。去《さんぬる》保元《ほうげん》に、父悪《あく》左大臣《ひだんのおほい》殿《どの》の縁座《えんざ》によ（ッ）て、兄弟四人《けいていしにん》、流罪《るざい》せられ給ひしが、御兄右大将兼長《おんせうとうだいしやうかねなが》、御弟左中将隆長《おんおとさのちゆうじやうたかなが》、範長禅師《はんちやうぜんじ》三人は、帰洛《きらく》を待たず、配所《はいしよ》にてうせ給ひぬ。是《これ》は土佐《とさ》の畑《はた》にて九《ここの》かへりの春秋《はるあき》を送りむかへ、長寛《ちやうぐわん》二年八月に召《め》しかへされて、本位《ほんゐ》に復《ふく》す。次の年正二位《じやうにゐ》して、仁安《にんあん》元年十月に、前中納言《さきのちゆうなごん》より権大納言《ごんだいなごん》にあがり給ふ。折節《をりふし》大納言あかざりければ、員《かず》の外《ほか》にぞくははられける。大納言六人になる事、是始《これはじめ》なり。又前中納言《またさきのちゆうなごん》より権大納言《ごんだいなごん》になる事も、後山階大臣躬守公《ごやましなのだいじんみもりこう》、宇《う》治大《ぢのだい》納《な》言《ごん》隆国卿《たかくにのきやう》の外《ほか》は、未《いま》だ承《うけたまは》り及ばず。管絃《くわんげん》の道に達し、才芸勝《すぐ》れてましましければ、次第の昇進《しようじん》とどこほらず、太政大臣《だいじやうだいじん》まできはめさせ給ひて、又いかなる罪の報《むくい》にや、かさねてながされ給ふらん。保元《ほうげん》の昔《むかし》は、南海土佐《なんかいとさ》へうつされ、治承《ぢしよう》の今は、東《とう》関尾張国《くわんをはりのくに》とかや。

もとよりつみなくして配所《はいしよ》の月をみんといふ事は、心あるきはの人の願ふ事なれば、おとどあへて事ともし給はず。彼唐太子賓客白楽天《かのたうのたいしのひんかくはくらくてん》、潯陽江《しんやうのえ》の辺《ほとり》にやすらひ給ひけん、其古《そのいにしへ》を思ひ遣《や》り、鳴海潟《なるみがた》塩路《しほぢ》遥《はる》かに遠見《ゑんけん》して、常は朗月《らうげつ》を望み、浦風に嘯《うそむ》き、琵琶《びは》を弾《だん》じ、和歌《わか》を詠《えい》じて、なほざりがてらに月日を送らせ給ひけり。ある時当国第《たうごくだい》三の宮《みや》、熱田明神《あつたみやうじん》に参詣《さんけい》あり。その夜神明法楽《しんめいほふらく》のために、琵琶《びは》ひき朗詠し給ふに、所もとより無智《むち》の境《さかひ》なれば、情《なさけ》を知れる者なし。邑老《いふらう》、村女《そんぢよ》、漁人《ぎよじん》、野《や》叟《そう》、首《かうべ》をうなたれ、耳を峙《そばだ》つといへども、更《さら》に清濁《せいだく》をわかち、呂律《りよりつ》を知る事なし。されども瓠巴《こは》琴《きん》を弾《だん》ぜしかば、魚鱗《ぎよりん》躍《をど》りほどばしる。虞公《ぐこう》歌《うた》を発《はつ》せしかば、梁塵《りやうぢん》うごきうごく。物《もの》の妙《めう》を究《きは》むる時には、自然《じねん》に感《かん》を催《もよほ》す理《ことわり》なれば、諸人《しよにん》身の毛よだ（ッ）て、満座《まんざ》奇異《きい》の思《おもひ》をなす。

やう〳〵深更《しんかう》に及んで、風香調《ふがうでう》の内《うち》には、花芬馥《はなふんぷく》の気を含《ふく》み、流泉《りうせん》の曲《きよく》の間《あひだ》には、月清明《せいめい》の光をあらそふ。「願《ねが》はくは今生世俗文字業《こんじやうせぞくもじのげふ》、狂言綺語誤《きやうげんきぎよのあやまり》をも（ッ）て」といふ朗詠をして、秘曲《ひきよく》をひき給へば、神明感応《しんめいかんおう》に堪《た》へずして、宝殿大《ほうでんおほ》きに震動《しんどう》す。平《へい》家《け》の悪行《あくぎやう》なかりせば、今此瑞相《いまこのずいさう》をいかでか拝《をが》むべきとて、おとど感涙《かんるい》をぞながされける。

【現代語訳】

太政大臣師長《もろなが》は、官職を停《と》められて、東国の方へ流されなさる。去る保元《ほうげん》の乱に、父悪左大臣殿の縁によって罪せられて、兄弟四人が流罪《るざい》の処罰をうけられたが、御兄の右大将兼《かね》長《なが》、御弟の左中将隆長《たかなが》と範長禅師《はんちようぜんじ》の三人は、帰京を待たずに、配所《はいしよ》で亡くなられた。

師長《もろなが》は土佐国の畑《はた》で九年の歳月をおくり、長寛二年八月に召し返されて、もとの官位に復し、次の年には正二位となり、仁安元年十月に前中納言から権《ごん》大納言に昇進なさった。当時大納言に欠員がなかったので、員外の大納言に加えられた。大納言が六人になったことはこれが始めてである。また、前中納言から権大納言になることも、後山階大臣躬守《ごやましなのだいじんみもり》公、宇治大納《うじのだいな》言隆国卿《ごんたかくにのきょう》の外は、まだ聞いたことがない。管弦の道に秀《ひい》で、学才、芸能ともにすぐれておられたので、順次の昇進もとどこおることなく、太政大臣まで極められたのに、またどういう罪の報いでか、ふたたび流されなさるのであろう。保元《ほうげん》の昔は、南海、土佐国《とさのくに》へ移され、治承《じしょう》の今は、東関《とうかん》、尾張国《おわりのくに》ということである。

もともと、罪なくして配所の月を見たい、ということは、風雅の心をもつほどの人の願うところであるから、大臣はこの配流《はいる》を憂《う》いことともお思いにならない。あの唐の東宮の官であった、白楽天《はくらくてん》が、潯陽江《じんようのえ》のほとりに遷《うつ》されていたその昔を思いやり、鳴海潟《なるみがた》の海上はるかに眺望《ちょうぼう》して、常に明月をながめ、快い浦風に詩歌を吟《ぎん》じ、琵琶《びわ》を弾奏し和歌を詠んで、のんびりと月日を過しておられた。

あるとき、この尾張国《おわりのくに》の第三の宮である熱田《あつた》明神に参詣《さんけい》なさった。その夜、明神をお慰めするため、琵琶《びわ》をひき朗詠をなさると、もとよりこの地は都のみやびから遠く離れたところであるから、情趣を解する人もいない。村の老人や女、漁師や農夫らは、頭をたれ、耳をそばだてて聴《き》いてはいるものの、音の清濁も、旋律も聞きわけることはできない。しかし、楚《そ》の瓠巴《こは》が琴《きん》を弾じると、水中の魚が跳《は》ね踊り、漢の虞公《ぐこう》が歌をうたうと、梁《はり》の上の塵《ちり》が動いた、といわれるように、物事が妙を極めると、自然に感動が起こるのが道理なので、人々は体でこの曲を感じとり、すべての人々が不思議の感にうたれた。

しだいに夜も更け、深夜になると、風香《ふうごう》調の曲の中には花の芳香が漂い、流泉の曲の間には、月の清明な光が輝きあっているようであった。「願わくば今生世俗文字の業《ごう》、狂言綺語《きご》の誤りをもって」という朗詠をして、秘曲を奏《かな》でられると、神も深く感動なさって、宝殿が大いに震動した。平家の悪行がなかったならば、今、このめでたいしるしをどうして拝することができようかと、大臣は感激の涙を流されたのであった。

【語釈】

太政大臣師長《だいじやうだいじんもろなが》　左大臣藤原頼長《よりなが》の二男。安元三年（一一七七）三月太政大臣。「妙音院の太政のおほいとの」として巻第一「鹿谷《ししのたに》」に、大将辞任のことがでており、巻第三「公卿揃《くぎやうぞろへ》」では、中宮御産《ごさん》に六波羅《ろくはら》へ参上している。　**悪《あく》左《ひだんの》大臣殿《おほいどの》**　藤原頼長。崇徳《すとく》上皇方《がた》について保元《ほうげん》の乱を起こして敗死。悪左府《あくさふ》と称された。　**縁座《えんざ》**　罪を犯した親族の縁によって処罰のまきぞえになること。　**土佐《とさ》の畑《はた》三人**　その配所は、兼長は出雲国《いずものくに》、隆長は伊豆国《いずのくに》、範長《のりなが》は安芸国《あきのくに》とも安房国《あわのくに》ともいう。土佐の国幡多《はた》郡入野村宮地山の辺。現在の黒潮町。　**大納言六人**　大宝令《たいほうりよう》では定員四人であったが、その後減増があり、建久以後六人と定められた。ここにいう六人は、藤原忠雅《ただまさ》、源雅通《まさみち》、藤原公通《きんみち》、平清盛、源定房《さだふさ》、藤原師長《もろなが》である。　**後山階大臣躬守公《ごやましなのだいじんみもりこう》**　藤原三守《みもり》。巨勢麿《こせまろ》の孫、阿波守《あわのかみ》真作の子。天長五年（八二八）大納言。承和五年（八三八）右大臣、同七年七月七日没、五十六歳。　**宇治大納言隆国《うぢのだいなごんたかくに》**　左大臣源高明《たかあきら》の孫、権《ごん》大納言俊賢《としかた》の子。治暦三年（一〇六七）前権《ごん》中納言から権大納言に任。承暦元年（一〇七七）七月九日没、七十四歳。『宇治拾遺《うじしゅうい》物語』序に『宇治大納言物語』（散佚《さんいつ》）の作者とみえる。宇治に別邸をもっていた。　**管絃《くわんげん》の道**　管、弦、鼓の楽器と歌とを合奏する音楽のこと。　**才芸**　学問と芸能。　**東関《とうくわん》**　山城と近江の国境にある逢坂《おうさか》の関の東。　**つみなくして配所《はいしよ》の月をみん**　中納言源顕基《あきもと》の言葉として、『古事談《こじだん》』『江談抄《ごうだんしょう》』『十訓抄《じっきんしょう》』『発心《ほっしん》集《しゅう》』などに伝えられ、『徒然草《つれづれぐさ》』第五段にも「顕基中納言のいひけん、配所の月罪なくて見ん事さも覚えぬべし」とある。顕基は俊賢《としかた》の子、隆国の兄。　**心あるきはの人**　風流、風雅の心あるほどの人。　**あへて**　一向に。まったく。　**太子賓客《たいしのひんかく》**　唐の東宮の官。太子に侍従して、学問、礼儀を教える職。

白楽天《はくらくてん》　白居易《はくきょい》。楽天は号。（七七二～八四六）中唐の詩人。『長恨歌《ちょうごんか》』『白氏文集《はくしもんじゅう》』は日本文学に深い影響を与えた。　**潯陽江《しんやうのえ》の辺《ほとり》**　中国江西省九江府。社会風刺の詩が高官の反感を買い、江州司馬《しば》に左遷され、この地で八一五年に作られた「琵琶行《びわこう》」の冒頭に「潯陽江頭夜客ヲ送ル　楓葉荻花《てきくわ》秋瑟瑟《しつしつ》」とある。　**鳴海潟《なるみがた》**　名古屋市緑区鳴海町辺。むかしは潟で、歌枕の一。巻第十「海道下《かいだうくだり》」の道行にも「いかに鳴海の塩干潟」とある。

朗月《らうげつ》　澄みわたった月。　**なほざりがてら**　「なほざり」は、特別な関心を払わず何かをし、あるいは時を過すこと。深く意に介しないさま。「がてら」は……かたがた。のんびりとした気分で、の意。　**第《だい》三の宮《みや》**　新任国司の奉幣第三位の神社。祭神は日本武尊《やまとたけるのみこと》、御神体は草薙剣《くさなぎのつるぎ》。尾張国の一の宮は真清田《ますみだ》神社、二の宮は大県《おおあがた》神社。　**神明法楽《しんめいほふらく》**　神を慰め楽しませるために歌舞などを手向《たむ》けること。　**邑老《いふらう》**　「邑」は村。村の老人。

野叟《やそう》　農夫。叟は老人、おやじ、おきなの意。　**清濁《せいだく》**　音の高低をいう。『平家物語考証』の説に「音ノ高キヲ清トシ音ノ低キヲ濁トス」とある。　**呂律《りよりつ》**　音階。十二律を陰陽に配分し、陰の六律を呂（短調）、陽の六律を律（長調）という。**瓠巴《こは》**　楚《そ》の琴《きん》の名人。『列子』湯問篇に「瓠巴鼓シテレ琴ヲ而鳥舞ヒ魚躍ル」（瓠巴琴ヲ鼓シテ鳥舞イ魚躍ル）とあり、『荀子《じゅんし》』『淮南子《えなんじ》』なども、同様の琴の妙技を伝える。

虞公《ぐこう》　漢の唱歌の名人。『劉向《りゅうこう》七略別録』に「楚漢興リテ以来、善クスル二雅歌ヲ一者、魯人虞公発スレ声ヲ清哀遠ク動カス二梁塵ヲ一」（楚漢興《おこ》リテ以来、雅歌ヲ善クスル者、魯《ろ》人虞《ぐ》公、声ヲ発ス清哀遠ク梁塵《りょうじん》ヲ動カス）、『杜氏通典』に「漢ニ有リ二虞公一善クシレ歌ヲ、能ク令ム二梁塵ヲシテ起ラ一」（漢ニ虞公アリ、歌ヲ善クシ、能《よ》ク梁塵ヲシテ起ラシム）とある。**風香調《ふがうでう》**　琵琶《びわ》の調子の名称。『教訓抄』の「風香調ノ中ニハ花芬馥《ふんぷく》ノ気ヲ含ミ、流泉曲ノ間ニハ月清明ノ光ヲウカブ」による。

芬馥《ふんぷく》　よい香り。**流泉《りうせん》の曲《きよく》**　琵琶の秘曲の名。

願《ねが》はくは……　『和漢朗詠集』仏事・白楽天《はくらくてん》「願ハクハ以テ二今生世俗文字之業狂言綺語之誤ヲ一、翻テ為ム二当来世世讃仏乗之因転法輪之縁ト一」（願ワクバ今生世俗文字《もんじ》ノ業《ごう》、狂言綺語《きぎょ》ノ誤リヲ以《もっ》テ、翻《かえ》シテ当来《とうらい》世世《せせ》讃仏乗《さんぶつじょう》ノ因《いん》、転法輪《てんぽうりん》ノ縁《えん》トセム）による。願うことには、現世の世俗における文字の戯れとしての詩作と、仏道の妨げとなる巧みに飾った言葉の罪を以て、転じて来世にわたって永久に仏法を讃《たた》え、仏の教えを説く契機としたいものだ。**瑞相《ずいさう》**　めでたいしるし。

【解説】

政界の中央から追われても、その風雅な配所での生活をもって、逆に、精神的な価値観のうえで、追放を企《たく》らんだ権力者の上位にたった、隠遁的文人の理想を託した挿話《そうわ》である。

藤原師長《もろなが》は、保延四年（一一三八）の生まれ、平重盛や藤原成親《なりちか》など、『平家物語』の重要人物と同年である。ここで述べられているように、保元《ほうげん》の乱の後、十九歳で土佐に配流《はいる》となるが、すでに久安六年（一一五〇）十三歳で右中将、仁平元年（一一五一）参議、仁平三年（一一五三）従二位、久寿元年（一一五四）十七歳で権《ごん》中納言にすすんでいた。配流の後、八年をへた長寛二年（一一六四）召還され、同年従二位に復した。永万元年（一一六五）正二位、同二年権大納言、安元元年（一一七五）内大臣、そして治承元年（一一七七）四十歳で太政大臣に任じられ、治承三年十一月、この政変で解官《げかん》、ふたたび配流《はいる》、という波乱にみちた経歴をもっている。この年十二月十一日、配所において出家し、法名を理覚と名のったが、これから十三年後の建久三年（一一九二）七月十九日、五十五歳で没した。

この挿話《そうわ》は、『十訓抄《じっきんしょう》』第十に「妙音院大臣殿尾張国におはしましける時、夜々熱田《あつた》宮に参《まゐり》給《たまひ》けるが、七日に満《みち》ける夜、月のくまなかりけるに、琵琶《びは》を引すまして、願は今生世俗文字業《もんじのごふ》といふ朗詠をし給《たまひ》たりければ、宝殿おびたたしくゆるぎけり。世の末なれども道の極《きはめ》ぬれば、いとどめでたき事也《なり》」とみえる。夜々参って七日に満ちける夜、というのは立願の参詣《さんけい》で、事によると帰洛《きらく》の祈願か、とも思われ、『平家物語』の語るところとは懸隔があるのかもしれないが、神仏をも感応させる琵琶《びわ》の名手である点は一致している。「管絃の道に達し、才芸勝《すぐ》れて」いたことを語る説話は、『教訓抄』『十訓抄』『古事談』『続古事談』『古今著聞集《ここんちょもんじゅう》』『井蛙抄《せいあしょう》』などに収められ数多くある。

大臣《だいじん》流《る》罪《ざい》（三）

按察大納言《あぜちのだいなごん》資賢《すけかた》卿《のきやう》子息《しそく》右近衛少将《うこんゑのせうしやう》兼讃岐守《けんさぬきのかみ》源《みなもとの》資時《すけとき》、両《ふた》つの官《くわん》を留《とど》めらる。参《さん》議《ぎ》皇太后宮権大夫《くわうだいこくうのごんのだいぶ》兼右兵衛督《うひやうゑのかみ》藤原光能《ふぢはらのみつよし》、大蔵卿《おほくらのきやう》右京大夫《うきやうのだいぶ》兼伊予守《いよのかみ》高階泰経《たかしなのやすつね》、蔵人《くらんどの》左《さ》少弁《せうべん》兼中宮権大進《ちゆうぐうのごんのだいしん》藤原基親《ふぢはらのもとちか》、三官共《くわんとも》に留《とど》めらる。按察大納《あぜちのだいな》言資賢卿《ごんすけかたのきやう》、子《し》息《そく》右《う》近《こん》衛少将《ゑのせうしやう》、孫《まご》の右少将雅賢《まさかた》、是《これ》三人をばやがて都《みやこ》の内《うち》を追ひ出《いだ》さるべしとて、上卿《しやうけい》藤《とうの》大納《だいな》言実国《ごんさねくに》、博士判官《はかせのはうぐわん》中原範貞《なかはらののりさだ》に仰《おほ》せて、やがて其日《そのひ》都《みやこ》のうちを追《お》ひ出《いだ》さる。大納言宣《のたま》ひけるは、

「三界《さんがい》広しといへども、五尺《しやく》の身《み》おき所なし。一生程《しやうほど》なしといへども、一日暮《くら》しがたし」

とて、夜中《やちゆう》に九重《ここのへ》の内《うち》をまぎれ出《い》でて、八重《やへ》たつ雲の外《ほか》へぞおもむかれける。彼《かの》大江山やいく野の道にかかりつつ、丹波国《たんばのくに》村雲と云ふ所にぞ、しばしはやすらひ給ひける。其《それ》より遂《つひ》には尋《たづ》ね出《いだ》されて、信濃国《しなののくに》とぞ聞えし。

【現代語訳】

按察大納言資賢卿《あぜちのだいなごんすけかたのきよう》の子息で、右近衛《うこんえ》少将兼讃岐守《さぬきのかみ》の源資時《すけとき》は、この二つの官職を罷免《ひめん》された。参議で皇太后宮権大夫《ごんのだいぶ》兼右兵衛督《うひようえのかみ》の藤原光能《みつよし》、大蔵卿で右京大夫《うきようのだいぶ》兼伊予守《いよのかみ》の高階泰経《たかしなやすつね》、蔵人《くろうど》で左少弁《さしようべん》兼中宮権大進《ごんのだいしん》の藤原基親《もとちか》は、みな三つの官を停《と》められた。按察大納言資賢《あぜちだいなごんすけかた》卿、子息右近衛《うこんえ》少将、孫の右少将雅賢《まさかた》、この三人はただちに都の内から追放すべきだというので、上卿《しようけい》の藤大納言実国《さねくに》、博士判官《はかせのほうがん》中原範貞《のりさだ》に命じられて、すぐその日のうちに都を追い

出されることになった。大納言の言われるには、

「三界は広いとはいうが、わずか五尺のこの身をおくところもない。一生は短いものというけれども、一日を暮すのも容易ではない」

と、夜中に宮廷をしのび出て、はるか遠方に落ちのびて行かれた。あの「大江山生野《いくの》の道」と歌に詠まれた土地を経て、丹波国《たんばのくに》村雲という所に、しばらく身をひそめておられたが、ついには捜《さが》し出されて、信濃《しなの》国へ流されたということである。

【語釈】

按察大納言資賢卿《あぜちのだいなごんすけかたのきやう》　源有賢《ありかた》の嫡男。永久元年（一一一三）生。安元元年（一一七五）中納言兼按察《あぜ》使《ち》、治承三年（一一七九）十月、権《ごん》大納言。後白河院近習《きんじゅ》の一人で、今様《いまよう》に長じていた。文治四年（一一八八）没、七十六歳。按察使《あぜち》は地方官の治績、諸国の民情を巡察する官、後には名義だけの官となった。

源　資時《みなもとのすけとき》　資賢《すけかた》の子、生没年未詳。後白河院近習《きんじゅ》。管弦、郢曲《えいきょく》に優れた。「文治二年俄カニ出家シ遁世ヲ遂グ、年廿六」と『郢曲相承次第』にあるが、異説もあって不明。法名を正仏とする伝えがあり、山田孝雄氏の『徒然草』にいう生仏とする説と、後藤丹治氏のこれに対する否定の説がある。

藤原光能《みつよし》　民部少輔《みんぶのしょう》忠成の子。長承元年（一一三二）生、寿永二年（一一八三）没。治承元年（一一七七）皇太后宮権大夫《ごんのだいぶ》、同三年十月、右兵衛督《うひょうえのかみ》兼任、参議。十一月十七日官職を停《と》められたが、同四年七月許され、同五年九月、参議に復した。

高階泰経《たかしなのやすつね》　若狭守《わかさのかみ》泰重《やすしげ》の嫡男。大治五年（一一三〇）生、建仁元年（一二〇一）没。治承二年（一一七八）大蔵卿（諸国から納める調《ちょう》・庸《よう》の物の出納をつかさどる大蔵省の長官）、右京大夫《うきょうのだいぶ》兼伊予守。

藤原基親《もとちか》　藤原は誤り、民部卿平親範《ちかのり》の子。承安二年（一一七二）中宮大進《だいしん》（中宮職《しき》の上位の判《はん》官《がん》）。安元元年、蔵人《くろうど》、治承三年十月、右少弁《うしょうべん》。**雅賢《まさかた》**　右少将源通家《みちいえ》の嫡男。資賢《すけかた》の孫。久安四年（一一四八）生、建久三年（一一九二）没。祖父資賢、叔父資時と同じく管弦、郢曲《えいきょく》に造詣《ぞうけい》が深い。政治状況の変転により、三度解官《げかん》の経歴をもった。

藤大納言実国《とうのだいなごんさねくに》　内大臣藤原公教《きんのり》の子。『尊卑分脈《そんぴぶんみゃく》』に高倉院御笛師とある。寿永二年（一一八三）一月二日没、四十四歳。　**博士判官《はかせのはうぐわん》**　**中原範貞《なかはらののりさだ》**　博士判官は『平家物語考証』に「明法博士ニシテ検非《けび》違《ゐ》使《し》判官《はんぐわん》ヲ兼《かね》ル者ナリ」とある。『玉葉』治承三年十一月十八日条に「又太政大臣師長《もろなが》解官《げくわん》、関外ニ追越ラレ了《をは》ンヌ云々。検非違使範貞《けびゐしのりさだ》、夜中責出シ了ンヌ云々」と記されている。

三界《さんがい》　一切衆生の生死輪廻《りんね》する欲界、色《しき》界、無色《むしき》界の三つの世界をいうが、ここでは、広いこの現実の世界の意。　**一生程《しやうほど》なし**　一生は短い、ということ。　**八重《やへ》たつ雲の外《ほか》**　都の外はるか彼方《かなた》への意、九重《ここのえ》の内《うち》、に対しての修辞。

彼《かの》大江山やいく野の道　小式部内侍《ないし》の歌「大江山生野の道の遠ければまだふみも見ず天《あま》の橋立《はしだて》」（『金葉集』雑《ざう》）による。大江山は、京都市西京区大枝にある山、山城・丹波の国境に位置する。生《いく》野《の》は京都府福知山市字生野。ともに丹波国《たんばのくに》への通路にある。　**村雲**　兵庫県篠山市辺。　**やすらひ**　仮に滞在すること。足をとめ、休息すること。

【解説】

「太政大臣《だいじやうだいじん》已下《いげ》の公卿殿上人《くぎやうてんじやうびと》、四十三人が官職をとどめ」るという事件の、関白、太政大臣の叙述につぐ、主だった人のことが述べられている。『玉葉《ぎよくよう》』および『山槐記《さんかいき》』の治承三年十一月十七日条には、この日解官《げかん》された三十九名の人名が列挙されている。十八日条の『玉葉』には「資賢卿《すけかたきやう》幷《ならび》ニ子息、城外ニ追出セラレ了《をは》ンヌ云々」」、『山槐記』には、「正二位行権《ぎやうごん》大納言兼出羽陸奥《ではむつ》按察使《あぜち》源資賢年六十五、去月、九日任大納言　従四位上行右近衛権《うこんゑごん》少将源雅賢資賢卿孫、従四位下行右近衛権《じゆしゐのげぎやううこんゑごん》少将源資時資賢二男、已《い》上《しやう》昨日解官　堺ヲ追ハル、検非違使左《さ》志《さうくわん》清原季光、之ヲ追ヒ、合坂関《あふさかのせき》ノ方《かた》ニ向フト云々」とあり、丹波国へ脱出のことはみえない。「屋代本」には、このあとに「此大納言ハ今様朗詠ノ上手、当時ノ重臣ニテ法王諸事無内外仰合ラレケレハ太政入道殊ニ寃《あだ》ヲ結ハレケルトカヤ」とつけ加えている。

行隆之沙汰《ゆきたかのさた》

前関白松殿《さきのくわんぱくまつどの》の侍《さぶらひ》に、江大夫判官遠成《がうのたいふのはうぐわんとほなり》といふ者あり。是《これ》も平家《へいけ》心よからざりければ、既《すで》に六波羅《ろくはら》より押し寄せて、搦《から》め取らるべしと聞えし間《あひだ》、子息江左衛門尉家成《がうさゑもんのじよういへなり》打具《うちぐ》して、いづちともなく落ち行きけるが、稲荷山《いなりやま》にうちあがり、馬《むま》より下《お》りて、親子いひ合せけるは、

「東国《とうごく》の方《かた》へ落ちくだり、伊豆国《いづのくに》の流人《るにん》、前右兵衛佐頼朝《さきのうひやうゑのすけよりとも》をたのまばやとは思へども、それも当時は勅勘《ちよくかん》の人で、身一つだにもかなひがたうおはすなり。日本国に平家の庄園《しやうゑん》ならぬ所やある。とてものがれざらんものゆゑに、年来《ねんらい》住みなれたる所を、人にみせんも恥ぢがましかるべし。ただ是《これ》よりかへ（ッ）て、六波羅《ろくはら》より召使《めしづかひ》あらば、腹かき切つて死なんにはしかじ」

とて、川原坂《かはらざか》の宿所《しゆくしよ》へとて取(ッ)て返す。案《あん》のごとく六波羅より源大夫《げんだいふ》判官《はうぐわん》季《すゑ》貞《さだ》、摂津《つの》判官《はうぐわん》盛澄《もりずみ》、ひた甲《かぶと》三百余騎《よき》、河原坂の宿所《しゆくしよ》へ押《お》し寄せて、時をど(ッ)とぞつくりける。江大夫判官《ごうたいふのはんぐわん》、縁《えん》に立出《たちい》でて、

「是御覧《これごらん》ぜよおの〳〵、六波羅ではこの様《やう》申させ給へ」

とて、館《たち》に火かけ、父子《ふし》共《とも》に腹かききり、ほのほの中にて焼け死にぬ。

【現代語訳】

前関白松殿《まつどの》の侍《さむらい》に、江大夫判官遠成《ごうたゆうのはんがんとおなり》という者がいた。これも平家に不快に思われていたので、今にも六波羅《ろくはら》から押し寄せてきて、捕えられるであろうという噂《うわさ》がたったので、子息江左衛門尉家成《ごうざえもんのじょういえなり》をともなって、何処《いずこ》へともなく落ちて行ったが、稲荷山《いなりやま》にのぼり、馬から下りて、親子で話しあった。

「これから東国の方へ落ちくだって、伊豆《いず》国に配流《はいる》されている前右兵衛佐《さきのうひょうえのすけ》頼朝を頼りたいとは思うが、その方《かた》も今は勅勘《ちょっかん》の身で、わが身ひとつも思いにまかせぬさまでおられる。この日本国に、平家の荘園でない所があろうか。とても逃《のが》れきることができないのであれば、長年住みなれた所を逃げ去ったと、人にみられるのも恥であろう。ただ、ここから引返して、六波羅《ろくはら》から召しとりの使いがあったら、腹かき切って死ぬにこしたことはない」

と、川原坂の宿所へ引き返していった。はたして、六波羅《ろくはら》から、源大《げんだ》夫判官季貞《ゆうはんがんすえさだ》、摂津判官《つのはんがん》

盛澄《もりずみ》ら、武装した軍勢三百余騎が川原坂の宿所へ押し寄せて、どっと鬨《とき》の声をあげた。江大《ごうたゆ》夫判官《うのはんがん》は、縁に立ち出て、

「これを見られよ、おのおのがた、六波羅にはこの有様を申されよ」

と、館《たち》に火をかけ、父子ともに腹をかき切り、炎のなかで焼け死んでしまった。

【語釈】

江大夫判官遠成《がうのたいふのはうぐわんとほなり》　大江遠成。遠業とも書く。大夫判官《たゆうのはんがん》は検非違使《けびいし》五位尉《ごいのじよう》をいう。仁安三年（一一六八）検非違使左衛門少　尉《さえもんのしようじよう》。**江左衛門尉家成**《がうさゑもんのじよういへなり》　遠成の子息とあるだけで、他に所見なく、生年、経歴不明。**稲荷山**《いなりやま》　京都の東南、伏見区にあり山麓《さんろく》に稲荷大社がある。**前右兵衛佐頼朝**《さきのうひやうゑのすけよりとも》　源義朝《よしとも》の子。平治《へいじ》の乱に敗れ、十四歳の永暦元年（一一六〇）二月九日、近江において捕えられ、三月十一日伊豆に配流された。平治元年（一一五九）十二月十四日右兵衛佐《うひようえのすけ》に任じられ、同二十八日解官《げかん》される。兵衛佐は兵衛府の次官。

勅勘《ちよくかん》　天子のおとがめ。勅命による勘当。**川原坂**《かはらざか》　瓦坂。京都市東山区、阿弥陀《あみだ》峰の南、八条から山科《やましな》へ通じる坂道。**源大夫判官季貞**《げんだいふはうぐわんすゑさだ》　巻第二「少将乞請《こひうけ》」、巻第三「法印問答」に既出。清盛側近の家人《けにん》。後《のち》、壇浦《だんのうら》の戦で捕虜となる。**摂津判官盛澄**《つのはうぐわんもりずみ》　清盛の部下。巻第二「阿古屋之松《あこやのまつ》」で清盛の使者として教盛のもとに赴いている。後、壇浦で捕虜となる。

ひた甲《かぶと》　全員が甲冑《かつちゆう》で武装していること。

【解説】

「とてものがれざらんものゆゑ」という状況に追いつめられた遠成、家成父子は、「恥」を重んじる武士的気性もあって、逮捕に押しよせた平家の軍を前に、館に火をかけ、自害してしまう。この事

件は、史料にも記されてあり、『玉葉』治承三年十一月二十一日条に「今夜検非違使遠成自殺、又其家ニ自ラ火ヲ放チ了《をは》ンヌト云々」、『山槐記』同日条に「南方ニ火アリ、後ニ聞ク、大夫尉《だいぶのじよう》遠業、子息等ノ頸《くび》ヲ斬リ自害シ、住宅ニ火ヲ放チテ焚死《ふんし》スト。禅門件《くだん》ノ遠業ヲ召シ出《いだ》サント欲ス、仍《よつ》テ火ヲ放チ自殺スト云々」とある。「屋代本」にはこの一件の叙述はない。

行隆之沙汰《ゆきたかのさた》（二）

抑《そもそも》か様《やう》に上下多く亡《ほろ》び損《そん》ずる事をいかにといふに、当時関白《くわんぱく》にならせ給へる二位《にゐの》中将殿《ちゆうじやうどの》と、前《さき》の殿《との》の御子《こ》、三位中将殿《さんみのちゆうじやうどの》と、中納言御相論《ごさうろん》の故《ゆゑ》と申《まう》す。さらば関白殿《くわんぱくどの》御一所《ごいつしよ》こそ、いかなる御目《おんめ》にもあはせ給はめ、四十余人までの人々の、事に逢《あ》ふべしやは。去年《こぞ》讃岐院《さぬきのゐん》の御追号《ごついがう》、宇治《うぢ》の悪左府《あくさふ》の贈官贈位《ぞうくわんぞうゐ》ありしかども、世間は猶《なほ》しづかならず。凡《およ》そ是《これ》にも限るまじかんなり。入道相国《にふだうしやうこく》の心に天魔入《い》りかは（ッ）て、腹をすゑかね給へりと聞えしかば、又天下《てんか》いかなる事か出《い》でこんずらんとて、京中上下《きやうぢゆう》おそれをののく。

【現代語訳】

そもそも、このように身分の上下を問わず多くの人々が、亡ぼされたり流されたりしたのはどういうわけかといえば、この度《たび》関白になられた二位中将基通《もとみち》殿と、前関白松殿の御子、三位中将師家殿の、中納言をめぐる御争いの故だということである。であるなら、関白殿御一人が、どのような目にでもおあいになればよいことであって、四十余人もの人々が、この処分にあう理由はないはずである。

去年、讃岐院への御追号、宇治の悪左府への贈位贈官があったけれども、世間の不穏な動きはなおしずまらない。およそこれだけで事はおさまりそうもないようである。入道相国の心に、天魔がのりうつって、腹を据えかねておられる、という風評がたったので、また天下にどのような大事がまきおこるであろうかと、京中の上下の人々は、おそれおののいていた。

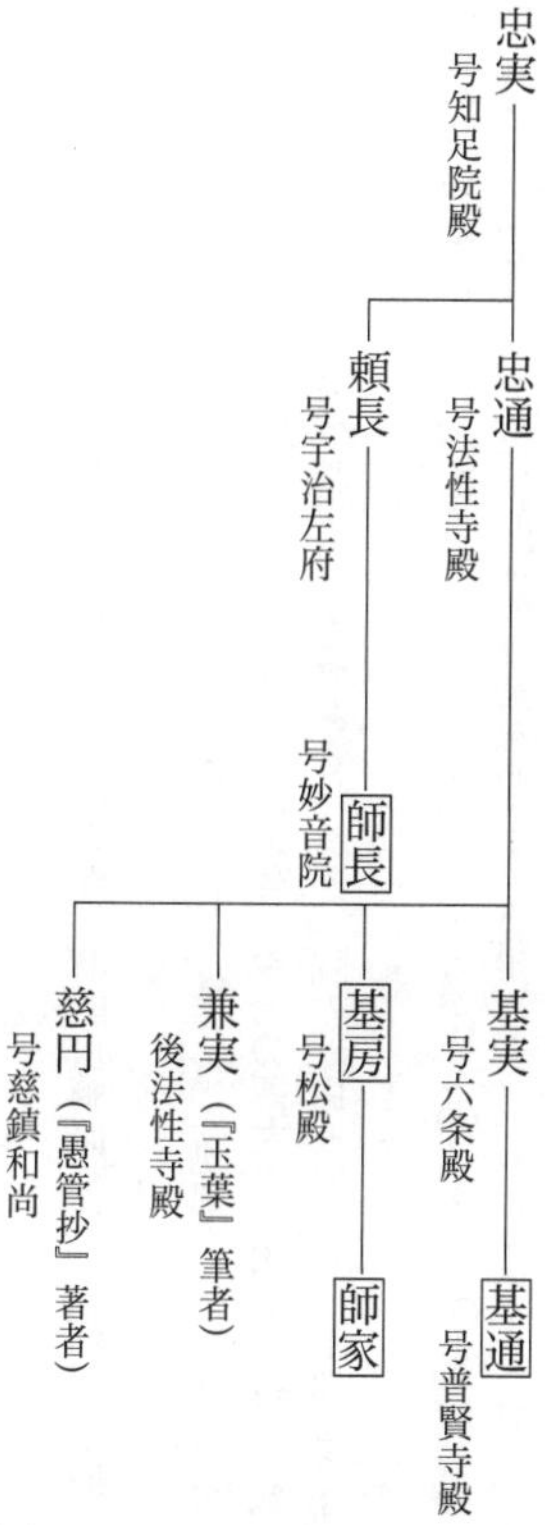

【語釈】

二《に》位中将殿《ゐのちゆうじやうどの》　藤原基通《もとみち》。前記系図、参照。　前《さき》の殿《との》　前関白藤原基房《もとふさ》。系図、参照。　三位中将殿《さんみのちゆうじやうどの》　基房《もとふさ》の子、師家《もろいえ》。系図、参照。　御一所《ごいつしよ》　一人の敬意的表現、お一人《ひとり》。　事に逢《あ》ふべしやは　事（処罰）にあうべきであろうか、あうべきではない。「やは」は反語。　讃岐院《さぬきのゐん》の御追号《ごついがう》、宇治《うぢ》の悪左府《あくさふ》の贈官贈位《ぞうくわんぞうゐ》　「赦文《ゆるしぶみ》」の章に叙述されている。史実では治承元年のことである。　是《これ》　院の近臣らの解官《げかん》、追放をさす。

【解説】

この度の院の近臣の解官、配流《はいる》の要因が、中納言のポストをめぐる基通と師家の争いにあるとするみかたは、それが清盛と後白河院の権勢をめぐる抗争のあらわれの一つととれば、事態の底流をとらえた批評といえよう。『玉葉』は八歳の師家を、基通を超えて中納言に任じたことを、十五日条で「古今例ナシ、是博陸《これはくりく》（関白―基房《もとふさ》）ノ罪科ナリ」と評している。

この解官、追放で事は収まるのではなく、さらに不穏な動きをはらんで、天下の大事へと進展していくのであるが、その間に、行隆が清盛の厚遇をうけたという挿話が挿入されている。「行隆之沙汰」の題名は、その部分につけられるのが内容上は正当である。

行隆之《ゆきたかの》沙汰《さた》（三）

其比《そのころ》前左少弁行隆《さきのさせうべんゆきたか》と聞えしは、故中山中納言顕時卿《こなかやまのちゆうなごんあきときのきやう》の長男なり。二条院《にでうのゐん》の御世には、弁官《べんくわん》にくはは（ッ）て、ゆゆしかりしかども、此《この》十余《よ》年《ねん》は官《くわん》を留《とど》められて、夏冬《なつふゆ》の衣《ころも》がへにも及ばず。朝暮《てうぼ》の湌《さん》も心にまかせず、あるかなきかの体《てい》にておはしけるを、太政入道《だいじやうにふだう》、

「申《まう》すべき事あり。き（ッ）と立寄《たちよ》り給へ」

と宣《のたま》ひつかはされたりければ、行隆《ゆきたか》、「此《この》十余《よ》年《ねん》は、何事にもまじはらざりつる物を。人の讒言《ざんげん》したる旨《むね》あるにこそ」とて、大《おほ》きにおそれさわがれけり。

北《きた》の方《かた》、公達《きんだち》もいかなる目にかあはんずらんと、泣きかなしみ給ふに、西《にし》八条より使《つかひ》しきなみにありければ、力及ばで人に車か（ッ）て西八条へ出《い》でられたり。思《おも》ふには似ず、入道《にふだう》やがて出《い》でむかうて、対面《たいめん》あり。

「御辺《ごへん》の父の卿《きやう》は、大小事《だいせうじ》申《まう》しあはせし人なれば、おろかに思ひ奉《たてまつ》らず。年来籠居《としごろろうきよ》の事も、いとほしう思ひ奉《たてまつ》（ッ）しかども、法皇《ほふわう》御政務のうへは力及ばず。今は出《しゆつ》仕《し》し給へ。官途《くわんど》の事も申し沙汰《さた》仕《つかまつ》るべし。さらばとう帰られよ」

とて入《い》り給ひぬ。帰られたれば、宿所《しゆくしよ》には女房達《にようばうたち》死んだる人の生《い》きかへりたる心地《ここち》して、さしつどひてみな悦泣《よろこびなき》どもせられけり。

太政入道《だいじやうにふだう》、源大夫判官季貞《げんだいふはうぐわんすゑさだ》をも（ッ）て、知行《ちぎやう》し給ふべき庄園状《しやうゑんのじやう》どもあまた遣《つかは》す。まづさこそあらめとて、百足《ひき》百両《りやう》に米《よね》をつんでぞ送られける。出仕《しゆつし》の料《れう》にとて、雑色牛飼牛車《ざふしきうしかひうしくるま》まで沙汰《さた》しつかはさる。行隆《ゆきたか》手の舞《ま》ひ足の踏《ふ》みどころも覚《おぼ》えず。是《これ》はさ

れば夢かや夢かとぞ驚かれける。同十七日五位の侍中《じちゆう》に補《ふ》せられて、左少弁《させうべん》になり帰り給ふ。今年《こんねん》五十一、今更《いまさら》わかやぎ給ひけり。ただ片時《へんし》の栄花《えいぐわ》とぞみえし。

【現代語訳】

そのころ、前左少弁行隆《さしようべんゆきたか》といわれた人は、故中山中納言顕時卿《あきときききよう》の長男である。二条院の御代には、弁官《べんかん》に任じられて羽ぶりもよかったが、この十年余りは、官職を停《と》められて、夏冬の衣がえもできず、朝夕の食事にも事欠いて、あるかなきかの有様《ありさま》でおられたが、太政入道から、

「申したいことがある。急ぎお立ち寄りください」

と言い遣わされたので、行隆は、「この十余年は、何事にも関与しなかったのに。だれか讒《ざん》言《げん》をしたことがあるにちがいない」と思って、大いに恐れあわてられた。北《きた》の方《かた》や若君たちもどのような目にあうことか、と泣き悲しまれたが、西八条から使いがしきりに来るので、しかたなく、人に車を借りて西八条に出向かれた。ところが予想に反して、入道がすぐ出迎えて、対面された。

「あなたの父の卿《きよう》は、大小の事につけて相談してきた人であるから、その子息であるあなたをおろそかには思っていない。年来、引きこもっておられることを、気の毒に思い申してきたが、法皇がご政務をとっておられる以上、どうにもならなかった。今は出仕なさい。官職のことは、よいようにとりはからい申そう。それでは早々お帰りなさい」

と言って、奥へ入られた。宿所へ帰られると、女房《にょうぼう》たちは死んだ人が生きかえったような心地《ここち》で、みな集まってうれし泣きに泣かれたのであった。

太政入道は、源大夫判官季貞《げんだゆうはんがんすえさだ》を使いとして、行隆《ゆきたか》の領有されることになる荘園の証券などをたくさんとどけられ、とりあえず、困っておられるであろう、と絹百疋、金百両に米を積んで送られた。さらに出仕のために、と、雑色《ぞうしき》、牛飼《うしかい》、牛車《ぎっしゃ》までととのえて、遣わされたのであった。行隆は、手の舞い足の踏みどころも知らぬ喜びようで、これは夢か、現実かと疑うほど、驚かれた。同十七日、五位の蔵人《くろうど》に任じられ、もとの左少弁《さしょうべん》に復帰なさった。今年五十一歳。今さら若返られたようである。しかしこれも一時だけの栄華とみえたのであった。

【語釈】

行隆《ゆきたか》　中山中納言顕時《あきとき》の長男。大治五年（一一三〇）生、文治三年（一一八七）没。永万元年（一一六五）左少弁《さしょうべん》、同二年解官《げかん》。治承三年（一一七九）十一月十七日、正五位下左少弁に還任。同十八日蔵人《くろうど》。治承四年山城守《やましろのかみ》兼任、治承五年従四位下、権右中弁《ごんうちゅうべん》、文治三年正四位下左大弁。**顕時《あきとき》**　藤原長隆の子。仁安二年（一一六七）三月十四日没、五十八歳。中山中納言と号した。**二条院《にでうのゐん》**　第七十八代の天皇。後白河天皇第一皇子。保元三年（一一五八）即位、永万元年（一一六五）譲位、崩御《ほうぎょ》。**弁官《べんくわん》**　太政官に直属し、諸官省、諸国から申し出る庶務を処理、上申し太政官内の命令を下達する。左右の大・中・少弁がある。**ゆゆし**　豪勢である。羽ぶりがいい。すばらしい。**飡《さん》**　食事。**しきなみ**　つぎつぎとたて続けに。頻繁《ひんぱん》に。**官途《くわんど》**　官職に就くこと。または、官職における地位。　知行《ちぎやう》　領地を支配すること。　庄園状《しやうゑんのじやう》　庄園の領有権を証する書類。　百疋《ひき》百両《りやう》　絹百疋と金百両。疋は布を数える単位で、一疋は二反。両は令《りよう》制の量目の単位で、一斤の十六分の一、十匁。　出仕《しゆつし》の料《れう》　出仕のための仕度。　手の舞《ま》ひ足の踏《ふ》みどころも覚《おぼ》えず　ひじょうに喜ぶさまの形容。『礼記《らいき》』楽記篇に「手ノ之ヲ舞ヒ足ノ之ヲ踏ムヲ知ラズ」とある。　侍中《じちゆう》　蔵人《くろうど》の唐名。　わかやぎ給ひけり　「わかやぐ」は、若返る。わかわかしく見える。

【解説】　三十九人の解《げ》官《かん》についで除《じ》目《もく》が行なわれ、そのなかの一人、十三年ぶりに左少弁に返り咲いた藤原行隆の挿話《そうわ》が語られている。『玉葉』『山槐記』はともに十一月十七日の除目に左少弁、十八日に蔵人《くろうど》に補されたことを記している。物語の本筋に直接かかわる話ではないが、この激動の時代の、さまざまな人物の浮沈を語ることによって、物語の世界は幅ひろく展開してゆくのであるから、この挿話もまた有機的なつながりをもって、物語に結びついているのである。「ただ片時《へんし》の栄花《えいぐわ》とぞみえし」とはいうが、行隆は平家の没落とともにその地位は下落してしまったのではなく、その後も官は確保して、晩年は大弁にいたっている。この人物がとくに注目されるのは、その一門に『平家物語』の作者と伝えられる人物がでていることである。いま、『尊卑分脈《そんぴぶんみやく》』からこれに関連する当面必要な人物の系譜をひいてみると、つぎのようになる。

　行隆の子、従五位下、下野守行長は、『徒然草』二二六段に『平家物語』の作者としてあげる信濃《しなの》前司行長と推定する説があり、また『玉葉』の筆者兼実《かねざね》の家司《けいし》であったこともあって、その蓋然《がいぜん》性があると思われるが、一方これを否定する見解もある。また、甥《おい》にあたる時長については、『尊卑分

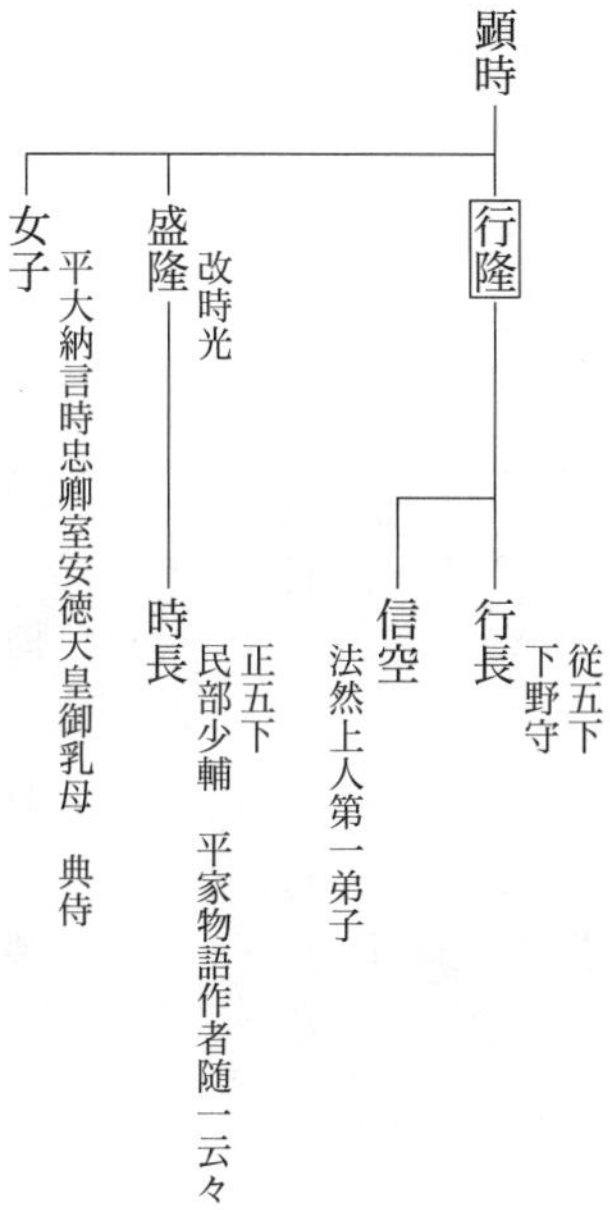

脈』に「書平家物語其一人也」と「平家物語作者随一云々」の注記があり、行隆の妹が、平大納言時忠の室であったり、行長の弟が、法然上人《ほうねんしょうにん》第一の弟子《でし》であることなどを考え合わせると、『平家物語』の成立に関係ふかい一族であることは判定できそうである。

法皇被流《ほふわうながされ》

同廿日《おなじきはつかのひ》、院御所法住寺殿《ゐんのごしよほふぢゆうじどの》には、軍兵四面《ぐんびやうしめん》を打ちかこむ。平治《へいぢ》に信頼《のぶより》が三条殿《でうどの》にしたりし様《やう》に、火をかけて人をばみな焼き殺《ころ》さるべしと聞えし間《あひだ》、上下の女房《にようばう》、めのわ

らは、物をだにうちかづかず、あわて騒《さわ》いで走《はし》りいづ。法皇《ほふわう》も大《おほ》きにおどろかせおはします。前右大将《さきのうだいしやう》宗盛卿《むねもりのきやう》、御車《おんくるま》をよせて、

「とう〳〵召さるべう候」

と奏《そう》せられければ、法皇、

「こはされば何事《なにごと》ぞや。御《おん》とがあるべしともおぼしめさず。成親《なりちか》、俊寛《しゆんくわん》が様《やう》に、遠き国、遥《はる》かの島へもうつしやらんずるにこそ。主上《しゆしやう》さて渡らせ給へば、政務《せいむ》に口入《こうじゆ》する計《ばかり》なり。それもさるべからずは、自今以後《じこんいご》さらでこそあらめ」

と仰《おほ》せければ、宗盛卿《むねもりのきやう》、

「其儀《そのぎ》では候はず。世をしづめん程《ほど》、鳥羽殿《とばどの》へ御幸《ごかう》なし参らせんと、父の入道《にふだう》申し候」

「さらば宗盛《むねもり》、やがて御供《とも》に参《まゐ》れ」

と仰《おほ》せけれども、父の禅門《ぜんもん》の気色《きしよく》に恐《おそれ》をなして参られず。

「あはれ是《これ》につけても、兄の内府《だいふ》には、事の外《ほか》におとりたりける者かな。一年《ひととせ》もかかる御目《め》にあふべかりしを、内府《だいふ》が身にかへて制《せい》しとどめてこそ、今日《けふ》までも心安《こころやす》かりつれ。いさむる者もなしとて、かやうにするにこそ。行末《ゆくすゑ》とてもたのもしからず」

とて、御涙《おんなみだ》をながさせ給ふぞ忝《かたじけな》き。

【現代語訳】

同二十日、院の御所の法住寺殿《ほうじゆうじどの》の四方を、軍兵がとり囲《かこ》んだ。平治《へいじ》の乱のとき、信頼《のぶより》が三条殿にしたように、御所に火をかけて人をみな焼き殺すであろうという噂《うわさ》がひろがったので、局《つぼね》の女房や女童は、物もかぶらず、あわてふためいて、逃げ走った。法皇もたいそう驚かれた。前右大将宗盛卿《むねもりきょう》が、御車を寄せて、

「早くお乗りくださるように」

と申しあげると、法皇は、

「これはいったい何事か。何の誤りがあるとも思われないが。成親《なりちか》や俊寛《しゅんかん》のように、遠い国、はるかな島へ遷《うつ》そうというのであろうか。主上があのように若くておられるから、政務に口ぞえをするまでのことだ。それがよろしくないというなら、今より後《のち》は関与すまい」

と仰《おお》せられた。宗盛卿《むねもりきょう》は、

「そういうことではありません。世間を鎮《しず》めるまでの間、鳥羽殿へおいでいただこうと、父入道が申しております」

「それでは宗盛、このまま御供《おとも》せよ」

と言われたが、宗盛は、父入道のきげんを恐れて、参らない。

「ああ、これをみても兄の内大臣には格段と劣った者であるな。先年も、このような目にあうところであったが、内大臣がわが身にかえて清盛を制しとどめたから、今日まで安泰でいられたのだ。今は諫《いさ》める者もないので、このような行動にでたのであろう。これから先も、

頼りにはできない」

と、法皇はおそれ多くも御涙をお流しになった。

【語釈】

平治《へいぢ》に信頼《のぶより》が三条殿《でうどの》にしたりし様《やう》に　平治元年（一一五九）十二月九日、藤原信頼は源義朝《よしとも》とともに兵を挙げ、後白河上皇の御所三条殿を焼いた。『平治物語』にその状況は詳しい。**御《おん》とが**　過失。誤り。敬語で述べられているのは、法皇の自敬表現である。**さて渡らせ給へば**　あのようでいらっしゃるので。高倉天皇（当時十九歳）がなお若いから、の意。**口入《こうじゆ》**　口出し。口をはさむこと。意見をのべること。**さるべからずは**　そうあってはいけないというのなら。**さらでこそあらめ**　そうしないでいよう。

【解説】

平清盛と貴族勢力との対立のクライマックスが、関白、太政大臣以下の院の近臣の解官《げかん》追放につぐ、この後白河法皇の幽閉事件であり、物語の世界においても巻第一「鹿谷《ししのたに》」以来の叙述の帰結ともいうべき局面をむかえたことになる。

『玉葉』十一月二十日の条には「午刻《うまのこく》許《ばかり》、人伝《ひとつたへ》テ云ク、法皇鳥羽ニ御幸《ごかう》ス。是《こ》レ頼盛卿ヲ伐《う》タンガ為ナリ六波羅ニ在リ云々御所近々ノ故《ゆゑ》渡御《とぎよ》セラレシ所ナリ云々」とあって、兼実《かねざね》のところに入った情報では、法皇の鳥羽御幸は、清盛と平頼盛の衝突の戦禍を避けるため、ということであった。清盛と頼盛との対立は、『平家物語』では語られていないが、解官三十九人のうちにその名のあるところから既に生じていたわけである。

ついで「未刻《ひつじのこく》人来《きたり》テ云《いは》ク、已《すで》ニ六波羅ニ寄セ合戦スト云々。凡《およ》ソ夢カ、夢ニ非ザルカ、未《いま》ダ覚悟セズ。又云ク、頼盛ヲ伐《う》ツ事、諸《これ》無実ナリト云々」とあって、また、人が、六波羅で合戦のあったことを告げ、さらに、それが虚報であったとの伝えを記している。おそらく軍勢の動きがあったことを、平家の内紛とうけとっていたのであろう。日記は、さらに「今日午刻《うまのこく》、禅門福原ニ向ハレ了《をは》ンヌ云々」とあって、法皇の鳥羽遷幸の後、清盛はただちに福原へもどっていったのである。『山槐記』の同日条には「辰刻《たつのこく》許《ばかり》、法皇ヲ鳥羽ニ渡シ奉ルト云々、院辺ノ人歎息スト云々」とあり、『百錬抄』は、「太上法皇鳥羽殿ニ渡御《とぎよ》ス。尋常ノ議ニ非ズ、入道大相国《だいしやうこく》押シテ之ヲ申シ行フ。成範《しげのり》、脩範《ながのり》等卿、法印静賢《じやうけん》女房両三ノ外《ほか》参入セズ。門戸ヲ閉ヂ、人ヲ通サズ。武士之ヲ守護シ奉ル」と記している。

　さきに静憲法印が伝えた清盛の言分《いいぶん》に、「道理至極《だうりしごく》して、仰《おほ》せ下さるる方《かた》もな」かった法皇であるが、いよいよ事にあうと「御《おん》とがあるべしともおぼしめさず」と追及をかわそうとし、「主上《しゆしやう》さて渡らせ給へば、政務に口入《こうじゆ》する計《ばかり》なり。それもさるべからずは、自今以後《じこんいご》さらでこそあらめ」と政治の実権の行使を手放す、重大な発言をしている。『百錬抄』十一月十五日の、上皇が法印静賢を以て清盛のもとへ仰せ遣わしたという「自今以後万機御口入有ル可《べ》カラザルノ由」に相当するものであって、この後しばらく院政が実質的にその機能を停止し、いわゆる平氏政権の時期に入るわけである。

　巻第二「教訓状」で危機に直面したときは、重盛の説得で清盛はその行動を制止されたが法皇は、この度の宗盛の態度に、兄重盛との差を実感し、「事の外《ほか》におとりたりける者かな」と慨嘆する。この場面ばかりでなく、宗盛は、その最期にいたるまで、しばしば凡庸《ぼんよう》な人物として語られている。

法皇被流《ほふわうながされ》（二）

さて御車《くるま》に召《め》されけり。公卿殿上人《くぎやうてんじやうびと》一人《いちにん》も供奉《ぐぶ》せられず。ただ北面《ほくめん》の下﨟《げらふ》、さては金行《かねゆき》といふ御力者《おんりきしや》ばかりぞ参りける。御車《くるま》の尻《しり》には、尼《あま》ぜ一人参られたり。この尼ぜと申《まう》すは、やがて法皇《ほふわう》の御乳《おんち》の人、紀伊《きの》二位《にゐ》の事なり。七条を西へ、朱雀《しゆしやか》を南へ御幸《ごかう》なる。あやしのしづのを、賤女《しづのめ》にいたるまで、

「あはや法皇のながされさせましますぞや」

とて、泪《なみだ》をながし、袖《そで》をしぼらぬはなかりけり。去《さんぬる》七日の夜の大地震《だいぢしん》も、かかるべかりける先表《ぜんぺう》にて、十六洛叉《らくしや》の底までもこたへ、堅牢地神《けんらうぢじん》の驚きさわぎ給ひけんも、理《ことわり》かなとぞ人申しける。

さて鳥羽殿《とばどの》へ入《い》らせ給ひたるに、大膳大夫信業《だいぜんのだいぶのぶなり》が、何《なに》としてまぎれ参りたりけるやらむ、御前《ぜん》ちかう候《さうら》ひけるを召《め》して、

「いかさまにも今夜《こよひ》うしなはれなんずとおぼしめすぞ。御行水《おんぎやうずい》を召《め》さばやとおぼしめすは、いかがせんずる」

と仰せければ、さらぬだに信業《のぶなり》、けさより肝《きも》たましひも身《み》にそはず、あきれたる様《さま》にてありけるが、此仰《このおほ》せ承《うけたまは》る忝《かたじけな》さに、狩衣《かりぎぬ》に玉《たま》だすきあげ、小《こ》柴墻《しばがき》壊《やぶ》り、大床《おほゆか》のつ

か柱《ばしら》わりな（ン）どして、水《みづ》くみ入《い》れ、かたのごとく御湯《おゆ》しだいて参《まゐ》らせたり。

【現代語訳】

こうして、法皇は御車《くるま》にお乗りになった。公卿《くぎよう》、殿上人《てんじようびと》は一人もお供《とも》に参られず、ただ北《ほく》面《めん》の下級の武士、あるいは金行《かねゆき》という御力者《おんりきしや》ばかりが御供に従った。御車の後には、尼御前《あまごぜん》が一人つき添われた。この尼御前というのは、ほかならぬ法皇の御乳母《めのと》、紀伊二位《きのにい》のことである。七条通りを西へ、朱雀大路《すざくおおじ》を南へ、お進みになる。身分の低い民間の男女にいたるまで、

「ああ、法皇が流されてゆかれるのだ」

と、涙を流し、袖《そで》をしぼらない者はなかった。去る七日の夜の大地震も、このようなことになる前兆で、大地の底深く響き、地の神が驚きさわがれたであろうことも、もっともであると人々は申しあった。

さて、鳥羽殿《とばどの》へお入りになると、大膳大夫信業《だいぜんのだいぶのぶなり》が、どのようにしてまぎれこまれたか、参って御前近く伺候していたのを召して、

「きっと今夜にも殺されるように思われるぞ。行水《ぎようずい》をつかいたいと思うが、どうしたものか」

と仰《おお》せられたので、それでなくても信業は、今朝から気も転倒して、ただ呆然《ぼうぜん》としていたが、この仰せを承って、おそれ多いことだと、狩衣《かりぎぬ》の上にたすきをかけ、小柴垣《こしばがき》をこわした

り、広縁の下の短い柱を割りなどして薪《たきぎ》にし、水を汲み入れ、形ばかりの行水の御湯をととのえて、差し上げた。

【語釈】

下臈《げらふ》　身分の低い者。　**力者**《りきしや》　剃髪《ていはつ》し労力をもって院の御所、公家《くげ》、武家などに仕える下僕《げぼく》。馬の口とり、輿《こし》や荷をかつぎ、長刀《なぎなた》などをもって供《とも》をする労役《ろうえき》にあたる。　**尼**《あま》**ぜ**　尼御前《あまごぜ》の略。　**やがて**　ほかならぬ。すなわち。

紀伊二位《きのにゐ》　紀伊守《かみ》藤原兼永《かねなが》の女《むすめ》、朝子。藤原信西《しんぜい》の妻。従二位。『尊卑分脈』に、「後白河院御乳母《めのと》、号アマゼ是也」とあり、そこに「此説不審、実ハ近江守《あふみのかみ》高階重仲《たかしなしげなか》女也《のむすめなり》如何」の注記がある。また『尊卑分脈』、藤原良門《よしかど》の系譜の筑前守隆重に、後白河院官女、号尼前アマ也、少納言入道信西妻、と注する女子がある。これは右衛門佐《うえもんのすけ》と呼ばれたが、「延慶本」には、紀伊二位《きのにい》ではなく、「左衛門佐《さゑもんのすけ》と申《まう》し女房出家の後《のち》には尼《あま》せと召されし尼女房一人そ御車《くるま》の尻《しり》に参りける」とある。

あやしのしづのを、賤女《しづのめ》　身分の低い、卑賤《ひせん》な男女。　**先表**《ぜんぺう》　前兆。事の起こる前ぶれ。　**十六洛**《らく》**叉**《しや》**の底**　洛叉は梵語《ぼんご》、億《おく》と訳す。仏教の宇宙観による、百六十万由旬《ゆじゆん》（十六洛叉）の深さのある風輪の底、すなわち世界の最底のこと。　**堅牢地神**《けんらうぢじん》　土地を守護する神。　**大膳大夫信業**《だいぜんのだいぶのぶなり》　大膳大夫は、臣下に賜わる饗膳《きやうぜん》のことをつかさどる大膳職《しき》の長官。『玉葉』安元二年（一一七六）正月三十日の除目《じもく》に「大膳大夫従四位上平朝臣信業」とある。巻第二「西光被斬《きられ》」に清盛の使者の言を後白河院に取り次いでいる。

行水《ぎやうずい》　湯を浴びて身を清浄にすること。　**肝**《きも》**たましひも身**《み》**にそはず**　驚きのあまり気も転倒して、呆然《ばうぜん》自失するさま。　**玉**《たま》**だすきあげ**　たすきをかけ。「玉」は美称。　**小柴墻**《こしばがき》　柴を結びあわせて作った、丈の低い垣根《かきね》。　**大床**《おほゆか》　広廂《ひろびさし》。広縁。寝殿造の母屋《もや》の外、簀子縁《すのこえん》に面したところ。　**つか柱**《ばしら》　短い柱。　**しだいて**　「し出《いだ》して」。つくって。

【解説】

『百錬抄』は、成範《しげのり》、脩範《ながのり》、静賢《(憲)》など、藤原通憲《みちのり》（信西）の子息らと、女房のほかに参るものがなかったと記しているが、『平家物語』は「公卿殿上人《くぎやうてんじやうびと》一人《いちにん》も供奉《ぐぶ》せられず」として、院の寵《ちよう》をとくにうけていたと思われる信業《のぶなり》（『玉葉』は、大膳大夫《だいぜんのだいぶ》に任じられたとき「又以テ眼ヲ驚スカ」と記している）が一人、ひそかに参入し、院に奉仕しているさまが語られている。院の窮状を案じ、献身する近臣の至情のひとこまである。

法皇被流《ほふわうながされ》（三）

又静憲法印《じやうけんほふいん》、入道相国《にふだうしやうこく》の西八条の亭《てい》にゆいて、「法皇《ほふわう》の鳥羽殿《とばどの》へ御幸《ごかう》な（ッ）て候なるに、御前《ごぜん》に人一人《いちにん》も候はぬ由承《うけたまは》るが、余《あま》りにあさましう覚《おぼ》え候。何《なに》かは苦《くる》しう候べき、静憲《じやうけん》ばかりは御《おん》ゆるされ候へかし。参《まゐ》り候はん」と申《まう》されければ、「とうとう。御房《おんばう》は事あやまつまじき人なれば」とてゆるされけり。法印《ほふいん》、鳥羽殿《とばどの》へ参（ッ）て、門前《もんぜん》にて車《くるま》よりおり、門《もん》の内《うち》へさし入《い》り給へば、折《をり》しも法皇御経《おんきやう》をうちあげうちあげあそばされける。御声《おんこゑ》もことにすごう聞えさせ給ひける。法印のつ(ッ)と参られたれば、あそばされける御経《おんきやう》に、御涙《おんなみだ》のはら〳〵とかからせ給ふを見《み》まゐらせて、法印《ほふいん》あまりのかなしさに、旧苔《きうたい》の袖《そで》をかほにおしあてて、泣く〳〵御前《ごぜん》へぞ参られける。御前《ごぜん》には尼《あま》ぜばかり候はれけり。

「いかにや法印御房《ほふいんのおんばう》、君《きみ》は昨日《きのふ》のあした、法住寺《ほふぢゆうじ》にて供御《ぐご》きこしめされて後《のち》は、よべも今朝《けさ》もきこしめしも入《い》れず。長《なが》き夜《よ》すがら御寝《ぎよしん》もならず。御命《おんいのち》も既《すで》にあやふくこそ見えさせおはしませ」

と宣《のたま》へば、法印涙《ほふいんなみだ》をおさへて申されけるは、

「何事《なにごと》も限《かぎ》りある事にて候へば、平家《へいけ》たのしみさかえて廿余年《よねん》、されども悪行法《あくぎやうほふ》に過《す》ぎて、既《すで》に亡《ほろ》び候《さうら》ひなんず。天照大神《てんせうだいじん》、正八幡宮《しやうはちまんぐう》、いかでか捨《す》て参《まゐ》ら(ッ)させ給《たま》ふべき。中《なか》にも君の御憑《たのみ》ある、日吉山王七社《ひよしさんわうしちしや》、一乗守護《いちじようしゆご》の御ちかひあらたまらずは、彼《かの》法華《ほつけ》八軸《ぢく》に立ちかけ(ッ)てこそ、君をばまもり参ら(ッ)させ給ふらめ。しかれば政務《せいむ》は君の御代《おんよ》となり、凶徒《きようと》は水《みづ》の泡《あわ》と消《き》えうせ候べし」

な(ン)ど申されければ、此詞《このことば》にすこしなぐさませおはします。

【現代語訳】

ところで、静憲《じやうけん》法印は、入道相国《しやうこく》の西八条の邸《やしき》へでかけて行き、

「法皇が鳥羽殿《とばどの》へ御幸なさったということですが、御前に一人の人もお仕えしていないとお聞きして、あまりにもなさけなく思われます。差障《さしさわり》になるようなことは何もありませんから、この静憲《じょうけん》だけはお許しください。御前に参りたいと存じます」

と申されると、

「すぐに行きなさい。あなたはまちがいをおこす心配のない人だから」

と許された。法印は鳥羽殿《とばどの》へ参って、門前で車からおり、門の内へ入られると、ちょうど法皇は声をあげて読経《どきょう》されているところで、御声はいちだんと凄《すさ》まじく聞こえた。法印が、つっと入っていかれると、法皇はお読みになっていたお経の上に、はらはらと涙をこぼされたのを見申しあげて、法印はあまりの悲しさに、僧衣の袖《そで》を顔におしあてて、泣く泣く御前にすすみ出られた。御前に伺候しておられるのは尼御前《ごぜん》ばかりである。

「法印の御坊《ごぼう》よ、君は昨日の朝、法住寺殿で御食事をとられてからは、昨夜も今朝も、召しあがりもなさいません。長い夜をおやすみにもならず、お命もいまは危うくお見えになります」

と言われると、法印は、涙を抑えながら申されるには、

「何事も限りのあることですから、平家は繁栄を極めて二十余年、しかし悪行が限度を超えて、いまや滅びるときがきています。天照大神《てんしょうだいじん》、正八幡宮《しょうはちまんぐう》が、どうして君をお見捨てなさいましょう。なかでも君のふかく御信仰なさっておられる日吉山王七社《ひよしさんのうしちしゃ》が、法華経守護の御誓を変えられない限り、『法華経』八巻を読誦《どくじゅ》されるあたりに飛翔《ひしょう》してこられ、君を御護りく

だざるでしょう。ですからやがて政務も君の御手に返り、凶徒は水の泡《あわ》のように消えうせるにちがいありません」

などと申されたので、法皇は、この言葉に少しは心を慰めておられた。

【語釈】

ゆいて　行きてのイ音便。　**あさましう**　いたましく。嘆かわしく。なさけなく。　**うちあげうちあげあそばされける**　声を張りあげ、張りあげお読みになっている。　**旧苔《きうたい》**　「裘代」のあて字。あるいは宮体とも。あらたまったとき着用する、出家した貴人の僧衣。　**いかにや**　相手に呼びかける言葉。　**供御《ぐご》**　天皇、上皇の食事をいう。きこしめす、は召し上がる。　**法《ほふ》に過《す》ぎ**　法は定め、限度を超え、の意。

一乗守護《いちじようしゆご》の御ちかひ　一乗は一乗妙典、『法華経』のこと。『法華経』に説かれた教えを守護する御誓願。　**法華《ほつけ》八軸《ぢく》に立ちかけ（ッ）て**　『法華経』八巻を読誦《どくじゆ》されているところへ飛翔《ひしよう》してこられて、の意。「かけ（ッ）て」は、「屋代本」に「立翔テ」とある。　**凶徒**　凶悪な者ども。反逆の徒。

【解説】

後白河法皇の信任篤《あつ》かった静憲《じようけん》法印は、『愚管抄』も「万《よろづ》ノ事思ヒ知《しり》テ引イリツ、、マコトノ人ニテアリケレバ、コレヲ又院モ平相国《へいしやうこく》モ用《もちゐ》テ、物ナド云《いひ》アハセケルガ」と述べるように、清盛の信用も得ていたようである。物語では「何かは苦しう候べき、静憲《じやうけん》ばかりは御《おん》ゆるされ候へかし」ということばに、「御房《おんばう》は事あやまつまじき人なれば」と清盛は簡単にこれを認めている。その法印が後白河院の御前で、「悪行法に過ぎて、平家はすでに亡びるであろう」といい、平家を凶徒呼ばわりして、やがて「水の泡《あわ》と消えうせ候べし」と告げているのである。平家の滅亡を予知する静憲は、清盛にとって実は怖《おそ》るべき人物であった。

法皇被流《ほふわうながされ》（四）

主上は関白《くわんぱく》のながされ給ひ、臣下《しんか》の多《おほ》く亡《ほろ》びぬる事をこそ御歎《おんなげき》ありけるに、剰《あま(ツ)さ》へ法皇《ほふわう》鳥羽《とば》殿《どの》におし籠《こ》められさせ給ふときこしめされて後《のち》は、つや〳〵供御《ぐご》もきこしめされず。御悩《ごなう》とて常《つね》はよるのおとどにのみぞいらせ給ひける。后宮《きさいのみや》をはじめ参らせて、御前《おまへ》の女房《にようばう》たち、いかなるべしとも覚《おぼ》え給はず。

法皇鳥羽殿《とばどの》へ押《お》し籠《こ》められさせ給ひて後《のち》は、内裏《だいり》には臨時《りんじ》の御神事《ごじんじ》とて、主上夜《よ》ごとに清涼殿《せいりやうでん》の石灰壇《いしばひのだん》にて、伊勢大神宮《いせのだいじんぐう》をぞ御拝《ごはい》ありける。是《これ》はただ一向《かう》法皇《ほふわう》の御祈《おんいのり》なり。二条院《にでうのゐん》は賢王《けんわう》にて渡《わた》らせ給ひしかども、天子《てんし》に父母なしとて、常は法皇の仰《おほ》せをも申《まう》しかへさせましましける故《ゆゑ》にや、継体《けいてい》の君《きみ》にてもましまさず。されば御譲《ゆづり》をうけさせ給ひたりし六条院《ろくでうのゐん》も、安元《あんげん》二年七月十四日御年《とし》十三にて崩御《ほうぎよ》なりぬ。あさましかりし御事なり。

【現代語訳】

高倉天皇は、関白が流され、臣下の多くが失われたことを嘆いておられたが、さらに法皇が鳥羽殿へ押しこめられなさったと聞かれてからは、食事もまったくお召しにならず、御病気といわれていつも御寝所にばかりこもっておられた。后《きさい》の宮《みや》をはじめとして、御前の女房《にょうぼう》たちは、どうしてよいかわからず、途方にくれるばかりであった。

法皇が鳥羽殿《とばどの》へ押《お》しこめられなさってからは、内裏《だいり》では臨時《りんじ》の御神事《ごしんじ》として、天皇が毎夜、清涼殿《せいりょうでん》の石灰壇《いしばいのだん》で、伊勢大神宮を拝礼なさった。これはただひたすら法皇のご無事をねがう御祈りである。二条院は賢王ではあられたが、天子には父母はないと、常に法皇の仰せもお聞き入れにならず、口ごたえなさったので、皇位を継ぎ、先帝の治世を正しくうけつがれる君主とも申せず、そのためか譲位をおうけになった皇子、六条院も、安元二年七月十四日、御年十三で崩御なさったのである。まことに嘆かわしい御事であった。

【語釈】

后宮《きさいのみや》　后《きさき》。建礼門院徳子《けんれいもんいんとくこ》。**清涼殿《せいりやうでん》**　内裏の天皇が常に住まわれる御殿。紫宸殿《ししんでん》の西、校書殿《きょうしょでん》の北にある。**石灰壇《いしばひのだん》**　清涼殿の東廂《ひさし》の南にあり、石灰で塗りかためられた壇。天皇がここに立って伊勢神宮を遥拝し、神事を行なう。**天子《てんし》に父母なし**　巻第一「二代后《にだいのきさき》」で後白河法皇の諫《いさめ》に対する二条天皇の言葉にある。**継体の君《けいていのきみ》**　先帝の嫡子《ちゃくし》として位を継ぎ、先帝の制法を守る君主。『史記』外戚世家《がいせきせいか》に「継体守文ノ君」とある。

六条院《ろくでうのゐん》　二条天皇皇子。永万元年（一一六五）六月二十五日、二歳で即位されたことは、巻第一「額打論《がくうちろん》」にある。仁安三年（一一六八）二月十九日退位。安元二年（一一七六）七月十七日崩御。

【解説】

「法印問答」の章で関白基房《もとふさ》の身を案じて「そこにいかなる目にもあはむは、ひとへにただわがあふにてこそあらんずらめ」と言われた高倉天皇であったが、父後白河院の鳥羽殿幽閉を深く憂慮して、伊勢大神宮へその安泰を祈願されたことを語って、同じ皇子でありながらしばしば父と対立した二条天皇と対照させているが、儒教道徳の立場からの批評は、つぎの章のはじめにおかれている。

城南之《せいなんの》離宮《りきゆう》

百行《はくかう》の中には、孝行《かうかう》をも（ッ）て先《さき》とす。明王《めいわう》は孝《かう》をも（ッ）て天下を治《をさ》むといへり。されば唐尭《たうげう》は老《お》い衰《おとろ》へたる母をたツとび、虞舜《ぐしゆん》はかたくななる父をうやまふとみえたり。彼賢王聖主《かのけんわうせいしゆ》の先規《せんき》を追はせましましけむ、叡慮《えいりよ》の程《ほど》こそ目出《めで》たけれ。

其比内裏《そのころだいり》よりひそかに鳥羽殿《とばどの》へ御書《ごしよ》あり。

「かからむ世には、雲井《くもゐ》に跡《あと》をとどめても何かはし候べき。寛平《くわんぺい》の昔をもとぶらひ、花山《くわさん》の古《いにしへ》をも尋ねて、家を出《い》で世をのがれ、山林流浪《さんりんるらう》の行者《ぎやうじや》ともなりぬべうこそ候へ」

と、あそばされたりければ、法皇《ほふわう》の御返事《おんぺんじ》には、

「さなおぼしめされ候《さうら》ひそ。さて渡らせ給ふこそ、ひとつのたのみにても候へ。跡《あと》なくおぼしめしならせ給ひなん後《のち》は、なんのたのみか候べき。ただ愚老《ぐらう》がともかうもな

らむやうをきこしめしはてさせ給ふべし」
とあそばされたりければ、主上此御返事《しゆしやうこのおんぺんじ》を竜顔《りようがん》におしあてて、いとど御涙《なみだ》にしづませ給ふ。君《きみ》は舟《ふね》、臣《しん》は水《みづ》、水よく船をうかべ、水又《また》船をくつがへす。臣《しん》よく君《きみ》をたもち、臣又君を覆《くつがへ》す。保元《ほうげん》、平治《へいぢ》の比《ころ》は、入道相国《にふだうしやうこく》、君をたもち奉《たてまつ》るといへども、安元《あんげん》、治承《ぢしよう》のいまは、又君をなみし奉る。史書《ししよ》の文《もん》にたがはず。

【現代語訳】

あらゆる行《おこ》ないのなかでは、孝行をもって第一とする。賢明な王は、孝行をもって天下を治める、と言われている。だから、唐尭《とうぎよう》は老い衰えた母を尊び、虞舜《ぐしゆん》は頑迷《がんめい》な父を敬ったと古書に記《しる》されている。あの賢王、聖主の先例を範として従われた高倉天皇の御心は、まことにごりっぱである。

そのころ、内裏《だいり》からひそかに鳥羽殿《とばどの》へ、御手紙をさし上げられた。

「このような世の中では、皇位にあって宮中にとどまっていても、何になりましょうか。寛《かん》平《ぺい》の昔の宇多《うだ》法皇の例にならい、花山院《かざんいん》の跡に従って、出家遁世《とんせい》し、山林を流浪《るろう》する修行者にもなってしまいたいと思います」

とお書きになったので、法皇の御返事には、

「そのようなことはお思いなさるな。あなたが天皇の位におられることが、私には一つのた

のみなのです。世を捨てて行くえをかくされてしまわれた後《のち》には、将来に何のたのみがありましょう。ただ私がこれからどうなるか、それを最後まで見とどけていただきたい」としたためられた。天皇はこの御返事をお顔におしあてられて、いっそう御涙にむせばれたのであった。君《きみ》は船、臣《しん》は水、水はよく船を浮かべ、またよく船を覆《くつがえ》すことがあるといわれるように、臣はよく主君を守り保つが、また主君を覆すこともある。保元《ほうげん》、平治《へいじ》のころは、入道相国《しょうこく》は君を守り支えられたが、安元《あんげん》、治承《じしょう》の今は、また君を軽んじ奉っている。まさに史書に書かれているとおりである。

【語釈】

百行《はくかう》の中には、孝行《かうかう》をも（ッ）て先《さき》とす　『孝経』唐玄宗序に「雖モ二五孝ノ之用ハ則チ別ナリト一而百行ノ之源ハ不レ殊ナラ」（五孝ノ用ハ則《すなわ》チ別ナリト雖《いえど》モ、百行ノ源ハ殊《こと》ナラズ）、『白虎通』に「孝道之美、百行之本也」（孝道ノ美、百行ノ本《もと》ナリ）とある。**明王《めいわう》は孝《かう》をも（ッ）て天下を治《をさ》む**　『孝経』孝治章の「明王ノ之以テレ孝ヲ治ムルヤ二天下ヲ一也如シレ此ノ」（明王ノ孝ヲ以テ天下ヲ治ムルヤ此ノ如《ごと》シ）による。明王は賢明な君主。

唐堯《たうげう》　堯は中国古代の帝王。賢王として知られた。姓は陶唐氏《とうとうし》。初め唐侯であったが、後《のち》天子となり陶に都した。『史記』五帝本紀《ほんぎ》に「帝堯ハ者従ヒテ二母ノ所居ニ一為スレ姓ト也」（帝堯ハ母ノ所居ニ従イテ姓ト為スナリ）とみえる。**虞舜《ぐしゅん》**　舜は、堯と並び称される中国古代の賢王。堯に譲られて帝位についた。姓は有虞氏《ゆうぐし》。『尚書《しょうしょ》』堯典、『史記』五帝本紀に頑《かたく》なな父に孝をつくしたことが見える。

かたくな　頑固。頑迷。偏屈。**先規《せんき》**　前例。以前からのおきて。**寛平《くわんぺい》の昔**　宇多《うだ》天皇が寛平九年（八九七）七月譲位、昌泰《しょうたい》二年（八九九）十月、三十三歳で出家したことをさしている。**花山《くわさん》**

の古《いにしへ》　花山天皇は寛和二年（九八六）六月十九歳で一条天皇に譲位、出家し諸国を巡回したことをいう。**さて渡らせ給ふ**　そうしていらっしゃる。天皇の位におられることをいう。

跡《あと》なくおぼしめしならせ給ひなん後《のち》　出家遁世《とんせい》なさった後《のち》、の意。跡なく、は世を捨てて、俗世に跡を残さないこと。

竜顔《りようがん》　天子の顔をいう。**愚老《ぐらう》**　老人の謙称。当時、後白河法皇は五十三歳であった。

君《きみ》は舟《ふね》　『孔子家語』五儀解篇に「君ハ者舟也、庶人ハ者水也。水所㆖以載スル㆑舟ヲ、亦所㆖以覆ス㆑舟ヲ也」（君ハ舟ナリ、庶人《しよじん》ハ水ナリ。水ハ舟ヲ載スル所以《ゆえん》、マタ舟ヲ覆ス所以ナリ）、『荀子《じゆんし》』王制篇に「伝曰、君ハ者舟也、庶人ハ者水也。水則載セ㆑舟ヲ、水則覆ス㆑舟ヲ。」（伝ニ曰《いわ》ク、君ハ舟ナリ、庶人ハ水ナリ。水則《すなわ》チ舟ヲ載セ、水則チ舟ヲ覆《くつがえ》ス）とある。**なみし**　ないがしろにし。軽んじ。

史書《ししよ》の文《もん》　「延慶本」「長門本」『源平盛衰記』などは『貞観政要《じようがんせいよう》』をあげている。『貞観政要』君道篇に「可キハ㆑畏ル惟レ人、載セ㆑舟ヲ覆ス㆑舟ヲ、所㆑宜キ㆓深ク慎ム㆒」（畏《おそ》ル可《べ》キハ惟《こ》レ人、舟ヲ載セ舟ヲ覆《くつがえ》ス、深ク慎《つつし》ムベキ所）、災祥篇に「仲尼曰」として『孔子家語』と同意の文がある。

【解説】

儒教の典籍をふまえて、その道徳の中心である孝を説き、高倉天皇の父後白河法皇に対する至誠心をたたえている。その天皇が書状で世のありさまを慨嘆して、遁世の意向を法皇に伝える。貴族社会の中枢におこった、容易ならざる事態の深刻さが、天皇の心境を示すこの書状であらわされている。

かつて後白河院政をささえた清盛が、いまや真っ向からこれと対立することになった状況を中国の古典に照らし、「保元《ほうげん》、平治《へいぢ》の比《ころ》は」「安元《あんげん》、治承《ぢしよう》のいまは」の対句によって効果的にきわだたせている。

城南之《せいなんの》離宮《りきゅう》（二）

大宮《おほみやの》大相国《だいしやうこく》、三条内大臣《さんでうのないだいじん》、葉室大納言《はむろのだいなごん》、中山中納言《なかやまのちゆうなごん》も失《う》せられぬ。今はふるき人とては、成頼《せいらい》、親範《しんぱん》ばかりなり。この人々もかからむ世には朝《てう》につかへ身をたて、大《だい》中納言《ちゆうなごん》を経《へ》ても何《なに》かはせんとて、いまだ盛《さか》むな（ッ）し人々の、家を出《い》で世《よ》をのがれ、民部卿入道親範《みんぶきやうにふだうしんぱん》は、大原《おはら》の霜《しも》にともなひ、宰相入道成頼《さいしやうにふだうせいらい》は、高野《かうや》の霧《きり》にまじはり、一向後世菩提《いつかうごせぼだい》のいとなみの外《ほか》は他事《たじ》なしとぞきこえし。昔《むかし》も商山《しやうざん》の雲《くも》にかくれ潁《えい》川《せん》の月に心をすます人もありければ、これ豈博覧清潔《あにはくらんせいけつ》にして、世を遁《のが》れたるにあらずや。

中にも高野《かうや》におはしける宰相入道成頼《さいしやうにふだうなりより》、か様《やう》の事どもを伝へ聞いて、「あはれ心どうも世をばのがれたる物かな。かくて聞くも同じ事なれども、まのあたり立ちまじは（ッ）て見ましかば、いかに心うからん。保元平治《ほうげんへいぢ》の乱《みだれ》をこそ、浅ましと思ひしに、世すゑになれば、かかる事もありけり。此後猶《こののちなほ》いか計《ばかり》の事か出《い》でこむずらむ。雲を分けてものぼり、山《やま》を隔《へだ》てても入《い》りなばや」

とぞ宣《のたま》ひける。げに心あらん程の人の、跡《あと》をとどむべき世ともみえず。

【現代語訳】

大宮《おおみやの》大相国《だいしょうこく》藤原伊通《これみち》、三条内大臣藤原公教《きんのり》、葉室大納言《はむろのだいなごん》藤原光頼《みつより》、中山中納言藤原顕時《あきとき》といった方々もすでに亡《な》くなられている。今は古い人としては、藤原成頼《なりより》、平親範《ちかのり》が残っているばかりである。この人々も、このような世になっては、朝廷に仕えて身を立て、大納言、中納言になったところで、何になろうと、まだ世盛りの人々であったが出家、遁世《とんせい》し、民部卿入道親範《みんぶきょうにゅうどうしんぱん》は霜ふかい大原にかくれ、宰相入道成頼《さいしょうにゅうどうせいらい》は霧《きり》にとざされた高野《こうや》にこもってただひたすら後世菩提《ごせぼだい》を願う仏道修行に明け暮れているということであった。昔も雲にかくれた商山《しょうざん》の奥に隠棲《いんせい》し、潁川《えいせん》の清らかな月に心を澄ます人もあったということであるから、この人々も、ひろく学問に通じ潔白な心をもったが故に世を遁《のが》れたのではなかろうか。

　中でも高野におられる宰相《さいしょう》入道成頼《なりより》は、このような世のありさまを伝え聞いて、

「ああ、よくも逸速《いちはや》く世を遁《のが》れたことだ。こうしてここで聞くのも同じことではあるが、都のなかでまのあたり事にあたってみたのであったら、どれほどか心憂いことであろう。保元、平治の乱をこそ、嘆かわしいことと思ったものであるが、世も末になると、このようなこともあるものだ。この後もなお、どのようなことが起こるであろうか。雲をわけてもさらに山高く登り、山を越えてなお奥に隠れたいものだ」

と嘆息された。まことに心ある人の、そのままとどまっていられる世とも思われなかった。

【語釈】

大宮《おほみや》 大相国《だいしやうこく》 大納言藤原宗通《むねみち》の子、伊通《これみち》。平治二年（一一六〇）八月十一日、太政大臣。その邸《やしき》が大宮大路に面していたので、大宮大相国という。長寛三年（一一六五）二月十五日没、七十三歳。**三条内大臣《さんでうのないだいじん》** 太政大臣藤原実行《さねゆき》の子、公教《きんのり》。保元二年（一一五七）八月十九日、内大臣。三条高倉に邸があったので、三条という。永暦《えいりやく》元年（一一六〇）七月九日没、五十八歳。**葉室大納言《はむろのだいなごん》** 民部卿《みんぶきやう》藤原顕頼《あきより》の子、光頼《みつより》。永暦元年八月十一日、権《ごん》大納言。山城国葛野《かどの》郡の葉室に籠居《ろうきよ》したので、葉室大納言と呼ばれた。承安三年（一一七三）一月五日没、五十歳。**中山《なかやまの》 中納言《ちゆうなごん》** 藤原顕時《あきとき》。「行隆之沙汰《ゆきたかのさた》」の行隆の父。**成頼《せいらい》** 藤原顕頼《あきより》の子、光頼《みつより》の弟。仁安《にんあん》元年（一一六六）八月二十七日、参議。承安四年（一一七四）一月五日、光頼の一回忌に出家。高野《こうや》に入り、高野宰相入道と号した。建仁二年（一二〇二）閏《うるう》十月、六十七歳で没。**親範《しんぱん》** 従三位平範家《のりいえ》の子。嘉応三年（一一七一）四月、民部卿。承安四年六月、病により出家。承久二年（一二二〇）九月二十八日没、八十四歳。**大原《おはら》** 京都市左京区大原。平安末期から遁世《とんせい》者の隠棲《いんせい》の地であった。**商山《しやうざん》** 中国、長安の南にある商洛山《しようらくざん》。秦《しん》の暴政を避けて、東園公、綺里季、夏黄公、甪里《ろくり》先生の四皓《しこう》（四人の徳の高い老人）がこの山に隠棲したという。『高士伝』にその故事を伝える。『和漢朗詠集』仙家に「商山月落テ 秋鬢白シ、潁水波揚テ 左耳清シ」（商山《しようざん》ニ月落《お》チテ秋ノ鬢《ひげ》白シ、潁水《えいすい》波揚《あが》リテ左《ひだん》ノ耳清《みみきよ》シ）とある。**潁川《えいせん》** 許由《きよゆう》が中国河南省にあるこの川で、尭が国を譲ろうとしたことを汚れとして耳を洗ったという故事は、巻第二「教訓状」の重盛の言葉にひかれている。**博覧《はくらん》** ひろく書物をみて知識の豊かなこと。**心どうも** 心疾《ど》くも、のウ音便。気転がきいて。機敏にも。

【解説】貴族社会の対立が緊迫してくる前に世を去った人々をあげたあとで、当代の成頼《なりより》、親範《ちかのり》らが、宮廷生活の将来に望を捨て、出家遁世《とんせい》していったことを語っている。史実では、ともに承安四年（一一七四）の出家で、成頼は兄（養子となっていた）光頼の一周忌、親範は病のため、とあって、物語が語るような平家の専横を慨嘆してのことではないようである。『愚管《ぐかん》抄』に「成頼入道が出家ニハ物語ドモアレド無益也」と記してあり、あるいは平氏に官を超されるなどの不満があってのことかとも思われるが、その事情は詳《つまび》らかでない。『高野春秋編年輯録』は、治承三年、冬十一月に「宰相入道成頼来遁発心《ほっしん》ス。是《これ》入道相国ノ凶悪ヲ避ケテ也　後《のち》建久六年奥院自庵ヲ以テ承仕ノ坊ニ施入スル張本　入道体阿弥ト呼ブ。施庵ニ一首ノ和歌ヲ窻紙ニ残ス。高野山奥迄《まで》人ノ尋ネスハ閑《しづ》カニ峰ノ月ヲ見マシャ」とある。来遁発心を清盛の凶悪を避けるため、としたのは、『平家物語』に依った記述と思われるが、高野山には、成頼をめぐる別の伝承もあったのであろう。『奥院興廃記』によれば、成頼の高野入山は、寿永三年（一一八四）のこととされる。遁世しても、政情への関心を断《た》ってしまったのではなく、巻第五「物怪《もつけ》之沙汰《さた》」では、雅頼《まさより》に仕える青侍《あおざむらい》が見た夢を解《と》いて、平家のほろびの前兆と判断しているのである。

城南之《せいなんの》離宮《りきゅう》（三）

同《おなじき》廿三日、天台座主《てんだいざす》覚快法親王《かくくわいほつしんわう》、頻《しき》りに御辞退《ごじたい》あるによ（ッ）て、前座主《さきのざす》明雲大《めいうんだい》僧正《そうじやう》、還着《くわんぢやく》せらる。入道相国《にふだうしやうこく》はかくさんぐ\にし散《ちら》されたれども、御女《おんむすめ》中宮《ちゆうぐう》にてましますし、関白殿《くわんぱくどの》と申すも聟《むこ》なり、よろづ心やすうや思はれけむ、「政務《せいむ》はただ一向《かう》、主上の御《おん》ぱからひたるべし」とて、福原《ふくはら》へ下《くだ》られけり。前右大将《さきのうだいしやう》宗盛《むねもり》卿《きやう》、いそぎ参内《さんだい》して、此由奏聞《このよしそうもん》せられければ、主上は、「法皇のゆづりましましたる世ならばこそ。ただとうぐ\執柄《しつぺい》にいひあはせて、宗盛ともかうもはからへ」とて、きこしめしも入《い》れざりけり。

【現代語訳】

同二十三日、天台座主《ざす》覚快法親王《かくかいほうしんのう》が、しきりに座主を辞退されるので、前座主明雲大僧正が復帰されて、ふたたび座主に着任された。入道相国《しょうこく》は、このようにさんざんに思いのままの処置をとられたが、御娘は高倉天皇の中宮であられるし、関白殿も聟《むこ》であるので、このあとは万事に心安く思われたのか、「政務については、まったく主上の御心のままに、とりはからわれるように」と言われて、福原へ下られた。前右大将宗盛《むねもり》卿が、急いで参内し、このことを奏聞《そうもん》なさると、主上は、

「法皇がお譲りなさった政務であればともかく、ただすみやかに関白と相談して、宗盛《むねもり》がよいようにとりはからいなさい」と仰せられて、お聞き入れにならなかった。

【語釈】
天台座主覚快法親王《てんだいざすかくかいほつしんわう》　巻第二「座主流《ざすながし》」に明雲に代って天台座主となったことが語られている。
還着《くわんぢやく》　もとの官職に復すること。
執柄《しつぺい》　摂政、関白の異称。

【解説】
『山槐記《さんかいき》』十一月十七日条には、覚快法親王は十二日に辞意を表明され、前座主明雲が僧正に還《げん》任《にん》、天台座《ざ》主《す》に還補されたと記されている。『玉葉《ぎよくよう》』では、十六日条に、その詔とともに明雲の還補が記載されている。また清盛が福原へ下ったのは、法皇を鳥羽殿に幽閉した同日、十一月二十日である。平徳子《たいらのとくこ》が中宮、そして聟《むこ》の基通《もとみち》を基房《もとふさ》に替えて関白につけたいじょう、政権はみずからの掌中にあるも同然で、「政務《せいむ》はただ一向《かう》、主上の御《おん》ぱからひたるべし」といっても、それは傀儡《かいらい》的な政権にすぎない。清盛は目的をはたして福原へひきあげてしまうが、高倉天皇は、名目的な政務の担当をうけず、清盛によって関白になされた基通《もとみち》と、宗盛に「ともかうもはからへ」と言って、抵抗の姿勢を示している。

城南之離宮《せいなんのりきゆう》（四）

法皇は城南《せいなん》の離宮《りきゆう》にして、冬もなかばすごさせ給へば、野山《やさん》の嵐《あらし》の音《おと》のみはげしくて、寒庭《かんてい》の月のひかりぞさやけき。庭には雪のみ降りつもれども、跡ふみつくる人もなく、池にはつららとぢかさねて、むれゐし鳥もみえざりけり。おほ寺《でら》の鐘《かね》の声《こゑ》、遺《ゐ》愛寺《あいじ》の聞《きき》を驚かし、西山《にしやま》の雪の色、香炉峰《かうろほう》の望《のぞみ》をもよほす。よる霜《しも》に寒けき砧《きぬた》のひびき、かすかに御枕《おんまくら》につたひ、暁《あかつき》氷《こほり》をきしる車の跡《あと》、遥《はる》かに門前《もんぜん》によこたはれり。巷《ちまた》を過《す》ぐる行人征馬《かうじんせいば》のいそがはしげなる気色《けしき》、浮世を渡る有様も、おぼしめし知られて哀《あは》れなり。「宮門《きゆうもん》をまもる蛮夷《ばんい》の、よるひる警衛《けいゑい》をつとむるも、先《さき》の世のいかなる契《ちぎり》にて今縁《いまえん》を結ぶらん」と、仰《おほ》せなりけるぞ忝《かたじけな》き。凡《およ》そ物にふれ事にしたが（ッ）て、御心《おんこころ》をいたましめずといふ事なし。さるままにはかの折々の御遊覧《いうらん》、所々《ところ〴〵》の御参詣《さんけい》、御賀《おんが》のめでたかりし事ども、おぼしめしつづけて、懐旧《くわいきう》の御泪《おんなみだ》おさへがたし。年さり年来《きた》（ッ）て、治承《ぢしよう》も四年《しねん》になりにけり。

【現代語訳】

法皇は、城南《せいなん》の離宮《りきゆう》で、冬もなかばをお過ごしになったが、いまは野山の嵐《あらし》の音ばかりが激しく、寒さに凍《こお》る庭には、月の光が冴えわたっている。やがて庭には雪ばかりが降り積るようになったが、跡をふみつけて訪れる人もなく、池は重なりあう氷に閉じられて、群がっていた鳥の姿もみえない。大寺の鐘の響きは、あの遺《い》愛寺《あいじ》の鐘を想い起こさせ、西山の雪の色は、香炉峰《こうろほう》の眺望《ちょうぼう》を想像させる。霜の夜に寒々と響く砧《きぬた》の音が、かすかに御枕《まくら》もとまで伝わり、暁に氷の路上をきしって行く車の跡が、門前に遠く続いて残っている。街路を往《ゆ》き来《き》する人馬の忙がしげな様子や、はかない世をわたる人々の暮《くら》しも、お思いになられて、哀れふかい。「宮門を護《まも》る武士が、夜も昼も警備につとめているが、先の世のどのような契りで、今このような縁を結ぶことになったのか」と仰せられたのは、おそれ多いことであった。およそ物事のすべてについて、御心を傷められないことはなかった。このような日々をおくられるにつけても、あの折々の御遊覧や、所々の御参詣《さんけい》、御賀《おんが》の行事のはなやかであったことなどを思いつづけられて、懐旧の御涙を抑えかねておられた。こうして、この年も去り、新しい年が明けて、治承も四年となった。

【語釈】

城南《せいなん》の離宮《りきゆう》　鳥羽殿の別称。平安城の南にあるところから称したといい、『文選《もんぜん》』司馬相如《しばしようじよ》の長門賦に「城南之離宮」とあるのによったともいう。**野山《やさん》**　「屋代本」「八坂本」には「秋の山」、とあり、「延慶本」「百二十句本」「流布本」には「射山」とある。秋の山は鳥羽殿《とばどの》にある築山の名。射山は藐《は》姑《こ》射山《やのやま》の略で、『荘子』にみえる仙人居住の山の名。たとえて院の御所をいう。

つらら　氷。「とぢかさねて」は氷がはった上にさらにはって厚く重なっているさま。**おほ寺《でら》**　鳥羽離宮の近くにあり鳥羽上皇造立《ぞうりゆう》の勝光明院の俗称。**遺愛寺《ゐあいじ》**　『白氏文集《はくしもんじゆう》』『和漢朗詠集』山家、白楽天の「遺愛寺ノ鐘欹レテテ枕ヲ聴キ、香炉峰ノ雪撥レゲテ簾ヲ看ル」（遺愛寺ノ鐘ハ枕《まくら》ヲ欹《そばだ》テテ聴《き》キ、香炉峰《こうろほう》ノ雪ハ簾《すだれ》ヲ撥《あ》ゲテ看《み》ル）による。**砧《きぬた》**　布や衣を柔らかにし、つやを出したりするために打つ道具。

巷《ちまた》　街路。

行人征馬《かうじんせいば》　旅人。旅ゆく人馬。『本朝文粋《ほんちょうもんずい》』『和漢朗詠集』所収、源 順《したごう》「南ヲ望メバ則有二関路ノ之長キ一、行人征馬駱二駅ス於翠簾ノ之下ニ一」（南ヲ望メバ則《すなわ》チ関路ノ長キ有リ、行人征馬翠簾《すいれん》ノ下ニ駱駅《らくえき》ス）。

蛮夷《ばんい》　えびす。蛮人。古代、九州の大隅薩摩《おおすみさつま》地方で朝廷に従わなかった勇猛な部族、隼人《はやと》のことで、後《のち》、宮門の警衛を命じられたもの。

御賀《おんが》　四十歳から十年ごとに行なう長寿の祝賀。賀の祝い。ここでは後白河法皇五十歳の賀の祝いのこと。安元二年（一一七六）三月四日、東山《ひがしやま》御所南殿《なでん》で行なわれた。

【解説】

鳥羽殿、つまり城南の離宮に幽閉された後白河法皇の生活と心情を、『和漢朗詠集』などに典拠ある詩文をふまえた修辞で表現している。「野山《やさん》の嵐《あらし》」に「寒庭《かんてい》の月」、「庭には」に「池には」、「おほ寺の鐘の声」に「西山の雪の色」、「よる霜」に「暁氷」と、つぎつぎに対句の構文で綴《つづ》り、音律をととのえた類型的な文章ではあるが、法皇の傷心も懐旧の情もにじみ出て、感慨をこめた「年さり年来《きた》（ッ）て、治承《ぢしょう》も四年《しねん》になりにけり」で、巻第三を結んでいる。「延慶本」は「かくて今年も晩《くれ》にけり」で終っているが、清盛の、院の近臣に対する解官《げかん》、追放と、院の幽閉で、貴族社会が大揺れにゆれた治承三年は去り、さらに以仁王《もちひと》を擁《よう》する源頼政《よりまさ》の挙兵、伊豆の源頼朝《よりとも》、信濃《しなの》の木曾義仲の挙兵で全国的な動乱に突入してゆく治承四年がはじまる、この大きな歴史の転換の到来を告げるものとして、この「覚一本」の詠嘆的な表現は、きわめて感動的である。

語釈にあたっては、先学の左記の書を参照した。

『平家物語抄・平家物語考証』　国文註釈全書

『平家物語集解・平家物語標註』　未刊国文古註釈大系

『平家物語略解』　御橋悳言

『新註平家物語』　石村貞吉

『平家物語』　日本古典文学大系　高木市之助・小沢正夫・渥美かをる・金田一春彦　岩波書店

『平家物語評講』　佐々木八郎　明治書院

『平家物語全注釈』　冨倉徳次郎　角川書店

『平家物語』　日本古典文学全集　市古貞次　小学館

『平家物語辞典』　明治書院

『平家物語研究事典』　明治書院

KODANSHA

本書は一九七九～九一年刊の講談社学術文庫『平家物語』全十二巻を四冊にまとめ、新版としたものです。

杉本圭三郎（すぎもと　けいざぶろう）

1927-2015。国文学者。法政大学大学院日本文学専攻（修士）卒業。法政大学名誉教授。著書に『軍記物語の世界』（名著刊行会），編著に『平家物語と歴史』（有精堂出版）などがある。

講談社学術文庫

定価はカバーに表示してあります。

新版《しんぱん》　平家物語《へいけものがたり》（一）　全訳注《ぜんやくちゅう》

杉本圭三郎《すぎもとけいざぶろう》

2017年4月10日　第1刷発行
2022年9月2日　第6刷発行

発行者　鈴木章一
発行所　株式会社講談社
東京都文京区音羽 2-12-21 〒112-8001
電話　編集（03）5395-3512
販売（03）5395-4415
業務（03）5395-3615

装　幀　蟹江征治
印　刷　株式会社ＫＰＳプロダクツ
製　本　株式会社若林製本工場
本文データ制作　講談社デジタル製作

ISBN978-4-06-292420-7

「講談社学術文庫」の刊行に当たって

これは、学術をポケットに入れることをモットーとして生まれた文庫である。学術は少年の心を養い、成年の心を満たす。その学術がポケットにはいる形で、万人のものになることは、生涯教育をうたう現代の理想である。

こうした考え方は、学術を巨大な城のように見る世間の常識に反するかもしれない。また、一部の人たちからは、学術の権威をおとすものと非難されるかもしれない。しかし、それはいずれも学術の新しい在り方を解しないものといわざるをえない。

学術は、まず魔術への挑戦から始まった。やがて、いわゆる常識をつぎつぎに改めていった。学術の権威は、幾百年、幾千年にわたる、苦しい戦いの成果である。こうしてきずきあげられた城が、一見して近づきがたいものにうつるのは、そのためである。しかし、学術の権威を、その形の上だけで判断してはならない。その生成のあとをかえりみれば、その根は常に人々の生活の中にあった。学術が大きな力たりうるのはそのためであって、生活をはなれた学術は、どこにもない。

開かれた社会といわれる現代にとって、これはまったく自明である。生活と学術との間に、もし距離があるとすれば、何をおいてもこれを埋めねばならない。もしこの距離が形の上の迷信からきているとすれば、その迷信をうち破らねばならぬ。

学術文庫は、内外の迷信を打破し、学術のために新しい天地をひらく意図をもって生まれた。文庫という小さい形と、学術という壮大な城とが、完全に両立するためには、なおいくらかの時を必要とするであろう。しかし、学術をポケットにした社会が、人間の生活にとってより豊かな社会であることは、たしかである。そうした社会の実現のために、文庫の世界に新しいジャンルを加えることができれば幸いである。

一九七六年六月　　　　野間省一

日本の歴史・地理

A・アンベール著／茂森唯士訳

絵で見る幕末日本

スイス商人が描く幕末の江戸や長崎の姿。鋭敏な観察力、才能豊かな筆の運び。日本各地、特に、幕末江戸の町を自分の足で歩き、床屋・魚屋・本屋等庶民の生活の様子を生き生きと描く。細密な挿画百四十点掲載。

1673

勝 海舟著／江藤 淳・松浦 玲編

海舟語録

晩年の海舟が奔放自在に語った歴史的証言集。官を辞してなお、陰に陽に政治に関わった勝海舟。ざっくばらんな口調で語った政局評、人物評は、冷徹で手厳しい。海舟の慧眼と人柄を偲ばせる魅力溢れる談話集。

1677

佐々木 克《すぐる》監修

大久保利通

明治維新の立て役者、大久保の実像を語る証言集。明治四十三年十月から新聞に九十六回掲載、好評を博す。強い責任感、冷静沈着で果断な態度、巧みな交渉術など多様で豊かな人間像がゆかりの人々の肉声から蘇る。

1683

網野善彦著（解説・山本幸司）

中世の非人と遊女

専門の技能や芸能で天皇や寺社に奉仕した中世の職人の多様な姿と生命力をえがく。非人も清目を芸能とする職能民と指摘し、遊女、白拍子など遍歴し活躍した女性像を描いた網野史学の名著。

1694

五百旗頭《いおきべ》 真《まこと》著

日米戦争と戦後日本

日本の方向性はいかにして決定づけられたか。現代日本の原型は「戦後」にあるが、その大要は終戦前すでに定められていた。新生日本の針路を規定した米国の占領政策を軸に、開戦前夜から日本の自立までを追う。

1707

H・G・ポンティング著／長岡祥三訳

英国人写真家の見た明治日本 この世の楽園・日本

明治を愛した写真家の見聞録。写真百枚掲載。日本の美しい風景、精巧な工芸品、優雅な女性への愛情こもる叙述。浅間山噴火や富士登山の迫力満点の描写。スコット南極探検隊の様子を撮影した写真家の日本賛歌。

1710

日本の歴史・地理

下向井龍彦著
日本の歴史07
武士の成長と院政
律令国家から王朝国家への転換期、武装蜂起の鎮圧にあたる戦士として登場した武士。源氏と平氏の拮抗を演出し、強権を揮う「院」たち。権力闘争の軍事的決着に関与する武士は、いかに政権掌握に至ったのか。

1907

大津 透／大隅清陽／関 和彦／熊田亮介／丸山裕美子／上島 享／米谷匡史著
日本の歴史08
古代天皇制を考える
古代天皇の権力をはぐくみ、その権威を支えたものは何か。天皇以前＝大王の時代から貴族社会の成立、院政期までを視野に入れ、七人の研究者が、朝廷儀礼、天皇祭祀、文献史料の解読等からその実態に迫る。

1908

山本幸司著
日本の歴史09
頼朝の天下草創
幕府を開いた頼朝はなぜ政権を掌握できたのか。古代から中世へ、京都から東国へ、貴族から武士へ。幕府の職制、東国武士の特性、全国支配の地歩を固めた北条氏の功績など、歴史の大転換点の時代像を描く。

1909

寛《かけひ》 雅博著
日本の歴史10
蒙古襲来と徳政令
二度の蒙古来襲を乗り切った鎌倉幕府は、なぜ「極盛期」に崩壊したのか？ 徳政令は衰退の兆しを示すものなのか。「御謀反」を企てた後醍醐天皇の確信とは——。鎌倉後期の時代像を塗り替える、画期的論考。

1910

新田一郎著
日本の歴史11
太平記の時代
後醍醐の践祚、廃位、配流、そして建武政権樹立。足利氏との角逐、分裂した皇統。武家の権能が拡大し、構造的な変化を遂げた、動乱の十四世紀。南北朝とはいかなる時代だったのか。その時代相を解析する。

1911

桜井英治著
日本の歴史12
室町人の精神
三代将軍足利義満の治世から応仁・文明の乱にかけての財政、相続、贈与、儀礼のしくみを精緻に解明し、幕府の権力構造に迫る。中世の黄昏、無為と恐怖と酔狂に彩られた混沌の時代を人々はどのように生きたのか？

1912

《講談社学術文庫　既刊より》

倭寇　海の歴史
田中健夫著（解説・村井章介）

中世の東アジア海域に猛威を振るい、歴史を変革した海民集団＝倭寇。時の政治・外交に介入し、密貿易を調停し、国際社会の動向をも左右したその実像を、国境にとらわれない「海の視点」から、浮き彫りにする。

2093

地図から読む歴史
足利健亮著

地図に記された過去の残片から、かつての景観と人々の営みを大胆に推理する〈歴史地理学〉の楽しみ。信長の城地選定基準、江戸建設と富士山の関係など、通常の歴史学ではアプローチできない日本史の側面。

2108

愚管抄　全現代語訳
慈円著／大隅和雄訳

天皇の歴代、宮廷の動静、源平の盛衰……。摂関家に生まれ、仏教界の中心にあって、政治の世界を対象化する眼を持った慈円だからこそ書きえた稀有な歴史書を、読みやすい訳文と、文中の丁寧な訳注で読む！

2113

幕末外交と開国
加藤祐三著

日米双方の資料から、黒船に揺れた一年間を検証し、無能な幕府が「軍事的圧力」に屈して不平等条約を強いられたという「日本史の常識」を覆す。日米和親条約は、戦争によらない平和的な交渉の成果だった！

2133

新井白石「読史余論」　現代語訳
横井　清訳（解説・藤田　覚）

「正徳の治」で名高い大儒学者による歴史研究の代表作。古代天皇制から、武家の発展を経て江戸幕府成立にいたる過程を実証的に描き、徳川政権の正当性を主張。先駆的な独自の歴史観を読みやすい訳文で。

2140

日本の産業革命　日清・日露戦争から考える
石井寛治著

日本の近代化を支えたものは戦争と侵略だったのか？外貨排除のもとでの民業育成、帝国の利権争い、アジア侵略への道程を解析し、明治の国家目標「殖産興業」が「強兵」へと転換する過程を探る、劃期的な経済史。

2147

古典

古典落語（続）
興津　要編（解説・青山忠一）

日本人の笑いの源泉を文庫で完全再現する！　大衆に支えられ、名人たちによって磨きぬかれた伝統話芸、古典落語。「まんじゅうこわい」「代脈」「妾馬」「酢豆腐」など代表的な十九編を厳選した、好評第二弾。

1643

日本後紀（上）（中）（下）全現代語訳
森田　悌《てい》訳

『日本書紀』『続日本紀』に続く六国史の三番目。延暦十一年から天長十年の四十年余、平安時代初期の律令体制再編成の過程が描かれていく貴重な歴史書。漢文編年体で書かれた勅撰の正史の初の現代語訳。

1787〜1789

英文収録　おくのほそ道
松尾芭蕉著／ドナルド・キーン訳

元禄二年、曾良を伴い奥羽・北陸の歌枕を訪い綴った文学史上に輝く傑作。磨き抜かれた文章、鏤められた数々の名句、わび・さび・かるみの心を、いかに英語にうつせるか。名手キーン氏の訳で芭蕉の名作を読む。

1814

本居宣長「うひ山ぶみ」
白石良夫全訳注

「漢意《からごころ》」を排し「やまとたましい」を堅持して、真実の「いにしえの道」へと至る。古学の扱う範囲や目的と研究方法、学ぶ者の心構え、近世古学の歴史的意味等、国学の偉人が弟子に教えた学問の要諦とは？

1943

藤原道長「御堂関白記」（上）（中）（下）全現代語訳
倉本一宏訳

摂関政治の最盛期を築いた道長。豪放磊落な筆致と独自の文体で描かれる宮廷政治と日常生活。平安貴族が活動した世界とはどのようなものだったのか。自筆本・古写本・新写本などからの初めての現代語訳。

1947〜1949

建礼門院右京大夫集
糸賀きみ江全訳注

建礼門院徳子の女房として平家一門の栄華と崩壊を目の当たりにした女性・右京大夫が歌に託した涙の追憶。『平家物語』の叙事詩的世界を叙情詩で描き出した日記的家集の名品を情趣豊かな訳と注解で味わう。

1967

安楽庵策伝著／宮尾與男訳注
醒睡笑 全訳注

うつけ・文字知顔・堕落僧・上戸・うそつきなど、庶民がつくる豊かな笑いの世界。のちの落語、近世笑話集や小咄集に大きな影響を与えた。慶安元年版三百十一話に、現代語訳、語注、鑑賞等を付した初めての書。

2217

佚斎樗山著／石井邦夫訳注（解説・内田　樹）
天狗芸術論・猫の妙術 全訳注

剣と人生の奥義を天狗と猫が指南する！　のろまな古猫は、いかにして大鼠を銜え取ったか。滑稽さの中に風刺をまじえて流行した江戸談義本の傑作。宮本武蔵の『五輪書』と並ぶ剣術の秘伝書にして「人生の書」。

2218

興津　要編
古典落語（選）

語り継がれてきた伝統の話芸、落語。日本の「笑いの文化遺産」ともいえる古典作品から珠玉の二十編を、明治～昭和期の速記本をもとに再現収録。学術文庫のロングセラー『古典落語』正編、続編に続く第三弾！

2292

関根慶子訳注
新版 **更級日記** 全訳注

「あづまぢの道のはてよりも、なほ奥つかた」に生まれた少女＝菅原孝標女はどう生きたか。物語への憧憬、宮仕え、参詣の旅、そして夫の急逝。仏への帰依を願う境地に至るまでを綴る中流貴族女性の自伝的回想記。

2332

武石彰夫訳
今昔物語集 本朝世俗篇（上）（下） 全現代語訳

全三十一巻、千話以上を集めた日本最大の説話集。そのうち本朝（日本）の世俗説話（巻二十二～三十一）の読みやすい現代語訳を上下巻に収める。中世への転換期に新しい価値観で激動を生き抜いた人びとの姿。

2372・2373

上田秋成著／青木正次訳注
新版 **雨月物語** 全訳注

崇徳院や殺生関白の無念あれば朋友の信義のために命を捨てる武士あり。不実な男への女の思い、現世への執着と愛欲を捨てきれぬ苦しみ。抑えがたい情念は幽冥を越える。鬼才・上田秋成による怪異譚。（全九篇）

2419

《講談社学術文庫　既刊より》